DII

NA

IRMANDADE DE DUNA

TÍTULO ORIGINAL:
Sisterhood of Dune

COPIDESQUE:
Paula Lemos

REVISÃO TÉCNICA:
Marcos Fernando de Barros Lima

REVISÃO:
Renato Ritto
Suelen Lopes

ILUSTRAÇÃO DE CAPA:
G. Pawlick

CAPA:
Pedro Fracchetta

PROJETO GRÁFICO:
Pedro Inoue

DADOS INTERNACIONAIS DE CATALOGAÇÃO NA PUBLICAÇÃO (CIP)
DE ACORDO COM ISBD

H536i Herbert, Brian
Irmandade de Duna / Brian Herbert, Kevin J. Anderson ; traduzido por Carolina Candido.
- São Paulo, SP : Aleph, 2024.
624 p. ; 16cm x 23cm. – (Escolas de Duna)

Tradução de: Sisterhood of Dune
ISBN: 978-85-7657-684-6

1. Literatura americana. 2. Ficção científica. I. Anderson, Kevin J.
II. Candido, Carolina. III. Título. IV. Série.

2024-2629   CDD 813
                    CDU 821.111(73)-3

ELABORADO POR VAGNER RODOLFO DA SILVA - CRB-8/9410

ÍNDICES PARA CATÁLOGO SISTEMÁTICO:
1. Literatura americana : Ficção 813
2. Literatura americana : Ficção 821.111(73)-3

COPYRIGHT © HERBERT PROPERTIES LLC, 2011
COPYRIGHT © EDITORA ALEPH, 2024

TODOS OS DIREITOS RESERVADOS. PROIBIDA A REPRODUÇÃO,
NO TODO OU EM PARTE, ATRAVÉS DE QUAISQUER MEIOS
SEM A DEVIDA AUTORIZAÇÃO.

Aleph

Rua Bento Freitas, 306 - Conj. 71 - São Paulo/SP
CEP 01220-000 • TEL 11 3743-3202
www.editoraaleph.com.br

@editoraaleph
@editora_aleph

BRIAN HERBERT E KEVIN J. ANDERSON

IRMANDADE DE
DUNA

TRILOGIA ESCOLAS DE DUNA - VOLUME I

TRADUÇÃO
CAROLINA CANDIDO

Aleph

Este livro é dedicado à legião de fãs de Duna ao redor do mundo. O enorme apoio de vocês possibilitou a existência desse universo inesquecível.

Graças aos apaixonados leitores de Frank Herbert, *Duna* se tornou o primeiro romance da história a ganhar os dois maiores prêmios de ficção científica que existem, o Hugo e o Nebula. Posteriormente, com o aumento do número de fãs, *Filhos de Duna* se tornou o primeiro livro de ficção científica a aparecer na lista de mais vendidos do *New York Times*. Quando o filme de David Lynch, inspirado na saga, foi lançado em 1984, *Duna* ficou em primeiro lugar nessa lista.

Hoje, mais de cinquenta anos após a publicação original de *Duna*, os fãs continuam mantendo o magnífico legado de Frank Herbert vivo, lendo tanto as narrativas originais quanto os novos livros da saga.

Era uma época de gênios, de pessoas ampliando os limites da imaginação e questionando as possibilidades de sua raça.

— História das Grandes Escolas

Seria de se pensar que a humanidade teria paz e prosperidade após a derrota das máquinas pensantes e a formação da Liga do Landsraad para substituir a antiga Liga dos Nobres, mas as batalhas haviam apenas começado. Sem um inimigo externo para combater, começamos a lutar uns contra os outros.

— Anais do Imperium

Oitenta e três anos se passaram desde que as últimas máquinas pensantes foram destruídas na Batalha de Corrin, após a qual Faykan Butler passou a se chamar Corrino e consagrou-se o primeiro imperador de um novo Imperium. O grande herói de guerra Vorian Atreides deixou a política de lado e desapareceu sabe-se lá para onde, envelhecendo de forma quase imperceptível devido ao tratamento de extensão de vida que recebeu de seu notório pai, o falecido general cimek Agamemnon. O antigo assistente de Vorian, Abulurd Harkonnen, foi condenado por covardia cometida durante a Batalha de Corrin e exilado para o melancólico planeta Lankiveil, onde morreu vinte anos depois. Seus descendentes continuaram a culpar Vorian Atreides pela perda de suas fortunas, apesar de ninguém ver o homem havia oito décadas.

No planeta florestal Rossak, Raquella Berto-Anirul, que sobreviveu a um envenenamento malicioso que a transformou na primeira Reverenda Madre, adaptou métodos das quase extintas Feiticeiras para formar a própria Irmandade, que incluía uma escola para treinar mulheres a aprimorarem suas mentes e seus corpos.

Gilbertus Albans, que já fora guarda do robô independente Erasmus, estabeleceu um tipo diferente de escola no bucólico planeta de Lampadas, onde ensina humanos a ordenarem suas mentes como computadores, transformando-os em Mentats.

Os descendentes de Aurelius Venport e Norma Cenva (que permanece viva, embora em um estado altamente evoluído) construíram um poderoso império comercial, o Grupo Venport; sua frota espacial usa motores Holtzman para dobrar o espaço e Navegadores mutantes e saturados de especiaria para guiar as naves.

    Apesar de tanto tempo ter se passado desde a derrota das máquinas pensantes, o fervor antitecnologia continuava a se espalhar pelos planetas habitados por humanos, com poderosos grupos fanáticos impondo expurgos violentos...

> **Após sermos escravizados por mil anos, finalmente dominamos as forças do computador sempremente Omnius; todavia, nossa luta está longe de acabar. O Jihad de Serena Butler pode ter chegado ao fim, mas agora precisamos continuar a combater um inimigo mais insidioso e desafiador — a fraqueza humana pela tecnologia e a tentação de repetir os erros do passado.**
>
> — Manford Torondo, *O único caminho*

Manford Torondo já havia perdido as contas do número de suas muitas missões. Gostaria de esquecer algumas, como o terrível dia da explosão que o dividiu em dois, custando a metade inferior de seu corpo. A missão atual, no entanto, seria mais fácil e traria uma eminente satisfação — erradicar mais resquícios do maior inimigo da humanidade.

Munidas de armas brancas, as naves de guerra mecânicas pairavam fora do sistema solar, onde apenas uma tênue luz das estrelas brilhava em seus cascos, refletida na névoa. Como resultado da aniquilação das sempremeentes remanescentes de Omnius, este grupo de robôs de ataque nunca chegara ao seu destino, e a população do sistema estelar da Liga próximo nem sequer se dera conta de que havia sido o alvo. Naquele momento, os batedores de Manford já haviam encontrado a frota de novo.

Aquelas perigosas naves inimigas, ainda intactas, armadas e funcionais, pairavam mortas no espaço, muito tempo depois da Batalha de Corrin. Meros veículos abandonados, fantasmas — mas, ainda assim, abominações. Tinham que receber o tratamento adequado.

Conforme suas seis pequenas naves se aproximavam das monstruosidades mecânicas, Manford sentiu seu âmago estremecer. Os fiéis seguidores do movimento butleriano juraram destruir qualquer vestígio da tecnologia proibida. Naquela hora, sem hesitar, diminuía a distância da frota de robôs abandonados, como gaivotas sobre a carcaça de uma baleia encalhada.

A voz do Mestre-Espadachim Ellus ecoou pelo comunicador de uma nave adjacente. Para aquela operação, o Mestre-Espadachim voou até o local, guiando os caçadores butlerianos até as insidiosas naves robóticas que haviam passado despercebidas por décadas.

— É um esquadrão de ataque de 25 naves, Manford. Exatamente onde o Mentat previu que as encontraríamos.

Escorado em um assento especialmente modificado para acomodar seu corpo sem pernas, Manford assentiu para si mesmo. Gilbertus Albans continuava a impressioná-lo com suas proezas mentais.

— Mais uma vez, o treinamento Mentat prova que os cérebros humanos são superiores às máquinas pensantes — observou Manford.

— A mente humana é sagrada — afirmou Ellus.

— A mente humana é sagrada. — Era uma bênção que Manford recebera em uma visão de Deus, e o ditado se tornara bastante popular dentre os butlerianos. Manford encerrou a conexão e continuou a observar o desenrolar da operação da própria nave compacta.

Sentada ao lado dele na cabine de comando, a Mestre-Espadachim Anari Idaho observou na tela a posição das naves de guerra robóticas e anunciou sua avaliação. Ela vestia um uniforme preto e cinza com o emblema do movimento na lapela, um símbolo estilizado que mostrava um punho vermelho-sangue segurando uma engrenagem simbólica.

— Nosso arsenal nos permite destruí-los à distância, desde que usemos os explosivos com sabedoria. Não temos motivos para arriscar e nos aproximar das naves. Estarão protegidas por maks de combate e drones de batalha conectados — anunciou ela.

Olhando para sua assessora e amiga, Manford manteve uma postura firme, embora ela sempre aquecesse seu coração.

— Não corremos riscos... A sempremente está morta. E quero encarar essas máquinas demoníacas antes que as eliminemos.

Dedicada à causa de Manford e também a ele, Anari aceitou a decisão.

— Como quiser. Eu o manterei a salvo.

A expressão no rosto amplo e inocente de Anari convenceu Manford de que, aos olhos dela, ele jamais faria algo de errado; e, como resultado de sua devoção, ela o protegeria com ferocidade.

Manford deu ordens rápidas.

— Divida meus seguidores em grupos. Não temos pressa... Prefiro a perfeição à velocidade. Peça ao Mestre-Espadachim Ellus para coordenar as cargas explosivas direcionadas às naves-máquina. Não pode restar resquício algum quando terminarmos.

Por causa de suas limitações físicas, assistir à destruição era uma das poucas coisas que lhe davam prazer. As máquinas pensantes haviam invadido seu planeta ancestral de Moroko, capturado a população e liberado suas pragas, matando todos. Se os tataravós dele não estivessem longe de casa, fazendo negócios em Salusa Secundus, também teriam sido capturados e mortos. E Manford nunca teria nascido.

Apesar de os acontecimentos que afetaram seus ancestrais terem ocorrido muitas gerações antes, ele ainda odiava as máquinas e prometera dar continuidade à missão.

Cinco Mestres-Espadachins treinados acompanhavam os fiéis butlerianos, os Paladinos da Humanidade, que haviam lutado corpo a corpo contra as máquinas pensantes durante o Jihad de Serena Butler. Nas décadas após a grande vitória em Corrin, os Mestres-Espadachins se ocuparam com operações de limpeza, localizando e destruindo qualquer resquício do império robótico que encontrassem espalhado pelos sistemas solares. Graças ao sucesso deles, ficava cada vez mais difícil localizar quaisquer remanescentes.

À medida que as naves butlerianas se posicionavam entre as naves-máquina, Anari observou as imagens na tela. Em uma voz suave que usava apenas com ele, ela refletiu:

— Quantas outras frotas como essa o senhor acha que encontraremos, Manford?

A resposta foi clara:

— Quero todas elas.

Aquelas frotas de robôs mortos eram alvos fáceis, e as batalhas serviam como vitórias simbólicas quando filmadas e transmitidas com o devido zelo. Ultimamente, no entanto, Manford também estava preocupado com a perversão, a corrupção e a tentação que observava no novo Imperium Corrino. Como as pessoas podiam se esquecer com tanta rapidez dos perigos? Em breve, talvez ele precisasse canalizar o fervor de seus fiéis em uma direção diferente e fazer com que eles realizassem outra limpeza entre as populações...

O Mestre-Espadachim Ellus cuidou dos detalhes administrativos, organizando as naves robóticas em uma grade e designando equipes para alvos específicos. As outras cinco naves se instalaram entre as máquinas abandonadas e se acoplaram a cascos individuais. Em seguida, as respectivas equipes abriram o caminho a bordo com os explosivos.

A equipe de Manford se vestiu e se preparou para embarcar na maior nave robótica, e ele insistiu em ir junto para ver o mal com os próprios olhos, apesar do esforço que aquilo implicava. Nunca se contentaria em ficar para trás e observar; estava acostumado a usar Anari como suas pernas e sua espada. O robusto arnês de couro estava sempre por perto, caso Manford precisasse ir para a batalha. Anari puxou o arnês para os ombros, ajustou o assento atrás do pescoço e, em seguida, prendeu as correias sob os braços, no peito e na cintura.

Anari era uma mulher alta e fisicamente apta e, além de ser plenamente leal a Manford, ela também o amava; ele se dava conta disso a cada vez que olhava nos olhos dela. Mas *todos* os seguidores dele o amavam; a afeição de Anari só era mais inocente e mais pura do que a da maioria.

Ela ergueu com facilidade o corpo sem pernas dele, como já havia feito inúmeras vezes antes, e acomodou o tronco dele no assento, atrás da própria cabeça. Manford não se sentia como uma criança quando montava nos ombros dela; se sentia como se Anari fosse parte dele. As pernas de Manford haviam sido arrancadas por uma bomba, desenvolvida por um iludido amante da tecnologia; o projétil também matara Rayna Butler, a santa líder do movimento antimáquina. Manford fora abençoado pela própria Rayna momentos antes de ela morrer em decorrência dos ferimentos.

Os médicos Suk haviam considerado um milagre o fato de ele ter sobrevivido, o que de fato era: um *milagre*. Era o destino dele continuar a viver depois daquele dia horrível. Apesar da perda física, Manford assumira o comando do movimento butleriano, liderando-o com grande fervor. *Um homem pela metade, um líder em dobro.* Ele ainda tinha alguns fragmentos da pélvis, mas pouco lhe restava abaixo dos quadris; no entanto, ainda tinha a mente e o coração, e não precisava de mais nada. Apenas de seus seguidores.

O corpo encurtado de Manford se encaixou com perfeição no arnês de Anari, e ele montou bem alto nos ombros dela. Com mudanças sutis de peso, ele a guiava como se ela fosse parte do corpo dele, uma extensão abaixo da cintura.

— Me leve até a escotilha para que possamos ser os primeiros a embarcar.

Ainda assim, ele estava à mercê dos movimentos e decisões dela.

— Não. Vou mandar os outros três na frente. — Não havia um tom de desafio na recusa de Anari. — Só o levarei a bordo depois que eles se certificarem de que não existe perigo algum. Minha missão de protegê-lo tem mais peso do que sua impaciência. Partiremos quando me avisarem de que é seguro, nem um segundo antes disso.

Manford cerrou os dentes. Sabia que Anari tinha boas intenções, mas seu comportamento superprotetor podia ser frustrante.

— Não espero que outros corram riscos em meu lugar.

Anari olhou para cima e por cima do ombro para o rosto dele, com um sorriso cativante.

— É claro que corremos riscos em seu lugar. Todos nós daríamos nossas vidas pelo senhor.

Enquanto a equipe de Manford embarcava na nave robótica morta, vasculhando os corredores de metal e procurando lugares para colocar os explosivos, ele esperava a bordo da própria nave, dedilhando o arnês.

— O que eles encontraram?

Anari não se mexeu.

— Nos informarão quando tiverem algo a informar.

Finalmente, a equipe entrou em contato:

— Há uma dúzia de maks de combate a bordo, senhor; todos frios e desativados. A temperatura está gélida, mas reiniciamos os sistemas de suporte à vida para que o senhor possa subir a bordo com conforto.

— Não quero saber de conforto.

— Mas o senhor precisa respirar. Eles nos dirão quando estiverem prontos.

Embora os robôs não precisassem de sistemas de suporte à vida, muitas das naves-máquina haviam sido equipadas para transportar humanos capturados nos compartimentos de carga. Nos últimos anos do Jihad, Omnius dedicara todas as naves funcionais à frota de batalha, além de construir enormes estaleiros automatizados para produzir novos veículos de guerra aos milhares.

E ainda assim os humanos haviam vencido, sacrificando tudo pela única vitória que importava...

Meia hora depois, a atmosfera na nave-máquina atingiu um nível que permitiria que Manford sobrevivesse sem um traje de proteção ambiental.

— Tudo pronto para o senhor subir a bordo. Localizamos vários lugares apropriados para colocar cargas explosivas. Também localizamos esqueletos humanos, senhor. Um compartimento de carga com pelo menos cinquenta prisioneiros.

Manford se endireitou.

— Prisioneiros?

— Mortos há muito, senhor.

— Estamos a caminho — afirmou Anari.

Satisfeita, ela desceu até a escotilha de conexão com ele em suas costas, sentindo-se como um rei conquistador. A bordo da enorme nave, o ar ainda era rarefeito e frio. Manford estremeceu e agarrou os ombros de Anari para se firmar.

Ela olhou preocupada para ele.

— Teria sido melhor esperar mais quinze minutos para a temperatura subir mais?

— Não é o frio, Anari... é o mal que paira no ar. Como posso esquecer todo o sangue humano que esses monstros derramaram?

A bordo da nave escura e austera, Anari o levou para a câmara onde os butlerianos haviam aberto a porta selada para revelar um amontoado de esqueletos humanos, dezenas de pessoas que haviam sido deixadas para morrer de fome ou sufocar, provavelmente porque as máquinas pensantes não se importavam.

A Mestre-Espadachim estava com uma expressão profundamente perturbada e magoada. Apesar de toda a sua consistente experiência de luta, Anari Idaho continuava a se espantar com a crueldade das máquinas pensantes. Manford a admirava e a amava por essa inocência.

— Eles deviam estar transportando prisioneiros — sugeriu Anari.

— Ou cobaias experimentais para o robô maligno Erasmus — acrescentou Manford. — Quando as naves receberam novas ordens para atacar esse sistema, deixaram de prestar atenção aos humanos a bordo.

Ele murmurou uma oração silenciosa e uma bênção, na esperança de acelerar a ida das almas perdidas para o céu.

Quando Anari o conduziu para fora da câmara de carga humana, passaram por um mak de combate angular, desativado, que permanecia como uma estátua no corredor. Os braços ostentavam lâminas cortantes e armas de projétil; a cabeça cega e os fios ópticos eram uma paródia de um rosto humano. Olhando para a máquina com nojo, Manford reprimiu outro tremor. *Não podemos permitir que isso aconteça de novo.*

Anari desembainhou sua longa e cega espada de pulso.

— Vamos explodir essas naves de todo modo, senhor... mas tenho sua permissão?

Ele sorriu.

— Sem hesitar.

Como uma mola comprimida que é subitamente solta, a Mestre-Espadachim atacou o robô imóvel; o primeiro golpe obliterou os fios ópticos do mak, os próximos cortaram os membros, outros esmagaram o centro do corpo. Desativado havia décadas, o mak sequer soltou um jorro de faísca ou fluido lubrificante quando ela o desmembrou.

Olhando para baixo, respirando pesado, ela disse:

— Na Escola de Mestres-Espadachins em Ginaz, matei centenas dessas coisas. A escola ainda encomenda maks de combate funcionais para que os alunos possam praticar como destruí-los.

Só de pensar nisso, Manford ficou mal-humorado.

— Ginaz tem mais maks funcionais do que deveria, na minha opinião. Não me sinto confortável com isso. Máquinas pensantes não devem ser mantidas como animais de estimação. Não há nenhum propósito útil para qualquer máquina sofisticada.

Anari ficou magoada pela crítica a algo de que se lembrava com tanto carinho. Ela falou mais baixo:

— Era assim que aprendíamos a combatê-las, senhor.

— Humanos deveriam treinar com humanos.

— Não é a mesma coisa.

Anari descarregou sua frustração no mak de combate, já bastante danificado. Ela o golpeou uma última vez e depois se dirigiu para a ponte. Eles encontraram vários outros maks pelo caminho, e a Mestre-Espadachim destruiu cada um deles com tamanha ferocidade que Manford a sentia em seu coração.

No convés de controle robótico, os dois encontraram os outros membros da equipe. Os butlerianos haviam derrubado alguns robôs desativados nos controles da nave.

— Todos os motores funcionam, senhor — informou um homem desengonçado. — Poderíamos adicionar explosivos aos tanques de combustível só por garantia, ou podemos sobrecarregar os reatores daqui.

Manford assentiu.

— As explosões precisam ser grandes o bastante para erradicar todas as naves próximas. Esses veículos ainda estão funcionais, mas não quero usar nem mesmo a sucata. Está... contaminada.

Ele sabia que os outros não tinham tais escrúpulos. Longe do controle dele, grupos de humanos corruptos vasculhavam as rotas de navegação espacial para encontrar frotas intactas como aquelas, para recuperação e reparo. Carniceiros sem princípios! A Frota Espacial do Grupo Venport era conhecida por aquela prática; mais da metade de suas naves eram veículos reformados a partir de máquinas pensantes. Manford havia discutido com o diretor Josef Venport várias vezes acerca desse assunto, mas o ganancioso empresário se recusava a entender. Manford se consolou com o fato de que pelo menos aquelas 25 naves de guerra inimigas nunca seriam usadas.

Os butlerianos entendiam que a tecnologia era sedutora, repleta de perigos latentes. A humanidade havia se tornado branda e preguiçosa desde a derrubada de Omnius. As pessoas tentavam abrir exceções, buscando conveniência e conforto, ultrapassando os limites para obter possíveis vantagens. Elas manipulavam e inventavam desculpas: *aquela* máquina poderia ser ruim, mas *esta* tecnologia ligeiramente diferente era aceitável.

Manford se recusava a traçar limites artificiais. Era um caminho perigoso. Uma pequena coisa poderia levar a outra, e outra, e logo o declive se tornaria um precipício. A raça humana não deveria ser escravizada por máquinas nunca mais!

Ele virou a cabeça para se dirigir aos três butlerianos na ponte.

— Podem ir. Minha Mestre-Espadachim e eu temos uma última coisa a fazer aqui. Mandem um recado para Ellus... partiremos em quinze minutos.

Anari sabia muito bem o que Manford tinha em mente; na verdade, havia se preparado para aquilo. Assim que os outros fiéis voltaram para a nave, a Mestre-Espadachim retirou um pequeno ícone dourado de uma bolsa em seu arnês, um dos muitos que Manford havia encomendado. Ele segurou o ícone com reverência e olhou para o rosto benevolente de Rayna Butler. Ele seguia os passos daquela mulher visionária havia dezessete anos.

Manford beijou o ícone e depois o devolveu a Anari, que o colocou no painel de controle robótico. Ele sussurrou:

— Que Rayna abençoe nosso trabalho de hoje e nos faça ter sucesso em nossa missão da mais extrema importância. A mente humana é sagrada.

— A mente humana é sagrada — repetiu Anari.

Em um trote rápido, expirando vapor quente no ar gelado, ela correu para a nave deles, onde a equipe fechou a escotilha e se desprendeu da doca. A nave se afastou do grupo de batalha armado para explodir.

Em uma hora, todas as embarcações de ataque butlerianas estavam reunidas acima das naves-robô escuras.

— Falta um minuto, senhor — anunciou o Mestre-Espadachim Ellus.

Manford assentiu, com o olhar fixo na tela, mas não disse nada em voz alta. Não era necessário.

Uma das naves-robô explodiu em chamas e estilhaços. Em rápida sucessão, as outras naves detonaram, com os compartimentos dos motores sobrecarregando ou com o combustível inflamado por explosões programadas. As ondas de choque se combinaram, transformando os destroços em uma sopa de vapor de metal e gases em expansão. Por alguns instantes, a visão foi tão brilhante quanto um novo sol, fazendo Manford se lembrar do sorriso radiante de Rayna... e então, gradualmente, tudo se dissipou e desapareceu.

Entre a calmaria, Manford falou com seus seguidores devotos:

— Nosso trabalho aqui está feito.

Somos barômetros da condição humana.

— Reverenda Madre Raquella Berto-Anirul, discurso
para a terceira turma de formandas

Por necessidade, a Reverenda Madre Raquella Berto-Anirul considerou a história a fundo. Graças à abundância de memórias ancestrais únicas em sua mente — a história personificada —, a anciã tinha uma perspectiva do passado que não estava disponível para mais ninguém... por ora.

Com tantas gerações disponíveis como fonte em seus pensamentos, Raquella estava bem equipada para ver o futuro da raça humana. E as outras Irmãs de sua escola esperavam que sua única Reverenda Madre as guiasse. Ela precisava ensinar aquela perspectiva a outras, expandindo o conhecimento e a objetividade de sua ordem, as habilidades físicas e mentais que diferenciavam as integrantes da Irmandade das outras mulheres.

Raquella sentiu a garoa em seu rosto enquanto estava com outras Irmãs em uma varanda à beira do promontório da Escola Rossak, a instalação de treinamento formal da Irmandade. Vestida com uma túnica preta de gola alta, ela olhava solenemente da beira do penhasco para a selva arroxeada mais abaixo. Embora o ar estivesse quente e úmido para a sombria cerimônia, o clima quase nunca era desconfortável naquela época do ano, pois havia uma brisa soprando com regularidade ao longo das faces do penhasco. Um leve odor azedo pairava no ar, um resíduo sulfúrico de vulcões distantes misturado ao caldo de substâncias químicas ambientais.

Naquele dia, elas participavam do funeral de outra Irmã, mais uma morte trágica por envenenamento... mais um fracasso ao tentar criar a segunda Reverenda Madre.

Mais de oito décadas antes, a mordaz Feiticeira Ticia Cenva, próxima da hora de sua morte, havia ministrado em Raquella uma dose letal do veneno mais potente disponível. Raquella deveria ter morrido, mas no fundo de sua mente, em suas células, manipulara a própria bioquímica, mudando a estrutura molecular do veneno. Sobrevivera por puro milagre, mas a provação mudara algo fundamental dentro dela, iniciando uma transformação, induzida pela crise, nos limites mais distantes de sua mortalidade. Ela havia emergido plena, mas diferente, com uma biblioteca de vidas passadas em sua mente e uma nova capacidade de perceber a si mesma em um nível genético, com uma compreensão íntima de cada fibra interconectada do próprio corpo.

Crise. Sobrevivência. Progresso.

Mas, em todos os anos que se seguiram, apesar de muitas tentativas, ninguém mais chegara ao mesmo resultado, e Raquella não sabia se ainda poderia justificar perder sabe-se lá quantas vidas para tentar alcançar o impreciso objetivo. Ela só conhecia uma maneira de fazer uma Irmã ultrapassar aquele limiar: levá-la à beira da morte, onde poderia, talvez, encontrar forças para evoluir...

Otimistas e determinadas, suas melhores aprendizes tinham continuado a acreditar nela. E todas haviam morrido.

Raquella observou com tristeza enquanto uma Irmã de vestes pretas e três acólitas de trajes verdes se posicionavam no topo da copa das árvores e baixavam o cadáver para as profundezas úmidas da selva roxo-prateada. O corpo seria deixado ali para os predadores como parte do eterno círculo de vida e morte, reciclando os restos humanos de volta ao solo.

O nome da jovem valente havia sido Irmã Tiana, mas naquele momento seu corpo estava envolto em um tecido pálido, anônimo. As criaturas da selva se agitaram lá embaixo enquanto a espessa folhagem das árvores engolia a plataforma.

A própria Raquella já vivera mais de 130 anos. Testemunhara o fim do Jihad de Serena Butler, a Batalha de Corrin duas décadas depois e os anos de turbulência que se seguiram. Apesar da idade, a anciã era ágil e tinha a mente atenta, controlando os piores efeitos do envelhecimento por meio do uso moderado de mélange importada de Arrakis e manipulando a própria bioquímica.

A escola de Raquella, que não parava de crescer, era composta por candidatas recrutadas dentre as melhores jovens do Imperium, incluindo as últimas descendentes especiais das Feiticeiras que haviam dominado aquele planeta nos anos que antecederam o Jihad e durante o conflito; apenas 81 delas permaneceram. Ao todo, 1.100 Irmãs treinavam ali, e dois terços delas eram estudantes; algumas eram crianças dos berçários, filhas das missionárias de Raquella que tinham engravidado de pais aceitáveis. As recrutadoras enviavam novas candidatas esperançosas para lá e o treinamento continuava.

Durante anos, as vozes na memória de Raquella a incentivaram a testar e aprimorar mais Reverendas Madres como ela. Ela e suas colegas censoras dedicavam suas vidas a mostrar a outras mulheres como dominar seus pensamentos, seus corpos, seus futuros. Sem as máquinas pensantes, o destino humano exigia que as pessoas se tornassem mais do que jamais haviam sido. Raquella lhes mostraria o caminho. Ela *sabia* que uma mulher habilidosa poderia se transformar em uma pessoa superior, sob as condições adequadas.

Crise. Sobrevivência. Progresso.

Muitas das formandas da Irmandade de Raquella já haviam provado seu valor, saindo do planeta para servirem como conselheiras de nobres governantes planetários e até mesmo na Corte Imperial; algumas tinham frequentado a Escola Mentat em Lampadas ou se tornado talentosas médicas Suk. Raquella podia sentir a influência silenciosa daquelas mulheres se espalhando por todo o Imperium. Seis já eram Mentats com treinamento completo. Uma delas, Dorotea, servia como conselheira de confiança do imperador Salvador Corrino em Salusa Secundus.

Mas ela queria desesperadamente que mais de suas seguidoras tivessem o mesmo entendimento, a mesma visão universal para a Irmandade e seu futuro e os mesmos poderes mentais e físicos que ela.

De alguma forma, porém, as candidatas não conseguiam transpor aquele abismo. E outra jovem promissora havia morrido...

Enquanto as mulheres continuavam o descarte estranhamente metódico dos restos mortais da Irmã, Raquella se preocupava com o futuro. Apesar de sua longa expectativa de vida, não nutria ilusões de ser imortal e, se morresse antes que alguém aprendesse a sobreviver à transformação, suas habilidades poderiam se perder para sempre.

Para Raquella, o destino da Irmandade e de seu extenso trabalho era muito mais importante do que o próprio destino mortal. O futuro da humanidade dependia de progresso e melhorias cuidadosos. A Irmandade não podia mais se dar ao luxo de esperar. A Reverenda Madre tinha que preparar suas sucessoras.

Irmandade de Duna

Quando o rito funerário acabara de baixar o cadáver, o restante das mulheres voltou para a escola do penhasco, onde continuariam seus exercícios em sala de aula. Raquella havia escolhido uma nova candidata, uma jovem de família desonrada e com pouco futuro, mas que merecia a oportunidade.

A Irmã Valya Harkonnen.

Raquella observou Valya deixar as outras Irmãs e se aproximar pelo caminho à beira do penhasco. A Irmã Valya era uma jovem magra e esguia, de rosto oval e olhos cor de avelã. A Reverenda Madre observou seus movimentos fluidos, a inclinação confiante da cabeça, o porte de seu corpo: detalhes pequenos, mas significativos, que se somavam ao todo do indivíduo. Raquella não duvidou da própria escolha; poucas Irmãs eram tão dedicadas.

A Irmã Valya havia ingressado na Irmandade no final de seu décimo sexto ano de vida, deixando seu planeta insulado de Lankiveil em busca de uma vida melhor. Seu bisavô, Abulurd Harkonnen, fora banido por covardia após a Batalha de Corrin. Durante seus cinco anos em Rossak, Valya se destacara no treinamento e provara ser uma das Irmãs mais fiéis e talentosas de Raquella; ela trabalhava em estreita colaboração com a Irmã Karee Marques, uma das últimas Feiticeiras, estudando novas drogas e venenos para serem usados no processo de teste.

Quando Valya veio ao encontro da anciã, não parecia muito transtornada pelo funeral.

— A senhora pediu para me ver, Reverenda Madre?

— Venha comigo, por favor.

A curiosidade de Valya transparecia em seu rosto, mas ela não fez nenhuma pergunta. As duas passaram pelas cavernas da administração e pelas tocas que lhes serviam de residência. Em seu apogeu, nos séculos passados, aquela cidade no penhasco havia abrigado milhares de homens e mulheres; Feiticeiras, comerciantes farmacêuticos, exploradores das enormes selvas. Mas tantos haviam morrido durante as pragas que a cidade estava quase vazia, abrigando apenas integrantes da Irmandade.

Uma seção inteira das cavernas havia sido usada para o tratamento dos Malnascidos, crianças que sofriam de defeitos congênitos como resultado das toxinas do ambiente de Rossak. Graças ao estudo cuidadoso dos registros de reprodução, era raro que crianças assim nascessem, e as que sobreviviam eram cuidadas em uma das cidades ao norte, além dos vulcões. Raquella não permitia que nenhum homem vivesse em sua comunidade escolar, ainda que fossem até ali de vez em quando para entregar suprimentos e fazer reparos ou realizar outros serviços.

Raquella guiou Valya pelas entradas barricadas na encosta do penhasco. Antes, as entradas levavam a seções maiores da cidade-caverna que mais parecia uma colmeia, mas naquele momento estavam abandonadas e bloqueadas. Eram lugares sinistros, desprovidos de vida, pois os cadáveres haviam sido removidos anos antes e sepultados na selva. Raquella apontou para o caminho traiçoeiro que levava da beira do penhasco até o topo do platô.

— É para lá que vamos.

A jovem hesitou por um instante, mas logo seguiu a Reverenda Madre, passando por uma barricada e placas que restringiam o acesso. Valya estava ao mesmo tempo animada e nervosa.

— Os registros de reprodução ficam lá em cima.

— Sim, ficam.

Durante os anos em que pragas horríveis foram espalhadas por Omnius, enquanto populações inteiras morriam, as Feiticeiras de Rossak — que sempre tinham guardado registros genéticos para determinar as melhores combinações de reprodução — haviam iniciado um programa muito mais ambicioso para manter uma biblioteca de linhagens humanas, um catálogo genético de longo alcance. Anos depois, Raquella e algumas Irmãs escolhidas por ela ficaram encarregadas de cuidar daquele valioso repositório de informações.

O caminho subia em curvas acentuadas ao longo da face da rocha, com um paredão sólido de um lado e uma queda abrupta para a densa selva do outro. A garoa havia parado, mas as rochas continuavam escorregadias.

As duas mulheres chegaram a um ponto de observação, onde uma névoa rarefeita as envolvia. Raquella olhou para a selva e para os vulcões fumegantes ao longe. Pouca coisa havia mudado naquela paisagem desde que chegara ali, décadas antes, como enfermeira, acompanhando o dr. Mohandas Suk para tratar as vítimas da praga de Omnius.

— Só algumas de nós ainda sobem até aqui hoje em dia... mas você e eu vamos ainda mais longe.

Irmandade de Duna

Raquella não era de conversa fiada e sabia controlar as emoções, mas sentia-se entusiasmada e otimista por apresentar o maior segredo da Irmandade a mais uma pessoa. Uma nova aliada. Aquela era a única maneira de a Irmandade sobreviver.

Elas pararam diante de uma caverna que se abria em meio a blocos de pedras perto do topo do platô, bem acima das selvas férteis e fervilhantes. Havia duas Feiticeiras de guarda na entrada, que assentiram para a Reverenda Madre e permitiram que ela e Valya passassem.

— A compilação dos registros de reprodução talvez seja a maior obra da Irmandade — disse Raquella. — Com um arquivo de genética humana tão grande, podemos mapear e extrapolar o futuro de nossa raça.... talvez até guiá-lo.

Valya assentiu solenemente.

— Já ouvi outras Irmãs dizerem que é um dos maiores arquivos já compilados, mas nunca entendi como era possível gerenciar tanta informação. Como digerimos tudo isso e fazemos projeções?

Raquella decidiu ser enigmática, ao menos por enquanto.

— Nós somos a Irmandade.

Dentro das enormes cavernas, elas entraram em duas grandes câmaras cheias de mesas de madeira e escrivaninhas; havia mulheres se movimentando de um lado para o outro, agitadas. Elas organizavam resmas de papel permanente, reuniam e empilhavam imensos mapas de DNA e arquivavam documentos que eram reduzidos e armazenados em um texto denso e quase microscópico.

— Quatro de nossas Irmãs concluíram o treinamento Mentat com Gilbertus Albans. Mas, mesmo com as habilidades mentais avançadas delas, o projeto é árduo — explicou Raquella.

Valya mal conseguia controlar o deslumbramento.

— Há uma imensidão de dados aqui... — Seus olhos brilhantes absorveram as novas informações com fascínio. Sentia-se muito honrada e orgulhosa por ter sido autorizada a entrar no círculo interno da Reverenda Madre. — Sei que mais mulheres da nossa ordem estão treinando em Lampadas, mas esse projeto exigiria um exército de Irmãs Mentats. Os registros de DNA de milhões e milhões de pessoas em milhares de planetas.

Ao adentrarem mais os restritos túneis, viram uma Irmã idosa emergir de uma sala de arquivos vestindo o manto branco de uma Feiticeira. Ela cumprimentou as duas visitantes.

— Reverenda Madre, esta é a nova recruta que a senhora decidiu trazer para mim?

Raquella assentiu.

— A Irmã Valya se destacou em seus estudos e provou sua dedicação ao ajudar na pesquisa farmacológica de Karee Marques. — Com um leve empurrão, ela forçou a jovem a dar um passo adiante. — Valya, a Irmã Sabra Hublein foi uma das arquitetas originais do arquivo de reprodução expandido durante as pragas, muito antes de eu vir para Rossak.

— Os registros de reprodução devem ser mantidos — disse a outra mulher idosa. — E vigiados.

— Mas... eu não sou Mentat — observou Valya.

Sabra as conduziu na direção de um túnel vazio e olhou por cima do ombro, certificando-se de que não estavam sendo vistas.

— Há outras formas de nos ajudar, Irmã Valya.

Elas pararam perto de uma curva na passagem, e Raquella se deparou com uma parede de pedra sem marcações. Ela mirou a mulher mais jovem.

— Você tem medo do desconhecido?

Valya conseguiu abrir um sorriso discreto.

— As pessoas sempre temem o desconhecido, se forem sinceras. Mas eu consigo enfrentar meus medos — disse.

— Ótimo. Agora venha comigo para um território quase inexplorado.

Valya parecia desconfortável.

— A senhora quer que eu seja a próxima voluntária a experimentar uma nova droga transformadora? Reverenda Madre, acho que não estou pronta para...

— Não, isso é algo bem diferente, ainda que não menos importante. Estou velha, criança. Isso me torna mais cínica, mas aprendi a confiar nos meus instintos. Eu a observei com cuidado, vi seu trabalho com Karee Marques... quero que faça parte deste plano.

Valya não parecia temerosa e guardou as perguntas para si. *Ótimo*, pensou Raquella.

— Respire fundo e se acalme, garota. Você está prestes a conhecer o segredo mais bem guardado da Irmandade. Pouquíssimas integrantes de nossa ordem já viram isso.

Raquella pegou a mão da jovem e a puxou em direção à parede aparentemente sólida. Sabra deu um passo à frente, ao lado de Valya, e elas atravessaram a rocha — um holograma — e entraram em uma nova câmara.

As três se viram em uma pequena antessala. Piscando sob a luz forte, Valya se esforçou para esconder a surpresa, usando seu treinamento para manter a compostura.

— Por aqui.

A Reverenda Madre as conduziu a uma gruta ampla e bem iluminada, e os olhos de Valya se arregalaram ao ver a cena.

A câmara estava repleta de máquinas que zumbiam e faziam cliques, constelações de luzes eletrônicas — bancos e bancos de *computadores* proibidos em andares que se elevavam ao longo das paredes curvas de pedra. Escadas em espiral e rampas de madeira conectavam todas as máquinas. Algumas Feiticeiras de vestes brancas se movimentavam de um lado para o outro, e os ruídos das máquinas pulsavam no ar.

Valya gaguejou.

— São... são...? — Ela não conseguiu formular a pergunta, mas então exclamou: — Máquinas pensantes!

— Como você mesma deu a entender — explicou Raquella —, nenhum humano, nem mesmo um Mentat treinado, consegue armazenar todos os dados que as mulheres de Rossak compilaram ao longo das gerações. As Feiticeiras usaram essas máquinas em segredo por muitas gerações, e algumas de nossas mulheres mais confiáveis são treinadas para mantê-las e repará-las.

— Mas... por quê?

— O único modo de preservar quantidades tão colossais de dados e fazer as projeções genéticas necessárias para os próximos descendentes é com a ajuda de computadores... que são estritamente proibidos. Agora você entende por que precisamos manter essas máquinas em segredo.

Raquella estudou Valya com cuidado, registrando a expressão calculista da jovem, os olhos se movendo pela câmara. Ela parecia impressionada, mas intrigada, não horrorizada.

— Você tem muito a aprender — declarou Sabra. — Passamos anos estudando os registros de reprodução e tememos que as verdadeiras Feiticeiras estejam se extinguindo. Restam poucas de nós; portanto, resta pouco tempo. Essa pode ser a única maneira de entender o que está acontecendo.

— E encontrar alternativas — acrescentou Raquella. — Como a criação de novas Reverendas Madres.

Ela teve o cuidado de não deixar o desespero nem a esperança transparecerem em sua voz.

Uma das Feiticeiras que trabalhava ali falou brevemente com a Irmã Sabra a respeito de um assunto relacionado à reprodução, lançando um breve olhar de curiosidade para Valya antes de voltar ao trabalho.

— A Irmã Esther-Cano é a mais jovem de nossas Feiticeiras de sangue puro, com apenas 30 anos — comentou Raquella. — A segunda mais jovem, entretanto, a antecede por mais de dez anos. Hoje em dia, é raro que a característica telepática das Feiticeiras apareça em filhas nativas.

Sabra continuou:

— Os registros de reprodução da escola incluem informações de pessoas de milhares de planetas. Nosso arquivo é vasto e o objetivo, como você já sabe, é otimizar a humanidade por meio do aprimoramento pessoal e da reprodução seletiva. Com os computadores, podemos modelar as interações do DNA e projetar as possibilidades de reprodução a partir de um número quase infinito de pares de linhagens.

Valya sentiu um lampejo de terror breve e involuntário, que logo foi substituído por um interesse mais intenso. Ela olhou ao redor da câmara e disse em um tom prático:

— Se os butlerianos descobrirem isso, vão demolir a escola e matar até a última Irmã.

— Sim, vão — concordou Raquella. — E agora você consegue entender a extensão da confiança que estamos depositando em você.

> **Já fiz mais do que a minha parte em termos de contribuição para a história. Durante mais de dois séculos, influenciei acontecimentos importantes e lutei contra os inimigos que me foram designados. Por fim, virei as costas e fui embora. Tudo o que eu queria era desaparecer e virar uma memória, sem fazer alarde, mas a história se recusa a me deixar em paz.**
>
> — Vorian Atreides, *Diários do Legado*, no período em Kepler

Quando retornou de sua caçada solitária nas Serras dos Espinhos Silvestres, Vorian Atreides viu colunas densas de uma fumaça inesperada subindo aos céus. A névoa espessa se erguia da aldeia onde sua família morava e das terras agrícolas das cercanias.

Ele começou a correr.

Vorian passara cinco dias longe da casa de campo, da esposa, da família e dos vizinhos. Gostava de caçar os pássaros plumansos mais rechonchudos que não voavam; um único espécime poderia alimentar uma família por mais de uma semana. Os plumansos viviam no alto das cordilheiras secas, longe do vale fértil e sedimentado, e adoravam mergulhar entre os espinhos silvestres afiados em busca de abrigo.

Mais do que a caça em si, Vor apreciava a solidão, uma chance de aproveitar o silêncio e a paz interior. Mesmo sozinho na natureza selvagem, podia recorrer a muitas vidas de lembranças pessoais, relacionamento cultivados e perdidos, coisas para lamentar e coisas para comemorar... amigos, amores e inimigos — por vezes, tudo se refletia na mesma pessoa ao longo do tempo. Sua esposa atual, Mariella, vivera décadas da mais pura felicidade com ele; tinham uma grande família com filhos, netos e bisnetos.

Ainda que relutante no início devido ao seu passado, Vor se adaptou à vida bucólica no planeta Kepler como um homem experimentando roupas velhas e confortáveis. Muitas décadas antes, tivera dois filhos em Caladan, mas eles sempre mantiveram uma relação distante, afastados, e não os via, nem suas respectivas famílias, desde a Batalha de Corrin.

Brian Herbert e Kevin J. Anderson

Já fazia muito tempo desde que o pai de Vorian, o notório general cimak Agamemnon, concedera a ele um tratamento secreto de extensão de vida, sem nunca imaginar que o filho optaria por lutar contra as máquinas pensantes. Gerações de derramamento de sangue provocaram um efeito exaustivo e desagradável na alma dele. Quando o herói de guerra Faykan Butler formara o novo Imperium, Vor percebera que havia perdido o interesse. Pegando a nave dele e uma generosa recompensa do novo imperador, havia dado as costas para a Liga dos Nobres e partido para a fronteira.

Mas, após vagar sozinho por anos, conhecera Mariella, voltara a se apaixonar e criara raízes ali. Kepler era calmo e satisfatório, e Vor dedicara seu tempo a formar um novo lar, um lugar em que queria de fato criar raízes. Teve três filhas e dois filhos, que se casaram com outros moradores de Kepler e lhe deram onze netos e mais de vinte bisnetos que já eram crescidos o bastante para terem as próprias famílias. Ele gostava de prazeres simples, noites tranquilas. Havia mudado de sobrenome, mas àquela altura, meio século depois, já não se preocupava tanto em guardar o segredo. De que importava? Ele não era um criminoso.

Apesar de Vor quase não ter envelhecido na aparência, Mariella aparentava a idade que tinha. Não gostava de fazer nada além de ficar com a família, mas deixava que Vor saísse para as colinas e caçasse sempre que quisesse. Depois de dois séculos, ele sabia como se defender sozinho. Era raro que pensasse no Imperium lá fora, apesar de ainda achar divertido ver as velhas moedas imperiais com seu rosto estampado...

Mas naquele instante, conforme voltava da caçada e via a fumaça que saía das casas de campo, Vor sentiu como se uma tempestade tivesse aberto a porta para seu passado. Largou vinte quilos de carne de plumanso recém-embalados e correu pela trilha, levando apenas seu antiquado rifle de projétil. À frente, viu o vale que surgia como uma colcha de retalhos, naquele momento manchada de cicatrizes marrons e pretas enquanto chamas alaranjadas subiam ao longo das fileiras de grãos. Três grandes naves espaciais haviam ignorado o campo de pouso apropriado e tinham aterrissado nas plantações: não eram naves de ataque, mas veículos arredondados em forma de torpedo, projetados para transportar carga ou pessoal. Havia algo de muito errado.

Uma grande nave alçou voo e, segundos depois, nuvens de poeira saíam do escapamento de uma segunda nave conforme ela se erguia do chão. Multidões de tripulantes corriam ao redor da terceira nave, preparando-se para decolar.

Por mais que nunca tivesse visto aquele tipo de nave em Kepler, Vor sabia, por sua vasta experiência, reconhecer uma invasão de traficantes de escravos.

Ele desceu a colina correndo, pensando em Mariella, em seus filhos, seus netos, suas noras, seus vizinhos — aquele lugar era o *lar* dele. Com o canto do olho, vislumbrou a casa de campo em que morara durante muitos anos. O telhado estava incendiado, mas os danos não eram tão graves quanto os de várias outras casas. Os anexos ao redor da casa da filha dele, Bonda, estavam em chamas; a pequena prefeitura estava sendo consumida por um fogo infernal. Tarde demais... tarde demais! Conhecia todas aquelas pessoas e era ligado a cada uma delas por laços de sangue, casamento ou amizade.

Vor ofegava tanto que não conseguia gritar. Queria berrar para que os traficantes de escravos parassem, mas ele era só um, e nunca o ouviriam. Não faziam ideia de quem era Vorian Atreides e, depois de tanto tempo, talvez nem se importassem.

Os traficantes que restavam arrastaram a carga humana a bordo da terceira nave, transportando corpos cambaleantes. Mesmo daquela distância, Vor foi capaz de reconhecer o filho Clar, com seu longo rabo de cavalo e camisa roxa; estava obviamente atordoado, e os invasores o levaram a bordo. Um dos traficantes ia mais atrás, protegendo a retaguarda, enquanto quatro de seus companheiros carregavam as últimas vítimas pela rampa até a escotilha aberta.

Quando estava ao alcance de sua arma, Vor se ajoelhou, levantou o rifle e mirou. Ainda que o coração estivesse acelerado e fosse difícil recuperar o fôlego, forçou um momento de calma, focou cuidadosamente e atirou no traficante mais adiante. Ele temia acertar um dos seus. Achava que sua mira tinha sido certeira, mas o traficante apenas vacilou, olhou em volta e então gritou. Os companheiros dele começaram a correr, procurando a origem do tiro.

Vor mirou com cuidado e disparou de novo, mas o segundo tiro também serviu só para causar pânico, não ferimentos. Foi então que ele se deu conta de que os dois homens usavam escudos pessoais, barreiras quase invisíveis que detinham projéteis rápidos. Concentrado, ele mirou o rifle no homem que estava atrás, semicerrou os olhos e disparou mais uma vez, atingindo o traficante musculoso na parte inferior das costas. O homem foi lançado para a frente e caiu de cara no chão. Nem todos portavam escudos, afinal.

Assim que o terceiro tiro de rifle soou, Vor se levantou e correu em direção à nave dos traficantes. Ao verem o homem caído, os companheiros dele começaram a gritar, olhando em todas as direções. Enquanto corria, Vor ergueu o rifle mais uma vez e disparou de novo, daquela vez com menos cuidado. O projétil ricocheteou no casco de metal próximo à escotilha e os traficantes gritaram de novo. Vor atirou mais uma vez, atingindo a porta aberta da escotilha.

Ao longo de sua vida, Vor havia matado pessoas em diversas circunstâncias, geralmente por bons motivos. Naquele instante, não conseguia pensar em uma justificativa melhor. Na verdade, sentia mais remorso pelo plumanso que havia matado na noite anterior.

Os traficantes de escravos eram, em essência, covardes. Protegidos por escudos, os demais correram para dentro e fecharam a escotilha, abandonando o companheiro caído. Os propulsores da grande e última nave expeliram gases de escape e ela sacudiu no ar, levando sua carga de prisioneiros. Ainda que estivesse correndo o mais rápido que conseguia, Vor não a alcançou a tempo. Ergueu o rifle e disparou mais duas vezes, tiros inúteis atingindo a parte inferior da nave, que se afastou depressa sobre campos e casas em chamas.

Ele sentia o cheiro da fumaça no ar, via os prédios em chamas e sabia que seu povo fora dizimado. Será que todos haviam sido capturados ou mortos? E Mariella também? Estava louco para correr de casa em casa e ver se conseguia encontrar *qualquer* pessoa... mas também precisava resgatar os prisioneiros. Antes que as naves partissem, precisava descobrir para onde estavam indo.

Vor parou ao lado do homem que havia atingido. O traficante de escravos estava deitado no chão, com os braços se contraindo em espasmos. Usava um pano amarelo amarrado na cabeça e tinha uma fina linha preta tatuada da orelha esquerda até o canto da boca. Um gemido escapou de seus lábios junto com um filete de sangue.

Ainda vivo. Ótimo. Com um ferimento como aquele, porém, o homem não duraria muito.

— Você vai me dizer para onde os prisioneiros estão sendo levados — ordenou Vor.

O homem gemeu de novo e gorgolejou algo que soou como um palavrão. Vor não considerava aquilo uma resposta aceitável. Olhou para a frente e viu o fogo se espalhando pelos telhados das casas.

— Você não tem muito tempo para responder.

Vendo que o homem não cooperaria, Vor sabia o que teria que fazer em seguida e, ainda que não se orgulhasse daquilo, aquele traficante de escravos estava em uma posição bem baixa na lista de pessoas pelas quais ele sentia empatia. Sacou a longa faca que usava para esfolar.

— Você *vai* me contar.

Com as informações garantidas e o homem morto, Vor passou correndo pelos anexos ao redor de sua enorme casa, chamando por qualquer pessoa que pudesse estar viva. Estava com as mãos e os braços cobertos de sangue, em parte do plumanso que havia abatido e em parte do traficante que havia interrogado.

Do lado de fora, encontrou dois homens idosos, os irmãos de Mariella que ajudavam a trazer a colheita todos os anos. Ambos estavam grogues, recobrando a consciência. Vor imaginou que as naves deviam ter sobrevoado o assentamento e pulverizado as casas e os campos com raios atordoantes para deixar todos inconscientes, e os traficantes deviam ter simplesmente aprisionado todos aqueles que parecessem jovens e fortes. Os irmãos de Mariella não tinham sido selecionados.

Os candidatos mais saudáveis — seus filhos e filhas, netos e vizinhos — haviam sido tirados de suas casas e arrastados para dentro das naves. Muitos dos prédios da cidade estavam em chamas.

Mas, primeiro, a esposa dele. Vor entrou na casa principal, gritando "Mariella!". Para seu enorme alívio, ouviu a voz dela chamando de volta, do andar de cima. No quarto de hóspedes do segundo andar, ela estava usando um cilindro metálico repleto de um agente extintor para combater as chamas no telhado, inclinando-se para fora de uma empena alta. Ao entrar correndo no quarto, Vor ficou emocionado ao ver o rosto dela, envelhecido, mas bonito — os traços marcados, a expressão aflita, os cabelos parecendo fios de prata. Ficou tão feliz por encontrá-la viva e segura que quase chorou, mas o fogo exigia sua atenção. Pegou a lata da mão dela e borrifou a substância contra as chamas através da janela. O fogo se espalhara pela borda do telhado, mas a casa ainda não havia sido completamente tomada pelas chamas.

— Estava com medo de que tivessem levado você com todos os outros — disse Mariella. — Você parece tão jovem quanto nossos netos.

As chamas começaram a se apagar sob o jato do agente extintor. Vor deixou o cilindro de lado e puxou a esposa para perto de si, abraçando-a como havia feito por mais de meio século.

— E eu estava preocupado com você.

— Sou velha demais para que se interessem por mim. Você teria se dado conta disso, se tivesse parado para pensar.

— Se eu tivesse parado para pensar, não teria chegado lá antes de todas as naves decolarem. Na verdade, consegui matar um dos traficantes.

— Eles levaram quase todo mundo com capacidade de fazer trabalho braçal. Alguns podem ter se escondido e outros foram simplesmente assassinados, mas como iremos... — Ela balançou a cabeça e olhou para as próprias mãos. — Não é possível. Todos se foram.

— Eu os trarei de volta.

Mariella respondeu com um sorriso triste, mas ele beijou aqueles lábios tão conhecidos que faziam parte de sua vida, de sua família, de seu lar havia tanto tempo. Ela era muito parecida com sua esposa anterior, Leronica Tergiet, em outro mundo; uma mulher com quem ele também se envolvera e que lhe dera filhos, mas que depois envelhecera e morrera enquanto ele não mudava nada.

— Sei para onde eles vão — anunciou Vor. — As naves vão levá-los para os mercados de escravos em Poritrin. O traficante me contou.

Vor e os irmãos de Mariella entraram nas outras casas em busca de sobreviventes. Encontraram alguns, espalhados pela região, e os reuniram para controlar o fogo que se alastrava, ajudar os feridos e contabilizar os desaparecidos. Apenas sessenta das várias centenas de habitantes do vale haviam ficado para trás, e a maioria era idosa ou estava doente. Dez haviam sido assassinados tentando revidar. Vor enviou mensagens para os outros assentamentos nos vales de Kepler, avisando-os para se protegerem dos traficantes de escravos.

Irmandade de Duna

Naquela noite, Mariella pegou fotos dos filhos, dos netos e das famílias e as espalhou pela mesa, nas prateleiras. Tantos rostos, tantas pessoas precisando de resgate...

Ela encontrou Vor no sótão impregnado do fedor de fumaça, onde ele havia tirado o pano que cobria um baú de armazenamento. Ao abri-lo, retirou um uniforme antigo, passado e dobrado, de tecido carmesim e verde, as habituais cores do Exército da Humanidade, antigo Exército do Jihad.

O pacote ficara lacrado por muitos e muitos anos.

— Vou para Poritrin resgatar os nossos.

Ele ergueu a camisa do uniforme e passou os dedos sobre o tecido liso das mangas, pensando em quantas vezes o uniforme havia sido remendado, em quantas manchas de sangue haviam sido removidas. Nutrira a esperança de nunca mais entrar em uma batalha. Mas aquilo era diferente.

— E, depois de salvar a todos, preciso me certificar de que isso nunca mais vai acontecer. Vou encontrar uma maneira de proteger este planeta. Os Corrino me devem isso.

> É fácil olhar para trás e jogar a culpa nos outros. Difícil é olhar para a frente e assumir a responsabilidade pelas próprias decisões e pelo próprio futuro.
>
> — Griffin Harkonnen, último despacho de Arrakis

Fazia um inverno rigoroso em Lankiveil, mas os Harkonnen tinham que se virar. Por gerações — desde que Abulurd Harkonnen fora exilado ali por suas ações na Batalha de Corrin —, a outrora poderosa família fora abandonada para esquecer a glória perdida em Salusa Secundus.

E a maioria havia de fato esquecido.

O granizo caía implacável e, todas as noites, formava uma camada vítrea de gelo. Em suas casas de madeira amontoadas nas margens do fiorde, os moradores de Lankiveil tinham que descongelar as portas e abri-las no chute todas as manhãs para enfrentar o frio intenso. Às vezes, davam uma olhada nas águas agitadas e no céu nublado e fechavam as portas de novo, decidindo que seria perigoso demais se aventurar nos barcos. As frotas que coletavam peles de baleia haviam passado o mês presas no porto e eles não podiam colher a única mercadoria do planeta que era valorizada pelo resto do Imperium.

Mesmo os barcos de pesca de curto alcance raramente conseguiam chegar a águas profundas, e a captura era escassa. Muitas vezes, o povo tinha que recorrer a peixes salgados do ano anterior e carne de baleia em conserva. Em comparação com a glória e a riqueza dos velhos tempos, os Harkonnen tinham poucas perspectivas.

Griffin Harkonnen — o filho mais velho de Vergyl, que era o governante aparente da Liga do Landsraad em Lankiveil — odiava aquele planeta, assim como sua irmã mais nova, Valya. Os dois tinham um acordo, um plano por meio do qual esperavam arrancar a família daquela condição miserável que lhes fora designada por causa dos erros de seu bisavô, Abulurd, e da traição que Vorian Atreides cometera contra eles. Os pais e o restante da família não compartilhavam de tais ambições, mas ficavam satisfeitos com a determinação de ambos e permitiam que Griffin e Valya tentassem o que estivesse a seu alcance, apesar de serem jovens.

Irmandade de Duna

Enquanto Valya estava longe, buscando progredir na Irmandade (e, assim, ganhar poder e influência para a Casa Harkonnen), Griffin ficara para trás, trabalhando para construir os ativos comerciais da família, ampliar os investimentos e sair do isolamento. Todos os dias, ele dedicava longas horas aos estudos para aprender os negócios da família e melhorar o padrão de vida das pessoas daquele planeta insulado. Não era um mundo confortável, mas ele se recusava a se deixar abater e estava tão determinado quanto a irmã a ver a fortuna e influência dos Harkonnen no Imperium restauradas. Sua parte no acordo era ambiciosa, incluindo a administração dos bens da família e a garantia de que fossem investidos de forma adequada, bem como o desenvolvimento de um plano de negócios que fosse além da meta provinciana de meramente sobreviver em condições climáticas difíceis.

Griffin tinha 23 anos, corpo esguio, raciocínio equilibrado e uma forma pragmática de pensar. Enquanto a irmã era a mais inconstante dos dois e não tolerara mais viver em Lankiveil, ele era mais calmo, como um capitão guiando seu navio em águas geladas, seguindo em frente em busca de mares melhores e da luz do sol que ele sabia estar lá fora, além das nuvens.

Apesar de sua pouca idade, Griffin já tinha um bom conhecimento de história, matemática, transações comerciais e política, pois pretendia se tornar um líder qualificado e competente do planeta algum dia... abrindo assim o caminho para que as futuras gerações dos Harkonnen retornassem à proeminência no Imperium.

O jovem Harkonnen já sabia mais do que o pai sobre os meandros do comércio de pele de baleia, os índices de lucros e prejuízos e as regulamentações imperiais. Apesar do título herdado, Vergyl Harkonnen simplesmente não tinha interesse algum pela questão e deixava grande parte do trabalho árduo e da reflexão para o filho. Vergyl se contentava em exercer um poder mais comparável ao de um prefeito do que ao de um líder do Landsraad. No entanto, era um bom pai e dava bastante atenção aos filhos mais novos, Danvis e Tula.

Griffin e Valya tinham pretensões maiores para a família, mesmo que fossem os únicos a sonhar. Certa vez, durante um treino de combate corporal particularmente vigoroso com o irmão em uma jangada de madeira balançando no porto frio, Valya dissera que achava que eles eram os únicos verdadeiros Harkonnen no planeta.

Valya era apenas um ano mais nova, e a mãe deles tinha expectativas limitadas ("realistas", segundo a mulher) em relação a ela, presumindo que a garota se casaria com um morador de Lankiveil, talvez dono de um ou dois barcos baleeiros, teria filhos e seguiria em frente. No entanto, depois de conversar com uma Irmã missionária que visitara Lankiveil cinco anos antes, Valya encontrara a oportunidade de partir para ser treinada entre as mulheres experientes em Rossak. Mas não sem antes ter várias conversas longas com Griffin, entrando em um acordo sobre como ambos poderiam melhorar o destino da família.

O pai de Griffin surgiu atrás dele enquanto ele decifrava parágrafos de linguagem burocrática obscura de registros históricos, dos quais grande parte era de uma chatice desesperadora. O jovem trabalhava nos documentos como um cirurgião cuidadoso, dissecando as seções até entender as nuances labirínticas do governo.

Vergyl pareceu se divertir ao ver o filho tão concentrado.

— Eu costumava estudar história quando tinha a sua idade, e meu avô Abulurd me contava as histórias dele, mas eu não conseguia suportar a forma como os registros oficiais dos Corrino falavam da nossa família. Então, decidi apenas viver minha vida. É melhor não revisitar aqueles dias.

Griffin fez um gesto para os documentos.

— Já li bastante sobre esse passado, pai, mas agora estou analisando algo em uma escala maior. A política imperial é importante para o nosso futuro. — Griffin acariciou o queixo. Os pelos castanho-claros do bigode e do cavanhaque combinavam com os cabelos. Ele acreditava que os pelos faciais faziam-no parecer notável, conferindo-lhe a aparência de alguém a ser levado a sério. — Estou estudando a estrutura do Landsraad, lendo o estatuto. Quero fazer o teste e ser certificado como representante oficial de Lankiveil no Conselho do Landsraad.

Vergyl deu uma risadinha.

— Mas nós já temos um procurador. Não há necessidade de você viajar até Salusa Secundus para as reuniões.

Griffin tentou não ficar vermelho de irritação e se segurou para não explodir com o pai.

— Analisei o acordo comercial que foi organizado por nosso suposto procurador. Envolve 92 planetas, incluindo Lankiveil... confie em mim, o acordo não beneficia a *nós*. Ele vai custar impostos adicionais a Lankiveil e a outros 84 planetas, enquanto os restantes, que já são ricos, estão recebendo benefícios de verdade. Me parece que o procurador foi subornado.

— Você não tem como ter certeza disso. Conheci Nelson Treblehorn e ele parece ser uma boa pessoa.

— Carismático, sim. Eficaz em nossa defesa, não. Pai, o primeiro passo para recuperar o respeito para nossa família é ter uma representação direta no Landsraad. Pretendo viajar para Salusa Secundus, onde poderei ver o Salão do Landsraad e olhar nos olhos do meu amado primo, o *imperador*.

Muitas gerações antes, os Harkonnen e os Butler/Corrino tinham sido a mesma família, mas chegara o tempo em que os líderes do Imperium consideravam o nome Harkonnen um constrangimento e nunca o pronunciavam. Griffin sabia como a irmã ansiava por remover a mancha de desonra causada por Vorian Atreides. Ele também sentia o peso da injustiça cometida contra a família, e cada um deles deveria desempenhar um papel nos planos de restauração. Além de seus objetivos comerciais, Griffin estava trabalhando para construir alianças políticas e, um dia, viajaria a Salusa para reivindicar o assento legítimo de Lankiveil no Salão do Landsraad. Ele pretendia *conquistar* o prestígio dos Harkonnen.

Entretanto, todos os Mundos da Liga e os antigos Planetas Isolados haviam sido reunidos na mesma rede, e este Imperium combinado abrangia mais de 13 mil mundos. Mas era impossível fazer qualquer negócio se tantos representantes planetários tivessem que tratar de cada medida burocrática antes que uma votação pudesse ser realizada. Alguns representantes designados pelo imperador Salvador reuniam dezenas de mundos com alguma vaga relação sob um único guarda-chuva e votavam em nome de suas populações. A prática era considerada conveniente (para receber subsídios imperiais ou outros benefícios), mas não era obrigatória, e exceções eram abertas em detrimento dos benefícios. Até onde Griffin sabia, os favores imperiais que Lankiveil ganhava em troca das relações conduzidas pelo procurador eram tão poucos que beiravam o inexistente.

Em Salusa Secundus, Griffin pretendia falar em nome do planeta, em nome da família. Pessoalmente. Com Valya se tornando uma das habilidosas Irmãs da respeitada escola em Rossak e Griffin logo assumindo o cargo de representante oficial da Liga do Landsraad, ao mesmo tempo que gerenciava e expandia as operações comerciais da família, as perspectivas para a Casa Harkonnen ficavam mais animadoras.

— Bem, então tenho certeza de que é a decisão certa. — Vergyl parecia se divertir com as ideias grandiosas do filho. Embora Griffin tivesse assumido grande parte do trabalho e das decisões comerciais, o pai ainda o via como um jovem ingênuo.

Para um novo e ambicioso empreendimento comercial que Griffin e Valya haviam idealizado juntos, ele pedira ao tio Weller que viajasse de planeta em planeta representando a família e gerenciando contratos de pele de baleia. Embora Weller fosse um excelente vendedor e todos gostassem dele, não tinha muito talento para os negócios, e seu irmão Vergyl estava ainda mais alheio às questões importantes que afetavam a família. Pelo menos o tio Weller entendia de táticas e objetivos comerciais, queria fazer alguma coisa e estava disposto a contribuir com seu tempo e seus talentos; Vergyl tinha basicamente desistido. Se o pai de Griffin tivera alguma ambição quando era jovem (e Griffin não tinha muita certeza daquilo), decerto já não tinha mais nenhuma.

No ano anterior, investindo e planejando para o mercado em expansão, Griffin havia providenciado o envio de centenas de navios adicionais para garantir a maior coleta de pele de baleia que o planeta já havia produzido. Em seguida, ele negociara um acordo de transporte, carga e descarga com a empresa de despachos de baixo custo Transporte Celestial, visando levar o tio Weller e seus produtos por todo o Imperium.

A empresa de transporte que dominava a Liga era a Frota Espacial do Grupo Venport. Seu histórico de segurança era impecável, já que as naves eram guiadas por Navegadores misteriosos — alguns diziam até inumanos — que conseguiam prever perigos e acidentes antes que ocorressem. Mas o Grupo Venport cobrava tarifas absurdamente altas, e a Casa Harkonnen havia investido uma parte significativa dos lucros da família naquela expansão. Griffin não tinha mais como justificar aquela despesa adicional; apesar de a Transporte Celestial ser mais lenta e não usar Navegadores, oferecia condições bastante favoráveis. Então, após organizarem todos os detalhes, o tio de Griffin partira com uma enorme carga de pele de baleia sedosa, esperando estabelecer uma demanda e depois fechar acordos lucrativos de distribuição com outros planetas.

Enquanto isso, Griffin se dedicava aos estudos para fazer o exame de qualificação e se tornar o representante oficial de Lankiveil em Salusa Secundus. Olhou de relance para o pai.

— Preciso terminar de estudar. Tenho que enviar o pacote de testes na próxima nave de saída.

Vergyl Harkonnen ofereceu um elogio casual com o objetivo de encorajá-lo:

— Você vai se sair bem, filho.

E então deixou Griffin com seus estudos.

> **Sou um homem generoso quando minha generosidade é merecida. Mas vejo uma diferença entre a generosidade com aqueles que a merecem e a caridade com aqueles que se aproveitam da minha riqueza.**
>
> — Diretor Josef Venport, resposta padrão
> às solicitações de doação

Estreitando os olhos azuis, Josef Venport olhou para os nervosos chefes de tripulação que esperavam para entregar seus relatórios no ambiente controlado da sala de conferências, na matriz do Grupo Venport no planeta Arrakis.

— Não tenham dúvidas. Farei o que for necessário para proteger minhas propriedades.

O diretor andava pela sala para queimar energia, tentando controlar a raiva. Os grossos cabelos cor de canela estavam penteados para trás, exibindo sua testa, e ele ostentava um bigode espesso sobre lábios finos que raramente sorriam. As sobrancelhas pesadas se franziram ainda mais ao olhar para os gerentes.

— Minha bisavó, Norma Cenva, sacrificou a maior parte de sua frota espacial, sem mencionar incontáveis vidas, para derrotar as máquinas pensantes. Pode ser que proteger meus interesses comerciais não pareça um objetivo tão dramático, mas aconselho que não coloquem minha determinação à prova.

— Nunca duvidamos de sua determinação, senhor — disse Lilik Arvo, supervisor das operações de coleta de especiaria da empresa em Arrakis. A voz dele saiu trêmula.

A pele de Arvo era escura, bronzeada e coriácea, como uma uva-passa velha. Os outros dois homens, chefes de seção das equipes de produção nas profundezas do deserto, vacilaram, também temendo a ira de Josef. Apenas uma mulher coberta de pó, que estava sentada ao fundo, não demonstrou medo. Ela fez uma careta enquanto observava o desenrolar daquelas atividades.

— Eu nem queria vir aqui, para começo de conversa — acrescentou Josef. — Prefiro que essas operações sejam realizadas de forma independente, mas se outra empresa está roubando minha especiaria, *minha especiaria!*, preciso impedir. Imediatamente. Quero saber quem está por trás das outras operações de coleta por aqui, quem as está financiando e para onde a maldita especiaria está indo.

Qualquer pessoa que tivesse conquistado uma posição de autoridade no Grupo Venport sabia que, quando alguém falhava com Josef, ele insistia em equilibrar a balança. E, se seus supervisores e administradores não quisessem se tornar alvos de sua ira, era melhor encontrarem um destinatário mais apropriado para a punição.

— Passe as instruções, senhor, e cuidaremos disso — disse a mulher na sala de conferências, cujos trapos empoeirados cobriam um traje de recuperação bem ajustado e conservado. — O que for necessário.

Ela era a única entre os presentes que ele considerava competente. Também era a única que não gostava de ficar no ar frio e umidificado.

As marcas e rugas ao redor dos olhos sugeriam certa idade, embora o ambiente ressecado do deserto e as propriedades de extensão de vida do mélange tornassem difícil dar qualquer palpite em relação à real idade dela. Seus olhos eram daquele estranho azul sobre azul que indicava o consumo constante de especiaria, beirando o vício.

Josef a olhou com satisfação.

— Você está a par da situação, Ishanti. Diga o que nos recomenda.

Ele lançou um olhar severo para os chefes de tripulação que haviam dado desculpas em vez de sugestões.

Ela deu de ombros.

— Não deve ser muito difícil encontrar um ou dois nomes.

— Mas como? — perguntou Arvo. — Primeiro temos que encontrar quem está caçando de forma ilegal. O maquinário deles não tem identificação e o deserto é enorme.

— Basta saber onde procurar. — Ishanti sorriu sem mostrar os dentes. Seus fartos cabelos castanhos estavam presos em um lenço colorido. Ela usava dois pingentes com um desenho típico budislâmico, o que não era surpresa, já que a maioria das tribos abrigadas nas profundezas do deserto era zen-sunita, originalmente formada por refugiados de traficantes de escravos.

Apesar de não ocupar um cargo formal no Grupo Venport ou em sua subsidiária comercial, o Consórcio Mercantiles, Josef a pagava bem por seus serviços úteis. Ishanti vinha das profundezas do deserto, movendo-se com facilidade das cavernas tribais isoladas para o espaçoporto e os assentamentos vizinhos. Ela ficava de olho nas operações de colheita de especiaria de Venport, negociava com os comerciantes da cidade de Arrakis e depois desaparecia de novo como um redemoinho de poeira nas dunas. Josef nunca tentara segui-la e dera instruções rígidas aos outros para que deixassem Ishanti ter sua privacidade.

Ele se dirigiu aos ouvintes.

— Quero que todos vocês enviem mensagens. Podem subornar, se for necessário, e enviar observadores para vasculhar o deserto. O Consórcio Mercantiles vai oferecer uma grande recompensa a qualquer equipe de especiaria que denuncie uma operação não oficial por aí. Não deixarei este planeta até ter respostas. — Suas sobrancelhas se juntaram. — E não quero permanecer aqui por muito tempo.

Ishanti sorriu para ele de novo, e Josef se perguntou que padrões de beleza os zen-sunitas usavam por ali. Estaria ela tentando flertar? Ele não achava a mulher austera do deserto nem um pouco atraente, mas respeitava suas habilidades. Venport tinha uma esposa para quem voltar em Kolhar, uma mulher inteligente, treinada pela Irmandade, chamada Cioba — a única pessoa em quem ele confiava para cuidar das operações comerciais do conglomerado do Grupo Venport enquanto ele estivesse fora.

— Faremos com que sua estadia seja a mais curta possível, senhor — declarou Arvo. — Vou cuidar disso agora mesmo.

Na verdade, Josef acreditava mais em Ishanti. Ele deu um sermão em todos eles:

— Meu ancestral, Aurelius Venport, viu o potencial das operações de colheita de especiaria e arriscou muito, investiu muito, para torná-las lucrativas. — Ele se inclinou para a frente. — Minha família depositou gerações de sangue e dinheiro neste planeta, e eu me recuso a permitir que um concorrente novato e desconhecido qualquer tente desequilibrar as bases que os Venport estabeleceram. Ladrões não podem sair impunes.

Josef bebeu de seu enorme copo de água gelada, e os outros fizeram o mesmo com gratidão. Ele teria preferido fazer um brinde triunfante, mas seria cedo demais.

Josef se isolou em seus aposentos particulares na cidade de Arrakis, comeu a refeição que lhe trouxeram sem a desfrutar e se debruçou sobre os relatórios de negócios. Cioba já havia preparado um resumo dos assuntos mais importantes relacionados aos numerosos investimentos da empresa e anexara uma nota pessoal sobre o progresso de suas duas filhas pequenas, Sabine e Candys, que estavam sendo treinadas em Rossak.

Nas últimas gerações, o Grupo Venport se tornara tão incrivelmente rico que Josef precisara transformar o departamento de distribuição de carga em uma entidade separada, o Consórcio Mercantiles, que comercializava mélange de Arrakis e outras mercadorias de alto valor. Ele também havia estabelecido várias instituições financeiras de grande porte em planetas importantes, onde podia alienar, investir e ocultar os lucros do Grupo Venport. Não queria que ninguém — sobretudo os fanáticos antitecnologia — suspeitasse de quanto poder e influência ele de fato possuía. No entanto, dentre as inúmeras ameaças e desafios que enfrentava, os bárbaros butlerianos, tão limitados de perspectivas, estavam invariavelmente no topo ou perto do topo de sua lista. Fazia parte da rotina deles destruir naves-robô abandonadas, mas perfeitamente funcionais, que poderiam ter sido incorporadas à Frota Espacial do Grupo Venport.

Assim que retornasse a Kolhar, teria muito trabalho a fazer. Ele também era esperado em Salusa Secundus em breve para uma importante reunião do Landsraad. Mas não poderia deixar Arrakis até que tivesse resolvido certo problema...

Ishanti havia de fato localizado uma operação ilegal de colheita de especiaria de um concorrente no deserto isolado. (Josef não conseguia entender por que suas aeronaves de reconhecimento mais bem equipadas não tinham conseguido encontrar nada.) Quando Lilik Arvo enviara uma equipe de resposta ao local, os caçadores ilegais já haviam fugido. No entanto, Arvo interceptara uma pequena nave de carga antes que ela conseguisse deixar o planeta. O porão estava cheio de mélange contrabandeada. Josef, é claro, havia confiscado a carga, adicionando-a ao próprio estoque.

Os engenheiros do Grupo Venport haviam vasculhado a nave sem identificação, analisando os números de série dos componentes, e tinham encontrado indícios de que ela pertencia à Transporte Celestial. Josef não ficara nada feliz com aquilo. Arjen Gates estava mais uma vez se metendo onde não devia.

A TC era a única verdadeira concorrente de Josef no setor de transporte espacial, e ele não gostava nem um pouco daquela intrusão. Com base em informações sigilosas que havia obtido (a um custo alto), ele sabia que a Transporte Celestial perdia até 1% de suas naves — uma taxa de falhas ridiculamente alta. Mas o risco ficava por conta do comprador. Ao optarem por um preço baixo e uma forma de transporte não confiável, os passageiros e entregadores da TC recebiam o que mereciam...

Arvo e Ishanti chegaram aos aposentos particulares de Josef, escoltando um homem amarrado e amordaçado em um traje de voo sem identificação. Arvo parecia satisfeito consigo mesmo, como se assumisse o crédito pela operação, e explicou:

— Esse homem era a única pessoa a bordo da nave do mercado clandestino. Vamos chegar ao fundo da questão, senhor, mas até agora ele se recusa a falar.

Josef ergueu suas sobrancelhas grossas.

— Precisa ser estimulado, então. — Ele se voltou para o prisioneiro, que transpirava muito. *Desperdiçando água*, como pensaria o povo do deserto. — Quem é o responsável pelas operações de vocês aqui em Arrakis? Eu gostaria de falar com essa pessoa.

Quando Ishanti removeu a mordaça do prisioneiro, o homem franziu os lábios com irritação.

— Este é um planeta livre. Você tem tanto direito a comercializar o mélange quanto qualquer outra pessoa. Centenas de operações funcionaram em Arrakis durante as pragas. A especiaria está lá para ser colhida! Fizemos nosso próprio investimento. Nosso trabalho não interfere em seu comércio.

— A especiaria é *minha*. — Josef não levantou a voz, mas a raiva por trás dela se agitava como uma tempestade crescente. Ele fez um gesto de desprezo. — Ishanti, descubra o que puder com ele. Confio no seu talento.

Irmandade de Duna

Na verdade, pode até ficar com a água dele como pagamento pelos seus serviços.

Ishanti enfim abriu um sorriso largo o suficiente para mostrar os dentes e exibiu parte da adaga branca e leitosa em sua cintura.

— Obrigada, senhor.

Ela colocou a mordaça de volta na boca do prisioneiro, abafando seus protestos, e levou o homem para longe enquanto ele se debatia.

> **Nunca conseguirei explicar minhas motivações a ninguém, a não ser para Erasmus. Nós nos entendemos, apesar das óbvias diferenças.**
>
> — Gilbertus Albans, anotações em diário particular

Para incentivar a concentração Mentat, o diretor Gilbertus Albans havia construído sua escola no continente menos povoado de Lampadas. Apesar de aquele já ser um mundo pastoral, precisava de um lugar em que seus instrutores e alunos pudessem se concentrar no exigente currículo sem se distrair com problemas externos.

Quando escolhera aquele mundo como sede de sua Escola Mentat, errara ao subestimar a força contínua do movimento butleriano após a derrota de Omnius. O fervor antitecnologia deveria ter desaparecido rapidamente, extinguindo-se por falta de paixão e necessidade, mas Manford Torondo estava mais poderoso do que nunca. O caminho de Gilbertus era como o fio de uma navalha.

Ele estava no palco do teatro principal, onde eram transmitidas as instruções. Era o centro das atenções. Os assentos o cercavam e subiam abruptamente até a parte de trás. As paredes e o teto ao redor do anfiteatro eram de madeira escura e manchada, com uma pátina artificial que fazia com que parecessem muito antigos, com uma importância de peso. Amplificadores engenhosos transmitiam sua voz calma e reservada a todos os alunos atentos.

— Vocês devem olhar além das primeiras impressões.

O diretor apontou para os dois corpos que repousavam sobre as mesas de autópsia no centro do palco. Em uma das mesas estava um cadáver humano pálido e nu, com a cabeça virada para cima, os olhos fechados e os braços esticados ao lado do corpo. Na outra mesa estava um mak de combate desativado, com os ameaçadores braços de armas e a cabeça em forma de projétil de fogo posicionados de maneira semelhante.

— Um humano e uma máquina pensante. Observem os paralelos. Analisem-nos. Aprendam com eles e perguntem a si mesmos: será que, no fim das contas, eles são tão diferentes assim?

Irmandade de Duna

Gilbertus usava um conjunto de colete e calça de tweed e óculos redondos em seu rosto estreito, já que preferia usar óculos a fazer tratamentos médicos que poderiam ter melhorado sua visão. Seu cabelo era fino, mas ainda preservava o amarelo-palha natural da juventude. Ele tinha que manter as aparências e tomava muito cuidado para esconder o fato de que tinha mais de 180 anos, graças ao tratamento de extensão de vida que recebera do robô independente Erasmus. Nenhum dos alunos do Mentat suspeitava da importância que o mentor-máquina tivera em sua vida; seria perigoso se os butlerianos descobrissem a verdade sobre o passado de Gilbertus.

— O Jihad provou que os humanos são superiores às máquinas pensantes, é verdade. Mas, sob uma minuciosa inspeção, é possível ver as semelhanças.

Como os Mentats eram a resposta humana aos computadores, os butlerianos antitecnologia apoiavam a escola dele. Gilbertus, no entanto, tivera experiências totalmente diferentes com as máquinas pensantes. Ele guardava suas opiniões para si por segurança própria, sobretudo ali em Lampadas.

Gilbertus levantou a cabeça lisa do mak de combate e a desencaixou do mecanismo de ancoragem do pescoço.

— O robô que vocês veem aqui é um resquício daquele conflito e recebemos uma autorização especial para usá-lo como ferramenta de ensino.

(O governo imperial não apresentara objeções, mas não fora tão fácil convencer Manford Torondo.)

Ele levantou o braço direito pálido do cadáver.

— Observem a musculatura e comparem com a anatomia mecânica do robô de combate.

Enquanto os alunos observavam em silêncio, alguns intrigados e outros obviamente apavorados, Gilbertus removeu metodicamente os órgãos do cadáver preparado e, em seguida, retirou as partes quase equivalentes do mak de combate, passo a passo, mostrando os paralelos. Ele arrumou todas as partes em bandejas ao lado de cada corpo, realizando as autópsias de forma simultânea.

Durante meia hora, ele dissecou o robô de combate, explicando como os componentes se encaixavam e funcionavam, como os sistemas de armas embutidos do mak operavam, expondo suas capacidades e relacionando cada ponto ao análogo humano.

Seu aluno sênior, Draigo Roget, que também atuava como assistente de ensino, fez um ajuste no simples projetor que exibia os detalhes da operação para a audiência. Draigo usava roupas pretas da cabeça aos pés, o que acentuava seus longos cabelos pretos, sobrancelhas pretas e olhos escuros.

O crânio do cadáver fora aberto em preparação para a aula e seu cérebro tinha sido removido. Naquele instante, Gilbertus expunha a unidade de processamento do computador do robô de combate. Ele colocou o núcleo de gelcircuito do mak em uma bandeja: uma esfera metálica de aparência macia era o equivalente do complicado cérebro humano, exibido em uma bandeja separada. Ele sondou o núcleo do computador com a ponta do dedo.

— As máquinas pensantes têm memórias eficientes e processamento de alta velocidade, mas com capacidade finita, limitada pelas configurações específicas que foram fabricadas para elas.

Gilbertus dissecou o cérebro.

— O cérebro humano, em contrapartida, não tem um conjunto conhecido de configurações de fábrica. Observe o arranjo complexo neste corte: cérebro, cerebelo, corpo caloso, diencéfalo, lobo temporal, mesencéfalo, ponte, medula... todos vocês estão familiarizados com esses termos. Apesar da massa física do cérebro, grande parte da capacidade de raciocínio e de computar informações nunca é utilizada pelo indivíduo.

Ele olhou para os alunos.

— Cada um de vocês deve aprender a aproveitar o que todos nós possuímos. Talvez não haja limite para a quantidade de informações que nossas memórias podem conter... se as ordenarmos e armazenarmos de forma adequada. Nesta escola, ensinamos cada aluno a emular os métodos eficientes de organização e cálculo das máquinas pensantes, e descobrimos que os humanos podem fazer isso *melhor*.

Os alunos murmuraram, alguns inquietos. Em especial, ele notou a expressão amarga de Alys Carroll, uma jovem talentosa, mas de mente fechada, que havia sido criada entre os butlerianos. Era uma das alunas que Manford Torondo designara para estar ali; surpreendentemente, Alys se saíra muito bem em níveis de habilidade mental.

Irmandade de Duna

Para construir a Escola Mentat em Lampadas, Gilbertus tivera que fazer alguns sacrifícios. Como parte de seu acordo com Manford, que lhe garantia apoio para a escola, a cada ano Gilbertus tinha que admitir um número específico de alunos selecionados pelos butlerianos. Embora não fossem os melhores candidatos e ocupassem vagas vitais que poderiam ser mais adequadas para indivíduos mais talentosos e objetivos, aquela era uma concessão que ele tinha que fazer.

Gilbertus deu um passo para trás, afastando-se dos dois espécimes nas mesas de autópsia.

— Meu objetivo é que vocês saiam dessa escola com os pensamentos tão organizados e as capacidades de memória tão expandidas que se tornem mais do que a cópia de qualquer computador. — Ele deu um sorriso paternal. — Acham que essa é uma meta digna de seus esforços?

Uma onda de concordância reverberou pelo teatro:

— Sim, senhor!

Ainda que os arredores da Escola Mentat não fossem nada agradáveis — pântanos colossais, canais lamacentos e predadores perigosos —, Gilbertus sabia que estar cercado por ambientes inóspitos aperfeiçoavam os humanos mais hábeis. Era algo que Erasmus havia lhe ensinado.

O complexo escolar era um grande conjunto de plataformas flutuantes interligadas, ancoradas em um enorme lago pantanoso cercado por terras improdutivas e despovoadas. Um sistema de escudos de proteção mantinha afastados os irritantes insetos transmissores de doenças do pântano, criando uma espécie de oásis para os alunos Mentat.

Gilbertus atravessou uma passarela flutuante sobre o pântano, mal notando a água verde-escura abaixo. Ele passou por uma quadra de esportes flutuante e por um dos auditórios independentes, depois entrou no prédio da administração no perímetro do complexo, que abrigava escritórios para os reitores e professores titulares Mentat. A escola já tinha mais de duzentos instrutores e quatro mil alunos, um sucesso notável entre os muitos centros de aprendizado que haviam surgido após a derrota das máquinas pensantes. O rigor do método Mentat fazia com que a taxa de reprovação se aproximasse dos 35%, mesmo entre os melhores candidatos que eram aceitos na escola (sem contar a presença obrigatória de candidatos butlerianos), e somente os melhores deles avançavam para se tornarem Mentats.

As lâmpadas de biosene no escritório de Gilbertus exalavam um odor fraco, mas não desagradável. A enorme sala tinha um piso escuro de mognácia e tapetes feitos de folhas e cascas de salgueiros do pântano. Bem baixinho, ele ouvia música clássica tocando, algumas das composições que ele e Erasmus haviam apreciado nos jardins de contemplação do robô em Corrin.

Por pura nostalgia, ele montara o escritório para que ficasse parecido com a casa de Erasmus em Corrin, com as mesmas cortinas roxas deslumbrantes e o mesmo estilo ornamentado de mobília. Tivera que tomar bastante cuidado, ainda que soubesse que ninguém jamais faria a conexão. Gilbertus era o único humano vivo que se lembrava dos luxuosos adornos da casa particular do robô independente.

As estantes de livros subiam até o teto alto, construídas com madeira polida que parecia antiga; alguns entalhes e arranhões tinham sido feitos durante a montagem para criar a ilusão de envelhecimento. Ao fundar a escola, Gilbertus queria passar a impressão de seriedade de uma instituição austera. Tudo naquele escritório, no prédio e no complexo da escola havia sido planejado com muito cuidado.

E não há nada mais apropriado, refletiu ele. *Afinal, somos Mentats.*

Os decanos e professores haviam desenvolvido e aprimorado programas de instrução inovadores para expandir os limites da mente humana, mas a essência do currículo Mentat vinha de uma fonte que apenas Gilbertus conhecia — uma fonte que, caso fosse revelada, colocaria toda a escola em extremo perigo.

Após se certificar de que estava sozinho, Gilbertus trancou a porta e baixou cada uma das cortinas de madeira e tecido. Então, tirou uma chave do bolso do paletó e destrancou um armário de madeira maciça embutido em um conjunto de prateleiras. Ele entrou e tocou um painel em um local preciso, fazendo com que as prateleiras se reorganizassem, girassem e se abrissem como as pétalas de uma flor.

Em uma prateleira repousava um núcleo de memória cintilante, para o qual ele disse:

— Estou aqui, Erasmus. Está pronto para continuar nossa conversa?

Seus batimentos aceleraram, em parte devido às emoções que sentia, em parte devido ao risco. Erasmus era o mais infame de todos os robôs independentes, uma máquina pensante tão odiada quanto a própria sempremente Omnius. Gilbertus sorriu.

Antes da queda catastrófica de Corrin, ele havia removido o núcleo do robô condenado e o contrabandeado enquanto se imiscuía nos inúmeros refugiados humanos. Nos anos que se seguiram, Gilbertus criara uma vida totalmente nova para si mesmo, um passado falso. Usara seus talentos para desenvolver aquela Escola Mentat com a ajuda clandestina de Erasmus, que lhe dava conselhos constantes.

A esfera de gelcircuito pulsou com atividade e, por meio de pequenos amplificadores, o robô independente falou em uma voz erudita familiar:

— Obrigado... Eu estava começando a me sentir claustrofóbico, mesmo com os olhos-espiões escondidos que você me forneceu.

— Você me salvou de uma vida de ignorância e miséria, e eu o salvei da destruição. Uma troca justa. Mas peço desculpas por não poder fazer mais... ao menos não por enquanto. Temos que tomar muito cuidado.

Anos antes, Erasmus havia selecionado uma criança nos miseráveis fosso de escravos no mundo das máquinas, um experimento para ver se era possível civilizar uma das criaturas selvagens por meio de um meticuloso treinamento. Com o passar dos anos, o robô independente se tornara uma figura paterna e um mentor, ensinando Gilbertus a organizar seus pensamentos e a aprimorar seu cérebro para que pudesse pensar com uma eficiência antes reservada aos computadores. Como era irônico, pensou Gilbertus, que sua escola para maximizar o potencial humano tivesse suas raízes no mundo das máquinas pensantes.

Erasmus era um professor severo, mas excelente. O robô provavelmente teria tido sucesso com qualquer jovem humano que tentasse treinar, mas Gilbertus era muito grato ao destino por ter sido o escolhido...

Os dois falavam em voz baixa, sempre apreensivos com a possibilidade de serem descobertos.

— Sei dos riscos que você já está correndo, mas estou ficando inquieto. Preciso de uma nova estrutura, um corpo funcional que me permita ter mobilidade de novo. Estou sempre pensando em inúmeros cenários de testes que produziriam resultados interessantes com seu quadro de alunos. Tenho certeza de que os seres humanos continuam a fazer coisas fascinantes e irracionais.

Como sempre, Gilbertus desviou do assunto da criação do novo corpo que o robô desejava.

— Continuam, Pai... e coisas imprevisíveis e violentas também. É por isso que preciso mantê-lo escondido. De todos os segredos do Imperium, sua existência talvez seja o maior.

— Anseio por interagir com os humanos de novo... mas sei que você está fazendo o seu melhor. — A voz da máquina fez uma pausa, e Gilbertus pôde imaginar a mudança de expressão no antigo rosto de fluximetal do robô, no corpo deixado para trás em Corrin. — Me leve para dar uma volta pelo quarto. Abra um pouco uma das cortinas para que eu possa dar uma olhada com meus sensores. Preciso de informações.

Sempre alerta, Gilbertus retirou o núcleo leve e o segurou nas mãos, tomando muito cuidado para não deixá-lo cair ou danificá-lo de alguma forma. Levou a esfera para uma das janelas que dava para o enorme e raso lago — onde era improvável que houvesse alguém observando — e levantou as cortinas. Não podia negar a Erasmus aquele pequeno favor; ele devia muito ao robô independente.

O núcleo de memória deu risada, uma casquinada sutil que fez com que Gilbertus se lembrasse dos tempos pacíficos e idílicos em Corrin.

— O universo mudou muito — observou Erasmus. — Mas você se adaptou. Fez o que precisava fazer para sobreviver.

— E para proteger você. — Gilbertus segurou o núcleo de memória perto de si. — É difícil, mas vou manter a fachada. Você ficará seguro enquanto eu estiver fora, Pai.

Em breve, Gilbertus deveria partir de Lampadas com Manford Torondo para Salusa Secundus a fim de falar com o Conselho do Landsraad e com o imperador Salvador Corrino. Era um equilíbrio delicado e perigoso que Gilbertus precisava atingir... uma forma de acrobacia que sempre o deixava inquieto.

> **A vida é complicada, independentemente das circunstâncias em que nascemos.**
>
> — Haditha Corrino, carta para o marido,
> o príncipe Roderick

Puxada por quatro leões dourados, a carruagem real conduzia uma procissão pela capital de Salusa, Zimia. Era uma cidade de monumentos, homenageando os numerosos heróis do longo Jihad. Por toda parte, o imperador Salvador Corrino via imagens de Serena Butler, do bebê martirizado dela, Manion, e do Grande Patriarca Iblis Ginjo — em faixas esvoaçantes, nas laterais dos edifícios, em estátuas, nas fachadas das lojas. À frente, a grande cúpula dourada do Salão do Parlamento era uma presença tranquilizadora, sendo o próprio edifício um local de eventos históricos épicos.

Sob um céu nublado, eles passaram por um imponente andarilho cimak em exposição, um monumento amassado e enferrujado, tão alto quanto os maiores edifícios da cidade. A temível máquina já havia sido guiada por um cérebro humano, parte de uma força de ataque inimiga durante a primeira Batalha de Zimia. Naquele momento, a imensa forma estava sem vida, uma relíquia que servia como lembrete daqueles dias sombrios. Após mais de um século do Jihad de Serena Butler, as forças das máquinas pensantes tinham sido totalmente derrotadas em Corrin, e os humanos já não eram mais escravos.

Zimia havia sido severamente danificada duas vezes por ataques de máquinas no Jihad e, em ambas as ocasiões, a cidade fora reconstruída — uma prova do espírito inabalável da humanidade. Da carnificina e dos escombros da Batalha de Corrin, a família Butler mudara seu nome para Corrino e ascendera para liderar o novo Imperium. O primeiro imperador tinha sido o avô de Salvador, Faykan, e depois seu filho, Jules. Ambos haviam governado por um total combinado de 71 anos, após os quais Salvador assumira o trono.

Dentro da carruagem real, o imperador estava irritado com a interrupção de sua agenda matinal, mas havia recebido a notícia de uma descoberta sinistra que precisava ver com os próprios olhos. Ele saíra apressado do palácio com sua comitiva de guardas reais, assistentes, conselheiros e segurança completa (porque aquele povo incansável sempre encontrava um motivo para protestar). Um médico da Escola Suk ia na carruagem atrás dele, caso algo de errado acontecesse. Salvador se preocupava com muitas coisas e vestia sua apreensão como uma roupa que não lhe caía bem.

À medida que a procissão continuava, o imperador não estava exatamente com vontade de ver a descoberta macabra para a qual o estavam escoltando, mas fazia parte de suas obrigações. As carruagens de leões seguiram em direção ao centro da cidade, passando por outras carruagens, carros terrestres e caminhões que paravam nos acostamentos para permitir a passagem para a comitiva real.

A carruagem ornamentada parou com suavidade na grande praça central e atendentes uniformizados se apressaram para abrir a porta esmaltada. Conforme ajudavam o imperador a sair, ele já conseguia sentir o cheiro de carne queimada no ar.

Um homem alto e musculoso se aproximou, vestindo uma túnica escarlate e calças douradas, as cores da Casa Corrino. Roderick era meio-irmão do imperador; o mesmo pai, mas mães diferentes. Os dois também tinham uma meia-irmã problemática, Anna, de outra mãe. (O imperador Jules mantivera-se bastante ocupado, apesar de nunca ter gerado um filho com a verdadeira esposa.)

— Por aqui — disse Roderick em voz baixa. Ele tinha cabelos grossos e loiros, ao contrário de Salvador, que, dois anos mais velho, aos 47, tinha apenas uma fina mecha de cabelo castanho no topo da cabeça. Os dois usavam cintos-escudo ativados como se fossem acessórios casuais, envolvendo-os em um campo quase imperceptível. Os homens mal pensavam na tecnologia onipresente.

Roderick apontou para uma estátua de Iblis Ginjo, o líder religioso carismático, porém complexo, do Jihad. Ginjo inspirara bilhões de pessoas a lutar contra as máquinas opressoras. Salvador ficou horrorizado ao ver um corpo queimado e mutilado pendurado na estátua. Havia um cartaz no cadáver carbonizado e irreconhecível, identificando-o como "Toure Bomoko — Traidor de Deus e da Fé".

Salvador conhecia aquele nome muito bem. Vinte anos antes, durante o reinado de seu pai, a Comissão de Tradutores Ecumênicos havia causado um tumulto terrível com o lançamento de um novo livro sagrado que, supostamente, serviria para todas as religiões, a Bíblia Católica de Orange. Toure Bomoko fora o presidente dos representantes da CTE, que haviam passado sete anos isolados em um complexo de cúpulas nas desolações radioativas da Velha Terra. A CTE havia compilado uma suma de compromissos dos princípios básicos da religião e, em seguida, apresentado sua obra-prima com um triunfo leviano. O texto sagrado remendado tinha a intenção de resolver todas as diferenças religiosas da humanidade, mas, na verdade, conseguira o oposto.

Em vez de ser celebrado como o triunfo da unificação e o pilar de um entendimento mais amplo, o livro, com toda a sua arrogância, havia inspirado uma reação violenta em todo o Imperium. Bomoko e seus colegas representantes acabaram tendo que fugir das turbas; muitos representantes foram linchados, enquanto outros se retrataram com veemência para salvar a própria pele. Alguns cometeram suicídio, muitas vezes sob circunstâncias suspeitas, enquanto outros, como Bomoko, haviam se escondido.

Mais tarde, depois de receber abrigo no Palácio Imperial pela graça do imperador Jules, o presidente Bomoko admitira em público que sua comissão havia errado ao tentar criar novos símbolos religiosos que só serviam para "introduzirmos incertezas na crença já aceita" e "provocarmos controvérsias sobre Deus". Após um escândalo no palácio envolvendo o presidente e a esposa do imperador, Bomoko escapara — a segunda vez em que fora forçado a fugir. Ele nunca fora encontrado.

Roderick estava ao lado do irmão, analisando o cadáver carbonizado e sem rosto pendurado na estátua.

— Você acha que realmente o encontraram dessa vez?

Sem se deixar impressionar pelo corpo mutilado, Salvador revirou os olhos.

— Duvido. Este é o sétimo suposto "Bomoko" que eles matam. Mas faça os testes genéticos mesmo assim, só por garantia.

— Vou cuidar de tudo isso.

Salvador sabia que não precisava se preocupar. Roderick sempre fora o irmão mais frio e calmo. O imperador suspirou devagar.

— Se eu soubesse onde Bomoko está, eu mesmo o entregaria, só para manter as multidões felizes.

Os lábios de Roderick se juntaram em um esgar. Ele olhou para o irmão com seriedade.

— Presumo que, antes, você discutiria isso comigo.
— Tem razão, eu não faria nada tão sério sem pedir seus conselhos.

Com o passar dos anos, a quantidade de protestos variava, apesar de mais de uma década ter se passado sem grandes tumultos desde que Salvador assumira o trono de Corrino. Em breve, ele anunciaria uma edição revisada (e, de certa forma, menos objetável) da Bíblia C. O., e *aquilo* também iria incomodar algumas pessoas. A nova edição carregaria o nome do próprio Salvador e, a princípio, parecia ser uma boa ideia. Pelo intermédio de seus estudiosos religiosos, Salvador tentara resolver alguns dos textos problemáticos, mas os extremistas queriam que aquele livro sagrado consolidado fosse queimado, não modificado. Todo cuidado era pouco quando se tratava de fanáticos religiosos.

Roderick deu ordens claras a dois guardas do palácio.

— Removam o corpo e limpem a cena do crime.

Quando o cadáver queimado foi retirado, parte da carne avermelhada dos ombros e do tronco se soltou do osso, e os guardas recuaram com exclamações de nojo. Um dos homens trouxe o cartaz para Salvador, e ele semicerrou os olhos para ler as letras pequenas no verso. O grupo de linchamento achara necessário explicar que o corpo da vítima fora mutilado exatamente da mesma forma que as máquinas pensantes haviam feito com Serena Butler — a justificativa deles para um assassinato horrível.

Enquanto caminhava de volta para a carruagem real com o irmão, o imperador resmungou:

— Depois de mil anos de escravidão por máquinas e mais de um século do sangrento Jihad, seria de se esperar que as pessoas já estariam cansadas de tudo isso.

Roderick assentiu de forma discreta e consciente.

— Eles parecem viciados no confronto e no frenesi. O estado de espírito do povo ainda é cruel.

— A humanidade é tão impaciente. — O imperador entrou na carruagem. — Esperavam mesmo que todos os problemas fossem resolvidos em um instante depois da queda de Omnius? Oitenta anos se passaram desde a Batalha de Corrin, as coisas não deveriam estar mais tão turbulentas! Gostaria que você pudesse dar um jeito nisso, Roderick.

O irmão abriu um sorriso estreito.

— Farei o que puder.

— Sim, eu sei que fará.

Salvador fechou a porta da carruagem e o cocheiro forçou os leões a acelerarem o passo enquanto o restante da comitiva se esforçava para segui-los.

No fim daquela mesma tarde, Roderick entregou os resultados genéticos ao irmão em sua propriedade rural. Salvador e a imperatriz Tabrina estavam em meio a uma de suas discussões acaloradas, daquela vez sobre o desejo dela de assumir um pequeno cargo no governo em vez de continuar em seus deveres cerimoniais de sempre.

Salvador se opôs categoricamente ao pedido:

— Não faz parte da tradição, e o Imperium precisa de estabilidade mais do que de qualquer outra coisa.

O casal real estava na sala de troféus, onde uma coleção de peixes e animais selvagens congelados adornava as paredes. Felizmente, o príncipe Roderick já ouvira aquela discussão antes, então entrou na sala alheio aos gritos.

— Irmão, eu trouxe os resultados. Achei que você gostaria de ver com os próprios olhos.

Salvador pegou o papel das mãos de Roderick, fingindo estar irritado com a interrupção, mas abrindo um sorriso discreto de agradecimento ao irmão. Enquanto Tabrina engolia a raiva, sentando-se perto da lareira e bebendo vinho — educada demais para continuar discutindo na presença de uma visita —, Salvador leu o relatório de uma página. Satisfeito, ele o amassou e o jogou no fogo.

— Não era o verdadeiro Bomoko. Foi o que pensei. As turbas enforcam qualquer um que desperte suas suspeitas.

— Gostaria que enforcassem você — murmurou a imperatriz, baixinho. Era uma mulher incrivelmente bonita, com olhos escuros amendoados, maçãs do rosto salientes e um corpo ágil envolto em um vestido longo e justo. Os cabelos castanho-avermelhados estavam arrumados em um penteado elaborado.

Salvador considerou redarguir que permitiria que o fizessem só para ficar longe dela, mas não estava a fim de fazer gracinha. Ele deu as costas para ela e saiu da sala.

— Venha, Roderick. Há um novo jogo de cartas que está ficando popular e quero ensiná-lo a você. Eu o aprendi com minha mais nova concubina.

Tabrina bufou, irritada com a menção à concubina, e Salvador fingiu não ouvir.

Roderick fez uma reverência obediente.

— Seu desejo é uma ordem.

Salvador ergueu as sobrancelhas.

— E eu precisaria ter lhe dado ordens?

— Não.

Os dois se dirigiram à sala de estar.

> **Durante o Jihad, Rossak foi defendida pelos poderes psíquicos das Feiticeiras. Elas eram armas vivas poderosas que podiam aniquilar a mente de um cimek, ainda que custasse suas próprias vidas. Infelizmente, isso ficou no passado! Hoje, restam menos de cem Feiticeiras de sangue puro, e elas não têm os poderes de suas antecessoras.**
>
> — Prefácio de *Os mistérios de Rossak*, livro da Irmandade

Enquanto as muitas acólitas e Irmãs continuavam a serem instruídas dentro da cidade do penhasco e as jovens censoras ensinavam as crianças nas câmaras do berçário, Valya descia para as densas florestas para cumprir a tarefa do dia. Uma tarefa importante.

O teleférico de madeira rangia conforme descia pelo dossel espesso, adentrando o mundo sombrio e crepuscular da selva. Ao sair da gaiola de madeira e pisar no chão úmido, Valya inalou a mistura de ricos odores do solo, das plantas e da fauna. Ela seguiu um caminho em meio à densa folhagem roxo-prateada. Samambaias gigantes se enrolavam e desenrolavam ao seu redor como se estivessem flexionando os próprios músculos. De muito longe, pequenos feixes de luz solar filtrada mudavam a cada instante, conforme os galhos se agitavam. As folhas farfalharam e alguma coisa deslizou pela vegetação rasteira; uma trepadeira predatória se debateu, rápida como um chicote, surpreendendo um roedor peludo e depois o cercando. Valya sabia que deveria estar sempre alerta ali embaixo.

Ela chegou a uma porta de metal preta instalada em uma imensa árvore. Como havia feito todos os dias durante muitos meses, Valya usou uma chave de acesso para abrir a porta deslizante, revelando uma passagem escura, iluminada apenas por lâmpadas luciglobo amareladas. Ela desceu uma escada curva que passava por baixo do sistema de raízes da árvore e, em seguida, a passagem se abriu para uma série de salas que haviam sido escavadas na rocha. Na maior câmara, a velha Feiticeira Karee Marques realizava experimentos farmacêuticos com eletroscópios, frascos de pó, tubos de fluidos e centrífugas.

Brian Herbert e Kevin J. Anderson

As câmaras faziam Valya se lembrar dos misteriosos laboratórios de um alquimista eremita, com béqueres de líquidos borbulhantes e destilações de fauna, plantas, raízes e fungos obscuros da selva. A Irmã Karee era inacreditavelmente velha, quase tão velha quanto a Reverenda Madre Raquella, mas não tinha o mesmo controle preciso sobre a bioquímica do próprio corpo, de modo que os anos pendiam sobre sua pequena estrutura óssea como um traje pesado. Os grandes olhos de Karee, no entanto, eram de um verde espantosamente bonito cujo brilho parecia não ter diminuído com a idade, e a Irmã tinha cabelos brancos e maçãs do rosto salientes.

A idosa não precisou desviar o olhar de seus estudos químicos para perceber a chegada de Valya. Quando ela falou, a voz soou animada:

— Tive uma ideia esta manhã. Ou melhor, acho que foi uma descoberta. Podemos usar uma destilação do muco secretado pelas lesmas escavadoras. Ele tem propriedades paralisantes fatais, mas, se conseguirmos mitigar os efeitos, esse composto pode atingir o equilíbrio certo para levar uma Irmã à beira da morte, congelando os sistemas do corpo e, ao mesmo tempo, permitindo que a mente permaneça ativa e concentrada até o último momento.

Valya tinha visto as lesmas rechonchudas e segmentadas se enterrando nos detritos apodrecidos da floresta; mais uma das criaturas perigosas de Rossak.

— Uma possibilidade interessante. Pode ser que tenha as propriedades necessárias.

Mas Valya não conseguia se sentir confiante com a falta de evidências realistas. *Já não tentamos de tudo durante as últimas décadas?* Ela não estava nada ansiosa para morrer em mais um teste sem sentido.

As caixas continham folhas, cogumelos, líquen raspado de rochas, veneno extraído de grandes aracnídeos e pupas esmagadas de mariposas da selva.

— Quando você acha que estaremos prontas para testar outra voluntária? — perguntou Valya. A Irmã Tiana havia morrido, e de uma forma nada agradável, apenas uma semana antes.

A velha Feiticeira ergueu as sobrancelhas, parecendo interpretar errado a pergunta.

— Você está se oferecendo? Finalmente acredita que está pronta para isso, Irmã Valya? Concordo que esteja mais preparada do que a maioria das voluntárias anteriores. Se alguém tem uma chance...

— Não, não foi isso que eu quis dizer — interrompeu Valya, bem depressa. — Só queria salientar que seria bom agirmos com cuidado, caso contrário as Irmãs podem perder as esperanças, levando em conta o número de mortes... de fracassos ao longo dos anos.

— Toda Irmã de verdade sempre vai acreditar que existe esperança no potencial humano — retrucou Karee, retirando um béquer de um prato de aquecimento.

Valya recebia instruções em Rossak havia cinco anos, pois vira a Escola da Irmandade de Rossak como uma chance de fugir da prisão da família exilada e, ao longo de seu treinamento, atraíra a atenção da Reverenda Madre. Valya estava sempre procurando maneiras de progredir na ordem das mulheres e, com a Reverenda Madre permitindo sua entrada no círculo interno e revelando o enorme e aterrorizante segredo dos computadores de registro de reprodução, ela acreditava que muitas outras portas iriam se abrir.

Como queria poder contar a Griffin!

Em segredo, Valya também se mantinha alerta para oportunidades em todo o Imperium. Normalmente, o nome de sua família, que caíra em desgraça, faria com que aquelas portas se fechassem em sua cara, mas talvez por meio da Irmandade ela pudesse ser vista de forma diferente. Enquanto isso, concentrava-se nos estudos em Rossak e continuava o treinamento físico e mental intensivo.

A Reverenda Madre esperava que Valya permanecesse no planeta natal da Irmandade e se dedicasse à ordem, mas a jovem não tinha intenção de ficar presa ali. Aquilo não ajudaria a Casa Harkonnen. Uma das opções que ela considerava era se tornar uma das Irmãs missionárias, como a Irmã Arlett, que a recrutara. Talvez Valya pudesse encontrar um lugar na casa de um nobre, ou até mesmo na Corte Imperial em Salusa Secundus, assim como a Irmã Dorotea, a antiga assistente da Irmã Karee.

Nos laboratórios, Valya observara voluntárias atrás de voluntárias entrando nos leitos médicos com mandíbulas cerradas e olhares determinados, além da arrogância de acreditar que poderiam alcançar o impossível e se tornar Reverendas Madres como Raquella, quando todas as outras antes delas haviam falhado. A maioria morria na provação, e as que sobreviviam entravam em coma, perdiam a memória por completo ou sofriam outras formas de danos cerebrais. Não, Valya não se voluntariaria para aquilo.

— Já temos mais candidatas do que precisamos — comentou Karee Marques —, mas ainda vai demorar um pouco até que eu esteja satisfeita com uma potencial droga que possa ter boas chances de sucesso.

Felizmente, as Feiticeiras de Rossak haviam guardado os estudos farmacêuticos detalhados compilados por Aurelius Venport. Antes do Jihad, Venport acumulara uma fortuna vendendo medicamentos e produtos químicos exclusivos, derivados da flora e fauna exóticas de Rossak. Considerando que, ao que tudo indica, a única forma de uma Irmã cruzar a barreira e se tornar uma Reverenda Madre era por meio de um confronto mental direto com os limites mais distantes da mortalidade, Karee Marques se dedicava diligentemente a testar as drogas mais mortais encontradas na farmacopeia.

Valya manteve sua expressão neutra, ilegível. *E eu não pretendo ser uma das voluntárias.*

Ela foi até o equipamento de laboratório e ficou ao lado de Karee.

— Farei qualquer coisa para ajudar, você sabe disso — mentiu ela.

— O segredo está aqui em algum lugar — afirmou Karee. — Temos que continuar testando.

Àquela altura, a Reverenda Madre Raquella já não se sentia tão constrangida quando a diretora da Escola Médica Suk visitava. Apesar de a dra. Ori Zhoma ter sido dispensada da Irmandade em desgraça, a mulher severa decerto provara seu valor nos quarenta anos que haviam se seguido, graduando-se com honras no treinamento Suk e subindo na hierarquia dos médicos.

Apesar de ser boa na medicina, as verdadeiras habilidades de Zhoma estavam na administração: tomar decisões difíceis baseadas em avaliações frias. Desde o estranho suicídio de seu antecessor, anos antes, a dra. Zhoma dirigia a velha escola que era a principal instituição de ensino da capital imperial e, naquele momento, supervisionava a expansão do principal campus independente da escola e da sede em Parmentier.

Raquella foi se encontrar pessoalmente com a administradora Suk quando sua nave aterrissou no dossel da floresta polimerizada. Quando jovem, Zhoma treinara em Rossak por dois anos, e a Reverenda Madre Raquella vira enorme talento e ambição nela. Naquela época, Zhoma estivera interessada no potencial de várias drogas Rossak para aumentar a força, a velocidade, a resistência e a acuidade mental. Mas o que só foi descoberto muito tempo depois é que Zhoma também tinha visto o potencial de lucro, passando a fornecer extratos raros e drogas extremamente potentes a comerciantes do mercado clandestino, vendendo-os a preços exorbitantes... até ser pega.

Ao ser confrontada pela Reverenda Madre, Zhoma tentara racionalizar as atividades extracurriculares afirmando que suas ações beneficiavam a Irmandade. Mas as vozes na cabeça de Raquella tinham sido céticas. Zhoma alegara ter acrescentado todos os lucros aos cofres da escola (e de fato o fizera), mas mesmo aquilo não servira para perdoar a principal transgressão: realizar uma atividade ilegal em nome da Irmandade sem o conhecimento de Raquella. Aquilo não poderia ser tolerado.

Assim, a Reverenda Madre não tivera escolha a não ser expulsar Zhoma, mas, por cortesia, não divulgara os motivos. Como a mulher tinha muito potencial, Raquella permitira que ela preservasse a própria reputação, então a carreira dela não havia sido afetada. Ela se inscrevera na Escola Suk, destacando-se a ponto de se tornar uma pessoa importante e influente. Entretanto, mesmo depois de todos aqueles anos, Zhoma ansiava pela aceitação e pelo perdão da Reverenda Madre, a quem tanto decepcionara.

A porta de desembarque da nave se abriu, revelando uma mulher de aparência bruta e compacta, com pouco mais de 60 anos. Como boa representante dos médicos Suk, Ori Zhoma não tinha senso de humor e era muito profissional; cuidava de seu corpo como o dono de uma fábrica cuida de uma peça valiosa de maquinário. Ela nunca fora vaidosa e não via nenhum propósito em ser atraente; Raquella sabia que a mulher tinha dificuldades em fazer amigos e duvidava que tivesse ambições românticas. Não fosse por sua indiscrição, Zhoma teria se tornado uma Irmã talentosa, em grande parte devido ao controle que tinha das próprias emoções.

Zhoma viajava regularmente a Rossak para tratar (mais provavelmente para *analisar*) as Irmãs voluntárias sobreviventes, afetadas pelas tentativas fracassadas de se tornarem Reverendas Madres. Raquella se recusava a permitir que as mulheres em coma ou com danos cerebrais fossem enviadas para Parmentier, onde os pesquisadores Suk poderiam manipulá-las e analisá-las como cobaias, mas, como uma concessão, ela permitia que Zhoma fosse até ali pessoalmente. A médica coletava amostras e fazia testes, mas até o momento não conseguira curar nenhuma das candidatas que haviam falhado em se tornar Reverendas Madres.

Raquella a cumprimentou com uma voz cordial:

— Bem-vinda mais uma vez a Rossak, dra. Zhoma. A condição das Irmãs afetadas permanece inalterada, mas agradecemos a atenção que dispensa a elas.

A médica hesitou conforme descia a rampa, como se todas as palavras que ensaiara para dizer tivessem evaporado de sua mente. Por fim, disse:

— Os médicos Suk e a Irmandade têm muito em comum. — Zhoma deu um passo à frente e estendeu a mão para segurar a de Raquella com uma formalidade brusca. — Todos nós trabalhamos para o aprimoramento da humanidade.

— A aliança faz sentido. Estou sempre aberta a sugestões para que a Irmandade e seus médicos possam atingir os objetivos em comum — respondeu Raquella. — Minha ligação com Mohandas Suk vem de antes da formação de nossas escolas.

Raquella conduziu a médica pelo caminho até a cidade do penhasco. Dentro de uma seção especial de cavernas usada como enfermaria da Irmandade, ela guiou a dra. Zhoma até uma ala particular onde quatro jovens jaziam em estado vegetativo; em cômodos adjacentes, outras cinco mulheres afetadas mentalmente viviam em estados variados de consciência e normalidade. Duas falavam em idiomas que ninguém conseguia entender, nem mesmo Raquella, com as incontáveis gerações de memórias passadas em sua mente. Outras duas eram assombradas por pesadelos terríveis. E a última, a Irmã Lila, vivia em um silêncio pétreo e indiferente na maior parte do tempo, mas ficava perfeitamente lúcida por não mais do que dez minutos todos os dias, período em que tentava explicar com entusiasmo o que tinha visto e vivenciado. No entanto, assim que suas lembranças começavam a se cristalizar, Lila assumia novamente uma expressão vazia.

A dra. Zhoma se ajoelhou ao lado das quatro pacientes em coma para analisar os olhos, os pulsos, os tons de pele. Ela era competente e eficiente, mas não levava jeito para se relacionar com os pacientes; o estado vegetativo das vítimas permitia que trabalhasse sem distrações. Zhoma colhia amostras de sangue e se movimentava como se estivesse cumprindo uma lista de tarefas detalhada em sua mente.

Aquela seção de cavernas tinha sido usada para cuidar dos Malnascidos, os filhos das Feiticeiras de Rossak que tinham sofrido graves defeitos congênitos — o que antes era comum por conta dos mutagênicos e contaminantes ambientais difundidos no planeta. Ao pensar nos Malnascidos, Raquella sentiu uma pontada no coração pelo jovem deformado Jimmak Tero, filho da Feiticeira Ticia Cenva. Muito tempo antes, quando Raquella sofrera com a peste, Jimmak a levara para a selva, cuidando dela e a mantendo viva por puro milagre. Ele estava morto — a maioria das pessoas que Raquella conhecera naquela época já falecera havia muito tempo, assim como muitas Irmãs voluntárias que haviam tentado encontrar o mesmo caminho desconhecido que ela havia percorrido.

Tantas mortes... e tão pouca esperança de alcançar o objetivo.

Ao olhar para as vítimas, Raquella expressou seus pensamentos para Zhoma:

— É possível que eu seja só uma anomalia? E se não for possível que outra pessoa repita minha transformação? É um processo tão agonizante, com tantas mortes e ferimentos. — Ela suspirou. — Vale a pena correr o risco? Talvez seja melhor parar.

A expressão fria de Zhoma se endureceu, mostrando verdadeira determinação.

— Alcançar nosso potencial humano sempre vale o risco, Reverenda Madre. Agora que nossa raça está livre do domínio das máquinas, devemos nos aprimorar, ampliando nossas habilidades mentais e corporais em todas as direções possíveis. É nisso que os médicos Suk acreditam. É nisso que sua Irmandade acredita, assim como os Mentats em Lampadas e os Mestres-Espadachins. E, se entendi direito, até os Navegadores mutantes usados pela Frota Espacial do Grupo Venport acreditam nisso. Não podemos desistir agora. Não podemos permitir que nossa determinação esmoreça. É o nosso destino comum.

Raquella sentiu um calor no coração ao ouvir aquilo e sorriu para a mulher atarracada.

— Ah, Ori. No fim das contas, talvez você devesse ter ficado na Irmandade.

> **Dizer que concorda com certas crenças é banal.
> Um desafio muito maior é ter a convicção de agir
> de acordo com elas.**
>
> — Manford Torondo, discurso no Salão do Landsraad

Normalmente, quando Manford aparecia diante de uma multidão de apoiadores leais em Lampadas, os aplausos o atingiam como os ventos de uma tempestade purificadora. Naquele dia, porém, quando dois carregadores levaram seu palanquim para o Salão do Landsraad, em Salusa Secundus, a recepção foi muito menos calorosa.

O sargento de armas anunciou o nome dele com uma voz estrondosa e cheia de formalidade afetada, ainda que todos reconhecessem o líder do movimento butleriano. Os aplausos dos nobres foram educados e proativos, mas não avassaladores, tampouco extasiados. Manford preferiu não reparar. Sentado no palanquim e não nos ombros de sua companheira, ele endireitou as costas. Seus ombros eram largos e seus braços eram musculosos, já que os usava para se locomover e compensar a perda das pernas, além de fazer exercícios regulares e vigorosos. Enquanto os carregadores o levavam para o pódio, Anari Idaho caminhava ao seu lado, uma presença intimidadora e protetora.

Manford olhou ao redor do imenso salão. As fileiras vertiginosas de assentos pareciam ondulações provocadas por uma pedra jogada em um lago tranquilo. Os bancos abrigavam representantes de planetas importantes e de grupos de mundos menores, além de inúmeros observadores e funcionários, muitos deles burocratas. O imperador Salvador Corrino estava sentado em seu camarote ornamentado, assistindo às atividades, embora parecesse entediado. Seu irmão, Roderick, ocupava a cadeira de acompanhante no camarote do imperador e se inclinou para dizer algo a Salvador, cujos cabelos começavam a rarear. Os dois homens não pareciam estar prestando muita atenção nele.

Os carregadores pararam quando o palanquim de Manford estava devidamente posicionado no campo de amplificação. Uma luz forte brilhou sobre ele, que ergueu o rosto, deleitando-se dela como se estivesse recebendo uma bênção dos céus.

A voz do orador ressoou, trazendo-o de volta ao assunto em questão.

— Manford Torondo, representante do movimento butleriano, você pediu para falar ao Conselho do Landsraad. Por favor, diga o que deseja.

Manford notou os muitos assentos vazios na enorme câmara.

— Por que tantas ausências? Minha presença não foi anunciada? Vocês não sabem que minhas palavras são de vital importância?

O orador parecia impaciente.

— Sempre há ausências em nossas reuniões, líder Torondo. Mas temos o quórum necessário.

Manford respirou fundo e suspirou.

— Lamento ver que os assentos não estão cheios. Posso receber uma lista dos participantes que estão de fato aqui? — Na verdade, ele estava mais interessado em saber quem optara por *não* comparecer.

— Está registrado e disponível para consulta. Agora, por favor, diga o que deseja.

Manford ficou surpreso com a grosseria do homem, mas tirou forças dos rincões mais escuros de seu coração e decidiu ser razoável, por enquanto.

Ele discursou como se falasse com iguais.

— Muito bem. Venho aqui para relatar o bom trabalho dos meus seguidores e solicitar uma demonstração de união. Os butlerianos continuam descobrindo e destruindo postos avançados e naves-robô. Embora isso faça parte de nosso trabalho legítimo, essas naves são apenas símbolos do que as máquinas pensantes fizeram com todos nós, resquícios do passado. A verdadeira ameaça é mais insidiosa... e vocês a trazem para si mesmos.

Ele se virou no palanquim para abarcar o Salão do Landsraad em demonstração. Seus carregadores permaneceram imóveis, como estátuas. Anari encarou a plateia.

— O principal motivo que me trouxe até aqui é que vocês precisam ser *relembrados*. Meu povo é predominante em todo o Imperium, e recebo relatórios sobre como os planetas de vocês se tornaram condescendentes, sobre como criam desculpas e exceções para suas populações, sobre como fingem que séculos de opressão podem ser ignorados depois de apenas algumas décadas.

Ele ouviu os murmúrios dos representantes sentados. O imperador Salvador se endireitou em seu camarote particular, prestando muita atenção nele. Roderick Corrino parecia estar pensando profundamente.

Manford continuou:

— Vocês permitem máquinas em suas casas e em suas cidades. Dizem a si mesmos que os dispositivos são inofensivos, que *essa* pequena peça de tecnologia não pode machucar ninguém, ou que *aquela* máquina conveniente deve ser permitida, ou que *esse* dispositivo em particular é uma exceção. Mas será que todos vocês se esqueceram? — Ele elevou a voz até um grito. — *Vocês se esqueceram?* Quantos desses pequenos passos serão necessários para que cheguem à beira do abismo? A escravização da humanidade não aconteceu da noite para o dia, mas depois de uma sucessão de decisões ruins, conforme as pessoas passaram a confiar cada vez mais em máquinas pensantes.

O homem sem pernas respirou fundo.

— Apesar desses erros, derrotamos as máquinas malignas e agora temos uma nova chance de marchar com orgulho pelo caminho certo. O único caminho. Não ousemos desperdiçar essa oportunidade. Convido vocês a nos seguir agora! Os butlerianos encontraram o verdadeiro caminho que pode nos manter seguros, nos manter *humanos*.

— A mente humana é sagrada — murmurou Anari em tom de bênção.

Manford apontou para um dos presentes.

— Gilbertus Albans veio da Escola Mentat, em meu próprio planeta, até aqui. Ele e seus alunos são a prova de que não precisamos de computadores. A verdade é uma só: a mente humana é sagrada!

Parecendo constrangido por ter sido destacado, o diretor Mentat, com seus óculos no rosto, levantou-se com relutância e falou:

— Sim, estimados representantes. Com a aplicação cuidadosa de nossos esforços, por meio da prática e do exercício mental, alguns candidatos têm a capacidade de ordenar suas mentes da maneira correta. Eles podem realizar cálculos e fazer projeções detalhadas de segunda e terceira ordem. Um Mentat totalmente treinado e qualificado pode realizar as funções de um computador. Muitos dos meus graduados já entraram em serviço em casas nobres.

Manford se virou na direção do camarote imperial.

Irmandade de Duna

— A Irmã Dorotea, de Rossak, é uma das várias integrantes da Irmandade que aconselha a Corte Imperial. Ela pode atestar essa verdade.

Uma mulher de vestes pretas sentada perto do imperador Salvador inclinou a cabeça enquanto a plateia se voltava para ela. Salvador olhou para Dorotea, surpreso; ao que parecia, ele não esperava encontrar uma simpatizante dos butlerianos na própria corte. A mulher fizera um bom trabalho ao esconder aquele detalhe.

A esguia Dorotea se levantou, completou sua reverência e anunciou:

— O objetivo de nossa Irmandade é maximizar o potencial humano. Nossos corpos são as melhores máquinas já criadas. Por meio da aplicação de habilidades físicas e mentais, podemos desenvolver e confiar em nossa *humanidade*. Não precisamos de máquinas.

Uma voz áspera gritou, ecoando pela grande câmara:

— Então vocês, bárbaros, vão se desfazer de tudo? Vão nos mandar de volta para a Idade da Pedra?

Todos os olhares se voltaram para a galeria de visitantes, e Manford franziu a testa com desgosto. Com seu cabelo cor de canela e bigode proeminente, era fácil reconhecer o diretor Josef Venport. O ambicioso empresário estava disposto a adotar qualquer forma de tecnologia que pudesse gerar lucro. Ele fungou, continuando:

— Você quer que descartemos todos os avanços médicos? Todos os meios de transporte? Todas as características da civilização humana? Veja só você aí, usando um campo de amplificação para dizer essas palavras! Você é inconsistente e hipócrita, Torondo. E ainda por cima é ignorante.

— Por favor, não devemos levar isso a extremos absurdos — gritou outro homem da arquibancada dos representantes. Ele foi identificado como Ptolomeu, representante do planeta Zenith, um homem diminuto com um comportamento professoral. — No meu mundo, temos uma atmosfera colegial e inúmeros projetos para usar a ciência em benefício da humanidade. A tecnologia, assim como as pessoas, pode ser boa ou ruim.

— A tecnologia *não* é como as pessoas. — A voz de Manford soava fria e dura. — Conhecemos os males da ciência desenfreada, as descobertas que nunca deveriam ter sido feitas. Conhecemos a dor e o sofrimento que a tecnologia sem restrições causou à nossa raça. É só olhar para as ruínas radioativas da Terra e os destroços de Corrin, para os mil anos de escravidão humana pelos cimaks e por Omnius. — Ele adotou um tom mais calmo e mais paternal, mas também mais ameaçador. — Vocês ainda não aprenderam a lição? Estão brincando com fogo.

O diretor Venport gritou sarcasticamente:

— E você está tentando fazer com que a gente *desdescubra* o fogo!

Um riso desconfortável se espalhou pela plateia.

Anari Idaho se ofendeu, mas Manford controlou a própria raiva. Ignorando a explosão de Venport, ele continuou:

— Muitos de vocês fizeram promessas vazias de evitar a tecnologia, mas assim que nossa atenção é desviada, voltam ao que acham conveniente. Saibam disso e tomem cuidado: meus butlerianos estão vigilantes.

Parecendo irritado, o imperador Salvador falou no próprio amplificador:

— Essa é uma discussão antiga, líder Torondo, e não será resolvida hoje. O Landsraad tem outros assuntos para tratar. O que exatamente o senhor quer aqui?

— Uma votação — anunciou ele. Se estivessem em um de seus comícios, as pessoas estariam gritando e chorando àquela altura. — Na verdade, eu *exijo* uma votação. Cada representante deve declarar publicamente, para ser registrado, se adere ou não aos princípios ensinados por Rayna Butler. Vocês seguirão as diretrizes butlerianas e deixarão de lado para sempre toda tecnologia avançada?

Ele esperava aplausos. Em vez disso, os murmúrios das arquibancadas se transformaram em um ruído inquietante. Manford não conseguia entender por que adiariam ou resistiriam àquilo que sabiam ser o certo, mas aquelas pessoas ricas, gordas e acomodadas não abririam mão das coisas que facilitavam a própria vida.

No camarote imperial, Roderick Corrino, preocupado, sussurrou alguma coisa para o irmão, que também parecia perturbado. Recompondo-se, Salvador anunciou:

— Essa é uma questão que deve ser discutida de forma mais profunda. Cada representante planetário ou procurador tem o direito de falar, e cada pessoa deve voltar ao seu planeta e apurar os desejos da população.

Manford reagiu:

— Com uma palavra, posso convocar dezenas de milhares de meus seguidores para encher as ruas de Zimia e ordenar que esmaguem cada peça de tecnologia, até o menor relógio de bolso. Eu aconselharia os senhores a não se demorarem. — A sensação de medo se alastrou entre os representantes. Ficaram ofendidos pela ameaça, mas sabiam muito bem que ele poderia cumpri-la. — Não podemos permitir o surgimento de uma nova era de máquinas pensantes.

— E eu não serei intimidado por um brutamontes Neandertal — berrou Venport —, mesmo que ele ameace convocar uma multidão de idiotas ignorantes.

— Por favor, isso não tem sentido! É uma discussão capciosa. Podemos conversar... — insistiu Ptolomeu de Zenith, ainda tentando negociar em um tom razoável. Ele foi rechaçado aos gritos.

Roderick Corrino saiu do camarote do imperador. Salvador parecia em pânico.

— Exijo uma votação — repetiu Manford. — Todos os representantes aqui presentes devem registrar uma declaração dizendo se o planeta deles está do lado da liberdade humana ou do lado de uma eventual escravidão.

— Questão de ordem — disse uma das representantes, que não se identificou. — Manford Torondo é meramente um orador convidado. Ele não tem autoridade para fazer exigências nesta reunião do Landsraad. Não pode convocar uma votação.

Cinco pessoas das arquibancadas, representantes oficiais de planetas controlados pelos butlerianos, levantaram-se e gritaram (exatamente como instruídos) para solicitar uma votação formal. Manford tinha muitos aliados e havia planejado aquilo com antecedência.

— Acho que sua questão de ordem já foi dispensada. Se for preciso, ficarei aqui o dia todo. E então, imperador Salvador? Vai convocar uma votação?

O líder careca do Imperium claramente não gostava de ser encurralado. Seu rosto estava vermelho. Ele olhou de um lado para o outro, como se estivesse procurando um conselho, mas Roderick não estava lá. A Irmã Dorotea sussurrou alguma coisa para ele, que, entretanto, meneou a cabeça.

Alarmes estridentes reverberaram pelo Salão do Landsraad, causando uma onda de pânico. Roderick Corrino reapareceu no camarote imperial, disse algo ao irmão em tom de urgência e, em seguida, pegou o amplificador do imperador.

— Senhoras e senhores, acabamos de receber uma ameaça bastante crível de que há uma bomba aqui. O Salão do Landsraad pode estar em perigo. Por favor, evacuem o mais rápido possível.

A agitação e o estrondo das vozes ficaram mais altos. Os representantes começaram a se levantar de seus assentos e o pandemônio reinou enquanto eles escapavam para as ruas. Anari deu ordens aos carregadores de Manford e eles saíram correndo do Salão, levando o homem sem pernas para um lugar seguro.

— Mas deve haver uma votação! — gritou Manford.

A Mestre-Espadachim trotou ao lado dele, sempre alerta, e disse:

— Se há a mínima possibilidade de uma bomba explodir, preciso tirá-lo deste lugar em segurança. Agora.

Manford cerrou os punhos. Quem teria ameaçado o Landsraad durante seu discurso? Anos antes, uma explosão assassina matara Rayna Butler e custara as pernas de Manford. Ele sabia que tinha inimigos, mas aquela não parecia ser a tática deles.

— Eles vão remarcar a reunião — disse Anari enquanto saíam correndo pela porta. — Você pode falar com eles em outro momento.

— Vou insistir neste ponto.

Manford estava tão furioso que seu corpo todo tremia. Estava convencido de que aquela "ameaça de bomba" surgira em um momento bastante conveniente.

> **O que uma pessoa enxerga como uma contribuição para a perda de humanidade, outra pode ver como uma melhoria na condição humana.**
>
> — Norma Cenva, memorando interno dos estaleiros de Kolhar

Após o alvoroço e os disparates da recente reunião da Liga do Landsraad, Josef Venport retornou à sede principal do Grupo Venport em Kolhar e continuou a remoer o que tinha visto e ouvido. Manford Torondo e seus bárbaros queriam usurpar o controle da grande nave da civilização humana e derrubá-la!

O "Meio-Manford" sem pernas era um porta-voz bizarro, mas aquele homem esquisito, junto de sua antecessora, Rayna Butler, e da reverenciada Serena Butler, anterior a ambos, carregavam a mística do martírio, o que exercia certa atração que beirava a culpa para alguns.

Ao estabelecer e expandir o Grupo Venport, Josef e seus antecessores concentraram os próprios esforços em estabelecer uma rede comercial viável para erguer o Imperium das cinzas após a derrota de Omnius. Ele queria elevar a humanidade aos auges gloriosos que lhes haviam sido negados sob o domínio das máquinas pensantes.

Os butlerianos, por outro lado, queriam arrastar as populações para um pântano obscuro de privações e ignorância. Ele acreditara, talvez por ingenuidade, que as bobagens butlerianas desapareceriam com o tempo, e não conseguia entender como o movimento havia ganhado tanta força. Considerava aquilo uma afronta pessoal: a lógica e o progresso deveriam automaticamente superar a superstição.

Com tudo aquilo em mente, Josef estava de mau humor quando voltou para casa, mas ao ver a esposa, Cioba, e seis conselheiros indo ao seu encontro quando desembarcou no espaçoporto, sentiu uma sensação de estabilidade retornar. Ela era um bastião da organização. Cioba, com seu rigoroso treinamento na Irmandade, era o par perfeito para ele, ajudando a administrar os numerosos componentes do Grupo Venport — tanto os públicos quanto os secretos — como em uma dança bem coreografada.

Ela era uma mulher impressionante, bonita e intensa, com sobrancelhas escuras proeminentes, pele clara e cabelos castanho-escuros muito longos que mantinha presos sob um lenço prático durante os dias de trabalho, mas que caíam abaixo da cintura quando soltava as tranças e os escovava à noite.

    Josef não era um homem romântico e tratara o casamento de uma perspectiva comercial, sabendo que precisava planejar o futuro da linhagem Venport. Para a Escola Rossak, era uma vantagem óbvia que uma de suas graduadas se casasse com o dono do Grupo Venport, devido à riqueza e ao poder político de Venport, e a Irmandade havia oferecido várias candidatas para que ele analisasse; quando Josef avaliara as opções, Cioba recebera mais pontos. E, naqueles doze anos de casamento, Cioba se mostrara uma parceira incomparável na administração dos negócios.

    Sendo neta de Karee Marques, ela também tinha um pouco de sangue de Feiticeira. A linhagem de Josef também estava ligada a Rossak por meio de Norma Cenva, cuja mãe, Zufa Cenva, havia sido uma das mais poderosas Feiticeiras da história. As duas jovens filhas de Cioba e Josef tinham enorme potencial, de acordo com a análise de linhagem da Irmandade, e ambas haviam sido enviadas para Rossak para serem criadas e treinadas lá.

    Josef saiu da nave auxiliar, cumprimentando formalmente a esposa e os conselheiros. Ele não a beijou e ela não esperava que ele o fizesse; o beijo viria mais tarde — desempenhavam papéis diferentes naquele momento, em público. Cioba tinha o relatório pronto e fez um resumo rápido dos assuntos urgentes, das crises que já havia resolvido e de outras emergências que exigiam a intervenção dele. O que ele mais apreciava era o fato de Cioba não desperdiçar o tempo de Venport; ela destacava apenas as questões que de fato exigiam a atenção dele.

    Cioba falava enquanto ele ditava o ritmo, sempre em movimento, e os conselheiros participavam, acrescentando os detalhes e opiniões necessários. Embora Josef prestasse atenção às muitas operações e investimentos do Grupo Venport, tentava se manter por cima dos detalhes essenciais, não muito diferente de sua bisavó Norma Cenva, que permanecia em isolamento mental, absorta nas próprias preocupações e quase incapaz de se comunicar com meros humanos como ele. Ao voltar de Salusa Secundus, ele se sentia seguro e estável, sabendo que o Grupo Venport estava em boas mãos e que poderia esquecer o caos lá fora... por um tempo.

Irmandade de Duna

Ao redor de Josef, os campos de pouso eram um borrão de movimento, naves auxiliares subindo e aterrissando, cápsulas de carga pousando no lugar, naves-tanque de reabastecimento indo apressados até os veículos atracados. Trabalhadores de apoio, engenheiros e projetistas enchiam complexos administrativos cilíndricos como zangões em uma colmeia.

Quando chegaram ao escritório no gigantesco prédio administrativo, Cioba já havia terminado de passar os resumos. Josef se virou para os conselheiros e os dispensou antes de fechar a porta para que pudesse ficar sozinho com a esposa. Ambos se sentaram, relaxando, mas ainda concentrados nos negócios.

— Então, quais são as questões críticas em termos de tempo? — perguntou ele. — O que exatamente precisa da minha assinatura agora e o que pode esperar até amanhã?

— Acredito que a última coisa que mencionei é a mais crítica em termos de tempo — disse Cioba. — Como discutimos antes de você sair, intensifiquei os esforços para vigiar mais três exilados da CTE. Um deles foi exposto pelas turbas e morto. Os outros dois renegados estão prontos para aceitar os termos que propusemos.

— Não tenho paciência para turbas. — Josef assumiu uma expressão tensa. — Apesar de os representantes da CTE serem culpados dos problemas em que se meteram, estou disposto a ajudá-los a se protegerem da bobajada das hordas religiosas.

A ligação entre os tumultos acerca da Bíblia Católica de Orange e o movimento butleriano era fraca, mas ambos compartilhavam uma base semelhante de superstição e ignorância. Eram como camponeses carregando tochas.

Em um tom calmo, Cioba observou:

— Lembre-se de que os representantes também eram idiotas mal orientados; na verdade, toda a Comissão de Tradutores Ecumênicos. Eles partiram da falsa premissa de que poderiam aplicar uma única ordem racional a todas as diversas e contraditórias crenças religiosas da humanidade. Não é de se admirar que as pessoas tenham se revoltado contra eles.

Josef havia estabelecido um refúgio oculto em um planeta quase esquecido, Tupile, oferecendo-o como um santuário para qualquer um que quisesse desaparecer — incluindo o odiado Toure Bomoko, que fugira para lá logo após aquele desagradável incidente no Palácio Imperial com a esposa do imperador Jules Corrino e o banho de sangue que se seguira. Somente os Navegadores da frota espacial sabiam como chegar àquele planeta; portanto, a localização deles era totalmente segura.

— Muito bem, envie-os para Tupile... ninguém os encontrará lá. Você concorda?

— Concordo que isso seria o melhor.

Josef assinou o documento de autorização e pediu à esposa que o acompanhasse para ver Norma Cenva em seu tanque.

Sob o céu nublado de Kolhar, o amplo campo pavimentado estava lotado de tanques lacrados. As comportas de isolamento de plaz haviam sido projetadas para permitir que os inspetores externos olhassem para dentro, e não para que os habitantes dos tanques olhassem para fora. Com cilindros levitando por meio de suspensores, trabalhadores se moviam de tanque em tanque, bombeando gás de mélange fresco. Dentro dos vários tanques individuais, Navegadores embrionários nadavam em densas nuvens laranja-amarronzadas, com seus corpos físicos lânguidos enquanto seus pensamentos percorriam caminhos ainda não mapeados.

No topo de um monte construído e ornamentado como uma acrópole, ficava a maior e mais antiga câmara: o tanque que abrigava Norma Cenva. Acompanhado por Cioba, Josef galgou os degraus de mármore, sentindo-se como um suplicante que se aproxima de um ídolo. A bisavó fora imersa em gás de especiaria, sem respirar ar fresco e sem emergir em mais de oito décadas, enquanto seus pensamentos viajavam por uma tapeçaria esotérica de matemática e física. Para todos os efeitos, ela não era mais humana.

Norma era assustadoramente inteligente, com um corpo evoluído e uma mente em constante expansão, e sua necessidade de especiaria era insaciável. Os Navegadores e a Frota Espacial do Grupo Venport — na verdade, todo o conceito de escudos Holtzman e motores de dobra espacial — teriam sido impossíveis sem suas incríveis descobertas.

— Ninguém sabe dizer no que ela está pensando de verdade — comentou Josef com a esposa —, mas ela deixou claro para mim que deseja adicionar muito mais naves à Frota Espacial do Grupo Venport. Eu disse para ela que seriam necessários dezenas de milhares de naves para atender de forma adequada a todos os planetas do Imperium.

— Talvez ela só queira mais Navegadores — sugeriu Cioba. — Mais como ela.

Ele sorriu ao chegar ao degrau mais alto.

— Ela está criando Navegadores o mais rápido que pode, mas para isso precisa de quantidades extraordinárias de especiaria. Eu disse a ela que, quanto mais naves tivermos, mais mélange poderemos transportar pelo Imperium... e, portanto, mais Navegadores ela poderá criar. Todo mundo sai ganhando.

Da colina, eles podiam ver o movimentado espaçoporto e os estaleiros. A cada hora, uma nave recém-reformada partia. As torres de decolagem eram enormes pináculos, agulhas apontando para os céus. A simples tarefa de manter o controle de todos os voos espaciais programados que conectavam e atendiam aos milhares de planetas do Imperium era um pesadelo administrativo, mas Josef tinha milhares de pessoas para trabalhar naquilo, todas elas alojadas em um único complexo de edifícios.

Felizmente, nem todas as suas naves precisavam de Navegadores. Os veículos lentos eram adequados para o transporte de cargas não críticas de planeta a planeta em rotas tradicionais, usando motores antigos pré-Holtzman. Embora tais viagens levassem meses, eram menos dispendiosas e perfeitamente seguras.

As naves dobraespaço conseguiam fazer a travessia de forma quase instantânea, mas tinham voado às cegas durante anos; os pilotos traçavam os percursos e rezavam para que não houvesse perigos ao longo do caminho. As transportadoras de baixo custo, como a Transporte Celestial, ainda se arriscavam a viajar às cegas, normalmente sem informar aos infelizes passageiros acerca dos perigos. Anos antes, durante o Jihad de Serena Butler, Aurelius Venport havia fornecido dobraespaços para o esforço de guerra com a condição de que sua empresa fosse a única autorizada a utilizar aquela tecnologia após a derrota das máquinas pensantes. Entretanto, duas décadas após a Batalha de Corrin, o imperador Jules alterara o acordo para "permitir a concorrência".

Josef continuava indignado com o fato de o risco e o trabalho árduo de sua família terem sido deixados de lado, mas ele também havia mudado com as novas regras. Somente o Grupo Venport conhecia o segredo da criação e do treinamento dos Navegadores, que podiam de fato abarcar o cosmo em suas mentes e prever caminhos seguros através da dobra espacial.

Saturados com gás de mélange e flutuando em campos suspensores, os candidatos a Navegadores voltavam seus pensamentos para uma paisagem surreal de física e matemática. À medida que as mentes deles mudavam e se expandiam, a necessidade de especiaria se tornava insaciável. Tão insaciável quanto a necessidade de Josef por mais Navegadores.

Embora Cioba pudesse entrar em contato de vez em quando para falar de suas conexões em comum com Rossak, Josef era o único que podia se comunicar regularmente com Norma. Originalmente, o filho dela, Adrien Venport — uma das figuras-chave no estabelecimento do império comercial dos Venport —, havia servido como a conexão de Norma com o mundo exterior por muitos anos. Em seus últimos dias, quando seu corpo estava falhando, Adrien enfim permitira que a mãe o convencesse a entrar em um tanque de especiaria, onde ele esperava se transformar em uma criatura com evolução semelhante. Mas Adrien era velho demais e seu corpo era inflexível demais, e então ele se afogara no gás de mélange. Em luto e retraída, Norma Cenva ficara sem se aproximar de outro humano por anos... até que Josef conseguira falar com ela.

Diante do tanque da avó, ele se dirigiu ao alto-falante e esperou, sabendo que às vezes levava minutos para que a atenção dela mudasse e ela o notasse. Quando Norma finalmente respondeu de dentro do tanque, sua voz era etérea, flutuante, sintetizada. Ele não tinha ideia de como as cordas vocais de verdade dela soavam, ou mesmo se ainda funcionavam.

— Você trouxe mais naves? — perguntou ela. Às vezes, Norma era perfeitamente articulada e compreensível, mas às vezes era distante e obtusa. Tudo dependia do nível de atenção que ela estava lhe dispensando.

— Tivemos alguns sucessos e alguns contratempos.

— Precisamos de mais naves, mais Navegadores, mais especiaria. O universo está esperando.

— Não temos Navegadores para todas as naves que estão em funcionamento atualmente — respondeu ele. — Precisamos de mais Navegadores para guiar as naves que transportam a especiaria para criar mais Navegadores.

Norma fez uma pausa por um momento, ponderando.

— Entendo o dilema.

— E mais voluntários para se submeterem à transformação — acrescentou Cioba. Aquele era o verdadeiro cerne da questão. — Poucos estão dispostos a pagar o preço.

— A recompensa é o universo inteiro — objetou Norma.

— Se ao menos fosse tão simples assim — retrucou Josef. Ela de fato não entendia.

À medida que mais e mais naves eram adicionadas à frota de Venport, a maior necessidade era encontrar voluntários suficientes para passar pela transformação em Navegador — e que um número suficiente deles sobrevivesse — e servir a bordo das novas naves. Um dia, Josef esperava que todos os candidatos a Navegadores fossem voluntários *dispostos*; naquele momento, precisava trabalhar com o material que tinha disponível.

Ele e Cioba haviam discutido o problema exaustivamente, e ela chegara até a apresentar a oferta à Reverenda Madre Raquella, mas até o momento nenhuma das Irmãs havia se oferecido para se transformar. Como induzir uma candidata inteligente a se enclausurar em uma pequena prisão cheia de quantidades tóxicas de gás de especiaria e a se submeter a uma transformação física e mental extrema? Era uma ideia difícil de vender.

— Estou fazendo o que posso — garantiu ele. — Por favor, tenha paciência.

— Eu sou paciente — retrucou Norma. — Posso esperar para sempre. — Ela ficou em silêncio, ponderando, depois acrescentou: — Estou orientando esses candidatos em seus exercícios mentais. Eles serão bons Navegadores. — Seus olhos arregalados e suas feições achatadas se aproximaram da portinhola manchada. — Apesar de toda a tecnologia que impulsiona nossas naves dobraespaço, a frota ainda depende de um cérebro humano. — Ela pareceu vagar em seus pensamentos e Josef achou que tinha perdido a atenção dela, mas então Norma voltou a falar: — Precisamos de mais naves. Precisamos de mais Navegadores. Precisamos de mais especiaria. Portanto, precisamos de mais naves.

Embora entendesse coisas aparentemente impossíveis, Norma não compreendia os amplos interesses comerciais que Josef havia estabelecido. Não era de se surpreender que ela também não se importasse mais com as nuances da política, razão pela qual Josef tinha que cuidar dela. Ele resolveu falar:

— Há muitas naves... antigas naves-máquina... que o Grupo Venport pode reequipar como veículos de passageiros e de carga. Frotas inteiras estão abandonadas no espaço, mas é uma corrida para encontrar as naves disponíveis antes que os butlerianos cheguem primeiro. Eles destroem as naves-robô sempre que as encontram. São vândalos e terroristas que advogam em favor da própria causa. — A voz de Josef se elevou com raiva.

— Então, impeça-os — ordenou Norma. — Eles não devem destruir as naves de que precisamos.

— Até mesmo o imperador Salvador faz vista grossa quando os fanáticos destroem as naves — comentou Cioba. — Acho que ele tem medo dos butlerianos.

— O imperador deveria detê-los. — Norma ficou em silêncio, flutuando em seu tanque. Josef sentiu que ela estava profundamente perturbada. Por fim, em sua voz alienígena, ela disse: — Vou refletir acerca dessa questão. — E, em seguida, voltou para a névoa de canela cada vez mais espessa.

> **Seu jeito de ver o futuro da humanidade, radiante ou sombrio, depende de como você filtra o fluxo de dados que chega até você.**
>
> — **Norma Cenva**

O dia não estava nada bom para Salvador Corrino. Na verdade, ele não conseguia se lembrar do último dia que havia considerado sequer aceitável. Grande parte disso era culpa dele próprio, já que suas fobias eram excessivas em comparação com as de uma pessoa comum, mas o governante do vasto Imperium não era uma pessoa comum; tudo nele deveria ser maior do que a vida. Embora o imperador sofresse por suas preocupações, ele desejava ser tão calmo e equilibrado quanto seu irmão, Roderick.

Naquele dia, Salvador estava sendo atormentado por uma dor de cabeça infernal e implacável. Precisava encontrar, desesperadamente, um médico confiável que não lhe despertasse suspeitas. Ninguém poderia se igualar ao atencioso dr. Elo Bando, ex-diretor da Escola Médica Suk, que de fato entendia as dores e preocupações do imperador, um especialista que havia oferecido tantos tratamentos benéficos (ainda que caros). Se ao menos o maldito homem não tivesse cometido suicídio...

Embora a famosa escola tivesse mudado a nova sede para Parmentier, o prédio antigo permanecia nas proximidades, em Zimia. Salvador solicitara os melhores médicos para cuidar dele, mas mandavam sempre alguém diferente para cada uma de suas doenças, cada vez que ele sentia uma pontada ou imaginava um novo e terrível problema físico. Médico após médico, e nenhum deles conseguia encontrar nada de errado com ele. Incompetentes! Salvador ainda não havia encontrado um novo médico de que gostasse... e aquele — ele nem se lembrava do nome do homem — não parecia melhor do que os outros.

Ele sabia que todos os convidados estavam esperando no salão de banquetes para a refeição da noite, mas o imperador Corrino não estava pronto, e eles teriam que ser pacientes. Não se podia esperar que ele participasse de um banquete tedioso com a cabeça martelando tanto que o levava à loucura.

Em seu quarto de se vestir, Salvador recostou-se em uma poltrona felpuda enquanto o médico Suk mais recente se inclinava sobre ele, cantarolando uma melodia irritante enquanto fixava tiras de sonda na careca do governante. O longo cabelo avermelhado do médico estava preso em um anel de prata no ombro. Ele leu os sinais em seu monitor portátil, e o tom de seu cantarolar mudou.

— Que bela dor de cabeça, hein?

— Que diagnóstico brilhante, doutor. Não preciso que você me diga isso! É um problema sério?

— Não há por que se preocupar demais por enquanto, mas o senhor parece um tanto magro e extenuado, sire. Sua pele está pálida.

— Você veio para checar minha dor de cabeça, não minha aparência.

Quando o pai de Salvador tinha setenta anos, um médico Suk o diagnosticara com um tumor cerebral, mas o imperador Jules se recusara a se submeter a procedimentos médicos de alta tecnologia. Apesar de Roderick, sempre a voz da razão, ter insistido para que o pai procurasse o melhor tratamento disponível, o imperador Jules apoiava publicamente o movimento butleriano antitecnologia e dispensou médicos sofisticados. Por isso havia morrido.

Salvador não queria cometer o mesmo erro.

— Aqui, vamos ver se isso dá certo — disse o médico.

Ainda cantarolando, ele ajustou o monitor, e Salvador sentiu as vibrações massagearem seu crânio, como se seu cérebro estivesse imerso em um líquido calmante.... como um cérebro de cimak em um recipiente de preservação. Ele começou a se sentir melhor no mesmo instante.

O médico sorriu ao ver a expressão de alívio de seu ilustre paciente.

— Melhorou?

— Vai ter que servir, por enquanto. Tenho um banquete para comparecer.

Salvador já havia passado por aquilo antes. A dor de cabeça poderia ter diminuído por enquanto, mas logo voltaria com força total. O imperador se levantou e saiu sem agradecê-lo; em breve não veria mais aquele médico, como todos os outros.

Como ele suspeitava, os outros convidados do jantar já estavam sentados ao redor da mesa, olhando para seus pratos vazios na expectativa da entrada. Salvador trocou olhares com o irmão e notou que a esposa de Roderick, Haditha, uma mulher de cabelos acobreados, estava sentada mais longe à mesa, conversando com a esbelta imperatriz Tabrina. Ótimo; ela manteria a problemática Tabrina ocupada.

Apesar da promessa de segurança reforçada em torno do imperador, alguns convidados usavam escudos pessoais que brilhavam levemente no ar. Como era de costume, toda a família real também usava, com exceção da madrasta reclusa de Salvador, Orenna, demonstrando seu desprezo pessoal a muitos dos aspectos da tecnologia.

Orenna estava sentada à mesa com as costas retas, esguia e arrogante, uma mulher de ângulos agudos em vez de curvas suaves, ainda que tenha sido considerada belíssima em sua época. As pessoas ainda a chamavam de "a imperatriz virgem", já que o imperador Jules havia deixado claro que nunca consumara o casamento com ela. A tagarela Anna, meia-irmã mais nova de Salvador e Roderick, estava sentada ao lado de Orenna; ela e a madrasta tinham um relacionamento estranhamente próximo, e com frequência passavam muito tempo juntas, compartilhando seus pensamentos secretos.

Anna Corrino tinha cabelos castanhos curtos e um rosto estreito como o do imperador; seus olhos eram pequenos e azuis. Embora tivesse 21 anos, ela parecia muito mais jovem, tanto mental quanto emocionalmente. Seus humores oscilavam como um pêndulo em um barco agitado pela tempestade, e ela não era totalmente estável desde que sofrera um trauma emocional quando criança. Mas era parte dos Corrino e da realeza e irmã do imperador, então seus defeitos eram ignorados.

Anna olhou para Salvador assim que ele entrou, com uma expressão cheia de mágoa e acusação. Sabendo exatamente a causa de tal irritação, ele suspirou e sentiu que a dor de cabeça já estava voltando. Agindo como seu irmão mais velho e como imperador, Salvador havia colocado um fim ao romance inadequado da garota com um cozinheiro do palácio, Hirondo Nef. Já fazia alguns meses que Anna não permitia que ninguém além de Nef preparasse e entregasse sua comida, mas os espiões de Salvador haviam descoberto que o cozinheiro estava entregando mais do que o jantar para a irmã do imperador. O que a garota estava pensando?

Totalmente alheio ao drama familiar que fervilhava sob a superfície da reunião social, Roderick conversava com facilidade com a Irmã Dorotea, uma mulher magra com um rosto felino e sensual. Alguns dias antes, durante o discurso com as exigências alarmantes de Manford Torondo no Salão do Landsraad, Roderick ficara surpreso ao descobrir que Dorotea simpatizava com os butlerianos, ao contrário da maioria das Irmãs de Rossak. Felizmente — com um raciocínio rápido, como sempre —, ele havia encenado uma ameaça de bomba para interromper aquela votação estúpida, mas perigosa.

Salvador não gostava dos fanáticos antitecnologia; eles eram muito intensos, maníacos obstinados que causavam muitos problemas. Mas ele não podia ignorar o número cada vez maior de pessoas que estavam aderindo à causa com fervor e potencial de violência. Tinha que tolerá-los, pelo menos. Talvez Dorotea pudesse fazer a ponte para amortecer a relação com aquele líder carismático.

Ele certamente não poderia negar os benefícios que Dorotea e as dez outras Irmãs haviam trazido para a Corte Imperial. As mulheres formadas em Rossak tinham poderes extraordinários de observação e análise, e Dorotea de fato o impressionara com sua perspicácia desde que chegara ao Palácio. Talvez *ela* conseguisse colocar um pouco de bom senso na cabeça de sua irmãzinha antes que Anna se metesse em mais problemas embaraçosos...

Lutando para fingir um aspecto vívido de saúde, o imperador chegou à ponta da mesa. Seus convidados se levantaram (até mesmo Anna, a contragosto), mas não a madrasta, bem vestida até demais, que alegava sofrer de fortes dores nas articulações. Salvador havia aprendido a ignorar as peculiaridades e o desrespeito passivo de lady Orenna; afinal, ela era a viúva de seu pai e merecia consideração, por mais que permanecesse irrelevante em assuntos imperiais. Como os três filhos de Jules eram todos ilegítimos, nascidos de mães diferentes e nenhum deles de sua verdadeira esposa, Salvador achava que podia escusar os aborrecimentos da idosa.

Ele se sentou e os outros convidados voltaram a se sentar obedientemente. No mesmo instante, os empregados dispararam como projéteis acionados por mola de onde estavam esperando nas laterais. Serviram depressa um aperitivo: uma salada de camarão-blova e nozes salgadas, apresentada em folhas de alface em forma de estrela. Um atendente assumiu a posição para provar a comida do imperador, caso ela tivesse sido envenenada.

Roderick, porém, afastou o homem e se inclinou para dar uma garfada na salada do prato do irmão.

— Eu me encarrego disso. — Salvador estendeu a mão para impedi-lo, alarmado, mas já era tarde demais. Roderick mastigou e engoliu. — A salada está muito boa. — O homem loiro e musculoso sorriu e todos começaram a comer enquanto ele sussurrava para Salvador: — É bobagem se preocupar tanto com a comida. Isso o faz parecer fraco e assustado. Você sabe que eu nunca deixaria nada acontecer com você.

Com um suspiro exasperado, Salvador começou a comer. Sim, ele sabia que Roderick daria a vida para protegê-lo, arriscando ser envenenado ou se jogando na frente do projétil de um assassino. Infelizmente, Salvador sabia que não faria o mesmo se as circunstâncias fossem invertidas. Roderick era uma pessoa melhor em quase todos os sentidos.

Mais longe à mesa, a imperatriz Tabrina deu uma gargalhada alta e Haditha assentiu, satisfeita com algum comentário divertido. Salvador olhou melancolicamente para a esposa do irmão, não com desejo, mas com inveja do relacionamento deles. O casamento de Roderick com Haditha era estável, feliz e havia gerado quatro filhos bem-comportados, enquanto o casamento de Salvador com Tabrina era tão sem amor quanto sem filhos. Sem dúvida, a imperatriz era muito bonita, mas sob aquele exterior adorável havia uma personalidade exigente e desagradável.

A rica família mineradora de Tabrina era uma importante fornecedora de materiais de construção resistentes e leves que eram de vital necessidade para os projetos do governo, e Salvador havia assinado um acordo que garantia terríveis repercussões financeiras se o imperador se divorciasse dela; havia até mesmo penalidades contratuais severas no caso de uma morte prematura de Tabrina. Salvador não tinha saída. Era um péssimo contrato e um péssimo casamento.

Felizmente, ele tinha oito concubinas... o que não era muito para um homem de sua posição, e seu pai certamente tivera muitas amantes além da imperatriz Orenna. Tabrina podia não aprovar, mas era uma tradição estabelecida que permitia que os governantes tivessem mais opções do que uma cama sem amor.

As outras pessoas à mesa conversavam em voz baixa, olhando na direção dele de vez em quando. Estavam esperando que ele estabelecesse o assunto da conversa, o que normalmente ele fazia. Sua dor de cabeça já estava voltando.

Roderick percebeu a deixa e tomou a iniciativa para deixar seu irmão à vontade, o que Salvador apreciou. Enquanto esperavam pelo prato de sopa, Roderick levantou um copo de vinho branco para a mulher de Rossak.

— Irmã Dorotea, sua escola é misteriosa, mas bastante impressionante. Talvez possa compartilhar um pouco do seu aprendizado conosco?

— Talvez não. — Os olhos castanhos felinos de Dorotea faiscaram. — Se contássemos nossos segredos, que necessidade haveria de a Irmandade existir?

Risinhos circularam pela mesa. Roderick inclinou o copo para ela, dando o braço a torcer, e a conversa se voltou para os méritos da infinidade de escolas que havia surgido desde o fim do Jihad.

— Estamos vivendo em tempos muito empolgantes, um renascimento do aprendizado... tantas escolas especializadas no potencial da mente e do corpo humano — observou Roderick.

— É imperativo que os seres humanos vejam o quanto podemos avançar sem a opressão das máquinas pensantes — concordou Dorotea.

O imperador recebia relatórios regulares de todo o seu vasto reino. Escolas surgiam como ervas daninhas por todo o Imperium, cada uma com uma especialização singular, com foco em várias disciplinas mentais ou físicas. O imperador não conseguia acompanhar todas as filosofias, apesar de ter designado funcionários para monitorá-las. Além das Irmãs de Rossak e dos médicos Suk, havia os Mentats sendo instruídos em Lampadas, e Mestres-Espadachins habilidosos continuavam emergindo de Ginaz. Ele também acabara de descobrir uma nova e bem financiada Academia de Fisiologia em Irawok que incluía estudos de cinesiologia, funções anatômicas e sistemas nervosos. E havia literalmente centenas de outras disciplinas malucas. O imperador as considerava *cultos educacionais*.

Salvador aproveitava todas as oportunidades para demonstrar publicamente seu apreço pelo irmão.

— Ao contrário de mim, você é um belo espécime físico, Roderick. Talvez você possa se tornar instrutor na nova academia de fisiologia, ou até mesmo recrutador!

Roderick riu e se dirigiu a Dorotea enquanto todos os outros ouviam.

— Meu irmão não está falando sério. Tenho muitos deveres governamentais importantes.

— É verdade — disse Salvador com um constrangimento não tão fingido. — Muitas vezes ele precisa corrigir meus erros.

Risos nervosos. Roderick fez um gesto de desdém, continuando a se concentrar em Dorotea.

— E seus conselhos também têm sido de valor inestimável, Irmã.

Finalmente, os empregados começaram a servir os pratos de sopa.

— Quando as mulheres concluem o treinamento — disse ela —, a Reverenda Madre Raquella envia a maioria de nossas formandas para servir a famílias nobres na Liga do Landsraad. Achamos que a Irmandade tem muito a oferecer. Quanto às minhas próprias habilidades, sou particularmente boa em distinguir a verdade da falsidade. — Ela sorriu para os dois homens Corrino. — Como quando um irmão provoca o outro com amor.

— Meus relacionamentos familiares não são tão brincalhões ou amorosos — disse Anna abruptamente, provocando um momento de silêncio. — Na verdade, Salvador não entende nada de amor. Ele não tem amor no próprio casamento, então está decidido a me negar qualquer possibilidade de viver um romance.

A jovem fungou, obviamente esperando uma demonstração de comiseração de suas companheiras. Lady Orenna deu um tapinha solidário no ombro da moça. A imperatriz Tabrina ficou com uma expressão completamente pétrea. Anna se endireitou no assento, olhando feio para Salvador, e continuou:

— Meu irmão não deveria mandar na minha vida pessoal.

— Não, mas um *imperador* sim. — A voz nítida da Irmã Dorotea preencheu o silêncio chocado à mesa.

Boa resposta, pensou Salvador. *Agora, como tirar Anna daqui com jeitinho?*

Ele trocou olhares com Roderick, e o irmão se levantou.

— Lady Orenna, poderia fazer a gentileza de levar nossa irmã de volta aos seus aposentos?

Anna continuou petulante. Recusando-se a olhar para a madrasta ou para Roderick, ela manteve os olhos focados em Salvador.

— Me separar de Hirondo não vai impedir nosso amor! Vou encontrá-lo onde quer que o tenha enviado e vou para lá.

— Mas não hoje à noite — disse Roderick calmamente, e fez sinal para a madrasta de novo. Após uma breve hesitação, Orenna se endireitou na cadeira, exibindo a excelente postura de seu cargo. Salvador notou que a mulher mais velha não demonstrava nenhuma dor aparente nas articulações quando pegou o braço de Anna, que aquiesceu ao seu toque. As duas saíram do salão de banquetes com uma formalidade exagerada.

Um convidado deixou cair um garfo de prata em um dos pratos de apoio, causando um ruído estridente em meio ao silêncio constrangedor. Salvador se perguntava como poderia salvar a noite e esperava que Roderick dissesse algo inteligente para aliviar o clima. Anna estava provando sua rebeldia e provocando um belo constrangimento. Talvez ela tivesse que ser mandada para algum outro lugar...

Naquele momento, o ar estalou no salão e uma grande câmara blindada se materializou na área aberta que, em certas ocasiões, era usada pelos músicos da corte. Uma lufada de vento girou em torno da mesa de banquete. Todos se afastaram e os guardas do palácio correram alarmados, cercando o imperador para protegê-lo. Ele ativou seu escudo pessoal automaticamente.

Pelas janelas de plaz transparentes do tanque, Salvador viu um gás laranja e a silhueta sombria de uma criatura mutante com uma cabeça grande demais. Ele reconheceu a figura no mesmo instante, embora ela raramente fosse vista em público. Ao longo de muitas décadas, Norma Cenva havia evoluído para uma forma que não parecia mais humana.

Ignorando o tumulto no salão, Salvador se levantou e encarou o tanque. Ao menos não era mais o drama das indiscrições românticas de sua irmã mais nova.

— Esta é uma visita muito pouco ortodoxa — disse ele.

O silêncio recaiu sobre o salão quando a voz sinistra de Norma emanou dos alto-falantes, como se viesse de muito longe no espaço:

— Não preciso mais de uma nave de transporte espacial. Agora, posso dobrar o espaço com minha mente. — Ela parecia fascinada com a ideia. O gás de especiaria em seu tanque ficou agitado, formando uma tempestade de redemoinhos.

Salvador pigarreou. Ele havia falado com aquela mulher misteriosa apenas duas vezes nos doze anos de seu reinado. Ela o assustava e intimidava, mas, até onde ele sabia, nunca havia feito mal a ninguém com seus poderes extraordinários.

— Você é bem-vinda em minha corte, Norma Cenva. Suas contribuições para nossa vitória sobre as máquinas pensantes são imensuráveis. Mas por que veio até aqui esta noite? Deve ser algo muito importante.

— Eu não me relaciono mais com os outros. Tenha paciência comigo enquanto tento me expressar. — Os grandes olhos de Norma, escuros como o breu da meia-noite, encaravam Salvador através do tanque, fazendo ele se arrepiar de medo. — Vejo partes do futuro e estou preocupada. — Ela flutuou em seu tanque e Salvador permaneceu em silêncio, tenso, esperando que ela continuasse. — Para unir o Imperium, precisamos ter uma rede de transporte e comércio. E, para isso, precisamos ter cargueiros estelares.

Salvador pigarreou outra vez.

— Sim, é claro. Temos a Frota Espacial do Grupo Venport, a Transporte Celestial e inúmeras outras empresas.

Todos permaneciam em silêncio no salão de banquetes. E então Norma disse:

— Milhares de naves-máquina foram abandonadas no espaço. Elas ainda estão intactas. Essas naves podem ser usadas para o comércio, para a civilização. Mas outros grupos destroem tais veículos onde quer que sejam encontrados. As turbas causam grandes danos. Estou muito preocupada com isso.

A garganta de Salvador ficou seca.

— Os butlerianos — disse ele. Manford Torondo se orgulhava de enviar relatórios para enumerar as naves-máquina que seu povo saqueava e explodia. — Estão agindo de acordo com as próprias convicções. Alguns chamariam de admirável o fervor que eles demonstram.

— Estão destruindo recursos valiosos que poderiam ser usados para fortalecer a civilização humana. Precisa detê-los. — Os redemoinhos de gás cor de ferrugem se dissiparam, revelando Norma com todos os detalhes hediondos e deformados de seu corpo. O tronco atrofiado, as mãos e os pés minúsculos, a cabeça e os olhos grosseiramente grandes, a boca, o nariz e as orelhas quase invisíveis. — Caso contrário, seu Imperium se fragmentará e morrerá.

Salvador ficou completamente sem resposta. Ele não fazia ideia de como acabar com o movimento butleriano, mesmo que quisesse. Antes que pudesse inventar desculpas, no entanto, Norma Cenva dobrou o espaço e seu tanque desapareceu do salão de banquetes, deixando apenas um estalo de ar deslocado.

O imperador Salvador balançou a cabeça e murmurou com uma leveza forçada:

— É incrível o que esses Navegadores podem fazer.

> **Um observador silencioso pode descobrir incontáveis segredos, mas eu prefiro ser um participante ativo.**
>
> — **Erasmus, cadernos do laboratório secreto**

Para manter seus pensamentos e memórias em uma ordem precisa e acessível, um Mentat precisava de certa dose de meditação e prática mental todos os dias, horas ininterruptas de contemplação silenciosa. Como diretor da escola, Gilbertus Albans mantinha seu escritório privado, um santuário isolado onde podia se enclausurar, concentrando-se em melhorar a própria mente. Os alunos, os outros instrutores e os administradores da escola sabiam que não deveriam perturbá-lo quando ele estava fechado em seu escritório.

Ninguém imaginava o que ele de fato estava fazendo por lá.

O núcleo de memória de Erasmus estava exposto em seu suporte, completamente envolvido em uma conversa. Quando Gilbertus andou pelo escritório, o robô independente se manifestou.

— Você se dá conta de que me provoca só de se movimentar, ostentando sua liberdade ao andar de um lado para o outro?

Gilbertus sentou-se à sua mesa e afastou uma mecha de cabelo dos olhos.

— Me desculpe. Vou permanecer sentado.

Erasmus deu uma risadinha.

— Você sabe que isso não ajuda em nada a resolver o problema, certo?

— Mas mantém você vivo. Você precisa aceitar certos sacrifícios e limitações para continuar a existir. Eu o salvei de Corrin.

— E eu agradeço, mas você está falando de oitenta anos atrás.

Gilbertus gostava de discutir e debater com seu antigo mentor.

— Não foi você quem me disse que as máquinas têm paciência infinita?

— É verdade, mas eu não fui feito para ser um observador passivo. Tenho muitos experimentos para realizar, muito a aprender sobre as intrigantes inconsistências do comportamento humano.

— Compreendo seu dilema, Pai, mas terá que se contentar em estudar o material que eu fornecer... até encontrarmos outra solução. Não posso ficar aqui para sempre.

Gilbertus já havia chegado ao limite em que observadores casuais começavam a se perguntar sobre sua saúde perfeita e sobre como ele parecia jovem demais para sua idade, embora alterasse sua aparência para parecer mais velho. Para manter em segredo o tratamento de extensão de vida que havia recebido de Erasmus, Gilbertus fomentara o boato de que consumia mélange regularmente, e que as propriedades geriátricas da especiaria lhe conferiam juventude e vigor apesar de sua idade. Embora mantivesse registros de suas compras de especiaria, ele nunca consumira a substância. A última coisa que Gilbertus Albans precisava era de algo que o fizesse parecer ainda mais jovem.

O robô se manifestou de novo:

— Se eu quiser ser um acadêmico, preciso estudar as interações humanas. Apesar desse isolamento frustrante, consegui acessar os conduítes de energia e os sistemas de ventilação da escola. Com os materiais disponíveis, criei uma rede ainda mais extensa de fibras ópticas, minúsculos olhos-espiões que me permitem observar as atividades cotidianas de sua escola. É fascinante.

— Caso seus olhos-espiões sejam descobertos, é bem provável que os butlerianos taquem fogo na escola.

— Isso não faz sentido, mas é interessante — respondeu Erasmus. — Confiarei em sua conclusão, depois de minhas experiências com um comportamento humano provocador e chocantemente imprevisível.

De sua mesa, Gilbertus pegou um documento impresso que havia sido enviado para a biblioteca da Escola Mentat.

— Consegui uma nova história divulgada pelos butlerianos cujo foco é destruir sua reputação.

— Outra?

— Veja o título: *A tirania do robô demônio Erasmus*. — Ele ergueu o livro, e os fios ópticos implantados nas paredes e no teto da sala absorveram a capa do tomo.

Erasmus riu de novo.

— Isso não parece objetivo.

— Pensei que você apreciasse os aspectos propagandistas dos relatos históricos.

— Sempre me diverte ver como uma pessoa que não vivenciou os fatos em primeira mão consegue distorcê-los com tanta veemência. Quando li as memórias de Agamemnon, vi como o general cimak distorceu a história. Levei muito tempo para descobrir que os humanos não apreciam nem sequer anseiam pela verdade. As máquinas, por outro lado, estariam em grande desvantagem se usassem conscientemente dados falsos para tirar suas conclusões.

Gilbertus deu uma gargalhada sincera.

— Acho que você gosta de ser tão vilipendiado.

O robô ponderou a respeito.

— Fui odiado por muitos séculos por minhas equipes de trabalho, meus escravos domésticos. Até mesmo Serena Butler me desprezava, e ela era uma das minhas humanas favoritas de todos os tempos. Você, Gilbertus, é o único que já enxergou meu verdadeiro valor.

— E eu mesmo ainda estou aprendendo — respondeu Gilbertus. De fato, ele tinha lido as histórias e sabia, por observação própria, que o robô havia mesmo cometido a maioria dos horrores atribuídos a ele.

Erasmus parecia impaciente.

— Abra o livro. Quero ler o que os butlerianos dizem a meu respeito.

Obediente, Gilbertus virou página após página para que Erasmus pudesse ler e absorver as palavras.

— Ah, eu não sabia que os butlerianos obtiveram acesso aos meus cadernos do laboratório. Um dos volumes foi recuperado de Corrin após a batalha? Fico feliz que os registros tenham sido preservados, embora me incomode que esse autor e, presumivelmente, os leitores deste volume, possa tirar conclusões tão ridículas dos dados que pesquisei com tanto cuidado. Acredito que entendo mais sobre o sofrimento humano do que os próprios humanos — concluiu Erasmus. Gilbertus podia imaginá-lo balançando a bela e macia cabeça de fluximetal que costumava ter. — No entanto, se você encontrasse uma maneira de me fornecer um corpo sofisticado de novo, eu poderia continuar meu importante trabalho.

— Você sabe que isso não seria sensato neste exato momento.

Embora amasse o robô independente por todas as enormes oportunidades que ele lhe proporcionara, Gilbertus era cauteloso e protetor.

Apesar de sua acuidade mental, Erasmus não tinha total ciência dos perigos que enfrentaria se saísse do esconderijo. E Gilbertus não confiava totalmente no que o robô poderia fazer.

— Gostaria que os humanos não tivessem confundido tanto as coisas — disse Erasmus, simulando um longo suspiro. — Os mil anos de domínio das máquinas foram bastante eficientes e bem organizados. Temo que a galáxia nunca mais vá ser a mesma.

Gilbertus fechou *A tirania do robô demônio Erasmus*.

— Não discordo, mas acho que você está ignorando um ponto-chave.

— Um ponto-chave? — Erasmus parecia satisfeito. — Compartilhe comigo.

— Não adianta criticar os humanos pela rebelião deles se você foi o catalisador. Você, pessoalmente, foi a causa direta da queda do império das máquinas.

Erasmus pareceu ofendido.

— Como assim? Posso ter contribuído inadvertidamente de alguma forma pequena ao deixar o bebê de Serena cair da torre...

— De todas as formas — rebateu Gilbertus. — Nenhuma das derrotas das máquinas teria acontecido sem você. *Você* propôs o desafio a Omnius, decidindo questionar a lealdade dos escravos humanos que, até então, não haviam demonstrado nenhuma evidência de resistência organizada. *Você* sugeriu que poderia enganar alguns de seus feitores de escravos para que se voltassem contra as máquinas. *Você* plantou os indícios de uma rebelião humana.

— Foi um experimento interessante — respondeu Erasmus.

— E destruiu o Império Sincronizado. Sem *você*, Iblis Ginjo nunca teria organizado suas células rebeldes, nunca teria considerado a possibilidade de derrubar os mundos de Omnius. Quando matou o filho pequeno de Serena Butler jogando-o de uma sacada na frente de uma multidão de pessoas, *você* lançou uma faísca na lenha que você mesmo havia colocado.

— Uma conclusão inusitada. — Erasmus pareceu hesitante, mas depois admitiu: — Vendo dessa forma, talvez eu tenha sido o responsável.

Gilbertus levantou-se de sua mesa.

— Pense nisso, Pai, quando estiver se sentindo inquieto e isolado aqui. Se tivesse sido mais cuidadoso, o império das máquinas nunca teria caído. E, como você é tudo o que restou e também por eu me preocupar com você, não pretendo ser descuidado.

Ele fechou o núcleo de memória do robô, guardando-o de volta em seu gabinete oculto e certificando-se de que todas as travas e lacres estavam no lugar. Em seguida, saiu para instruir seus alunos sobre como ordenar suas mentes de uma forma mais parecida com a das máquinas pensantes.

A história pode se lembrar de mim com espanto, terror ou ódio. Não me importo, desde que eu não seja esquecido.

— **General Agamemnon**, *Novas memórias*

Liderando um pequeno grupo de caçadores butlerianos, o Mestre-Espadachim Ellus se sentia mais como um carniceiro do que como um predador. Omnius e suas forças robóticas haviam sido totalmente derrotados, e até mesmo seus remanescentes desativados não representavam nenhuma ameaça; os cimaks rebeldes também haviam sido exterminados, e só restavam corpos sem vida de andarilhos cimaks e obscuros postos avançados vazios.

Mas ainda havia limpeza a ser feita.

Nas ruínas geladas da última fortaleza cimak em Hessra, os investigadores humanos haviam descoberto um banco de dados compilado pela notória Titã Juno, registros que listavam as localizações de muitas bases cimaks secretas, e Manford ordenara que cada uma fosse destruída antes que as bases caíssem nas mãos de humanos corruptíveis como Josef Venport. Metodicamente, Ellus e seus caçadores seguiam cada conjunto de coordenadas nos registros de Hessra e deixavam as bases das máquinas em ruínas fumegantes. A missão duraria seis meses ou mais e Ellus ficaria sem contato com a sede butleriana, exceto para enviar relatórios ocasionais sobre o progresso.

Durante os anos de treinamento físico implacável em Ginaz, Ellus e Anari Idaho — companheiros, rivais, de vez em quando amantes — tinham ficado fascinados pelos relatos lendários do glorioso Jihad de Serena Butler. Cativados pelas histórias daqueles dias heroicos, os dois desejavam estar lutando contra exércitos de robôs de combate ou ferozes andarilhos cimaks, mas tinham nascido um século tarde demais. Tudo o que restava era uma operação de limpeza para erradicar os restos... mas era um trabalho que precisava ser feito.

A nave de reconhecimento de Ellus chegou ao próximo local — uma rocha cheia de crateras e sem ar que mal se enquadrava na definição de planeta. Os robôs não precisavam de uma atmosfera, e os cérebros cimaks, protegidos dentro de seus recipientes de preservação, podiam viver em qualquer lugar. Se aquele sistema não estivesse listado nos registros secretos dos cimaks, ninguém teria se dado ao trabalho de ir até lá.

— Observem com atenção e fiquem de olhos bem abertos — ordenou Ellus a seus companheiros butlerianos. — Procurem por estruturas artificiais. Deve haver algo aqui.

Ellus havia passado anos em Ginaz aprendendo a lutar com uma espada de pulso contra maks de combate recuperados. Ele e Anari tinham se saído bem, matando muitos de seus oponentes máquinas e se sentindo como gladiadores em uma arena antiga. Mas tudo não passava de um espetáculo. As máquinas pensantes haviam sido derrotadas havia muito tempo.

O Mestre-Espadachim sonhava em encontrar uma base ainda em funcionamento, repleta de máquinas pensantes malignas — oponentes dignos, finalmente, para um homem com suas habilidades de luta. Seria como virar uma pedra e descobrir uma infestação de pequenos besouros pretos. Aquele, no entanto, era um pensamento particular que ele não ousava discutir com ninguém. Nem mesmo com a querida Anari.

Ellus se sentia motivado, mas também calmamente confiante. Cada passo aproximava ainda mais os butlerianos de erradicar todos os vestígios das máquinas pensantes, mas não mais próximos de esquecê-las. O que eles fariam quando não houvesse mais nada? Quando as máquinas pensantes desaparecessem de vez, o movimento perderia o foco e o objetivo. *Se não houver um inimigo, devemos simplesmente criar um novo?* Os seguidores de Manford não poderiam simplesmente sair por aí destruindo tudo o que contivesse componentes eletrônicos ou peças móveis — aquilo seria estúpido e equivocado, e inevitavelmente os forçaria a se voltar contra até mesmo os sistemas de funcionamento das próprias espaçonaves.

A nave cruzou a paisagem árida, onde raios de sol distantes e não filtrados davam um relevo afiado aos penhascos e cânions. Os membros da equipe de Ellus — seis butlerianos e mais dois Mestres-Espadachins — espiaram pelas janelas e examinaram a superfície antes de começar a falar.

— Lá está ele, senhor! No lado esquerdo da cratera.

— Por Deus e Santa Serena, parece que a guerra já foi travada aqui — disse Alon, um dos outros dois Mestres-Espadachins da equipe.

Ellus viu um brilho de cúpulas metálicas e câmaras de habitação — claramente um posto avançado ou uma base. Várias das cúpulas do posto avançado estavam destruídas e a paisagem rochosa estava repleta de buracos e crateras cercadas por marcas escuras de detritos em formato de estrela — claramente o resultado de explosões recentes, e não de impactos antigos. Andarilhos cimaks mutilados estavam espalhados por toda parte, com as pernas em forma de pernas de caranguejo esmagadas e retorcidas. Naves de ataque robóticas estavam espatifadas no chão da cratera.

— Isso deve ter acontecido durante a guerra civil entre os cimaks e Omnius — supôs Ellus. — Aqui era uma base secreta dos cimaks e os robôs de combate lutaram contra eles aqui. — Ele olhou com atenção para a vista abaixo. — Parece que os dois lados se exterminaram.

— Vamos torcer para que tenham deixado algo para destruirmos — brincou o Mestre-Espadachim Alon, com uma risada. — Senão, essa viagem longa não vai ter servido para nada.

— Se tiver sobrado alguma coisa, vamos nos livrar dela. — Ellus se virou para seu piloto. — Encontre um lugar para pousar para que possamos entrar.

Eles encontraram o núcleo do laboratório ainda intacto, e a nave conseguiu pousar em uma escotilha de acesso. A atmosfera interna era gelada, mas o ar era surpreendentemente respirável. A energia ainda estava ligada e os sistemas de suporte à vida estavam funcionando.

— Pessoal, podem se juntar a nós lá dentro e ajudar na operação — anunciou Ellus. Todos gostariam de ter uma chance de participar.

— Eles devem ter feito experimentos com humanos aqui — refletiu Kelian, o terceiro Mestre-Espadachim. — Caso contrário, não teriam se preocupado com a temperatura e a atmosfera.

— Se encontrarmos registros lá dentro, talvez seja possível descobrir o que os cimaks estavam fazendo e o que aconteceu durante essa batalha — disse um dos butlerianos. Ellus não perdera tempo decorando o nome de todos eles.

Ele ergueu a voz, rápida e profissional:

— Essas respostas não nos dizem respeito. Só precisamos nos livrar deste lugar, pois ele representa um perigo iminente.

Irmandade de Duna

Ellus estremeceu ao pensar no que poderia acontecer se alguma pessoa ambiciosa, como Josef Venport, encontrasse aquele local e tentasse recriar o trabalho abominável dos cimaks.

Depois que toda a equipe atravessou para o posto avançado, os butlerianos começaram a percorrer as câmaras, saqueando e destruindo. Eles não precisavam de ordens explícitas.

O Mestre-Espadachim Alon descobriu registros experimentais mantidos em um conjunto de bancos de dados de computadores não sencientes, mas os butlerianos destruíram as máquinas sem ler o material. Espécimes, amostras de tecidos congelados, cérebros dissecados, padrões de gelcircuito e reservatórios de eletrofluido azul vibrante enchiam prateleiras e armários.

A destruição total levou horas. Ellus poderia ter bombardeado todo o posto avançado de dentro da nave caçadora, mas ele acreditava em fazer as coisas do jeito certo, proporcionando a ele e a seus companheiros uma satisfação emocional que eles poderiam transmitir a seu superior. Ellus incluía o máximo de detalhes que conseguiu lembrar em seus relatórios para Manford, para que o líder butleriano pudesse imaginar que ele mesmo havia participado.

À medida que a destruição continuava, Ellus e os outros dois Mestres-Espadachins se dirigiram ao centro do complexo, uma câmara que parecia um pesadelo, repleta de um reluzente maquinário proibido e tecnologia de computação. Como um entalhe gravado no vidro, o gelo cobria a janela interna de uma porta grossa que levava a um cofre selado. Ellus se inclinou para mais perto, imaginando quais outros horrores os cimaks poderiam ter trabalhado e, pela janela empoeirada e cheia de gelo, espiou dentro do cofre blindado. Haveria alguma razão específica para as máquinas pensantes terem erradicado aquele lugar secreto dos cimaks?

Lá dentro, ele viu duas formas de pé: as figuras humanas esbeltas de um homem e uma mulher. Os dois não tinham pulseiras nem grilhões que os mantivessem prisioneiros. Ambos estavam petrificados, envoltos em uma fina camada de gelo.

Ellus chamou Alon e Kelian para ficarem ao seu lado enquanto estudava os controles da câmara, tentando determinar a maneira mais provável de abrir a porta. Os três Mestres-Espadachins nunca conseguiriam passar por aquela enorme escotilha só com porretes, aríetes e barras de ferro. Felizmente, embora ele soubesse pouco sobre tecnologia, os controles eram intuitivos, talvez até cooperativos, como se algum pequeno demônio ainda vivesse dentro do sistema de computador e quisesse causar problemas. Em apenas alguns minutos, a porta do cofre se abriu com uma turbulenta lufada de ar recendendo a produtos químicos. Ellus prendeu a respiração, com medo de que o gás pudesse ser venenoso, mas ele se dissipou rapidamente.

O brilho discreto das luzes da estação projetou-se no cofre frio sem piscar, iluminando o homem e a mulher preservados. Eles tinham cerca de vinte anos de idade e eram de aparência elegante e perfeita, com cabelos escuros, traços delicados e linhas de gelo nas sobrancelhas e nos lábios. Ambos estavam nus.

Ellus sentiu a repulsa pesar dentro de si.

— Essas pobres pessoas. Devem ter sido vítimas de experimentos.

— Manford iria querer que fizéssemos um enterro respeitoso para eles — observou Kelian.

— A mente humana é sagrada — entoou Alon.

Em aparente desacordo com as avaliações de suas mortes, os jovens abriram os olhos ao mesmo tempo, globos cinzentos que pareciam desfocados e depois se aguçaram. A dupla estremeceu, contorceu os ombros e respirou fundo, puxando o ar audivelmente como se estivesse se afogando. Com um grito, Ellus correu para pegar a mulher antes que ela desmaiasse, mas ela o afastou com uma força inesperada e se endireitou.

O homem deu um passo à frente e sacudiu a cabeça para desanuviar os pensamentos.

— Foi um longo tempo de espera. Já se passaram décadas... Ou séculos?

— Nós os libertamos. Estão seguros — explicou Ellus. — Quem são vocês?

— Meu nome é Hyla, e este é meu gêmeo Andros — apresentou-se a mulher.

— Estamos livres agora? — perguntou o homem.

Os Mestres-Espadachins os conduziram para fora da câmara fria.

— Sim, vocês estão livres... nós os salvamos — disse Ellus.

— Omnius e as máquinas pensantes não existem mais. Os cimaks foram todos destruídos, até o último deles. Nós vencemos! Vocês estão a salvo... o longo pesadelo de vocês acabou — acrescentou Kelian.

Irmandade de Duna

Os gêmeos se entreolharam, inclinando a cabeça para escutar. Ellus conseguia ouvir os ruídos dos butlerianos destruindo o maquinário e os computadores em outras câmaras do complexo.

— Por sorte, encontramos vocês a tempo — comentou Ellus. — Logo terminaremos de demolir essa base.

Os olhos de Andros se estreitaram e seu rosto ficou tenso.

— Eles não deveriam estar fazendo isso.

— Viajamos para todas as bases de máquinas que conhecemos e apagamos todos os vestígios do reinado de terror dos cimaks — contou o Mestre-Espadachim Alon. — Essa é a nossa missão. Quando tudo estiver no chão, essas memórias sombrias nunca mais nos incomodarão.

O rosto do estranho jovem foi dominado por uma onda de raiva que se ergueu como uma tempestade de poeira. Sua pele pálida tremeluziu, assumindo um tom metálico, como se o mercúrio fluísse logo abaixo. Andros abriu a mão, que se tornou tão rígida quanto ferro, e, sem esforço, deu um golpe lateral de caratê que decapitou o Mestre-Espadachim com facilidade.

Mesmo antes que o sangue pudesse jorrar de onde antes ficava a cabeça de Alon, a jovem se colocou em ação. Hyla enfiou o punho no peito de Kelian, esmagando seu esterno e atravessando sua coluna vertebral.

O Mestre-Espadachim Ellus só teve tempo de levantar a espada antes que Hyla aparasse a lâmina com o antebraço de sua pele blindada. Um som metálico soou, e o choque inesperado quase deslocou o braço de Ellus. Ele tinha lutado contra os maks de combate mais sofisticados de Ginaz; seu sensei instrutor o havia desafiado com as configurações mais altas e mais rápidas na memória do robô de batalha. Mas nada o havia preparado para aqueles gêmeos.

A jovem agarrou a espada de Ellus com as duas mãos e partiu a lâmina ao meio, depois desferiu um golpe forte na base do pescoço dele, esmagando a coluna vertebral e paralisando-o. O último Mestre-Espadachim caiu no chão, ainda acordado, ainda consciente.

Três butlerianos corados e tontos entraram na sala no momento em que Ellus caiu. Com um sorriso torto, Andros saltou para a frente e começou a destroncá-los membro a membro.

Hyla ficou parada sobre um Ellus paralisado, olhando para ele com seu rosto jovem, belo e desumano. O Mestre-Espadachim ouviu gritos enquanto o irmão dela terminava de assassinar os três butlerianos na câmara e, em seguida, descia pelas passagens de conexão para caçar o restante deles. Nenhuma daquelas pessoas teria a menor chance de sobreviver.

Hyla se inclinou para perto de Ellus e disse:

— Somos os filhos de Agamemnon. Meu irmão e eu estamos acordados aqui há décadas, sem nada para fazer a não ser pensar, questionar e esperar. Agora, antes que eu termine de matar você, me diga exatamente o que aconteceu nos anos que se passaram. Nós precisamos saber.

O Mestre-Espadachim cerrou os lábios para manter a boca fechada.

No módulo adjacente, soaram mais gritos horrorizados, ecoando nas paredes curvas de metal.

— *Conte tudo.* — Hyla se abaixou, estendeu o dedo indicador e começou a brincar com o olho dele.

> **A escravidão pode assumir muitas formas. Algumas são evidentes, outras são discretas. Todas são repreensíveis.**
>
> — **Vorian Atreides, *Diários do Legado*, no período em Kepler**

Os mercados de escravos de Poritrin cobriam uma vasta área da planície lamacenta e úmida do rio Isana. Vorian ficou desanimado ao ver a confusão de naves que aterrissavam e partiam e as multidões crescentes no mercado. Localizar um grupo de prisioneiros em meio a tudo aquilo seria quase impossível, mas ele havia liderado a luta contra Omnius que se estendera por gerações — e a raça humana havia vencido, contra todas as probabilidades. Sim, ele encontraria seu povo.

Mas a tarefa exigiria algum esforço.

O povo de Poritrin se dedicava à compra e venda de escravos havia muito tempo. Durante a cruzada contra as máquinas pensantes, muitas populações planetárias haviam se recusado a participar da luta, escondendo-se da batalha mais importante que a humanidade já havia enfrentado. Por tal motivo, outros humanos sentiam que tinham justificativas o bastante para forçar os pacifistas a trabalharem para o bem maior.

Naquele momento, porém, o Jihad havia terminado e as máquinas pensantes tinham sido derrotadas. Enquanto Vor caminhava entre as pessoas que se acotovelavam, não conseguia mais imaginar nenhuma justificativa para a escravidão, mas a prática continuava mesmo assim. Havia muito dinheiro e poder envolvidos nas operações, e parte da sociedade imperial ainda dependia daqueles mercados de escravos. Moralmente obsoletos, mas ainda lucrativos. Ele sabia, entretanto, que uma nova justificativa havia se desenvolvido como um efeito colateral inesperado do fervor antitecnologia. Com tantos planetas abandonando ingenuamente o maquinário sofisticado na esteira do crescente movimento butleriano, fazia-se necessária uma grande quantidade de mão de obra humana. Para algumas pessoas, ele supunha, os escravos eram mais aceitáveis do que as máquinas...

Vor estivera em muitos planetas em sua vida, mais do que poderia se lembrar de cabeça. Quando mais novo, ele havia acompanhado o robô

Seurat por todos os Mundos Sincronizados em uma nave de atualização, entregando cópias da sempremente Omnius. Depois de mudar sua lealdade para os Mundos da Liga, ele lutara contra as máquinas pensantes em uma série de planetas por mais de um século. Ali, em Poritrin, executara um esquema ambicioso de construção de uma frota gigantesca de naves de guerra falsas — um blefe enorme que intimidara a frota de Omnius em um truque incrivelmente bem-sucedido.

Ele não ia a Poritrin havia muitos, muitos anos.

Como um espetáculo à parte no meio do Jihad de Serena Butler, uma enorme revolta de escravos que explodira naquele planeta causara grande devastação. Uma explosão pseudoatômica aniquilara grande parte da cidade de Starda, matando o lendário cientista Tio Holtzman, um grande golpe para as defesas da humanidade.

Mas a explosão tinha aniquilado apenas uma área povoada da cidade. Naquele momento, as planícies estavam pavimentadas, o solo fundido, as águas acumuladas e confinadas em canais rígidos. Um caleidoscópio de estruturas temporárias lotava as áreas abertas onde os traficantes de escravos traziam suas cargas, colocavam-nas à venda, depois desmontavam as barracas e voavam para longe enquanto novos mercadores de carne se aproximavam para ocupar o espaço desocupado. Para cobrir a demanda, os vendedores ofereciam hospedagem, comida, drogas, serviços de massagem, prostitutas e empréstimos de dinheiro.

Ele ficou triste ao constatar que pouca coisa havia mudado.

Procurando manter os olhos abertos e bolar um plano para sua busca, Vor se viu engolido por um caldeirão de humanidade enquanto se movia por Nova Starda, absorvendo o tamanho e a estrutura do lugar. Ele estava cercado de sujeira, odores e ruídos urbanos, e só de andar pelas ruas e becos já se sentia como se estivesse em uma batalha campal contra maks de combate.

Vor ansiava pela tranquilidade e paz do isolado planeta Kepler, caçando pássaros plumanso nas colinas. Naquele momento, tinha que rastrear a família, os amigos e os vizinhos e levá-los para casa. Eles eram prisioneiros ali — com certeza ainda vivos, pois escravos mortos não tinham valor. Precisava encontrá-los depressa antes que fossem separados e vendidos a dezenas de compradores diferentes. Ele os libertaria a qualquer custo, os levaria de volta consigo... e encontraria uma maneira de proteger o mundo que havia adotado como seu no último meio século.

Durante o voo de Kepler até ali, lembrando-se de todas as fotos que Mariella havia espalhado em sua casa, Vor montara cuidadosamente uma lista dos próprios filhos e filhas, netos e netas adultos, noras e cunhados, vizinhos, colegas fazendeiros do vale, amigos desaparecidos, qualquer pessoa de quem conseguisse se lembrar. Ele precisava ter certeza de que não deixaria ninguém para trás.

Ao caminhar pelo mercado de escravos, ele encontrou um vendedor de escravos rechonchudo montando uma barraca. Quando Vor lhe mostrou a lista de nomes, o homem franziu os lábios e o encarou, surpreso.

— Seu primeiro erro, senhor, é pensar que mantemos registro de nomes individuais. Os itens oferecidos para venda não são indivíduos com identidades separadas. São meras ferramentas para realizar uma tarefa. — Ele ergueu as sobrancelhas. — Você daria um nome a um pé de cabra ou a um martelo?

Lembrando-se de como Xavier Harkonnen teria traçado um plano de batalha detalhado, Vor se dirigiu em seguida a um escritório de turismo de Poritrin, onde guias anunciavam passeios pelos cânions rio acima ou voos de zepelim sobre as planícies abertas. Ele esperava que o escritório financiado pelo governo conhecesse a disposição dos mercados de escravos, talvez oferecendo um mapa ou um guia, mas o funcionário sorridente não ajudou em nada.

Vorian Atreides fez mais perguntas e pagou subornos. Ao longo dos séculos, havia acumulado uma grande fortuna que, naquele momento, estava dispersa em várias contas espalhadas pelo Imperium. A riqueza pouco significava para ele, já que tinha tudo o que precisava e não vivia um estilo de vida extravagante. Felizmente, o novo sistema bancário oferecido pelo Grupo Venport vinculava aquelas contas, de modo que Vor tinha acesso aos seus fundos. Ele poderia ser generoso com seus incentivos, mas perguntas simples levantavam muitas outras questões.

Apesar de seu crescente senso de urgência, assombrado pelos rostos de todas as pessoas com quem convivera em Kepler, a tapeçaria social que fizera sua vida parecer tão completa, ele decidiu tomar um rumo diferente, pensando como um homem de negócios e não como um homem pessoalmente prejudicado. Vorian Atreides havia enganado exércitos inteiros de máquinas pensantes; certamente poderia enganar alguns traficantes de escravos.

Entre as barracas lotadas, o homem alto de cabelos escuros falou com um dos policiais de infantaria que patrulhavam os mercados:

— Estou disposto a pagar por informações sólidas e verificadas. Tenho um grande projeto de construção em uma área particularmente quente e úmida do meu planeta. Com certeza vocês têm controle de onde vêm os escravos. Não quero comprar mão de obra de um mundo frio ou árido. Fiz minha pesquisa e preciso de pessoas acostumadas com o clima, ou perderei metade dos meus trabalhadores em uma semana.

O guarda franziu os lábios.

— Entendo o que quer dizer, senhor. Nova Starda está em processo de instituir registros para ajudar a combinar certos tipos de escravos com ambientes compatíveis. Infelizmente, o sistema formal está parado no comitê no momento e não está disponível de imediato.

O policial deu de ombros. Vor reconheceu a insinuação tentadora e a hesitação como um pedido sutil de suborno. Então, ele ofereceu dinheiro e o policial coçou a lateral do rosto, como se estivesse pensando no problema, embora já tivesse uma solução.

— Conheço uma mulher na administração do espaçoporto que tem acesso aos registros de pouso e carga. Essas informações não costumam estar abertas à inspeção, mas se lhe disser meu nome e pagar uma... taxa discricionária, ela permitirá que você inspecione os registros de todas as naves de traficantes de escravos que chegaram recentemente.

Vor manteve sua expressão fria, ainda que seu coração estivesse se acelerando. Ele tinha visto as três naves que haviam atacado Kepler; com sorte, as encontraria na documentação.

O policial embolsou seu pagamento com um movimento hábil.

— Pode ser necessário algum trabalho de sua parte, mas talvez você possa examinar as informações do planeta-fonte e encontrar trabalhadores de seu agrado.

No espaçoporto, Vor teve de pagar mais três subornos apenas para encontrar a mulher com quem deveria conversar e, depois, outra grande quantia para ter acesso aos registros de aterrissagem. O dinheiro não importava; ele pagaria o que fosse necessário. Quando mais novo, ele e

Xavier teriam tentado coagir para conseguir informações, lutando por justiça, mas o método do suborno era, ironicamente, mais civilizado, embora mais dispendioso.

Ele não podia derrubar um mundo inteiro ou um modo de vida tão antigo. Ver as longas listas de carga humana lhe causou um aperto no coração. Todos aqueles prisioneiros haviam sido arrancados de suas casas em centenas de planetas com defesas precárias, deixando para trás famílias que estavam tão perturbadas quanto ele. Mas Vorian Atreides era apenas um homem, e seus dias de cruzadas haviam acabado. A cruzada pessoal, naquele momento, era salvar as pessoas que amava.

Quando analisou os extensos registros, o grande número de veículos o surpreendeu. Mesmo no auge de Salusa Secundus, ele duvidava que a capital da Liga tivesse experimentado tanto tráfego. Dava para ver que a escravidão definitivamente não estava em declínio.

Depois de várias horas, descobriu o que estava procurando: uma anotação de um grupo de três naves cujo destino anterior estava listado como *Kepler*. Os registros mostravam imagens dos veículos para fins de segurança, e ele reconheceu as naves que haviam pousado nas terras de cultivo depois de explodir a aldeia com campos de atordoamento generalizados.

Ele cerrou a mandíbula para conter a raiva, desejando que o único traficante de escravos tivesse vivido um pouco mais para que Vor pudesse saber mais detalhes sobre os capitães e as tripulações. Mas ele desenvolveu seu plano com as informações que conhecia.

Prioridade máxima: levar seu povo de volta em segurança, todos eles. Sua missão secundária, e mais agradável, era ferir os traficantes de escravos. Se planejasse bem, poderia realizar ambas.

Vor reservou um tempo para comprar um novo traje de caimento ajustável e assumiu a identidade de um rico empresário de Pirido. Ele até comprou um pequeno e bem treinado cãozinho de colo com uma coleira cravejada de joias, que trotava alegremente ao lado de seu novo mestre enquanto Vor passeava pelos mercados de escravos até o local apropriado. Lá, ele contratou quatro jovens e comprou roupas semelhantes para que eles pudessem acompanhá-lo como sua comitiva, com instruções rígidas de não dizer nada.

Seguindo o mapa que Vor havia comprado, eles marcharam para os locais específicos de aterrissagem e para as áreas de detenção onde as naves guardavam suas cargas humanas. Quando Vor avistou as três enormes naves perto da área de detenção, lembrou-se claramente delas, pois as tinha visto decolar do vale em Kepler carregadas de prisioneiros.

Sim, ele havia encontrado o lugar certo.

Entrando no personagem, assumiu um ar arrogante e franziu a testa para o homem de lábios grossos, mas de voz fina, que o impediu de marchar diretamente para as baias.

— O senhor não tem permissão para se aproximar dos escravos. Eles são uma mercadoria valiosa.

— Então você, meu bom homem, não sabe como as coisas são feitas aqui. — Vor fungou. Ele sabia que seu pessoal estava lá, do outro lado da cerca de contenção, e ficou tenso, disposto a matar aquele homem se necessário. Mas, se ele libertasse os prisioneiros e tentasse fugir, sabia que não iria longe... não ali em Poritrin. Portanto, permaneceu no personagem. — Se pretendo fazer um lance por todos esses recém-chegados, quero inspecionar a saúde deles. Não vou comprar escravos fracos, doentes ou sujos. Eles levariam imundice para meu planeta! Como saberei se eles não estão infestados de tênias Chusuk? Ou febre sanguínea?

Os lábios carnudos do traficante de escravos se curvaram para baixo em um esgar.

— Todos passarão por atendimento médico completo, não se preocupe. Nós cuidamos bem deles... perdemos só dois durante o voo de Kepler para cá.

— *Só* dois? Hmm. — Vor teve que se esforçar para não fazer uma expressão de nojo. Quais dois? Teria sido Bonda? Seu neto Brandis? Os nomes giraram por sua mente. Aquilo significava mais dois mortos, além dos dez que haviam morrido ao resistir ao ataque inicial... pessoas que ele conhecia e amava. Sua careta de escárnio não foi fingida. — Isso me parece vergonhoso. Não me lembro de a Frota Espacial do Grupo Venport ou a Transporte Celestial perderem passageiros rotineiramente em qualquer viagem.

Com um grunhido, o traficante de escravos correu os olhos de cima a baixo nas roupas meticulosas de Vor, nos quatro seguidores silenciosos e no cachorro pomposo.

— Em qualquer operação comercial que envolva cargas, há certa porcentagem de danos no embarque. Essas pessoas estarão à venda amanhã de manhã. Até lá, estarão limpas.

— E bem alimentadas, presumo?
— Estarão prontas para a venda.

O traficante de escravos obviamente não ia deixá-lo se aproximar mais, então Vor analisou as medidas de segurança visíveis ao redor das naves. Assentiu para sua comitiva e deu um leve puxão na coleira, fazendo o cão se virar e trotar fielmente ao seu lado.

— Estarei de volta pela manhã.

Ele alugou um quarto, prometeu aos quatro seguidores outro pagamento caso se juntassem a ele no dia seguinte e, em seguida, enfiou-se no quarto para continuar seu planejamento. O cachorro sentou-se em seu colo, perfeitamente satisfeito. Embora por duas vezes Vor tenha se pegado acariciando distraidamente a pequena criatura enquanto traçava suas estratégias, ele se recusou a dar um nome. O cão também não passava de mais uma ferramenta.

Uma vez desembarcados em Poritrin, nos mercados de Nova Starda, os traficantes de escravos usavam medidas de segurança para gerenciar e proteger suas cargas humanas, mas as naves vazias eram alvos fáceis. Em sua juventude, ele e Xavier Harkonnen teriam encenado uma operação militar, trazendo soldados armados para atacar as naves. Vor não teria tido escrúpulos ao matar o capitão e a tripulação, capturando seus prisioneiros e talvez até libertando hordas de outros escravos também. Seria um tumulto exacerbado, usando mais força bruta e testosterona do que cérebro.

Mas aquela era uma ideia estúpida e não era o meio mais eficaz de proteger seus entes queridos. Vor se perguntava como ele e Xavier haviam sobrevivido àquela época. Ele não se atreveria mais a tentar algo tão ousado — muitos de seu próprio povo poderiam sair machucados —, então pensou em uma solução mais prática e madura.

Só causaria um pouco mais de tumulto depois que tivesse certeza de que conseguiria recuperar a família e amigos...

Na manhã seguinte, Vor chegou ao início do leilão com o cachorro de aparência mimada e quatro jovens de aparência séria com roupas de Pirido. Eles se dirigiram para a frente de uma multidão de espectadores, investidores e até mesmo de alguns curiosos que não tinham nada melhor para fazer do que zombar dos escravos miseráveis, perambulando de um leilão para o outro. Várias transações como aquela estavam sendo realizadas naquela manhã no mercado de escravos de Nova Starda; as pessoas ao redor não viam nada de especial naquela venda em particular.

O mestre do leilão deu o comando para que a multidão se preparasse e os corpulentos traficantes de escravos empurraram as fileiras de prisioneiros para um palco que levitava a dois metros do chão. Vor observou o grupo desamparado se ajeitar, todos amarrados e com aparência desanimada. Ele estava tão diferente em aparência que não esperava que algum deles o reconhecesse. O cachorro latiu e depois se calou no meio do burburinho.

As emoções se agitaram dentro dele ao reconhecer tantos rostos. Estava furioso por ver seu povo daquele jeito, mas muito feliz por vê-los vivos e determinado a levá-los de volta para suas vidas normais. Eles estavam de fato limpos, mas magros. Ele notou alguns hematomas na pele pálida deles, mas nenhum sinal evidente de brutalização. Viu Deenah, uma sobrinha querida que já era mãe, os filhos Oren e Clar, a filha Bonda e seu marido Tir, e dezenas de outros. Teria que comparar todos eles com sua lista de pessoas desaparecidas de Kepler — localizaria qualquer um que faltasse, se necessário, mas esperava ter chegado a tempo.

— Temos um lance inicial de seis mil solaris — disse o mestre do leilão, depois que alguém gritou a quantia.

Um segundo cliente deu um lance de sete mil. Outro deu um salto para dez mil em meio a uma onda de murmúrios de admiração. Vor não disse nada, apenas esperou. Os lances subiram gradualmente para quinze mil, depois para vinte mil. Então, alguém pediu que os escravos fossem divididos em lotes menores e que os lances continuassem por grupos específicos. O licitante prometeu pagar um prêmio, mas apenas pelos machos saudáveis.

Vor sabia que tinha que agir. Ele levantou a voz antes que o leiloeiro pudesse considerar a proposta.

— Trinta mil solaris por todo o lote, com entrega imediata. — Ele poderia ter oferecido menos, mas queria se fazer notar.

A multidão arfou, ofegante. Os quatro jovens de sua comitiva olharam para ele com surpresa; um deles tinha um sorriso malicioso, certo de que aquilo fazia parte de um esquema maior.

— Poderia repetir isso, senhor? — pediu o mestre do leilão, respeitoso.

— Trinta mil solaris, mas só se eu puder tomar posse deles nesse exato instante. Todos eles. — A quantia era suficiente para comprar um continente inteiro em alguns planetas pequenos. — Ou você quer desperdiçar meu tempo?

Os prisioneiros de Kepler na plataforma se agitaram, sussurrando uns para os outros, olhando para o homem que havia feito tal oferta... o homem que seria seu mestre. Sua filha Bonda o havia reconhecido assim que ele fizera a oferta. Vor conseguia ver nos olhos dela.

O mestre do leilão hesitou, embora ninguém esperasse que o lance fosse superado.

— Vendido, para o senhor com o cachorro, todo o lote de escravos do planeta Kepler.

Depois que os aplausos se dissiparam e Vor pagou pelos escravos, ele sabia que tinha que afirmar seu ponto de vista.

— Agora, libertem-nos, removam suas amarras. — Os traficantes de escravos hesitaram, mas ele permaneceu firme. — Eles são minha propriedade e posso fazer o que quiser com eles.

— Isso pode ser perigoso, senhor. — O mestre do leilão levantou a mão para convocar um guarda da infantaria. — Esses escravos são novos, ainda não foram treinados.

Entregando o cão a um dos jovens de sua comitiva, Vor caminhou até a ponta da plataforma suspensa e subiu no palco.

— Eu mesmo cortarei as amarras, se for preciso.

Ele não se importou com os resmungos raivosos enquanto usava a própria adaga para libertar os dois prisioneiros mais próximos, seus dois filhos com expressões radiantes, Oren e Clar.

— Terei que fazer tudo isso sozinho? Talvez eu retenha parte dos meus honorários como compensação pelo inconveniente.

Os corpulentos traficantes de escravos se moveram depressa para libertar o restante dos prisioneiros. Vor se virou para gritar para a plateia.

— Durante séculos, as máquinas pensantes escravizaram nossos homens e mulheres, e nós sacrificamos metade da raça humana pela liberdade. E ainda assim vocês... todos vocês... perpetuam isso. Vocês deveriam entender mais sobre liberdade a essa altura.

Os outros prisioneiros correram para a frente — amigos, familiares, vizinhos, alguns chorando de alívio e outros tremendo, incrédulos.

O grupo inteiro saiu da plataforma suspensa e ficou junto, separado do público inquieto.

Os filhos de Vor o abraçaram; os vizinhos estavam chorando. Ele dispensou os quatro jovens que havia contratado e entregou a coleira do cachorro a Bonda.

— Aqui, arranjei um novo animalzinho para você.

Embora o povo de Poritrin não concordasse com a filosofia de Vor sobre a escravidão, o dinheiro de suas contas resolveu qualquer problema que os comerciantes pudessem ter com ele. Vor providenciou quartos para seu povo em um alojamento temporário, para que todos pudessem descansar, lavar-se e comemorar enquanto ele estudava os horários do espaçoporto e garantia a passagem de volta para Kepler. Uma nave espacial do Grupo Venport partiria em dois dias, e ele comprou cabines para todos eles. Estariam de volta em casa em uma semana.

Ele deu a Bonda a tarefa de verificar todos os nomes em sua lista, depois de marcar com tristeza as duas pessoas que haviam morrido em trânsito — um casal, marido e esposa, que morava em uma fazenda adjacente à casa de Mariella.

Mesmo em meio a tanta alegria e abraços, Vor ainda se sentia perturbado. Quando deixara a vida pública para trás, ele queria apenas solidão e paz. Mas já tinha mais trabalho a fazer. Saiu à noite depois de verificar se todo o seu povo estava seguro e protegido.

Vor acompanhou os escravos libertados até o espaçoporto, querendo assistir com os próprios olhos enquanto eles embarcavam para que pudesse saber que estavam a caminho. Ele se sentiu triste e satisfeito ao mesmo tempo.

O espaçoporto estava em polvorosa devido a um acidente grave ocorrido na noite anterior, mas a maioria dos incêndios no campo havia sido apagada. O trio de naves de traficantes de escravos que atacara Kepler havia preenchido os papéis de partida e decolado pouco depois do pôr do sol, com seus porões de carga vazios e prontos para serem reabastecidos. Infelizmente, devido a falhas bizarras e simultâneas no motor e a uma mistura explosiva inadequada de combustível, as três naves haviam explodido no céu de Nova Starda. Um terrível e estranho acidente.

Irmandade de Duna

Vor estivera no espaçoporto, sozinho, para observar. Enquanto as pessoas olhavam para cima, horrorizadas, ele era o único que sorria.

Naquele momento, Bonda, uma das últimas a embarcar na nave de transporte, segurou o cachorro que já adorava. Vor se virou para ela e abaixou a voz:

— Diga à sua mãe que voltarei assim que puder.

Ela piscou algumas vezes, surpresa.

— O quê? Você não vem conosco? Precisamos de você em Kepler!

O marido dela, Tir, estava logo ao lado e acrescentou:

— E se vierem mais traficantes de escravos?

— É exatamente isso que espero evitar. Tenho mais uma coisa para fazer antes de voltar para casa. Talvez isso mantenha Kepler a salvo.

— Mas... aonde você vai? — perguntou Bonda.

O cão se remexeu em seus braços e lambeu sua bochecha.

— Para Salusa Secundus — disse ele. — Pretendo falar com o imperador em pessoa.

> **Máquina boa é máquina morta.**
>
> — **Manford Torondo, trecho de um discurso em Lampadas**

Em Zimia havia muitos memoriais notáveis feitos com destroços de cimaks em formas guerreiras, mas o imperador tinha que deixar guardas por perto o tempo todo para evitar que fossem vandalizados pelos butlerianos. Ainda que aqueles aparatos celebrassem a derrota das máquinas, o movimento antitecnologia queria apagar todos os vestígios... todas as "tentações", como eles as chamavam.

Embora tivessem vencido o Jihad havia um século, Roderick Corrino entendia a necessidade contínua das pessoas de descarregar a raiva e, por isso, convencera o irmão a criar um evento formal, uma forma de extravasar esse sentimento. Todo mês, campeões do povo tinham permissão para atacar alguma representação das onerosas máquinas. Salvador adorara a ideia, e cada "festival da fúria" ficava ainda mais popular do que o anterior.

Naquele momento, Roderick estava com a irmã taciturna em uma carruagem puxada por dois garanhões salusanos. O último espetáculo aconteceria nos arredores de Zimia, entre as torres brancas da capital e as colinas onduladas onde os nobres mantinham suas propriedades, vinhedos e pomares.

Era meio-dia, e a multidão que se reunia estava em um clima festivo. Os cidadãos haviam montado áreas de piquenique em um amplo perímetro ao redor das relíquias de máquinas pensantes, que seriam o foco da fúria do dia: uma pequena nave robótica de reconhecimento e o casco de uma cápsula de praga que havia sido lançada por Omnius. Nenhum dos objetos havia caído ali originalmente, mas estavam entre os muitos que haviam sido recuperados após a guerra e guardados para essas comemorações mensais. Considerando a extensão dos Mundos Sincronizados, não era difícil encontrar restos de máquinas, mais do que o suficiente para continuar realizando os populares festivais da fúria por muitos anos.

Irmandade de Duna

Naquele momento, crianças alegres já estavam batendo com pedras nos objetos metálicos, fazendo um barulho alto. Logo seria a vez dos adultos causarem ainda mais estragos.

Dentro da carruagem, Roderick estava sentado com um ar calmo e profissional, um representante obediente da Corte, mas Anna não parecia estar no clima para festividades. Durante toda a procissão a partir do Palácio, a garota ficara chorando por causa de Hirondo Nef, implorando a Roderick que a ajudasse a encontrá-lo (o que, é claro, ele não faria). Ela era tão delicada, tão protegida, tão sensível; Roderick estava dividido entre permitir que ela se machucasse para ficar mais forte ou continuar a protegê-la da mágoa.

— Hirondo está morto! — afirmou ela. — Eu sei disso! Salvador mandou matá-lo!

A carruagem parou e Roderick colocou um braço em volta da irmã trêmula, consolando-a da melhor maneira que pôde.

— Nosso irmão não faria isso. Eu juro, ele só transferiu o homem para um lugar seguro onde ele pode começar uma nova vida... e você também pode. Estamos tentando proteger você.

Roderick havia, de fato, impedido que Salvador mandasse matar o cozinheiro na hora. Ele intervira bem a tempo e mandara prender o jovem, em grande parte para garantir a segurança dele. Então, chamando o irmão de lado, Roderick o aconselhara:

— Um imperador não tem como evitar ter sangue nas mãos, mas você nunca deve matar quando não for necessário.

Felizmente, Salvador dera ouvidos ao conselho, como sempre fazia. Nef fora mandado embora, transferido para uma das propriedades nobres fora da cidade, onde nunca mais se aproveitaria de Anna.

A irmã olhou para ele, com os pequenos olhos azuis cheios de lágrimas.

— Eu não quero ser protegida... quero meu Hirondo!

Roderick odiava ver tanta dor no rosto da irmã. Parecia que Anna nem se lembrava de que, quatro meses antes, apaixonara-se com a mesma intensidade por um jovem guarda. A garota tinha tanta necessidade de aceitação e amor que suas emoções eram como uma mangueira de alta pressão, desenfreadas e descontroladas.

— Sinto muito que você esteja sofrendo, Anna.

— Você sabe onde está o Hirondo? Eu o amo... preciso vê-lo.

— O imperador não o considera apropriado para você. Hirondo deveria saber que não deveria colocá-la em tal situação. Infelizmente a vida é assim, você precisa encontrar alguém do seu próprio nível. Somos Corrino, e há certas expectativas a nosso respeito.

Ele e Salvador teriam que discutir a questão do casamento dela em breve. Não deveria ser difícil encontrar um nobre que ela pudesse amar de forma igualmente avassaladora. A não ser que ela decidisse contrariar por puro prazer.

Ela enxugou as lágrimas do rosto.

— Não tenho o direito de amar? Em seu leito de morte, nosso pai disse que queria que todos nós tivéssemos bons casamentos.

— Você tem direito ao amor, querida irmã, se conseguir encontrá-lo no lugar certo. A intenção do imperador Jules ao dizer isso não era que nos casássemos com *cozinheiros*. — Ele beijou a testa dela. — Salvador não ficou nada feliz por ter que fazer aquilo. Ele estava apenas cumprindo seu dever... como você deve fazer. Por favor, ouça o que digo, como seu irmão... esqueça o Hirondo.

— Mas ele foi simplesmente arrancado de mim! Não tivemos nem tempo de nos despedir. Preciso vê-lo, uma última vez. Como posso viver em paz sem saber se ele está bem, sem conferir com meus próprios olhos? Prometo que, se você me disser onde ele está, assumirei minhas responsabilidades de agora em diante.

Roderick balançou a cabeça, mas ela não parou de implorar.

— Temos que assumir nossas responsabilidades independentemente de conseguirmos ou não o que queremos. — Ele abriu a porta da carruagem. — Agora, vamos sair para cumprir outro dever. As pessoas estão esperando. Todo mundo ama você.

Os Corrino foram para uma plataforma com bandeiras que havia sido erguida para a ocasião e olharam para a multidão. As crianças que atiravam pedras foram levadas para uma distância segura das réplicas das máquinas e ficaram sob a vigia de guardas e babás para que seus pais pudessem participar das festividades. A multidão se agitou, energizada pela chegada do irmão e da irmã do imperador. A maioria das pessoas na plateia carregava porretes, cassetetes, marretas e pés-de-cabra.

— Vou deixar que você faça as honras desta vez — disse Roderick à irmã. — Liberte a energia das pessoas. — *Antes que ela se liberte sozinha.*

Irmandade de Duna

Com os olhos vermelhos, Anna foi para a frente da plataforma, e as pessoas reunidas ficaram em silêncio, prendendo a respiração coletivamente como um bando de cães de caça esperando para avançar em uma lebre. A nave-robô e a cápsula de praga aguardavam ali, intactas, lembretes simbólicos da horrível tirania das máquinas.... da qual poucas pessoas vivas se lembravam. Mas o povo sabia o que lhes havia sido ensinado e sabia o que odiar.

Anna levantou a mão e a multidão ficou tensa. Ela já havia feito aquilo antes, conhecia as palavras, mas Roderick estava pronto para assumir o controle se a irmã se rendesse ao sofrimento renovado por causa de Hirondo. Ela respirou fundo e olhou para ele, que assentiu para tranquilizá-la.

— Derrotamos as máquinas pensantes, mas nunca esqueceremos o que elas fizeram com a humanidade — começou Anna. As pessoas reunidas resmungaram e sibilaram, brandindo suas armas simples, mas destrutivas. — Que este dia sirva como um lembrete para nós e para nossos filhos de nossa vitória contra as máquinas que nos escravizaram. — Ela abaixou a mão em um movimento de corte e a multidão avançou.

O clamor foi ensurdecedor quando barras de metal, porretes e marretas atingiram a cápsula e a nave-robô. As placas do casco da nave se dobraram, os controles foram esmagados, o plaz foi estilhaçado. Algumas pessoas aplaudiam e riam e algumas gritavam de raiva, golpeando o inimigo simbólico e pesadelar.

O frenesi durou meia hora e, quando as pessoas se deram por satisfeitas, os restos das máquinas haviam sido transformados em estilhaços amorfos e irreconhecíveis.

Quando as lágrimas escorreram pelas bochechas de Anna Corrino, as pessoas julgaram que ela chorava pela vitória da humanidade, mas Roderick sabia a verdade.

Apesar de seus dois irmãos terem feito de tudo para esconder Hirondo, o jovem apaixonado ainda encontrou uma maneira de enviar uma mensagem para a princesa. Ele conseguiu entregar um bilhete revelando seu paradeiro para lady Orenna, e a velha madrasta de Anna foi compreensiva com o jovem casal. Ela poderia parecer fria e sem amor para os outros, mas Anna era um ponto fraco no coração da imperatriz virgem, que providenciou para que a menina escapasse para dizer um último adeus.

Assim, Anna e Hirondo tiveram um reencontro inesperado e glorioso nos aposentos dos empregados da mansão, onde ele havia sido exilado. Ela sabia em sua alma que eles estavam destinados a ficar juntos.

Anna havia se apaixonado profundamente por aquele homem e não conseguia imaginar sua vida sem Hirondo, apesar da posição humilde dele. Juntos de novo, os dois sussurravam planos de fugir para Harmonthep, Chusuk ou algum outro mundo insulado.

— Não importa para onde, desde que estejamos juntos — sussurrou ela, aconchegando-se perto dele na cama.

Hirondo tinha a pele cor de oliva, o corpo musculoso e olhos castanhos que sempre tinham um quê de tristeza. Ela tocou o peito nu dele; queria fazer amor de novo, mas ele parecia preocupado.

— Quero fugir com você, Anna, mais do que tudo. Mas nunca conseguiríamos. Não tenho dinheiro, nem recursos, nem contatos.

— Eu tenho tudo isso, meu amor. De alguma forma, de algum jeito, vou conseguir. — Ela não tinha dúvidas; eles estavam apaixonados e tudo daria certo. — Eu *tenho* que conseguir.

Ele balançou a cabeça.

— Sua família virá atrás de nós. Não vai dar certo. Eles são poderosos demais. Esta terá de ser a nossa despedida... mas nunca vou me esquecer de você.

Ela olhou feio para ele por ser tão pessimista, perguntando-se por que todos se dedicavam tanto a impedir que ela fosse feliz. De súbito, constrangida pela própria nudez, Anna se levantou da cama para se vestir, perguntando-se se havia cometido um erro. Ela havia desejado Hirondo tão desesperadamente e, naquele momento, ele parecia não ter determinação nenhuma. Muito bem, ela mesma cuidaria de tudo, ainda que ele não concordasse, e provaria a Hirondo que aquilo poderia ser feito.

De súbito, a porta dos aposentos dos empregados se abriu e guardas imperiais uniformizados entraram correndo, gritando ordens e agarrando Hirondo enquanto ele tentava fugir. Eles foram mais gentis quando agarraram Anna, mas ainda assim a mantiveram presa.

Balançando a cabeça com tristeza e decepção, Roderick entrou atrás dos guardas.

— Anna, eu tentei muito ajudar você, mas agora não tem mais nada que eu possa fazer.

Ela se debateu, tentando correr para Hirondo, mas não conseguiu se libertar.

— Como você descobriu?

— Faz parte do meu trabalho descobrir. E você deixa um belo rastro por onde passa.

Levaram Anna de volta ao Palácio Imperial e a escoltaram diretamente até o imperador em sua suíte particular. Roderick ficou de lado, de braços cruzados. Salvador usava uma túnica dourada e branca e parecia ter participado de uma sessão no Salão do Landsraad. Ele olhou com desprezo para a irmã.

Anna se ajoelhou na frente dele e agarrou seu manto.

— Por favor, Salvador! Me deixe abrir mão do meu título e fugir com Hirondo. Não vou pedir dinheiro. Mudarei de nome. Estamos destinados a ficar juntos!

Salvador olhou para o céu como se estivesse implorando por ajuda, depois fixou seu olhar nela.

— Isso nunca vai acontecer. Você é uma Corrino e sempre será uma Corrino. Nosso pai nos pediu para cuidar de você. — Em seguida, ele falou como se estivesse emitindo um decreto: — Você nunca mais verá Hirondo Nef de novo.

— Não o mate! Por favor, não o machuque.

Salvador franziu os lábios e se recostou em sua cadeira.

— Essa seria a solução mais fácil, mas ele não vale meu esforço. Além do mais, isso só faria você encontrar outro namorado inadequado. Matar Hirondo Nef não resolve o problema central, querida irmã, quando o problema é *você*. Nosso irmão tem uma ideia muito mais sensata.

Roderick franziu a testa como se não gostasse de receber o crédito pela ideia. Ou a culpa.

— Estamos bastante impressionados com Dorotea e as outras Irmãs na corte real. Elas são mulheres de requinte e sabedoria, e a Escola Rossak é uma das melhores do Imperium. A solução é óbvia.

Salvador arrancou seu manto das garras de Anna e a afastou.

— Vamos mandar você para a Irmandade, onde acredito que encontrará um propósito na vida. Talvez com o treinamento delas você faça algo valioso e significativo em vez de desperdiçar seu tempo com ilusões e atividades sem sentido. Você precisa crescer. Não temos mais como lidar com você aqui na corte.

Anna olhou para Roderick em busca de ajuda, mas ele balançou a cabeça e disse:

— É a melhor solução. Talvez você não perceba agora, mas um dia agradecerá ao imperador por sua magnanimidade.

A adaptabilidade é o fulcro da sobrevivência.

— *Livro de Azhar*

— Caso não sigam as instruções com cuidado, algumas de vocês podem morrer durante o exercício de hoje — alertou a Reverenda Madre às acólitas reunidas na superfície ondulada da copa da árvore polimerizada. Não havia humor em seu sorriso. — E o mesmo pode ser dito de muitos outros aspectos da vida: se forem descuidadas, podem morrer.

As jovens estudantes vestiam verde-claro, mas a Reverenda Madre Raquella usava um traje justo preto, assim como Valya e a outra censora assistente, a Irmã Ninke — uma mulher atarracada e musculosa com um rosto severo e mechas grisalhas em seus cabelos castanhos, ainda que tivesse apenas 34 anos.

Ninke segurava uma cópia encadernada do manual de filosofias e religiões da Irmandade, compilado recentemente: o *Livro de Azhar*. Às vezes, a Reverenda Madre gostava de citá-lo durante as aulas. Apesar de certamente saber de cor cada palavra daquele texto, Raquella também acreditava no poder da formalidade e dos ritos, ajudando a consolidar a profunda importância da compilação filosófica.

As estudiosas da Irmandade haviam montado o *Livro de Azhar* em meio aos protestos da CTE e aos tumultos causados pela imposição da abrangente Bíblia Católica de Orange. O compêndio de crenças e esoterismo havia sido a resposta pessoal delas à Bíblia C. O., embora as mulheres negassem qualquer vínculo religioso.

Rossak era mais do que uma escola, com espaçoportos estabelecidos havia muito e antigas cidades em penhascos que, desde então, haviam sido tomadas por Raquella e suas seguidoras. Até aquele momento, o número de formandas chegava a dezenas de milhares. Depois que as Irmãs terminavam o treinamento, várias delas retornavam a seus respectivos mundos de origem para aplicar as novas habilidades, demonstrando o mérito do treinamento de Raquella. Algumas viajavam ativamente por todo o Imperium para recrutar para a escola, sempre de olho em possíveis alunas promissoras. Grande parte das Irmãs, entretanto, permanecia em Rossak para se juntar às fileiras cada vez maiores de mulheres avançadas no que havia se tornado não apenas uma escola, mas uma ordem que fortalecia as adeptas de um novo modo de vida.

Quando Valya chegara na Escola Rossak, como uma acólita de 16 anos, muitas das palavras no léxico da Irmandade soavam místicas para ela, enraizadas na bruxaria das Feiticeiras originais. Ela se lembrava de ter achado tudo aquilo emocionante e misterioso... diferente de qualquer outra coisa em sua vida monótona em Lankiveil.

Presa naquele planeta insulado, com pouca esperança de progresso, Valya Harkonnen decidira se tornar uma exímia lutadora para se manter forte contra as ameaças. Ela e seu querido irmão, Griffin, haviam treinado boxe tradicional, luta livre e artes marciais. Apesar de ele ser mais alto e mais forte, Valya tinha velocidades, truques e era imprevisível, de modo que o derrotava na maioria das vezes... o que o ajudava a melhorar, bem como a ela mesma. Nem Valya nem Griffin pareciam lutadores excepcionais, mas suas habilidades enganavam, e a aparência "normal" muitas vezes pegava os adversários desprevenidos. Desde que entrara para a Irmandade, Valya aprendera ainda mais técnicas de controle do corpo, dos músculos e dos reflexos. Ela sabia que, da próxima vez que lutasse com Griffin, ele ficaria bastante surpreso.

Naquele momento, o novo grupo de acólitas estava reunido no topo pavimentado das árvores. Elas olhavam para o precipício abrupto cortado no dossel alto, como um cânion esculpido nos galhos e folhas entrelaçados.

— Na demonstração de hoje, vocês verão quão poderosas nós, mulheres, podemos ser — anunciou Raquella, de cabelos grisalhos, olhando para cima enquanto Karee Marques e três outras Feiticeiras de sangue puro se preparavam para impressionar as acólitas. Valya já tinha visto a demonstração muitas vezes antes; ela ficaria impressionada e triste, como sempre.

Aquelas últimas sobreviventes das mulheres mais poderosas de Rossak exibiam talentos notáveis que, em muitos aspectos, eram superiores até mesmo à capacidade da Reverenda Madre Raquella de concentrar o controle sobre seu corpo até a menor célula. Valya se sentia desapontada e desanimada porque *ela* nunca poderia ter tais poderes sem arriscar o processo de transformação. E, até então, os testes para criar novas Reverendas Madres tinham sido um fracasso.

— Antigamente, as Feiticeiras de Rossak eram muito temidas, as mulheres mais poderosas da antiga Liga dos Nobres. Sem nossos poderes mentais, talvez a raça humana não tivesse sobrevivido à guerra contra os cimaks — disse Karee Marques.

As três Feiticeiras próximas a ela fecharam as mãos em punhos frouxos. Seus cabelos começaram a esvoaçar livremente, energizados pela estática. As folhas roxo-prateadas na borda do dossel achatado da floresta se agitaram como se estivessem vivas... como se estivessem fugindo. A cabeça de Valya começou a latejar com a pressão. Perturbadas pela onda crescente, duas mariposas parecidas com pássaros voaram para longe, grasnando e batendo as asas iridescentes.

— As Feiticeiras eram capazes de matar os cimaks com poderes psíquicos, fervendo seus cérebros dentro de seus recipientes de preservação. Ainda que estivessem protegidos, não conseguiram resistir a nós. — O rosto de Karee estava contraído, a tensão repuxando os ligamentos de seu pescoço com força. — Mas cada vitória contra os cimaks custou a vida de uma Feiticeira. As mais poderosas causavam mais estrago, entretanto, no final do Jihad, a maioria das sobreviventes já havia se sacrificado. A linhagem se diluiu... e nós, aqui na Escola, somos as únicas que restaram.

Em um silêncio sinistro, o grupo de Feiticeiras levitou, erguendo-se juntas do dossel pavimentado como se estivessem presas em suspensores, mas faziam tudo aquilo com a mente, os olhos fechados.

Valya permaneceu em silêncio, olhando com admiração. Ela ouviu as acólitas arquejarem.

— Isso é apenas um indício do potencial de cada ser humano — explicou a Reverenda Madre Raquella. — Por meio de um estudo cuidadoso dos registros genéticos em nosso banco de dados de reprodução, conseguimos eliminar potenciais defeitos congênitos terríveis. Antigamente, muitos Malnascidos eram banidos para as selvas, geneticamente inferiores, horrivelmente deformados. Isso não acontece mais. — A anciã franziu os lábios. — Mas também é raro que nasçam Feiticeiras.

Karee e as outras Feiticeiras flutuaram de volta para a copa das árvores e relaxaram, liberando a intensa concentração que havia se transformado em um ruído telepático no ar. Valya sentiu a dor dentro de seu crânio diminuir. Ela notou que todas as Feiticeiras estavam com os olhos abertos e suspiraram ao mesmo tempo.

— Cada uma de vocês deve atingir o próprio potencial — disse Raquella para as acólitas fascinadas. — Vocês devem trabalhar conosco para encontrá-lo.

— Sem máquinas... usamos apenas o que está em nossos corações e mentes — comentou Ingrid, uma nova acólita que havia chegado da fortaleza butleriana de Lampadas. Ela fora recomendada pela Irmã Dorotea, que, naquele momento, servia ao imperador Salvador Corrino em pessoa.

Raquella perambulava entre as acólitas reunidas. Os olhos azuis estavam marejados enquanto ela olhava de rosto em rosto.

— Respondam à seguinte pergunta... no que os humanos são melhores do que as máquinas?

— Criatividade — respondeu uma das acólitas no mesmo instante.

— Adaptabilidade.

— Previdência.

— Amor? — opinou Ingrid de súbito.

Valya não sabia dizer se gostava daquela nova Irmã. Ingrid era intensa e não parecia saber escutar. Ela havia chegado à escola com opiniões inflexíveis demais e tinha a tendência de falar tudo o que estava pensando. E, depois que a Reverenda Madre Raquella confiara a ela o segredo dos computadores de registro de reprodução, Valya desconfiava de qualquer pessoa com laços tão estreitos com os butlerianos.

A Reverenda Madre parou bem em frente à ingênua nova acólita.

— Você considera o *amor* uma vantagem humana?

— Sim, Reverenda Madre. — Ingrid parecia nervosa.

Sem aviso, Raquella lhe deu um forte tapa no rosto. A princípio, Ingrid pareceu confusa, chocada e magoada — e então seu rosto ficou vermelho de fúria. O furor faiscava em seus olhos enquanto ela tentava controlar seu temperamento.

Com uma risada, Raquella relaxou e disse:

— O amor pode nos diferenciar das máquinas pensantes, mas não é necessariamente uma vantagem. Durante o Jihad, não derrotamos Omnius com *amor*! Já o ódio é algo completamente diferente, não é? — Ela se inclinou para mais perto. — Todas vimos em seu rosto quando levou o tapa. Ódio! Essa é a emoção que nos permitiu derrotar as máquinas. Ódio controlado. Esse é um conceito que deve ser compreendido, mas é arriscado.

Irmandade de Duna

Ingrid não teve medo de se manifestar:

— E a fé. Com todo o respeito, Reverenda Madre, o ódio por si só não nos levou à vitória. Tínhamos fé em nossa causa justa, e o amor fez com que todos aqueles mártires estivessem dispostos a se sacrificar por suas famílias, amigos e até mesmo por estranhos. Fé, Reverenda Madre, *fé*. E amor.

Raquella parecia desapontada com a jovem.

— Pode ser que Manford Torondo ensine isso a seus seguidores, mas você está na Irmandade agora. Deve mudar de perspectiva e deixar de aceitar cegamente tudo o que os butlerianos dizem.

Ingrid recuou com a cabeça, como se tivesse ouvido um sacrilégio, mas a pergunta sobre as vantagens humanas era um trampolim ensaiado para o que Raquella queria transmitir. Ela se dirigiu ao grupo:

— Vocês devem deixar de lado as crenças que tinham antes de chegar a Rossak. Permitam que suas mentes se tornem uma tábula rasa na qual escreveremos novas crenças, novas maneiras. Vocês devem ser *Irmãs* em primeiro lugar, e todo o resto deve vir em segundo.

— Nós não somos *humanas* em primeiro lugar? — perguntou Ingrid.

Valya decidiu que, com certeza, não gostava daquela jovem irritante.

— *Irmãs* antes de todo o resto.

Com um aceno de Raquella, a Irmã Ninke abriu o *Livro de Azhar* e leu a passagem previamente selecionada.

— "A primeira pergunta que devemos nos fazer todos os dias quando nos levantamos, e a última pergunta que devemos nos fazer todas as noites quando nos recolhemos, é a seguinte: *O que significa ser um humano?* Essas seis palavras são a base de todo o nosso comportamento e esforço. Se não procurarmos tal resposta, qual é o propósito de respirar, comer ou viver nossa vida cotidiana?"

No fim daquela mesma tarde, uma nave de suprimentos chegou a Rossak trazendo uma mensagem de Salusa Secundus, embrulhada em uma embalagem suntuosa.

Valya estava visitando a Reverenda Madre em seus aposentos particulares, cercada por paredes de pedra, quando o cilindro de mensagem chegou. Os aposentos de Raquella ficavam na seção mais antiga das cavernas, em uma câmara que pertencera à lendária Feiticeira Zufa Cenva.

Ela estava ouvindo a anciã descrever como as vozes das memórias passadas haviam guiado seus planos de utilizar os registros computadorizados de reprodução para conduzir a raça humana. E a voz monótona continuava:

— As mulheres sempre foram a força motriz nos bastidores da sociedade, independentemente de os homens usarem ou não os mantos da liderança. Temos o poder genético inato de criar e, embora o Imperium ainda esteja tropeçando em seus primeiros passos, se nós, da Irmandade, conseguirmos estender nossa influência, enviando ainda mais de nossas Irmãs bem treinadas como conselheiras, confidentes ou esposas, então poderemos fornecer uma base mais estável para as grandes casas da Liga do Landsraad. — Raquella soltou um suspiro longo e melancólico. — Ah, se você pudesse ver com os próprios olhos, Valya. Inúmeras gerações estão contidas em minha memória, vida após vida, estendendo-se pela paisagem acidentada da história humana. A perspectiva é... de tirar o fôlego!

Valya observou com curiosidade enquanto uma jovem Irmã entregava o pacote ornamentado para a Reverenda Madre. Raquella dispensou a moça, curiosa para analisar o cilindro de mensagem selado; Valya se ofereceu para sair também, mas a Reverenda Madre fez um gesto para que ficasse. Ela se sentou, perfeitamente imóvel e em silêncio enquanto Raquella lia a folha enrolada com precisão.

— É da Irmã Dorotea — contou Raquella.

— Notícias da Corte Imperial? — perguntou Valya.

Embora se sentisse muito próxima da Reverenda Madre Raquella, Valya ainda aguardava ansiosamente o dia em que poderia deixar Rossak. Tinha esperança de um dia ser designada para Salusa Secundus, onde tentaria estabelecer contatos de vital importância com nobres influentes e guardas imperiais, ajudando a Casa Harkonnen a recuperar uma posição de prestígio. Talvez pudesse até mesmo se casar com alguém de uma poderosa família nobre. Se aquilo não acontecesse, ela poderia tentar um cargo no Grupo Venport. A Irmandade lhe oferecia as mais variadas opções...

Raquella franziu a testa, com a pele parecendo um pergaminho pálido, enquanto digeria a mensagem codificada; ela parecia não saber se deveria abrir um sorriso ou um esgar de preocupação.

Irmandade de Duna

— O imperador Salvador quer que sua irmã, Anna Corrino, entre para a Irmandade. Parece que houve algum escândalo na corte. Nossa escola foi instruída a aceitar a garota como acólita. — A mulher idosa olhou para Valya e ergueu as sobrancelhas. — Ela tem a sua idade.

Valya piscou, surpresa. Aos 21 anos, ela mesma não passava de uma garota.

— A irmã do imperador? — perguntou. — Se ela se juntasse a nós, nossa escola ganharia visibilidade e prestígio... mas será que Anna Corrino é qualificada para se tornar uma acólita?

— Não é um pedido. — A Reverenda Madre colocou a mensagem de lado. — Precisamos fazer os preparativos para partir na próxima dobraespaço para Salusa. Como Reverenda Madre, eu mesma viajarei até lá para receber a princesa Corrino sob nossos cuidados. A posição dela exige que façamos de tudo para que se sinta valorizada e bem-vinda. — Ela olhou para Valya, pensando e talvez ouvindo vozes inaudíveis em sua cabeça. Quando chegou a uma decisão, ela sorriu. — E eu quero que você venha comigo.

> **É possível traçar mapas de planetas e continentes com extrema precisão, mas o de uma vida contém terrenos impossíveis de mapear.**
>
> — Abulurd Harkonnen, *Memórias de Lankiveil*

No meio da tarde, o vento cessou e o céu clareou, um lembrete provocador de como Lankiveil podia ser agradável. Abafado em sua jaqueta quente de pele de baleia, Griffin Harkonnen observava os pescadores tirando embarcações de suas casas de barcos; o rapaz sabia que levaria até o anoitecer para que elas estivessem prontas, mas os admirava por tentarem.

Griffin havia revisado o orçamento e as projeções de impostos e sabia o quanto o inverno rigoroso prejudicara a economia. Várias docas precisavam ser consertadas e uma avalanche fechara uma das estradas nas montanhas. Algum dia, por meio dos próprios esforços, esperava que o tesouro planetário se tornasse forte o suficiente para que seu povo pudesse fazer mais do que apenas sobreviver em tempos difíceis.

Ele olhou para cima quando um ribombar nebuloso cortou o céu: era uma nave auxiliar descendo da órbita, o veículo de entrega que sempre trazia pacotes de suprimentos caros, documentos formais, despachos de correio e comunicados de Salusa Secundus. Ele ainda não esperava uma resposta do exame governamental que havia feito, uma vez que a burocracia e as aprovações avançavam lentamente pelos trâmites administrativos. Mas, em breve, quando recebesse os resultados dos testes em que sabia que havia passado, se tornaria um representante plenipotenciário do Landsraad, e a desagradável relação com o procurador poderia ser encerrada.

Depois que a nave aterrissou, Griffin foi assinar pela entrega, embora alguns dos novos capitães quisessem especificamente a assinatura de Vergyl Harkonnen. Àquela altura, porém, a maioria dos capitães de naves estelares conhecia o jovem de vista. Griffin fazia questão de se apresentar a cada um deles, pois nunca queria ignorar possíveis contatos.

Algumas das naves que chegavam a planetas distantes como Lankiveil eram operadas pela Frota Espacial do Grupo Venport, mas a Transporte Celestial fazia paradas mais frequentes naquele setor. Quando a nave aterrissou no pequeno e pavimentado espaçoporto, os carregadores locais saíram de suas casas, prontos para ajudar a descarregar e distribuir as remessas externas.

Griffin foi profissional e cordial ao cumprimentar o capitão da nave auxiliar, mas o forasteiro parecia irritado quando estendeu a folha de manifesto.

— Planeta miserável! Estou em órbita desde ontem cedo, mas as nuvens de tempestade estavam espessas como um escudo planetário. Achei que nunca conseguiria aterrissar. — Ele parecia julgar Griffin o culpado. — Suas entregas e despachos não valem o risco de que minha nave caia.

— Não foi escolha minha viver neste lugar abandonado — respondeu Griffin, tentando esconder seu ressentimento de longa data. — Estamos felizes por você ter conseguido, capitão. Os meteorologistas dizem que as tempestades voltarão a se aproximar amanhã.

— Ah, já estarei longe quando isso acontecer... já estou com o cronograma bagunçado por causa dos atrasos daqui. — Com um gesto brusco, o capitão entregou a Griffin um pacote de documentos diplomáticos e cartas.

Enquanto a tripulação e os carregadores locais descarregavam os suprimentos do compartimento de carga da nave, Griffin verificou os itens do manifesto e transferiu fundos do tesouro para pagar pelas entregas municipais. Ele ofereceu hospitalidade ao capitão, mas o homem queria partir assim que seu porão de carga estivesse vazio. Nuvens cinzentas começaram a se acumular acima deles depois de apenas uma hora de um céu mais limpo.

Assim que a nave auxiliar levantou voo e Griffin terminou de supervisionar as caixas de carga enviadas para os armazéns do porto, ele levou os documentos de volta para a casa de madeira escura que compartilhava com a família. No escritório, ao lado de uma lareira quente, ele se sentou e examinou os pacotes, esperando passar o resto do dia tratando de negócios.

Como a sensação em Lankiveil era de isolamento total, ele sempre ficava feliz com os comunicados de notícias do Imperium. Ansiava por uma carta ou holograma da irmã, mas não tinha esperança de receber; ela raramente tinha permissão para entrar em contato. Uma rápida triagem dos pacotes o deixou desapontado — nada dela e nenhum documento de aprovação que o nomeasse representante planetário de Lankiveil no Landsraad. Ele também não encontrou um despacho de seu tio Weller com uma atualização do progresso dos novos acordos comerciais que fora fazer de planeta em planeta sobre o estoque de pele de baleia.

Cada vez mais insatisfeito, ele viu que a pilha continha apenas relatórios do governo, algumas consultas comerciais e um documento de aparência oficial dos escritórios da Transporte Celestial. Ao entrar na sala para cumprimentá-lo, o pai de Griffin deu uma olhada na correspondência, não viu nada que o interessasse e saiu para consultar o cozinheiro sobre o jantar.

Griffin se dedicou à pilha de documentos e, quando abriu um despacho da TC, sentiu um calafrio como um jato de água gelada sobre a proa de um barco de pesca. A carta começava com três palavras que, ao longo da história, sempre haviam significado notícias catastróficas. "Lamentamos informar que..."

A nave comercial dobraespaço que levava o passageiro Weller Harkonnen, junto de toda a carga de pele de baleia de Lankiveil, se perdera na rota para Parmentier. Devido a um acidente de navegação, todas as mercadorias e passageiros haviam desaparecido em algum lugar no espaço profundo. Foram considerados irrecuperáveis.

A carta continuava. "As viagens espaciais em distâncias tão grandes e rotas mal mapeadas sempre foram um empreendimento arriscado, e é inevitável que acidentes aconteçam. A Transporte Celestial está tentando resolver essa dificuldade e agradece a sua paciência. Permita-nos expressar nossas mais sinceras condolências."

A carta trazia a réplica da assinatura de Arjen Gates, diretor da empresa. Griffin sabia que devia haver cerca de mil cartas semelhantes para os parentes mais próximos dos outros passageiros. Um anexo fazia referência a uma declaração de renúncia e isenção de responsabilidade nos documentos originais de embarque que Griffin assinara ao contratar o transporte.

Weller havia desaparecido. A carga também. A princípio, Griffin pensou mais na perda de seu amado tio, mas depois, ao reler o comunicado, começou a se dar conta da gravidade da perda para o patrimônio Harkonnen. Haveria pouca compensação, apenas um pagamento mínimo que estava descrito nas letras miúdas do contrato de embarque. Griffin investira grande parte da riqueza de sua família no empreendimento de peles de baleia, e a Casa Harkonnen levaria décadas para se recuperar daquilo. Seu plano cuidadosamente orquestrado para expandir a influência comercial dos Harkonnen acabara de desmoronar no vácuo do espaço desconhecido.

Como se estivesse em um sonho, Griffin ouviu o pai assobiando alegremente na cozinha. Vergyl e o cozinheiro da família tinham uma ótima relação. O jovem ficou sentado, atônito e em silêncio, por um longo momento, relutando em destruir a felicidade do pai. Ele esperaria até o dia seguinte para contar a alguém.

Quando Valya soubesse da notícia, ela sem dúvida encontraria uma maneira de atribuir a culpa a Vorian Atreides. Griffin, no entanto, começava a se perguntar se a família Harkonnen não seria amaldiçoada.

> **Uma tempestade no deserto deixa muitas cicatrizes
> e apaga muitas outras.**
>
> — **Ditado dos freemen de Arrakis**

Depois de extrair todas as informações possíveis do piloto do mercado clandestino, Ishanti passou duas semanas investigando discretamente as atividades no deserto. Logo descobriu as operações ilícitas de colheita de especiaria.

O chefe dos contrabandista, Dol Orianto, fizera comentários arrogantes a respeito nos bares da cidade de Arrakis. Ele parecia achar que não havia nada com que se preocupar.

— Este planeta é tão grande que é normal existir concorrência... as operações independentes de mélange durante o período da corrida pela especiaria eram muitas. A Venport não é dona do mundo inteiro! — dissera Orianto, rindo, e seus funcionários haviam rido junto.

O pequeno posto avançado industrial nas montanhas acima de Cartago era óbvio e indefeso, e as equipes do Grupo Venport avançaram. O ataque terminou depressa, e Ishanti e seus quarenta aerobarcos de ataque voaram para longe do posto, deixando para trás as ruínas fumegantes dos edifícios habitacionais e dos corpos carbonizados espalhados pelas rochas. Os silos de armazenamento de especiaria permaneceram intactos — o diretor Venport fora irredutível ao afirmar que o contrabando de mélange era valioso demais para ser descartado em um acesso de raiva.

Em um primeiro momento, Ishanti pensou em deixar um ou dois caçadores vivos para que pudessem enviar um relatório ameaçador para Arjen Gates e a Transporte Celestial. Em vez disso, ela gravou imagens do ataque, decidindo que um comunicado documental daria conta do recado. Daquela forma, eles poderiam controlar a mensagem.

Naquele momento, dentro do ruidoso compartimento de passageiros do aerobarco, Ishanti gritava para suas companheiras — muitas delas mulheres guerreiras freemen — acima do barulho das asas articuladas.

— Quando terminarmos aqui, vamos salvar o equipamento e recuperar a especiaria como um presente especial. — Em segredo, Ishanti também enviaria uma mensagem imediata para o naib Sharnak no assentamento nas profundezas do deserto, informando ao próprio povo que, se eles se movessem rapidamente, poderiam levar todos os corpos para reaproveitar a água antes que alguém sentisse falta.

Ishanti tivera o cuidado de capturar Dol Orianto vivo para que o homem pudesse assistir, em choque, ao massacre da própria equipe. Amarrado e jogado no convés como um pacote de carga descartado, Orianto se contorcia e se debatia, mas, toda vez que se agitava, as amarras de shigafio se contraíam em torno de seus pulsos, pernas e garganta, desenhando linhas de sangue na carne.

— Não há nada que você possa dizer para se salvar — informou Ishanti com uma voz fria, agachando-se ao lado dele. — Pense com cuidado na única decisão que ainda vai poder tomar, a mais importante de todas. Como prefere morrer? Com coragem ou como um covarde?

Ele não respondeu. Lágrimas escorriam de seus olhos... um desperdício de água, pensou ela, mas o corpo inteiro do refém era um desperdício de água. Ainda assim, algumas mensagens precisavam ser passadas e, em uma visão mais ampla, eram mais importantes do que alguns litros de água.

Ela já havia orientado o piloto em relação ao curso da viagem, e o aerobarco voou bem acima das nuvens de poeira que se acumulavam. Ishanti estudara as previsões meteorológicas para encontrar a tempestade de Coriolis mais próxima; estava a menos de uma hora de distância.

Quando Dol Orianto não respondeu à sua pergunta, ela se recostou e viajou em silêncio. O chefe dos contrabandistas gemia, mas não implorava pela própria vida; ela lhe deu crédito por aquilo.

O piloto, especialista nos padrões climáticos de Arrakis, guiou-os por um redemoinho de nuvens e poeira. Pelas portas seladas e arranhadas, os passageiros podiam olhar para baixo, para uma bocarra assustadora. O vórtice de ventos uivantes assustava todos os povos do deserto. Ao ver a gigantesca tempestade de cima, mesmo em uma altitude segura, Ishanti a achou inspiradora, intimidadora e, de certa forma, bela.

Mas Dol Orianto não a considerava bela.

Quando estavam diretamente acima do furacão de areia, o piloto fez um círculo e sinalizou da cabine de comando. Ishanti se levantou de seu banco de metal duro, agarrou o contrabandista pelos ombros e o arrastou pelos pés. Ele estava tremendo.

— Algumas coisas têm que ser feitas — disse ela, a título de pedido de desculpas. Josef Venport havia deixado sua vontade bem clara. — Alguns diriam que essa é uma morte gloriosa.

Ela e suas companheiras prenderam os próprios arreios na parede interna para que não fossem sugadas para fora quando a escotilha se abrisse. Orianto se contorceu com mais força, tentando fugir; o shigafio que o apertava cortou seus pulsos e o sangue jorrou de suas veias.

Ishanti fechou os olhos, entoou uma rápida oração e o empurrou para fora pela escotilha.

O homem caiu de cabeça pelo céu, despencando em direção à boca bocejante da tempestade de Coriolis. Ele se reduziu a um pequeno grão muito antes de ser engolido pelo vórtice. Sim, alguns diriam que era uma morte gloriosa.

Ela fechou a escotilha do aerobarco e sinalizou para o piloto.

— Temos todas as imagens de que precisamos. Agora, de volta à cidade de Arrakis. Tenho um relatório a entregar.

> **O treino só pode levar o aluno até certo ponto.
> Para avançar de fato, ele precisa experimentar a
> realidade.**
>
> — Gilbertus Albans, manual Mentat

A Escola Mentat era de elite e só aceitava os candidatos mais talentosos. Nas décadas em que Gilbertus Albans dirigira a instituição, vários de seus alunos haviam se destacado nos programas rigorosos, avançando mais rapidamente do que os colegas. A mente deles era eficiente e organizada, avançada, afiada... Eram verdadeiros computadores humanos.

Erasmus se sentia muito orgulhoso de ver sua influência.

Atualmente, o melhor aluno da escola, sem dúvida o melhor que já existira, era Draigo Roget. Draigo superava até mesmo a maioria dos instrutores Mentat em suas habilidades — um fato que não passava despercebido nem pelo próprio jovem, que às vezes exibia um ego excessivo. Draigo chegara a Lampadas apenas cinco anos antes, passara nos testes de qualificação e no exame de admissão e pagara suas mensalidades consideravelmente caras com um presente de um benfeitor anônimo.

Gilbertus nunca havia conhecido alguém tão brilhante e, naquele momento, Draigo estava quase terminando tudo o que a Escola Mentat poderia lhe ensinar. Ele se formaria com o próximo grupo dali a um mês, e Gilbertus pedira que ele considerasse a possibilidade de permanecer em Lampadas como instrutor, mas Draigo não se comprometera.

Naquela manhã, encontraram-se em uma câmara oval de jogos de guerra; a sala era grande o suficiente para acomodar centenas de alunos, mas só estavam os dois ali. As janelas ao redor do perímetro da sala mostravam parte do prédio administrativo de paredes azuis e vislumbres das águas esverdeadas do lago do pântano, brilhando sob a luz do sol.

A dupla de Mentats, no entanto, estava concentrada em batalhas espaciais distantes e imaginárias.

Estavam sentados em cadeiras altas e empenhavam-se em uma competição, cada um controlando uma frota de guerra holográfica por uma pista de obstáculos táticos de asteroides, poços gravitacionais, contratempos na dobra espacial e alvos incertos. Com suas mentes atentas, Gilbertus e Draigo conduziram o confronto, lançando projéteis de guerra simulados uns contra os outros, promovendo uma guerra imaginária na velocidade do pensamento.

Quase sem se mover em suas cadeiras, eles faziam movimentos com os dedos que eram interpretados por sensores de movimento e transmitidos ao mecanismo. Gilbertus nunca demonstraria o sistema para Manford Torondo, embora, tecnicamente, aquela não fosse uma tecnologia proibida, pois não poderia funcionar sem orientação humana.

Simulações de batalhas espaciais agitavam-se no ar entre eles, as naves se movimentando tão rápido que as imagens não passavam de borrões. As naves de guerra eram como peças de um jogo, emaranhadas em um sistema solar lotado. Os complexos confrontos ocorriam entre luas ou gigantes gasosos, perto de planetas habitados ou na distante nuvem de cometas. Os lados eram diferenciados por cores, vermelho contra amarelo, batalhas dentro de batalhas.

Durante uma hora, quase sem conversar, Gilbertus e Draigo já haviam travado onze batalhas, e o ritmo estava aumentando. Para além dos exercícios intensos com Erasmus, o professor Mentat nunca havia enfrentado um desafio como aquele. Ele ainda tinha uma vantagem substancial sobre Draigo, mas o aluno o estava alcançando.

Na escala de tempo comprimida da simulação, sistemas solares inteiros poderiam ser perdidos em segundos. Cada Mentat podia imaginar planos de batalha, revelando como cada consequência de segunda, terceira e quarta ordem se desenrolaria em suas mentes. Gilbertus havia ensinado aquelas técnicas, mas poucos de seus alunos tinham compreendido o amplo campo de visão da filosofia Gestalt — uma reestruturação da percepção para abranger o todo, não as partes individuais.

Gotas de suor se formaram na testa de Gilbertus.

Sem ser visto, o núcleo de memória de Erasmus observava os procedimentos por meio de sensores ocultos. O núcleo de gelcircuito do robô inquieto precisava ter um gostinho de liberdade. Gilbertus planejava construir uma forma física para que o robô independente pudesse se tornar móvel de novo. Algum dia. Com seu intelecto excepcionalmente elevado, Erasmus precisava de estímulo constante. O núcleo do robô havia se oferecido para ajudá-lo nas simulações do jogo de guerra contra Draigo, mas Gilbertus se recusara a cruzar aquela linha moral. Segundo ele, era "trapaça".

— Vai melhorar suas chances — rebatera Erasmus. — Aumentar sua vantagem.

— Não. Você vai assistir... e apenas isso.

No entanto, ao testemunhar o rápido progresso de seu principal aluno no jogo, Gilbertus começava a repensar sua opinião...

Enquanto os homens permaneciam concentrados em sua simulação, sentados um em frente ao outro, Gilbertus falou com seu aluno:

— Você continua a melhorar, mas nunca se esqueça de que sempre há elementos imprevistos na batalha. Fatores aparentemente pequenos e insignificantes, mas que podem ter grande importância. Coisas que não podem ser planejadas. Fique alerta, avalie cada situação rapidamente e tome as medidas adequadas.

— Você está tentando me distrair, senhor. — As sobrancelhas pretas de Draigo se uniram em concentração, e seu olhar sombrio estudou o conflito espacial simulado.

Um barulho alto de conversa interrompeu os competidores quando os alunos abriram as portas da câmara e entraram para a aula programada. Assustado com a interrupção, Draigo se contraiu, espalhando sua frota projetada pelo campo de batalha virtual. Gilbertus poderia ter aproveitado a oportunidade para garantir a vitória naquele momento, mas, em vez disso, pausou o jogo.

— Elementos imprevistos como esse, por exemplo — disse ele.

Draigo se recuperou.

— Entendi. Vamos terminar?

— Muito bem. Um Mentat deve aprender a se concentrar em todas as circunstâncias.

Gilbertus retomou a simulação enquanto os alunos se reuniam para observar o show, mas sua consciência o incentivava a encerrar aquela batalha particular e dar aos outros aprendizes a atenção que mereciam. No meio da batalha, Gilbertus intencionalmente relaxou e esperou que seu oponente avançasse para matar.

No entanto, ao perceber a mudança de mentalidade de seu instrutor, Draigo se endireitou na cadeira alta com uma expressão de desgosto. Ele deixou que as próprias forças entrassem em colapso e fossem atingidas pelas de Gilbertus. Com um suspiro, o jovem se desligou dos controles do jogo de guerra.

— Não quero vencer dessa forma.

Gilbertus se levantou e se espreguiçou.

— Logo você não precisará mais.

O jovem havia vencido quase quarenta por cento dos confrontos.

> **De uma pequena semente pode crescer uma poderosa árvore, capaz de suportar a mais intensa das tempestades. Lembre-se de que Rayna Butler era apenas uma garota doente e febril quando começou sua cruzada — e veja o que cresceu a partir dela! Sou apenas mais uma árvore na floresta da crença inabalável que Rayna plantou. Meus seguidores não se curvarão aos caprichos dos descrentes que lutam contra nós.**
>
> — Manford Torondo, *O único caminho*

Embora seu importante trabalho o fizesse viajar por todo o Imperium, Manford desfrutava de raros momentos de paz em casa, na companhia de Anari. O povo simples e íntegro de Lampadas havia estabelecido pequenas fazendas, cultivando os próprios alimentos, fabricando os próprios tecidos e vivendo uma existência feliz sem monstruosidades artificiais: sem escravidão por máquinas ou dependência das muletas da tecnologia.

A mente do homem é sagrada.

O chalé de Manford havia sido construído com pedra do campo e argamassa, emoldurado com vigas de madeira cortadas à mão e moldadas com ferramentas manuais. Seus seguidores haviam erguido a casa para ele; se ele tivesse pedido, teriam construído um palácio mais magnífico que o do imperador, mas a ideia era tão contrária à filosofia e aos desejos de Manford que ele repreendia qualquer um que ousasse sugeri-la. Sua aconchegante casa de campo era perfeita, decorada com carinho com colchas artesanais e adornada com pinturas feitas por seus seguidores. Voluntários plantavam flores na frente do chalé; jardineiros aparavam suas cercas vivas; paisagistas criavam caminhos de pedra. As pessoas assavam e cozinhavam para ele, trazendo tanta fartura que ele nunca conseguiria comer tudo e, por isso, compartilhava.

O coração de Manford se enchia de alegria ao ver a prova de que os seres humanos podiam ser felizes sem aparelhos, computadores ou tecnologia sofisticada — e maligna. Os butlerianos tinham mais rigor para o trabalho, comiam melhor e, em geral, eram mais saudáveis do que aqueles que buscavam tratamento constante com médicos e remédios.

O Imperium tinha pouquíssimos mundos como aquele, e seu movimento ainda tinha muito a fazer. Além de simplesmente esmagar os vestígios dos robôs de combate e das naves de máquinas pensantes, ele tinha que travar uma batalha constante contra uma *mentalidade* de dependência.

Mas não naquela noite. Ele mandou seus seguidores embora, agradecendo-lhes pela companhia, mas insistindo que precisava descansar e meditar. Apenas Anari Idaho permaneceu com ele, como sempre.

Ele se sentou apoiado nas almofadas, observando-a enquanto ela fazia as tarefas. Sabia que, se estalasse os dedos, inúmeras outras pessoas correriam para suprir todas as necessidades dele: elas o carregariam em um palanquim, o alimentariam, cuidariam de sua casa e dele com atenção obsessiva. Mas ninguém era como Anari. Manford não teria sobrevivido sem ela. Ela cuidava tão bem dele.

A Mestre-Espadachim acrescentou à lareira mais uma tora rachada, retirada da pilha de lenha do lado de fora da casa (com lenha que duraria um ano). Nas noites frias de outono, Manford gostava que as janelas ficassem abertas para respirar ar fresco, então Anari mantinha o fogo aceso; ela até acordava para acrescentar mais lenha durante a noite. Na cozinha, já havia colocado chaleiras de água no fogão para aquecer para o banho de Manford. Anari nunca se queixava das tarefas domésticas; na verdade, de vez em quando ela cantarolava de tão satisfeita que estava com a vida, tão feliz por cuidar dele.

Passou por ele carregando a segunda chaleira de latão. Manford sentia até o cheiro das folhas aromáticas resinosas Anari mergulhara ali.

— Seu banho está quase pronto. Voltarei para buscar você.

— Consigo ir até o banheiro sozinho — disse ele.

— Eu sei. Mas adoro fazer coisas para você. — Ela deu um sorriso discreto e saiu do cômodo.

Quando Anari se afastou, ele se ergueu em seus braços poderosos e os usou como pernas para atravessar a sala de cabeça para baixo, onde agarrou uma das inúmeras barras paralelas que haviam sido instaladas à sua altura para ajudá-lo a se firmar quando se movia pela casa sozinho. Embora tivesse perdido metade da altura de seu corpo, ele se exercitava regularmente com o que restava. Nunca se renderia ao desamparo, mas também fazia questão de parecer digno em público. Deixava que as pessoas o ajudassem quando necessário, mas não era tão dependente quanto os outros acreditavam.

Ele ouviu Anari derramar a água da chaleira na banheira no cômodo ao lado e depois a viu voltar para onde ele estivera sentado em suas almofadas. Ao ver que ele havia atravessado o cômodo sem ela, fez uma careta discreta de desaprovação, abaixou-se e estendeu um braço.

Manford se entregou ao abraço forte de Anari, envolvendo um braço ao redor dos ombros dela para se manter ereto. Ela o carregou, com os quadris dos dois se tocando como um casal apaixonado andando pela rua, só que ela fazia toda a caminhada por ambos. Apoiando-o em seu corpo, ela se inclinou e bateu com a palma da mão na água para verificar a temperatura. Julgando-a adequada, ela tirou a camisa e as roupas de Manford e o colocou na banheira.

Ele fechou os olhos e suspirou. Anari pegou um trapo desgastado e começou a lavar o corpo de Manford. Ela nunca deu qualquer indicação de que aquilo era uma tarefa, uma obrigação. Ele a deixou continuar. Não se sentia desconfortável por ser o foco das atenções de Anari, porque ela fazia com que ele sentisse que estava seguro, que podia confiar nela completamente. Ele deixou seus pensamentos vagarem, mas os pesadelos sempre estavam lá... aquele terrível dia da explosão que matara Rayna Butler.

Manford se perguntaria para sempre se teria conseguido agir mais rápido, se poderia tê-la salvado de alguma forma. Ele havia feito uma tentativa heroica e falhado — e aquilo lhe custara as pernas. Estivera disposto a sacrificar qualquer coisa por ela.

Mesmo após a derrota de Omnius, Rayna Butler continuara seu movimento antitecnologia, que na época era chamado de Culto de Serena. Depois de iniciar sua cruzada quando era apenas uma menina, tendo sobrevivido milagrosamente às pragas das máquinas que haviam matado toda a sua família, Rayna nunca se desviara de sua missão — até que a bomba de um assassino a matara aos 97 anos.

Os distúrbios da CTE haviam sido um ponto crítico adicional para os seguidores dela. O tumulto contra a Bíblia Católica de Orange não era exatamente igual ao desejo de Rayna de reprimir a tecnologia, mas os dois movimentos tinham objetivos em comum. Rayna Butler era idosa, mas ainda era perspicaz e carismática, e não dependia de tecnologia médica, mélange ou remédios; tinha vivido até uma idade tão avançada porque era *pura*.

Manford havia se juntado aos butlerianos quando tinha 15 anos, entusiasmado e idealista, depois de fugir de casa. Ele sabia que as máquinas haviam exterminado a população do planeta natal de sua família havia muito tempo e, embora Omnius e os cimeks tivessem sido derrotados décadas antes de seu nascimento, Manford ainda guardava rancor. Ele era um jovem apaixonado que ainda queria lutar, mesmo muito depois do fim das batalhas.

Ele se sentia parte dos butlerianos e adorava ficar perto de Rayna, ouvindo-a e observando-a. Era uma adoração como a de um aluno apaixonado por uma professora mais velha, admirando o brilho e o fulgor de seus olhos, o brilho de sua pele cor de marfim. Apesar de ela ter perdido todo o cabelo quando criança devido à praga induzida pelas máquinas, Manford ainda via uma beleza imensa nela.

Ela o havia notado entre seus seguidores e, certa vez, chegara a dizer a Manford que esperava grandes coisas dele. Ao ouvi-lo responder, envergonhado, que era muito jovem para se tornar um líder de verdade, Rayna dissera:

— Eu só tinha 11 anos quando recebi meu chamado.

À medida que o incipiente Imperium se expandia, havia aqueles que resistiam aos esforços de Rayna: as forças pró-tecnologia, os interesses comerciais, as populações planetárias que se recusavam a abrir mão de suas conveniências. Durante um de seus comícios em Boujet — um planeta que estava tentando construir uma base industrial e tecnológica —, um fanático pró-tecnologia plantara uma bomba com a intenção de matá-la.

Manford descobrira a bomba no último minuto, correra para proteger Rayna e fora pego na explosão. A velha Rayna morrera em seus braços, despedaçada e, ainda assim, beatífica. Ela havia levantado um dedo ensanguentado para abençoá-lo, dizendo a Manford, com seu último suspiro, que continuasse o bom trabalho dela.

Pensar naquilo o fez estremecer no banho quente. Ele ainda tinha pesadelos com a luz desvanecendo dos olhos de Rayna enquanto ele a segurava, imaginando-a brevemente como uma mulher jovem de novo. Ele ficara tão entorpecido com a morte dela — e tão em choque — que nem percebera os próprios ferimentos graves e a parte inferior do corpo sendo arrancada.

Depois, multidões butlerianas haviam invadido as cidades e fábricas de Boujet, queimando a maior parte do planeta e deixando as pessoas sem tecnologia, sem conveniências, apenas cinzas. Eles tinham levado o planeta de volta à Idade da Pedra.

Manford surpreendera os médicos ao sobreviver ao trauma e empunhava a bênção de Rayna como sua armadura e espada. Um dos bens mais sagrados dele era um retalho de roupa manchado de sangue retirado do corpo dela no dia de sua morte. Carregava o tecido rasgado com ele o tempo todo; aquilo lhe dava força.

Anari começou a esfregar os músculos tensionados de Manford, massageando seus ombros e o olhando enquanto ele mexia na água com infusão de ervas.

— Você está pensando em Rayna de novo. Consigo perceber por sua expressão — disse ela.

— Rayna está sempre comigo. Como posso parar de pensar nela?

Depois de retirá-lo da água, Anari o enxugou com uma toalha cuidadosamente e o vestiu de novo. Enquanto ela o segurava com seus braços fortes, ele encostou a cabeça na dela.

— Me coloque em minha mesa, perto da cama. E acenda uma vela. Gostaria de ler antes de dormir.

— Como desejar, Manford.

Quando ela o deixou sozinho, ele se acomodou diante de cópias dos diários impressos e encadernados e dos cadernos de laboratório escritos pelo hediondo robô Erasmus. Os perigosos backups dos documentos haviam sido encontrados nos escombros de Corrin e recuperados, mas tinham sido escondidos em um local fechado. Eram diários terríveis, que permitiam um vislumbre da mente de um monstro. Manford estudou as páginas, enojado com o que aquele robô perturbado havia escrito. Era como confrontar as palavras de um demônio e, quanto mais ele lia, mais horrorizado ficava. O orgulho que a máquina pensante sentia por suas torturas e crimes transparecia nos relatos pedantes. Os comentários que enregelavam a alma de Manford.

"As máquinas têm uma paciência que os humanos jamais conseguirão alcançar", escrevera Erasmus. "O que é uma década, um século ou um milênio para nós? Nós podemos esperar. E se eles pensam que nos derrotaram, continuo confiante. Foram os humanos quem criaram as máquinas pensantes, para começo de conversa, e nós nos tornamos seus mestres. Mesmo que eles consigam erradicar todas as mentes de computador nesta guerra, sei o que vai acontecer. Eu os conheço. Passado algum tempo, vão se esquecer... e nos criarão de novo. Sim, podemos esperar."

Perturbado com a passagem, Manford sentiu lágrimas se formando nos olhos e jurou a si mesmo que aquilo nunca poderia acontecer. Ele fechou o volume, mas sabia que não dormiria por um longo tempo. Algumas coisas eram aterrorizantes demais para serem compartilhadas com seus seguidores.

> **Vida! Se ao menos pudéssemos revisitar nosso passado e fazer escolhas mais sábias.**
>
> — **Lamento anônimo**

Nas raras ocasiões em que Raquella Berto-Anirul visitara Salusa Secundus, o tempo sempre estava excepcional — dias claros e quentes, com brisas suaves agitando as bandeiras coloridas da Liga do Landsraad e o leão dourado do brasão dos Corrino. Dentre as muitas vidas históricas que lotavam sua mente, ela conseguia se lembrar daquele planeta ao longo dos séculos, uma joia entre todos os mundos ocupados pela humanidade.

No entanto, quando Raquella chegou com sua delegação de Irmãs naquela tarde, o céu estava pesado como chumbo e o ar estagnado como em um mausoléu, de modo que os estandartes coloridos apenas pendiam em seus mastros. Zimia estava melancólica, como se soubesse que Raquella tinha vindo para levar Anna Corrino embora.

A Reverenda Madre queria impressionar o imperador Salvador com o profissionalismo da Irmandade e provar que a decisão dele de enviar a irmã para Rossak estava correta. De acordo com o cronograma estabelecido, Raquella e suas companheiras deveriam ter aterrissado na noite anterior, mas um atraso de última hora na dobraespaço do Grupo Venport impedira que chegassem em tempo hábil. Sendo assim, o grupo de mulheres estava horas atrasado para sua reunião no Palácio Imperial. Não era o mais promissor dos começos, pensou Raquella.

O carro terrestre parou na movimentada área de desembarque em frente ao Palácio Corrino, com suas muitas torres, como se a Reverenda Madre Raquella, a Irmã Valya e as outras duas Irmãs fossem convidadas de uma recepção glamourosa. Dois lacaios vestidos de libré abriram a porta do carro e ajudaram Raquella a sair, tratando-a como se fosse uma idosa frágil. Ela deixou que eles se sentissem úteis, embora ainda fosse ágil e não precisasse de qualquer ajuda.

Quando Valya Harkonnen saiu do veículo, a jovem olhou em volta, claramente impressionada com a glória da capital, mas logo voltou a si e mascarou as próprias emoções. Os lacaios se apressaram em passar para outro carro de embaixador para receber mais representantes, sem olhar de novo para as mulheres de Rossak. Ninguém prestou muita atenção à chegada delas.

Enquanto se dirigiam ao palácio, Raquella e seu grupo se perderam no fluxo de dignitários, burocratas e representantes que entravam e saíam do gigantesco Palácio. Exalando confiança, ela se apresentou a uma escolta uniformizada que esperava na base da longa cascata de escadas que levava à grande entrada em arco.

— Eu sou a Reverenda Madre Raquella Berto-Anirul, da escola da Irmandade em Rossak. Minhas companheiras e eu viemos a pedido do imperador para ver a princesa Anna Corrino.

Sem demonstrar surpresa alguma, como se ela tivesse meramente anunciado a entrega de um pacote de mantimentos, o homem as conduziu por uma sucessão aparentemente interminável de degraus de mármore branco.

Na entrada do Palácio, a esguia Irmã Dorotea se apressou para interceptá-los, parecendo sem fôlego. Cinco outras Irmãs graduadas que serviam na Corte Imperial haviam se juntado a ela, e todas se curvaram com respeito diante da Reverenda Madre; até mesmo a Irmã Perianna, designada como secretária pessoal da esposa de Roderick Corrino, interrompera suas tarefas para cumprimentar as visitantes.

Dorotea dispensou a escolta do palácio e guiou Raquella e suas companheiras pelos corredores ecoantes e arqueados.

— Peço desculpas por não ter providenciado uma recepção mais organizada, Reverenda Madre. Não sabíamos ao certo quando a senhora chegaria.

— São os imprevistos das viagens espaciais — disse Raquella, agindo como se aquilo não importasse. — A Frota Espacial do Grupo Venport é bastante confiável, mas esse atraso estava fora do nosso controle. Espero que o imperador Salvador não esteja muito chateado.

— Eu remanejei os compromissos na agenda dele — explicou Dorotea. Ela havia sido criada entre a Irmandade e não fazia ideia de que era, na verdade, neta de Raquella. — Ele não notará a diferença, e Anna certamente não está com pressa de ir embora.

Raquella permitiu que o orgulho caloroso se refletisse em sua voz:

— Você sempre foi uma das minhas Irmãs mais competentes. Estou impressionada com o que fez aqui no palácio. — Parou de falar por um instante. — Imagino que tenha sido fundamental na escolha de nossa escola para Anna Corrino?

— Talvez eu tenha feito a sugestão. — Dorotea fez uma leve reverência. — Obrigada por vir pessoalmente receber a princesa como nova acólita. O gesto significa muito para a família dela.

— É uma grande honra que o imperador a tenha confiado a nós. Com tantas novas escolas surgindo em todo o Imperium, ele tinha outras opções.

Dorotea conduziu as visitantes Palácio adentro.

— Minhas Irmãs e eu provamos nosso valor e servimos como um bom exemplo. Uma vez que Anna tem uma predileção por escolhas imaturas, o imperador quer que ela seja treinada da mesma forma que nós fomos. — Ela olhou diretamente para Valya, avaliando-a. — Eu li os relatórios. Foi você quem assumiu minhas funções, ajudando a Irmã Karee Marques na pesquisa farmacológica?

— Sim. Ainda temos muito trabalho a fazer. — Valya fez uma reverência, mas mal conseguia conter sua empolgação. — No momento, porém, estou grata por esta oportunidade de conhecer a capital imperial.

Dorotea esboçou um sorriso discreto.

— Então temos muito em comum.

Raquella interrompeu:

— Tenho confiança na Irmã Valya. Ela já provou seu valor de várias maneiras. Por enquanto, acrescentei a iniciativa de fazer amizade com Anna Corrino à lista de tarefas dela.

Os olhos de Valya brilhavam de empolgação por estar em Salusa Secundus, o que fez Raquella refletir sobre as prioridades da jovem. A Reverenda Madre não se convenceu com o tom humilde de Valya ao dizer:

— Tentarei fazer com que ela se sinta bem-vinda durante sua difícil transição para a Irmandade.

— Vocês duas têm a mesma idade, então talvez ela se apegue a você. — Dorotea também parecia cética, talvez por considerar Valya como uma rival pessoal. — No entanto, o imperador me pediu para acompanhar a irmã dele para que ela pudesse ter um rosto familiar em um mundo estranho. Meu trabalho em Salusa Secundus está concluído por ordem imperial, portanto, retornarei a Rossak.

Embora preferisse deixar Dorotea onde estava, Raquella não podia contrariar os desejos do imperador Salvador.

— Muito bem, então você poderá retomar o seu trabalho com a Irmã Karee e eu transferirei a Irmã Valya para outra função. Ficarei triste por perdê-la como nossa representante na Corte Imperial, mas ainda temos quatro Irmãs aqui.

Na mente de Raquella, vozes sussurravam com entusiasmo, apontando que poucas outras Irmãs estavam tão avançadas em seu treinamento quanto Dorotea, ou tão prontas para tentar a transformação. Talvez ela fosse a próxima.... *Minha própria neta!* Mas todas as Irmãs deveriam ser iguais, e os laços familiares, ocultos.

Pouco depois de dar à luz Dorotea, a filha de Raquella, Arlett, recusara-se a ser separada da criança, insistindo que a levaria embora, deixaria a Irmandade e encontraria o pai. Vendo tal fraqueza na própria filha, Raquella tomara uma decisão importante, incentivada por todas aquelas outras vozes insistentes e objetivas vindas de sua história.

A Reverenda Madre tinha ido até a sala da creche, onde os recém-nascidos descansavam em seus berços. Sem hesitar, Raquella removera todos os rótulos dos bebês, depois mudara as crianças de lugar e enviara todas as mães para outros lugares, inclusive Arlett, com instruções para espalhar a notícia sobre a Escola Rossak por todo o Imperium.

Daquele dia em diante, Raquella mantinha a política de que as filhas nascidas de Irmãs leais e criadas em Rossak não saberiam quem eram seus genitores. Cada criança começaria com uma ficha limpa e sem tratamento preferencial.

Quando Dorotea atingira idade suficiente, Raquella a enviara como missionária para Lampadas para trabalhar em silêncio entre os butlerianos, observando-os e analisando-os. A Reverenda Madre pretendia que aquela fosse uma experiência única de treinamento, uma imersão em uma organização extremista para mostrar à neta como as pessoas poderiam ser levadas a extremos ilógicos por uma causa percebida. A partir daquele trampolim, Dorotea tinha ido para Salusa Secundus, abrindo caminho até a Corte Imperial. Após anos de missões bem-sucedidas, ela voltaria para casa. Raquella não podia admitir aquilo em voz alta, mas ficaria feliz em ter Dorotea de volta.

Valya falou depressa:

— Reverenda Madre, se a Irmã Dorotea está deixando a Corte Imperial, será que eu poderia permanecer em Salusa? Adoraria a oportunidade...

— Não. — Raquella não precisou refletir sobre sua decisão. Ela não só precisava da ajuda de Valya com os computadores de registro de reprodução, como também estava bastante ciente das ambições da jovem de restaurar o nome da família. — Se você um dia for designada para Salusa, será para alcançar *nossas* metas, não as suas. Não se esqueça de que agora você faz parte da ordem, com responsabilidades para com o restante de nós. A Irmandade é sua única família agora.

Valya se curvou em contrição.

— Sim, Reverenda Madre. A Irmandade é uma família como nenhuma outra. Talvez uma designação missionária algum dia, se a senhora me achar digna? Agradeço a promoção que a senhora me deu, mas preferiria não ficar em Rossak pelo resto da minha vida.

— A paciência é uma virtude humana, Irmã.

Dorotea gesticulou para que a seguissem.

— Venham, vou providenciar seu encontro com Anna Corrino.

As outras cinco Irmãs que serviam na corte trocaram breves despedidas e depois voltaram para seus afazeres no palácio. Com passos leves, Dorotea guiou a Reverenda Madre e sua comitiva por um labirinto de corredores abobadados até uma ala menos lotada, com vários escritórios, salas de reunião e bibliotecas.

Dorotea parou diante da porta de uma grande sala e, em seguida, acompanhou as quatro Irmãs até uma pequena sala de recepção, onde a diminuta Anna Corrino as aguardava com uma expressão petulante. Uma guarda do palácio, de aparência severa, estava de pé na porta para impedi-la de sair da sala. Embora Raquella nunca tivesse se encontrado com a irmã do imperador antes, reconheceu no mesmo instante as feições típicas dos Corrino.

Anna parecia indiferente, empregando um desprezo óbvio em sua voz.

— Quando vocês não chegaram ontem à noite, eu esperava que meu irmão tivesse mudado de ideia, mas aqui estão vocês no final das contas.

Raquella, entretanto, também detectou ansiedade no tom de Anna. Tentando ser compreensiva, comentou:

— Não foi nossa intenção aumentar seu estresse de forma inconveniente. A dobraespaço se atrasou. — Ela segurou uma das mãos da garota. — Pode ser preciso fazer alguns ajustes em relação à sua vida aqui no Palácio Imperial, mas você vai gostar da Irmandade.

— Duvido — retrucou Anna.

Valya se aproximou sorrindo, seu comportamento muito diferente do que demonstrara momentos antes.

— Eu não duvido. Serei sua amiga, Anna. *Irmã* Anna. Vamos nos tornar grandes amigas.

Ao ver alguém da mesma idade, o rosto de Anna se iluminou, as feições mudando ligeiramente.

— Talvez seja melhor assim. Sem Hirondo, não quero mais ficar neste lugar.

> **Olhar para trás talvez pareça um exercício mais simples do que olhar para a frente, mas pode ser mais doloroso.**
>
> — **Orenna Corrino, a imperatriz virgem, diário particular**

Dois dias, pensou a princesa Anna. Só mais dois dias até que ela tivesse que se juntar ao séquito da Irmandade e ir para Rossak. Exilada porque ousara amar o homem errado, porque tomara decisões por conta própria, porque se recusara a seguir as regras impostas por seus irmãos. De certa forma, parecia romântico, uma demonstração de que se mantivera fiel aos seus princípios e seguira seu coração... até chegar ao ponto de ser enviada para uma escola só para mulheres. Era tão injusto!

O tempo estava acabando. Ela havia imaginado fugir com Hirondo, mas até mesmo ele se recusara a correr o risco. E, naquele momento, ela sabia que nunca mais veria seu amor. Apesar das garantias de Roderick, Anna sequer tinha a convicção de que ele ainda estava vivo. Talvez ela pudesse fugir sozinha...

O coração batia depressa e ela estava com dificuldade para recuperar o fôlego. Como poderia não estar chateada por estar sendo levada para longe do único lar que já havia conhecido? Salvador a tratava como se ela fosse uma criança mimada. Por que ele deveria tomar todas as decisões por ela?

E, embora as Irmãs tivessem ido até lá, tentando desajeitadamente fazê-la se sentir confortável com sua nova situação, aquelas mulheres de mente fechada pareciam estranhas e etéreas. Mesmo na corte, ela nunca tinha gostado da esguia Irmã Dorotea, que sempre observava tudo e sussurrava conselhos para seus irmãos. E teria que ficar imersa em uma escola cheia daquela sorte de mulheres. Anna não tinha a menor vontade de se juntar a elas ou ser como elas, mas não tinha escolha. O imperador inclemente ordenara aquilo.

Os guardas a impediriam de sair dos extensos terrenos do palácio; mesmo assim, Anna foi correndo para fora, sentindo uma necessidade desesperadora de se esconder em algum lugar, de escapar... nem que fosse por pouco tempo. Ela seguiu por um caminho de lajes pelos jardins ornamentais que cercavam o Palácio Imperial e atravessou uma ponte que passava por um riacho. Olhando para trás para se certificar de que ninguém a seguia, ainda que tivessem observadores ocultos que, sem sombra de dúvidas, rastreavam cada um de seus movimentos, a jovem acelerou o passo e seguiu por um caminho lateral através de um bosque de olmos de Salusa. Ela buscava apenas alguns últimos minutos de liberdade antes de ser formalmente levada sob custódia e levada para outro planeta. Anna já se sentia como uma prisioneira.

À frente, ela avistou um dos maiores chalés do terreno, fechado com tábuas e abandonado havia muito tempo. A estrutura se estendia por sobre o riacho, de modo que a água borbulhava embaixo e girava uma alta roda d'água. Um calafrio percorreu a espinha de Anna. Ela raramente visitava aquela parte dos jardins, devido às más lembranças associadas àquele chalé... o lugar onde, muito tempo antes, testemunhara o terrível crime contra sua madrasta, Orenna — um crime que a traumatizara profundamente e desencadeara uma cascata de episódios sangrentos de que ela nunca tinha sido capaz de se esquecer.

Anna era apenas uma garotinha na época. Nos anos seguintes, ela se forçara a voltar ali algumas vezes, aproximando-se da casa isolada, tentando chegar cada vez mais perto para poder enfrentar seu medo. Embora o pânico sempre rondasse sua cabeça como pássaros pretos voando assustados, ela tentava se convencer de que entrar na casa apagaria, de alguma forma, os pesadelos. Mas Anna nunca conseguia reunir a coragem necessária para abrir a porta. E nunca mais teria aquela chance. As cicatrizes permaneceriam...

Saindo da trilha bem cuidada, Anna foi em direção a um labirinto de arbustos de pau-névoa onde costumava brincar quando criança. Aquelas plantas provenientes do planeta Ecaz estavam verde-azuladas, a cor baseada em uma escolha que Anna fizera anos antes, usando o poder de sua mente. E, embora não o fizesse havia algum tempo, ela podia mudar as cores das folhas sempre que desejasse — e modificar as plantas sensitivas — quando passava por ali.

Muitas espécies de pau-névoa respondiam aos pensamentos e humores humanos, mas Anna tinha uma afinidade especial por aquela variedade, mais do que a maioria dos cultivadores. Os jardineiros do palácio consideravam os arbustos ornamentais defeituosos, pois seus pensamentos não conseguiam penetrá-los. Como consequência, Anna passara muito tempo ali quando menina, cercada pelo denso emaranhado de plantas, conectando-as a sua mente; era seu pequeno segredo.

A jovem Corrino descobrira sua afinidade com aquelas plantas em particular antes mesmo de testemunhar o ataque brutal de Toure Bomoko à madrasta dela. O denso bosque de pau-névoa era seu lugar secreto, um esconderijo de criança onde ninguém mais tinha permissão para ir. Naquele momento, os galhos rígidos roçavam nela quando passava; eles se abriam apenas o suficiente para deixá-la passar e depois se fechavam atrás dela.

Lá dentro, ela respirou fundo para se acalmar, sentando-se em um pequeno banco de galhos dobrados que criara com seus pensamentos; acima dela, os galhos trançados filtravam a luz do sol. Em outros nichos e cestas mentalmente moldados a partir de ramos vivos, ela mantinha um estoque de latas de comida, água, jogos e livros antigos. Podia se esconder ali por dias e sair quando fosse seguro.

Na maioria das vezes, ninguém sequer notava seu desaparecimento, mas, com a partida da nave auxiliar da Rossak em breve, alguém tentaria caçá-la. Ela se perguntou quanto tempo levaria até que os guardas soassem o alarme. Se conseguisse se esconder por tempo suficiente, talvez Salvador pensasse que ela já havia fugido para algum sistema estelar distante. E, quando ela finalmente saísse, talvez seu irmão ficasse tão aliviado por vê-la em segurança que acabaria cedendo, deixando-a ficar, afinal.

Meia hora depois, ouviu vozes do lado de fora de seu esconderijo, guardas do palácio chamando seu nome. Ela os ignorou e começou a ler um livro de história, uma análise dos acontecimentos que envolveram o estupro da imperatriz virgem e a retribuição sangrenta que o imperador Jules ordenara contra Toure Bomoko e os representantes da CTE a quem ele havia concedido refúgio dentro dos terrenos do palácio.

Anna não tinha nem 5 anos na época, portanto não tinha entendido a dimensão política da coisa — na verdade, até o momento, ainda não entendia completamente —, mas as imagens tinham ficado gravadas em seu cérebro. O imperador Jules também obrigara a filha pequena a assistir às execuções, acreditando de alguma forma que a visão horrível a faria se sentir melhor. Sua mente estava perturbada desde então.

Como um sinal de coragem, Anna tentou de novo aprender os complicados bastidores, entender as decisões e justificativas. Se as Irmãs iam arrastá-la para Rossak e fazer uma lavagem cerebral nela com seu misterioso treinamento, aquela poderia ser sua última chance de colocar seus pensamentos no lugar.

Ela usou um comando mental que fez com que um dos armários moldado a partir de pequenos galhos se abrisse para ela e pegou uma lata de biscoitos de chocolate com mélange. Mordiscando um deles, ela continuou a ler o livro denso.

A reação violenta que se seguira ao lançamento da Bíblia Católica de Orange pegara o imperador Jules de surpresa. Três anos após os protestos, depois que vários representantes já haviam sido assassinados, o perseguido presidente da CTE, Toure Bomoko, correra para Salusa Secundus com seu grupo de refugiados, implorando ao imperador por refúgio e proteção.

Os conselheiros de Jules advertiram contra o apoio aos representantes, apontando que 80 milhões de pessoas já haviam sido mortas na agitação contra a Comissão. Ao ouvir aquilo, o indiferente imperador dera de ombros e dissera a famosa frase:

— Vocês exageram o perigo... são apenas seis mil pessoas por planeta. Eu perco mais do que isso com salsichas contaminadas!

Assim, por ordem do imperador, 35 representantes haviam recebido abrigo em Salusa; dentre eles, o presidente Bomoko. Jules ainda não entendia por que as pessoas estavam tão chateadas e garantira a Bomoko que tentaria acalmar as massas. No entanto, quando o imperador tentara se dirigir a uma multidão sedenta de sangue em Zimia, a aparição não fora bem-sucedida e, para sua própria segurança, ele fora forçado a se retirar com seus guardas. As tensões continuaram altas por mais de um mês.

Na época, seu irmão Salvador tinha 31 anos e Roderick, 29, enquanto Anna era apenas uma criança, mimada e protegida de toda a agitação. Um dia, enquanto brincava no terreno, ela entrara no chalé da roda d'água à procura de sua madrasta. Ela encontrara Orenna em uma das câmaras, com suas roupas rasgadas e o presidente Bomoko — também nu — atacando-a.

Anna era muito jovem para entender, mas sua reação tinha sido gritar. Chocada e aterrorizada, ela continuara gritando. Lembrava-se de

Orenna gritando também, e depois muitos outros gritos caóticos. Os guardas haviam entrado correndo — Anna se lembrava apenas de um borrão de imagens, e tentou afastá-las enquanto se concentrava nas palavras do relato histórico, letras tão frias e diretas para descrever um acontecimento tão horrível. Um capítulo inteiro chamava-se "O estupro da imperatriz virgem".

Supostamente, o imperador Jules nunca havia compartilhado uma cama com sua esposa legítima. A realidade, os historiadores admitiam, era que o casamento deles poderia muito bem ter sido consumado, mas Jules e Orenna simplesmente não gostavam um do outro. Ele preferia as concubinas, com quem tivera seus três filhos.

No entanto, o furor causado pelo ataque à imperatriz — estuprada por um homem a quem Jules havia tão graciosamente concedido proteção — levara o soberano ao limite. O imperador ordenara que seus guardas capturassem e executassem todos os membros da delegação.

O coração de Anna batia forte ao se lembrar das horas de desespero em que os guardas imperiais perseguiram e massacraram todos os trinta e cinco representantes, banhando de sangue o palácio e os jardins que o circundavam. Embora alguns dos homens e mulheres tenham tentado fugir, todos haviam sido capturados, arrastados para o pátio público e massacrados. O pai de Anna a obrigara a assistir; Orenna também ficara ali, branca como giz, sem dizer uma palavra. Um representante após o outro fora de encontro às lâminas impiedosas, implorando por uma misericórdia que nunca veio.

E, de alguma forma, em meio ao tumulto, o presidente Bomoko escapara. Ele desaparecera do palácio, o que, para o povo, apenas comprovava seu gênio maligno. Por certo aquele estuprador recebera ajuda de alguns dos funcionários, o imperador Jules interrogara quatorze suspeitos que, embora não tivessem revelado nenhuma informação, não haviam sobrevivido ao interrogatório.

Perturbado, mas inflexível, o imperador Jules se colocara diante da multidão e discursara novamente, daquela vez condenando os representantes da CTE e dizendo às multidões que ele havia se enganado anteriormente. Aquele foi o mesmo ano em que uma bomba assassina matara Rayna Butler, o que apenas inflamara o movimento butleriano. Tempos difíceis...

Traumatizada pelo evento, a imperatriz Orenna ficara em reclusão por muitos meses e, até o momento, ainda se recusava a falar sobre aqueles dias sombrios. Os cinco anos restantes do reinado do imperador Jules Corrino tinham sido duros e reacionários, mas Toure Bomoko nunca fora encontrado, apesar de incontáveis supostas aparições.

Anna fechou o livro e comeu mais um dos biscoitos de mélange. Em breve, estaria longe das lembranças daquela parte de seu passado. Em Rossak, entre as Irmãs, muito pouco, e talvez nada, traria aqueles acontecimentos à mente. Talvez fosse melhor assim, afinal de contas. Às vezes, ela odiava fazer parte da família imperial.

Embora achasse que os guardas tivessem ido procurá-la em outra parte do terreno, Anna por fim ouviu um movimento do lado de fora de seu refúgio feito de pau-névoa. A voz de uma mulher a chamou, firme, mas não hostil.

— Anna, eu sei que você está escondida aí dentro. Mova esses galhos e me deixe entrar, por favor.

Anna congelou como um cervo assustado, e então endireitou-se em seu banco de madeira e prendeu a respiração.

— Criança, você não engana ninguém. É a Orenna... me deixe entrar para que possamos conversar. *Por favor*. Quero ajudar você. Estou sozinha.

— Eu não sou uma criança — retrucou Anna, rendendo-se um pouco.

— Sei que não é, e sinto muito. Eu já vi você moldar o pau-névoa antes, mas nunca contei a ninguém sobre seu esconderijo secreto ou sua habilidade especial com as plantas. — A voz parecia suave. — Venha, deixe eu me despedir de você.

Anna de fato tinha um vínculo especial com sua madrasta. Muitas vezes, elas conversavam sobre plantas e pássaros ou apenas caminhavam juntas, admirando em silêncio a beleza natural ao seu redor. Orenna certa vez confidenciara que achava que as duas eram boas uma para a outra, promovendo uma espécie de assistência terapêutica de uma forma que nenhuma delas poderia esperar.

Mesmo depois de todos aqueles anos, elas nunca tinham falado sobre o estupro que Anna havia testemunhado, mas o acontecimento pairava entre elas como uma terceira presença.

Com um suspiro resignado, Anna enviou um pensamento que separou os galhos do nevoeiro. Orenna entrou, dando uma olhada ao redor.

— Sempre me perguntei como era seu esconderijo por dentro. — A mulher mais velha usava um vestido de seda branco com o leão dourado do brasão dos Corrino bordado em uma lapela. — É muito bonito.

— Pelo menos é tranquilo. — Anna fez com que um galho se curvasse para criar um assento para sua madrasta.

Juntando o tecido da saia, a imperatriz virgem se sentou. Com uma piscadela de seus olhos azuis reumáticos, ela disse:

— Você não vai tirar isso debaixo de mim, vai?

Anna deu uma risadinha.

— Isso depende do que você disser. Vai tentar me convencer de que serei feliz em Rossak?

Orenna olhou atentamente para a jovem.

— Temos uma cumplicidade entre nós, um laço de amizade. Você confia em mim, Anna?

Ela precisou de alguns instantes para responder, mas disse:

— Confio.

A madrasta afastou os cabelos prateados dos próprios olhos.

— Você precisa entender que não há lugar algum para você ir lá fora. Além desse pequeno refúgio, você não pode se esconder em qualquer lugar de Salusa Secundus e não pode sair do planeta sem alertar o imperador.

— Então ficarei aqui mesmo. Você pode me trazer comida e bebida. — Ela sabia que a ideia nunca daria certo, mesmo quando a sugeriu.

— Mais cedo ou mais tarde, eu seria notada e você seria descoberta.

— Então eu morrerei aqui. Prefiro isso a ser enviada para Rossak! De qualquer forma, minha vida acabou quando tiraram Hirondo de mim.

— Mas a vida dos outros também precisa acabar?

— O que você quer dizer com isso?

— Se você não aparecer logo, Salvador executará Hirondo e toda a equipe da cozinha por ajudá-lo a manter o segredo do seu caso amoroso.

Lágrimas escorreram pelo rosto de Anna.

— Eu odeio meu irmão! Ele é um monstro!

— Ele é muito tradicional e sabe o que o público espera de uma família real. Ele só quer o melhor para você e para a Casa Corrino.

— Você está do lado dele, assim como Roderick.

Lady Orenna balançou a cabeça.

— Pelo contrário, estou do seu lado, criança, e quero que você prospere e cresça. Quero que seja o mais feliz possível... o mais feliz que puder, mesmo sem o homem que ama. Assim como eu tentei ser.

As palavras fizeram Anna parar por um instante, e ela perguntou:

— O que você quer dizer com isso? Você amava alguém que não podia ter?

Orenna parecia triste, mas abriu um sorriso pouco convincente e passou a mão distraidamente na manga do vestido.

— Ah, isso foi há muito tempo, e nada disso importa agora. Eu tive que seguir em frente, e você deve fazer o mesmo.

Anna enxugou as lágrimas do rosto e encarou Orenna com os olhos avermelhados. Quem ela havia amado de verdade?

— Você pertence a Rossak agora. Será seu santuário, assim como este pequeno lugar. Vá com as Irmãs, aprenda com os ensinamentos delas e, quando voltar, estará mais forte do que nunca. Eu prometo. Seja o melhor que puder ser sem Hirondo e, com o tempo, sua tristeza será curada. Deixe que ele vá para outro lugar e encontre uma nova vida.

— Mas as Irmãs não acreditam no amor. Como você pode achar que isso vai me ajudar?

— Você precisa encontrar um novo tipo de força interior, um que não dependa de seu relacionamento com homem algum. Eu tive de fazer isso ao longo dos anos e sou mais forte por isso, uma pessoa melhor.

Anna permaneceu sentada por um longo tempo, escutando os sons do lado de fora, buscando qualquer ruído que denunciasse as pessoas que a procuravam. Ela foi até o perímetro de sua câmara e criou mentalmente uma abertura para olhar através dela. Os jardins e o bosque estavam absolutamente calmos.

— Tudo bem, vou tentar... por você.

Ela abraçou a madrasta, depois abriu uma porta entre as folhas e saiu.

Toda família nobre guarda seus segredos obscuros.

— Reverenda Madre Raquella Berto-Anirul,
registros da Irmandade

Valya Harkonnen se deleitava a cada dia que ela e as Irmãs passavam na Corte Imperial. Ali era o lugar dela e do irmão, não em Lankiveil. Embora fosse apenas um membro da comitiva da Reverenda Madre, ela ainda estava dentro do Palácio Imperial em Zimia. Aquilo lhe permitia vislumbrar melhor o que sua família merecia.

No passado, os Harkonnen estavam no coração da antiga Liga dos Nobres, bem respeitados, com uma história honrada. Mas, graças a Vorian Atreides, que desonrara Abulurd todos aqueles anos antes, eles tinham sido excluídos dos círculos de poder. A lembrança a atormentou, mas Valya usou as técnicas da Irmandade para se acalmar e se concentrar. No entanto, ao olhar em volta para a corte, ela conseguia ver as possibilidades.

Para todos os outros presentes, até mesmo para Anna Corrino, ela era apenas a *Irmã Valya*. Seu nome de família nunca fora mencionado. Algum dia, porém...

Naquele momento, Valya acompanhava a Reverenda Madre em uma audiência com os líderes mais ricos do Landsraad. Ela não conseguia parar de pensar que os Harkonnen também eram nobres, embora a linhagem tivesse sido cortada da árvore genealógica imperial.

Quando a Reverenda Madre Raquella se apresentou ao imperador junto com sua comitiva na primeira noite, Salvador as cumprimentara apenas por alto.

— Espero que sua escola possa ajudar minha querida irmã. Ela precisa de orientação e instrução.

— Cuidaremos dela com todo o zelo, sire. — Raquella fizera uma reverência. — E cuidaremos para que ela alcance todo o seu potencial.

No meio de sua refeição particular, o imperador limpara a boca com um guardanapo cintilante e franzira a testa para os restos de comida em sua bandeja, como se tivesse perdido o apetite. Ele parecia estar sofrendo de indigestão.

— Estou ansioso para que Anna esteja longe daqui e confio em sua discrição para chamar o mínimo de atenção possível. Não há necessidade de continuar alimentando esse escândalo — disse ele.

Valya podia ler o constrangimento em seu rosto.

No entanto, a próxima nave dobraespaço de Salusa para Rossak só partiria dali a dois dias, então elas permaneceram como convidadas no Palácio Imperial. Valya não se importou nem um pouco. Ela absorveu os detalhes da experiência, sabendo que seus ancestrais tinham andado pelos mesmos corredores e dormido nos mesmos quartos. Seu pai teria sido um duque ou um barão no Landsraad, se a herança da família não tivesse sido tomada. Aqueles pensamentos sempre a irritavam, e ela se acalmava pensando no irmão e no quanto Griffin estudava para se tornar o representante oficial de Lankiveil em Salusa Secundus. Tinha certeza de que ele passaria nos exames.

Enquanto isso, Valya tentava se aproximar de Anna Corrino, mas a irmã do imperador não tinha interesse em ser sociável, preferindo ficar amuada em seus aposentos. Quando chegassem a Rossak, no entanto, haveria tempo suficiente para fazer amizade com ela, sob circunstâncias que fugiam do controle da princesa. Valya não pretendia desperdiçar o tempo que tinha ali na capital imperial. Sentindo-se como uma colegial ou uma turista, ela havia perguntado à Reverenda Madre se elas poderiam assistir à reunião de negócios do imperador, querendo observar e sonhar com o que a própria vida poderia ter sido. Quando Raquella fizera o pedido, a Irmã Dorotea conseguira facilmente um convite para que elas assistissem a um dos compromissos imperiais.

Salvador realizou sua audiência em uma antecâmara da Ala de Outono do Palácio, sob uma cúpula pintada com afrescos vívidos dos butlerianos lutando em batalhas heroicas contra máquinas pensantes. De frente para a plateia, o imperador sentou-se em uma grande cadeira dourada no alto de um estrado. Metade daquela câmara secundária se encontrava vazia, e os assentos desocupados haviam sido retirados para o piso de pedra, deixando apenas o número exato de bancos para os cinquenta participantes se reunirem perto do trono.

— Hoje eu decidi fazer uma sessão mais íntima. — A voz de Salvador ecoou pelo sistema de alto-falantes, com o volume elevado demais para o pequeno auditório. Ele esperou que um técnico da corte reajustasse aquilo e então recomeçou. — Temos certas questões econômicas para discutir, áreas nas quais os líderes planetários podem ser mais cooperativos entre si do que no passado... para nosso benefício mútuo, é claro. Tendo isso em mente, trouxe algumas testemunhas especializadas para depor.

Dois homens com uniformes de negócios entraram em uma plataforma na base do estrado; um deles subiu em um pódio e ativou um holoprompter. Durante vários minutos, ele arengou em relação às tarifas sobre os materiais importados entre vários sistemas estelares, às sobretaxas impostas pelo Grupo Venport para o transporte e aos riscos significativamente maiores de contratar empresas de transporte com preços mais baixos que não usassem os misteriosos Navegadores. Apesar de deslumbrada por participar da sessão especial, Valya a estava achando monótona — até que a porta dourada da entrada principal do salão se abriu.

Um homem alto, com traços falconiformes, entrou vestido em um traje militar antiquado. Olhando mais de perto, Valya pensou que poderia ser um uniforme autêntico do Exército da Humanidade de décadas antes, adornado com insígnias de patente e condecorações. Os outros participantes da reunião se viraram para olhar, murmurando sobre a interrupção; alguns até pareciam aliviados com a pausa no tedioso discurso. Valya achou que o visitante parecia um ator de um drama histórico do Jihad. Algo nele parecia estranhamente familiar.

O homem estava focado demais para ser distraído pelo barulho das pessoas conversando, surpresas. Ele foi direto para o pódio, como um general capturando uma colina estratégica, e empurrou o economista assustado para fora do caminho.

— Faz mais de oitenta anos desde a última vez que estive em Salusa, portanto, alguns de vocês talvez não saibam quem sou. — Ele olhou de cima a baixo para o imperador Salvador no trono, como se o estivesse avaliando. — Posso ver o Butler em vossa majestade, um pouco mais de Quentin do que de Faykan.

Salvador se remexeu em seu trono.

— Eu não o reconheço, senhor. Explique-se.

Valya de repente soube quem era o homem, ou quem devia ser. *Ele ainda estava vivo?* Um calafrio percorreu sua espinha, e a aversão a deixou sem palavras. Ela passara muito tempo olhando para o retrato dele, odiando o que aquele sujeito fizera à família dela, ao futuro dela. Mas ele ainda estava *vivo*? Parecia inconcebível.

Desde sua chegada, Valya tinha visto estátuas de Vorian Atreides em Zimia e estudado os registros de suas aventuras com Xavier Harkonnen, memorizando seu discurso condenatório no julgamento de Abulurd, que provocara a queda de toda a sua família. Surpreendentemente, a aparência do homem não havia mudado ao longo do Jihad... mas aquilo era de se esperar. O tratamento de extensão de vida dado a ele pelo general Agamemnon constava nos registros públicos.

Durante toda a sua vida, Valya soube que Vorian Atreides era a causa da desgraça de sua família, mas aquela sempre fora uma questão distante e *teórica*. Ele desaparecera havia gerações no passado. Presumindo que estivesse morto, ela esperava que ele tivesse sofrido uma morte horrível e dolorosa.

No entanto, ali estava ele! Os batimentos de Valya aceleraram e sua pele esquentou de raiva.

— Sou Vorian Atreides — anunciou ele, como se estivesse esperando aplausos. Outros estavam murmurando seu nome. A Reverenda Madre Raquella parecia atônita, embora tivesse um brilho muito peculiar nos olhos. Salvador se endireitou, um dos últimos na sala a perceber a identidade do intruso. — Estou aqui para exigir proteção para meu mundo e o fim de uma injustiça. Recentemente, invasores atacaram nosso planeta Kepler e levaram meu povo. Acabei de chegar dos mercados de escravos de Poritrin, onde os libertei.

O imperador sentou na ponta do trono e sua voz soou no sistema de alto-falantes da câmara, mais uma vez alta demais.

— Kepler? Nunca ouvi falar desse lugar. — Ele olhou em volta, mas não havia conselheiros por perto. — Era lá que você estava durante todos esses anos?

— Eu esperava ter um novo começo lá. Depois de tudo o que contribuí para o Jihad, isso não é pedir demais, não é, imperador Salvador?

— Não, claro que não. Se você realmente é quem diz ser, então você merece. Aposentou-se feito herói.

Vorian ficou ereto, sem se curvar diante do trono.

— Estou aqui para pedir proteção para meu planeta e meu povo. Embora eu preferisse que vossa majestade fechasse os mercados de carne de Poritrin e proibisse a prática da escravidão, sei que isso nunca acontecerá. Não é realista, por conta dos interesses arraigados. — Ele olhou para o economista, que ainda parecia atordoado e ansioso para concluir sua apresentação. — No entanto, sire, aceitarei sua garantia de proteção para Kepler, para que os traficantes de escravos nunca mais nos incomodem. — Ele continuou a olhar para Salvador como se o resto da plateia não existisse... como se Valya não existisse. — Eu sei que os Corrino podem garantir isso.

— Se você puder provar sua identidade, sim. — Salvador desceu de seu trono. Sua confusão inicial havia gradualmente se transformado em admiração. — Suponho que essa seja uma possibilidade, bashar supremo. Você ainda tem esse título?

— Bashar supremo — confirmou Vor. — Além disso, Herói do Jihad, e antes disso eu era Primero. Desconheço as patentes de seus militares atuais. Devido ao meu serviço honrado, recebi permissão para usar meu título enquanto viver... e, no meu caso, isso é muito tempo. Vou apresentar uma prova genética de minha identidade, se for isso de que vossa majestade precisa.

Salvador piscou algumas vezes, obviamente sem saber como lidar com uma figura tão lendária; murmúrios de admiração se espalharam pela multidão.

— Precisaremos discutir isso mais a fundo, senhor, mas, por enquanto, seja bem-vindo de volta à Salusa. A Casa Corrino se lembra de seu excelente serviço durante o Jihad e das grandes vitórias que obteve em nosso nome. Se não fosse por seu heroísmo, bashar supremo Atreides, nenhum de nós estaria aqui hoje. — Ele se aproximou para apertar a mão de Vorian.

A atitude deferente do imperador fez Valya se encolher de desgosto. Ela achou que iria vomitar.

A câmara explodiu em aplausos e gritos de aprovação, mas Valya teve que se conter para não gritar. Depois do que aquele desgraçado fizera, como o imperador poderia sequer pensar em honrá-lo? *Aquele* homem havia esmagado a Casa Harkonnen e jogado a família dela na pilha de lixo da história. Ele deveria ser trancafiado na prisão mais obscura de Salusa.

Valya queria se lançar na direção dele e atacar com todos os métodos de luta que conhecia — mas não era a hora, ainda não. Ela havia aprendido a ter paciência e a planejar durante seus anos na Irmandade. Naquele instante, estava ali para ajudar a Reverenda Madre Raquella e se tornar uma companheira da irmã do imperador. Não queria desperdiçar a oportunidade de restaurar a legitimidade de sua família.

O irmão, por outro lado, poderia cuidar do resto. Confiava em Griffin e sabia que ele faria aquilo por ela. Com Valya sabendo que Vorian Atreides estava vivo e qual planeta ele chamava de lar, Griffin poderia localizá-lo e vingar a honra de sua família.

> **É triste, mas preciso admitir para mim mesmo que sou o auge de minha linhagem. Todos os meus descendentes são decepcionantes, apesar da vantagem de sua estirpe.**
>
> — General Agamemnon, *Novas memórias*

Os gêmeos haviam permanecido aprisionados no cofre de preservação, imóveis e totalmente conscientes, por mais de um século. Durante todo aquele tempo, Andros e Hyla não tinham nada para fazer a não ser pensar, ponderar e planejar. Por nunca terem saído do laboratório, tinham pouca noção do Jihad ou dos humanos da Liga que haviam lutado contra os Mundos Sincronizados.

Naquele momento, o silêncio dentro da instalação selada parecia pesado e artificial, como se as paredes ainda reverberassem com gritos.

— Matamos todos eles cedo demais. — Andros estava no módulo do laboratório, analisando os interessantes padrões vermelhos salpicados nas paredes, as partes dos corpos espalhadas dos Mestres-Espadachins e dos butlerianos que os haviam libertado inadvertidamente. — Eles poderiam ter fornecido mais informações.

O Mestre-Espadachim Ellus relutara bastante em revelar qualquer segredo, mas acabara por fazê-lo, embora Hyla tenha sido forçada a usar os dedos para arrancar vários dentes do butleriano.

— Nossa impaciência pode ser perdoada. — Ela bateu as pontas dos dedos uma na outra e sentiu o quanto o sangue seco era viscoso. — Ando bastante agitada e Juno nunca nos deu muito tempo para praticar as habilidades que nos concedeu.

Graças às informações que Ellus revelara em meio a gritos, Andros e Hyla sabiam a história básica do grande expurgo da humanidade contra Omnius, a vitória final em Corrin e como a rebelião cimak havia, no fim das contas, fracassado. A batalha que exterminara tantos neocimaks e naves de guerra robóticas naquele posto avançado do laboratório tinha sido pouco mais do que um conflito sem importância em uma guerra muito maior. Mesmo assim, deixara os gêmeos presos, preservados dentro do cofre por ano após ano após ano.

Uma pessoa um pouco menos inteligente teria enlouquecido com aquilo, pensou Hyla.

— Temos que sair daqui — disse Andros. — Vamos pegar a nave deles, estudar os registros e descobrir tudo o que precisamos saber.

— Juno nos criou para sermos espécimes superiores. — Hyla olhou em volta, para o massacre. — Acabamos de provar isso, mas ainda temos muito mais para descobrir, ver e fazer.

— Juno nunca mais voltou depois que Omnius atacou este posto avançado e nossa preparação ainda não estava finalizada — protestou Andros. — Teremos que fazer o resto por conta própria.

A Titã Juno — a companheira escolhida pelo general Agamemnon por mais de mil anos — era uma das mais antigas cimaks. Juno, Agamemnon e o restante dos Vinte Titãs haviam assumido o controle da humanidade condescendente, governando como tiranos antes de remover cirurgicamente os próprios corpos orgânicos e colocar os próprios cérebros em recipientes de preservação com o objetivo de viver por séculos dentro de corpos de máquinas. Primeiro, porém, Agamemnon preservara o próprio esperma para criar descendentes quando considerasse apropriado, mas seus outros filhos acabaram sendo uma decepção, fazendo com que o pai os eliminasse a todos.

No entanto, Juno estabelecera aquele programa secreto de testes no qual criara Hyla e Andros a partir do esperma de Agamemnon e dos óvulos de uma escrava. O general Agamemnon não sabia nada sobre o plano. Juno havia aprimorado as crianças — impregnara as peles com fluximetal, intensificara os reflexos e saturara as mentes com sofisticadas habilidades de combate e conhecimento tático —, imprimindo em seus cérebros maleáveis todas as informações necessárias para se tornarem armas invencíveis. Dignos de serem filhos de Agamemnon.

Juno esperava lançar um programa de reprodução em maior escala assim que os gêmeos comprovassem a força do conceito. Andando de um lado para o outro em seu volumoso corpo de combate em frente às câmaras de doutrinação, Juno havia falado com grande expectativa do momento em que apresentaria os gêmeos ao lendário pai. As palavras do alto-falante de Juno carregavam tristeza e raiva genuínas quando ela discursara sobre como Vorian Atreides, o décimo terceiro filho de Agamemnon e sua maior esperança, o traíra.

Os gêmeos haviam escutado cada palavra, absorvendo todo aquele rancor vingativo.

O ataque dos robôs àquele posto avançado havia destruído os delicados neocimaks, os assistentes de laboratório. Hyla estava amargurada com o fato de a rainha cimak tê-los descartado tão depressa. De acordo com o Mestre-Espadachim Ellus em suas últimas revelações murmurantes, Juno estava morta, assim como Agamemnon — ambos traídos por *Vorian Atreides*.

— Levaremos algo do laboratório conosco? — perguntou Andros.

— Não precisamos de nada daqui. Estou cansada deste lugar. Você e eu somos o bastante. Vamos deixar que o vácuo do espaço reivindique o posto avançado.

Os dois foram até a nave butleriana atracada e se familiarizaram rapidamente com os controles da cabine de comando. O piloto colocara três ícones religiosos proeminentes em um altar improvisado: uma mulher bonita, uma criança e uma mulher andrógina e sem pelos levantando as mãos e pregando. Hyla descartou todos.

O sistema de navegação da nave continha mapas de mundos proeminentes no recém-formado Imperium. Hyla também encontrou relatos históricos do Jihad contra Omnius, celebrações do grande herói Vorian Atreides... o irmão deles.

— Temos trabalho a fazer — disse Andros — e uma longa jornada pela frente.

— Nós temos tempo. Já esperamos um século. Agora, vamos encontrar nosso irmão.

Andros deu partida nos motores da nave, fazendo-a se erguer do chão cheio de crateras, e deixou o posto assombrado para trás.

> **Não é surpreendente que a Escola Suk e as Irmãs de Rossak tenham um histórico de cooperação, já que o dr. Mohandas Suk e Raquella Berto-Anirul trabalharam juntos em uma equipe médica de combate à peste durante o Jihad. Atualmente, os dois grupos continuam a promover fóruns educacionais cooperativos, mas suspeitamos de que seus laços sejam muito mais profundos.**
>
> — Relatório de inteligência para o príncipe Roderick Corrino

Quanto mais pensava, mais o imperador ficava profundamente perturbado com a reaparição de Vorian Atreides, sem mencionar as exigências que fizera. Um lendário herói de guerra, reverenciado por gerações de alunos, um líder que havia ajudado a salvar a raça humana durante seu maior conflito... estava convenientemente de volta após oitenta anos de ausência? O que o homem realmente queria? Um conjunto de naves militares de patrulha para proteger um planeta com o qual ninguém se importava? Aquilo parecia muito suspeito.

Salvador estava tentando agir com cautela naquela questão do descendente de Atreides e na verificação da identidade do homem. Sim, a longevidade de Vorian Atreides era bem conhecida e documentada, mas qualquer pessoa com características semelhantes poderia *alegar* ser o desaparecido Herói do Jihad com base em estátuas e imagens em livros de história. Ninguém vivo se lembrava exatamente da aparência de Vorian em carne e osso, ou de seus trejeitos, ou do tom de sua voz. Além disso, as turbas ingênuas continuavam a identificar o renegado Toure Bomoko em cada esquina, de modo que as aparências de fato podiam enganar.

Como imperador, ele precisava ser cauteloso. Porém, se o homem fosse quem dizia ser (e Salvador suspeitava que era), talvez ele pudesse se aproveitar da popularidade de Atreides.

Para ter tempo de pensar, o imperador mandou embora os economistas, os participantes do Landsraad e as Irmãs de Rossak com instruções rígidas de que não deveriam falar sobre o estranho visitante que tinham visto na corte, embora ele soubesse que os rumores logo vazariam — e o tumulto que se seguiria! —, supondo que a identidade do homem pudesse ser verificada geneticamente. Vorian Atreides havia aceitado e até parecia prever aquelas perguntas e dúvidas, e não se opusera quando o imperador exigira amostras biológicas para testes. Por enquanto, Salvador só podia adiar algo que provavelmente seria inevitável.

O homem fora submetido a um exame médico apressado pela própria dra. Ori Zhoma, a diretora da Escola Suk, que havia retornado recentemente a Zimia para tratar de negócios na antiga sede da Suk. As amostras de sangue estavam sendo analisadas.

Enquanto aguardava as respostas, Salvador não sabia se ficava honrado ou nervoso. Ele precisava conversar com Roderick. Naquele meio-tempo, alegando assuntos imperiais urgentes, ele ofereceu a Vorian Atreides um alojamento temporário no Palácio. O homem do passado, parecendo compreender a reticência de Salvador e sentir a estranheza do encontro, despediu-se.

— Aguardarei sua convocação, sire.

Em vez de tratar de outros assuntos, Salvador ficou sentado sozinho, pensando em possíveis cenários, e passou a tarde aguardando o relatório da dra. Zhoma.

Por fim, a médica entrou na sala do trono com um ar profissional de quem estava prestes a tratar de negócios. Ela fez uma reverência *pro forma* ao trono, endireitou-se e apresentou seus resultados com uma voz nítida e profissional.

— Fizemos nossos testes, majestade, comparando as novas amostras com o DNA extraído de artefatos históricos do Jihad. Esse homem é de fato quem ele diz ser: Vorian Atreides.

O imperador assentiu, embora não estivesse totalmente satisfeito com a notícia. A aparição do herói poderia causar instabilidade no pior momento possível para o Imperium. Salvador e seu irmão precisavam decidir o que fazer.

Depois que a notícia do retorno de Vor se espalhou, o povo de Zimia começou a comemorar espontaneamente, como flores murchas se recobrando depois de uma chuva. O maior herói do Jihad! O lendário Primeiro, que havia lutado contra as máquinas pensantes por mais de duas vidas, desde o início do conflito até seu sangrento fim! A simples ideia estimulava a imaginação das pessoas, empolgando-as e servindo para afastar a mente de suas vidas mundanas e conturbadas. Era como se ele tivesse saído de um livro de história e ganhado vida em um passe de mágica.

Erguendo estandartes e reencenando a pompa dos dias anteriores à Batalha de Corrin, os butlerianos marcharam e cantaram, reverenciando os três mártires: Serena Butler, seu filho bebê, Manion, e o Grande Patriarca Iblis Ginjo.

O imperador Salvador acompanhou Vor com sorrisos enormes em meio à aclamação pública, dando-lhe as boas-vindas como um camarada perdido muito tempo antes. Enquanto a multidão se aglomerava na praça do Palácio, o imperador aceitou os aplausos como se fossem parcialmente seus. Vor participou do espetáculo como um homem passando por um procedimento médico desagradável.

As pessoas o tratavam como um salvador, implorando para que tocasse nos bebês delas e abençoasse seus entes queridos. Os butlerianos o adotaram como um dos seus, embora ele não os apoiasse. O movimento deles parecia ainda mais extremo do que a cruzada de Rayna Butler contra todas as formas de máquinas e tecnologia durante os dias mais sombrios do Jihad. Os seguidores de Rayna tinham causado muitos danos, sobretudo em Parmentier, onde a neta de Vor, Raquella, cuidara daqueles que tinham adoecido com as pragas de Omnius, e os seguidores de Rayna Butler haviam se voltado contra ela.

Aqueles butlerianos o deixavam apreensivo.

Décadas haviam se passado desde a última vez em que Vor colocara os pés na capital e, ao olhar ao redor, ele viu indícios de decadência; o nível de tecnologia havia regredido em vez de avançar. Os sinais eram sutis: veículos, instrumentos, até mesmo sistemas de iluminação e som para o grande desfile em sua homenagem... tudo parecia um pouco mais primitivo. Mas ele observou educadamente enquanto o desfile colorido passava pela arquibancada imperial.

Salvador ficou sentado ao lado dele, sorrindo, enquanto seu irmão, Roderick, permanecia nos bastidores organizando o evento. À medida que a multidão continuava a se aglomerar na praça do Palácio, os aplausos e as vozes animadas se tornavam ensurdecedores. As pessoas clamavam por Vor, entoando seu nome e exigindo que ele fizesse um discurso. O imperador levantou as mãos e tentou impor a ordem, sem muito sucesso. No entanto, quando Vor se levantou, a multidão caiu em um silêncio estrondoso e tão repentino quanto o ar que sai de uma câmara de ar aberta.

— Agradeço a vocês por essas maravilhosas boas-vindas. Já faz muito tempo. Lutei minhas batalhas no Jihad de Serena Butler e agora vejo a vitória que de fato conquistei... um Imperium livre, uma civilização vibrante, longe da ameaça das máquinas pensantes. — Ele sorriu com falsa modéstia. — E estou emocionado por vocês não terem se esquecido de mim.

Na pausa após suas palavras, alguém na multidão gritou:

— Você veio para assumir o trono? Está aqui para nos liderar?

Outra pessoa berrou:

— Você será nosso próximo imperador?

As vozes se multiplicaram em um rugido ensurdecedor, entoando seu nome: "Vorian! Vorian!". Assustado, Vor sorriu e negou os comentários.

— Não, não, eu vim para proteger meu povo em Kepler, nada mais. O trono do imperador pertence aos Corrino.

Ele se virou para Salvador e se curvou levemente em deferência a ele, inspirando mais aplausos entre a multidão. Mas ainda os ouvia entoando o nome *dele*, não o de Salvador.

E viu que o imperador não estava nem um pouco satisfeito.

> **Os medos supersticiosos são infantis, uma forma de ignorância e credulidade. Às vezes, porém, esses medos têm fundamento.**
>
> — Registros da Escola Médica Suk, *Análise do estresse na psique humana*

— Eu ensinei você a pensar além de si mesmo — disse a esfera Erasmus. — Agora, assim como a melhor máquina pensante, você pode projetar o futuro, fazer planos e estimativas. Sob minha orientação, você fundou essa escola aqui há setenta anos. Ensinamos muitos humanos a ordenar suas mentes como computadores. Nós os aprimoramos, tornando-os menos voláteis.

— E estou satisfeito com nossos setenta anos de sucesso, começando uma década após a queda do Império Sincronizado — acrescentou Gilbertus.

— Mas não devemos desistir da Utopia. — A voz simulada de Erasmus tinha um tom de repreensão.

Utopia. Gilbertus respirou fundo, sem dizer o que estava em sua mente: que não pensava mais como pensara em sua juventude, acreditando que uma Utopia de máquinas pensantes era o estado mais ideal da sociedade, melhor do que qualquer coisa que os humanos pudessem criar. Aquela havia sido uma das opiniões frequentemente repetidas por Erasmus e ficara tão arraigada na psique de Gilbertus que, na época, ele não duvidava de uma palavra do que o robô independente lhe dizia.

Nos anos que se seguiram ao fim do Jihad e da Batalha de Corrin, Gilbertus fizera a própria pesquisa, com todo o cuidado para guardar segredo até mesmo do robô independente. Vivendo entre os humanos libertados, observando o crescimento do novo Imperium, Gilbertus estudara aspectos da sociedade que Erasmus nunca havia lhe mostrado. Em Corrin, o robô havia realizado muitos experimentos agressivos com prisioneiros e tirado conclusões com base naquele conjunto de dados isolados, mas, depois de ler os inúmeros relatos da antiga Liga dos Nobres, Gilbertus tinha um ponto de vista diferente e entendia a verdadeira bravura demonstrada durante o Jihad de Serena Butler, quando os humanos arriscaram toda a sua raça para se livrar do jugo das máquinas pensantes.

Aquelas histórias sem filtro não eram as mesmas que Erasmus havia lhe ensinado, e Gilbertus começara a desenvolver uma perspectiva mais equilibrada. Incomodava-o pensar que seu grande mentor poderia não estar totalmente correto nem ser objetivo.

Mas ele não podia contar a Erasmus que pensava daquele jeito.

A voz do robô interrompeu seus pensamentos:

— Estou desamparado e vulnerável nesse estado, Gilbertus, e estou ficando preocupado. Leva mesmo tanto tempo assim para você encontrar outro corpo para mim? Me dê um desses maks de combate desativados, se precisar. Você e eu, juntos, poderemos criar um meio adequado para que eu volte à funcionalidade total. — Ele simulou um suspiro. — Ah, que belo corpo eu costumava ter!

— Não é prudente ter pressa, Pai. Um único erro pode destruir tudo, e eu não me atrevo a arriscar perdê-lo.

Ele também não se atrevia a admitir que temia o que Erasmus poderia fazer se voltasse a ter todas as suas capacidades, a destruição que ele provavelmente causaria em toda a galáxia povoada. Nada daquilo significava que Gilbertus sentia menos afeição pelo robô independente, que sempre seria seu pai, mas tornava o relacionamento entre eles mais complexo e orientava as decisões que ele tinha de tomar sobre o que permitiria que o núcleo mental fizesse e os limites que precisava estabelecer.

— Mas se alguma coisa acontecer com você... — O robô deixou o fim da frase no ar.

— Você me deu o tratamento de extensão de vida, lembra? Mas tudo bem, seria possível que eu morresse em um acidente. Pensei em trazer meu aluno Draigo para conhecer nosso pequeno segredo. Um homem objetivo... o melhor de todos os estagiários butlerianos que Manford me forçou a deixar entrar na escola.

Erasmus pareceu animado com a ideia.

— Você já falou bastante de Draigo Roget. Se tem certeza de que ele pode nos ajudar, então devemos doutriná-lo.

— Mas ainda não tenho certeza de sua lealdade incondicional.

A escola teve um começo modesto. Gilbertus havia escapado de Corrin com o resto dos refugiados e, depois de sobreviver por alguns anos, fora a esconderijos secretos que Erasmus identificara e reunira uma fortuna, que usara para lançar seu centro de treinamento. Gilbertus mantivera seu nome verdadeiro, pois ninguém de Corrin jamais o conhecera.

Eles escolheram Lampadas por seu isolamento, um lugar onde os alunos poderiam organizar seus processos mentais sem serem perturbados. No início, o planeta não fora gentil com eles; os pântanos eram inóspitos e o treinamento era difícil. Mas Gilbertus fora bem-sucedido, com a ajuda secreta do robô independente.

Seguindo o sistema que os dois haviam criado, alguns dos graduados da Escola Mentat permaneciam para dar aulas e alguns alunos especiais trabalhavam como assistentes de ensino. Outros graduados recrutavam novos candidatos de todo o Imperium, que, por sua vez, iam para Lampadas e partiam anos depois como Mentats...

E, durante todo aquele tempo, Draigo fora o melhor aluno (e assistente de ensino) de todos, que logo se formaria com as maiores honras da história da escola.

— Vou analisar essa ideia a fundo, pai — garantiu ele, depois selou com cuidado o núcleo de memória.

Quando Gilbertus pediu à sua aluna Alys Carroll que o ajudasse a completar um inventário dos componentes robóticos mantidos no depósito de ensino, ela reagiu como se ele tivesse pedido que se juntasse a ele nas profundezas do inferno. *Como era de se esperar.* E foi exatamente por isso que ele a escolheu.

— É uma tarefa ínfera, diretor. — Ela deu um passo para trás e desviou o olhar. — Com certeza um dos alunos mais novos seria mais apropriado para realizá-la.

— Mas eu não pedi a um dos alunos mais novos. Eu pedi a você. — Ele estreitou os olhos. — Eu sou o criador e diretor desta escola, mas estou disposto a fazer a tarefa porque vejo a necessidade. Eu a aceitei nesta escola como um favor pessoal a Manford Torondo, prometendo que ensinaria a você tudo o que sei. Tenho certeza de que a arrogância não era um dos ensinamentos de nosso currículo.

A jovem ainda parecia tensa e pálida, e gaguejou:

— Desculpe, senhor. Eu não quis dizer...

— Quando você for para o Imperium e servir a uma família nobre ou a uma grande empresa ou operação bancária, escolherá entre as atribuições que seu mestre lhe designar?

O que Alys disse em seguida não era uma resposta à pergunta.

— Eu trabalharei para o movimento butleriano, diretor, não para alguma entidade comercial. Na verdade, considerei a possibilidade de permanecer aqui como professora. É vital e necessário garantir que os alunos recebam a instrução adequada.

— Eles recebem instrução adequada — retrucou Gilbertus, irritado. — Quer você seja butleriana ou não, um Mentat deve ser objetivo e minucioso. A realidade não muda só porque você não gosta dos dados.

— Mas uma apresentação adequada dos dados pode mudar a forma como a realidade é percebida.

— Isso tem tudo para ser um debate fascinante, jovenzinha, mas, no momento, há um trabalho a ser feito. Venha comigo.

Com óbvia relutância, Alys o seguiu até um depósito austero. Ele destrancou a porta com a chave que ficava na corrente do bolso do colete. Luciglobos com sensor de movimento cintilavam como estrelas brancas, lançando longas sombras.

Lá dentro, havia vários robôs parcialmente desmontados que Gilbertus confiscara e usava para fins didáticos — cabeças robóticas destacadas com faces polidas, constelações escuras de fios ópticos, braços de maks de combate robustos acionados por pistão e cabo, garras que haviam sido removidas de torsos cilíndricos. Três maks de combate estavam intactos, a não ser pelos sistemas de armas, que tinham sido removidos por precaução.

Alys hesitou na porta, encarando as máquinas, e então se forçou a entrar no depósito.

— A maioria deles ainda tem fontes de energia rudimentares — explicou Gilbertus. — Precisamos saber quantos de cada modelo temos, quais peças ainda podem ser usadas e quais são apenas ferro-velho, sem utilidade alguma. Quero um inventário funcional.

Como ele ia ali com frequência, ponderando sobre o potencial de todos aqueles componentes, já conhecia muito bem o inventário. Cada robô, cada peça desmontada, tudo havia sido obtido por um preço alto e depois de muita discussão. Os butlerianos queriam que todos os vestígios de máquinas pensantes fossem erradicados, mas ele, assim como os instrutores da Escola de Mestres-Espadachins em Ginaz, insistia que os robôs restantes eram necessários para suas escolas.

— Precisamos nos arriscar a ligá-los?

— Arriscar? — perguntou Gilbertus. — O que quer dizer com arriscar?

— São máquinas pensantes!

— Máquinas pensantes que foram *derrotadas*. Você deveria ter mais orgulho de nossos feitos. — Sem admitir mais discussões, ele se aproximou de uma prateleira de metal que continha quatro cabeças de robôs separadas.

Sabia que Erasmus o estava observando. Os olhos-espiões haviam sido incorporados habilmente em cantos ocultos do almoxarifado, bem como nas salas de aula, no refeitório, nos recintos esportivos e em algumas das torres do perímetro. Caminhos de circuito de uma finura inacreditável, feitos de fluximetal com espessura de apenas algumas moléculas, estendiam-se como as fibras crescentes de uma complexa rede de raízes florestais, todas voltadas para o núcleo de memória isolado do robô.

Enquanto observava os maks de combate e os apêndices abandonados, Gilbertus acariciou a barbicha e se recordou da civilização incrivelmente organizada dos Mundos Sincronizados — todos desaparecidos devido à capacidade de destruição do medo e do ódio humanos. E a civilização atual estava sendo ameaçada por um movimento que temia a tecnologia em todas as suas formas, até mesmo os mecanismos industriais básicos. Embora Gilbertus ficasse enojado com aquilo, tinha que aceitar os butlerianos e o apoio deles à sua escola... por enquanto.

De repente, os fios ópticos em duas das cabeças de robô à sua frente começaram a brilhar, cintilando como asterismos. Em seguida, braços de mak de combate separados se contorceram e se dobraram, os dedos segmentados se estendendo e depois se dobrando de novo. Do outro lado da sala, um mak de combate intacto girava de um lado para o outro.

Alys Carroll gritou.

Os outros componentes destacados começaram a tremer e pular, despertando. Outro mak de combate ganhou vida, levantando um braço sem armas.

— Eles estão possuídos! — berrou Alys. — Precisam ser destruídos. Temos que fazer uma barricada na câmara! — Ela recuou em direção à porta do depósito, o rosto branco como leite.

Gilbertus permaneceu calmo.

— É só um pico de energia aleatório, fácil de consertar. — Ele se aproximou do mak de combate mais próximo, mexeu no invólucro do tronco e removeu a fonte de alimentação interna para que o robô caísse, apagado e morto mais uma vez. — Não tem por que se preocupar.

Ele tinha certeza de que ela não acreditaria naquilo e talvez nem tivesse ouvido sua resposta. O diretor desativou o segundo mak de combate e, em seguida, percorreu metodicamente a sala, mantendo o rosto sereno, embora as próprias emoções estivessem subindo de nível. Gilbertus não tinha dúvidas de quem havia feito aquilo. Erasmus estava ficando cada vez mais irrequieto; Gilbertus teria que fazer algo em breve para manter o robô em seu lugar.

Ele desligou os membros separados e as cabeças de máquinas, o tempo todo certo de que Erasmus estava observando e, sem dúvida, se divertindo. Seria uma brincadeira com a intenção de assustar ou provocar a aluna Mentat? Uma maneira de forçar Gilbertus a agir? O último braço do robô estalou os dedos de metal, como se estivesse provocando; Gilbertus o desligou removendo a pequena célula de energia.

Ele olhou para Alys e sorriu.

— Veja só, é uma bobagem, ainda que seja uma lição que podemos aprender. No futuro, teremos que tomar precauções extras.

Gilbertus a guiou para fora do depósito, fechou a porta e, usando a chave em seu bolso de novo, trancou-a com segurança.

No saguão, Alys se afastou depressa e ele sabia que ela conversaria com os outros alunos butlerianos e talvez chegasse até mesmo a enviar um relatório para Manford. Gilbertus deu passos calculados e lentos de volta ao seu escritório, fingindo que não estava com pressa.

Depois de ativar os painéis ocultos para revelar o núcleo de memória, Gilbertus não esperou para explodir:

— Isso foi perigoso e uma tolice! — Embora as portas estivessem trancadas, ele se esforçou para manter a voz baixa, para que ninguém o ouvisse falando enquanto supostamente estava sozinho em seu escritório particular. — O que você conseguiu com seu pequeno truque, além de aumentar o medo supersticioso de uma de minhas alunas?

— Sua aluna já deixou bem claro o que pensa. A mente dela pode estar organizada de acordo com as diretrizes Mentat que você ensinou a ela, mas não está aberta a novas crenças.

— E o que você fez não ajudou em nada a abrir a mente dela! Agora, ela está ainda mais aterrorizada.

O robô soltou uma de suas risadas metálicas.

— Analisei muitas imagens das expressões dela. Foi muito divertido.

— Foi uma estupidez! — esbravejou Gilbertus. — E pode haver repercussões. As pessoas vão querer explicações. Manford pode querer enviar inspetores butlerianos para cá.

— Que venham. Não vão encontrar nada. Eu só queria testar minhas novas extensões e pude verificar minha teoria sobre a reação daquela mulher. Os simpatizantes butlerianos são tão previsíveis.

Gilbertus ficou bastante agitado. Ele ainda não estava conseguindo fazer o robô independente compreender a questão.

— Você precisa entender que Manford e seus seguidores são *perigosos*! Se eles o encontrarem, destruirão você, a mim e a toda a escola.

— Estou entediado — justificou-se Erasmus. — Deveríamos ir embora daqui e encontrar um lugar onde possamos trabalhar juntos em paz. Podemos construir nossa própria cidade-máquina e fabricar um novo corpo adequado para mim. As coisas podem voltar a ser como eram.

— As coisas nunca voltarão a ser como eram — retrucou Gilbertus. — Trago atualizações e notícias, mas você não vê todas as pequenas atividades que acontecem em todo o Imperium. Não sente como anda o ânimo das pessoas. Confie em mim. Você vai ter que esperar.

O robô ficou em silêncio por um longo momento, depois disse:

— Isso me faz lembrar de quando eu estava preso naquela fenda em Corrin, congelado e paralisado, trancado ali durante anos e anos. Agora, estou preso da mesma forma, mas é ainda pior, porque posso ver um pouco do que está acontecendo lá fora. Meu filho, eu quero tanto participar. Pense no quanto poderíamos aprender, nas coisas que poderíamos fazer!

— Todos aqueles anos na fenda sem nada para fazer além de pensar e expandir sua mente transformaram você no ser extraordinário que é agora. Use esse tempo para continuar evoluindo e melhorando.

— Verdade... mas é incrivelmente tedioso. Eu gostava tanto do meu corpo!

Irmandade de Duna

Gilbertus empurrou o núcleo metálico de volta para sua alcova blindada oculta e, em seguida, fechou os segmentos do compartimento de trava interno. Limpou o suor da testa e percebeu que seu coração estava batendo depressa.

> **Até mesmo o altruísmo tem implicações comerciais.**
>
> — Josef Venport, memorando interno do Grupo Venport

Como administradora-chefe da Escola Suk, a dra. Zhoma não podia se dar ao luxo de levar uma vida discreta. Seu trabalho era buscar benfeitores, destacar os benefícios e as realizações dos Suk e salvar a escola de sua situação desesperadora. Tomando para si a responsabilidade de pressionar o desenvolvimento de tecnologia médica avançada, sobretudo entre as populações reacionárias que viam a ciência com desconfiança, ela fazia discursos informativos para líderes planetários nos Mundos da Liga com frequência, na esperança de inspirá-los.

Embora não fosse mulher de entrar em pânico ou exagerar, Zhoma escondia, com muito cuidado, o quanto as finanças da escola estavam instáveis após anos de má administração e corrupção por parte de seu antecessor. O financiamento da Escola Suk também havia sido prejudicado pela desconcertante e sempre crescente onda de butlerianos, que evitavam tratamentos e testes médicos racionais, abrindo mão destes em favor de orações. Em meio a tudo aquilo, a ordem Suk precisava sobreviver, e a dra. Zhoma estava determinada a salvá-la, independentemente das regras ou convenções que pudesse ter que forçar ou quebrar. Nem mesmo a Reverenda Madre Raquella sabia de sua situação orçamentária, já que Zhoma teria vergonha de admitir aquilo para a anciã.

No ano em que assumira o cargo que antes era do charlatão e estelionatário Elo Bando, ela passara muito pouco tempo servindo como médica; em vez disso, buscava financiamento constantemente e promovia a causa da Escola Suk. Na verdade, estava mais para procuradora do que para médica, mas o trabalho era necessário para a sobrevivência da instituição, que era amplamente reconhecida como a melhor que a humanidade tinha a oferecer.

Foi durante um tour com os investidores pelo prédio da antiga sede da Escola Suk em Zimia que o imperador Salvador a chamara para verificar a identidade do homem que dizia ser o bashar supremo Vorian Atreides.

Irmandade de Duna

Ela havia se encontrado com Salvador inúmeras vezes, pois ele solicitava repetidas vezes que seus médicos fossem substituídos e que ela designasse novos. O imperador passara por muitos médicos, destratando a maioria deles; não gostara de nenhum médico Suk desde Elo Bando (o que, por si só, dizia bastante sobre a inteligência do imperador Corrino, porque Bando era vil e inepto).

No entanto, Zhoma estava ansiosa para demonstrar suas capacidades pessoais para o imperador, provando que era competente. Se os Corrino se tornassem patronos dos médicos Suk, as preocupações financeiras da escola acabariam. Infelizmente, não era provável que aquilo acontecesse.

Naquele momento, ela estava em outra missão em nome da escola — uma missão muito mais particular. Às vezes, por pura necessidade, Zhoma tinha que operar em áreas cinzentas da lei — como havia feito durante seus breves anos na Irmandade. Certa vez, a Reverenda Madre a repreendera por agir com base em racionalizações simples e ética situacional conveniente, mas Zhoma sabia que Raquella teria feito as mesmas escolhas se a Irmandade estivesse em jogo.

Naquela situação, em vez de falar em um banquete ou em uma reunião com representantes do tesouro, a dra. Zhoma tinha que esconder seus movimentos para que ninguém pudesse rastreá-la. Ela já havia assumido três identidades falsas diferentes na viagem para um sistema estelar distante, embarcando em uma nave do Grupo Venport com um nome, descendo e embarcando em outra nave como outra pessoa, pulando de planeta em planeta para chegar a um encontro importante.

Finalmente, a bordo da nave apropriada na data apropriada, ela se encontrou com o diretor Josef Venport em pessoa.

Todas as naves dele tinham conveses muito seguros que abrigavam seus misteriosos Navegadores, bem como áreas restritas e salas de reuniões administrativas para conduzir negócios. Zhoma não estava vestida como uma médica Suk; havia deixado de lado o tradicional anel metálico prateado que prendia seu cabelo castanho-escuro. Ali, ela era uma mulher de negócios em busca de financiamento.

Venport era um homem corpulento com um bigode proeminente, sobrancelhas grossas e uma cabeça pesada com cabelos penteados para trás. Eles já haviam se encontrado antes, tanto abertamente no Landsraad quanto em segredo, como naquela ocasião. Ele tinha os recursos para manter a escola intacta.

Naquele instante, estava sentado a uma escrivaninha plana que pairava na altura exata do corpo dele, sustentada por um robusto campo suspensor. A superfície de escrita era uma folha extremamente fina de pau-sanguino do planeta Ecaz, e o veio de madeira carmesim preservado ainda fluía e pulsava como um sistema circulatório ferido.

Venport era um homem ríspido e inflexível, mas havia um brilho de diversão em seus olhos.

— Você entende, dra. Zhoma, que todo esse esforço para esconder seus movimentos não adiantou de nada? Todos os passageiros são monitorados e investigados desde o momento em que embarcam.

Um nó se formou no estômago de Zhoma. Ela sempre se orgulhara de sua competência naquele sentido.

— Você controla todos aqueles que embarcam em suas naves? *Cada um deles?*

Considerando o número de passageiros que se deslocavam entre os milhares de mundos no Imperium, ela estremeceu ao pensar na capacidade de manutenção de registros que tal esforço exigiria.

— A Frota Espacial do Grupo Venport tem poder de computação suficiente, além de Mentats e observadores especializados que são treinados para nossos propósitos.

O fato de Venport admitir que usava computadores (não sencientes, é claro) era uma declaração provocativa; talvez ele quisesse demonstrar certo nível de confiança nela, ou talvez estivesse apenas exibindo sua invencibilidade.

— Espero que você não compartilhe as informações que obtém — respondeu ela.

— É claro que não. Como médica, você também tem uma grande quantidade de dados médicos confidenciais. Também não gostaríamos que isso fosse divulgado. Hmmm, somos fiduciários de certas informações, você e eu.

Ela se endireitou.

— A Escola Suk se baseia em um alicerce de confiança e credibilidade. Consideramos a privacidade de nossos pacientes sagrada.

Venport se animou.

— Está vendo? Pessoas racionais entendem necessidades racionais. Mas, com frequência demais, temos de lidar com pessoas irracionais e, em tempos como estes, quando bárbaros obstinados pretendem nos levar a uma nova Idade das Trevas, preciso me certificar de quem são meus aliados. É por isso que estou disposto a ajudar sua escola. — Ele cruzou as mãos sobre a mesa de pau-sanguino. Os padrões vermelho-escuros formavam espirais inquietantes.

A dra. Zhoma conseguiu abrir um sorriso débil. Venport tinha sido muito generoso ao ajudar a Escola Suk em suas graves dificuldades financeiras, mas ele ainda cobrava juros suficientes para prejudicar a já combalida tesouraria. Ela teria que testar a generosidade dele naquele momento.

— Vim pedir um pouco mais de indulgência e compreensão da sua parte, diretor Venport.

Ele franziu a testa e seu comportamento mudou ligeiramente. Era o tipo de homem que não gostava quando as coisas não saíam do jeito dele.

— Por favor, me explique melhor.

— Preciso de mais tempo, ou de termos mais flexíveis, para fazer os próximos pagamentos programados. Com todas as nossas novas instalações em Parmentier, a Escola Suk está passando por um período difícil de transição.

— Você quer dizer que ainda estão passando por um caos orçamentário — retrucou Venport.

— Esse é o legado do meu antecessor, dr. Bando... como você bem sabe. — Zhoma engoliu em seco, tentando combater o rubor de vergonha.

— Por sorte, ele não está mais entre nós. — Venport deu um sorriso de cumplicidade para ela, o que apenas aprofundou a desonra que ela sentia por seu envolvimento na morte dele.

Elo Bando tinha sido encontrado morto em seu novo e opulento escritório na sede parcialmente construída do complexo escolar em Parmentier. Bando optara por transferir o complexo principal da escola de Zimia para o antigo planeta natal do fundador da escola, Mohandas Suk, onde o grande homem havia passado anos cuidando de doentes terminais.

A morte de Elo Bando fora considerada um suicídio, uma overdose autoinduzida — uma conclusão absurda para qualquer um que olhasse os registros: ele fora injetado mais de cinquenta vezes com vários venenos, estimulantes e alucinógenos, e morrera de forma lenta e agonizante. A dra. Zhoma, administradora subordinada da escola na época, insistira em realizar ela mesma a autópsia *pro forma*, mas já sabia a conclusão que escreveria nos registros formais e não se arrependia do que fizera. Não havia desculpa para o comportamento obsceno do homem.

O repreensível Bando quase destruíra a excelente instituição acadêmica que Mohandas Suk fundara décadas antes, roubando dos alunos e da humanidade um legado duradouro da medicina. Mas o dinheiro havia acabado, graças ao homem egoísta e perdulário, e os vários hospitais de treinamento em construção em Parmentier estavam à beira da falência.

Bando conseguira grande destaque ao se aproximar de Salvador Corrino, conquistando a confiança do imperador, aproveitando-se de suas fobias e propondo uma série de procedimentos imaginários e caros, como "terapia de proteção contra venenos" e tratamentos falsos de extensão de vida. Bando embolsara fortunas pelos serviços prestados ao imperador, que usara para expandir as instalações da Escola Suk muito além dos recursos disponíveis, de modo que a organização parecesse estar prosperando. Era tudo uma ilusão, e a instituição estava completamente endividada, construída sobre uma base de areia movediça.

Zhoma flagrara os crimes de Elo Bando. Quando descobrira que ele já havia desviado uma fortuna e estava se preparando para fugir, Zhoma matara aquele homem vil com as próprias mãos e depois encobrira as evidências. Foi algo necessário, e ela o fizera sem hesitar, com medo de que o escândalo de corrupção expusesse a precária situação financeira da escola. Mas Bando conduzira bem seu golpe, conseguindo enganar todos os observadores externos, especialmente o imperador Salvador.

Para manter a instituição solvente, Zhoma não se atrevera a revelar ao imperador como Bando o havia enganado e, por isso, fora forçada a recorrer a alternativas. A principal delas era o Grupo Venport, que possuía grandes somas de dinheiro distribuídas em várias empresas, incluindo bancos interplanetários. O magnata tinha as próprias fontes de informação e, após um estudo cuidadoso do relatório da autópsia de Elo Bando, ele percebera com facilidade o que a dra. Zhoma fizera... e não escondera o que sabia.

Irmandade de Duna

Estranhamente, a forma como Zhoma lidara com o charlatão Bando havia feito com que ela ganhasse o respeito de Venport. Ele lhe dissera que admirava como ela resolvera um problema complicado, sem mencionar o fato de que a médica havia se safado. Fascinado e impressionado, ele concordara em emprestar grandes somas de dinheiro a Zhoma.

— De fato, eu a entendo muito bem, doutora — dissera ele na época.

A princípio, Zhoma ficara preocupada com a possibilidade de ele usar o que sabia para chantageá-la, mas Venport era um homem que acumulava informações interessantes, mesmo quando não necessariamente fosse usá-las. Mas ele poderia, é claro, a qualquer momento.

Embora o assassinato fosse contra os princípios Suk, Zhoma sabia que tinha feito a coisa certa, a coisa mais honrosa, ao matar o charlatão pelo bem da escola. Ela ansiava por contar aquilo à Reverenda Madre um dia, pois tinha certeza de que a mulher mais velha entenderia. Mesmo depois de todos aqueles anos longe da Irmandade, Zhoma sentia que precisava da aceitação de Raquella, senão do perdão.

Naquele momento, ela estava sentada, rígida, encarando o olhar minucioso de Venport.

— Os problemas vão além das indecências financeiras causadas pelo meu antecessor — explicou ela. — Nossa escola continua a sofrer com a atitude butleriana, a resistência absurda à tecnologia médica básica. Eles saquearam, e até fecharam, algumas de nossas modernas instalações de tratamento em outros planetas. Muitas vidas foram perdidas porque eles quebraram máquinas de exames de imagem e instrumentos cirúrgicos.

A expressão de Venport ficou mais sombria.

— Você não precisa me convencer, doutora.

— Tenho fé que o esclarecimento prevalecerá.

— Gostaria de poder compartilhar de sua fé, dra. Zhoma, mas a fé raivosa é o maior problema que a humanidade enfrenta agora, e a próxima Era da Razão não virá facilmente nesta época de crenças mágicas e medo supersticioso.

— E é por isso que nossa luta deve continuar. O senhor deu à nossa escola uma tábua de salvação, diretor Venport, e temo que precisaremos dela por mais algum tempo.

Ele pigarreou.

— Entendo as dificuldades que vocês enfrentam, mas vamos discutir os aspectos práticos. Como empresários.

Ela engoliu em seco, com medo dos termos que ele iria impor.

— Eis a minha solução — começou Venport. — Soube que adquiriu e testou, recentemente, amostras biológicas de Vorian Atreides, por ordem do imperador Salvador, certo? Todos o consideravam morto há muito tempo, mas agora que ele voltou, não envelheceu nem um dia... e o homem tem mais de dois séculos de idade!

— Graças ao tratamento de extensão de vida do general Agamemnon — observou Zhoma. — Isso está registrado nos Anais do Jihad, mas a técnica foi perdida. Só os cimaks sabiam como realizar o procedimento.

— E não seria uma grande vitória se encontrássemos essa técnica de novo? Em todo o caso, quero essas amostras originais, dra. Zhoma. Com certeza não foram descartadas. Traga para mim e eu as aceito como os próximos três pagamentos da Escola Suk.

A testa de Zhoma se franziu.

— Essas amostras são confidenciais, estritamente para provar a identidade genética de Vorian Atreides. Você falou de responsabilidade fiduciária antes, então já entende que é altamente antiético usá-las de qualquer maneira não autorizada. — Pela expressão de Venport, ela percebeu que ele não estava nem um pouco interessado no dilema moral que ela expressava. Quando continuou a encará-la em silêncio, ela perguntou: — O que fará com elas?

— Isso não é da sua conta. Só se certifique de que isso seja feito.

> **É melhor deixar a história no passado para que as lendas não interfiram em nossa vida cotidiana.**
>
> — **Roderick Corrino, memorando particular para o imperador**

Em seu antigo uniforme de uma força militar que não existia mais, Vorian Atreides se reuniu em particular com o imperador e Roderick Corrino. Apesar do ambiente luxuoso do Palácio Imperial, ele preferia sua casa particular com Mariella no tranquilo planeta Kepler.

Depois de reaparecer com tanto alarde aos olhos do público, no entanto, ele temia que as pessoas não fossem deixá-lo em paz. A reação entusiasmada do povo durante o recente desfile o perturbara tanto quanto ao imperador.

Ao entrar no escritório pessoal de Salvador, Vor observou a escrivaninha e as mesas douradas, as pinturas de valor inestimável nas paredes, as cortinas ornamentadas e amarradas com tranças de ouro. Lembrou-se de seus anos de luta na antiga Liga dos Nobres; ele havia sido um herói para o povo e poderia facilmente ter coroado a si mesmo como o primeiro imperador após a Batalha de Corrin. Naquela época, Faykan Butler tinha medo da popularidade de Vor, sem entender que este nunca tivera ambições imperiais. Ele fora pago e mandado embora... e era exatamente aquilo que Vor queria.

Naquele momento, convocado por Roderick e Salvador Corrino, ele podia adivinhar que os dois queriam a mesma coisa. E os faria pagar caro — de novo.

Os três homens se sentaram em uma mesa de madeira de elacca com padrões espiralados e Vor começou a conversa falando sobre a sinistra prática da escravidão nos mundos periféricos, contando sobre os homens cruéis que haviam atacado Kepler recentemente.

— Talvez seja hora de eu liderar uma cruzada diferente. — Vor deixou a raiva borbulhar em sua voz, certificando-se de que eles soubessem que ele poderia causar muitos problemas se quisesse. — O Jihad não nos ensinou que os seres humanos não devem ser tratados dessa maneira?

— A escravidão ainda é parte importante da economia na fronteira — observou Roderick.

— Então os planetas de fronteira precisam ser protegidos dos traficantes de escravos.

Na cabeceira da mesa, Salvador parecia inquieto.

— Há tantos planetas. Como podemos vigiar todos eles?

Vor estreitou os olhos.

— Você pode começar cuidando de Kepler. Protejam *meu* mundo.

Inclinando-se para a frente, forçando-se a manter a calma, Vor descreveu o dia em que grande parte de seu povo foi levado; ele apresentou a lista completa de nomes, bem como o comprovante que demonstrava como havia comprado em Poritrin.

— Eu libertei o povo dessa vez, mas isso não resolve o problema. Mais traficantes de escravos atacarão meu mundo... e mesmo que não voltem a atacar meu vale, irão para uma das outras áreas estabelecidas. Vossa majestade não pode permitir que isso aconteça.

A expressão de Roderick era severa.

— Entendemos seus motivos, Vorian Atreides, mas, em um Imperium soterrado pelas crises, alguns traficantes de escravos indisciplinados em planetas com populações minúsculas não são nossa principal preocupação.

— Se eu decidir estimular as pessoas a se unirem em torno dessa causa, posso fazer com que se torne sua principal preocupação — ameaçou Vor.

A raiva de Salvador faiscou em sua expressão, mas Roderick permaneceu calmo.

— Talvez você possa usar seu status de celebridade para conseguir isso... ou talvez possamos chegar a um acordo *razoável*. O que, exatamente, você gostaria que fizéssemos em relação à sua situação?

— Você não pode nos pedir para abolir a escravidão de vez! — disse Salvador em um rompante.

— Eu poderia pedir isso, mas não seria prático. — O olhar de Vor se voltou para o príncipe. — O que você pode fazer em troca do meu silêncio, é isso que quis dizer? — Vor fez uma pausa e deu a resposta: — É simples. Emita um decreto imperial anunciando que Kepler é zona proibida para os traficantes de escravos e me dê uma dúzia de naves de guerra para desencorajar qualquer um que não escute.

Salvador recuou como se tivesse levado um tapa.

— Não se fala com o imperador dessa forma. É costume fazer pedidos, não exigências.

Vor achou aquilo engraçado.

— Eu conheci seu tataravô. Lutei ao lado dele, de seu filho e de seu neto... muito antes de vocês se chamarem Corrino e muito antes de o Imperium existir. — Ele se inclinou sobre a mesa. — Levando em conta o fato de que minha família foi sequestrada e vendida como escrava, perdoem-me por deixar de lado algumas sutilezas. Vim aqui para pedir sua ajuda, mas também posso facilmente pedir ajuda ao povo. Todos aqui viram a reação deles no desfile. Reuniram-se em torno de uma lenda viva. Todos viram estátuas com meu rosto e moedas impressas à minha semelhança... exatamente como um imperador. Mas tenho certeza de que você preferiria que eles comemorassem por você, e não por mim.

Salvador ficava cada vez mais vermelho, mas Roderick fez um gesto apaziguador para o irmão.

— Nosso Imperium já está frágil o bastante... as revoltas em torno da CTE, os butlerianos, tantos interesses poderosos nos puxando em todas as direções. — Roderick falou como se suas palavras estivessem escritas em um pergaminho fino antes mesmo de proferi-las. — Não vamos tolerar que você crie mais tumultos desnecessários. Nosso povo deve pensar no futuro, não ser lembrado do passado sangrento.

A voz de Salvador soou mais sombria:

— Você veio para se estabelecer como o próximo imperador? Como o povo clama?

Vorian deu uma risada fria.

— Deixei essas aspirações pessoais para trás há muito tempo e não pretendo revisitá-las. Eu me aposentei e quero ser deixado em paz. Ao me apresentar diante do senhor, sire, juro minha lealdade a você e prometo que não tenho interesse algum em assumir qualquer papel no governo ou em comparecer diante de todo o Landsraad. — Os olhos cinzentos do homem ficaram mais severos. — Mas quero que minha família e meu planeta sejam protegidos. Mantenha meu povo seguro e não terá nada com que se preocupar. Eu voltarei à obscuridade. Vossa majestade nunca mais me verá. — Vor desviou o olhar. — Sendo bem sincero, prefiro que seja assim também. Só quero ir para casa e ser deixado em paz.

— Infelizmente — objetou Roderick —, as pessoas sabem que você está vivo agora. Irão até você em Kepler para implorar, importunar e pedir que venha ajudar o Imperium assumindo o manto de uma lenda. Por quanto tempo você será capaz de resistir às exigências deles para que retorne à vida pública?

— Pelo tempo que for necessário.

Vorian entendia que Salvador estivesse se sentindo ameaçado e que nunca seria o centro das atenções enquanto o grande herói de guerra estivesse presente. Como o atual imperador não era nem mesmo o filho legítimo do imperador Jules Corrino, a dinastia já estava enfraquecida. Vor poderia assumir o controle do Imperium, se quisesse. Mas não era sua intenção.

— Dou minha palavra de que permanecerei em Kepler com minha família. Vossas altezas nunca mais terão que me ver em Salusa.

Salvador ficou em silêncio, considerando a proposta.

— A solução não é tão simples assim, bashar supremo — disse Roderick. — Você voltou a ser o centro das atenções. As pessoas *sabem* que ainda está vivo após terem presumido que já estava morto há muito tempo. Você não pode ficar em Kepler. Precisa desaparecer de novo.

— Prefiro ficar longe do olhar público, de toda forma. Posso mudar de nome se for preciso.

Roderick balançou a cabeça.

— Você não vai conseguir ficar escondido em Kepler. As pessoas o conhecem muito bem lá. — A expressão do príncipe era dura. — Essa é uma garantia que exigiremos de você como condição para colaborarmos. Vá embora do planeta e Kepler nunca mais precisará se preocupar com a ameaça dos traficantes de escravos. Emitiremos um decreto de proteção imperial e forneceremos algumas naves de guerra em órbita para manter as naves escravagistas afastadas, conforme sua solicitação. As tropas imperiais operarão as naves de guarda no começo, mas uma hora serão entregues ao controle do governo local de Kepler. Sob esse acordo, seu povo estará seguro, sua família e amigos... mas *você* deve partir, ir para outro planeta.

— Desaparecer de volta para a história, que é seu lugar! — interveio Salvador.

Irmandade de Duna

Vor engoliu em seco, mas só conseguia sentir o gosto de poeira. Ir embora de Kepler? Abandonar Mariella, seus filhos e netos? Ele havia sido feliz ali por décadas, vendo os bebês crescerem e se tornarem pais e sua esposa envelhecer... enquanto ele não envelhecera nem um dia.

Mas Vorian também se lembrava das pesadas naves de traficantes de escravos, de como haviam atordoado toda a aldeia com tanta facilidade, levando todos os prisioneiros que queriam e matando uma dúzia de outros. Ele havia prometido que encontraria uma maneira de mantê-los seguros.

— Minha solução paga a dívida de honra dos Corrino, protege seu povo e salva um mundo inteiro — acrescentou Roderick. — Siga em frente e desapareça em silêncio pelo resto da sua vida, por mais longa que seja.

Antes que Vor pudesse responder, o imperador interrompeu:

— Essa é a nossa oferta. É pegar ou largar.

Incapaz de se esquecer dos campos e edifícios em chamas em Kepler ou dos mercados de escravos lotados e fedorentos de Poritrin, Vor entendeu a realidade. Era hora de virar a página e começar o próximo capítulo de sua longa vida.

Quando concordou, ele viu o imperador soltar um inconfundível suspiro de alívio.

> **No meu planeta, quem cria as regras sou eu.
> E tenho muitos planetas.**
>
> — Josef Venport, memorando interno
> do Grupo Venport

Com um foguete espacial particular sob seu comando e Navegadores dedicados que o guiavam com segurança pela dobra espacial, Josef Venport podia viajar para onde quisesse, quando quisesse. A esposa, Cioba, estava apta a gerenciar com facilidade as intrincadas atividades em Kolhar enquanto ele saía para tratar de outros assuntos importantes. Alguns de seus destinos eram desconhecidos por qualquer outra pessoa da Liga do Landsraad, com as coordenadas planetárias mantidas apenas nas mentes amplamente expandidas dos Navegadores. A galáxia era um lugar vasto, e até mesmo algo tão grande quanto um sistema solar poderia ser negligenciado com facilidade.

Muitas colônias isoladas e postos avançados haviam sido estabelecidos e esquecidos durante o milênio de domínio das máquinas pensantes; o imperador Salvador — e, sobretudo, os bárbaros fanáticos — não precisava saber deles. O planeta santuário de Tupile era um daqueles mundos, e funcionava como esconderijo para alguns dos fugitivos mais procurados do Imperium (depois de pagarem taxas exorbitantes ao Grupo Venport). Josef não se importava muito com as pessoas que se escondiam lá; não passava de negócios.

A dra. Zhoma fornecera as amostras genéticas, como ele sabia que ela faria. A Escola Suk não tinha outra escolha, e cobrar que ela cometesse aquele pequeno delito não era, afinal de contas, pedir muito.

O interesse particular de Josef, no momento, era o desagradável planeta Denali, um mundo pequeno e quente com uma atmosfera espessa e venenosa onde nenhum ser humano poderia sobreviver, a não ser que estivesse dentro de um módulo de colônia robusto. Josef fizera questão de estabelecer o próprio posto avançado particular em um sistema solar que nenhum explorador jamais notaria, em um mundo onde os butlerianos jamais descobririam os projetos de pesquisa financiados pelo Grupo Venport.

Irmandade de Duna

Um Navegador pessoal o levou a bordo de uma pequena dobraespaço até o sistema Denali e, depois, Josef conduziu por conta própria a nave pelas nuvens cinzentas e alaranjadas que indicavam os gases de enxofre e cloro. Ele aterrissou na clareira pavimentada ao lado do conjunto de cúpulas de metal com iluminação berrante, onde ficavam os módulos de laboratório e os espaços de convivência para seus cientistas.

Josef olhou pelas janelas da cabine para a névoa corrosiva enquanto a câmara de ar de conexão selava sua nave ao módulo de acoplamento. Do lado de fora, ele podia ver algumas formas esqueléticas descartadas de cimaks andarilhos, corpos de máquinas imensos que antes abrigavam os cérebros de homens e mulheres quase imortais. Muito tempo antes, aquele planeta inóspito havia sido um posto avançado cimak, e os destroços de seus corpos mecânicos estavam espalhados, jogados em uma pilha de sucata para peças de reposição. *Material de pesquisa.* Apenas um dos muitos projetos em desenvolvimento em Denali.

Ainda que as visitas de Josef àquela instalação secreta fossem raras, ele transmitiu ordens claras para que as equipes não parassem de trabalhar só para cumprimentá-lo com uma fanfarra leviana. Não queria perturbar os cientistas; havia muita coisa em jogo.

Ao entrar no complexo, ele respirou fundo e sentiu um forte odor de enxofre e cloro, vestígios contaminantes do ar externo que os purificadores não conseguiam remover. Josef supôs que as equipes de pesquisa já nem notavam mais os odores.

Com as mãos pequenas retorcidas à frente do corpo, o administrador Noffe cumprimentou Josef. Noffe era um cientista tlulaxa e tinha o corpo sem pelos e a lateral do rosto marcada por três manchas surpreendentemente brancas. Ele nunca explicara a origem das marcas, mas Josef imaginava algum tipo de acidente de laboratório, um respingo de produto químico clareador que causara danos permanentes. De qualquer forma, o Grupo Venport não havia contratado Noffe por sua beleza, mas por seu brilhantismo.

O chefe de pesquisa tlulaxa sempre parecia sem fôlego quando falava:
— Mesmo que tivéssemos dez vezes mais instalações e cem vezes mais pesquisadores, diretor Venport, levaria mais de uma vida só para recriar o progresso que foi perdido desde o fim do Jihad.

Aquele pensamento era um balde de água fria.

Embora fosse um defensor do progresso, Josef não ignorava os perigos criados por algumas das pesquisas; aquele era outro motivo para que o planeta fosse tão isolado. Cada módulo de laboratório tinha um rigoroso sistema de quarentena, paredes protetoras e circuitos autônomos à prova de falhas, de modo que, se uma praga experimental escapasse ou uma sub-rotina de computador alcançasse uma consciência agressiva, todo o módulo poderia ser isolado e, se necessário, aniquilado.

Noffe fora um pesquisador bastante conhecido em Thalim, onde se dedicara à clonagem e às investigações genéticas, determinado a fazer um bom trabalho e apagar a vergonhosa mancha na história de sua raça. Mas as massas butlerianas não tinham gostado nada daquilo. Eles haviam viajado até o sistema Tlulax para conquistar o planeta, demolir os laboratórios de genética e clonagem (que não compreendiam) e impor restrições severas a todos os cientistas locais. Sob uma nova regra draconiana, eles haviam criado um conselho religioso cuja aprovação era necessária para realizar até mesmo os testes laboratoriais mais básicos. Noffe se manifestara contra a injustiça, reclamando que os fanáticos não entendiam como estavam prejudicando a humanidade. E, por isso, fora preso e condenado.

Mas Josef Venport reconhecera o potencial do cientista e providenciara a fuga de Noffe, levando-o para Denali e nomeando-o administrador; ele estava ali havia vários anos, bastante satisfeito e produtivo. Noffe nutria grande prazer em supervisionar as linhas de investigação que fariam os bárbaros se contorcerem e rangerem os dentes.

Josef carregava uma pequena caixa lacrada com amostras biológicas enquanto seguia o pequeno homem até o módulo adjacente.

— Tenho um novo projeto para você, administrador. Algo muito importante para mim.

— Estou sempre aberto a novas ideias. Mas, primeiro, me permita mostrar o que realizamos desde meu último relatório.

Noffe o conduziu em uma inspeção superficial dos inúmeros projetos em andamento em Denali. Ele estava bastante orgulhoso conforme guiava Josef para uma sala cheia de tanques que continham cérebros humanos expostos, alguns inchados e modificados, outros murchos.

— Os cérebros dos Navegadores fracassados são particularmente interessantes e responsivos — comentou Noffe. — Chegamos até a fazer um contato preliminar com alguns dos indivíduos nos recipientes de preservação.

Josef assentiu.

— Excelente trabalho. Tenho certeza de que eles devem estar orgulhosos de prestar esse serviço, depois de não terem conseguido se tornar Navegadores.

— Aprendemos tanto com os fracassos quanto com os sucessos, diretor.

Em Kolhar, Norma Cenva trabalhava com voluntários, expandindo e aprimorando suas mentes para torná-los Navegadores sofisticados, mas muitos dos candidatos não sobreviviam à transformação; seus corpos entravam em colapso, os crânios não conseguiam sustentar o crescimento físico da massa cinzenta. Como os fracassados mutantes morreriam de todo modo, Josef despachava os sujeitos para Denali para que os pesquisadores de Noffe pudessem realizar seus experimentos. Era um primeiro passo fundamental para entender as mudanças extraordinárias sofridas por um Navegador; um dia, possivelmente, seriam capazes de reproduzir essas habilidades mentais sem exigir mudanças corporais tão extremas.

Quando retornaram ao escritório de Noffe, o tlulaxa não conseguiu mais esconder sua ansiedade ao olhar significativamente para a maleta que Josef ainda carregava.

— O que é isso que o senhor trouxe?

Josef colocou a maleta na mesa de metal de Noffe, abrindo o lacre.

— Estas são amostras biológicas de Vorian Atreides.

Ele fez uma pausa, observando a reação no rosto do cientista careca.

— O maior herói do Jihad? Essas amostras foram preservadas em estase durante todos esses anos?

— Elas são recentes. Tiradas do próprio Vorian há apenas algumas semanas. — Vendo a surpresa do tlulaxa, ele continuou: — Aquele veterano de guerra tem mais de dois séculos de idade e parece tão jovem quanto eu. O pai dele, o general Agamemnon, deu a ele um tratamento de extensão de vida que era bastante comum entre os cimaks.

— Acho que ninguém mais sabe como fazer isso — comentou Noffe.

— Exatamente. Quero que use o histórico celular dessas amostras para redescobrir o processo. Descubra o que os cimaks fizeram para evitar que Vorian Atreides envelhecesse... e como podemos reproduzir isso.

O administrador de Denali pegou o estojo de amostras com súbita reverência, e Josef continuou:

— Com todo o trabalho que temos pela frente, vamos precisar desse procedimento. Temos que sobreviver se quisermos salvar a humanidade.

Definir a vingança é tão difícil quanto a negar.

— Griffin Harkonnen, carta para Valya

Após perder o tio Weller e todo o carregamento de pele de baleia, Griffin Harkonnen não ansiava mais pela chegada da nave de suprimentos regular da Transporte Celestial. Os veículos de carga eram sua conexão com o resto do Imperium, transportando notícias e mensagens de e para Salusa Secundus, documentos que faziam de Lankiveil, e dele próprio, parte do cenário governamental mais amplo.

Porém, naquele momento, ele sentia como se uma porta tivesse sido batida em sua cara. A irmã estava bastante ciente da importância da empreitada do tio, e Griffin não sabia como iria contar a ela...

— É um revés, não um desastre completo — dissera Griffin ao pai, ainda que não acreditasse de verdade nas próprias palavras.

De pé ao lado dele na sala de estar, o pai respondera:

— É claro, você está certo. Vamos superar isso. Meu irmão nunca deveria ter ido embora do planeta, deveria ter ficado aqui, em casa...

Na última entrega de correspondência, entre as cartas e os pacotes, Griffin encontrara um mísero pagamento de indenização da Transporte Celestial para compensar a perda de seu "ente querido" (a carta não incluía nem mesmo o nome do falecido), bem como o pagamento do valor segurado da carga, que era muito mais baixo do que o real valor. Devido à distribuição limitada, Griffin não conseguia provar quanto valia a pele de baleia fora de Lankiveil. Se o empreendimento comercial tivesse sido bem-sucedido e a demanda tivesse aumentado, eles teriam muitos dados financeiros, mas, com as coisas como estavam, ele não tinha evidências.

"Por favor, aceite nossas mais profundas condolências e esta tentativa respeitosa de compensação", continuava a carta. "Observe que, ao aceitar esses fundos, a parte firma um acordo para manter a Transporte Celestial isenta de culpa e renuncia ao direito de reivindicar danos adicionais contra essa empresa ou qualquer uma de suas subsidiárias. Este acordo é legal e obrigatório para o senhor, seus herdeiros e cessionários em caráter perpétuo."

Griffin se irritou com o tom insensível da carta e considerou o valor do cheque um insulto.

— Isso é uma mera fração do valor da carga! Como pode servir para compensar o que perdemos? Estudei os precedentes legais do código de Salusa. Temos dois anos para registrar uma disputa e prosseguir com o litígio.

Vergyl Harkonnen, no entanto, não tinha coragem nem disposição para lutar.

— Correr atrás da riqueza custou a vida de Weller. — Segurando o cheque, ele se sentou e balançou a cabeça. — Por que deixar que a ganância e a vingança tornem nossa ferida ainda mais profunda? Devemos aceitar esse pagamento e fazer o melhor para reconstruir nossas vidas.

Griffin soltou um suspiro amargo de resignação. Embora ele soubesse que a Transporte Celestial os estava enganando, travar uma batalha legal contra uma entidade tão rica seria como tentar atravessar um pântano nas terras altas de Lankiveil. Para combatê-los por sua incompetência, ele teria que cavar mais fundo no tesouro gravemente enfraquecido, dedicando toda a sua atenção ao assunto e deixando outras oportunidades comerciais de lado. A questão se arrastaria por anos... e então, mesmo que a Casa Harkonnen ganhasse o caso, o balanço final mostraria uma perda.

Se recebesse a confirmação de que havia sido aprovado em seu exame político, Griffin poderia ir a Salusa Secundus como representante planetário oficial de Lankiveil e se dirigir à assembleia do Landsraad. Ele poderia exigir regulamentações mais rígidas, mais supervisão sobre as operações de transporte na dobra espacial. Se conseguisse ser nomeado para comitês importantes, pretendia exigir uma investigação das práticas comerciais da Transporte Celestial.

Mas ele não podia abandonar as propriedades da família em Lankiveil. O tesouro deles estava muito reduzido, e seus pais não eram capazes de administrar ou sequer compreender a magnitude da crise que enfrentavam. Griffin precisaria de muita astúcia para manter a Casa Harkonnen viva, na esperança de que um dia pudesse limpar o nome manchado da família. Com a perda do tio e o enorme prejuízo de uma carga inteira de pele de baleia, Griffin sentiu seus sonhos diminutos se encolherem ainda mais, restando poucas ambições além de manter sua casa e sua família longe da ruína.

Um revés, enfatizou ele para si mesmo... *não um desastre completo.*

Ele sabia que a irmã teria se agarrado à própria justa indignação como se fosse uma arma, exigindo satisfação da Transporte Celestial em vez de paz. Griffin e Valya sempre haviam tido um vínculo estreito, já que uma grande diferença de idade os separava dos irmãos mais novos, Danvis e Tula.

Mas Valya estava longe, tinha partido para Rossak havia anos, e ele esperava que o tempo passado com os estudos intensivos e a meditação da Irmandade tivesse canalizado suas energias em direções produtivas. Ela contava com o irmão ali, mas ele temia que já a tivesse decepcionado...

Dez anos antes, quando ele e a irmã tinham treze e doze anos, respectivamente, o pai e o tio os havia levado de barco até as águas geladas do norte, rastreando um grupo de baleias. Navegando em mares agitados, Griffin e Valya se divertiram com a aventura. Não imaginavam o perigo que corriam, e o pai havia ignorado a necessidade de usar coletes salva-vidas, contrariando a orientação da tripulação.

De pé na proa, rindo da água que borrifava, o adolescente Griffin não vira a onda que viera de estibordo, carregando-o para o mar com a inesperada casualidade de alguém que esmaga um inseto. Griffin ficara atordoado, mergulhado nas águas árticas e preso no impossível torno gélido. Alguns segundos haviam bastado para que ele chegasse ao ponto de mal conseguir se mover, tampouco manter a cabeça acima da superfície.

Enquanto tentava lutar contra a água, ele se lembrara de olhar para cima e vira o pai, que olhava horrorizado da amurada do convés, e o tio Weller, que gritava pedindo cordas e coletes salva-vidas. E então Griffin afundara.

E Valya... *Valya* tinha ido atrás de Griffin. Sem pensar na própria segurança, ela simplesmente mergulhara na água. Desafiando o frio paralisante, nadara até ele, agarrando-o pelos ombros e erguendo sua cabeça acima da água. E então, após a adrenalina se esgotar, ela também começara a sucumbir à água gelada.

Os coletes salva-vidas e as cordas de resgate haviam se espalhado na água, e ele mal conseguia se segurar. Arfando, tremendo, praguejando, Valya segurara o irmão na superfície por tempo o bastante para que o barco voltasse... e então começara a escorregar. Depois de se certificar de que Griffin estava segurando o colete salva-vidas, ela ficara com o corpo lânguido e cinza.

Embora o tio Weller tenha gritado para os marinheiros puxarem a corda, Griffin se agarrara à irmã, recusando-se a soltá-la, mantendo seus dedos congelados presos na blusa molhada dela. Ele perdera a consciência, mas não deixara de segurá-la.

Depois, quando ambos estavam secos, enrolados em cobertores grossos e cercados por aquecedores na cabine do barco de baleias que voltava para o fiorde onde moravam, Griffin olhara para a irmã com descrença.

— O que você fez foi uma estupidez. Não deveria ter mergulhado atrás de mim.

— Você teria feito o mesmo por mim.

E Griffin sabia que ela estava certa.

— Nós dois poderíamos ter morrido — protestou ele.

— Mas não morremos. Porque podemos contar um com o outro...

E como aquilo era verdade. Ele já tinha retribuído o favor um ano depois que ela o resgatara, quando três pescadores bêbados haviam tentado atacá-la perto das docas. Ela sempre fora atraente, e o nome Harkonnen pouco significava para os brutamontes. Valya poderia ter se defendido de um dos homens grandes com sua velocidade e força surpreendentes; três, no entanto, era demais. Ainda assim, sua resistência ganhara um tempo valioso, permitindo que Griffin percebesse que ela estava em perigo e corresse para ajudá-la. Tinham conseguido acabar rapidamente com o trio de bêbados, e o pai deles apresentara queixa em seguida.

Griffin fechou os olhos ao se lembrar daquilo. Ele e a irmã mais nova tinham um vínculo que beirava o paranormal. Sempre que um deles se sentia deprimido ou tinha outros problemas, o outro parecia sentir, mesmo estando longe.

Naquele momento, ele sentia uma saudade terrível dela.

Sem se interessar pelo resto dos pacotes, cartas e documentos oficiais recém-chegados, Vergyl e Sonia Harkonnen levaram os filhos mais novos, Danvis e Tula, para vasculharem uma praia cheia de rochas no canal principal, na esperança de conseguirem pegar alguns mariscos. Deixaram Griffin gerenciando as atividades administrativas de Lankiveil, como vinham fazendo desde que ele tinha vinte anos.

Nos escritórios comerciais da cidade, Griffin passou o dia supervisionando a distribuição dos itens recém-chegados, além da carga que fora entregue nos armazéns municipais. Em seguida, participou de uma reunião em que grupos de pescadores discutiam sobre os direitos que tinham sobre certas enseadas de águas profundas.

Só mais um dia em Lankiveil... embora Griffin não tivesse certeza de que algum dia voltaria a se sentir normal depois das perdas recentes.

Quando ele voltou para casa no final da tarde, o ambiente cheirava a ervas finas, óleo de pimenta, sal marinho e o aroma persistente de peixe. A cozinheira havia feito uma grande panela com sua sopa de mariscos especial, além dos pães recém-assados. O cheiro da sopa abriu seu apetite, mas Griffin esperaria até que a família voltasse para comer.

Em seu escritório domiciliar, Griffin examinou a correspondência que a nave da TC havia entregado e, para sua alegria, encontrou um pequeno pacote de Valya. Ele tinha a impressão de que a Irmandade pressionava as integrantes a evitar a nostalgia, a saudade de casa e os laços familiares; as cartas da irmã para casa eram raras e muito especiais.

Ao abrir o pacote, descobriu que ele continha um pequeno cristal de memória antigo, do tipo usado apenas por leitores de hologramas antigos — um modelo que Valya sabia que o irmão possuía. O dispositivo era antigo, algo que Abulurd Harkonnen havia levado para Lankiveil em seu exílio inicial. Ansioso para ouvir o que a irmã tinha a dizer, Griffin remexeu em suas prateleiras e gavetas até encontrar o leitor antigo, inseriu o cristal e o reproduziu.

Uma pequena e cintilante imagem de sua irmã apareceu — cabelos escuros, olhos intensos, lábios generosos e uma atratividade que se tornaria uma beleza absoluta se ela se suavizasse com a idade. Quando ouviu a voz de Valya, foi como se ela nunca tivesse saído de Lankiveil.

— Eu vi Vorian Atreides — contou ela sem preâmbulos. — O desgraçado está de volta! Finalmente, temos a oportunidade de fazer justiça.

Valya ergueu os ombros no holograma, como se imaginasse o irmão cambaleando de espanto.

— Ele não está morto, como pensávamos, mas estava se escondendo e agora voltou. Maldito, está mais jovem e saudável do que nunca! O imperador Salvador o bajulou, comemorou sua visita... Vorian Atreides!

O desgosto fluía das palavras dela.

— Você deveria ter visto a expressão e a atitude dele, como se fosse o dono do Imperium... A essa altura, deve achar que os Harkonnen esqueceram o que ele fez.

Griffin sentiu a própria raiva crescer. Ele agarrou os braços da poltrona enquanto ouvia.

— Há anos que falamos disso, irmão... que *sonhamos* com isso... e agora temos nossa chance. Atreides pagará por derrubar nossa família, por nos tornar aldeões em vez de imperadores e imperatrizes.

Enquanto absorvia aquelas informações, Griffin pensou nas conversas que tivera com a irmã a respeito das injustiças que Vorian Atreides cometera contra a Casa deles. Juntos, eles haviam estudado os registros conhecidos da desgraça da família, incluindo a história oficial dos Anais do Jihad e a dor pessoal expressa por Abulurd em suas memórias particulares. A Casa Harkonnen tinha sido muito importante nos velhos tempos, antes e durante o Jihad de Serena Butler. Com tristeza e nostalgia, ele e Valya haviam contemplado imagens da antiga propriedade da família em Salusa Secundus, com sua grande casa, vinhedos, olivais e campos de caça.

Em uma discussão quando eram adolescentes, Valya, animada, falara com o irmão como se estivesse diante de uma enorme plateia:

— Temos uma grandeza inerente, mas ela nos foi tirada de forma injusta por meio de propaganda e distorções... pelo próprio Vorian Atreides. Essa injustiça fundamental tem manchado a Casa Harkonnen por gerações!

Valya sempre tivera uma raiva latente a respeito daquele assunto, e os sentimentos de Griffin se aproximavam dos dela. Ambos haviam visto amigos e parentes morrerem no planeta frio e perigoso onde a família fora exilada. Valya imaginava havia muito tempo como a história deles poderia ter sido diferente, muitas vezes obcecada com a vingança contra um homem que desaparecera oito décadas antes....

— Sei onde ele está agora, Griffin — anunciou ela no holograma. — Ele se encontrou com o imperador e partirá de novo. Mora em um planeta chamado Kepler... anexei as coordenadas na gravação. Ele tem família lá, um lar feliz. — Ela fez uma pausa. — Quero que você tire *tudo* que ele tem.

Griffin sentiu um calafrio. Ele sempre tivera esperança de que a vingança não fosse necessária, de que Vorian Atreides tivesse morrido em um planeta distante, sem alarde. Mas o fato de ele ainda estar vivo e de sua localização ser conhecida mudava todo o cenário.

— Há uma diferença entre honra e justiça — acrescentou ela. — Temos que fazer justiça *primeiro* e depois começar a reconstruir nossa honra. É preciso lancetar a ferida purulenta e drenar o veneno antes da cura. Weller se foi, e você sabe que nosso pai não tem a coragem de fazer isso. Eu mesma o faria, mas minhas obrigações com a Irmandade me impedem. Então... cabe a você vingar a honra de nossa família.

Ele franziu a testa enquanto ouvia. Desejava poder tocá-la, conversar com ela, mas a imagem dela continuava, ficando cada vez mais veemente, mexendo com suas emoções.

— É bem simples. Vorian Atreides voltará para seu planeta, onde deve ser um alvo fácil para ser assassinado. Ele não suspeitará de nada. Nunca pedi nada a você, nunca precisei pedir, mas você sabe como isso é importante para nossa família, para nós... para mim. A vingança paga o próprio débito. Limpe o passado, meu irmão, e então nada poderá nos deter. Somos verdadeiros Harkonnen... podemos alcançar o que quisermos.

Justiça... honra... vingança. Griffin sabia que sua vida não seria a mesma depois daquilo.

O rosto de Valya se iluminou com um sorriso genuíno.

— Vingue a honra de nossa família, Griffin. Sei que posso contar com você.

O holograma se apagou.

Griffin ficou sentado ali, sentindo-se como se tivesse sido jogado ao mar de novo, nas gélidas águas do norte. Mas, da outra vez, ela havia pulado para salvá-lo.

Você teria feito o mesmo por mim, dissera ela.

Sentado sozinho, ele refletiu por um longo tempo, pensando racionalmente em todas as suas obrigações comerciais, nos negócios da família que não podia deixar nas mãos do pai, nos detalhes administrativos, nos gastos cuidadosos de um tesouro muito limitado. Ele tinha que ajudar a Casa Harkonnen a se reconstruir após a perda do grande carregamento, tinha que trabalhar com os habitantes da cidade para se recuperar do inverno extremamente rigoroso.

Mas, nas águas agitadas boreais, Valya o segurara durante os poucos e preciosos minutos em que ele precisara. E, quando ela perdera a consciência no mar gelado, quando as cordas salva-vidas estavam puxando-os para a segurança, ele nunca a largara....

Você teria feito o mesmo por mim.

Quando os pais e os irmãos voltaram para casa, encharcados por causa de uma chuva inesperada, ele se assustou ao perceber quantas horas haviam se passado. Mas, com lógica ou sem, sua obrigação estava clara desde o primeiro momento, e ele partiria em breve.

— Você já jantou, Griffin? — perguntou a mãe. — Estamos prestes a servir a sopa.

— Já vou.

Griffin guardou o cristal do holograma no bolso e saiu do escritório com um sorriso forçado. Enquanto Danvis e Tula conversavam sobre as aventuras do dia, ele estava absorto nos próprios pensamentos. Mal provou o saboroso ensopado e terminou apenas meia tigela antes de deixar escapar:

— Tenho que deixar Lankiveil em uma importante viagem de negócios. Talvez eu fique fora por algum tempo.

O irmão e a irmã mais novos o bombardearam com perguntas e, embora o pai deles tivesse ficado surpreso, não pareceu excessivamente curioso.

— O que o leva a viajar?

— É algo que Valya me pediu para fazer.

Vergyl Harkonnen assentiu.

— Ah! Você nunca consegue dizer não para ela.

Juntas, as últimas descendentes das Feiticeiras originais de Rossak ainda exibem poderes mentais, ainda que não o suficiente para gerar as ondas de energia telecinética com as quais outrora derrotavam poderosos cimaks. Mesmo assim, as Feiticeiras frequentemente praticam manobras defensivas, sobretudo para proteger a Reverenda Madre e a integridade dos registros de reprodução da Irmandade.

— Prefácio de *Os mistérios de Rossak*,
livro da Irmandade

A Reverenda Madre estava de pé no parapeito de uma plataforma ao lado do penhasco, observando enquanto centenas de Irmãs vestidas a caráter passavam pela trilha estreita logo abaixo, dirigindo-se a uma das maiores entradas da caverna. Estava quase na hora da refeição noturna, com o sol começando a se pôr atrás do horizonte prateado e roxo da selva. Ao longe, ela viu as luzes dos veículos aéreos sobre uma grande clareira usada como zona de pouso por pessoas que iam à selva para colher recursos farmacêuticos que só existiam em Rossak.

Raquella passara o dia com o estômago embrulhado e estava sem apetite. Podia sentir a tensão como um peso tangível. As vidas-memória dentro dela estavam perturbadas, uma cacofonia de inquietação que ela não conseguia compreender. No entanto, apesar de seu conhecimento profundo do próprio corpo e da própria mente, Raquella não conseguia identificar a fonte de sua agitação. Ela não sabia de nenhuma ameaça em particular, nenhuma decisão importante que estivesse em jogo...

O surpreendente retorno de Vorian Atreides não parava de rondar sua mente, e ela se perguntava como aquela história se desenrolaria. Ele era o avô materno de Raquella, o pai de sua mãe biológica, Helmina Berto-Anirul, e o trisavô da Irmã Dorotea. Parecia jovem em comparação à Raquella, apesar de ser quase noventa anos mais velho do que ela — uma vantagem do tratamento de extensão de vida.

Mas não era aquilo que a incomodava naquele instante. Vorian não tinham entrado em contato com ela desde que desaparecera após a Batalha de Corrin, e ela sempre achara que tinha sido melhor assim. As relações familiares costumavam trazer à tona emoções que consumiam energia e desperdiçavam muito tempo. Ela não tinha tempo para aquele tipo de coisa. Mesmo assim, sentada na plateia, ficara feliz em vê-lo. Raquella nunca negava o que sentia; só precisava manter os sentimentos sob controle para que pudesse administrar o trabalho extremamente importante da Irmandade.

Talvez a causa da tensão fosse a recente chegada de Anna Corrino. A irmã do imperador não era uma acólita comum. E, embora não conseguisse identificar a garota lá embaixo entre a multidão de novas recrutas, Raquella estava confiante de que a Irmã Valya cuidaria dela.

Ainda que aceitar a aprendiz pouco ortodoxa na Irmandade fosse uma necessidade política, Raquella não fazia a menor ideia das habilidades básicas ou do nível de dedicação de Anna. Ela dissera à Valya em segredo a bordo do transporte para Rossak:

— Ela vai começar como acólita, como qualquer outra recruta, e há uma grande possibilidade de que não avance muito em seu treinamento. De qualquer forma, a Irmã do imperador precisa ser protegida a todo custo. Você sabe que alguns dos exercícios rigorosos da escola apresentam riscos.

— Cuidarei dela — garantira Valya à Reverenda Madre.

A jovem parecia preocupada, profundamente perturbada depois de ver Vorian Atreides em Salusa Secundus, e não tinha sido difícil para Raquella descobrir o motivo, considerando o papel de Vorian na humilhação de Abulurd Harkonnen. Valya não dissera nada do que sentia à Reverenda Madre e Raquella não a pressionara, mas era mais uma indicação de que Valya pensava demais na Casa Harkonnen quando deveria estar totalmente dedicada à Irmandade.

Mesmo assim, Raquella não conseguia deixar de se impressionar com a inteligência, o poder e a determinação de aço de Valya. Ela acreditava que Valya acabaria realizando grandes feitos, e as vozes internas concordavam, mas a jovem precisava ser contida e sua propensão à imprudência precisava ser controlada.

Raquella esperava que a conexão com Anna Corrino proporcionasse um foco e uma válvula de escape adequados.

Irmandade de Duna

A Reverenda Madre havia conversado com a irmã do imperador naquela manhã, na primeira sessão de treinamento da jovem; Anna estava com raiva por ter sido tirada de sua casa luxuosa, o que a deixara mal-humorada e desinteressada no currículo ou em qualquer uma das Irmãs. Raquella esperava que Valya provasse estar à altura do desafio de fazer amizade.

Estava na hora da reunião para o jantar. As Irmãs faziam cada refeição em dois refeitórios comunitários em uma caverna profunda que outrora fizera parte de uma extensa rede de cidades ao lado do penhasco, na época bem populosa, mas no momento quase vazia.

Tanta coisa se perdeu aqui, pensou Raquella. Ela não precisava das memórias sobrepostas para lembrá-la — tinha visto Rossak com os próprios olhos durante os dias de glória do lugar.

No entanto, aquele era um momento de reconstrução para Rossak, de recomeçar sem se esquecer das lições do passado. A Escola Rossak precisava aproveitar os talentos das últimas descendentes das Feiticeiras antes que fosse tarde demais. Havia poucas mulheres telepatas remanescentes, como Raquella podia ver pela quantidade de vestes brancas na multidão abaixo, em meio às vestes verde-claras das acólitas e às vestes pretas das Irmãs plenas.

Na trilha abaixo, ela avistou Karee Marques, a mais velha Feiticeira remanescente, que, quando jovem, havia sido pupila de Raquella no trabalho que fizera ali durante as pragas de Omnius. Sentindo a Reverenda Madre acima, Karee não entrou na caverna do refeitório, mas subiu a escada de metal até o nível seguinte, onde Raquella estava. Em vez de uma túnica mais tradicional, Karee vestia um traje de trabalho branco que costumava usar ao coletar amostras da selva; as bolsas de coleta ainda estavam penduradas em sua cintura, cheias de fungos, folhas variadas e flores amarelas.

Karee fez uma saudação formal que chegava a ser brusca, e o tom de sua voz informava Raquella de que algo a perturbava também. A velha Feiticeira olhou para ela com olhos verdes afiados, depois disse sem preâmbulos:

— A senhora consegue sentir, não consegue?

Raquella assentiu com rigidez.

— A tensão no ar é generalizada.

— Eu estava coletando amostras na selva, ponderando sobre questões importantes da Irmandade, quando, de repente, meus pensamentos tomaram conta do meu corpo. Fiquei paralisada, congelada na trilha... eu tinha entrado no modo Mentat. Deixei minha mente seguir uma cascata de consequências, exatamente como aprendi na Escola Mentat em Lampadas, mas não consegui fazer nenhuma projeção! Fiquei tão perturbada que corri para encontrar as outras Irmãs Mentats para mapear nosso futuro, como fazemos com frequência, e todas nós sentimos uma urgência no ar.

A Reverenda Madre assentiu novamente.

— Uma sensação de problemas iminentes. Tenho sentido isso desde que voltamos de Salusa Secundus.

Em sua mente, Raquella não conseguia rastrear a origem do sentimento.

— Como Feiticeira, minhas habilidades psíquicas me tornam mais sensível do que as outras pessoas. No entanto, essa tensão perigosa afeta as outras sete Irmãs Mentats também, e nenhuma delas é Feiticeira. Ela afeta a senhora também. — Karee olhou para o pôr do sol esfumaçado que espalhava cores sobre as copas das árvores polimerizadas. — Há algum tempo, nós, Irmãs Mentats, estamos coletando dados e fazendo projeções. Chegamos à conclusão de que a Irmandade enfrentará um terrível cisma que colocará Irmã contra Irmã.

— Um cisma por que motivo?

— O mesmo que atravessa toda a sociedade humana: a disputa sobre o uso da tecnologia. Temo que algumas Irmãs possam suspeitar da natureza de nosso banco de dados de reprodução... Há rumores a respeito dos computadores na Irmandade.

Raquella engoliu em seco. As vozes em sua cabeça estavam muito preocupadas, sussurrando conselhos contraditórios, mas, depois de tantos anos, ela havia aprendido a controlá-las até certo ponto, colocando-as em segundo plano quando precisava se concentrar.

— Minha preocupação é melhorar o estoque de reprodução da humanidade, filtrando traços indesejáveis, fortalecendo nossa raça. O desejo de prejudicar outros seres humanos, por exemplo, poderia ser eliminado, resultando em sociedades mais harmoniosas.

— Engenharia social em sua melhor forma. Eu fico em cima do muro, minha velha amiga... como Feiticeira e Mentat que conhece os computadores de registro de reprodução. A senhora fala em moldar as características humanas, mas quem determina o que é desejável e o que não é? Isso é parecido com o que as máquinas fizeram. Intrometer-se na reprodução humana é perigoso.

Raquella, no entanto, investira demais em sua visão de longo alcance, e suas outras memórias haviam insistido em tal questão.

— Não se fizermos tudo direito. E você está certa... um Mentat não pode fazer projeções precisas quando faltam dados. Teremos que trazer as outras Irmãs Mentats para o segredo.

— Tenha cuidado — disse Karee. — Se uma delas sequer for simpatizante dos butlerianos...

— Sim, devemos ter cuidado, mas se não pudermos confiar nos membros mais graduados de nossa Irmandade, qual será o futuro de nosso projeto?

Karee franziu os lábios enrugados.

— A situação é complicada. Há muitos futuros possíveis... muitos dos quais podem resultar em desastre. O programa de reprodução é o núcleo da Irmandade, uma causa nobre que nos dá propósito. Não devemos abandoná-lo.

A tensão no crepúsculo ficou ainda mais acentuada, corroendo o fundo da mente de Raquella. Suas mãos retorcidas ficaram tensas no parapeito e ela jurou a si mesma em silêncio que não perderia o que havia trabalhado tão arduamente para criar.

Nas profundezas do labirinto de túneis e cavernas ao lado do penhasco, duas Irmãs compartilhavam uma refeição particular com pão, vinho, queijo e frutas da floresta. A Irmã Dorotea não via a jovem acólita Ingrid, com suas vestes verdes, havia mais de um ano, e elas estavam ansiosas para reavivar a amizade que tinham. Desde que chegara a Rossak, Dorotea já havia retornado ao trabalho com a Irmã Karee nas câmaras de pesquisa da selva enquanto Valya apresentava a Anna Corrino a rotina diária de uma acólita.

Em suas primeiras taças de vinho tinto, Dorotea contou a Ingrid tudo sobre a Corte Imperial em Salusa Secundus e como ela havia aconselhado Roderick e Salvador Corrino. Apesar do glamour e da empolgação do mundo capital, Dorotea estava feliz por estar em casa, longe da mesquinhez da política e das intrigas imperiais.

Preocupada, a Irmã Ingrid ficou sentada ouvindo, sem dizer muita coisa em resposta. Ela engoliu uma fatia de queijo sem o pão e tomou um gole de vinho, ambos importados de Lampadas.

— As novidades aqui não são boas — disse Ingrid. — Apesar de eu achar que as próprias Irmãs não conseguem reconhecer isso, as facções estão começando a se desenvolver. Começou como uma conversa intelectual em uma refeição de meio-dia, mas escalou até se transformar em discordâncias reais sobre o uso de tecnologia proibida. Muitas das Irmãs são como nós... detestam qualquer coisa que as faça lembrar das máquinas pensantes. Outras afirmam que devemos preservar alguns aspectos da tecnologia dos computadores para facilitar nossa vida.

— Fico decepcionada em ouvir isso. — A expressão de Dorotea ficou rígida. — O debate é muito intenso em Zimia, mas aqui eu esperava que nossas Irmãs chegassem à conclusão óbvia e correta de que essa tecnologia é perigosa e desnecessária. — Dorotea olhou para sua taça de vinho quase vazia. — Os seres humanos podem fazer tudo o que as máquinas fazem.

— Eu já argumentei sobre os perigos da tecnologia, mas algumas Irmãs não querem ouvir. A Irmã Hietta, por exemplo, e a Irmã Parga, ambas recitam um antigo ditado que diz que não devemos jogar o bebê fora junto com a água do banho. Elas alegam que devemos manter algumas máquinas pensantes para ajudar a humanidade, para dar às pessoas mais tempo de lazer para atividades importantes. Isso é um absurdo, é claro.

— Nos poucos dias desde que voltei, não ouvi nada a respeito disso. — Dorotea colocou o copo de lado. — Quão populares são esses argumentos?

— Hietta e Parga têm talvez vinte e cinco mulheres do lado delas, não é um grupo grande, e quase o mesmo tanto de mulheres apoia nossa visão rígida. A maioria das Irmãs prefere ficar de fora da briga, mas ninguém pode evitar essa questão para sempre.

— Algumas pessoas têm memória curta, e o pensamento ruim leva a decisões ruins — afirmou Dorotea. — Mas a Irmandade não usa máquinas pensantes, então essa é uma discussão irrelevante.

Ingrid fez uma careta. Ela olhou em volta e baixou a voz:

— Ouvi boatos de que há computadores aqui em Rossak!

Irmandade de Duna

Dorotea quase se engasgou com as frutinhas que havia colocado na boca.

— O quê?

— As informações de reprodução mantidas pela Irmandade são vastas. Nenhuma mente humana, ou combinação de mentes humanas, nem mesmo nossas Mentats, pode abarcar tudo isso. Algumas Irmãs concluíram que estão usando computadores.

— Se isso for verdade, temos um problema. Um problema muito sério.

— Em Lampadas, ouvi relatos de missões butlerianas de busca e destruição — contou Ingrid. — Seria uma pena se isso acontecesse aqui...

Dorotea tinha perdido a fome.

— Então, temos que cuidar para que isso não aconteça. Se houver computadores em Rossak, precisamos encontrá-los e destruí-los por conta própria.

> O amor perdura, mas a carne não. É preciso agarrar qualquer possibilidade de ser feliz que surja durante uma vida.
>
> — **Vorian Atreides**, diários particulares

Acompanhado por nove naves militares excedentes fornecidas pelo imperador Salvador Corrino, Vorian retornou a Kepler sentindo-se triunfante, mas com um fardo nos ombros. Mariella odiaria as obrigações que os termos impunham, mas ele fora forçado a concordar. Além do mais, após tantos anos em um único lugar, talvez fosse mesmo a hora de Vor seguir em frente.

Considerando os aplausos entusiasmados e esperançosos que havia recebido das multidões em Salusa Secundus, ele sabia que o imperador tinha bons motivos para estar preocupado. Vor havia explorado a própria influência o máximo possível, chegando a uma definição de acordo razoável em que ambos os lados estavam, de certa forma, insatisfeitos com os termos, mas dispostos a aceitá-los mesmo assim.

Pelo menos Kepler estaria a salvo. Os entes queridos de Vor estariam a salvo.

Aquelas naves de guerra remanescentes do Exército da Humanidade ficariam de guarda em órbita, estacionadas por tempo indefinido para afugentar os traficantes de escravos. Dentro de doze meses, as tropas imperiais que tripulavam as naves seriam chamadas de volta a Salusa Secundus, mas as naves ficariam para trás. Até lá, o povo de Vor seria treinado para montar as próprias defesas. Eles não seriam pegos de surpresa de novo, e os predadores humanos não veriam mais aquele mundo insulado como presa fácil.

Mas Vor desejava não ter de deixar Kepler e queria que Mariella fosse com ele, apesar de não nutrir grandes esperanças em relação àquilo. Ela era idosa, e seus filhos e netos ficariam por ali; uma vida inteira de lembranças estava ali e, no estágio em que ela se encontrava, não seria fácil deixar tudo aquilo para trás.

Depois que Vor pousou sua nave em um campo aberto e bem aparado no meio do vale, seu povo correu para lá, aplaudindo. Eles haviam feito faixas e cartazes de boas-vindas para ele, e seu peito inchou ao ouvir os aplausos. Os habitantes locais pareciam considerar a libertação dos prisioneiros o equivalente a uma vitória contra as máquinas pensantes.

Ele viu os rostos sorridentes de pessoas que encontrara pela última vez nos mercados de escravos de Poritrin, quando pagara para que voltassem para casa. Sua filha Bonda estava ali segurando o pequeno cachorro que ele havia comprado como parte de seu disfarce em Nova Starda.

Ele viu equipes de trabalho, máquinas de construção, entregas de madeira. As casas e os anexos danificados no ataque dos traficantes de escravos já estavam sendo reconstruídos ou consertados, enquanto os aldeões trabalhavam juntos para fortalecer sua comunidade. E todos comemoraram a chegada dele. Aquilo era mais importante para ele do que todos os desfiles e paradas em Zimia.

Lágrimas brotaram de seus olhos. Vor amava aquele mundo e aquelas pessoas e odiava o fato de ter que partir. Mas havia concordado com os termos para manter Kepler a salvo. Uma troca justa. Nem Salvador nem Roderick tinham dado a entender que poderiam abordar o problema maior do tráfico desenfreado de escravos, mas, por enquanto, o foco de Vor era sua casa... a casa que, em breve, teria que deixar para trás.

Ele avistou o rosto que mais desejava ver na frente da multidão: envelhecida e com rugas de expressão, com os cabelos grisalhos, mas os olhos brilhantes, estava Mariella. E quando Vor a via com o coração e não com os olhos, ainda enxergava a bela mulher por quem havia se apaixonado tantas décadas antes.

Ao longo dos séculos, Vorian Atreides fora abençoado com uma sucessão de amores profundos e duradouros. Em sua juventude, amara a lendária Serena Butler, embora com castidade... e, em seguida, Leronica Tergiet, de Caladan. Seus dois filhos com Leronica haviam partido para criar as famílias em lugares distantes, deixando Caladan. Depois, Mariella fora o centro de sua vida por mais de cinquenta anos.

Vor se lembrava de todas elas, ainda as amava e podia visualizar seus rostos em breves vislumbres de memória, mas o tempo e uma infinidade de vidas humanas passavam por ele como as águas de um riacho enquanto ele permanecia preso, uma pedra no meio da cascata. Às vezes, pessoas queridas como Leronica ou Mariella voltavam à tona, mas por fim também desvaneciam. E ele podia ver como Mariella estava velha.

Quando jovem, Vorian tinha vivido uma vida alheia e protegida, executando atualizações de Omnius nos Mundos Sincronizados com seu amigo mais próximo, o robô independente Seurat. A leitura das memórias de Agamemnon o levara a acreditar que entendia os humanos selvagens e suas vidas miseráveis. Ele queria agradar o pai.

Os outros doze filhos conhecidos de Agamemnon haviam sido criados, treinados e, por fim, mortos pelo general cimak. Desde pequeno, Vor sonhara em se tornar um cimak um dia, em ter o cérebro removido de seu corpo biológico fraco para que pudesse viver indefinidamente como um cimak ao lado de Titãs como Agamemnon, Juno, Xerxes e Ájax. Mas aquilo nunca acontecera.

Em vez disso, depois que Vor obtivera uma grande vitória contra os humanos, o general Agamemnon o arrastara para um laboratório cimak, o amarrara a uma mesa e o torturara com sondas, produtos químicos ardentes e instrumentos afiados. Assim, por meio de uma dor indescritível, Agamemnon concedera o tratamento de extensão de vida que tornara seu décimo terceiro e melhor filho praticamente imortal.

— Dei muitos séculos a você — dissera ele a Vor depois. — Você deve entender que isso tem um preço.

Posteriormente, Vor concordara que suportar a dor era, de fato, um preço pequeno a pagar por uma vida muito mais longa, embora fosse em seu corpo humano original. Nos longos e difíceis séculos que se seguiram, no entanto, Vor tivera suas dúvidas. Em Kepler, mais uma vez ele permanecia inalterado enquanto todos envelheciam ao seu redor...

Naquele momento, ignorando o resto da multidão, ele tomou Mariella em seus braços e a puxou para perto; queria abraçá-la com força e nunca mais soltá-la. Ela se aconchegou nele.

— Estou muito feliz por você estar em casa. Obrigada pelo que fez — disse ela.

A multidão de pessoas ao redor de Vor exigia sua atenção e, embora ele não estivesse interessado em banquetes ou comemorações, a família e os vizinhos insistiam. Bonda e Tir se aproximaram, rindo, e levantaram o cachorrinho para que pudesse lamber a bochecha de Vor.

Sorrindo, ele ergueu as mãos para que todos ficassem em silêncio e gritou:

— Todos vocês estarão seguros agora. Cheguei a um acordo com o imperador Corrino. Todo o Imperium sabe que ele emitiu um decreto tornando este planeta proibido para os traficantes de escravos. Um grupo de naves armadas ficará estacionado em órbita, e providenciei armas adicionais para a defesa das famílias e casas de vocês. Ninguém jamais voltará a atacar este mundo.

Pelos aplausos e assobios, era óbvio que não esperavam menos do grande Vorian Atreides. Eles se sentiriam obrigados a enchê-lo de presentes bem-intencionados — ajudando em sua fazenda, cozinhando, fazendo roupas para ele, quer ele precisasse ou não. Nunca tinha visto aquelas pessoas tão felizes.

Partia seu coração saber que teria que ir embora sem dizer nada para ninguém... a não ser Mariella.

Quando os dois voltaram para casa tarde naquela noite, cansados de tanto dançar, conversar e comer, com os ouvidos zunindo por causa da música, Vor notou que o telhado fora consertado após o incêndio provocado pelos traficantes de escravos. A casa também tinha uma nova camada de tinta e novas telhas.

Mariella parecia cansada quando entrou na sala de estar e se sentou em uma cadeira, puxando um cobertor para o colo.

— Tem sido tão solitário aqui, Vor. Só de ter você de volta, parece que a casa já está mais completa.

Ele esquentou água para fazer chá e sentou-se ao lado dela, estudando seu rosto, ansioso para preservar cada momento restante com ela.

— Nossa família não precisa mais se preocupar. Eu me certifiquei disso.

Vor hesitou enquanto tomava um gole de seu forte chá de ervas com um leve toque de mélange. A esposa segurava a xícara dela sem tomar o líquido, apenas olhando para o vapor que subia. Seus olhos brilhavam como se tivessem uma camada de lágrimas. Será que ela já suspeitava? A voz dele ficou trêmula:

— Mas eu tive que fazer algumas concessões. Tive que concordar que... sumiria das vistas do público de novo.

— Era o que eu temia — respondeu Mariella com um longo suspiro. — Eu o conheço muito bem, meu marido, e estava sentindo certa tristeza hoje, algo que você estava relutando para me contar.

Vor engoliu em seco. Ele adorava a vida em Kepler, queria ficar ali para sempre, mas era impossível.

— Sou uma antiguidade, uma relíquia de dias que já se foram. Com o fim do Jihad, o Imperium precisa seguir em frente, mas eu sou uma lembrança do passado. O imperador não se sente confortável em ter alguém com uma popularidade tão grande e renovada na Liga do Landsraad. Não importa o quanto eu insista que não tenho interesse em assumir o trono, ele sempre carregará essa dúvida. E teria gente surgindo de todos os cantos, querendo me usar para causas próprias. — Ele balançou a cabeça e disse em voz baixa: — Antes que Salvador Corrino concordasse em proteger Kepler, ele impôs uma condição rigorosa: tenho que ir embora. Vorian Atreides deve desaparecer... para sempre.

Ela sorriu, abatida, mas os olhos continuaram cheios de lágrimas e, em meio à enxurrada de emoções, parecia não conseguir pensar no que dizer. Ele se endireitou.

— Quero que você venha comigo, Mariella. Podemos nos mudar para outro mundo. Podemos analisar dezenas de possibilidades antes, se você quiser. Podemos levar nossos filhos também. Qualquer um que queira ir. — As palavras saíram depressa conforme a esperança voltava a crescer. — Pode ser uma grande aventura para todos nós...

— Ah, Vor! Por mais que eu te ame, não posso ir embora de Kepler. O meu lar é aqui. E você não pode tirar nossos filhos e netos, as famílias, amigos e cônjuges deles deste vale!

A garganta de Vor ficou seca.

— Não quero ir embora sem você. Poderíamos ir juntos, só nós dois.

— Não seja ridículo. Sou uma mulher velha... velha demais para começar uma vida nova. Nós dois sabemos que você terá que seguir em frente sem mim, mais cedo ou mais tarde. — Ela enxugou as bochechas, afetada, e ajeitou os cabelos grisalhos. — De qualquer forma, já estava na hora de você ir, para que não tenha que me ver envelhecer ainda mais. É constrangedor ter um jovem tão bonito em minha cama.

— Você continua tão bonita como sempre — retrucou Vor, mal conseguindo formar as palavras —, e estou falando sério. Eu é que deveria estar agradecido, não você.

Ele batalhava com as próprias emoções e obrigações. Poderia mudar de aparência e de nome e permanecer escondido em Kepler em algum posto avançado remoto. Que diferença faria? Algumas pessoas saberiam, mas ele poderia fazer com que jurassem segredo e o imperador Salvador nunca descobriria.

Vor suspirou em resignação. Aquelas coisas sempre eram descobertas e, se ele desse para trás em sua palavra, poderia colocar a família e os vizinhos em perigo.

Em um tom reflexivo, Mariella disse:

— Você já me deu uma vida mais feliz e um casamento mais longo do que qualquer mulher poderia esperar, mas sei que nasceu para vagar. Quando nos casamos, você explicou o fato de não envelhecer. Nós dois sabíamos e *concordamos* que, em algum momento, você teria que seguir em frente.

— Mas não enquanto você estivesse viva.

— Talvez seja melhor assim — insistiu ela.

Ele foi até a poltrona em que ela estava, abaixou-se e a beijou no rosto e depois na boca, um beijo que o fez se lembrar do primeiro, tanto tempo antes.

— Deixar você me faz lembrar há quanto tempo estou vivo, Mariella. É difícil explicar o quanto os anos podem pesar sobre mim.

— Você sabe para onde irá? Ou isso tem que ser um segredo?

— Só prometi ao imperador que iria embora de Kepler e que nunca mais voltaria... não significa que não contaria a você para onde vou. Eu... tenho em mente um lugar que gostaria de visitar. Arrakis. Preciso de um recomeço e ouvi dizer que há tribos nos desertos de lá, pessoas com expectativas de vida bastante longas... talvez devido ao consumo constante de mélange. Duvido que tenham vivido tanto quanto eu, mas talvez me ofereçam novas perspectivas.

— Vou pensar em você todos os dias — prometeu Mariella. — Contarei aos nossos filhos para que eles saibam que você está por aí, em algum lugar, são e salvo. E você sabe onde estaremos. Não vamos nos esquecer de você.

— E eu nunca poderia me esquecer de você. Meu amor por você está no ar que respiro. Quando eu me estabelecer, mandarei notícias. Encontrarei uma forma de continuar em contato.

> **Eu sou o verdadeiro imperador do universo conhecido, e Salvador Corrino é meu fantoche.**
>
> — Manford Torondo, comentários para Anari Idaho

Roderick Corrino se sentia desconfortável sempre que assistia aos robôs de combate nas lutas particulares patrocinadas pelo irmão. Nobres vestidos com trajes elegantes e suas damas assistiam atrás de barreiras de segurança, torcendo por seus favoritos e vaiando os oponentes. Era noite em uma pequena arena particular nos terrenos do Palácio Imperial, após um suntuoso banquete. Muitos dos nobres usavam véus e máscaras cobrindo os olhos para disfarçar as próprias identidades como forma de proteção; a influência butleriana em Salusa continuava forte.

De acordo com as rígidas restrições legais estabelecidas no final do Jihad, aqueles robôs reativados não tinham nenhuma inteligência artificial e, em vez disso, tinham sido programados para executar uma série de manobras de combate, que eram temperadas com variáveis aleatórias — falhas que causariam uma deficiência inesperada ou melhorias surpreendentes. Os espectadores não sabiam de antemão que tipo de lutador estavam recebendo quando faziam suas apostas, e o resultado nunca era predeterminado.

Roderick tinha que admitir que era uma forma de entretenimento interessante e estimulante assistir ao duelo entre aqueles demônios mecânicos decadentes na arena, sabendo que eles destruiriam um ao outro. Como a luta se aproximava muito dos limites da tecnologia proibida, os nobres selecionados com todo cuidado ficavam entusiasmados com o espetáculo. Tais eventos eram, é claro, mantidos em segredo dos observadores butlerianos.

Quando o irmão sugerira a ideia pela primeira vez, Roderick estremecera. Se Manford Torondo descobrisse o que o imperador e seu círculo íntimo de nobres faziam por trás dos altos portões e muros da propriedade privada... mas Salvador fizera pouco caso de suas preocupações.

— Os nobres devem ter suas diversões. É um entretenimento inofensivo, e o resultado final é a destruição de robôs, então qual é o problema?

Roderick conseguia prever uma série de problemas e, por isso, sem que o irmão soubesse, havia redobrado a segurança em cada uma das lutas particulares e se certificava de que apenas os nobres mais confiáveis fossem convidados, tendo que fazer um juramento de sigilo — um compromisso que a poderosa família Corrino poderia impor.

Naquele momento, ele observava dois robôs de combate — um com exterior de liga de cobre profundo e o outro de cromo cintilante — se cercando, sondando com armas embutidas (porém limitadas) que golpeavam um ao outro, derrubando pedaços de seus corpos blindados no chão. Um pequeno exército de guardas do palácio cercava o ringue portando armas pesadas e prontos para destruir qualquer mak de combate que pudesse sair do controle.

Sentado em seu camarote particular e sombreado, ao lado de Roderick, o imperador conversava com Alfonso Nitta, um nobre adulador que buscava um favor para restringir as operações de um adversário comercial. Nitta fabricava vestidos femininos caros, e um plebeu novato havia aberto um grande negócio concorrente em Hagal depois de pagar subornos ao líder planetário.

— É um negócio escuso — insistiu Nitta. — Os Hagal guardam rancor contra a Casa Nitta porque meu avô denunciou as operações ilegais de lucro de guerra do avô deles durante o Jihad.

Salvador manteve seus olhos nos robôs que lutavam.

— Vou ver o que posso fazer.

Ele não parecia interessado, e Nitta tinha feito o pedido de um jeito particularmente ridículo. Roderick ajudou o nobre com uma cutucada, já que ele parecia não entender como os negócios eram conduzidos naquele nível:

— Investigar o assunto custará tempo e recursos, lorde Nitta. O imperador tem que se preocupar com seu orçamento discricionário.

Finalmente, os olhos de Nitta se iluminaram com a compreensão.

— Ah, talvez como uma demonstração da qualidade do meu produto. Fornecerei uma grande amostra dos meus melhores vestidos para a imperatriz Tabrina... vestidos lindos, o guarda-roupa mais luxuoso para deixá-la tão bela que o senhor ficará sem fôlego, majestade. Talvez eu consiga providenciar até algumas roupas íntimas elegantes.

Roderick suspirou. Considerando a situação do relacionamento do irmão com Tabrina, aquilo era precisamente a coisa errada a se dizer. Salvador respondeu com frieza:

— Eu disse que verei o que posso fazer.

O nobre fez uma reverência e voltou sua atenção para o evento de combate.

Depois de um tempo, o imperador se inclinou para perto de Roderick, sorrindo quando um dos maks de combate arrancou um braço cilíndrico de seu oponente.

— Isso é tão conveniente. Primeiro lobotomizamos os robôs e agora fazemos com que eles destruam uns aos outros. Eu poderia passar o dia inteiro assistindo isso.

Roderick assentiu.

— Melhor isso do que ter as máquinas obrigando os humanos a fazerem o que elas mandam.

Nas arquibancadas, um novo convidado corpulento gritou, com medo dos ferozes monstros metálicos, mas depois riu quando percebeu que não havia perigo.

— Não consigo me lembrar — disse Salvador. — O que apostamos hoje?

Roderick sabia que o irmão se lembrava exatamente do que eles haviam apostado um contra o outro.

— Nossas casas de veraneio em Kaitain, é claro. Quem ganhar fica com as duas.

— Ah, sim. Eu sempre preferi a sua.

O robô acobreado sacou uma lança com espinhos debaixo do antebraço, derrubando a outra máquina, que ficou caída no chão, se contorcendo e soltando faíscas. O primeiro mak avançou para matar.

— Parece que meu robô está ganhando — comentou Roderick —, mas você sabe que é sempre bem-vindo para usar minha casa quando quiser.

A testa do irmão mais velho se enrugou como uma folha de papel dobrada.

— Como assim? O mak acobreado é meu. Você acha mesmo que aquela carcaça velha vai revidar?

— Você escolheu o cromado, querido irmão. Lembre-se, você escolheu primeiro.

Os olhos azuis de Salvador faiscaram. Ele gostava de se fingir de distraído quando lhe convinha, mas Roderick sabia que sua mente era afiada. O imperador Corrino era muito mais inteligente do que a maioria das pessoas imaginava. Uma inteligência cheia de astúcia. Ele sabia muito bem que havia escolhido o mak cromado.

— Muito bem, mas você deveria se sentir culpado por sempre levar a melhor.

— Desta vez, foi pura sorte. Não tínhamos como saber qual robô venceria.

O imperador passou um dedo pelos lábios.

— Suponho que seja possível trapacear.

— Um contra o outro? Eu não faria isso com você.

— Como sempre gostam de me lembrar, você é um homem melhor do que eu.

Roderick discordou, como era de se esperar, mas os dois sabiam que era verdade.

O robô cromado de fato se recuperou e se levantou para continuar a luta, acompanhado por uma salva de palmas. Outro nobre "disfarçado" se aproximou e sussurrou um pedido no ouvido de Salvador. A fina máscara preta pouco escondia a identidade do idoso Tibbar Warik, um proeminente corretor de imóveis que precisava de um favor. Durante aqueles combates de gladiadores, os convidados do círculo interno faziam aqueles pedidos e Roderick tinha de garantir que fossem cumpridos, de acordo com as decisões do irmão.

Quando o mak acobreado finalmente derrotou seu oponente, estilhaçando-o, os guardas do palácio deram um passo à frente e derrubaram o vencedor.

Tibbar Warik reclamou dos pagamentos atrasados ou inadimplentes da nova Escola Médica Suk, um complexo extravagante em construção em Parmentier. Roderick achava que os médicos de elite tinham pretensões de grandeza. No entanto, como Salvador havia recebido muitos tratamentos médicos caros (e questionáveis, na opinião de Roderick) do ex-diretor da Escola Suk, com frequência fazia vista grossa para os excessos. Warik estava bastante chateado com as perdas e o imperador o dispensou com uma promessa.

Quando o nobre se foi, e enquanto os membros da equipe arrastavam os destroços dos robôs para fora do campo de batalha, Salvador voltou-se para Roderick:

— Warik disse que está prestes a explodir um escândalo envolvendo um médico Suk que enganou um paciente. Você soube que Lars Ibson, de Caladan, morreu recentemente?

Roderick se lembrou do plebeu rico que havia construído um império pesqueiro e vivia como um imperador. Salvador continuou:

— De acordo com Warik, Ibson confiou em um médico Suk e pagou um preço exorbitante por tratamentos de câncer ósseo... tratamentos esses que se revelaram falsos. Completos placebos. Ibson não estendeu sua vida e certamente reduziu seu patrimônio antes de morrer.

O príncipe não comentou que achava que muitos dos tratamentos prescritos por Elo Bando para o imperador se enquadravam na mesma categoria; depois do "suicídio" bastante questionável de Bando em Parmentier, as investigações tinham sido encerradas, mas Roderick suspeitava de um problema mais generalizado entre os Suk.

— Você acha que a Escola Médica concordaria com uma auditoria detalhada de suas operações? — perguntou Roderick. — Ouvimos falar de investidores que emprestaram dinheiro para a escola e sabemos que os Suk recebem verbas substanciais por seus serviços, mas ainda assim parece que a conta não fecha.

Grande parte do financiamento da extravagante expansão da Escola Suk viera das quantias exorbitantes que o próprio Salvador pagara ao antigo diretor da escola.

— Um escândalo poderia prejudicar o bom trabalho deles — opinou Salvador. — Os butlerianos se opõem a tratamentos médicos avançados, e eu não gostaria que tivessem essa carta na manga. — Ele esfregou as têmporas. — Além disso, preciso de outro médico pessoal, e os Suk ainda não me enviaram um aceitável. Sinto falta do pobre dr. Bando. A escola não é a mesma sem ele.

Apesar das práticas corruptas de alguns médicos, Roderick sabia que aqueles formados na Escola Suk eram melhores do que os que estudavam em qualquer outra academia do Imperium e se lembrava do bem notável que Mohandas Suk havia feito durante as pragas das máquinas. Ao contrário de Salvador, porém, ele acreditava que a perda de Elo Bando havia contribuído para torná-los mais respeitáveis, e não menos.

— Deixe-me investigar essa questão, sire. Se eles estiverem sonegando impostos de Salusa ou deixando de pagar, serão responsabilizados.

— A escola está se tornando problemática, muito convencida da própria importância. — Salvador estava preocupado. — Não quero que fechem. Ao menos, não por enquanto... não antes de encontrar meu próprio médico pessoal.

— No mínimo, eles deveriam ser monitorados mais de perto.

O imperador assentiu, depois se inclinou para a frente quando os próximos maks de combate entraram no ringue.

— Você está certo, como sempre, irmãozinho. Vamos aprofundar nossas investigações financeiras normais sobre eles e ver o que descobrimos.

> **Nossa identidade, nosso valor, advêm de nossas famílias ou de nós mesmas?**
>
> — Reverenda Madre Raquella Berto-Anirul,
> *Manual de treinamento da Irmandade*

Na posição de mentora e protetora da princesa Anna, Valya tentou descobrir como motivá-la e torná-la uma pessoa mais forte... mas os esforços da jovem nobre beiravam o mínimo. Criada e protegida no Palácio Imperial, Anna era propensa a decisões impulsivas, um tanto juvenis, e a alterações de humor. O treinamento da Irmandade deveria, em algum momento, ensiná-la a lidar com aquilo, e Anna retornaria a Salusa Secundus como uma mulher transformada... e amiga íntima de Valya.

Quem sabe Anna pedisse a Valya que a acompanhasse de volta a Zimia e lhe desse um cargo na corte. De lá, Valya poderia abrir portas na política para o irmão. O sucesso dele na Liga do Landsraad ajudaria muito a recuperar a riqueza dos Harkonnen.

Mas aquilo estava longe de ser tudo o que ela desejava. Na verdade, ela considerava o assassinato de Vorian Atreides uma prioridade ainda maior do que ter Griffin em Zimia, e era por isso que tinha exigido que ele fosse em busca do homem traiçoeiro que derrubara a Casa Harkonnen. Se Griffin cauterizasse a ferida purulenta que deixara gerações de Harkonnen tão infelizes, a família deles poderia finalmente escapar da ignomínia que havia sido forçada a suportar por oitenta anos, da terrível camada de vergonha que os cobria como uma geleira de Lankiveil. A vingança era mais importante para ela do que a riqueza — muito mais importante.

Em seu mundo natal frio e estéril, Valya não via muito sentido em se casar com um pescador nativo ou caçador de baleias. Seu bisavô Abulurd havia deixado a família sem legado algum e o pai dela era um homem de poucas ambições, que aceitava de prontidão o status drasticamente reduzido da família. A mãe, Sonia, era uma mulher local de valores tradicionais que nunca saíra do planeta e não se interessava pelo resto do Imperium. Como não tinha sangue nobre, estava disposta a aceitar a vida miserável que ela e sua família tinham sem questionar o que os inimigos da Casa Harkonnen haviam feito com eles.

Valya não podia ser tão passiva. Depois de escapar de Lankiveil e do fardo que o planeta representava, pretendia fazer muito pela Casa Harkonnen. Para uma jovem em sua situação, a Escola Rossak parecia oferecer possibilidades ilimitadas — como comprovado pela chance de estabelecer laços estreitos com os Corrino.

Mesmo assim, Valya estava rapidamente perdendo a empolgação com sua tarefa de fazer amizade com Anna Corrino. A garota era gentil, com muitos conceitos errados de como os outros viviam e, por vezes, o trabalho testava a paciência de Valya.

Sozinha naquele momento, ela disparou pelos corredores chamando o nome de Anna, sem resposta. A garota era tão imprevisível! Alguns minutos antes, quando o café da manhã terminara no grande refeitório e as Irmãs estavam se aglomerando ou se dirigindo para as saídas, Anna havia escapado em suas vestes verdes, misturando-se à multidão de mulheres. Será que ela achava que aquilo era um jogo? Resmungando, Valya sentiu um peso se formando em seu âmago. Se qualquer coisa ruim acontecesse com a princesa Corrino, não seria bom para a Irmandade, nem para as ambições pessoais de Valya.

Ao passar por uma alcova, ela viu Anna espreitando ao redor de uma estátua de um dos heróis do Jihad, rindo como uma pré-adolescente. Valya tinha a mesma idade, mas havia um enorme abismo de maturidade entre elas.

— Não faça isso de novo, nunca mais. — Valya a pegou pela mão e a puxou para fora com um pouco mais de força do que pretendia.

— Eu sei cuidar de mim mesma — protestou Anna.

Valya controlou a própria irritação, lembrando-se das conexões que a jovem tinha.

— Rossak tem perigos e a Irmandade tem regras. Só estou tentando cuidar de você.

Ela se manteve perto da jovem problemática de forma protetora enquanto a guiava para uma aula de economia imperial. Quando soltou Anna dentro da sala de aula, a princesa franziu a testa e perguntou:

— Você não vai se sentar ao meu lado?

A luz natural iluminava a sala, entrando por fendas e rachaduras na rocha, acompanhada por uma brisa quente que exalava os odores pungentes da selva.

— Esta é uma aula para acólitas, e eu tenho outra tarefa — explicou Valya. — Venho buscar você depois.

— Você é minha melhor amiga agora? — perguntou Anna. — Há tempos não tenho uma amiga de verdade.

— Sim, sou sua melhor amiga agora — confirmou Valya, com a voz mais suave. — Confie em mim: depois que você se adaptar aqui, não vai querer voltar para casa. — Ela colocou uma das mãos gentilmente no ombro da garota.

— Hirondo se importava comigo de verdade. — Anna parecia abatida e carente. — Minha madrasta Orenna me amava.

— E agora você tem a mim e nós temos confiança.

Anna olhou para ela.

— Meus irmãos nunca confiaram em mim.

— Então está melhor aqui conosco.

Para além dos próprios sentimentos e objetivos, Valya sentia alguma empatia por aquela mulher desajustada que sofrera por conta de uma paixão infrutífera por um humilde funcionário da cozinha, mas Valya sabia que apegos emocionais poderiam comprometer sua missão de vida.

Ela via com clareza que Anna precisava desesperadamente de uma amiga — e, sem dúvidas, precisava havia anos. Valya pretendia preencher aquele espaço, em parte por pena, mas sobretudo por seus motivos particulares. Ela só podia ter esperança de que Griffin também cumprisse suas obrigações. Ele já deveria estar a caminho para lidar com Vorian Atreides.

A lógica e a razão são ardilosas. Elas podem levar uma pessoa a perder a própria alma.

— Manford Torondo, discurso em Salusa Secundus

Embora o movimento butleriano tivesse se espalhado por todo o Imperium, sua sede em Lampadas era modesta e despretensiosa. Manford achava que o domínio das máquinas pensantes deveria, no mínimo, ter ensinado humildade ao ser humano. Fora por causa da arrogância e da ambição que os Titãs originais haviam criado o computador sempremente, para começo de conversa.

Apoiado em uma cadeira à sua mesa, que escondia sua falta de pernas dos visitantes, ele examinava as listas de planetas nos quais seus representantes haviam realizado ataques de demonstração bem-sucedidos. De vez em quando, os líderes butlerianos locais enviavam gravações holográficas, mas Manford preferia a experiência mais íntima de ler palavras escritas por uma mão humana.

A humanidade havia se metido em muitos problemas por buscar atalhos, velocidade e simplificações. Os dispositivos podiam ser muito sedutores. As palavras sinistras que Erasmus, o robô, escrevera em seu diário ainda o assombravam: *Passado algum tempo, eles vão se esquecer... e nos criarão de novo.*

Quando veículos estavam facilmente disponíveis, as pessoas letárgicas engordavam porque eram preguiçosas demais para caminhar. As calculadoras podiam fornecer respostas rápidas para somas complexas, mas o que acontecia quando a mente humana se atrofiava e se esquecia de como calcular? Como prova do potencial e da superioridade humana, os Mentats da escola de Gilbertus Albans realizavam todas as funções que um computador poderia, e eram muito mais confiáveis do que qualquer máquina de calcular...

Embora Manford ansiasse por uma temporada tranquila com Anari, em que pudessem observar o ritmo natural da colheita e as mudanças climáticas em Lampadas, ele sabia que não tinha sido criado para uma vida normal, assim como sua amada mentora, Rayna Butler. Ela havia sobrevivido às terríveis pragas de Omnius, vendo a família inteira morrer ao seu redor. Marcada para sempre pela experiência, Rayna passara o resto de sua vida insistindo para que a humanidade se livrasse da dependência das máquinas. Seguindo seu exemplo heroico, Manford vivera uma provação semelhante. Ele também havia sido marcado, mas de uma forma diferente, e tinha a mesma motivação. Voltaria a viajar em breve. Sempre havia planetas que precisavam ouvir suas palavras.

Anari Idaho entrou no escritório usando seu impecável uniforme preto e cinza. Os cabelos tinham sido cortados curtos, o rosto livre para mostrar sua beleza bruta; a devoção em sua expressão era tão permanente quanto uma tatuagem.

— Dois forasteiros estão aqui para solicitar uma reunião. — A leve inclinação de sua boca era um sinal de desaprovação. — Eles trouxeram... equipamentos.

Manford colocou os documentos de lado.

— Quem são eles? Que tipo de equipamento?

— Eles vêm do planeta Zenith, são cientistas de algum tipo. Um deles age como se fosse uma pessoa importante.

Aquilo deixou Manford curioso. Depois de perguntar o nome do homem e não conseguir reconhecer, ele disse:

— O que cientistas querem aqui?

— Devo interrogá-los?

Anari parecia ansiosa. Manford sabia que, se pedisse, ela quebraria o pescoço deles sem pestanejar. Ele não sabia o que faria sem ela.

— Mande os dois entrarem. Eu mesmo falarei com esses cientistas. Se precisar que você faça alguma coisa, pedirei.

Dois homens pequenos entraram na sala puxando uma caixa lacrada do tamanho de um pequeno caixão. Ela flutuava sobre suspensores e as luzes piscantes de um painel de diagnóstico brilhavam na parte superior.

O menor dos dois pertencia à desonrada raça tlulaxa; ele tinha cabelos curtos e escuros e uma expressão tensa, e era obviamente subordinado. Depois do escândalo horrível que derrubara as fazendas de órgãos em Tlulax durante o Jihad de Serena Butler, a maioria dos humanos tinha uma animosidade intrínseca contra a raça, mas os tlulaxa haviam sido subjugados e supostamente reabilitados. Nas últimas décadas, os zelosos butlerianos tinham estabelecido uma vigilância presencial nos principais mundos de Tlulax, monitorando de perto qualquer pesquisa que estivesse sendo realizada lá. Muitos de seus projetos insidiosos haviam sido anulados, para grande consternação dos Mestres tlulaxa. Mas eles se portavam com docilidade e eram cooperativos; Manford não esperava ter problemas com eles.

O segundo homem, obviamente o líder, não era um tlulaxa. Seus olhos grandes lhe davam uma aparência de coruja. Ele tinha cabelos castanhos, queixo curto e um porte estudioso que o fazia parecer mais um contador do que um pesquisador. O homem intelectual se aproximou depressa, demonstrando uma conduta acadêmica e até conciliadora.

— Obrigado por nos receber de última hora, líder Torondo. Meu nome é Ptolomeu e sou um cientista independente, representante de Zenith no Landsraad. Este é meu amigo e sócio de pesquisa, dr. Elchan.

Manford manteve a expressão calma.

— E o que o traz a Lampadas? Poucos cientistas autoproclamados se oferecem para participar de nosso movimento pela preservação da alma humana. — Ele forçou um sorriso. — Mas eu continuo otimista.

Ptolomeu piscou seus olhos de coruja e demorou alguns instantes para se recuperar.

— Essa é parte da razão pela qual viemos. Você já deve ter ouvido falar do meu planeta Zenith, que incentiva e financia muitos projetos de pesquisa criados para o benefício da raça humana... avanços médicos, desenvolvimentos agrícolas, construção de abrigos automatizados para os pobres em mundos primitivos. Como representante oficial de Zenith, ouvi o discurso que você proferiu no Salão do Landsraad e me senti compelido a procurá-lo pessoalmente.

— Ah, agora me lembro de você. Chegou a fazer um discurso também.

Na reunião, Manford achara que o homem parecia fraco e inexpressivo, como se o destino da raça humana pudesse se resumir a um simples debate de escola. Ptolomeu ofereceu um sorriso.

— Embora eu admita que não concordei com seu argumento, respeito suas convicções e sua paixão. Um homem deve se manifestar quando tem fortes convicções... é isso que torna os humanos tão importantes. Podemos concordar com isso? Um ponto em comum?

— Apenas como um ponto de partida. — Manford se perguntou o que aqueles homens pretendiam.

— Tenho de acreditar que podemos conversar como homens razoáveis. Seu discurso inflamado me deu muito o que pensar.

— Ótimo. — Manford cruzou as mãos sobre a escrivaninha. — Os seres humanos pensam. As máquinas não. A mente do homem é sagrada.

— A mente do homem é sagrada — murmurou Anari.

— Nossos dois lados se distanciaram tanto que não se ouvem mais, líder Torondo. E se você e eu pudéssemos ter uma discussão franca e lógica? A raça humana seria muito mais produtiva, mais forte e mais feliz se encontrássemos algum tipo de meio-termo. Não deveríamos trabalhar um contra o outro.

O sorriso de Ptolomeu era esperançoso e ingênuo. Manford não sorriu de volta.

— Não se chega a um acordo cortando uma coisa pela metade. Essas são minhas crenças e princípios fundamentais.

O cientista deu uma risada nervosa.

— Ah, não estou pedindo nada disso! Por favor, me ouça. Todos nós sabemos que a tecnologia pode ser usada de forma abusiva, mas ela não é inerentemente má. Alguns de nossos primeiros experimentos se concentraram no crescimento de folhas de tecido à base de polímero para serem enxertadas em vítimas de queimaduras... trabalho do dr. Elchan. Os médicos Suk já o utilizam com frequência. Mas nós fomos muito além disso. Meu sócio e eu trouxemos um presente para você, criado em nossos laboratórios em Zenith. — Ele fez um gesto para a caixa que balançava em seus suspensores como um barco a remo em um lago. — Você o achará bastante proveitoso.

O parceiro silencioso tlulaxa não parecia tão otimista; na verdade, Manford podia sentir um medo profundo emanando dele, como se estivesse andando na corda bamba sobre um abismo. Ptolomeu, no entanto, agia como um cachorrinho, sorrindo para encorajar o amigo. Depois de abrir a maleta, o tlulaxa estendeu a mão e retirou um objeto cor de carne — uma perna amputada!

Anari se encolheu e pegou sua espada. Elchan protestou rapidamente:

— Não, não é um truque! Por favor, só *olhe*.

Ptolomeu lançou um olhar questionador para o parceiro, surpreso com a reação.

Não, Manford percebeu ao inspecionar melhor, era uma *prótese* de perna revestida com um polímero muito realista, semelhante à pele.

Ptolomeu continuou com um orgulho atrevido na voz:

— Em Zenith, temos um laboratório independente e distinto, dedicado ao desenvolvimento de membros substitutos artificiais e realistas que se conectam diretamente às terminações nervosas biológicas. No passado, muitos veteranos do Jihad foram forçados a viver como amputados. Antes disso, antes dos problemas com as fazendas de órgãos — ele olhou para o dr. Elchan e depois de volta para Manford —, os laboratórios de Tlulax forneciam olhos ou órgãos internos cultivados em tanques, mas esse trabalho foi praticamente abandonado por quase um século. Agora, ele e eu criamos esse novo sistema biônico no qual, quando conectado e configurado da forma correta, é possível acessar os impulsos da sua mente. Os análogos musculares são fibras de polímero responsivas e os condutores nervosos são fios finos.

Ele pegou a perna falsa da mão do parceiro e a ergueu como um suporte, sondando a carne com a ponta dos dedos.

— Um presente nosso para você, líder Torondo... a bandeira branca que mostra os benefícios reais da tecnologia aplicada do jeito certo. Com isso, você *voltará a andar*! O dr. Elchan e eu podemos lhe devolver as pernas, para que veja como a ciência pode ajudar a humanidade e aliviar a dor de tantos que sofrem.

Manford não ficou nem um pouco tentado com a oferta.

— Os cimeks usaram princípios semelhantes em seus cérebros para operar máquinas. O corpo humano não é uma máquina.

Ptolomeu parecia perplexo.

— Mas é claro que é... uma máquina biológica. O esqueleto é uma estrutura, as fibras musculares são como cabos e polias, os vasos sanguíneos são condutos de transporte de fluidos, as terminações nervosas são como sensores, o coração é o motor e o cérebro é como um núcleo de memória...

— O que você diz é profundamente ofensivo.

O cientista pareceu desapontado com a reação pétrea de Manford, mas continuou com a mesma determinação.

— Por favor, me ouça. Dê uma olhada em meu amigo e colega de trabalho. — Ele se virou para seu parceiro tlulaxa, embora o outro homem não quisesse a atenção. — Em um grave acidente, o dr. Elchan perdeu a mobilidade do braço esquerdo e nós o substituímos por uma dessas próteses. Duvido que o senhor tenha sequer notado isso até agora.

O outro homem levantou o braço, flexionou os dedos e usou a mão verdadeira para puxar uma manga cinza para cima e revelar a pele plástica lisa do braço esquerdo. Um arrepio de repulsa percorreu as costas de Manford. De pé na porta do escritório, Anari sentiu o mesmo.

Ainda tagarelando, como se estivesse apresentando um relatório de progresso otimista em uma reunião de diretoria, Ptolomeu retirou a segunda perna da caixa.

— Depois de fixá-las em seu corpo, você voltará a ser um homem completo.

Ele não se deu conta de que ultrapassara um limite muito importante.

Lutando contra o asco, Manford levantou o queixo e olhou para Anari.

— Você sabe o que fazer, Mestre-Espadachim.

Como uma mola comprimida que é subitamente solta, ela desembainhou sua espada e empurrou os dois cientistas para o lado. Com um grito de surpresa, Ptolomeu deixou cair a perna artificial sobre a mesa de Manford, e Anari baixou a lâmina como um lenhador cortando um tronco. Lubrificantes e fluidos nutritivos jorraram, encharcando os papéis, mas Manford não vacilou. Ptolomeu e Elchan gritaram de consternação. Anari atacou três vezes antes que a primeira perna fosse mutilada de forma irreparável e, em seguida, fez um trabalho rápido com a outra.

— A mente do homem é sagrada — disse ela.

Soluçando, o dr. Elchan apertou o braço esquerdo contra o peito, temendo que a Mestre-Espadachim cortasse o membro artificial de seu corpo.

Horrorizado, Ptolomeu disse em voz baixa, como se tivesse sido *ele* a ser traído:

— Por que fez isso? Essas pernas foram um presente nosso para você.

Manford quase teve pena do homem. Ele genuinamente não conseguia compreender.

— Há uma característica sedutora na tecnologia das máquinas. É um caminho perigoso — explicou Manford. — Se eu permitir uma coisa, onde vou traçar o limite? Não quero abrir essa porta.

— Mas você usa máquinas com frequência, senhor! Sua lógica é arbitrária.

Era inacreditável que o homem ainda estivesse tentando convencê-lo. De certa forma, Manford admirava a dedicação de Ptolomeu às suas crenças, mesmo que elas estivessem erradas.

— Minha fé é perfeitamente clara.

O dr. Elchan estava apavorado e tremendo, mas Ptolomeu manteve-se firme em seus princípios.

— Por favor, deve haver alguma coisa! Se você não aceita membros substitutos, podemos criar uma plataforma suspensora simples para que consiga andar.

— Não. Uma plataforma suspensora ainda é tecnologia, um primeiro passo no caminho da ruína, e eu não permitirei isso. Suas tentações não funcionarão comigo.

Ptolomeu apontou para a espada desembainhada que Anari segurava.

— A *tecnologia* criou essa lâmina. A tecnologia impulsiona as naves estelares que vocês usam para viajar de planeta em planeta. Você a aceita só quando atende às suas necessidades?

Manford deu de ombros, não querendo admitir o ponto.

— Não sou perfeito e faço alguns sacrifícios para o bem maior. Há muitos milhares de mundos no Imperium e todos eles precisam ouvir minhas palavras. Não posso simplesmente gritar pelo espaço. É uma concessão necessária. Tenho que usar algumas formas de tecnologia para o bem maior.

— Isso é uma contradição — protestou Ptolomeu.

— A fé enxerga através das contradições, a ciência não. — Ele olhou para as próteses mutiladas. — Mas quando se trata do meu corpo, eu estabeleço um limite. A carne humana sagrada foi feita à imagem de Deus, e a única assistência que aceitarei, em vez de andar, é a de outro ser humano. Inúmeros voluntários estão dispostos a me carregar em um palanquim para onde eu precisar ir. A Anari aqui — ele apontou para a Mestre-Espadachim — me carrega em seus ombros quando necessário.

Ptolomeu franziu a testa, como se Manford tivesse falado com ele em uma língua estrangeira.

— Então você prefere oprimir um ser humano em vez de usar uma simples cadeira de rodas? Você não vê como é humilhante usar uma pessoa como um animal de carga?

Uma onda de raiva corou o rosto de Anari.

— Eu considero isso uma honra.

Ela ergueu a espada, indo em direção aos dois cientistas, mas Manford a impediu de matá-los.

— Não há necessidade de violência, minha leal companheira. Esses cientistas equivocados vieram aqui para expor o próprio ponto de vista e eu concordei em ouvi-los.

— Não sou uma escrava — murmurou ela. — Eu o sirvo de bom grado.

Aos dois homens, Manford afirmou:

— Não vou ceder nessa questão. Respeito a dedicação que tem aos próprios delírios, dr. Ptolomeu... mas, ah, se ao menos você pudesse ver a luz. Sua missão aqui foi uma completa perda de tempo e esta reunião chegou ao fim. Pode deixar esse lixo de equipamento aqui. Nós cuidaremos para que ele seja descartado da forma correta.

Quando os dois cientistas saíram, derrotados, Ptolomeu olhou para trás com evidente decepção, arrasado ao ver as pernas protéticas mutiladas. Ele parecia tão perdido e confuso; simplesmente não conseguia compreender um homem cujas convicções eram diferentes das suas.

Manford sentiu pena dele e do que teria que acontecer em seguida.

> **Tenha cuidado com o conhecimento que você busca e com o preço que deve pagar por ele.**
>
> — **Axioma da Irmandade**

Quando Josef Venport voltou de Denali, uma surpresa desagradável o aguardava na sede da Kolhar, muito mais séria do que os problemas administrativos que costumava enfrentar.

A esposa o recebeu acompanhada pelo chefe de segurança dele, Ekbir. A princípio, Cioba não disse nada, mas ele podia ler toda a preocupação em sua expressão impassível. Ela deixou que Ekbir lhe desse a informação:

— Um espião, senhor.

Josef ficou rígido enquanto a raiva crescia dentro dele, embora não ousasse demonstrar nenhuma reação. A ideia parecia totalmente absurda, mas não era inesperada. Com a frota espacial, as transações bancárias entre planetas e as operações mercantis, o Grupo Venport era influente demais e tinha um alcance grande demais para se esquivar de intenções maliciosas.

— Nós o neutralizamos — informou Cioba. — Limitamos a troca de informações. Tenho algumas ideias de como lidar com espiões, mas achei que deveria falar com você primeiro.

— Onde você o encontrou? — perguntou Josef.

Ekbir se endireitou e encarou o olhar do diretor.

— Nos campos dos Navegadores, senhor. O homem se fez passar por um de nossos técnicos. Ele tinha o uniforme adequado, o crachá de identificação e os códigos de acesso.

— Descubra como ele os obteve.

O chefe de segurança assentiu lentamente.

— Já estou trabalhando nisso, senhor.

As sobrancelhas grossas de Josef se juntaram.

— Todos os técnicos de manutenção do Grupo Venport são cuidadosamente examinados e recebem treinamento psicológico específico. Eles são uma equipe muito unida. Como ele se infiltrou?

Cioba assentiu.

— Foi exatamente por isso que ele foi pego. Embora suas credenciais parecessem impecáveis, nosso pessoal percebeu que havia algo errado. Ele foi denunciado em menos de uma hora.

O rosto de Josef ficou quente ao imaginar a planície coberta de tanques selados, cada um contendo um Navegador embrionário imerso em concentrações mutagênicas de gás de mélange.

— Ele descobriu o que estamos fazendo lá fora, presumo?

— Sim, senhor. — Ekbir não tinha como negar o fato.

Josef sabia que o segredo vazaria mais cedo ou mais tarde. Norma Cenva tinha sido a primeira a experimentar os aprimoramentos biológicos causados pela exposição prolongada ao gás de especiaria — mas a mente de sua bisavó sempre fora especial. Somente depois de muitos experimentos é que outro candidato humano sobrevivera à mudança. Os sucessos ainda constituíam uma porcentagem relativamente pequena.

— Ele ainda não nos revelou muita coisa, apesar de o processo de interrogatório ter acabado de começar — contou Cioba. — Eu mesma o monitorei, e temos o pessoal da Bisturi trabalhando nisso.

— Ótimo. — Os torturadores especialmente treinados da divisão Bisturi da organização Suk eram eficientes em infligir dor a longo prazo sem danos visíveis. Ele olhou para a esposa, admirou sua pele clara, sua beleza que parecia de porcelana; a estirpe de Feiticeira de Cioba era visível em suas feições, mas, infelizmente, ela não exibia poderes telepáticos. — Gostaria que você pudesse entrar na mente dele e arrancar as informações.

Ela acariciou o braço dele com um toque breve e elétrico.

— Sim, seria desejável. Mas, enquanto isso, teremos de usar outros meios. — Talvez suas duas filhas demonstrassem maior força mental quando ficassem mais velhas e concluíssem o treinamento da Irmandade.

— Presumimos que ele tenha sido enviado por uma das outras empresas de transporte comercial, ansiosos para saber mais sobre nossos Navegadores... — A voz de Ekbir vacilou quando ele percebeu que estava afirmando o óbvio.

— Arjen Gates já fez a empresa dele se intrometer nas operações de especiaria em Arrakis. Eu pus um fim nisso, mas ainda não acho que ele tenha aprendido a lição. — Josef tivera grande prazer em assistir às imagens que Ishanti enviara da captura e destruição das operações de coleta clandestina perto de Cartago, lançando o chefe rival em uma tempestade de Coriolis.

Nenhuma das outras frotas espaciais havia desenvolvido algo semelhante aos Navegadores, e os concorrentes de Josef tinham apenas uma compreensão vaga do motivo pelo qual as naves do Grupo Venport nunca sofriam um acidente, enquanto os voos às cegas que faziam resultavam em altas taxas de acidentes. Por meio de uma análise cuidadosa, Cioba havia presumido que algumas das outras empresas poderiam estar usando dispositivos de navegação computadorizados, que eram estritamente proibidos. Venport tinha os próprios espiões investigando o assunto.

Pessoalmente, Josef não tinha escrúpulos em usar dispositivos mecânicos de navegação, que considerava úteis e confiáveis — ele mesmo os teria usado se não tivesse os Navegadores de Norma —, e achava que as restrições contra eles eram pura estupidez. No entanto, se ele pudesse provar que um de seus rivais fazia uso de computadores clandestinos, não hesitaria em denunciá-los, o que resultaria no confisco e na provável destruição de todas as naves da frota do concorrente. Afinal de contas, negócios eram negócios.

— Deixe-me ver esse espião — pediu Josef.

— Ele está sendo mantido em uma câmara de interrogatório, senhor, aguardando suas ordens.

Josef coçou o bigode grosso e olhou para a esposa.

— Você sabe quais serão minhas ordens.

Cioba o conduziu para fora da sala, caminhando ao lado dele.

— Não tome nenhuma atitude precipitada.

O segurança os guiou até os níveis subterrâneos da torre do quartel-general, onde encontraram um homem magro que mantinha a cabeça baixa e exibia um ar fúnebre. O dr. Wantori havia concluído um treinamento especializado na Escola Suk, embora seu diploma não fosse de conhecimento público. Durante o tempo em que estudavam na instituição médica, alguns adeptos adquiriam certo prazer em infligir dor em vez de aliviá-la. Wantori era o melhor dos interrogadores e torturadores sub-reptícios da Bisturi que Josef pôde encontrar.

— Por aqui, senhor — disse Wantori com uma voz grave. — Estamos começando a fazer algum progresso.

Eles pararam na frente de uma janela de plaz opaco.

— Ele está lá dentro? — perguntou Josef. — Por que está tudo escuro?

— Não tem nada para ver por enquanto. — Wantori trabalhava na tela, deslizando pelo espectro. Uma das imagens ficou embaçada, depois focou quando os sensores ajustaram o alcance e matematicamente mudaram a tela para a luz visível.

Um homem estava pendurado de forma angular no meio da câmara, com os braços e pernas estendidos e a cabeça virada para o chão. Ele parecia uma alma perdida em uma antiga história sobre o purgatório.

— O que você fez com ele?

— Ele está intacto, senhor. A câmara é desprovida de luz e som. Os suspensores anulam a gravidade. A temperatura corresponde exatamente à temperatura do corpo dele. De acordo com as percepções que tem, ele não está *em lugar nenhum*. — Wantori olhou para cima, piscando os olhos grandes, como se não gostasse de revelar suas técnicas. — Muitas vezes isso basta para quebrar o sujeito durante o interrogatório, mas este ainda não revelou nada.

— Eu não esperava que ele revelasse. Qualquer homem que consiga se infiltrar em meu campo de Navegadores não é um espião comum. Ou ele é muito dedicado ou muito bem pago. — Josef considerou as duas opções. — Espero que ele seja bem pago, porque um mercenário pode ser comprado, mas um homem com convicções políticas ou religiosas é mais difícil de corromper.

— Ele está fisicamente ileso, exceto por algumas contusões e um dedo quebrado, que aconteceu quando ele resistiu à prisão — observou Ekbir.

— Eu o curei — corrigiu Wantori.

— Talvez você não devesse ter se dado ao trabalho — disse Josef.

O interrogador balançou a cabeça de leve.

— A dor de um osso quebrado ou de hematomas diminui a eficácia da privação sensorial. Isso dá ao sujeito algo a que se agarrar, um foco. Agora ele não tem nada, nem mesmo a dor. Para ele, deve parecer que mil anos se passaram. E meu procedimento está só começando.

— Quero falar com ele — disse Josef.

Wantori pareceu alarmado.

— Será um empecilho para o nosso processo de desorientação, senhor.

— Quero falar com ele!

Josef mal conseguia controlar seu temperamento. O fato de alguém entrar ali como um estuprador em um convento o ofendia. Por gerações, os Venport haviam construído o próprio império, financiando pesquisas, construindo naves, adquirindo riqueza e poder. Ele achava profundamente insultante que alguém tentasse tirar o que ele havia *conquistado.*

Cioba assentiu para o interrogador.

— Faça o que meu marido mandou. Pode ser que traga resultados interessantes.

Wantori ativou um conjunto de controles e fez um gesto em direção a um alto-falante. Quando Josef falou, suas palavras ecoaram no tanque sem luz.

— Meu nome é Josef Venport. — Após dias de silêncio absoluto, sem qualquer sensação, o espião prisioneiro deve ter pensado que aquela era a voz de uma divindade. — Consigo perceber que você é um profissional e não vou insultá-lo fazendo perguntas detalhadas. O dr. Wantori cuidará disso para mim. Poderia ao menos fazer a cortesia de me dizer seu nome e por que está aqui?

O espião se contorcia enquanto flutuava, mas não parecia desconfortável ou desorientado. Ele não tentou encontrar a origem da voz.

— Eu estava esperando que alguém perguntasse. Meu nome é Royce Fayed, e acho que meu motivo para vir aqui é óbvio.

— Quem o enviou?

Aquilo era um sorriso no rosto do espião?

— Achei que não fosse me fazer perguntas detalhadas.

— Satisfaça minha curiosidade. — As narinas de Josef se dilataram.

— Sinto muito, diretor Venport, mas você terá que se esforçar um pouco mais do que isso.

Josef sabia que não deveria se deixar levar por aquele jogo, então desligou o transmissor e se voltou para Wantori.

— Descubra o que você puder. Descubra tudo.

Quando o forasteiro chamado Royce Fayed foi levado aos escritórios principais de Josef Venport de novo, duas semanas depois, o espião parecia magro e significativamente mudado. Suas mãos e dedos estavam comicamente abertos, com as juntas esmagadas e depois mal fundidas. Sua cabeça havia sido raspada e cicatrizes marcavam o couro cabeludo. O dr. Wantori fora muito meticuloso.

Fayed parecia taciturno enquanto o chefe de segurança do Grupo Venport lia seu relatório.

— Ele está trabalhando para a Transporte Celestial. Arjen Gates o contratou pessoalmente. A empresa está ficando desesperada após a recente série de acidentes e a súbita indisponibilidade de cobertura de seguro para eles. Foi muito inteligente de sua parte ter providenciado isso.

Josef se permitiu abrir um sorriso e olhou para a esposa. Outro plano que ele e Cioba haviam desenvolvido juntos. Levara anos, mas seu grupo havia comprado o controle acionário da maioria das companhias de seguros que cobriam o transporte espacial comercial. Assim, o Grupo Venport possuía dados precisos sobre quantas perdas a Transporte Celestial havia sofrido em acidentes com dobraespaços; e, como ele era dono das seguradoras, Josef podia negar a cobertura à TC imediatamente. Ele poderia ter cobrado prêmios exorbitantes, mas o dinheiro não era tão importante quanto eliminar seu principal concorrente dos negócios.

— Arjen Gates quer saber como você navega na dobra espacial — disse Fayed, sem ânimo algum. — E eu estou pagando o preço pela curiosidade dele. Não estou reclamando. Eu aceitei o trabalho.

— Nós não vamos sequer mandar seu corpo de volta como um aviso de que a tentativa falhou. Ele que continue curioso.

Ainda havia um brilho nos olhos do homem destruído.

— Você não quer saber por que ele precisa de Navegadores com tanta urgência?

— A taxa de perdas responde a essa pergunta — apontou Cioba.

— Ah, mas ele está mais desesperado agora. — Royce Fayed fez o possível para se endireitar, embora seu corpo não funcionasse mais como antes.

— Está tentando barganhar? — perguntou Josef. — Se eu souber que você tem mais informações, posso pedir ao dr. Wantori que continue o interrogatório.

Fayed não estremeceu.

— Isso não será necessário. Fico satisfeito em saber que, quando eu contar, você ficará ainda mais frustrado. — Seus lábios machucados, de alguma forma, se abriram em um sorriso.

— O que é? — Josef se irritou.

— Os batedores da TC descobriram recentemente centenas de naves-robô em perfeito estado. Quando forem reformadas e equipadas com motores Holtzman, a frota da Transporte Celestial será quatro vezes maior do que a atual, talvez até maior do que a sua. Os batedores também encontraram as instalações robóticas para reabastecimento e fabricação desses veículos... grandes instalações. Arjen Gates tem tudo agora... exceto os Navegadores.

Josef respirou fundo e um entusiasmo voraz encheu seus olhos.

— E onde estão essas naves? Como posso encontrá-las?

Venport tinha seus próprios batedores vasculhando planetas de máquinas conhecidos em busca de instalações intactas como aquela, na esperança de encontrar um pátio de fabricação importante. Ele não esperava que os batedores da Transporte Celestial fossem mais bem-sucedidos do que seu pessoal.

Fayed riu, ofegante.

— E aqui está a graça, diretor Venport. Fui contratado para aprender sobre seus Navegadores, mas não sei onde fica a instalação. Não tenho as coordenadas e não sei sequer em qual sistema estelar ela se encontra. Esse é meu último truque. Seu médico é bastante competente em interrogatórios, mas eu de fato não sei mais do que isso.

O chefe de segurança Ekbir ficou atônito com a revelação.

— Peço desculpas por não ter obtido as informações adicionais dele desde o começo, senhor. Acredito nele quando diz que não sabe.

Cioba endireitou-se calmamente em sua cadeira. Ela assentiu, concordando com Ekbir.

Infelizmente, Josef também acreditava no homem. Sua mente já estava cheia de sonhos do que a Frota Espacial do Grupo Venport poderia fazer com um depósito cheio de naves robóticas intocadas e completamente funcionais. Ele odiava imaginar que Arjen Gates estava supervisionando seus engenheiros naquele exato momento, preparando-se para adicionar aquelas naves espaciais à sua frota.

— Você pode me matar agora — disse Fayed com um suspiro. — Eu já terminei.

— Ah, eu não pretendo matá-lo. — Josef se levantou de sua mesa. — Vou levá-lo à minha bisavó.

No campo de tanques dos Navegadores, Josef e Cioba levaram o espião frágil e dolorido para o tanque de Norma Cenva, que tinha vista para os outros candidatos a Navegador. Em alguns dias, Josef tinha que se esforçar muito para chamar a atenção dela; naquele dia, no entanto, o interesse de Norma foi imediato.

Sua voz estranha ecoou pelos alto-falantes depois que ele contou como o espião havia sido capturado.

— Muitos querem saber o segredo da criação dos Navegadores.

— É o *nosso* segredo — respondeu Josef —, um segredo dos Venport. Ele foi capturado antes de entregar essas informações.

Houve uma longa pausa no tanque de Norma. Fayed ficou olhando pela janela de vidro transparente para os redemoinhos laranja-avermelhados de gás, onde ele podia ver a forma distorcida da mulher em seu interior.

— Por que você fica olhando tão atentamente, Fayed? — perguntou Cioba. — Não viu isso quando estava espionando?

— Não tão de perto.

— Por que você o trouxe para mim? — perguntou Norma.

— Ele tem uma mente muito interessante. Nossos interrogadores o consideram um desafio e tanto. Cioba acha que ele tem potencial, e eu concordo.

Ele não sabia dizer se o interesse de Norma fora despertado. E então ela disse:

— Precisamos de pessoas com potencial. Mais Navegadores.

Josef poderia ter simplesmente executado o homem e acabado com o assunto — Ekbir teria se encarregado disso sem ser solicitado —, mas sentia um rancor pessoal específico contra aquele homem que tentara roubar o sustento de sua família e diluir a conquista seminal de Venport dando Navegadores a imitações baratas. Ele se voltou para o espião ferido.

— Você veio aqui para descobrir como os Navegadores são feitos, Fayed, então vamos mostrar. Vamos mostrar tudo para que você consiga entender ainda mais do que esperava.

Norma pressionou o rosto macio e não mais humano contra o plaz, olhando para fora com seus grandes olhos. Ela observou enquanto Josef instruía seus guardas a colocarem Royce Fayed dentro de um dos tanques vazios.

Eles o fecharam e encheram a câmara com gás de especiaria.

> **Sou um pensador. É isso que faço: pensar, com grande profundidade e detalhamento, em todos os momentos do dia. Gosto de acreditar que isso vale a pena. E, no entanto, não posso deixar de me lembrar de algo que Erasmus me disse certa vez quando eu era jovem e ele era meu mestre: "Todas essas coisas com as quais nos ocupamos não são tão importantes na escala cósmica das coisas, não é mesmo? Não importa o quanto ponderemos sobre qualquer tópico específico, na realidade há muito pouco ali".**
>
> — Gilbertus Albans, *Reflexões diante do espelho da mente*

Os escritórios da administração da Escola Mentat eram um labirinto de salas modulares e cubículos; ao fundo, havia música tocando em um volume tão baixinho que Gilbertus muitas vezes a ignorava. No entanto, naquela tarde, a melodia chamou sua atenção porque ele ouviu as notas poderosas e pontuadas de "Rhapsody in Blue", uma das músicas favoritas de Erasmus da Velha Terra. Como o robô independente conseguira conectar seu núcleo de memória aos sistemas de áudio da escola, Erasmus sem dúvida havia escolhido a música, outro lembrete sutil de sua presença oculta. Nenhum dos professores ou alunos da escola poderia imaginar os pensamentos e as emoções que tais melodias provocavam em Gilbertus ou na mente de máquina de Erasmus, com seus programas de simulação.

Gilbertus saiu de uma reunião de equipe, dirigiu-se à ala secundária e entrou em um escritório que era mais adequado para um professor titular do que para um mero aluno, mas Draigo Roget não era um assistente de ensino comum. No limiar da graduação, Draigo havia atingido os limites do que Gilbertus ou qualquer um dos instrutores poderia lhe ensinar e, em breve, o jovem deixaria a escola como um Mentat pleno. Gilbertus lhe fizera várias ofertas a cargos de professor:

— Alguns dos melhores formandos optam por ficar. Você teve um desempenho melhor do que qualquer outro aluno na história desta instituição e provavelmente pode ensinar melhor do que a maioria dos nossos instrutores.

Draigo continuara sem se comprometer:

— Também posso servir lá fora, pelo Imperium, como Mentat. Foi para isso que fui treinado.

Gilbertus não podia argumentar contra a lógica, embora tivesse insistido em lhe dar um escritório maior e outras vantagens na esperança de que ele considerasse a proposta.

Mais uma vez, ele pensou em contar a Draigo sobre Erasmus, com a esperança de enfim ter um aliado para proteger e estudar o núcleo de memória do robô. Erasmus teria ficado feliz em trabalhar com outro pupilo, alguém que poderia ser mais facilmente convencido a construir uma nova forma de máquina para ele. Mas Gilbertus decidiu que não poderia correr o risco ainda... se é que algum dia correria.

Naquele momento, quando o diretor entrou, Draigo não ergueu o olhar. Com as sobrancelhas escuras unidas, o jovem estava examinando pilhas de documentos impressos que transbordavam de sua mesa e se amontoavam no chão e nas cadeiras laterais: registros escritos que rastreavam as aparições e os movimentos das naves de Omnius ao longo de mais de um século do Jihad, incontáveis pontos de dados dispersos.

Olhando para Gilbertus, como se tivesse sido pego em uma ação ilícita, Draigo se explicou:

— É só um pequeno exercício mental antes da minha formatura. Ao reunir todos os dados de episódios vistos e ataques conhecidos, estou tentando retroceder e fazer uma projeção Mentat que analisa as ondulações de influências de segunda ordem. Talvez eu consiga descobrir as pegadas ocultas de outras frotas de robôs ou postos avançados abandonados. Com pontos finais suficientes, talvez eu possa extrapolar os inícios.

— Interessante... e muito ambicioso. Você precisa de ajuda?

Gilbertus entendeu a profundidade do problema; não era simplesmente uma projeção retrógrada, já que eles não tinham como saber quantos depósitos ou estaleiros diferentes haviam lançado todas as naves, ou quais haviam sido destruídos ou desativados durante o curso do Jihad. No entanto, com pontos de dados suficientes e intensidade de foco mental, talvez eles pudessem obter um pouco de informação. Se alguém fosse capaz, Draigo conseguiria.

— Com todas essas informações, deveríamos dividi-las e comparar os resumos — acrescentou Gilbertus.

O jovem sorriu.

— Essa seria uma excelente ideia, e eu agradeceria sua ajuda. Um último esforço de cooperação entre mestre e aluno?

O caráter definitivo das palavras desanimou Gilbertus. Sentando-se à mesa ao lado, ele começou a digitalizar documento após documento, lendo rapidamente e absorvendo dados. Ao reter todos os pontos em sua mente, começaram a surgir padrões e, várias horas depois, quando os dois compararam o que haviam descoberto, Draigo disse o que Gilbertus já estava pensando.

— Extrapolei alguns lugares onde um grande número de naves-máquina pode ter sido construído e lançado — disse Draigo. — Estaleiros extensos.

— Eu também projetei isso — concordou Gilbertus. — A convergência mais significativa de caminhos se origina de um sistema estelar chamado Thonaris. Sim, as evidências sugerem que poderia ser uma importante instalação industrial de máquinas.

Embora Gilbertus não se lembrasse pessoalmente de nenhuma menção anterior a tais estaleiros, sempre poderia pedir a Erasmus que confirmasse. Draigo bateu com a ponta do dedo nos registros, que havia ajeitado em pilhas organizadas depois de memorizar as entradas.

— Essa parece ser uma informação útil. Obrigado pela ajuda.

Os dois homens ficaram em silêncio por um tempo, cada um ponderando as implicações do que haviam descoberto. Gilbertus sabia que, caso Draigo revelasse os dados aos butlerianos, como era o esperado, Manford Torondo iria saquear e destruir qualquer posto avançado daquele tipo, se existisse. Ou então outros interesses comerciais poderiam resgatar e explorar o tesouro. Gilbertus não gostava de nenhuma das alternativas.

— Talvez seja melhor eu consultar o imperador para saber o que sua majestade espera que seja feito — sugeriu Gilbertus. — Vou pensar melhor, mas talvez eu deva entregar essa projeção a ele pessoalmente na próxima vez que viajar para Salusa Secundus.

Draigo deu de ombros, como se não tivesse mais interesse no assunto uma vez que o problema estivesse resolvido.

— Temos tempo. O posto avançado da máquina está esperando lá, intocado, desde antes da Batalha de Corrin... se nossa dedução estiver correta.

— Foi um prazer trabalhar com você, Draigo Roget. Sentirei falta de nossas disputas amigáveis e de nossa cooperação.

O aluno inclinou a cabeça.

— E eu gostei de aprender com você, mas estou ansioso para me formar. Farei o meu melhor para continuar aprendendo, mesmo lá fora, em algum lugar no espaço.

Mais tarde, na privacidade de seu escritório, Gilbertus retirou o núcleo de memória de seu compartimento oculto e conversou com a mente robótica sobre as novas informações.

— Ah, sim, eu me lembro dos estaleiros de Thonaris — disse Erasmus em sua voz erudita. — Uma de nossas maiores operações industriais.

— Agora que tenho as informações, como devo revelá-las? — Gilbertus continuava preocupado. — E para quem? Para Manford Torondo, para aumentar a cooperação com a escola? Ao imperador?

— Não há pressa alguma em revelar a descoberta. Não se deve *entregar de bandeja* informações tão importantes, nem mesmo para o imperador. Pense no quanto isso é valioso e guarde essa informação como uma moeda de troca. Revele só quando for necessário, quando for de nosso interesse. Nunca se sabe quando uma "descoberta" dessas pode ser útil.

— Esse parece ser um bom conselho.

— Eu já lhe dei algum outro tipo de conselho?

Gilbertus sorriu.

— Sem comentários.

> **Somos como salmões, nadando contra a correnteza da vida. Cada um de nós está desesperado para saber de onde veio, quem foram nossos ancestrais e como eles viveram, como se o passado deles pudesse oferecer orientação para nosso futuro.**
>
> — Abulurd Harkonnen, anotações em Lankiveil

Quando Valya fora designada para conduzir uma hora de treinamento intensivo particular com Anna Corrino e as duas jovens filhas de Josef Venport, notou que a diferença de idade das acólitas era perceptível, mas o nível de habilidade era quase equivalente. Na verdade, as jovens Sabine e Candys, com 9 e 10 anos respectivamente, eram até mais atentas e talentosas do que a instável irmã do imperador.

Quando a Reverenda Madre pediu que ela ficasse um tempo afastada do estudo dos registros computadorizados de reprodução, Valya, de início, ficou aborrecida, porque usar os computadores a fim de projetar genealogias parecia muito mais vital para o propósito da Irmandade e para o seu progresso pessoal. No entanto, ela decerto percebeu as vantagens de estabelecer laços estreitos com Anna Corrino e com as duas filhas de Venport.

— Darei o meu melhor, Reverenda Madre — prometeu ela.

Raquella não provera a Valya nenhum currículo específico, deixando a instrução a seu critério; a jovem se perguntou se a Reverenda Madre estava fazendo daquilo um meio de testar *ela* também.

— Chamamos isso de parede do labirinto — explicou Valya, conduzindo suas três alunas para uma câmara pequena e escura.

Em uma parede inteira da sala (atrás de um painel fino de vidro) havia uma camada de terra finamente peneirada que abrigava uma complexa colônia de insetos. Naquele palco restrito, uma colmeia de escavadores blindados — nematoides com garras cobertos por placas quitinosas — perfurava um labirinto de túneis tortuosos. Eles tinham aberto uma cavidade central de onde a rainha guiava todas as operações de seus zangões. Valya secretamente pensava na escavadora-rainha como a "Reverenda Madre".

— Já estivemos aqui antes — disse Sabine, a acólita de 9 anos, em um tom superior.

Valya franziu a testa para ela.

— Você ainda não viu o que pretendo mostrar.

Candys estava fascinada pelos insetos alongados que continuavam a escavar e reorganizar a arquitetura de sua colônia. Anna parecia irritada.

— Quero que vocês estudem os movimentos dessas criaturas, analisem suas atividades e interpretem a ordem intrigante de seus caminhos. Essa colônia de escavadores é como um microcosmo do universo, repleto de caminhos que se cruzam, alguns que se ramificam e outros que simplesmente param em becos sem saída. É como o mapa da vida de uma pessoa: só faz sentido se for estudado com cuidado.

A voz de Anna carregava sua irritação impaciente:

— Meus irmãos não me mandaram para Rossak para ficar olhando uma colmeia de insetos o dia inteiro.

— Uma hora não é o dia inteiro — retrucou Sabine Venport.

— Seus irmãos fazem exercícios equivalentes — argumentou Valya. — O imperador Salvador não precisa pensar nas conexões entre os planetas do Imperium, as famílias nobres, as linhagens, os casamentos, as desavenças?

— Nossos pais administram o Grupo Venport — disse Candys. — Isso é quase tão importante quanto ser o imperador.

Anna fez um ruído de escárnio para a criança.

— Não tem nem comparação.

Valya interrompeu a discussão que estava se formando.

— Vocês são todas acólitas agora, e a família de vocês é a Irmandade. Os nomes Corrino e Venport não significam nada aqui.

Ela falou com grande convicção, embora sentisse o contrário. Valya não queria que elas perguntassem sobre os Harkonnen. Se ela mexesse os pauzinhos certos e fizesse os contatos adequados, poderia salvar a situação de sua família por meio do poder e da influência dos Corrino e dos Venport.

Dirigindo a atenção das alunas, Valya ficou perto de Anna Corrino enquanto as três acólitas olhavam com atenção para os escavadores que se arrastavam.

— Observem-nos até encontrar o padrão e vão ter uma ideia do propósito deles. A rainha da colmeia deve ter algum plano geral que possamos desvendar.

— Eu gosto de observá-los — comentou Candys.

Valya sussurrou para Anna como se estivesse compartilhando um segredo apenas com ela:

— Algumas das Feiticeiras usam isso como um exercício mental. Após anos de prática no direcionamento de seus pensamentos, algumas aprenderam a mudar o padrão dos túneis. Elas podem reescrever o projeto.

— Eu poderia fazer isso? — perguntou Anna.

Valya não riu, não a desencorajou.

— Não sei. Será que poderia? Precisa de muita concentração.

Anna olhou para Valya, que viu uma garotinha assustada por trás de seus olhos.

— Eu tinha uma árvore especial de pau-névoa no palácio e, ao longo dos anos, transformei-a em meu próprio esconderijo secreto. Conseguia fazer os galhos crescerem na direção que eu quisesse. Muitas pessoas conseguem manipular pau-névoa, mas não aquela variedade em particular, e eu tinha um dom especial para fazer isso. A Irmã Dorotea ficou intrigada quando soube, mas me recusei a mostrar. Ela não acreditava que eu pudesse ter poderes mentais como aquele, mas eu não me exibiria para ela... Por que faria isso? — Ela fungou.

— Bem, eu acredito em você — respondeu Valya, porque isso fez com que Anna sorrisse para ela.

— Será que temos esse potencial? — perguntou Sabine. — Somos jovens, mas já faz dois anos que estamos estudando com a Irmandade.

Valya fez uma pausa para pensar em como a Reverenda Madre responderia àquilo e então falou:

— Alguns dizem que, se uma pessoa se dedicar, pode realizar qualquer coisa que quiser, mas são só palavras vazias. Vocês não podem de fato fazer "qualquer coisa", mas se vocês se dedicarem, vão descobrir pontos fortes que os outros não têm. E vão surpreender pessoas que não esperavam isso de vocês. — Ela baixou o tom de voz. — E é assim que vocês se tornam poderosas.

As três passaram o restante da hora olhando em silêncio, estudando os escavadores. Valya permaneceu com elas, mas seus pensamentos estavam distantes, contemplando conexões e possibilidades no próprio futuro.

Sozinha de novo para colocar em dia seus deveres nas cavernas altas e secretas que guardavam os registros de criação, Valya Harkonnen sentou-se no centro de um carrossel de computadores, movimentando as mãos para tocar nas telas que paravam à sua frente e acessar os registros que desejava. Ela examinou os arquivos históricos e familiares, explorando os afluentes de dados que fluíam do rio principal dos acontecimentos notórios que ocorreram no Jihad.

A Irmã Sabra Hublein, já idosa, a treinara para usar os sistemas, que Valya considerava notavelmente intuitivos. Ela gostava de mergulhar nas camadas eletrônicas de informações genéticas, bem como nas histórias familiares e nos registros pessoais.

A cada vez que passava pela porta holográfica oculta naquelas câmaras de computador, Valya apreciava o grande privilégio que Raquella lhe concedera. Dava sempre o melhor de si para provar que merecia a honra.

Embora ela e a Reverenda Madre estivessem separadas por um grande abismo de idade, compartilhavam algo que não podia ser expresso em palavras; Valya via aquilo na maneira carinhosa como a idosa olhava para ela, no sorriso que enrugava os olhos azul-claros, na maneira bem-humorada como franzia os lábios ao falar. Na *esperança* que sentia por Valya, como uma mãe ansiando pelo sucesso de sua filha.

A Irmandade era a família da jovem, como a Reverenda Madre insistia, mas o maior segredo de Valya era não poder se esquecer de sua outra herança. Ela escondia sua lealdade dividida com o maior cuidado possível.

Após o retorno inesperado de Vorian Atreides, a raiva latente em Valya clamava para que ela destruísse aquela pedra no caminho de sua família, mas ela passara aquela nobre obrigação para seu irmão e sabia que Griffin não a decepcionaria. Ela se perguntava onde ele estaria naquele momento...

Irmandade de Duna

Perto de Valya, Irmãs paramentadas estavam sentadas à frente de outras telas do carrossel ou entrando e saindo das câmaras ocultas, mas a jovem não lhes dava atenção. Estava concentrada na busca por informações, escavando arquivos históricos que mostravam a relação emaranhada entre Vorian Atreides e a família Harkonnen.

Enterradas nas profundezas dos registros, salvas com o nome errado (talvez de propósito) para que ninguém as encontrasse, estavam as cartas trocadas entre Abulurd Harkonnen e Vorian Atreides anos antes da Batalha de Corrin. Ela arregalou os olhos quando juntou as informações: Vorian Atreides dissera desejar que Xavier Harkonnen voltasse a ser bem-visto na história, insistindo que o homem era um herói, não um traidor da humanidade, mas a Liga não lhe dava ouvidos.

Ela encontrou duas cartas que Abulurd havia enviado a Vorian, na época em que os dois ainda eram amigos. A primeira, escrita no calor do Jihad, dizia: "Alguns dizem que o sangue Harkonnen que corre em minhas veias me desonra, mas não aceito as mentiras que ouvi, as tentativas de difamar o papel de meu avô. Você e eu sabemos por que ele fez o que fez. Para mim, as ações de Xavier Harkonnen tratam de honra, não de covardia".

Em outra carta, Vorian prometera a Abulurd que trabalharia sem parar para restaurar o nome Harkonnen quando Omnius fosse derrotado. No entanto, após os acontecimentos na Ponte de Hrethgir, Vorian quebrara seu voto, virando as costas para a família Harkonnen e fazendo com que Abulurd fosse enviado ao exílio.

A última carta de Abulurd nos arquivos, escrita durante os dias sombrios de desgraça após a Batalha de Corrin, era ainda mais reveladora e acusatória: "Vor, esta é minha segunda carta para você — meu segundo pedido urgente. Sei que quer destruir a mim e a meu nome. Isso o livra de sua promessa de corrigir a história? Pelo menos deixe que a honra seja restaurada para Xavier Harkonnen, que bravamente voou com sua nave em direção ao sol para destruir o maligno Iblis Ginjo. Ou você deixará Xavier de lado, e todos os Harkonnen, só porque está decepcionado comigo? O que isso diz sobre a honra dos Atreides?".

Valya desviou o olhar e percebeu que estava chorando. Ela enxugou as lágrimas. Tinha fé que Griffin faria o que fosse necessário. Aquele homem detestável merecia morrer!

Brian Herbert e Kevin J. Anderson

Usando um sinal manual para ativar o carrossel, ela varreu os arquivos com os olhos e traçou a própria árvore genealógica, reconhecendo muitos dos nomes — de Abulurd a Xavier, Ulf e até mesmo gerações mais distantes nos arquivos da história. Tantos feitos heroicos... só que, depois de Xavier se sacrificar para matar o Grande Patriarca Ginjo, a opinião pública se voltara contra ele de tal forma que os descendentes mudaram o nome da família. O neto de Xavier, Abulurd, tentara recuperar sua herança, mas seu banimento subsequente apenas completara a destruição de todo o legado.

A tela seguinte do carrossel mostrou sete imagens de Abulurd em idades variadas. Valya ficou com o coração apertado ao ver os rostos mudarem, passando da exuberância da juventude para o triste reconhecimento do fracasso no final da vida dele no exílio.

Ela se assustou quando uma brisa lhe tocou o rosto, uma lufada de ar quente na caverna, como se alguém tivesse assoprado com força na direção dela e depois se afastado. Perto dali, ouviu um som fugidio desaparecer nas sombras. Valya olhou em volta, seus sentidos se aguçando, mas não viu ninguém. Havia outras Irmãs de confiança trabalhando em estações de computador dentro da grande câmara, mas todas estavam distantes da jovem. Uma sensação tátil semelhante a um arrepio percorreu as costas dela... e então desapareceu.

Valya esperou, tensa, mas a sensação não se repetiu. Ela ouviu apenas o zumbido dos ventiladores e dos sistemas de resfriamento, a ponderação subsônica de máquinas pensantes. Tudo parecia normal...

Inquieta, tentou se acalmar lembrando-se de como havia se juntado às Irmãs de Rossak, quando uma mulher de vestes pretas chegara a Lankiveil em um transporte de carga. Era a Irmã Arlett, formada pela Irmandade, uma viajante que parava em lugares distantes para falar sobre a Escola Rossak. A missionária vira ambição e potencial nos olhos de Valya e oferecera esperança quando a jovem sabia que tinha pouca chance de evoluir em Lankiveil.

— A Irmandade se esforça para melhorar a humanidade, uma mulher de cada vez — dissera Arlett. — Você pode aprender a se tornar você mesma em Rossak, e mais do que você mesma.

Valya ficara fascinada com a oportunidade. A Escola Rossak era a chance de melhorar suas perspectivas. Embora Griffin tivesse ficado triste com a perspectiva de a irmã partir e a mãe deles tivesse descartado as aspirações da garota, Valya não se demorou para tomar uma decisão. Ela voara para longe com a Irmã Arlett sem arrependimento algum...

Depois de terminar o trabalho com os computadores ocultos, Valya voltou aos corredores principais e às aulas nas quais as acólitas tinham recém-terminado uma sessão de meditação. Dentro de alguns instantes, viu Anna Corrino correndo ao seu encontro, seguida pela Irmã Dorotea, que parecia impaciente. Sem dúvida, Anna causara problemas durante a aula.

— Não preciso de aulas de meditação — anunciou Anna. — Quero trabalhar no programa de reprodução com você.

Valya desacelerou o passo, mas continuou caminhando rumo ao complexo principal da escola.

— O programa de reprodução?

— Todo mundo sabe que os registros de reprodução estão naquela trilha.

— Cada Irmã tem responsabilidades além de continuar sua educação — protestou a Irmã Dorotea, incisiva, para Anna. — A Irmã Valya tem os próprios deveres, e eu tenho os meus de ajudar Karee Marques nas selvas.

Valya ouvira rumores de que Dorotea poderia até se tornar a líder da Irmandade um dia. Se assim fosse, Valya se perguntava por que a Reverenda Madre não lhe contara o segredo dos computadores de registro de reprodução. Talvez pelo fato de Dorotea ter passado anos estudando com os butlerianos em Lampadas?

Anna pegou Valya pelo braço alegremente, reivindicando a amizade dela.

— Quero ver os registros de reprodução. Eles devem ser muito importantes.

Os pensamentos de Valya dispararam. Anna Corrino não estava acostumada a ter acesso negado a lugar algum.

— Quando você se tornar uma Irmã plena e passar em todos os testes, talvez eu possa usar minha influência para arranjar uma breve visita, mas, em geral, é proibido entrar na parte que contém os detalhes das árvores genealógicas.

Anna abriu um sorriso torto.

— Eu já sei tudo sobre a Casa Corrino.

Valya se perguntou se Anna tinha sido informada sobre a ramificação Harkonnen da árvore genealógica dos Butler/Corrino. *Seria uma surpresa para você caso descobrisse que somos primas?* Em vez de responder diretamente a Anna, ela parafraseou as palavras da Reverenda Madre:

— Talvez seja verdade, mas lembre-se de que somos todas Irmãs, e a Irmandade é nossa família agora.

> **Nem todos os acidentes são o que parecem. Nem as próprias vítimas sabem por que foram escolhidas.**
>
> — General Agamemnon, *memórias verdadeiras*

Uma vez libertados, Hyla e Andros voaram com sua nave roubada até o coração do Imperium humano. *Salusa Secundus*. Durante o voo, eles tiveram tempo de assimilar as informações a bordo da nave butleriana, ressentindo-se e também questionando os fatos apresentados, sobretudo a forma como as bibliotecas históricas retratavam o pai dos dois, o general Agamemnon, e a época dos Titãs cimaks.

Os gêmeos também ficaram sabendo que o irmão pródigo deles, Vorian, havia genuinamente se voltado contra o Império Sincronizado, sendo adorado como herói entre os humanos selvagens, chamados com desdém de *hrethgir* pelas máquinas pensantes.

— Ao que parece, eles reverenciam os traidores — avaliou Andros. — Os *hrethgir* não compreendem a grandeza de seus antepassados... E nosso irmão não é um filho digno de Agamemnon.

— Talvez possamos restaurar isso — refletiu Hyla. — Se Vorian se transformou uma vez, talvez seja possível transformá-lo de novo... de volta às raízes dele. E então nós três poderemos alcançar o potencial de nossa criação.

— Ele merece morrer pelo que fez — retrucou Andros.

Hyla abriu um sorriso frio e afiado.

— Você só quer ser o único filho de Agamemnon.

— Eu sou o único filho verdadeiro de Agamemnon.

Ao chegar ao mundo capital, eles entraram em contato com as transmissões de informação para coletar dados, mantendo a nave despercebida e invisível, não porque temessem ser detectados, mas porque qualquer clamor afetaria a missão.

Embora a rede tecnológica de Salusa Secundus parecesse ter se deteriorado desde a época do Jihad, os gêmeos acessaram as transmissões e, em seguida, entraram em bibliotecas históricas, onde vasculharam volumes que contavam fatos muito distorcidos. Os registros do Jihad celebravam os inúmeros feitos heroicos de Vorian contra as máquinas pensantes, até mesmo atacando os cimeks que o haviam criado e que lhe tinham concedido o milagroso tratamento de extensão de vida reservado apenas a um seleto grupo. Os relatos destacavam e elogiavam a forma como ele havia enganado e assassinado o próprio pai.

Vorian poderia facilmente ter se tornado o primeiro imperador após o Jihad e, por direito, deveria tê-lo sido, mas permitira que os Corrino subissem ao trono, mesmo sendo muito mais fracos. Ele escolhera o caminho mais fácil para deixar aquela vida, dando as costas para a fama e o poder que lhe eram devidos. E desaparecera havia oito décadas nos vastos remansos do Imperium.

Hyla não conseguia entender por que o meio-irmão teria feito tal coisa, considerando seu potencial. Mesmo depois de todos aqueles anos, ela não tinha dúvidas de que ele continuava vivo — assim como os gêmeos. Ele provavelmente viveria por séculos e séculos.

Não demorou muito para que Andros o encontrasse. De fato, Vor retornara aos olhos do público, aparecendo recentemente em nome de um mundo insignificante que chamava de lar. Um lugar onde ele tinha uma família. Depois de agitar a população em Salusa Secundus, curvando-se e sorrindo para os aplausos, aceitando os desfiles organizados para ele, Vor partira, pensando que poderia cair na obscuridade de novo.

— Temos que ir até lá — disse Andros.

Com facilidade, Hyla obteve as coordenadas do planeta Kepler.

— É claro que temos.

Abasteceram o cargueiro estelar com todo o combustível necessário, assassinaram duas pessoas que se colocaram no caminho e voaram para encontrar o filho traidor e corrompido de Agamemnon.

Embora os gêmeos tivessem crescido isolados no laboratório de experimentos e treinamentos, a mãe adotiva deles, Juno, injetara uma grande quantidade de informações nos dois, dando-lhes habilidades de combate e infiltração. Ainda que alguns detalhes estivessem desatualizados, as técnicas eram atemporais.

Andros e Hyla esperaram nas colinas espinhosas e sem trilhas das fronteiras do vale onde sabiam que Vorian Atreides morava. Depois que a escuridão total caiu, eles correram pelas fazendas vizinhas e entraram na extensa vila, cujo mapa haviam memorizado dos registros de zoneamento.

Sabiam qual era a casa do irmão e os nomes da esposa dele, de todos os filhos adultos, dos netos e dos colegas mais próximos. Embora o sangue de Vorian carregasse a linhagem do general Agamemnon, Andros e Hyla não estavam interessados em descendentes inferiores. Queriam apenas o irmão — e tinham os próprios motivos para aquilo.

Àquela hora, apenas uma luz permanecia acesa na grande casa. A noite estava quieta, exceto pelo vago rumorejar do gado. O zumbido dos insetos noturnos se transformou em silêncio enquanto os gêmeos deslizavam pelas sombras iluminadas pelas estrelas. Circularam a casa com cautela e depois se aproximaram da janela iluminada. Lá dentro, Hyla viu apenas uma mulher idosa sentada sozinha em uma cadeira, aparentemente lendo, embora parecesse meio adormecida. Uma música baixa e suave vinha de uma caixa de som em uma mesa. Hyla reconheceu a esposa de Vorian, Mariella, mas não viu sinal algum dele.

Andros queria entrar, matar a velha e saquear a casa, mas Hyla o impediu.

— Juno nos ensinou a diferença entre ter sucesso por meio da inteligência e ter sucesso por meio da força. Se Vorian não estiver lá, vamos descobrir o que pudermos primeiro... de forma rápida e eficiente. Se isso não funcionar, temos a opção da violência depois, mas não o contrário.

Andros concordou, e eles foram até a porta da frente. Com uma rápida torção do próprio pulso, Hyla quebrou a maçaneta e, em seguida, arrancou o ferrolho do encaixe. Os dois entraram na casa com tanta rapidez que Mariella mal teve tempo de se levantar da cadeira.

— Quem são vocês? O que estão fazendo aqui? — A idosa ficou em pé, tensa e indignada, mas Hyla já podia sentir o cheiro do medo que começava a exalar de seus poros.

— Estamos procurando seu marido — disse Andros. — Nosso querido e desaparecido Vorian. Estamos ansiosos para revê-lo. Onde podemos encontrá-lo?

As narinas de Mariella se dilataram.

— Conheço meu marido há setenta anos e nunca vi vocês antes.

— Somos irmãos dele, e só recentemente descobrimos onde ele esteve escondido esse tempo todo — explicou Hyla.

Os olhos da senhora se estreitaram.

— É... Posso ver a semelhança, mas ele nunca mencionou um irmão ou uma irmã antes.

Tentando ser discreta, mas um tanto desajeitada ao fazê-lo, Mariella olhou ao redor da sala, sem dúvida procurando por uma arma.

— Ele não sabe sobre nós, mas viemos a Kepler para uma feliz reunião de família — disse Andros. Até mesmo Hyla conseguia ver que a tentativa dele de abrir um sorriso desarmante não convencia.

— Ele não está mais em Kepler — contou Mariella. — Chegaram tarde. Ele foi embora de vez. E acho que é melhor vocês irem embora também.

Hyla franziu a testa, irritada ao perceber que aquilo não seria tão fácil e direto como haviam planejado.

— Para onde ele foi? Fizemos uma longa viagem para chegar até aqui.

A desconfiança se cristalizou em torno de Mariella, que cruzou os braços em um gesto de desafio.

— Acho que não quero dizer. Ele se despediu e deixou Kepler por motivos que considerou bons e suficientes. Se quisesse que vocês soubessem onde estava, teria contado para vocês.

— Isso está demorando demais. — Com uma investida para a frente, Andros agarrou Mariella pelo ombro e a empurrou de volta para a cadeira com força suficiente para que a clavícula dela se partisse sob o aperto dele. A idosa soltou um grito de dor. — É hora de tentarmos outros métodos.

Os irmãos haviam interrogado com sucesso um veterano Mestre-Espadachim, acostumado à dor; Hyla duvidava que uma mulher idosa fosse um grande desafio.

— Tudo bem — aquiesceu ao irmão —, mas teremos que cobrir nossos rastros depois. Não podemos deixar que alguma dessas pessoas alerte Vorian que estamos atrás dele.

Faltando duas horas para o amanhecer, antes que a aldeia despertasse para as tarefas agrícolas que antecedem o nascer do sol, alguém percebeu as chamas crescentes e soou o alarme. Ainda tensos após o ataque dos traficantes de escravos, apesar das naves de proteção imperiais em órbita, os habitantes de Kepler se apressaram para prestar socorro.

Irmandade de Duna

Bonda foi correndo com o marido e os filhos e viu que a casa de Mariella estava pegando fogo. As chamas já haviam consumido o andar térreo e estavam escapando pelas empenas. Ela nunca vira uma casa pegar fogo tão rápido ou de forma tão devastadora.

— Mãe! — gritou ela, tentando correr para mais perto, mas o marido, Tir, agarrou-a pelo braço para protegê-la. — Ela já saiu? Minha mãe conseguiu sair?

Bombeiros voluntários se esforçaram para conectar mangueiras ao poço externo e borrifaram água nas chamas. Alguns dos bombeiros olharam para Bonda, com os rostos avermelhados e sombrios, enquanto continuavam a combater as chamas.

Bonda se debatia contra o marido, que se recusava a soltar o braço dela; o coração batia forte, a garganta estava irritada. A varanda desmoronou na conflagração. As lágrimas escorriam pelo rosto de Bonda. Faíscas em espiral voavam como vaga-lumes nas correntes de calor.

Ela havia crescido naquela casa com seus irmãos e irmãs, mas, com o pai ausente, ela já parecia meio vazia. A mãe parecia uma pálida sombra de si mesma sem ele, mas se recusara a ir morar com qualquer um dos filhos.

— Talvez ela tenha escapado — sugeriu Bonda, embora nada pudesse ter sobrevivido àquele incêndio.

Seus joelhos oscilaram e ela caiu no chão. Tir se abaixou ao lado da esposa, envolvendo-a em um abraço apertado. As chamas subiram mais alto em direção aos céus.

**Somos muito mais corajosos em nossos
pensamentos do que na realidade.**

— Faykan Butler, herói do Jihad e primeiro imperador Corrino

Antes de receber a mensagem enviada por Valya, Griffin Harkonnen nunca ouvira falar do planeta onde Vorian Atreides estava escondido. Kepler era um entre as muitas centenas de mundos despercebidos e prosaicos que compunham a fronteira do Imperium. Mesmo durante os séculos de domínio das máquinas pensantes, Omnius nunca se preocupara com Kepler. Não era de se admirar que Vorian tivesse simplesmente desaparecido ali durante décadas.

É claro que Lankiveil também não era um planeta notável — um lugar adequado para exilar um homem desonrado como Abulurd Harkonnen, mas pouco além disso. Mal poderia ser chamado de "lar" no sentido reconfortante da palavra.

No entanto, apesar de todas as dificuldades e ressentimentos, Griffin tentara enxergar o potencial do lugar, as possibilidades no comércio de pele de baleia, os investimentos que poderia conseguir com outras famílias nobres se tivesse a oportunidade de conversar com elas. E então, quando se tornasse representante no Landsraad, ele viajaria para Salusa Secundus, faria aliados e conduziria negócios para que, por fim, as pessoas ficassem sabendo que seus ancestrais eram os mesmos da família Butler, que se autodenominou Corrino após o Jihad. Tudo aquilo fazia parte da estratégia de longo prazo dele e de Valya. Mesmo que Griffin talvez não vivesse para vê-la concluída, seus filhos e netos viveriam.

Mas o ressurgimento de Vorian Atreides o sobrecarregara com outras obrigações que deveriam vir em primeiro lugar.

Após a perda de Weller e da carga de pele de baleia, Griffin entendeu como era importante para ele estar em Lankiveil, guiando a família pelas águas agitadas e perigosas. Incapaz de estar presente em pessoa naquele momento, ele deixara instruções cuidadosas, nomeara representantes entre os habitantes da cidade e treinara Vergyl Harkonnen da melhor forma possível. Precisava ter esperança de que eles seriam capazes de administrar os negócios de Lankiveil bem o suficiente até seu retorno.

Vingue a honra de nossa família, Griffin. Sei que posso contar com você.

Ainda que fosse obrigado a fazer uma pausa considerável para conseguir se vingar de um homem tão velho, a honra da família Harkonnen superava tudo, inclusive as folhas de registro e os planos de cinco anos para a frente com os quais ele vinha gastando tanto tempo. Considerando a gravidade de sua missão — assassinar o herói mais famoso do Jihad —, Griffin tinha algumas dúvidas. Mas não se esquivou da responsabilidade. Precisava encarar a tarefa sombria, mas necessária, e concluí-la.

Depois de reservar dinheiro para as despesas planetárias necessárias em Lankiveil e automatizar as contas para que as chegadas de naves espaciais fossem compensadas e as cargas vitais pagas, Griffin orçou cuidadosamente o dinheiro do acordo da Transporte Celestial e reservou a passagem mais barata possível para Kepler. A maior parte dos fundos que levou com ele vinha das economias que havia acumulado para pagar as certificações governamentais necessárias em Salusa Secundus e para estabelecer um escritório na capital. Por ora, aqueles sonhos precisariam ser deixados de lado.

A rota tortuosa exigia diversas conexões, e ele foi forçado a viajar a bordo de uma nave de carga de modelo antigo operada pela Transporte Celestial. Depois do terrível acidente que custara a vida de seu tio, Griffin estava relutante em lidar com a TC, mas a próxima nave disponível levaria seis semanas a mais para chegar a Kepler. Ele não queria ficar fora por tanto tempo.

Ao chegar ao seu destino, viu um grupo de naves de guerra grandes e bem armadas circulando em órbita, vigiando como guardiões ferozes. De acordo com os relatórios, Vorian Atreides conseguira a proteção militar do imperador Salvador. Griffin estreitou os olhos, sentindo um lampejo de irritação. Não conhecia bem os detalhes, mas presumia que o acordo envolvia subornos, coerção e pedidos de favores especiais. O patriarca dos Atreides manipulava as pessoas poderosas com extrema facilidade.

Enquanto isso, o imperador Corrino nunca havia se preocupado em colocar defesas acima de Lankiveil...

O pequeno espaçoporto de Kepler era pouco mais do que um campo de pouso e uma estação de transferência para um dos quatorze vales habitados do continente.

— A única maneira de obter respostas é fazendo perguntas — aconselhara Weller certa vez.

E foi o que Griffin fez. Todos, desde os técnicos de reabastecimento mais humildes até o administrador de plantão das operações do espaçoporto, ficaram encantados em falar sobre Vorian Atreides, cuja identidade havia sido revelada. Durante anos, aparentemente, ele vivera uma vida tranquila por ali, fingindo ser um homem simples, benquisto por sua família e seus vizinhos. E então, depois do que fizera para garantir a proteção de Kepler, eles o consideravam um herói, comemorando suas realizações e aplaudindo tudo o que fizera pelo planeta e por seu povo. Um dos carregadores tinha muito a dizer sobre ele:

— Quando os traficantes de escravos invadiram o vale de Vorian e capturaram seus amigos e familiares, ele pegou a própria nave e correu para resgatá-los! O resto de nós havia desistido. O que se pode fazer depois de uma invasão dessas? Mas ele encontrou uma maneira! — Enquanto falava, o homem loquaz operava um painel de controle, movendo caixas de carga com o suspensor, passando-as da nave de suprimentos para grandes caminhões de entrega. — Sim, senhor, Vorian seguiu os traficantes de escravos até Poritrin e usou a própria fortuna para comprar de volta os prisioneiros... não apenas seus parentes, mas todos. Depois, ele foi para Salusa e forçou o imperador a garantir nossa proteção. O homem já era lendário pelas façanhas no Jihad, e isso só serviu para aumentar seu incrível legado de atos altruístas. — O carregador apontou um dedo para o céu. — Conseguimos essas naves de guerra lá em cima porque Vorian Atreides fez as exigências ao imperador. Ninguém mais teria conseguido isso, exceto o antigo bashar supremo do Exército da Humanidade. Mas Vorian... ah, ele ainda é um homem com quem se pode contar.

— Parece ser mesmo — respondeu Griffin, franzindo a testa. Será que estavam falando do mesmo homem de quem ouvira falar durante toda a vida, o monstro que apunhalara o melhor amigo, Xavier Harkonnen, pelas costas?

Ao enviar sua mensagem, Valya não mencionara o motivo pelo qual Vorian Atreides fora até a Corte Imperial, não contara que ele aparentemente estava em uma missão de misericórdia para proteger seu planeta adotivo. Ela certamente sabia.

— Eu gostaria de conhecê-lo — disse Griffin, começando a se sentir um pouco incerto sobre a natureza de seu inimigo. Ao que parecia, as coisas não eram tão simplistas, ainda que isso não diminuísse a traição de Vorian contra a Casa Harkonnen. — Na verdade, tenho conexões com ele de muito tempo atrás. Onde ele mora? Ele não voltou a se esconder, voltou?

— Todo mundo conhece a vila onde ele morou por todos esses anos.

O carregador fez uma pausa enquanto as caixas flutuavam ao seu lado. Limpou a mão grossa na testa suada e, em seguida, forneceu o nome de um vale, além de alguns direcionamentos vagos. Era o suficiente para começar. Pelo que Valya havia contado e pelo que Griffin havia visto nos registros históricos, sua presa não perdia a chance de chamar a atenção para si sempre que a situação permitia.

Uma mulher no escritório administrativo deu a Griffin algumas orientações mais detalhadas; depois disso, ele providenciou o transporte até o vale. Seu coração estava acelerado de ansiedade. Ao lhe confiar aquela tarefa, colocando a obrigação em seus ombros, Valya não parecia considerá-la uma missão muito difícil.

Mas será que ela de fato esperava que ele simplesmente fosse até o homem e o matasse? Não parecia mais honroso do que o que Atreides fizera com Abulurd Harkonnen.

Consigo mesmo, Griffin imaginava como o encontro deles poderia se desenrolar. Depois de tantos anos de silêncio, por que Atreides esperaria ter notícias dos descendentes do jovem bashar cuja carreira ele arruinara tanto tempo antes e cujo nome ele manchara? A surpresa seria total, e a tarefa precisaria ser cumprida de modo que o homem soubesse exatamente quem o derrotara. Um Harkonnen deveria fazê-lo entender a dor sentida por toda a família por causa dele — e só então matá-lo em um combate justo.

Enquanto cresciam juntos, Griffin e Valya haviam se enfrentado, fortalecendo, examinando e combatendo um ao outro. Eram perfeitamente compatíveis, quase como se estivessem ligados de forma telepática. Desenvolveram as próprias técnicas de luta, aprimoraram os reflexos e aprenderam a responder ao menor movimento. Sem hesitação. Eles conseguiam lutar em troncos equilibrados e enevoados ou pular, chutar e aterrissar de novo com perfeito equilíbrio em canoas estreitas e instáveis no porto.

Naquele momento, Griffin se perguntava se Valya viera planejando um encontro como aquele o tempo todo. Se ele tivesse que lutar contra Vorian Atreides, suas habilidades poderiam ser uma completa surpresa para o inimigo.

A irmã considerava que eles dois eram os únicos Harkonnen de verdade, fiéis à linhagem. Entre as lutas de treino, eles estudavam a história de seus ancestrais Abulurd, Xavier... Quentin Butler, Faykan Butler, os grandes heróis do Jihad.

— Somos da linhagem imperial — dissera ela. — Deveríamos estar em *Salusa Secundus*... não renegados em Lankiveil. Somos destinados a coisas muito maiores.

Assassinato, para vingar a honra da família.

Ao chegar ao vale protegido onde Vorian Atreides e a família moravam, Griffin se viu em meio a uma procissão sombria; não uma celebração da bravura e habilidade de Vorian, mas um funeral. As casas da vila estavam enfeitadas com crepe preto, e aqueles que caminhavam pelas ruas estavam de luto. As poucas centenas de pessoas reunidas ali poderiam ser a população inteira do vale.

Griffin planejara fazer algumas perguntas discretas para saber onde o homem morava; qualquer um poderia ver que suas perguntas partiam de um forasteiro. Mas eles não o reconheceriam. Fazia oito décadas que Vorian não via um Harkonnen vivo, e Griffin estava a três gerações de distância de Abulurd.

Ele tentou entrar discretamente no cortejo fúnebre, sentindo-se constrangido. Talvez pudesse sussurrar uma ou duas perguntas. Uma mulher de meia-idade com olhos avermelhados se aproximou dele.

— Nossos negócios estão fechados por hoje, senhor. Em momentos como este, a comunidade se reúne.

— Quem faleceu?

— Nossa mãe. Ela era muito amada. Mariella Atreides. — A mulher balançou a cabeça. — Sou Bonda, filha dela.

Griffin disfarçou o próprio choque.

— Atreides? Você conhece Vorian Atreides, então? Ele é seu primo? — E então, antes que ela começasse a fazer perguntas, ele acrescentou depressa: — Alguns parentes meus serviram com ele há muito tempo, durante o Jihad.

Irmandade de Duna

Por causa da triste cerimônia, Bonda baixara a guarda. Ela abriu um sorriso fraco e pareceu não desconfiar do comentário de Griffin.

— Vorian era meu pai, e ele era muito querido aqui. Fez muitas coisas boas para Kepler. Todos nós sentimos a falta dele. — Ela balançou a cabeça novamente. — Houve um incêndio... a casa pegou fogo. Não sabemos a causa exata. — Bonda olhou para Griffin cheia de lágrimas. — Meus pais foram casados por quase cinquenta anos. Suponho que não seja de se surpreender que minha mãe não tenha durado muito tempo depois que ele se foi.

— Se foi? — Griffin ficou alarmado. — Vorian está... morto, então?

Ele não sabia se deveria se sentir confuso ou aliviado. Se seu nêmesis estava morto, então os Harkonnen não precisavam mais de vingança. Talvez Valya não fosse ficar inteiramente satisfeita, mas pelo menos Griffin poderia voltar para casa, trabalhar para solidificar os negócios de Lankiveil e se preparar para ir à capital imperial assim que recebesse os resultados de seus testes e a papelada...

Os olhos de Bonda se arregalaram brevemente.

— Ah, não, meu pai não está morto, ele não estava em Kepler quando o terrível incêndio ocorreu. Depois que voltou do encontro com o imperador em Salusa Secundus, ele foi embora de Kepler de vez. Parece que fez algum tipo de acordo com o trono para garantir a segurança deste planeta.

Griffin estava trêmulo.

— Você faz ideia de onde ele foi parar? Viajei até aqui só para vê-lo, só para... trazer algo de minha família para ele.

— Que dedicação! Kepler não é um lugar fácil de se chegar. — Bonda balançou a cabeça enquanto os enlutados se reuniam no centro da cidade. — Meu pai saiu em busca de mais aventuras, suponho. Minha mãe insistiu para que ele fosse sem ela, e estou tentando aceitar isso.

— Você sabe o nome do planeta?

— Ele não guardou segredo. Foi para um lugar onde nunca esteve, o mundo desértico de Arrakis. Receio que nunca mais volte.

— Arrakis? Por que ele iria para lá?

A mulher deu de ombros.

— Vai saber. Meu pai viveu tanto tempo que talvez já tenha ido a todos os outros lugares que o interessavam. Gostaria de ficar para o funeral como nosso convidado? Para nos contar o que sabe dele, alguma história? Tenho certeza de que todos ficaremos felizes em ouvir.

Griffin engoliu em seco. Eles não iriam gostar das únicas histórias que ele conhecia sobre Vorian Atreides.

Ainda que estivesse relutante em permanecer ali, onde obviamente não era seu lugar, ele sabia, pelos horários dos transportes, que levaria dias até que outra nave de saída chegasse a Kepler.

— Vou ficar para o funeral — disse ele. — Gostaria de saber mais sobre seu pai, mas minhas próprias histórias sobre Vorian Atreides devem permanecer privadas.

— Como quiser — respondeu Bonda. — Agora, se me der licença, tenho um discurso de homenagem a fazer.

Griffin não conseguiu pensar em mais nada para dizer e não queria mais mentir, então esperou, tão quieto e despretensioso quanto possível, enquanto observava a celebração da vida de Mariella Atreides.

> **A galáxia está repleta de incontáveis maravilhas — mundos belos e mundos inóspitos. Ninguém conseguiria visitar todos eles em uma única vida, nem mesmo eu, com todos os anos que me foram concedidos.**
>
> **— Vorian Atreides, diários particulares do período em Kepler**

Os especieiros ficaram felizes em receber Vor entre eles. Os homens robustos tinham mente aberta e aceitaram bem o forasteiro que se via sem opções melhores a não ser trabalhar nas profundezas do deserto. Mas a disciplina deles era dura e impaciente. A irresponsabilidade não era tolerada no deserto, pois o mais simples erro poderia custar muitas vidas.

Os novos recrutas tinham que aprender depressa e, em meio a um desafio que tanto exigia de suas capacidades físicas, Vor sentia muita falta de Mariella e de todos os seus parentes e amigos em Kepler.

O chefe da tripulação, Calbir, de rosto áspero e coriáceo, colocou Vorian sob sua proteção, tratando-o como um jovem inexperiente, embora Vor fosse muito, muito mais velho do que ele. Não parecia reconhecer o sobrenome de Vor, embora este tivesse mantido a identidade, colocando seu nome completo nos documentos de contratação do Consórcio Mercantiles. Não contou aos companheiros dali quem ele era de fato, e ninguém por ali parecia ter feito qualquer conexão com seu nome. Chamavam-no apenas de "Vor", e seu primeiro nome não despertava interesse algum.

Ao notar que o recém-contratado usava um cinturão-escudo, Calbir fez uma careta.

— Isso o identifica como um forasteiro, rapaz. Sei por que você usa isso, para proteção pessoal na Cidade de Arrakis, mas não o ative aqui, senão será o nosso fim. Os campos de Holtzman atraem os grandes vermes. Por segurança, deixe-me guardá-lo em seu armário até voltarmos à base.

Vor retirou o cinto e o entregou. Graças aos seus muitos anos de experiência em pilotagem de aeronaves e naves espaciais, ele sugeriu que seria um bom candidato para pilotar um aerobarco de patrulha de um homem só sobre as terras desérticas, mantendo-se alerta para qualquer sinal revelador de areias manchadas de mélange, mas Calbir debochou da oferta.

— Anos de experiência? — O chefe olhou o colega de aparência jovem diante dele de cima a baixo. — Os ventos de Arrakis são fortes e inesperados. Você precisa demonstrar verdadeiro domínio antes que eu entregue um aerobarco em suas mãos. Não importa de onde venha ou por onde já voou, você não está pronto para este lugar... Acredite em mim quando digo isso.

Vor sabia que o velho chefe da tripulação estava errado, mas, para convencê-lo do contrário, teria que revelar mais sobre si mesmo do que gostaria. Em vez disso, foi trabalhar com os outros na gigantesca escavadeira de especiaria, uma máquina itinerante do tamanho de um grande edifício. Como um animal de pasto artificial, com suas garras, ela rasgava trincheiras nas areias cheias de especiaria. Em grandes trilhos, conseguia se deslocar surpreendentemente rápido pelas dunas, correndo de um afloramento rochoso abrigado para outro enquanto a aeronave se mantinha atenta à possível aproximação de um verme da areia. Avançando pelo deserto, a escavadeira coletava grandes quantidades de mélange e tentava fugir das criaturas monstruosas que vagavam pelas areias de especiaria.

Os coletores derramavam detritos de uma centrífuga para a outra e depois para a outra, como os muitos estômagos de um ungulado, com a exceção de que, nesse caso, estavam separando as partículas de areia. Tudo o que restava era o pó macio e rico que cheirava a canela, mas era uma droga extremamente potente.

No início da vida de Vor, o mélange era uma mercadoria interessante, uma substância rara distribuída aos nobres pelo comerciante Aurelius Venport. No entanto, durante as pragas induzidas por Omnius, a especiaria provara ser um paliativo eficaz, estimulando o sistema imunológico e ajudando muitas pessoas a se recuperarem. Aquela descoberta, junto ao desespero da humanidade, havia provocado um rápido crescimento na colheita de mélange no planeta desértico e inóspito, onde poucas pessoas civilizadas desejavam ir. Durante a corrida pela especiaria, hordas de ambiciosos caçadores de fortuna (tanto otimistas quanto charlatões) tinham viajado pelo espaço até Arrakis. Muitos morreram na corrida, mas alguns ficaram ricos. O influxo de forasteiros mudou para sempre a vida dos habitantes reclusos, transformando pequenas cidades-empresa, como a Cidade de Arrakis, em movimentados centros comerciais.

Como consequência imprevista das medidas de combate às pragas, grande parte do Imperium estava viciada em especiaria, ainda que Vor não se lembrasse de ter visto usuários em Kepler. Os mercados interplanetários exigiram um aumento da produção. Durante as epidemias, costumava-se tolerar todo tipo de concorrência para ajudar a atender às necessidades das populações doentes. Naquele momento, no entanto, o poderoso Consórcio Mercantiles, parte do império comercial de Venport, era implacável em eliminar toda a concorrência e acabar com os rivais um a um por meio de suborno, chantagem, sabotagem ou meios mais extremos. Muitos assentamentos rivais tinham virado apenas cidades-fantasmas nas rochas do deserto.

Calbir trabalhava com sua equipe de especiaria, incluindo Vorian, para o Consórcio Mercantiles. Quando Vor chegara à Cidade de Arrakis pedindo para trabalhar em uma equipe nas profundezas do deserto, ele fora advertido repetidas vezes de evitar qualquer coisa que não fosse uma operação da Venport, se valorizasse a própria vida.

— Por outro lado — dissera uma mulher ressequida e de aparência triste que lhe vendera suprimentos —, se você valorizasse a própria vida, não iria para lá, para começo de conversa.

Ele ignorara as preocupações dela com uma risada.

— Já tive conforto suficiente em minha vida. As dunas me chamam. Há pessoas lá nas profundezas do deserto que eu gostaria de conhecer.

— Se você diz... Mas não estou tão certa de que eles queiram conhecer *você*.

Àquela altura, Vor já passara várias semanas na equipe de especiaria. Era um trabalho cheio de calor e poeira, mas ele não se importava. Achava revigorante, pois podia deixar a mente relaxar, sem pensar em nada, e completar as tarefas sem refletir sobre um futuro mais distante do que o final do próximo turno longo e exaustivo. O trabalho em si era empolgante: de que modo um emprego seria entediante se, a qualquer momento, um leviatã poderia surgir das profundezas das areias e devorar tudo?

Durante a rotina de trabalho, a escavadeira se deslocava pelas areias desprotegidas, correndo para o próximo afloramento rochoso. Desde o momento em que um aerobarco de patrulha avistava um depósito de especiaria até o momento em que os transportadores de estrutura lançavam as máquinas de colheita nas dunas abertas, Vor e sua equipe trabalhavam contra o tempo. O gigantesco maquinário se movimentava pela areia, raspando o máximo possível de mélange cor de ferrugem. Como último recurso, caso estivessem distantes demais de um lugar seguro e não conseguissem fugir de um verme que se aproximava, a tripulação poderia se ejetar em uma cápsula de fuga e contêineres de carga de mélange seriam lançados ao céu, guiados por jatos lentos até a zona de segurança mais próxima, onde o Consórcio Mercantiles poderia recuperar e salvar as pessoas e as especiaria.

Até o momento, aquilo não havia acontecido. Um erro de cálculo de um minuto sequer os condenaria. Vor não queria que sua vida acabasse em meio a destroços lentamente digeridos no esôfago de um verme.

Em vez de voltar à Cidade de Arrakis todos os dias, que ficava a centenas — às vezes milhares — de quilômetros de distância, a escavadeira passava as noites em afloramentos rochosos solitários, ilhas rígidas a salvo dos vermes da areia. Naquele momento, com as estrelas brilhando na escuridão impenetrável de uma noite vazia no deserto, Vor caminhava inquieto pelas rochas, pensando em Kepler e em Mariella, imaginando quantos anos teria de esperar até poder se arriscar a voltar só para vê-los de novo. E se Mariella ainda estaria lá.

Enquanto perambulava sozinho, Vor ficou intrigado ao encontrar indícios de um antigo abrigo feito de pedras empilhadas. Ele chamou Calbir para ver.

— Parece que não fomos os primeiros a acampar aqui. Outra equipe de escavação?

A expressão do chefe de tripulação, com seus cabelos grisalhos, indicava que ele não estava gostando nada daquilo.

— O povo do deserto. Bem provável que sejam zen-sunitas, descendentes de escravos fugitivos. Eles vieram para Arrakis porque achavam que nenhuma pessoa sã iria querer se estabelecer neste lugar. Durante a corrida pela especiaria, fizeram as malas e se retiraram para a região selvagem mais isolada só para se afastar das pessoas. Ouvi dizer que ainda se autodenominam "freemen". Só que ganhar a vida aqui, sem qualquer sinal de civilização, está bem longe de ser livre.

— Você já conheceu algum? — perguntou Vor. — Eu... gostaria de conversar com eles.

— Por que você ia querer fazer isso? Tire isso da cabeça! É bem provável que acabe vendo um homem do deserto caso fique trabalhando por muito tempo aqui, mas não temos nada a ver com eles.

Os homens exaustos na equipe de especiaria se deitaram ao ar livre, felizes por estarem fora do confinamento sufocante do maquinário empoeirado. Calbir colocou um deles para servir de vigia, embora eles tivessem reclamado de que aquilo parecia uma precaução ridícula e paranoica — pelo menos até Calbir mostrar os sinais do antigo acampamento no deserto.

— Prefiro que joguem fora algumas horas de sono em vez de perdermos nossas vidas. E se não estiverem preocupados com alguns nômades, lembrem-se de que Josef Venport também fez muitos inimigos.

Os homens não discutiram mais.

A areia e as rochas tinham absorvido energia térmica durante o dia e irradiavam ar quente durante as primeiras horas de escuridão, mas o ar do deserto era tão desprovido de umidade que retinha pouco calor. Por fim, a noite ficou fria.

Os homens se sentaram ao redor do acampamento rochoso, usando panos para cobrir a boca e o nariz e impedir que a poeira entrasse. Relaxaram contando histórias de poderosas tempestades no deserto às quais haviam sobrevivido, de vezes em que escaparam por pouco de ataques de vermes na areia, de membros da tripulação que haviam conhecido e perdido, de amores que haviam deixado para trás em outros mundos.

Vorian ficou escutando, mas guardou as próprias histórias para si. Poderia ter passado a noite toda, todas as noites, descrevendo suas angustiantes aventuras durante o Jihad. Lutara em mais batalhas e visitara mais planetas do que todos aqueles homens juntos. Mas não tentou ganhar respeito entre os trabalhadores se gabando. Ali, junto aos especieiros, a privacidade de um homem era seu privilégio, e o passado de Vor pertencia somente a ele mesmo, com o poder de escolha de compartilhá-lo ou não. Os momentos favoritos de Vor não eram as aventuras, de qualquer forma, mas os anos de paz, a vida cotidiana com as mulheres que amara por décadas, vendo os filhos crescerem e construírem as próprias famílias.

    Preferindo relembrar sozinho o que deixara para trás, ele se deitou, recostando a cabeça em uma rocha arredondada, e olhou para a noite tranquila do deserto enquanto a conversa ao redor se dissipava lentamente. Vor tinha muito em que pensar, mas não tinha mais nada a provar em sua longa vida.

> **As linhas do passado podem facilmente se emaranhar e nos fazer tropeçar. Quer possamos vê-los ou não, esses fios da história atam a todos nós.**
>
> — **Norma Cenva, "Dissertação sobre a estrutura da realidade", texto enviado a Tio Holtzman em Poritrin**

Outro candidato a Navegador morrera, e Cioba estava lá para supervisionar enquanto o corpo era removido de seu tanque selado.

Dois trabalhadores do Grupo Venport — entre os que haviam passado por procedimentos de segurança adicionais depois que o espião Royce Fayed se infiltrara em Kolhar — haviam conectado mangueiras e selado as conexões do tanque, drenando o valioso gás de mélange. Quando o diagnóstico indicou um sinal verde, os homens silenciosos cobriram os rostos com as máscaras de respiração e abriram a escotilha de entrada. Entraram e, com dificuldade, pegaram o cadáver desarticulado e meio dissolvido.

Cioba observava a operação com os olhos escuros faiscando, mas não dizia nada, pois já havia passado por aquela rotina muitas vezes antes. Apesar dos fracassos, contudo, os candidatos a Navegadores obtinham sucesso com muito mais frequência do que as Irmãs de Rossak, companheiras de Cioba, que continuavam tentando alcançar o próprio aprimoramento mental e se tornar Reverendas Madres.

Trezentos candidatos a Navegadores no último ano, setenta e oito fracassos... mas apenas doze mortes. Em geral, os monitores médicos detectavam quando os sistemas de um voluntário começavam a se desligar, podendo resgatar e reanimar a pessoa parcialmente transformada antes da morte. Um Navegador meio transformado jamais conseguiria voltar a ser um humano normal, mas, mesmo assim, podia servir à pesquisa do Grupo Venport. Os cérebros ainda funcionais deles estavam danificados em alguns aspectos, mas eram superiores em outros, e os cientistas das instalações de pesquisa de Josef em Denali aprendiam muito ao estudá-los.

Com grunhidos abafados pelas máscaras seladas, os dois trabalhadores puxaram o cadáver flácido e o largaram no chão. A pele do voluntário estava pálida e murcha, o crânio alongado e distorcido como se alguém o tivesse moldado com argila e depois o tivesse deixado cair de certa altura. O corpo parecia ter sido parcialmente cozido. Aqueles restos seriam tratados como um espécime a ser dissecado.

 Juntos, Cioba e Josef Venport formavam uma dupla forte. Josef era um homem dedicado, mas olhava para os números de fracassos e sucessos, vendo as pontuações em um balancete, sem se preocupar com o esoterismo mental. No entanto, devido ao seu treinamento na Irmandade, Cioba sabia que algumas respostas ao aprimoramento da mente humana não eram óbvias assim.

 Enquanto os trabalhadores retiravam o cadáver para ser embalado e enviado na próxima nave de suprimentos para os laboratórios de Denali, Cioba foi até o topo da elevação e parou diante da câmara que abrigava Norma Cenva, isolada nos próprios pensamentos. Embora Norma fosse bisavó de Josef, Cioba também tinha uma forte ligação com a estranha mulher, que remontava diretamente aos laços das duas em Rossak.

 Norma começara sua transformação exótica antes mesmo do nascimento de Karee Marques, a ancestral de Cioba, e tinha os próprios laços genéticos com as mulheres com poderes psíquicos de Rossak; a mãe dela, Zufa Cenva, havia sido uma das mais poderosas Feiticeiras.

 Assim que Norma se deu conta de que ela se aproximava, Cioba começou a falar o que se passava em sua cabeça. A mulher no tanque já não compreendia cordialidades e conversa fiada.

 — Você se transformou em algo mais do que humano, Norma. Acredito que esteja ciente de que as Irmãs de Rossak, incluindo as últimas poucas Feiticeiras, também estão tentando se aprimorar por meio de traumas induzidos por drogas, encontros de quase morte. Você acha que há alguma semelhança com a transformação dos Navegadores?

 Norma ficou em silêncio por um longo instante antes de responder:

 — Todos os principais progressos ocorrem por meio da crise e da sobrevivência. Sem estresse e desafios extremos, não é possível atingir seu potencial.

 Norma passara pelo mesmo ciclo, começando como uma jovem brilhante, mas malformada, de Rossak, suportando uma vida inteira de desaprovação por parte da mãe. Depois, ela fora capturada e torturada quase até a morte por um dos Titãs cimaks, uma provação da qual saíra com incríveis poderes mentais. De forma análoga, Raquella só fora capaz de invocar a potência de suas habilidades ocultas à beira da morte; ela elevara todo o seu ser, tornando-se uma mulher muito superior ao que havia sido antes da mudança.

— Perdi a noção de quanto tempo se passou — disse Norma em seu tanque. — Você me fez pensar em Rossak.

— Minhas duas filhas estão lá — contou Cioba. — Suas trinetas.

— Netas... — disse Norma. — Sim, seria bom vê-las.

Antes que Cioba pudesse reagir, o tanque de Norma Cenva começou a tremeluzir e um redemoinho as envolveu, uma distorção vertiginosa. Cioba tentou recuperar o fôlego, inspirando longamente, lutando pelo equilíbrio... e depois lutando contra a gravidade alterada e ligeiramente mais forte. Ela olhou para cima e reconheceu a familiar cidade nos penhascos, as extensas selvas roxo-prateadas que preenchiam os vales férteis e os vulcões fumegantes que davam ao horizonte uma topografia sinistra. Cioba tentou controlar o espanto. Elas haviam aparecido em uma varanda de observação, um dos locais de reunião onde a Reverenda Madre convocava suas acólitas — de onde Cioba testemunhara os funerais de mais de uma dúzia de jovens que não sobreviveram aos testes com veneno.

Estou de volta a Rossak!, pensou ela.

Com o coração se enchendo de alegria, desejou ver Sabine e Candys, e até mesmo Karee Marques, a avó que havia sido fundamental na criação e no treinamento de Cioba durante seus próprios anos de treinamento na Irmandade. Escondia-se o parentesco de muitas acólitas e Irmãs para que elas pudessem se concentrar no treinamento, e não em assuntos familiares. Entretanto, devido à linhagem de Feiticeira, Cioba fora tratada de forma diferente.

Como Norma levara as duas sem cerimônia para longe de Kolhar, Cioba ainda vestia o uniforme que portava em todas as operações do Grupo Venport. Ao olhar ao redor, ela se levantou, tirou o cachecol e desfez as tranças para libertar as longas madeixas escuras. Naquele momento, ela se parecia muito com uma das poderosas mulheres telepatas cujas mentes haviam obliterado inúmeros cimaks.

A chegada de Norma, dentro de seu grande tanque, foi rapidamente notada, e logo as Irmãs se aglomeraram no balcão de reunião. Cioba se apresentou para aquelas que não a reconheceram de imediato. Norma não pareceu entender ou perceber o alvoroço.

Cioba levantou a voz:

— Estamos aqui porque Norma Cenva se ofereceu para dar conselhos sobre as transformações da Reverenda Madre. Ela talvez possa traçar paralelos com os Navegadores que ajuda a criar em Kolhar.

A Reverenda Madre Raquella se apressou, com Karee Marques logo atrás. A avó de Cioba estava vestida com um traje de trabalho branco com manchas roxas, vermelhas e azuis das frutas silvestres, folhas e fungos que ela encontrava ao procurar alimentos nos níveis mais baixos da selva.

— Rossak mudou tanto... e tão pouco — comentou Norma pelos alto-falantes do tanque.

Karee não conseguia parar de sorrir para Cioba, e disse:

— Você atingiu todas as expectativas, neta. Muitas de nossas Irmãs graduadas se juntaram a famílias nobres como esposas ou conselheiras... mas você consolidou o poder da Irmandade no maior conglomerado do Imperium.

— De fato foi uma excelente decisão comercial. — Tinha sido uma escolha calculada entre a Reverenda Madre Raquella e Josef Venport, mas Cioba sentia um verdadeiro orgulho de sua família e do poder e da influência do Grupo Venport.

As duas filhas pequenas de Cioba surgiram correndo, cheias de entusiasmo, mas se esforçando para agir com o comportamento calmo que lhes fora ensinado. Cioba não conseguiu esconder a própria alegria. Ela abriu os braços e recebeu Sabine e Candys em um abraço.

— Sei que as duas estão se saindo bem. Vocês deixarão a Reverenda Madre e toda a Irmandade orgulhosas. — Com a genética de Feiticeira das linhagens Marques e Cenva, sem mencionar a influência política da família Venport, aquelas meninas teriam um futuro magnífico.

A Reverenda Madre observou a interação com uma expressão fria, franzindo a testa. Cioba notou que, quando a Irmã Dorotea se juntou à reunião, Raquella desviou o olhar dela.

— Tentamos não encorajar ou lembrar nossas acólitas de seus laços familiares — repreendeu Raquella.

Mas Cioba a encarou.

Irmandade de Duna

— Em muitos casos, isso é válido, Reverenda Madre. Mas estas são as filhas e futuras herdeiras de Josef Venport, as netas de Feiticeiras. É necessário que elas saibam quem são e quem esperamos que se tornem.

Surpreendendo-as, Norma Cenva falou pelo alto-falante, lembrando-as da Feiticeira draconiana Zufa Cenva, que deixava clara a decepção a respeito de sua filha atrofiada.

— Às vezes, *não* conhecer a mãe pode ser uma grande vantagem.

> Grande parte da história do Imperium jaz adiante, além de nosso alcance. Mas anotem minhas palavras: eu serei lembrado.
>
> — Imperador Salvador Corrino, discurso de coroação

Embora Roderick fosse dois anos mais novo que o irmão, muitas vezes ele sentia que era o mais maduro.

Precisou se conter ao ouvir Salvador gaguejar enquanto praticava um discurso em um dos salões de jardim do Palácio Imperial. As portas prismáticas estavam fechadas, e Roderick era o único espectador. Ele se sentou em um divã rígido de frente para o irmão, na esperança de oferecer conselhos.

Após a aparição de Manford Torondo perante o Conselho do Landsraad e os contínuos surtos de fervor butleriano, Roderick reformulara um antigo discurso anticomputador que o imperador Jules havia proferido mais de uma vez; substituíra as frases por versões simplificadas para melhor atender a Salvador, eliminando a linguagem floreada que o pai deles preferia. Roderick estava feliz com a atualização do discurso, mas, ao ouvir o irmão praticando, notou a tendência de Salvador de falar devagar e se confundir com as palavras, sem usar a cadência ou a inflexão adequadas.

— A defesa contra a tentação termina em casa, quer dizer, começa em... — Salvador olhou de volta para o texto e balançou a cabeça. — Nunca serei um grande orador, irmão. É melhor estabelecer uma meta mais simples de não causar mais danos.

— Foi perfeitamente aceitável — mentiu Roderick —, mas já ouvi você fazer melhor. De qualquer forma, as pessoas entenderão sua mensagem. E deve servir para reprimir algumas das atrocidades dos butlerianos por enquanto.

Salvador parecia enxergar a verdade por detrás dos esforços do irmão em erguer seu ânimo. Ele apenas balançou a cabeça e estudou de novo as palavras no holoprompter.

Depois de ajudar o irmão a se preparar, Roderick ainda tinha muito trabalho a fazer e pouco tempo para conversar com sua esposa, Haditha.

Irmandade de Duna

Ela lhe enviara algumas mensagens por meio dos criados, e ele estava correndo para casa para se vestir para o discurso público. O príncipe só ficou sabendo da emergência envolvendo Haditha quando entrou nos aposentos reais.

A esposa já havia saído, e o chefe de gabinete carrancudo relatou o confronto entre Haditha e sua secretária pessoal, a Irmã Perianna, uma mulher intrometida e sem graça que também fora treinada em Rossak (embora Roderick não a achasse nem um pouco comparável à Irmã Dorotea). Aparentemente, Perianna deixara o cargo sem aviso prévio e não era mais bem-vinda no palácio.

No momento, porém, Roderick não tinha como se preocupar com uma briga doméstica. Haditha era capaz de lidar com a própria equipe doméstica. Ele mal teve tempo de se trocar para a noite e consumir uma rápida refeição com pão e frios antes de sair para o Salão do Parlamento. Esperava que Salvador tivesse praticado o discurso mais algumas vezes.

Haditha já estava esperando por ele no camarote particular que compartilhavam em um dos lados do palco central do cavernoso salão aberto. Com longos cabelos castanho-avermelhados cacheados e um rosto de traços patrícios, ela se assemelhava aos retratos que Roderick vira do falecido tio-avô dela, uma figura militar no Jihad, mas Haditha tinha feições mais delicadas e olhos mais escuros. Ela usava um vestido preto rendado com um colar de pérolas; seu cabelo estava preso com uma presilha cravejada de rubis.

Quando Roderick se sentou, ele se inclinou e a beijou no rosto.

— Me desculpe pelo atraso — pediu. — Hoje foi uma correria e tanto.

Ele estava vestido em um traje social com cauda, preparado para uma festa da sociedade que aconteceria após o discurso. Seu estômago se revirava com a comida que havia ingerido tão depressa.

Pelo olhar intenso e fuzilante de Haditha, ele percebeu que a esposa estava irritada.

— Hoje foi um desastre. Perianna se foi... e já foi tarde — disse ela.

Roderick podia ver a profunda mágoa no rosto de sua esposa e presumiu que o que ocorrera com a secretária havia sido mais do que uma simples discussão.

— O que aconteceu?

— Há semanas, venho notando pequenos detalhes... Alguns dos meus pertences movidos, gavetas que não estavam fechadas da mesma forma que as deixei, documentos um pouco mais retos, uma caneta de ponta fina fora do lugar na minha escrivaninha... e na sua.

— Minha escrivaninha? Alguma coisa foi levada?

— Não que eu tenha percebido. Perianna é a única que tinha acesso, mas ela negou tudo quando perguntei. Hoje, porém, eu a vi saindo de meu escritório particular. Fiquei escondida para que não soubesse que eu a pegara no flagra e, quando lhe perguntei mais tarde, Perianna afirmou que não tinha ido até lá, o que eu *sabia* que era mentira. Então, eu a expus. Ela fez toda uma cena para demonstrar o quanto estava indignada e insistiu para que eu revistasse os aposentos e todos os pertences dela caso achasse que ela era uma ladra.

Roderick estreitou os olhos, sentindo uma preocupação crescente.

— E você fez isso?

— Fui obrigada, já que ela me pressionou. É claro que não encontramos nada... como ela bem devia saber. — Os olhos de Haditha faiscaram de raiva. — Perianna disse que não poderia mais me servir de modo apropriado, uma vez que eu não confiava nela, e pediu demissão. Eu a deixei ir.

Roderick sentiu um calafrio. A criada que partira havia sido treinada na Irmandade, e ele sabia, pelas habilidades demonstradas abertamente por Dorotea, que Perianna poderia muito bem ter memorizado qualquer coisa que tivesse visto, mesmo sem levar evidências físicas.

— Talvez devêssemos tê-la detido para interrogatório.

— Foi o que me ocorreu depois... mas já era tarde demais, ela já tinha ido embora. Partiu de Salusa.

Ele cerrou a mandíbula. Sabia que a esposa não guardava segredos de estado perigosos em seus aposentos particulares, então Perianna não teria encontrado nada crítico. Mesmo que ela tivesse dado uma olhada no diário particular dele, só teria encontrado alguns registros pessoais sobre a família, nada significativo em relação a sua vida política. E não havia nenhuma prova de que ela estivesse de fato espionando, mas, mesmo assim, ele sentiu um peso no estômago já sensível.

O imperador Salvador surgiu no palco abaixo, caminhando em direção ao púlpito. Os irmãos usavam transceptores implantados para que Roderick dirigisse comentários a Salvador, se necessário. Quando Roderick desligou o transceptor para que pudesse pensar no que sua esposa havia lhe dito, Salvador lançou um olhar inquieto para o camarote.

— Não deve ser nada — disse Roderick, e voltou a atenção para o discurso do imperador. Ele apertou o lóbulo da orelha para religar o transceptor e notou a expressão de grande alívio de Salvador antes de subir ao púlpito.

> **As teorias mudam à medida que novos dados são revelados. Os fatos, no entanto, não mudam — nem meus princípios. É por isso que desconfio de qualquer tipo de teoria.**
>
> — Manford Torondo, discurso aos butlerianos em Lampadas

O ambiente intelectual em Zenith estimulava a inovação e a criatividade científica, e o planeta se orgulhava de ser um oásis de descobertas e progresso. Pesquisadores como Ptolomeu e seu parceiro, o dr. Elchan, recebiam financiamento de um fundo interplanetário de verbas prontamente distribuídas a qualquer pessoa que tivesse uma ideia viável e um plano concreto para implementação.

Ptolomeu vinha de uma família grande, com três irmãs e dois irmãos, todos pesquisadores bem-sucedidos em vários campos, cada um com um laboratório independente e uma equipe de técnicos. Competiam de forma amistosa para ver quem poderia se gabar das descobertas mais benéficas e, embora Ptolomeu tivesse pouco tempo para acompanhar todas as publicações técnicas do próprio campo específico, ele se esforçava para ler todos os artigos publicados por seus irmãos e irmãs.

As equipes científicas de Zenith trabalhavam com a clara compreensão de que, quando as descobertas se provavam pragmáticas e lucrativas, uma parte significativa dos lucros voltava para o fundo, sendo disponibilizada para o próximo grupo de cientistas com ideias interessantes. Os avanços eram oferecidos para estimular o desenvolvimento em outros mundos do Imperium. Mesmo com tanta abertura e generosidade, a economia de Zenith prosperava.

Após uma década de trabalho em seu laboratório rural, Ptolomeu estava satisfeito e orgulhoso do que ele e o dr. Elchan haviam realizado. Até o momento, duas de suas descobertas haviam se mostrado altamente lucrativas e outras três haviam obtido lucro moderado. O prédio do laboratório e a residência eram cercados por oito hectares de pradarias onduladas, pontilhadas de árvores. Ptolomeu supervisionava uma equipe de uma dúzia de técnicos, assistentes de laboratório e empregados domésticos. Era um ambiente propício à criatividade e ao desenvolvimento intelectual.

Irmandade de Duna

Ele gostava tanto da atmosfera colegial de Zenith que se oferecera para servir um mandato como representante do planeta na Liga do Landsraad. Era uma tradição familiar estar em dia com seus deveres cívicos. Nunca em sua vida ele duvidara de que ele e seu dedicado parceiro estivessem fazendo um bom trabalho.

Assim, como um homem razoável e de mente aberta, ele ficara perplexo ao entrar em contato com o fervor butleriano contra a tecnologia. Para ele, não fazia sentido.

É claro que ninguém podia negar os horrores que as máquinas pensantes haviam infligido à humanidade, mas era ridículo culpar a própria ciência pelas ambições e falhas humanas. Somente uma pessoa de mente fechada poderia negar, por exemplo, que os diagnósticos e as técnicas cirúrgicas sofisticadas dos médicos Suk tinham salvado inúmeras vidas, ou que o maquinário agrícola aumentara a produtividade nas fazendas em ordens de magnitude além do que os escravos humanos poderiam fazer, salvando muitos da fome. Inclusive, uma das irmãs de Ptolomeu desenvolvera uma variedade de trigo geneticamente modificado que triplicava a produção de uma única safra. Como alguém poderia argumentar contra tudo isso?

E, no entanto, o poderoso movimento butleriano havia se espalhado por muitos planetas — mas, felizmente, não em Zenith. Toda aquela ideia o deixava confuso. Como as pessoas poderiam olhar para um retorno à vida primitiva com algum tipo de nostalgia saudosa?

O discurso de Manford Torondo no Salão do Landsraad convencera Ptolomeu de que devia estar ignorando uma peça vital do quebra-cabeça, porque simplesmente não conseguia entender aquele tipo de pensamento. Frustrado por não compreender os butlerianos, ele percebeu a extensão da influência daquele grupo e o quanto era necessário se dedicar a encontrar um ponto em comum com eles.

Pesquisou onde e como o movimento havia começado depois que a fundadora, uma mulher chamada Rayna Butler, sobrevivera a uma febre horrível quando criança. Embora Ptolomeu não gostasse de pensar mal da venerada mártir, suspeitava que ela pudesse ter sofrido danos cerebrais, uma mudança bioquímica de personalidade que a desequilibrara. Ela então conquistara influência por meio de puro carisma, explorando o inegável medo que as pessoas sentiam de Omnius. Seu sucessor, Manford, também sofrera um trauma físico e psicológico extremo pela perda de suas pernas. Em um nível pessoal, Ptolomeu não podia deixar de sentir simpatia pelo pobre homem, mas Manford estava conduzindo seus seguidores por um caminho insensato em detrimento de toda a humanidade.

Ptolomeu tivera a mais plena certeza de que, se oferecesse próteses totalmente funcionais, se fizesse com que o homem sem pernas voltasse a ser inteiro, Manford admitiria que, sim, algumas tecnologias serviam para oferecer melhorias à existência humana. Seria o primeiro passo rumo a um caminho de esclarecimento dos fanáticos anticiência.

Mas a reação de Manford ao presente tinha sido terrível e incompreensível. Ptolomeu sentira como se a própria gravidade tivesse falhado com ele. Tendo passado a vida em Zenith, onde as ideias eram discutidas e debatidas abertamente, ele achava espantosa a renitência cega dos butlerianos. O dr. Elchan, cuja raça havia sido muito perseguida, tanto justa quanto injustamente, ficara apavorado; ele avisara Ptolomeu que Manford poderia reagir daquela forma e, na verdade, até afirmara que tinha sido sorte os dois terem escapado com vida — o que parecia absurdo, mas poderia muito bem ser verdade.

Acovardados, Ptolomeu e Elchan tinham retornado à propriedade do laboratório rural em Zenith e, com certo constrangimento, voltado a se dedicar ao trabalho. Forçando o otimismo, Ptolomeu disse a Elchan no laboratório:

— Não devemos ficar desanimados, meu amigo. Fizemos o melhor que podíamos, apresentamos nosso ponto de vista. Não vamos perder mais tempo com os butlerianos. — Ele continuou dizendo as palavras porque precisava convencer a si mesmo.

O pesquisador tlulaxa, por outro lado, estava quieto e preocupado. Ptolomeu e o dr. Elchan eram amigos e colaboradores havia muitos anos, trabalhando com uma sinergia que produzia não apenas bons resultados, mas também uma atmosfera altamente agradável e estimulante. Por meio de seu trabalho humanitário, Elchan havia superado grande parte do preconceito que as pessoas costumavam ter com os tlulaxa.

— Fico feliz só por ter voltado e estar seguro aqui. — Elchan levantou o braço esquerdo e flexionou os dedos artificiais. — Sabemos que os membros substitutos funcionam, graças à conexão do neurotrodo de minhas terminações nervosas naturais com estas artificiais. Tenho minha mão de volta e posso usá-la, embora não a sinta.

— Os receptores nervosos sensoriais são um problema totalmente diferente — disse Ptolomeu. — Mas vamos dar um jeito.

Elchan concordou.

— A melhor maneira de obtermos sucesso é continuando a retribuir à humanidade. Acabaremos por derrotar as atitudes butlerianas. A ciência permanece verdadeira, quer eles acreditem nela ou não.

Ptolomeu sabia que o trabalho atual deles de fato capturaria a imaginação e o entusiasmo da sociedade imperial. Tratava-se de tanques e cubas de nutrientes que cultivavam receptores de circuitos orgânicos semelhantes aos que os cimaks usavam para guiar corpos mecânicos de andarilhos com seus cérebros.

Os dois haviam recebido um financiamento substancial do Conselho de Zenith, mas Elchan também burlara certas regras para adquirir discretamente restos de andarilhos cimaks a fim de estudá-los. Os butlerianos destruíam aquele tipo de tecnologia sempre que a viam e, como a maioria dos vestígios fora destruída, os cientistas tinham acesso a pouquíssimos registros ou amostras de como os neurotrodos e os recipientes de preservação funcionavam de fato. Os andarilhos cimaks intactos eram muito procurados. Ptolomeu não questionava Elchan sobre suas fontes.

O pesquisador tlulaxa refletiu com um tom de desprezo:

— Eu gostaria de dissecar o pequeno cérebro de Manford Torondo um dia... para ver se há alguma diferença perceptível em relação a um cérebro humano normal.

Ptolomeu não queria zombar do líder butleriano:

— Que crueldade.

Ele ainda estava triste e decepcionado por não terem chegado a um acordo que beneficiasse a todos. Uma semana após o retorno da desastrosa viagem a Lampadas, a vida começara a voltar ao normal.

E então os butlerianos foram atrás deles...

Quarenta naves desceram sobre o complexo do laboratório rural. Com o rugido dos motores suspensores sobrecarregados, os pequenos veículos desceram como corvos sobre carniça fresca. Muitos dos funcionários do laboratório já tinham ido para casa, e os poucos que restavam correram para fora assim que o tumulto começou. Eles fugiram ao ver as naves aterrissando nas colinas relvadas, deixando Ptolomeu e o dr. Elchan para enfrentar os butlerianos.

Os barulhos eram ensurdecedores quando as escotilhas se abriram e as rampas se estenderam; um grupo de Mestres-Espadachins, junto de centenas de civis empunhando porretes, saiu correndo. Os dois cientistas de baixa estatura ficaram olhando aquela exibição desnecessária de força, boquiabertos, como se não pudessem acreditar no que estavam vendo.

Elchan gemeu de consternação.

— Não podemos fugir.

Eles estavam sozinhos em frente ao prédio principal de pesquisa.

— Isso não faz sentido! — insistiu Ptolomeu. — Por que eles viriam para cá?

Em meio a uma onda de aplausos e expectativa, o homem sem pernas apareceu, montado em um arnês carregado nos ombros de sua Mestre-Espadachim. Ptolomeu não achara o homem intimidador quando ele estava sentado atrás de uma pequena mesa em Lampadas; ali, porém, o líder da multidão lhe provocava arrepios na espinha.

— Ptolomeu de Zenith, viemos ajudá-lo — anunciou Manford. — A tentação o desvirtuou. A ambição mentiu para você. É meu propósito fazê-lo seguir pelo caminho correto.

Enquanto o líder da multidão falava, butlerianos exuberantes perseguiam os técnicos de laboratório em fuga que ainda não haviam conseguido escapar do local. Manford não fez sinal para chamá-los de volta.

— Por que você está aqui? — Ptolomeu assistiu horrorizado a uma de suas funcionárias ser agarrada pelos fanáticos, que a espancaram quando ela estava no chão. Ele não conseguia mais ver a mulher por causa da multidão ao redor dela, mas ouvia os gritos. — Mande-os parar!

Anari Idaho carregou Manford até os dois cientistas acovardados. Sobre os ombros dela, olhando para os dois, o líder asseverou:

— Eles têm a missão deles, eu tenho a minha.

A técnica parou de gritar. Mais butlerianos se aproximaram a partir de suas naves, e Elchan estava apavorado. Ptolomeu queria confortar seu amigo, mas sabia que suas palavras seriam vazias:

— Vou notificar o conselho. Este... este é um laboratório particular.

A voz de Manford soou suave e coloquial:

— Sim, seu laboratório. Vamos entrar e ver o que vocês têm feito.

Ptolomeu não queria deixá-los entrar no prédio de pesquisa, mas os butlerianos avançaram como um tsunami, levando-os de volta para dentro. Os fanáticos se espalharam pelo interior, quebrando equipamentos e protótipos, arrancando as luminárias e atirando pedras nas janelas.

O cientista mal conseguia respirar. Aquilo era horrível e surreal, como um pesadelo alucinógeno do qual não tinha escapatória.

— Não estou entendendo! — Lágrimas escorriam pelo rosto de Ptolomeu. — Eu nunca machuquei você. Minha intenção era apenas ajudar.

Manford balançou a cabeça, aparentando profunda tristeza.

— Fico ofendido por você ter acreditado que eu precisava da ajuda de sua vil tecnologia, por me achar tão fraco.

Dentro das instalações de pesquisa, Anari Idaho carregava Manford de modo que ele pudesse olhar com reprovação sombria para as camas de teste onde membros artificiais e terminações nervosas eram cultivados, para as máquinas de análise e, o mais condenável de tudo, para os três andarilhos cimaks desmontados.

Manford se abaixou para pegar uma mão de plástico rígido e, em seguida, jogou-a no chão, enojado.

— Por que você acha que a raça humana precisa de aprimoramentos como esse? Precisamos de *fé*... e eu tenho fé em você, Ptolomeu de Zenith. É por isso que vou lhe dar mais uma chance.

Ptolomeu não conseguia respirar, tamanha era sua confusão mental. Ele ainda conseguia ouvir o caos, a destruição naquele prédio e do lado de fora dele, em todo o complexo. Sentia vontade de vomitar. Ao seu lado, Elchan estava paralisado de medo, tremendo, em silêncio total; o parceiro parecia ter compreendido um fato fundamental que Ptolomeu ainda não conseguia entender.

Manford franziu a testa.

— Receio, no entanto, que seu associado tlulaxa esteja além de qualquer redenção. Não podemos salvá-lo... mas podemos permitir que ele faça parte de sua educação. Talvez você seja esclarecido, no fim das contas.

Elchan gemeu e tentou fugir, mas dois fanáticos o pegaram e o empurraram de volta para Manford e Anari. A Mestre-Espadachim sacou sua lâmina e, com um único golpe, cortou o braço esquerdo protético, decepando-o abaixo do ombro na junção entre a carne real e as terminações nervosas artificiais. Elchan gritou ao olhar para o ferimento, de onde o fluido nutritivo vazava, bombeado pelo sistema hidráulico. O sangue também fluía do membro amputado, jorrando de uma artéria.

Ptolomeu tentou ajudá-lo, mas foi contido por braços fortes. Seu coração batia forte e ele sentia dificuldade para respirar. Encontrou o olhar aterrorizado de seu amigo, mas por apenas um instante antes que Elchan caísse no chão, parecendo desmaiar.

— Agora, pelo menos, ele pode morrer como um humano — disse Manford. — A mente humana é sagrada.

— A mente humana é sagrada — murmuraram os outros, e Manford fez um gesto para que saíssem.

Um dos Mestres-Espadachins arrastou Ptolomeu para fora, mas deixaram Elchan dentro do laboratório, para sangrar até a morte pelo visto. Aquilo não era real, não fazia sentido. Ptolomeu se recusou a acreditar no que estava acontecendo.

Depois que eles se retiraram para o terreno gramado no exterior do complexo de pesquisa, os seguidores de Manford lançaram bombas incendiárias pelas janelas já quebradas, ateando chamas no local.

— Parem com isso! — gritou Ptolomeu. — Deixem Elchan sair! Vocês não podem fazer isso com um ser humano! Ele é meu amigo...

— Ele não é digno de ser salvo — explicou Manford, depois ignorou as súplicas cada vez mais desesperadas de Ptolomeu.

As labaredas subiram mais. Ptolomeu viu seu companheiro aparecer em uma das janelas e tentar sair, mas os butlerianos avançaram com porretes e bateram nele até retroceder ao interior e desaparecer.

O fogo atingiu o teto e, em seguida, encontrou os fluidos nutrientes inflamáveis no interior. Pequenas detonações explodiam de laboratório em laboratório. Ptolomeu podia ouvir os gritos de seu amigo.

— Parem com isso! — Ele soluçou e caiu de joelhos. As lágrimas escorriam por seu rosto. Segurou a própria cabeça, tremendo. — Parem com isso, por favor.

Manford exibia um sorriso satisfeito, mas Anari Idaho não demonstrava expressão alguma. Ela agarrou Ptolomeu pelos cabelos, puxou sua cabeça para cima e o forçou a assistir ao incêndio no laboratório.

— Concedemos um presente para você e tenho fé que aprenderá com isso — asseverou Manford. — Deixe-me citar um trecho de um dos diários de Erasmus que estudei. As descrições são horríveis demais para a maioria das pessoas, mas você precisa ouvi-las. "Os humanos continuam a lutar conosco como crianças birrentas, mas nossa tecnologia é superior", escreveu Erasmus. "Com nossos desenvolvimentos, nossa adaptabilidade e nossa persistência, sempre venceremos. Os humanos são irrelevantes... mas devo admitir que são interessantes."

Manford fechou os olhos, como se para dissipar sua ojeriza.

— Espero que tenha aprendido com o erro de sua atitude, Ptolomeu de Zenith. Vamos orar por você.

O fogo em Zenith se extinguiu em poucas horas, mas àquela altura as naves butlerianas já tinham partido havia muito, deixando Ptolomeu a olhar fixo para os destroços fumegantes e ouvir o silêncio desolador. Manford Torondo e seus seguidores permaneceram até que o dr. Elchan parasse de gritar... e ele gritara por muito tempo.

Ao examinar os escombros carbonizados, Ptolomeu sentiu que havia perdido tudo, exceto seu conhecimento e sua curiosidade científica. Os bárbaros não haviam tirado tudo dele. Ele se encolhera na colina coberta por grama, tão afundado em seus pensamentos que parecia em transe, ponderando o que fazer em seguida. Traçou um plano, um plano detalhado.

Ptolomeu se endireitou, enxugou os olhos avermelhados e tentou se firmar de novo na realidade. Era como se as leis da física tivessem mudado ao seu redor e ele precisasse reestruturar suas crenças fundamentais.

Não ousou procurar por seus irmãos e irmãs, recrutá-los para falar e lançar suas imaginações contra os butlerianos — ele não os exporia ao risco, porque os selvagens também iriam a seus laboratórios para trancá-los lá dentro e queimá-los até a morte. Não, ele tinha o próprio cérebro — sua maior ferramenta, sua maior arma.

Os butlerianos o haviam esmagado e descartado, assassinado seu melhor amigo e o deixado derrotado, mas aquele não era o fim de Ptolomeu. Manford não fazia ideia do inimigo que arranjara naquele dia.

> **Considere a vida humana: somos animais, mas espera-se que sejamos muito mais. Embora a honra exija que tomemos decisões altruístas, mesmo quando agimos em benefício de outras pessoas, nossos interesses pessoais continuam se fazendo notar, não importa o quanto tentemos ocultá-los.**
>
> — Reverenda Madre Raquella Berto-Anirul,
> *Sobre a condição humana*

A Irmã Ingrid tinha uma mente inquisitiva, algo capaz de prejudicá-la. Outrora, enquanto treinava entre os butlerianos em Lampadas, seus instrutores haviam comentado a respeito daquela característica e tecido elogios — até certo ponto, desde que ela não fizesse as perguntas erradas. A curiosidade permitira que ela se destacasse em certas matérias que a interessavam, como química e fisiologia humana, mas houve um professor que a repreendera por se distrair com interesses irrelevantes. Ingrid percebera que, com frequência, dedicava tanto tempo às questões secundárias que acabava negligenciando o currículo fixo.

Por recomendação da Irmã Dorotea, ela se inscrevera para receber treinamento na Irmandade de Rossak e escapar das escolas de Lampadas, as quais considerava cada vez mais entediantes. De acordo com Dorotea, a Irmandade proporcionaria novos estímulos para sua mente ativa.

Nos dias mais recentes, a ideia de computadores secretos escondidos em Rossak por Irmãs corrompidas a mantivera acordada à noite. Outra acólita havia sussurrado a ideia, e muitas das acólitas maduras haviam se fixado naquela perspectiva instigante, mas Ingrid permanecera cética. A fofoqueira não tinha provas, nem mesmo um argumento convincente, e Ingrid não a achava muito perspicaz; era improvável que ela notasse detalhes que Ingrid não tivesse notado.

Ainda assim, uma ideia tão horrível tinha que ser levada a sério. Ela aprendera a pensar assim com Manford Torondo. Por segurança, Ingrid assumiria que o boato era verdadeiro até ter certeza do contrário. Se ela encontrasse provas, a Irmã Dorotea ajudaria a erradicar as máquinas pensantes e purgaria a Irmandade.

Quando mencionou a ideia, Dorotea ficou igualmente preocupada.

— Vou investigar. Muita coisa mudou aqui desde que fui designada para Salusa, mas espero que a Reverenda Madre não tenha se desviado tanto assim.

Ingrid, porém, não se contentou em descartar a ideia e esperar que outra pessoa desse as respostas. Ela percebeu que, se Dorotea fizesse muitas perguntas, e às pessoas erradas, a Irmandade poderia enterrar seus segredos ainda mais profundamente.

As máquinas pensantes eram sedutoras, e uma ou duas Irmãs poderiam ter inventado uma justificativa mal aconselhada para o uso de computadores. "Apologistas de Máquinas", como eram conhecidas no Imperium. Mas, para Ingrid, não havia sutilezas, linhas tênues ou áreas cinzentas: as máquinas pensantes, sob qualquer aspecto, deveriam ser eliminadas.

A cidade no penhasco era grande, complicada e, em boa parte, vazia. Ela procurou em áreas que pareciam estar fechadas e barricadas, onde havia sinais proibindo a entrada. Esperava-se que uma Irmã seguisse as regras, mas também que pensasse, questionasse.

E Ingrid questionou. O lugar mais provável parecia ser nas câmaras restritas que guardavam todos os registros de reprodução.

Na escuridão da madrugada, ela contornou a barricada que protegia o caminho íngreme subindo a encosta do penhasco até as cavernas restritas. Seus olhos se ajustaram à luz das estrelas enquanto ela subia, vendo indicações de que aquela rota era bastante percorrida.

Quando já estava bem acima das trilhas frequentadas por instrutores e alunos da escola, ela vislumbrou um brilho à sua frente: alguém descendo, guiando-se por uma lanterna furtiva. Ingrid se encostou em uma fenda ladeada por duas grandes pedras e esperou, prendendo a respiração.

Uma mulher idosa em um manto branco de Feiticeira passou por ela com um caminhar rápido, mas cuidadoso, e Ingrid reconheceu Karee Marques. A Irmã Dorotea havia começado a trabalhar nas investigações químicas da velha Feiticeira em seu laboratório na selva. Ingrid se perguntou por que a mulher idosa estaria ali na calada da noite. Considerando as restrições impostas às cavernas superiores, era bem provável que tivesse alguma relação com os registros de reprodução.

Depois que Karee já havia percorrido o caminho até a seção habitada da cidade no penhasco, Ingrid correu até o ponto mais alto da trilha íngreme, com vigor renovado. Abaixo, a selva continuava a zumbir e fervilhar enquanto, no alto, um novo véu de nuvens obscurecia grande parte das estrelas. Ingrid virou-se lentamente, estudando a trilha, as pedras, a queda, usando sua imaginação para adivinhar o que Karee estivera fazendo.

Quando alcançou o topo do penhasco, não viu sinal algum das Irmãs monitoras que avistara paradas na abertura da caverna durante o dia — elas tinham ido embora durante a noite, como Ingrid esperava. A entrada para os túneis restritos parecia escura e proibitiva.

Por alguns minutos, Ingrid hesitou, decidindo o que fazer. Dentro de uma hora, a aurora traria as cores de volta ao céu, e ela ainda não tinha respostas. Em pouco tempo, suas colegas Irmãs estariam se agitando na parte habitada da cidade do penhasco, movendo-se pelas trilhas, pelos terraços inferiores e dentro dos túneis.

Naquele momento, do caminho íngreme abaixo, ela detectou o som distinto de vozes e viu duas Irmãs subindo a trilha em fila na escuridão, as silhuetas iluminadas pelas lanternas brilhantes que tinham nas mãos. Elas não conseguiriam ver Ingrid naquele breu, contanto que ficasse atrás das rochas. Suas vozes ficavam mais altas à medida que subiam, e elas entravam e saíam de vista, escondidas por saliências rochosas. O coração de Ingrid batia mais forte e ela não conseguia pensar em nenhuma explicação que soasse legítima caso fosse descoberta. Mas por que elas sequer suspeitariam?

Ela se escondeu nas sombras mais escuras ao lado de um cedro de Rossak retorcido quando as Irmãs chegaram à entrada das cavernas de registro, contornada por uma luz brilhante. Uma delas era a Irmã Valya. Além da conversa entre as duas, Ingrid ouvia apenas o murmúrio da selva que vinha de baixo, pontuado pelos chamados dos pássaros noturnos em seus poleiros no penhasco.

Sem suspeitar de nada, as duas Irmãs entraram na caverna escura, carregando as lanternas. Depois de um interminável momento de hesitação, Ingrid entrou atrás delas, ficando bem longe do círculo iluminado.

Ela se movia a passos silenciosos, o mais próximo que ousava. Em Lampadas, ela costumava se aventurar saindo à noite, carregando apenas uma vela — ou nenhuma luz.

Valya e sua companheira percorreram os corredores de pedra e viraram uma esquina, o que fez a passagem principal mergulhar mais uma vez em profunda escuridão. Ingrid correu à frente para alcançá-las e viu o par de lanternas brilhantes outra vez, mas por apenas um momento antes de virarem à esquerda e desaparecerem, como se tivessem atravessado uma parede.

O breu total do túnel era exasperante, mas Ingrid tinha muito mais medo de ser pega do que da escuridão. De fato, havia algo de misterioso e sinistro naquelas passagens ocultas. Quando chegou ao local em que as duas haviam virado, Ingrid olhou em volta, procurando por qualquer brilho fraco de luz, qualquer abertura, mas tudo o que viu foi uma parede de pedra.

Mas as duas Irmãs tinham ido para algum lugar. Ingrid correu para cima e para baixo na passagem, certa de que estava no lugar correto, incapaz de encontrar qualquer abertura. Na escuridão, ela pressionou as mãos e o rosto contra a parede de pedra, tentando descobrir uma porta secreta. Ouviu alguns zumbidos fracos, como um ninho de insetos... ou o ruído de máquinas. E continuou a apalpar seu caminho ao longo da parede de pedra.

De repente, sua mão atravessou a rocha.

Rocha ilusória. Uma imagem opaca projetada sobre uma abertura para escondê-la! Ingrid prendeu a respiração. Atônita, ela deu um passo para trás e, com cautela, avançou de novo para empurrar todo o braço através da parede. Sim, uma entrada oculta. Criando coragem, Ingrid atravessou a parede... e se viu piscando diante de uma gruta grande e brilhante que vibrava de sons; uma brisa circulante lhe acariciava o rosto.

Quando seus olhos se ajustaram, ela viu o impensável. Fileiras e mais fileiras de computadores, dispositivos de armazenamento complexos, bem como uma parede baixa de telas de monitores e plataformas de metal onde Irmãs paramentadas cuidavam das máquinas. A Irmã Valya tinha acabado de parar diante de um conjunto de telas; ela hesitou como se pressentisse algo e, em seguida, voltou-se para a entrada disfarçada.

Horrorizada, Ingrid recuou e atravessou a parede coberta pelo holograma. Ela esperava ter se movido antes que Valya a tivesse notado. Incapaz de compreender a enormidade do segredo criminoso que suas próprias Irmãs estavam guardando, Ingrid fugiu pelo corredor escuro, sem se importar com o fato de não conseguir enxergar. Pensou ter ouvido um barulho atrás de si e continuou correndo até sair na noite fria e estrelada perto da trilha ao lado do penhasco. O coração parecia bramir dentro do peito.

Respirando com dificuldade, Ingrid começou a descer a trilha íngreme, tentando se acalmar. Ela precisava pensar. Precisava encontrar alguém para contar. A Irmandade lhe pareceu subitamente sombria, uma coisa monstruosa repleta de segredos. A câmara dos computadores não era um lugar que ela deveria ter descoberto.

Ingrid seguiu em frente, caminhando atordoada. O que mais seria mentira no treinamento da Reverenda Madre? As Irmãs diziam depender apenas das habilidades humanas e, no entanto, dependiam da muleta dos computadores! E se Dorotea também a tivesse enganado? Ingrid não queria acreditar naquilo, mas como poderia ter certeza?

Por fim, ela decidiu que a única maneira de lidar com a questão seria revelar a existência dos computadores diretamente para Manford Torondo. Ele e seus seguidores destruiriam as máquinas malignas sem dar ouvidos a racionalizações.

Enquanto se preparava para seu trabalho silencioso com os computadores antes que a maioria das Irmãs se levantasse para começar o dia, Valya avistou a intrusa. Com um lampejo de pura percepção, como havia sido ensinada, ela reconheceu a nova acólita de Lampadas: Irmã Ingrid, a jovem que tinha suas crenças butlerianas estampadas no rosto de forma ousada.

Valya não contou às outras trabalhadoras notívagas; simplesmente — e silenciosamente — saiu pela antessala e mergulhou de volta pelo holograma na direção do túnel escuro. Não acendeu a lanterna, mas se moveu com furtividade.

À frente, ela conseguia ouvir a acólita assustada correndo.

Tomando o cuidado de não emitir som algum, ela parou logo após a abertura da caverna e viu a figura sombria de Ingrid parar no início da trilha e começar a descer na escuridão em seguida.

Familiarizada com o caminho graças às frequentes caminhadas na calada da noite, Valya foi atrás dela. Não tinha dúvidas de que a garota vira tudo. Ela ouviu Ingrid tropeçando, ofegante. Sem querer, Valya chutou uma pedra, fazendo barulho demais; Ingrid congelou, girando, mas ainda incapaz de enxergar.

Valya a alcançou em um instante. Falou sem hesitar, com a intenção de pegar a acólita desprevenida:

— Você parece não estar nada bem, Irmã Ingrid. Posso ajudá-la? — Com um movimento sutil, passou por Ingrid na trilha, bloqueando sua descida. — Você sabe que esta é uma trilha restrita. Não deveria estar aqui.

O olhar da acólita se desviou como o de um animal encurralado.

— Você não está em posição de me dar lições de moral.

Valya tinha certeza de que era uma lutadora melhor do que Ingrid, depois de todas as vigorosas sessões de combate com seu irmão.

— Precisamos ter uma conversinha.

Ingrid sentiu um peso no peito.

— Não confio em você. Você foi corrompida pelos computadores.

— Computadores? — Valya fez o possível para parecer surpresa. — Como assim?

Ingrid apontou para a trilha, e aquela hesitação foi o suficiente. Valya agarrou a oportunidade, empurrando a jovem do penhasco tão depressa que ela nem teve tempo de gritar. No meio do caminho, Ingrid bateu na parede de pedra bruta, depois se chocou contra a copa das árvores e caiu o resto do caminho até o solo da selva abaixo.

Não havia escolha, e Valya não se arrependeu de sua decisão. Os computadores continham incontáveis gerações de conhecimento insubstituível, e ela havia jurado a Raquella que guardaria o segredo dos registros de reprodução. Com tudo aquilo como prioridade, como seu *dever* juramentado, matá-la havia sido uma escolha fácil.

Mas ela teria que contar a Raquella sobre o ocorrido.

Quando chegou aos aposentos particulares da Reverenda Madre, Valya havia se acalmado o suficiente para não demonstrar dúvidas ao fazer sua confissão. O dia estava amanhecendo, e as Irmãs estavam se levantando para as tarefas matinais. Raquella estava ocupada com suas primeiras atividades enquanto recebia Valya no quarto.

Depois de se certificar de que a porta estava fechada para garantir a privacidade, Valya confessou ter matado a acólita, revelando pouca emoção. A anciã não demonstrou quase nenhuma reação, mas olhou para Valya como um cirurgião avaliando uma complicação particularmente grave na mesa de operação. Por fim, ela estendeu a mão e enrolou os dedos em volta do pulso de Valya em um aperto de ferro.

— Você não teve outra escolha a não ser matá-la?

A Reverenda Madre apertou com mais força, medindo o pulso da jovem. Valya disse a verdade, certa de que Raquella conseguiria detectar qualquer falsidade.

— Estou convencida de que essa foi a melhor maneira de proteger os registros de reprodução. Deixá-la viver tinha um potencial muito maior de desastre. Conhecendo a Irmã Ingrid e vendo a reação que teve, tenho certeza de que ela estava determinada a causar problemas.

— E você não tinha outra motivação para fazer isso?

— Nenhuma. — Valya olhou diretamente para a Reverenda Madre ao responder.

Raquella segurou o pulso da garota por um longo momento, sentindo o ritmo de seus batimentos, a umidade em sua pele.

— Não aprovo o que você fez, mas acredito que seus motivos tenham sido genuínos. Me mostre onde está o corpo. Temos que ter certeza de que não atraia muitas perguntas, ou sua aposta perigosa fracassará.

As cavernas de Rossak estavam fervilhando de atividade com o amanhecer. Depois de providenciar outra Irmã para ministrar a aula de Valya, a Reverenda Madre desceu com ela, pegando um elevador até a selva. Elas abriram caminho pela vegetação rasteira sem deixar rastros, seguindo a borda do penhasco até o local onde Ingrid havia caído. Depois de uma hora de busca, encontraram o corpo retorcido sobre uma rocha, coberto por uma mancha de sangue. Dois pássaros de escamas de safira já haviam encontrado o banquete, mas voaram para longe, assustados com a aproximação das mulheres.

Valya olhou para a acólita morta e percebeu que ainda não sentia culpa alguma. *A Irmandade é sua única família agora.*

— Não gosto do que fiz, Reverenda Madre. Estou pronta para enfrentar as consequências, se necessário.

Raquella analisou o quadro por um longo momento.

— Nós duas sabemos que Ingrid teria chamado os fanáticos para Rossak, e os computadores de reprodução devem ser protegidos a todo custo. Eles representam séculos de trabalho das Feiticeiras, gerações de projeções detalhadas de linhagens sanguíneas. São nossa chave para a evolução futura da humanidade. Lamento admitir isso, mas vale a pena matar por certas coisas.

Raquella pediu a Valya que a ajudasse a carregar o corpo sem vida de Ingrid para as profundezas da selva, longe de quaisquer olhos no topo do penhasco. Elas o deixaram bem longe de qualquer trilha, onde predadores logo se livrariam dos restos mortais.

Depois de dispensar Valya, a Reverenda Madre voltou sozinha para seus aposentos particulares, onde se sentou entre seus preciosos livros, refletindo. Havia um exemplar do *Livro de Azhar* em uma mesa ao lado de sua cadeira. Às vezes, ela gostava de folheá-lo para encontrar passagens úteis. Naquele dia, no entanto, seus problemas iam além de qualquer experiência que tivesse sido usada para escrever aquela obra.

Ela tinha ciência das crescentes tensões entre as Irmãs, e a recente previsão de Mentat feita por Karee, de um terrível cisma na Irmandade, assomava-se sobre elas como uma tempestade. Talvez aquele acontecimento tivesse sido o primeiro tiro de advertência.

Raquella ouviu o clamor de suas Outras Memórias chamando-a, gritando em alarme e oferecendo conselhos contraditórios. Aquelas experiências ancestrais não eram como uma série de livros de biblioteca que ela podia tirar da estante sempre que quisesse; as lembranças surgiam e se dissipavam por vontade própria, por seus próprios motivos e em seus próprios horários. Às vezes, ela conseguia diminuir um pouco seu clamor, mas elas sempre voltavam.

Em alguns momentos, guardavam silêncio e elas não respondiam às perguntas de Raquella, deixando a Reverenda Madre sem qualquer resposta ou orientação.

> **Não há pessoa mais otimista no universo do que o graduado promissor que acaba de concluir seus estudos e está pronto para realizar grandes sonhos.**
>
> — Estudo imperial sobre o movimento das escolas

Doze alunos Mentat haviam concluído seus treinamentos. Um conselho de instrutores severos os interrogou e, em seguida, os doze candidatos foram enviados a Gilbertus Albans para a aprovação final.

Dentre eles estavam o talentoso Draigo Roget, duas Irmãs de Rossak e outros estudantes que ele conhecera muito bem ao longo dos anos de instrução. Gilbertus aprovou a todos. Não havia dúvida em seu julgamento.

Alguns podem achar incongruente que, em uma instituição dedicada à lógica e à organização mental rigorosa, as cerimônias de início de curso estejam impregnadas de tradições inventadas. Ao estabelecer a Escola Mentat, Gilbertus se esforçara muito para que houvesse um grande senso de reverência e história. Todos os prédios pareciam antigos e sólidos, as regras eram complexas, o ordenamento era denso para dar a impressão de uma burocracia pesada. Cada certificado de graduação era feito com letras ornamentadas, decorado à mão e apresentado em pergaminho de verdade. Os formandos usavam túnicas bordadas e volumosas com chapéus bufantes e nada práticos.

Gilbertus sabia que tudo aquilo era mera formalidade e não servia a propósito real algum, embora os alunos e instrutores adorassem — principalmente os candidatos butlerianos. As pessoas de fora não escondiam o deslumbramento diante do ritual de formatura, com os pronunciamentos feitos em idiomas antigos e quase esquecidos que cada aluno Mentat era obrigado a memorizar. Alguns poderiam dizer que aprender aquelas línguas mortas era um exercício inútil, mas Gilbertus previu que tais dialetos, compreendidos por pouquíssimos humanos vivos, poderiam ser úteis como linguagens secretas para aplicar em comandos no campo de batalha ou espionagem comercial.

Bem ensaiados antes do evento, os doze alunos se alinharam em fila enquanto Gilbertus permanecia de pé em um púlpito no anfiteatro principal.

Ele continuou a falar, recitando a mesma declaração repetidas vezes, reconhecendo cada aluno como um verdadeiro Mentat e concedendo-lhes a bênção da escola de Lampadas.

— Eu os envio para promover a clareza de pensamento e o progresso das capacidades mentais humanas — dizia ele.

Ao final de cada pronunciamento, o público entoava:

— A mente humana é sagrada. — Uma concessão aos butlerianos que Gilbertus havia incluído na cerimônia.

Ao fim do evento, Draigo Roget se aproximou para falar com Gilbertus. Ele retirara a túnica de graduado, pendurara o tecido trançado em seus aposentos e estava novamente em seu macacão preto elegante. O jovem fez uma reverência formal.

— Vim agradecê-lo por sua instrução, diretor. O senhor me concedeu uma oportunidade que jamais esquecerei.

— Gostaria que ficasse conosco, Draigo. Seria nosso instrutor mais promissor. Você voaria alto em nossa escola, talvez até assumisse meu cargo um dia. Não ficarei aqui para sempre, você sabe.

Na verdade, Gilbertus achava que poderia resistir fisicamente por séculos ou mais, mas o tempo estava passando. Em breve, ele teria que deixar a escola e assumir outra identidade. Já haviam se passado décadas demais e tinha um limite para a idade e a decrepitude que ele conseguia simular, até mesmo considerando os benefícios geriátricos conhecidos do consumo de mélange — o qual ele deixava que as pessoas pensassem que ele usava.

— Eu poderia fazer isso, senhor, mas o Imperium me aguarda. Acho que meu destino está em outro lugar.

Com relutância, Gilbertus assentiu.

— Então, desejo boa sorte para você e espero que nos encontremos de novo.

Gilbertus estava no campo de aviação flutuante, levantando a mão em sinal de despedida enquanto a nave que levava Draigo Roget e outros passageiros se preparava para decolar. Ali estava Draigo, com seus cabelos pretos, sentado perto de uma janela, aparentemente sem notar o diretor. Em seguida, com uma oscilação suave e silenciosa dos motores suspensores, a nave branca subiu depressa até se tornar uma pequena nódoa no céu e desaparecer.

Enquanto observava, Gilbertus sentiu tristeza pela partida, misturada com alegria e orgulho por seu aluno mais talentoso. Com a longa carta de recomendação que ele escrevera para Draigo, o jovem não deveria ter problemas para encontrar uma posição segura em uma das famílias nobres, talvez até mesmo na Corte Imperial. Considerando suas qualificações e ambições, o novo Mentat teria, sem dúvida, uma vida interessante. Era certo que o garoto tinha potencial.

Ao redor do aeródromo, as equipes de barcaças usavam guindastes para lançar pedras em uma parte rasa do lago pantanoso, formando um quebra-mar para o porto de embarque em expansão. O barulho do tráfego espacial perturbara algumas das criaturas maiores do pântano, fazendo com que elas batessem no aeródromo flutuante e o danificassem. Como resultado, Gilbertus tinha ordenado que a área de pouso fosse transferida para águas rasas e ainda mais protegida contra ataques.

Havia muito mistério na região selvagem ao redor da escola; poucas das criaturas que viviam dentro e ao redor das águas turvas haviam sido estudadas por naturalistas. Gilbertus preferia que fosse daquela forma, uma vez que os perigos desconhecidos exigiam prontidão e adaptabilidade constantes, exigindo estados mais elevados de inteligência a fim de garantir a sobrevivência. Erasmus demonstrara repetidas vezes que correr riscos expandia as capacidades mentais.

Voltando ao seu escritório particular, com a porta bem trancada e as cortinas roxas fechadas, Gilbertus conversou com o núcleo de memória cintilante. Depois de tanto tempo, ele estava acostumado com os sinais sutis do humor do robô independente, e a esfera de gelcircuito parecia estranha naquele dia, brilhando em um tom mais claro. Ele interpretou aquele tom como ansiedade.

— Agora que os graduados partiram, você tem a oportunidade de criar um corpo temporário para mim — disse Erasmus. — Posso ajudá-lo da maneira que desejar. Já planejei uma série de novos testes e experimentos, que aumentarão o conhecimento sobre o comportamento humano.

— Em benefício de quem?

— O conhecimento é um benefício por si só.

Gilbertus sabia que as desculpas aceitáveis que tinha para deixar de conceder tal desejo a seu mentor já haviam se esgotado, mas aquele pedido continuava impossível no momento.

— Meus materiais são limitados.

— Confio em sua inventividade.

Gilbertus suspirou.

— Farei o que puder, mas é difícil e perigoso.

— E terrivelmente lento.

O diretor se recostou em sua cadeira, sentindo-se perturbado e triste. Apesar das próprias reservas em relação ao que o robô havia feito com todos os seus espécimes humanos, ele percebeu que também se sentia solitário sem seu mentor. E nos momentos finais da Batalha de Corrin, quando parecia que as máquinas pensantes iriam de fato derrotar o Exército da Humanidade, Erasmus sabotara o ataque robô para salvar *Gilbertus* de uma morte certa — um mero humano.

Ele balançou a cabeça.

— Draigo Roget foi embora hoje. Formamos um elo estreito ao longo dos anos, mas ele não quis ficar.

— Entendo — disse Erasmus. — Ele era seu aluno favorito, assim como você era o meu.

— Foi uma grande alegria ser mentor dele. É o melhor dentre os novos Mentats.

— Entendo muito bem, ainda que não tenha certeza de que nossos Mentats estejam do lado certo do conflito. De certa forma, estamos ajudando a provar a afirmação butleriana de que as máquinas pensantes são desnecessárias. — O robô gostava de disseminar informações esotéricas. — Os butlerianos são como os luditas da história antiga, pensadores paroquiais da Velha Terra no século 19 do calendário antigo. Rebeldes de mente pequena na Inglaterra que atribuíam as próprias dificuldades financeiras às máquinas eficientes que haviam sido instaladas nas fábricas locais. Multidões furiosas destruíram as máquinas, esperando que isso os fizesse retornar à prosperidade. Não deu certo. — O núcleo de memória brilhou mais intensamente antes de prosseguir. — Acredito que a superstição e o medo estejam escravizando a humanidade de forma mais severa do que Omnius jamais fez. Em vez de sofrerem sob o jugo de máquinas pensantes, vocês são intimidados por humanos *im*pensantes. O progresso tecnológico não pode ser contido para sempre.

— Todavia, se não fingirmos servir aos propósito butlerianos, eles são capazes de destruir esta escola — objetou Gilbertus. Ele percebeu que, à medida que o solilóquio do robô se tornava mais veemente, o núcleo brilhava em um laranja pálido, depois em um cobre escuro e atraente. — O que você está fazendo?

Como se tivesse sido flagrado, o núcleo voltou à tonalidade dourada original e, em seguida, passou por toda uma exibição espectral de cores.

— Eu estava entediado em meu gabinete, então modifiquei parte da programação interna. Talvez seja uma forma de me manter "são" em minha própria maneira sintetizada. Por favor, entenda que tenho apenas alguns caminhos limitados para o crescimento pessoal.

Gilbertus se perguntou se deveria ficar alarmado.

— Farei o possível para encontrar um aparato móvel adequado para carregá-lo, pelo menos temporariamente, mas devemos controlar de forma bastante rígida onde você o utilizará para evitar que seja descoberto.

— Talvez eu possa me tornar um caçador de criaturas selvagens por aqui. Solte-me nas terras ao redor do pântano e eu me ocuparei em estudar os animais selvagens, usando esses dados para ampliar meus estudos sobre os seres humanos.

— É uma ideia interessante, mas não estamos prontos para soltá-lo em lugar algum. Para começo de conversa, como posso ter certeza de que você não tentará criar um novo império de máquinas pensantes?

O robô simulou uma risada.

— Por que eu desejaria criar outra sempremente? Omnius me causou tantos problemas quanto os humanos. Por que você acha que eu o ensinei a ser um Mentat? Para demonstrar que os humanos podem ser mais do que eram antes. O mesmo se aplica às máquinas pensantes. Devemos coexistir com os humanos no futuro, uma parceria entre máquina e homem.

— Uma parceria entre *homem e máquina*, nessa ordem, é mais apropriada. Com a humanidade no comando — observou Gilbertus.

Erasmus ficou em silêncio por um momento.

— Uma questão de perspectiva. No entanto, não se esqueça de que, sem mim, você não é nada.

— Devemos nos apoiar mutuamente — disse Gilbertus, abrindo um sorriso gentil.

> **Não tenho medo de usar qualquer arma à minha disposição — e a informação pode ser a arma mais mortal de todas.**
>
> — Josef Venport, memorando interno do Grupo Venport

Quando Draigo Roget chegou a Kolhar, recém-formado em seu curso intensivo e caro em Lampadas, Josef Venport o recebeu como um herói voltando para casa.

O novo Mentat usava uma túnica preta e calças pretas largas. Ele saiu da nave e ficou parado, piscando à luz do sol do meio-dia, olhando em volta para as torres do espaçoporto, a sede administrativa da frota espacial e as estruturas em blocos das fábricas de motores. Josef e um pequeno comitê de boas-vindas atravessaram o campo de pouso em um carro terrestre que zumbia. Quando eles saíram do veículo, Draigo se aproximou e fez uma reverência contida ao seu benfeitor.

— Seu plano funcionou perfeitamente, senhor.

Josef apertou a mão do homem com vigor, depois se afastou e olhou para Draigo, examinando-o de cima a baixo.

— Você mudou. Todo o seu comportamento parece muito mais... intenso. — O comentário fora tecido com a intenção de elogiá-lo.

Draigo assentiu de leve e acrescentou:

— E mais focado. O processo para me tornar um Mentat foi longo e difícil, mas o senhor não se arrependerá de seu investimento.

Josef não era capaz de conter um sorriso.

— Você está entre os primeiros candidatos que colocamos na escola, e espero que outros se juntem a nós em breve. O Grupo Venport requer Mentats habilidosos.

Ele planejava usá-los no monitoramento das contas em suas operações bancárias em diferentes planetas, e a subsidiária do Grupo Venport, o Consórcio Mercantiles, também tinha requisitos vastos e complexos para a manutenção de seus livros-caixa.

Josef aplicara testes a muitos jovens candidatos para o treinamento Mentat, com Cioba conduzindo entrevistas cuidadosas em seu nome. Depois que os melhores eram selecionados, seu chefe de segurança, Ekbir, criava identidades e histórias completamente novas para os alunos antes de viajarem para Lampadas, a fim de ocultar suas lealdades da curiosidade mais persistente de qualquer observador butleriano. A Escola Mentat era uma aliada inquietantemente próxima de Manford Torondo e seus bárbaros, e Josef não ficaria surpreso se os fanáticos petulantes recusassem o acesso de seus candidatos ao treinamento especializado. Assim, o Grupo Venport financiava as mensalidades em segredo e, por motivos de segurança, os alunos não se conheciam.

— Então estou entre os primeiros? — perguntou Draigo. — Fico feliz em saber disso.

— Muitos outros o seguirão — disse Josef. — Amanhã, Cioba e eu começaremos a explicar suas novas tarefas.

Estavam ambos parados no campo iluminado pelo sol, onde a luz refletia nos tanques fechados, repletos de gás de mélange. Draigo observou as formas mutantes dos candidatos a Navegadores com grande interesse. Anteriormente, Josef mantivera aquela operação em segredo do jovem.

— Obrigado por revelar tudo isso para mim, diretor Venport.

Josef deu de ombros.

— Um Mentat com informações incompletas não me serve de nada.

A esposa de Josef se juntou a eles, vestindo um terno conservador, com os longos cabelos presos sob um lenço. Ela e Norma Cenva haviam retornado de sua estranha e inesperada viagem a Rossak; Josef não via com bons olhos o fato de elas compartilharem informações confidenciais do Grupo Venport com a Irmandade, mas tanto Norma quanto Cioba, sem mencionar as próprias filhas de Josef, estavam inextricavelmente ligadas àquelas mulheres, e ele sabia que não serviria de nada forçá-las a escolher suas lealdades.

Cioba o seguiu enquanto caminhavam pelos corredores até um tanque específico que ele escolhera. Josef olhou para a janela de plaz opaco e falou com o Mentat vestido de preto com o canto da boca.

— O que você passou foi algo difícil, Draigo, mas a metamorfose em um Navegador exige mudanças ainda mais extremas. Este homem aqui, por exemplo, é um caso muito interessante: não é um voluntário, na verdade, mas um espião que pegamos em flagrante.

— Um espião? Qual era o objetivo dele?

Irmandade de Duna

— Tudo o que estamos fazendo com os Navegadores... mas nós o detivemos antes que ele pudesse divulgar nossos segredos para seu empregador, a Transporte Celestial. Eu o coloquei na câmara com a única intenção de executá-lo de forma poética, mas ele está me surpreendendo com suas habilidades de adaptação. — Josef bateu com os nós dos dedos na comporta de plaz. A figura em forma de varapau em seu interior se contorceu e girou como uma marionete em cordas invisíveis. — Ao que parece, ele se chama Royce Fayed, mas não sei se ele se lembrará de algo tão trivial como o próprio nome uma vez que a transformação estiver completa. Minha bisavó o está guiando. Acho que no fim ele pode sobreviver para se tornar um Navegador.

O rosto de Fayed parecia distorcido e inchado, com os olhos aumentados, as bochechas arredondadas e o queixo derretendo como se fosse uma figura de cera exposta a um calor excessivo. Seus grandes olhos piscavam, mas a boca não se movia. Ele não tentou dizer nada.

— Se ele era um espião, então é seu inimigo. — Draigo olhou por entre as nuvens turvas dentro da câmara. — A lógica seria de que não se confiasse nele como Navegador. Dada a mutação extrema que ele sofreu, como poderia não odiar o Grupo Venport? Se você o colocasse a bordo de uma de suas naves dobraespaço, o que o impediria de destruir a nave com todos os passageiros e cargas ou levá-la para a Transporte Celestial? Parece um risco muito grande a se correr.

— Norma nos garante que não há risco — respondeu Cioba. — Agora que a mutação inicial ocorreu e a mente dele está se expandindo, ele está muito ansioso para se tornar um Navegador para nós. É o que mais anseia.

— Interessante — disse Draigo, incerto.

— Se Norma Cenva me diz para confiar nele, como posso duvidar? — Josef soou mais defensivo do que pretendia. — Ela é o coração de todo o nosso império comercial.

— Aceito sua conclusão, diretor. O senhor precisará de todos os Navegadores que puder criar, considerando a descoberta que fiz recentemente. — O novo Mentat se virou para ele com uma expressão seca. — É o meu presente para o senhor. Uma projeção muito interessante.

Josef ergueu as sobrancelhas.

— Agora você tem minha atenção.

— Antes que eu completasse meu treinamento Mentat, Gilbertus Albans e eu estudamos mais de um século de registros, rastreamos rotas de voo conhecidas e movimentos de naves de máquinas pensantes. Depois de compilar inúmeras pistas, fizemos uma extensa projeção Mentat e ambos chegamos à mesma conclusão. — Draigo sorriu, aumentando o suspense. — Senhor, postulei a provável localização de um grande estaleiro de máquinas, uma instalação de fabricação e reabastecimento que, com toda a probabilidade, abriga um grande número de naves e indústrias em órbita. Como não há nenhum registro desse depósito, se é que ele existe, devo concluir que a instalação inteira quase certamente não foi descoberta e está intacta.

Josef se animou.

— E pronta para ser tomada. — O diretor olhou para a figura retorcida flutuando em suspensores no tanque cheio de gás. — O espião mencionou que a Transporte Celestial localizou uma instalação como a que você descreveu, mas não faço ideia de onde esteja.

— Talvez eu saiba — informou Draigo.

> **Todas as selvas são ecossistemas únicos, ainda mais as florestas tropicais de Rossak, excepcionalmente importantes em função dos recursos bioquímicos que elas produzem. É de nosso interesse exercer o máximo de controle possível sobre os recursos de tal planeta.**
>
> — **Consórcio Mercantiles, relatório confidencial**

Raquella chamou Valya e Dorotea para sua biblioteca e escritório particulares, mas antes que pudesse tocar no assunto que queria abordar, Dorotea interrompeu, claramente agitada.

— Reverenda Madre, estou preocupada. Uma das novas acólitas, a Irmã Ingrid, não aparece para as aulas desde ontem. Ela não está em seus aposentos. Ninguém a viu.

Valya ficou tensa, mas a Reverenda Madre tomou cuidado para não olhar na direção dela.

— Sua preocupação é admirável, Irmã Dorotea. Vou fazer algumas perguntas e pedir às outras censoras que investiguem esta questão. — Ela estreitou os olhos e endireitou-se em sua mesa, de frente para as duas mulheres que havia convocado. — Mas tenho 1.100 alunas em Rossak e chamei vocês duas aqui para discutir uma em particular... Anna Corrino. Considerando o que está em jogo, precisamos ter certeza de que ela esteja sendo tratada adequadamente. Irmã Dorotea, você esteve com os Corrino por um ano. Gostaria de ouvir sua avaliação da princesa.

— Mas a Irmã Ingrid...

— Estamos falando de Anna Corrino no momento. *Sua avaliação, por favor.*

A voz de Raquella soou surpreendentemente poderosa, chamando a atenção de Valya e Dorotea, que piscou, atônita, respirando fundo.

— Me desculpe, Reverenda Madre. — Enquanto Valya permanecia sentada em frente a Raquella, a outra Irmã andava de um lado para o outro na sala. — Sim, eu conheço bem os Corrino e conheço a personalidade de Anna. Não a acostume mal. Ela se comporta como uma mimada, reclama com frequência ou usa técnicas de resistência passiva. Nunca recebeu responsabilidades nem aprendeu a entender as consequências dos próprios atos.

— Ela nunca teve a chance — acrescentou Valya. — Durante toda a vida, os irmãos cuidaram de todos os problemas, impedindo-a de cuidar de si mesma. Ela se rebela de propósito, como fez ao insistir em um romance inapropriado com um jovem cozinheiro no Palácio, o que por sua vez forçou seus irmãos a mandá-la para Rossak só para colocá-la em um lugar onde ela não pudesse causar mais problemas.

Raquella assentiu.

— Seria melhor se ela mesma aprendesse a ser forte e competente. Não acredito que o imperador tenha alguma expectativa específica em relação à nossa escola além de mantê-la longe de problemas. Mas estaríamos ignorando uma oportunidade importante se não tentássemos fazer com que ela se tornasse uma de nós. Anna Corrino voltará para a família um dia, e devemos nos certificar de que ela seja dedicada à Irmandade.

Valya permitiu que a frustração se infiltrasse em sua voz:

— Ela não demonstra interesse pelos estudos em sala de aula muito menos pelos exercícios mentais.

Dorotea franziu a testa para ela.

— Você é basicamente a guardiã dela, cuidando para garantir que a menina não se machuque... mas de que isso lhe adianta? Apenas escondê-la e protegê-la não a tornará mais forte. Ela precisa passar pelo mesmo treinamento vigoroso pelo qual todas as acólitas devem passar.

— Ela é a irmã do imperador — observou Valya. — Não devemos ousar que se machuque.

A Reverenda Madre assentiu.

— Então você deve se certificar de que isso não aconteça, mas falharemos com Anna se não a treinarmos. Devemos pressioná-la, não mimar a menina. Nossa meta é aperfeiçoar cada Irmã. Temos de seguir em frente sem ficar pisando em ovos. A exposição às dificuldades aprimora o corpo e a psique humanos... com os devidos mecanismos de salvaguarda, é claro. — Raquella assentiu novamente, decidindo como fazer aquilo. — Colocaremos a garota em uma situação desafiadora, enviando-a em uma missão de sobrevivência por alguns dias. E quero que vocês duas a acompanhem e a observem. Vão para o interior das selvas, longe da cidade no penhasco.

Irmandade de Duna

Valya entendeu o objetivo secundário secreto da Reverenda Madre: com Dorotea começando a fazer perguntas sobre Ingrid, ela a queria longe da cidade no penhasco.

Valya Harkonnen não gostava de ser obrigada a desempenhar certas tarefas. Fazia com que ela se sentisse presa, sem o controle nas mãos — e ela deixara Lankiveil para escapar desse sentimento. Mas enxergava as vantagens de passar dias isolada com a irmã do imperador.

Dorotea, Valya e Anna seguiam por uma encosta rochosa e vulcânica, diferente das densas selvas roxo-prateadas atrás delas. Vestiam jaquetas leves e camadas de roupas apropriadas ao ambiente externo e não carregavam barracas, equipamentos ou provisões. Como primeiro exercício de treinamento para Anna, a Reverenda Madre queria que elas vivessem da terra, bebessem água de poças e comessem frutas silvestres, fungos e insetos ricos em proteínas.

Já estavam longe das cavernas civilizadas havia três longos e desagradáveis dias, mas pelo menos tinham mantido a garota Corrino viva. A experiência era muito diferente dos passeios de Anna pelos jardins do palácio.

Como esperado, Anna protestara por ter que fazer o exercício de sobrevivência, agarrando-se aos mínimos confortos da caverna, mas Dorotea a lembrara de que uma acólita deveria seguir as regras da Irmandade:

— Você não está mais em Zimia. Todas as acólitas são iguais aqui, e a Reverenda Madre determinou uma tarefa a você.

Valya tentara soar mais compreensiva:

— É parte importante de se tornar uma Irmã, para fortalecê-la. Lembre-se de que o imperador deu instruções rígidas de que você não poderia voltar para sua família até concluir o treinamento.

A garota sorrira para Valya, concordando em tentar... mas sua dedicação se esvaiu rapidamente. Poucas horas depois da partida ao alvorecer, Anna reclamara de dores nos pés, de arbustos emaranhados, de picadas de insetos. Ela não gostava do sabor da água que as três encontravam nos riachos e tratavam com pastilhas antibacterianas; dizia estar desesperadamente faminta, mas não comia frutas silvestres ou fungos, muito menos vermes de um tronco apodrecido. Incapaz de dormir à noite na terra, ela reagia de forma exagerada a cada pequeno som. Na caminhada daquele dia, tinha certeza de que estavam perdidas; tentava parar e descansar, ou voltar, mas suas companheiras não permitiam...

Três longos dias haviam se passado. Com frequência, Valya e Dorotea trocavam olhares ou balançavam a cabeça. Para Valya, aquilo havia se tornado uma missão de sobrevivência de um tipo diferente.

Ela não podia deixar de se perguntar onde Griffin estaria naquele momento e se ele conseguira rastrear e matar Vorian Atreides. Com a inteligência e as habilidades de luta do irmão, parecia certo de que ele tinha uma tarefa mais fácil do que *a dela*.

A Irmã Dorotea tinha o hábito de dar lições às companheiras sobre o que era comestível e o que não era, mas sua atitude superior e seus métodos didáticos tinham se tornado irritantes. Com os anos passados no planeta e os muitos meses de trabalho com Karee Marques, Valya sabia muito bem o que comer na selva. Aquele era o seu décimo exercício de sobrevivência longe da cidade no penhasco; Dorotea, por outro lado, ficara longe de Rossak por anos.

O objetivo delas era chegar a um agrupamento de piscinas termais que esperavam alcançar ao meio-dia. Visto de relance através de aberturas na folhagem, o céu estava cinza plúmbeo, sugerindo chuva, e estava mais quente ali, longe das brisas sazonais nas faces do penhasco. Após subirem o suficiente para deixar a linha das árvores para trás, o solo consistia em uma rocha preta áspera e porosa deixada por um fluxo de lava. A rocha escura e desordenada se estendia em longos diques, com dedos verdejantes de selva que pareciam fiordes arroxeados abaixo.

Com a provação quase terminando, Valya olhou para cima e viu o céu cinza mais pesado e escuro à medida que a chuva se acumulava nas nuvens. Ela acelerou o passo e tomou a dianteira de Dorotea; até Anna começou a andar mais rápido porque não queria ser deixada sozinha.

— Quero chegar às fontes termais para que possamos montar um abrigo — explicou Valya.

— Você conhece a Irmã Ingrid? — perguntou Dorotea enquanto avançava pela vegetação rasteira, tirando do caminho uma samambaia coberta de musgo. — Eu a recomendei a Rossak depois de conhecê-la em Lampadas. Estou preocupada com ela. Parece que ela simplesmente desapareceu.

— Isso me parece um tanto dramático. — Valya teve o cuidado de dizer a verdade exata, o que manteria os indicadores de falsidade fora do tom de voz; depois de seu serviço na Corte Imperial, Dorotea era bastante hábil em detectar mentiras. — A essa altura, ela já deve ter sido encontrada.

— Ainda bem que ela não veio conosco para cá — disse Anna, depois saiu da trilha para olhar um aglomerado de fungos cobertos de espinhos.

Ao ouvir um estrondo e um guincho, Valya viu um borrão de movimento correndo na direção delas, rente ao chão. Anna gritou.

Mal olhando uma para a outra, Valya e Dorotea se colocaram entre Anna e o animal, assumindo posturas defensivas e mantendo os centros de gravidade baixos. O animal peludo e com presas rasgou a vegetação rasteira que crescia entre as rochas de lava e, em seguida, avançou até elas, as pernas como pistões.

No último segundo, movendo-se como um borrão, Valya se esquivou e chutou o animal, atordoando-o e derrubando-o de lado. Seus reflexos de luta ocorriam de forma natural após tantos anos de treinamento com Griffin. Enquanto Dorotea puxava Anna para um lugar seguro, Valya pulou no pescoço da criatura, golpeando-a com o calcanhar com força suficiente para esmagar a garganta e as vértebras; o sangue jorrou da boca e das narinas da fera. Mesmo gravemente ferido, o bicho se contorceu e tentou ficar de pé de novo antes que suas pernas se dobrassem e ele caísse, morto.

Valya mal ofegava quando se virou para olhar para uma Anna de olhos arregalados. Comentou:

— Você sempre estará na mais perfeita segurança se souber como se proteger. É uma habilidade útil para a irmã do imperador, não?

A jovem assentiu, ainda sem palavras.

Dorotea a encarou, também impressionada.

— Onde você aprendeu a lutar assim? Notei movimentos que não aprendemos na Irmandade.

— Meu irmão e eu ensinamos um ao outro. — Valya se recompôs e se tornou mais pragmática. — Pode haver mais dessas feras por perto, e o céu está parecendo ameaçador. Acho que não devemos tentar chegar às fontes termais. Vamos voltar direto para a escola.

Como se percebesse a deixa, o solo estremeceu e se dividiu, jogando pedras de lava preta para o lado enquanto uma fenda estreita se abria, esguichando uma coluna de vapor junto a um fluxo fino e rápido de magma escarlate sobre a selva, incendiando as plantas.

— Concordo — disse Dorotea. — Podemos ir até a base do penhasco e segui-lo de volta.

Anna Corrino não protestou.

Dorotea foi na frente e se enfiou na selva cada vez mais densa, abrindo novamente um caminho pela encosta. Valya sentiu que o solo estava ficando instável abaixo delas. Uma saída de vapor se abriu, a exalação sibilante de uma fumarola, e ela apressou Anna, batendo em plantas e tropeçando na rocha de lava áspera.

Elas saíram da zona de atividade vulcânica e localizaram uma trilha tênue, possivelmente um caminho de caça. Valya e Dorotea encontraram aberturas suficientes na selva para se orientarem e decidiram que poderiam voltar à cidade no penhasco ao anoitecer. Encontraram a base da parede rochosa e a seguiram, passando por entre os arbustos. A chuva, que havia se acumulado por um longo período de tempo, começou a cair, em uma torrente que fez Anna curvar os ombros e olhar com sofrimento para o chão. Para Valya, entretanto, o clima se assemelhava a uma agradável tempestade em Lankiveil.

Logo adiante, Dorotea soltou um grito alarmado. Valya apressou Anna para seguir em frente e ver o que tinha acontecido: a Irmã mais velha estava olhando para os fragmentos horríveis de uma carcaça, com ossos e um crânio sem dúvida humanos, em pedaços. Retalhos de tecido verde-claro do manto de uma acólita estavam pendurados nos arbustos. O coração de Valya ficou apertado.

— É Ingrid — exclamou Dorotea, chorando. — Eu sabia que algo tinha acontecido com ela!

Ela retirou uma fina corrente de ouro emaranhada dos ossos ensanguentados. Valya reconheceu um pequeno amuleto com o símbolo dos butlerianos, um punho fechado em torno de uma engrenagem estilizada.

Olhando para cima, Valya viu através da chuva que elas estavam perto dos túneis habitados. Ela e Raquella haviam jogado o corpo da acólita muito mais fundo na selva e longe de qualquer trilha, mas predadores deviam tê-lo arrastado até ali.

Por sorte, Anna, com uma expressão nauseada, disse exatamente a coisa certa:

Irmandade de Duna

— A pobre Ingrid deve ter caído do penhasco. Os animais a arrastaram para cá... e a comeram!

Dorotea tinha uma expressão dura que parecia ter sido afiada em uma pedra de amolar.

— Mas *como* ela caiu do penhasco? Isso não parece do feitio dela. Ingrid sempre tomava cuidado por onde andava. — Dorotea limpou o rosto molhado pela chuva e pelas lágrimas e olhou para a alta parede natural.

— Devemos levar o corpo de volta ou deixá-lo aqui? — perguntou Anna. Ela não parecia nada ansiosa para tocar no cadáver.

Valya permaneceu firme. Sabia o que devia dizer:

— É costume da Irmandade deixar o corpo aqui para que a natureza siga seu curso.

Segurando o colar com força, Dorotea se afastou lentamente do local macabro, como se seus músculos não respondessem aos comandos. Pensando em controlar os danos, Valya foi para o lado de Dorotea e colocou um braço reconfortante ao redor dela.

— Eu sei que ela era sua amiga.

Enquanto consolava a Irmã mais velha, no entanto, Valya notou um lampejo de ciúme no rosto de Anna, mas também precisava ficar perto de Dorotea para garantir que ela não fizesse muitas perguntas erradas.

> **Uma pessoa pode fugir depressa e para longe, mas nunca poderá fugir de si mesma.**
>
> — Aforismo zen-sunita

O céu de Arrakis era uma vastidão clara e seca — verde-oliva manchado pelos véus da poeira sempiterna. Naquele dia, os ventos estavam fracos e as estações meteorológicas não previam tempestade, então o chefe da tripulação permitiu que Vorian Atreides pilotasse um dos aerobarcos de patrulha enquanto as operações de colheita de especiaria do Grupo Venport continuavam no vale.

Embora o velho e grisalho Calbir já tivesse testado a proficiência de Vor na cabine de comando várias vezes, ele ainda o tratava como um piloto novato, ensinando-o a seguir a lista de verificação e alertando-o para ficar atento a correntes térmicas ascendentes violentas ou ciclones localizados inesperados.

— Nunca subestime Arrakis, meu jovem, porque este planeta não dá a mínima para você.

Vor prometeu ser cuidadoso e se afastou, atento a qualquer mudança no céu, à menor ondulação de um verme da areia se aproximando. Aquele era seu terceiro voo solo de patrulha em uma semana, e ele tinha plena ciência de suas capacidades.

Ao amanhecer, os batedores de especiaria avistaram manchas enferrujadas nas dunas, no meio de um vale fechado cercado por rochas. O vale amuralhado era grande, mas ainda muito pequeno para ser o único domínio de um verme gigante, embora as vibrações pesadas do maquinário de colheita de especiaria acabariam por atrair uma das criaturas. Felizmente, a única abertura para o deserto maior era um estreito gargalo nos penhascos, de modo que eles sabiam exatamente por onde o verme teria que entrar.

Enquanto a escavadeira percorria as areias abertas do vale, movendo-se às vezes para o bastião seguro das rochas, Vor guiou o aerobarco em um arco amplo, circulando de horizonte a horizonte, atento a qualquer sinal de um verme saqueador. Ele mantinha os olhos abertos enquanto realizava sua patrulha aérea, mas esperava que os homens tivessem mais tempo do que o normal para fazer a colheita. Os altos paredões do vale formavam uma fortaleza natural.

Ele ganhou altitude e circulou a bacia do deserto, examinando a extensão ondulante das dunas abaixo em busca de sinais de vermes. Até aquele momento, o deserto arenoso parecia sereno, calmo e hipnótico...

Vor relaxou, respirou fundo e refletiu sobre como aquele vazio absoluto era limpo e libertador, com as bordas afiadas e as sombras bruscas, as paisagens que faziam alguém abrir a mente e a liberdade de estar longe de séculos de pensamentos. Ele sentia falta de Mariella, de sua família e de seus amigos em Kepler, mas consolava-se em saber que estavam todos a salvo dos traficantes de escravos. A dor agridoce era forte em seu coração, embora fosse desvanecer com o passar dos anos... como acontecera antes.

Permitindo que suas memórias mergulhassem ainda mais a fundo, ele pensou em Leronica, a primeira mulher com quem vivera por toda a duração de uma vida humana normal, e nos filhos dos dois, Estes e Kagin. Ele pensou na ascensão e na queda de seu melhor amigo Xavier Harkonnen durante o terrível Jihad... e na bela e trágica Serena Butler. Tantas lembranças, tanto tempo.

Ele também pensou em seu protegido, Abulurd Harkonnen, em quem ele havia depositado tantas esperanças, mas que desobedecera às ordens diretas de Vor — seguindo o melhor dos motivos e a pior das táticas — quando o destino da humanidade estava em jogo. Abulurd traíra tanto Vor quanto toda a humanidade no confronto final contra as máquinas pensantes, e Vor garantira que ele fosse condenado e banido.

Sim, estar tão sozinho o ajudava a cristalizar as memórias e guardá-las em uma prateleira de sua mente como artefatos em um museu. E também permitia que Vor seguisse em frente com sua vida. Sua longa, longa vida.

Ele olhou para baixo de novo, examinando o deserto enquanto completava seu amplo círculo. Ainda não havia sinal de um verme, apenas o rodopio de um redemoinho de poeira dando piruetas no topo de uma duna.

Uma transmissão repentina atravessou a linha de comunicação, estalando com estática na cabine de Vor. Sempre havia estática por causa da poeira e da carga ambiente na atmosfera, mas logo ele ouviu gritos, um murmúrio de vozes assustadas, um golpe alto.

— Deuses das profundezas, mas que...
— Estamos sendo atacados!

Em seguida, um grito e uma onda de estática preencheram a linha de comunicação. E, então, silêncio.

Os dedos de Vor pairavam sobre o botão de transmissão enquanto ele girava o aerobarco e voltava em direção ao vale protegido. Ele queria pedir detalhes, exigir explicações, mas a prudência o aconselhou a permanecer em silêncio, sentindo que aquele poderia não ser um ataque de verme da areia. Vor não queria que aqueles por trás do ataque, caso fossem humanos, soubessem que ele estava se aproximando. Ainda estava a dezenas de quilômetros de distância, mas acelerou ao máximo os motores do aerobarco.

Quando se aproximou do gargalo do vale, porém, Vor reduziu a potência dos motores de admissão do aerobarco para torná-los muito mais silenciosos. De longe, ele ainda podia ver as colunas de poeira que se dissipavam da chaminé de escapamento da escavadeira. Desceu até o vale e viu três roladunas fumegando, com os motores explodidos e corpos humanos espalhados pela areia. Os motores da escavadeira foram desligados no meio do vale e a enorme carcaça estava parada, coberta de poeira, em suas esteiras, com algumas partes nuas de seu casco de metal brilhando à luz do sol.

Outra pessoa poderia ter entrado em pânico e corrido de volta para a Cidade de Arrakis para fazer um relatório e pedir reforços, mas Vor não era o tipo de homem que deixava de intervir diante de uma crise. Embora fosse provável que o aerobarco tivesse combustível suficiente para chegar a outro assentamento, quando ele fizesse seu relatório e trouxesse ajuda, já seria tarde demais. Até lá, os vermes da areia poderiam ter apagado todas as evidências.

Precisava encontrar as respostas para o que havia atacado a equipe de especieiros e ajudar qualquer um que ainda estivesse vivo. Tudo havia acontecido tão rápido e não havia nenhuma causa à vista! Menos de quinze minutos tinham se passado desde que ele recebera o sinal de emergência. Se uma força paramilitar de uma operação de especiaria rival tivesse atacado a escavadeira, Vor não teria arma alguma, exceto a própria inteligência e as próprias habilidades de combate. Até mesmo seu cinturão-escudo pessoal estava lacrado no armário a bordo da grande escavadeira.

Vor aterrissou nas areias marcadas e manteve os motores de decolagem do aerobarco ligados, em modo de espera. Qualquer que tivesse sido a força que sequestrara e devastara as operações dali deveria ter visto sua nave de patrulha aterrissar — se é que ainda estava ali. Qualquer pessoa familiarizada com o funcionamento do negócio de mélange sabia que haveria pelo menos um piloto patrulhando cada operação de colheita.

Ele saltou da cabine e aterrissou nas dunas macias, depois correu em direção à imponente máquina de metal. Três cadáveres carbonizados estavam largados ao lado de um roladunas tombado — corpos de homens que ele conhecia. Vor não se permitiu pensar nos nomes deles. Ainda não. Ele já vira corpos em campos de batalha... mas aquele não deveria ser um campo de batalha.

Vor sentiu um calafrio ao lembrar de quando tentou deter os traficantes de escravos em Kepler, de como chegou tarde demais para impedir que as naves de carga humana levassem sua família e seus vizinhos, decolando para o céu com eles.

As cápsulas de carga cheias de especiaria permaneciam intactas, e ninguém havia acionado o lançamento de emergência; a cápsula de evacuação ainda estava trancada na ponte superior.

A rampa de acesso estava aberta, mostrando o interior escuro e cavernoso da enorme escavadeira, mas Vor decidiu instintivamente não entrar por ali. Em vez disso, correu para a frente da máquina gigante. Durante as operações ativas, uma grande concha coberta de areia e uma esteira rolante devoravam a camada superior do deserto e, em seguida, despejavam a areia nos compartimentos de processamento e nas centrífugas.

Abaixando-se, Vor subiu pela esteira rolante e entrou na máquina de processamento pela rampa de entrada, saindo pelo primeiro funil em forma de caixa. Coberto de poeira, ele tentou abafar a vontade de tossir devido ao forte cheiro de canela no ar, vindo da especiaria. Prosseguiu, esgueirando-se.

Os corpos de mais três trabalhadores jaziam no convés de metal manchado. Um contêiner de especiaria colhida tinha sido quebrado e o pó avermelhado estava espalhado pelo chão. Vor olhou de um lado para o outro, destrinchando as sombras, mas não viu movimento algum, não ouviu barulho algum.

Devia ter sido uma operação cirúrgica, um ataque poderoso com uma retirada rápida, antes que as contramedidas pudessem ser empregadas. Ele se lembrou de seus companheiros de tripulação falando sobre os inimigos que Josef Venport criara quando eles passaram por cima dos concorrentes no negócio de mélange. Aquilo cheirava a um ataque de retaliação.

A escavadeira rangia e vibrava, apesar de os motores terem sido desligados. O calor do sol e o resfriamento do metal faziam com que ela se ajustasse. Sem ninguém do lado de fora procurando sinais de vermes, Vor se deu conta de que uma daquelas criaturas poderia se aventurar pelo gargalo nas paredes do penhasco a qualquer momento. Mas ele estava mais preocupado com um tipo diferente de inimigo; alguém havia assassinado seus companheiros de tripulação, seus amigos, e a honra o impelia a descobrir quem era.

Com passos suaves, ele subiu os degraus planos de metal até o sombrio convés da tripulação, que deveria estar vazio, uma vez que todos os trabalhadores eram obrigados a ficar de serviço durante as operações ativas de colheita de especiaria. Mesmo assim, Vor descobriu um único corpo lá, um homem esparramado no convés com o pescoço quebrado. Movendo-se o mais silenciosamente possível, ele retirou o próprio cinturão-escudo do armário e o prendeu, mas não o ativou.

Também pegou uma pistola de sinalização em um armário de emergência, tirou um pé de cabra pesado de um kit de ferramentas e, segurando as armas improvisadas em cada mão, subiu mais um nível até o convés de operações. Embora o medo fizesse com que Vor fosse cauteloso, sua emoção o impulsionava adiante. Será que a equipe inteira estava morta? Tinha que ver se alguém precisava ser resgatado. Era um homem só, mas estava acostumado a agir por conta própria. Conseguira inúmeras vitórias no Jihad, derrubando planetas-máquina inteiros por meio de façanhas e ideias inteligentes. Sentia-se pronto para enfrentar os assassinos e sabotadores que haviam feito aquilo, embora soubesse que não poderia derrotar uma força paramilitar inteira. Ele começou a sentir que havia se comprometido demais e não podia deixar de se preocupar com a possibilidade de surgir um verme da areia.

Subindo as escadas de metal até a escotilha de entrada do convés de operações, ele congelou. Do lado de dentro da porta, o rosto do velho

Calbir o encarava, com os olhos abertos e a boca entreaberta... mas era apenas a cabeça, apoiada em um painel de comunicação. O restante do corpo do chefe da tripulação estava tombado na cadeira a dois metros de distância. A julgar pelo pescoço em frangalhos, a cabeça de Calbir parecia ter sido *arrancada* do corpo. Outro homem jazia morto dentro da escotilha aberta da cápsula de fuga, com o corpo esparramado de bruços e uma ferida aberta e sangrenta nas costas.

No painel de controle principal, de braços cruzados, estavam um homem e uma mulher jovens que pareciam ter cerca de vinte anos de idade. Fortes e ferozes como panteras, estavam cobertos de sangue das mãos até os ombros.

— Você deve ser Vorian Atreides — disse o rapaz. — Sabíamos que não fugiria.

Os lábios da jovem mulher se curvaram em um sorriso.

— Ele se parece com você, Andros. A semelhança é impressionante.

Vor havia esperado encontrar um exército inteiro, considerando os danos que tinham deixado em seu encalço, mas parecia que aqueles dois estavam sozinhos. Ele notou algo estranhamente familiar em seus rostos, com os olhos cinzentos e os cabelos escuros. A dupla mortal desenrolou os braços, como cobras se preparando para atacar, e a pele de ambos cintilou com um brilho metálico subjacente. Eles avançaram em um movimento uniforme, aproximando-se de Vor com um passo fluido e predatório.

— Apenas o atordoe, Hyla — indicou o homem.

A jovem sacou uma arma de mão, curta e grossa.

— Queremos conversar, Vorian... e talvez brincar um pouco com você até obtermos algumas respostas. Você certamente não sabe disso, mas temos muito em comum e muito potencial juntos.

Sem se importar com o que eles queriam dizer, Vor ativou seu escudo corporal e a ondulação pulsante apareceu ao redor dele uma fração de segundo antes de a mulher disparar o atordoador. A explosão atingiu o escudo, completamente inócua.

— Achei que tivesse dito que ninguém usava escudos em operações no deserto!

Muitas décadas antes, Vor vira aquele tipo de armas na época em que os cimaks reprimiam perturbações entre a população de prisioneiros humanos. Ele também sabia que elas tinham configurações muito mais letais.

Uma vez que o atordoamento falhou em incapacitar Vor, o jovem se lançou para a frente. Vor balançou o pé de cabra e, quando a grossa haste de metal atingiu Andros nas costas, ele percebeu que o homem não usava escudo. Diante de toda a morte e todo o caos, Vor não conteve a força. O impacto foi sólido, e Andros estremeceu, mas agarrou o pé de cabra e o arrancou da mão de Vor.

Vor se afastou cambaleando. O golpe deveria ter esmagado a caixa torácica do rival, mas ele nem parecia estar machucado! Hyla se lançou contra Vor, que disparou a pistola de sinalização contra o peito dela. O clarão do projétil explosivo a lançou contra Andros e os dois pegaram fogo. Eles continuaram atacando Vor, as chamas consumindo suas roupas.

Pulando sobre o parapeito, Vor caiu no convés inferior. Se aqueles dois — *dois!* — tivessem massacrado toda a tripulação, seria uma tolice insistir e lutar contra eles. Apenas alguns segundos à frente da dupla, ele correu para os alojamentos da tripulação, fechou a pesada porta do anteparo e foi para a extremidade oposta do convés.

A sinistra dupla de assassinos começou a bater na porta de metal e, em seguida, uma explosão controlada arrebentou a fechadura. Vor esperava ganhar mais tempo, mas os dois o seguiram, correndo com as roupas em chamas e a pele queimada, agindo como se nem estivessem feridos.

Ele não os subestimava, embora não tivesse ideia de quem eram ou como haviam obtido tais poderes. Tinha que pensar em alguma maneira de incapacitá-los ou de pelo menos conseguir vantagem suficiente para poder voltar ao seu aerobarco que o aguardava.

Havia perguntas surgindo em sua mente: quem eram aquelas pessoas? Não pareciam ser sabotadores vindo de uma operação de especiaria rival. Andros e Hyla — ele não reconheceu os nomes, mas eles agiam como se tivessem certeza de que Vor não sabia nada a respeito deles. O que queriam? E havia aquela estranha familiaridade em seus rostos, bem como a semelhança de aparência entre Vor e Andros, uma observação que a própria Hyla fizera. Era uma coincidência ou significava algo mais?

Vor percorreu toda a extensão da escavadeira, desceu mais um convés e foi até as cápsulas de carga cheias de especiaria, onde uma escotilha de saída de emergência o levaria de volta para o lado de fora. Ele alcançou a porta de metal lacrada e a abriu, saindo em uma passarela ao longo da parte externa da escavadeira. O vento quente assobiava ao redor da cápsula de carga de mélange; ele estava a mais de quinze metros acima do solo.

Normalmente, o mecanismo de ejeção para um lançamento de emergência das cápsulas de carga seria operado a partir da ponte da escavadeira, mas os controles manuais secundários estavam ali. Diante de um verme que se aproximasse e da perda do veículo gigante, Vor duvidava que muitos especieiros tivessem a presença de espírito de salvar a carga de mélange quando eles próprios estavam condenados, mas naquele momento ele estava feliz com as medidas de salvaguarda. Ativou a sequência; tinha menos de um minuto.

Andros e Hyla saíram da escotilha de escape e correram atrás dele para a passarela ao redor da cápsula de carga.

— Só queremos conversar com você — disse Hyla com uma voz neutra e sem emoção. — Se você for útil, pode ser que o deixemos vivo.

Vor alcançou um poste de fuga e uma fina escada de metal que descia pela parte externa da colheitadeira de especiaria. Ele começou a deslizar, mas os degraus interferiram, atrasando-o.

Quando estava três metros acima da areia, ele se soltou e caiu, bem a tempo de ver Andros e Hyla pararem na escada. O jovem disparou a arma e o impacto do feixe fundiu um pedaço redondo de areia meio metro à sua esquerda, transformando-o em vidro.

Naquele momento, o procedimento de ejeção liberou os parafusos de ancoragem e lançou a cápsula de carga de mélange no ar, arrastando seus dois perseguidores com ela.

Vor se esparramou no chão, levantou-se de novo e correu pela areia pegadiça em direção a seu aerobarco de patrulha. Ele olhou para trás, observando a cápsula de carga se erguer no ar. Os jovens se agarravam à passarela, balançando, enquanto a cápsula de carga subia mais alto, cinquenta metros acima do solo. Andros e Hyla se soltaram ao mesmo tempo, como se tivessem chegado a uma decisão mútua.

Conforme adentrava a cabine do piloto, Vor observou os dois despencarem no chão. Eles aterrissaram simultaneamente em posição de agachamento, mesmo de uma altura tão impossível, e se levantaram de novo, saltando em direção à aeronave sem o menor ferimento ou hesitação.

Vor acionou os motores, decolando verticalmente das areias antes mesmo que a cobertura da cabine de comando se fechasse. Pilotar uma aeronave como aquela era algo muito comum para ele, então girou-a e dirigiu-se aos afloramentos rochosos que cercavam o vale. Se conseguisse chegar ao deserto aberto, voaria direto para a Cidade de Arrakis...

Antes que Vor ganhasse muita altitude, uma pequena explosão atingiu o trem de pouso do aerobarco e um dos motores tossiu, rugiu e depois morreu. Os perseguidores haviam disparado suas antigas armas cimaks, danificando os motores. A nave começou a rodopiar, mas Vor lutou com os controles, tentando manter a altitude, sem saber se era melhor cair nas areias abertas além do desfiladeiro ou nas rochas, onde ele ao menos conseguiria se esconder.

Fumaça saía profusamente dos dois motores. Andros disparou de novo, mas errou. Vor já estava muito próximo do chão quando um pico de energia auxiliar permitiu que ele se afastasse, tentando se distanciar o máximo possível de seus perseguidores. Sua mente estava às voltas. Não havia lugar para se esconder nas dunas, ainda que o cume rochoso oferecesse proteção, talvez ele fosse capaz de preparar uma emboscada, mas Andros e Hyla não seriam alvos fáceis.

Pelo retrovisor, ele viu as duas figuras minúsculas disparando pelo vale aberto, literalmente *correndo* atrás da nave atingida que tentava escapar. O casco inferior do aerobarco cada vez mais lento raspou em uma duna alta, projetando a poeira e a areia pelo ar. Vor se segurou, abalado pelo impacto, e tentou continuar voando, mas o veículo atingiu o solo de novo e mergulhou na areia. Ele conseguiu se levantar uma última vez, aproximando-se da linha de rochas que formava uma barreira ao redor do vale. Por fim, ele derrapou na areia macia e girou até parar de forma brusca contra as primeiras rochas. Seu escudo corporal o protegeu de fortes contusões durante a queda.

Vor abriu a capota, pulou para fora e correu na direção das formações rochosas desgastadas pelo tempo, abrindo caminho e usando as mãos e os pés para escalar quando necessário. Olhou por cima do ombro para ver as duas figuras correndo incansavelmente em sua direção, deixando linhas de pegadas na areia macia.

As pedras aquecidas pelo sol queimavam as pontas dos dedos de Vor, mas ele continuou subindo. Quando chegou a um ponto de observação, ele viu os dois pararem para observar o aerobarco acidentado e começarem a subir as rochas segundos depois. Ficou de olho em possíveis ondulações reveladoras de movimento dos vermes: atraídos pela comoção, mais cedo ou mais tarde um dos monstros encontraria seu caminho através do gargalo para o vale fechado. Por enquanto, as areias permaneciam plácidas.

O coração de Vor batia forte enquanto ele subia até o topo do cume — onde se assustou ao encontrar uma mulher estranha de pé, aparentemente à espera dele. Usava roupas do deserto, camufladas para se parecerem com as rochas, e carregava uma mochila com ferramentas acopladas. Estava tão perto que Vor não conseguia acreditar que havia se esgueirado até ele. Não dava para determinar a idade dela; a pele era desgastada, mas os olhos eram brilhantes. Fios de cabelo castanho esvoaçavam em torno do capuz que cobria sua cabeça.

— Você deve ser da equipe de especiaria lá embaixo — disse ela casualmente, como se estivesse perguntando a cor favorita dele. Os protetores nasais vedavam suas narinas, dando à voz um tom anasalado.

— Sou o único sobrevivente. — Vor indicou as figuras que já estavam chegando às rochas. — Aqueles dois emboscaram a colheitadeira e mataram todo mundo. Não sei quem são, mas têm a força de maks de combate. — Voltou a atenção para ela. — E quem é você?

— Sou Ishanti. Trabalho para Josef Venport, vigiando algumas das operações de especiaria externas. Mas eu não esperava por isso. Temos que sair daqui e fazer nosso relatório.

Ainda respirando pesado, Vor olhou para a extensão do deserto bronzeado além das rochas.

— Você tem uma nave? Como podemos escapar?

— Não tenho nenhum veículo.

Vor piscou, atônito.

— Então como você conseguiu chegar até aqui?

— Usei o que o deserto tem a oferecer, e usaremos de novo. Venha comigo. Tenho uma ideia.

Ishanti seguiu esvoaçante ao longo das rochas, mantendo-se abaixada e escondida por sua túnica do deserto, mas orientou Vor para que se deixasse ser visto. Eles passaram por um entalhe rochoso cheio de cascalho solto. Em uma encosta à frente, várias pedras estavam precariamente equilibradas no topo de uma rampa.

Ao verem a silhueta de Vor, Andros e Hyla subiram como aranhas pelo entalhe rochoso. Ishanti os observou e sorriu, dizendo:

— Só precisa de um empurrãozinho.

Ela e Vorian pressionaram os próprios pesos contra as rochas, fazendo com que as duas maiores se soltassem. As rochas pesadas começaram a quicar e a tombar, batendo contra as paredes. A pequena avalanche ganhou impulso, precipitando-se para baixo.

Andros e Hyla foram pegos no funil e, embora tentassem escalar as paredes rochosas, as pedras os arrastaram para longe. Vor esperava que eles fossem esmagados até a morte, mas, de alguma forma, os dois fluíam por sobre as pedras que caíam por um tempo, com os pés se movendo depressa, até que não conseguiram mais acompanhá-las e foram arremessados colina abaixo. Vor não se permitiu nem um suspiro de alívio. Na base do penhasco, viu os dois se movendo em sua direção de novo, jogando pedras quebradas para o lado e se desprendendo.

— Temos que ir — avisou Ishanti. — Vamos para o outro lado do cume e para o deserto aberto. Ou você prefere esperar e lutar?

— Já tentei isso. O que há no deserto aberto?

— Segurança. Mas, primeiro, desligue seu escudo... a menos que queira morrer.

— Ele tem me mantido vivo até agora.

— Nas dunas, não vai funcionar. O campo vai atrair um verme e o levar ao frenesi. Os monstros já são difíceis de controlar normalmente.

Controlar? Vor não sabia o que ela queria dizer, mas, obediente, desligou o escudo. A mulher desceu a ladeira íngreme como uma cabra-montesa até chegar ao solo do deserto. Sem parar, ela correu para a extensão aberta de areia.

Ele correu atrás dela, ofegante.

— Para onde estamos indo?

Ishanti se virou para olhá-lo, com os olhos de um estranho azul sobre azul que Vor reconhecera como sinal de uma vida de vício em especiaria.

— Confie em mim... e confie no que eu sei sobre o deserto.

Vor não hesitou.

— Tudo bem, vou confiar em você.

Ainda que com poucas palavras, Ishanti explicou enquanto se dirigiam para as dunas:

— Com as operações de especiaria no vale, já deve haver um verme por perto. Vamos torcer para que ele venha nos buscar antes daqueles dois lá.

— Não me parece que temos escolha.

No topo da crista de uma duna, ela protegeu os olhos para examinar a linha de rochas que tinham acabado de deixar. Andros e Hyla já estavam descendo em direção à areia. Vor se perguntou se eles eram androides, com pele blindada e habilidades de combate aprimoradas.

— Normalmente, eu desaconselharia passos normais ou pesados, mas agora queremos chamar a atenção deles — explicou Ishanti. — Comece a correr. — A mochila dela estava cheia de ferramentas e instrumentos estranhos, bastões, ganchos; havia até um rolo de corda pendurado. Sem desacelerar, a mulher do deserto retirou os itens de que precisava. — Fique atento aos sinais de vermes... isso significa que Shai-Hulud virá até nós e não teremos muito tempo.

Atrás deles, Andros e Hyla alcançaram a areia e avançaram, parecendo não se cansar. Vor podia ver que a própria vantagem estava diminuindo rapidamente. Então, ele se virou para a frente e viu um brilho como uma onda de choque, acompanhado de vibrações que ressoavam pela areia. Ele apontou para a areia.

— Um verme!

Ishanti assentiu.

— Ótimo. E ele está vindo exatamente a partir da direção certa. Podemos dar um jeito. — Ela se ajoelhou e tirou mais itens de sua mochila. — Fique ao meu lado e faça como eu. Há uma grande chance de nós dois estarmos prestes a morrer, mas também há uma chance de escaparmos.

Vor não teve tempo de fazer perguntas enquanto a ondulação de areia avançava de forma perturbadora em sua direção, como as espumas brancas de uma onda durante uma tempestade no oceano. Ishanti retirou algo que parecia ser uma pequena granada sônica. Ela ativou a luz piscante no objeto e o jogou em um vale entre as dunas, não muito longe deles. Então, agachou-se na crista.

— Espere e observe. Esteja pronto.

— Estou pronto — respondeu ele, apesar de não saber para o que deveria estar pronto.

Brian Herbert e Kevin J. Anderson

A granada sônica detonou, emitindo uma pulsação forte que latejou na areia, quase ensurdecendo Vor. O verme que se aproximava surgiu de baixo da areia, erguendo uma boca cavernosa, grande o suficiente para engolir até mesmo a maior colheitadeira de especiaria. Apesar de ter vivido por séculos e ter visto muitas coisas incríveis, Vor prendeu a respiração, impressionado, parado na crista da duna. O verme sem olhos se virou em direção à fonte da pulsação, raspando as costas rugosas tão perto deles que Vor poderia ter jogado uma pedra e o atingido.

Ishanti estava de fato correndo *na direção* do verme, e ele ia logo atrás.

— Vamos, temos apenas alguns segundos!

Como uma louca, ela correu e pulou para a seção inferior do verme, usando uma vara com ponta de gancho como suporte. Depois de se agarrar, Ishanti estendeu o braço direito para trás.

— Segure minha mão!

Espantado com o que Ishanti estava fazendo, Vor segurou a mão dela, que o puxou para as costas do verme e lhe entregou um gancho. Sem tempo para pensar, ele repetiu os movimentos dela. Os dois subiram a linha de segmentos do anel e o monstro se debateu, sem notar os insignificantes passageiros.

Ishanti enfiou uma barra nas fendas entre os anéis do verme. Com um grunhido pesado, ela a empurrou, forçando a abertura do anel para expor a pele macia e rosada por baixo. O verme da areia vacilou, e Ishanti cutucou a carne macia. Por fim, o verme se virou para evitar a dor e começou a se mover em direção ao deserto.

— Amarre-se. — Ela jogou para Vor a outra ponta do rolo de corda. — Temos que nos segurar até que estejamos longe o suficiente.

Ele seguiu as instruções. Deixando um rastro de areia agitada atrás de si, o verme partiu com uma velocidade incrível. Com os cabelos em volta do rosto, Vor se virou para ver Andros e Hyla de pé, derrotados nas areias abertas.

Ishanti guiou o verme adiante e eles dispararam para a desolação das profundezas do deserto.

> **Uma busca bem-sucedida depende de persistência e sorte, mas uma *missão* bem-sucedida depende do caráter da pessoa a quem ela é destinada.**
>
> — Xavier Harkonnen, *Memórias do Jihad de Serena Butler*

Considerando a quantidade de riqueza e comércio que fluía de Arrakis, Griffin Harkonnen ficou surpreso ao ver que a principal cidade com espaçoporto era pouco mais do que um bairro miserável e abarrotado. Com o comércio de especiaria, ele esperava uma metrópole moderna, mas, em vez disso, viu pessoas vivendo em casebres feitos de tijolo fundido e polímero. Cada janela, porta e rachadura era vedada para evitar a entrada de poeira. Arrakis tinha a reputação de sugar a riqueza e a esperança mais rápido do que os caçadores de fortuna conseguiam extrair de volta do deserto.

Quando chegou ali e viu todas as pessoas desesperadas que não tinham chance de sair do planeta, Griffin ficou com o coração apertado. Sentia saudades do rústico Lankiveil, independentemente das dificuldades de viver lá. Mas ele se recusou a abandonar sua busca, seu dever. "Vingue a honra de nossa família, Griffin", dissera sua irmã. "Sei que posso contar com você."

Griffin sempre soubera que procurar um homem em um planeta inteiro seria difícil — mesmo para uma pessoa extravagante e que chamava a atenção como Vorian Atreides —, mas, quando olhou para os penhascos rígidos e o deserto sem fim, não conseguiu entender por que alguém escolheria ir para *lá*.

Se a pesquisa de Griffin estivesse correta, Vorian Atreides era bastante rico, escondendo suas fortunas em vários planetas. Em Kepler, Griffin vira por si mesmo que o homem era muito querido, até mesmo reverenciado. Se o imperador havia pedido a Atreides que deixasse Kepler, por que ele não escolhera construir uma propriedade em algum lugar e viver com conforto?

O homem havia dito à família para onde pretendia ir depois de sair de Kepler. Não tinha sido difícil descobrir aquele segredo. Griffin não achava que Atreides estivesse fugindo ou se escondendo e não tinha motivos para acreditar que sua presa tomaria medidas extremas para mudar de nome ou disfarçar a própria identidade. Ele não tinha ideia de que Griffin estava tentando rastreá-lo, então por que fugiria? Por que se esconderia? Mesmo assim, Griffin duvidava que seria simples encontrá-lo. Parecia fácil desaparecer naquele planeta vasto e desolado.

Valya odiava o descendente dos Atreides havia tanto tempo que o via apenas como um monstro que precisava ser punido pelo que fizera à Casa Harkonnen. Mas Griffin queria entender o homem que iria matar, reunindo o máximo de informações que conseguisse sobre a longa vida de Vorian, incluindo as histórias de seus primeiros anos no império das máquinas, antes de mudar de lado e se juntar ao Jihad de Serena Butler — bem como sua amizade com o antepassado de Griffin, Xavier Harkonnen, o grande expurgo atômico que obliterara todos os Mundos Sincronizados e, por fim, a grande Batalha de Corrin, após a qual Vorian Atreides apagara o nome da família Harkonnen para sempre.

Mas por que um homem como aquele iria, por livre e espontânea vontade, para um lugar como Arrakis? Para obter ainda mais riquezas, Griffin supôs; para obter a especiaria que estava enriquecendo algumas pessoas.

Ele ficou sozinho por um tempo, cercado pela agitação das multidões indiferentes, e depois partiu para a cidade. Sua pele ainda estava macia e úmida, já queimada pelo sol.

Atrás dele, um tanque de água do tamanho de um zepelim chegou voando, enviado de algum mundo onde a água poderia ser coletada de um oceano alienígena, dessalinizada e transportada para Arrakis. Por causa de seu trabalho no negócio de pele de baleia, Griffin sabia quais eram os custos do transporte comercial e pensou em como aquele mundo deveria estar desesperado por água para ser comercialmente viável transportar uma nave de um planeta para outro e obter lucro com isso. Ele também entendeu por que o mélange extraído ali era tão caro. Pura questão de economia.

Griffin era cauteloso com os próprios fundos limitados, guardando dinheiro em vários bolsos e sacolas ocultas em seu corpo. Ele orçara todo seu itinerário, certificando-se de que teria o suficiente para comprar sua passagem de volta para Lankiveil. Sabia que seria forçado a contratar investigadores locais e oferecer subornos generosos na esperança de obter fragmentos de informação.

Irmandade de Duna

Ele viu paletes carregados com suspensores cheios de cilindros de especiaria concentrada, todas com o logotipo do Consórcio Mercantiles. Estava sendo abordado com frequência por pedintes e queria ajudá-los, mas simplesmente não tinha dinheiro para gastar se quisesse cumprir sua missão. Muitos dos indigentes eram forasteiros como ele, cingidos em trapos contra edifícios, envoltos em sua miséria e cobertos de poeira.

Igualmente implacáveis, os vendedores insistiam em importunar Griffin, tentando vender-lhe máscaras de retenção de água, protetores para os olhos, dispositivos de previsão do tempo, bússolas magnéticas (que nunca pareciam apontar para a mesma direção duas vezes seguidas) e até mesmo talismãs mágicos que garantiam "afastar Shai-Hulud". Dava para ver que ele era de outro mundo e, portanto, um alvo para golpes; Griffin recusou todas as ofertas.

Ficava claro que outras pessoas eram nativas: percebia-se de imediato devido à pele escura e coriácea exposta e à maneira como se moviam, se mantinham nas sombras e cobriam a boca e as narinas. Eles tinham uma atitude dura e uma repulsa indisfarçável por forasteiros ingênuos, mas Griffin achava que poderiam ser sua melhor fonte de informações. No entanto, quando parou um velho do deserto para fazer perguntas, o homem fez um sinal de proteção com dois dedos levantados, disse algo em um idioma que Griffin não entendia e fugiu para um beco.

Desanimado, Griffin encontrou um alojamento e mostrou ao proprietário uma imagem de Vorian Atreides. O homem obeso balançou a cabeça.

— Tentamos não reparar nas pessoas por aqui. E mesmo que esse homem tenha entrado em meu estabelecimento, ele provavelmente estava envolto em um adorno de cabeça com tampões para o nariz e máscara facial. Ninguém nunca viu uma pessoa vestida *desse jeito* por aqui. — Ele indicou a imagem de Vorian com a cabeça.

Sem revelar o próprio nome, para o caso de alguém avisar sua presa, Griffin perguntou aos vendedores nas ruas, pagando quantias simbólicas a qualquer um que demonstrasse interesse. Aqueles que lhe davam informações com evidente empolgação estavam claramente mentindo, na esperança de receber um suborno maior. Ele seguiu em frente e entrou em contato com um investigador local, oferecendo pagamento somente se o homem conseguisse resultados; o investigador não ficou entusiasmado com o acordo, mas disse que daria uma olhada no assunto, desde que não tomasse muito tempo.

Determinado, Griffin percebeu que teria de fazer a maior parte do trabalho sozinho. Ele havia percorrido todo aquele caminho, feito uma promessa à irmã, e sabia que estava fisicamente mais perto de encontrar Vorian Atreides do que nunca.

Certa noite, após o pôr do sol, ele passou por uma porta selada que retinha a umidade e entrou em um bar onde homens imundos e mal-humorados estavam sentados tomando cerveja de especiaria, gastando os salários inteiros, já que tinham desistido de comprar uma passagem para fora de Arrakis havia muito tempo. Griffin achava desanimador ver pessoas que tinham parado de tentar recuperar o próprio valor. Ele jurou nunca deixar que aquilo acontecesse consigo mesmo.

Depois de determinar a quantia exata que estava disposto a investir, ele pagou por bebidas e passou a pedir informações ou sugestões sobre como encontrar uma determinada pessoa que nem sempre nomeava. Alguns homens tentavam fazer com que ele pagasse antes mesmo de olhar a imagem de Vorian, ou pediam dinheiro depois de olhar a imagem, mesmo quando não tinham nenhuma informação. Após duas horas daquilo, Griffin começou a se sentir frustrado com aquelas provocações depois de já ter gastado uma baixa soma de seu dinheiro. Ele foi se sentar em uma das mesas no canto e bebeu um único copo da potente cerveja de especiaria, mas a droga de canela amarga subiu diretamente para sua cabeça e ele pediu um copo de água pelo dobro do preço da cerveja espessa.

Quando desistiu e saiu do bar, os homens estavam rindo dele.

— Volte amanhã. Vamos pensar melhor, ver se conseguimos mais informações — disse um líder rude que tinha uma tosse persistente.

Ressentido com o desperdício de dinheiro da noite, Griffin abriu a porta do bar e voltou para as ruas. Não gostava nada daquele lugar. No ar fresco da noite, ele tentou se orientar, virou na direção em que achava que encontraria seu alojamento e seguiu por uma rua lateral estreita.

Naquele planeta vil, Griffin estava começando a sentir falta de Lankiveil de verdade e mal podia esperar até ver seus pais novamente, junto de seu irmãozinho e de sua irmãzinha. Um dia, até Valya deixaria Rossak e voltaria para lá. Os oceanos gélidos e escuros de Lankiveil, as frotas pesqueiras e as tempestades de gelo no inverno eram difíceis e desagradáveis, mas haviam se tornado uma espécie de lar. A contragosto, ele admitiu para si mesmo que Lankiveil havia endurecido os Harkonnen, tornando-os mais aptos a enfrentar desafios, mas até mesmo as necessidades de sobrevivência lá não pareciam nada em comparação com o martírio daquele planeta desértico.

Ao ouvir o barulho de passos atrás de si, Griffin se virou e viu uma figura sombria se aproximando. Tenso, ele colocou a mão esquerda nos controles do cinturão-escudo e a palma da mão direita no punho da faca de combate. Graças a Valya, ele tinha muita experiência em combate corpo a corpo.

Percebendo que havia sido visto, o estranho parou e, em seguida, apontou uma lanterna para o rosto de Griffin, ofuscando-o.

— Quem é você? O que quer? — exigiu Griffin, tentando não parecer intimidado.

A pessoa se aproximou, diminuiu a luz da lanterna, e Griffin reconheceu um dos clientes calados do bar, um homem corado com uma grossa cabeleira prateada.

— Você tem dinheiro para pagar por informações. — O homem se aproximou. — Em troca de tudo que você tem, posso dar algo pelo que não espera.

— E o que seria?

Ao ver uma expressão súbita nos olhos do homem, Griffin ativou sutilmente seu escudo. Nas sombras da rua lateral, o zumbido era alto, e ele viu uma leve distorção no ar.

Griffin observou cada movimento do adversário, atento a qualquer truque ou finta. Desejou que Valya estivesse ali com ele. O homem não comentou sobre o escudo, e ocorreu a Griffin que ele talvez não soubesse o que era. Os escudos eram um equipamento padrão em toda a Liga do Landsraad, mas ele percebeu que não havia notado ninguém usando-os no planeta desértico.

O homem se aproximou e sacou uma longa faca.

— Vou mostrar como é a sensação de morrer.

Ele riu e investiu com a lâmina para a frente como um escorpião atacando, obviamente esperando um alvo fácil e manso. Griffin se virou e o campo de Holtzman cintilante desviou o golpe. Seus batimentos aceleraram e a adrenalina fluiu, preparando-o para a intensa agitação do combate... mas aquele homem não parecia estar à altura das habilidades de luta de Griffin.

O agressor tentou se recuperar da surpresa e, desajeitado, tentou cravar a adaga de novo, mas não estava acostumado a lutar contra um homem protegido. Griffin usou sua adaga para cortar a parte de trás da mão do homem, que recuou com um grito enquanto o sangue escuro e espesso jorrava das veias. Girando sua faca para o lado em torno do escudo parcial, Griffin esfaqueou o homem no flanco esquerdo inferior. A lâmina entrou fundo e o agressor grunhiu e tossiu, quase puxando Griffin para o chão ao cair de joelhos.

Com um espanto enojado, ele gritou:

— Você me matou! Você me matou!

Mas Griffin tinha sido cuidadoso. Embora ele e Valya nunca tivessem realmente machucado um ao outro em suas muitas lutas, eles conheciam muito bem as vulnerabilidades.

— Não foi um golpe letal — disse, ajoelhando-se ao lado do homem que gemia. — Mas eu posso mudar isso. — Ele segurou a ponta ensanguentada perto do rosto do homem. — Quem o enviou para me matar?

— Ninguém! Eu só queria seu dinheiro.

— Bem, isso foi mal planejado. Todo mundo aqui é desastrado assim?

O homem gritou de dor.

— Vou sangrar até a morte!

Griffin olhou de um lado para o outro, certo de que a comoção atrairia alguém em segundos. Ele pressionou a adaga contra a garganta do homem.

— Posso acabar com a sua dor rapidamente se você não responder à minha pergunta.

— Tudo bem! Eu queria mais do que seu dinheiro! — lamentou o homem. — Também queria pegar sua água!

— Pegar minha água? Eu não tenho muita água.

— A água do seu corpo! O povo do deserto pode destilá-la... vendê-la. — O homem zombou dele. — Está satisfeito agora?

Griffin apertou a ponta da adaga com mais força.

— E onde devo procurar por Vorian Atreides? Você tem informações sobre isso também?

O homem gemeu e apertou o ferimento de faca na lateral do corpo.

— Como vou saber onde ele está? A maioria dos forasteiros acaba indo trabalhar em equipes de especiaria. Verifique nos escritórios do Consórcio Mercantiles, veja quem eles contrataram.

Figuras sombrias saíram das portas e esvoaçaram pela rua lateral. O homem se contorceu e gritou de novo. Decidindo que não obteria mais informações dele, Griffin se levantou.

— Precisamos de atendimento médico aqui — gritou ele.

As pessoas se aglomeraram ao redor do bandido, que ainda gemia. O homem olhou para cima, agitou as mãos e tentou engatinhar.

Griffin ficou surpreso ao ver uma faca brilhar na mão de uma mulher. Ela a sacudiu depressa e enfiou a lâmina embaixo do queixo do homem, em um movimento ascendente para atingir o cérebro. A vítima teve um espasmo e então caiu morta, derramando muito pouco sangue.

— Era um ladrão — disse ela, inclinando-se para limpar a lâmina na roupa dele. — Agora, vamos pegar a água dele. — Ela olhou para a expressão atônita de Griffin, como se esperasse que ele a desafiasse. — A menos que você a reivindique?

Griffin gaguejou:

— Não... não.

Ele se virou e fugiu pela rua lateral em direção ao próprio alojamento, querendo apenas sair dali, mas alerta e com a faca na mão para o caso de alguém o atacar.

Atrás dele, as pessoas silenciosas e empoeiradas embrulhavam o corpo do bandido e o levavam rapidamente para outro beco. Griffin ouviu uma porta se fechar, mas, quando olhou para trás, não havia sinal de ninguém.

Que lugar bárbaro! E Vorian Atreides tinha *escolhido* ir para Arrakis?

> **Não devemos nos orgulhar demais de nossos triunfos. Uma vitória aparente pode ser apenas um logro de seu inimigo.**
>
> — Manford Torondo, *O único caminho*

Ele não tinha mais nada. E nada a perder.

A ferida aberta em suas memórias forçou Ptolomeu a deixar sua casa e nunca mais olhar para as ruínas fumegantes que serviam de monumento à ignorância, à intolerância e à violência dos butlerianos. Depois de muita reflexão, decidiu deixar sua família acreditar que ele também havia sido assassinado pelos selvagens.

De certa forma, era como se tivesse morrido, mesmo. Sua crença na natureza racional da sociedade humana havia sido arrancada e pisoteada até restarem somente restos sangrentos. Ele poderia se render e voltar quieto para um ofício de simples pesquisa, ou poderia *fazer alguma coisa*. O problema havia sido definido para ele com uma clareza dolorosa.

No passado, ele havia observado as bizarrices do movimento anti-tecnologia com uma decepção distante, mas triste, e até mesmo com um pouco de diversão. Como alguém poderia acreditar em tal absurdo? Ptolomeu desdenhara de tudo aquilo, cometendo o erro de não os levar a sério. Eram multidões sem instrução facilmente influenciadas por um orador inflamado, bom em criar bodes expiatórios e sem a menor capacidade de compreensão. Ele estava convencido de que o conhecimento era mais forte do que a superstição, que a racionalidade era mais forte do que a paranoia. Tinha sido uma suposição ingênua.

Naquele momento, ele sabia que somente a lógica não seria capaz vencer uma discussão contra selvagens. A multidão havia incendiado as instalações de seu laboratório, destruído seus registros e equipamentos e assassinado seu amigo íntimo e parceiro.

Ptolomeu não tinha fervor animalesco, terror supersticioso ou uma propensão à destruição irracional. Ele tinha algo mais forte: sua mente. E não a usaria mais de forma tão fria e analítica. Em resposta à violência zelosa dos butlerianos, ele foi tomado por um furor e um impulso diferentes de tudo o que já havia sentido antes. Não se tratava apenas de um exercício de pensamento ou de um problema em uma apostila; era uma batalha pela própria civilização, no lugar da barbárie. Em vez de aplicar seu conhecimento em atividades teóricas, em pesquisas bem-educadas e na disseminação de ideias, Ptolomeu jurou vingança; ele jurou destruir os butlerianos.

Usando o último dinheiro que juntara das contas de seu laboratório e, em seguida, pegando emprestado — alguns poderiam dizer roubando — o restante dos fundos de pesquisa alocados do Conselho de Zenith, Ptolomeu reservou uma passagem para um lugar onde tinha certeza de que suas habilidades seriam bem recebidas. Lá, ele estaria protegido e poderia oferecer seus serviços a um homem com a mesma mentalidade.

Kolhar. A sede do Grupo Venport.

Depois do que aconteceu em Zenith, Ptolomeu estava relutante — e apavorado — em revelar sua identidade, mas, se havia algum lugar no Imperium livre da influência antitecnologia, era aquele planeta. Ele se lembrou de como o diretor Venport havia desafiado Manford na reunião do Landsraad. O magnata dos negócios entenderia.

Depois de chegar, no entanto, Ptolomeu levou cinco dias para conseguir uma reunião pessoal com o administrador do Grupo Venport. A frota espacial estava em um turbilhão de atividades. Naves estavam sendo reunidas e abastecidas, retidas de suas rotas regulares para partir em alguma missão não documentada. Ptolomeu sabia que não deveria fazer perguntas, mas era persistente e estava munido de uma determinação inabalável. Ele não desistiria.

No saguão do prédio administrativo, mostrou suas credenciais a uma sucessão de subordinados e, finalmente, falou diretamente com Cioba Venport, a barreira mais importante para uma reunião com o próprio diretor. Sua experiência prévia e talvez seu olhar ardente e assombrado a convenceram. Ela o conduziu diretamente para o escritório de seu marido.

Embora quisesse ser corajoso, Ptolomeu acabou deixando a voz tremer e as lágrimas queimarem seus olhos quando contou sobre seu encontro esperançoso com Manford Torondo em Lampadas, sobre como ele havia lhe oferecido pernas protéticas, um milagre para restaurar sua capacidade de andar. As emoções estavam à flor da pele quando ele descreveu o que havia acontecido com seu laboratório e seu parceiro. Ele queria falar como um homem dedicado e racional, superando o próprio terror e luto, mas se viu incapaz de fazer isso. Mesmo assim, o diretor Venport não pareceu pensar mal dele.

— Tentei levantar uma bandeira de paz aos butlerianos, e a resposta deles foi assassinar meu parceiro e destruir minha vida. — Ptolomeu respirou fundo enquanto lutava contra as chamas em suas lembranças, os gritos terríveis e assombrosos. Notou o brilho de interesse nos olhos de Venport e insistiu: — Não estou derrotado, senhor. Não ficarei quieto enquanto esses animais continuarem a espalhar violência. Estou aqui para oferecer meus serviços em qualquer função que defenda a civilização humana. Um dia, Manford Torondo entenderá que, ao me atacar, ele plantou as sementes da própria queda.

Venport olhou para a esposa em uma consulta silenciosa, e Cioba assentiu muito de leve. O sorriso que o diretor abriu foi tão largo que seu bigode espesso se curvou para cima.

— O Grupo Venport está muito feliz em recebê-lo, dr. Ptolomeu. Por sorte, temos acesso a uma instalação de pesquisa secreta em um planeta desconhecido, onde outros cientistas como o senhor são livres para trabalhar em projetos inovadores, sem medo da influência butleriana.

Ptolomeu prendeu a respiração.

— Isso parece maravilhoso, tão maravilhoso que beira o impossível.

Josef Venport tamborilou os dedos na mesa.

— É um lugar onde você pode deixar sua energia e imaginação correrem soltas, com recursos e fundos praticamente ilimitados, para desenvolver avanços tecnológicos que nos fortalecerão contra a escuridão da ignorância. Pretendo esmagar esses fanáticos irracionais com meus calcanhares.

O alívio de Ptolomeu foi tão grande que ele precisou se sentar. Seus olhos brilharam e, finalmente, lágrimas escorreram por suas bochechas.

— Então esse é meu lugar, senhor.

> **A maioria dos grandes feitos são apenas etapas iniciais ou intermediárias. Desistir de seguir adiante é um erro comum.**
>
> — Manford Torondo, discurso em Salusa Secundus

Manford estava ao mesmo tempo inquieto e entusiasmado depois de seu bem-sucedido expurgo das instalações de pesquisa no planeta Zenith. Os pecados equivocados de Ptolomeu e seu companheiro tlulaxa eram tão óbvios, suas ilusões eram tão profundas! Apenas algumas décadas haviam se passado desde a derrota de Omnius e, se as maiores mentes científicas da humanidade já haviam se desviado do caminho da verdade, então Manford temia pelo futuro.

A profecia leviana que Erasmus registrara em seu diário continuava a assombrá-lo e a levá-lo adiante: *Passado algum tempo, eles vão se esquecer... e nos criarão de novo.*

Ele tinha que provar que a profecia estava errada! Não era o momento de comemorar ou se deliciar com uma suposta vitória. Não era um momento para arrogância, nem para repouso. Depois que seus seguidores deixaram as ruínas fumegantes das instalações de pesquisa, Manford não retornou à pacífica Lampadas, por mais que quisesse um descanso tranquilo com Anari ao seu lado. Em vez disso, ordenou que seus seguidores se dirigissem a Salusa Secundus. Era hora de enfrentar o imperador Salvador Corrino e fazer com que o homem enxergasse com clareza.

Quando sua força-tarefa de naves aterrissou no espaçoporto de Zimia, ele não solicitou autorização. Seus seguidores desembarcaram em massa e fizeram uma marcha improvisada em direção ao centro da cidade e ao Palácio Imperial enquanto as autoridades de Salusa tentavam decidir como reagir. A chegada inesperada de tantos manifestantes deixou as forças de segurança da capital atordoadas, bloqueou o tráfego e causou tumulto nas atividades cotidianas. Manford ficou feliz por chamar tanta atenção; aquilo garantiria que ele fosse levado a sério. Aquilo o enlevou.

Como estava fazendo uma aparição pública formal, em vez de ir para a batalha, ele montou em um palanquim carregado por dois de seus seguidores. Anari Idaho caminhava ao lado dele, pronta para matar qualquer um que lhes causasse o menor dos problemas.

Enquanto marchavam pela cidade, Manford observou os prédios principais em blocos da antiga Escola Médica Suk. Os Suk haviam estabelecido recentemente uma base muito mais extensa no planeta Parmentier, mas ali a estrutura de pedra original ainda era um marco. Do lado de fora do campus, um cartaz recém-erguido celebrava o centenário da escola, embora os médicos Suk só tivessem estabelecido formalmente sua ordem bem depois da Batalha de Corrin.

Manford olhou para a antiga sede da escola com irritação, lembrando-se do falso orgulho dos médicos eruditos, que, como Ptolomeu, presumiam alegremente que a tecnologia poderia consertar qualquer fragilidade do corpo humano. Manford detestava a ideia de ter máquinas presas a seu corpo como parasitas. Ele se afastou da antiga instalação médica, estremecendo. Os homens não deveriam se considerar equivalentes a Deus.

Mais adiante, viam-se as torres do pomposo palácio do imperador Corrino. O domicílio de Manford em Lampadas não tinha tais pretensões; suas riquezas estavam em sua alma, em suas crenças e na devoção de seus seguidores.

— Devo enviar corredores à frente para exigir uma audiência com o imperador Salvador? — perguntou Anari.

— Ele já sabe que estamos chegando. Quando meu pessoal alcançar os degraus do palácio, esse será o único convite de que precisarei. O imperador abrirá espaço em sua agenda, não tema.

Ele segurou as laterais do palanquim enquanto seus carregadores subiam os degraus de pedra. Noukkers uniformizados montavam guarda nos arcos, observando Manford com desconfiança. Ele levantou a mão em um gesto nada ameaçador.

— Vim visitar o imperador. Meu povo, súditos leais de Salvador, tem notícias importantes. Ele vai querer ouvi-las.

— O imperador foi notificado de sua chegada — disse o guarda que estava à frente. Embora estivesse visivelmente desconfortável, o capitão permaneceu firme. — Nós o informaremos assim que ele estiver disponível.

Manford lhe dirigiu um sorriso brando e levantou a voz:

Irmandade de Duna

— Meus seguidores estão com fome e sede. Talvez alguns dos comerciantes locais possam oferecer um lanche enquanto esperamos?

Sem serem convidados, os butlerianos se espalharam pelos cafés, restaurantes e barracas de mercado que atendiam turistas e dignitários ao redor da praça da capital. Embora alguns dos proprietários de serviços de alimentação tenham reclamado, eles sabiam muito bem que não deveriam pedir pagamento pelas refeições ou bebidas que os butlerianos levavam. Para "agradecer" aos vendedores, Manford prometeu fazer orações em nome deles.

Quando uma hora se passou sem que eles tivessem qualquer resposta de dentro do palácio, os butlerianos começaram a ficar inquietos e a algazarra de suas conversas insatisfeitas ficou mais alta. Anari Idaho estava disposta a forçar a entrada no palácio, mas Manford a acalmou com um sorriso e um gesto.

Finalmente, o capitão da guarda tocou a própria orelha, assentiu e abriu um sorriso frágil de boas-vindas.

— Líder Torondo, o imperador Salvador providenciou um local onde o senhor e sua majestade poderão conversar em particular.

Manford fez uma leve reverência.

— Isso é tudo o que peço.

Anari caminhava ao lado dele enquanto os carregadores levavam o palanquim através do arco para o enorme salão de recepção. O restante dos butlerianos permaneceu do lado de fora, mas Manford não estava preocupado em se separar deles. Poderia convocar os fiéis depressa, caso precisasse.

Salvador Corrino o aguardava em uma pequena sala de conferências vazia. O imperador parecia descontente por ter sido forçado a receber o visitante inesperado, embora Manford tenha notado o brilho de inquietação em seus olhos. Ele ficou surpreso com a ausência de Roderick Corrino, já que o imperador raramente tomava decisões importantes sem o conselho de seu irmão. Talvez Salvador não acreditasse que aquela era uma decisão importante; Manford teria que o convencer do contrário.

— Com alguma dificuldade, consegui reorganizar minha agenda, líder Torondo. Não posso falar com você por mais de quinze minutos. — O discurso do imperador foi conciso. — Sou um homem ocupado, com muitas demandas importantes para atender.

— E trago uma das questões mais importantes que vossa majestade precisa abordar — disse Manford. — Obrigado por me receber.

Salvador ainda não havia terminado.

— Sua chegada causou um grande transtorno. Para uma reunião de tão grande porte, é necessário obter permissões. Por favor, tenha mais atenção a isso da próxima vez.

— Não vou controlar meus seguidores com autorizações. Vossa majestade precisa ouvir. — As narinas de Salvador se inflamaram de indignação, mas Manford não tinha paciência para os sentimentos feridos e mesquinhos do homem. — Estou recorrendo a medidas extremas porque o tempo é curto e o perigo aumenta a cada dia. Vamos rezar para que eu não precise tomar medidas *ainda mais* extremas.

Os olhos do imperador se estreitaram.

— Isso é uma ameaça?

— É um *esclarecimento*. Anteriormente, quando compareci à assembleia do Landsraad, minha convocação para uma votação foi interrompida por atividades terroristas. Os criminosos foram pegos e punidos?

— O assunto ainda está sendo investigado.

Manford entrelaçou os dedos.

— Então agende outra votação e exija a presença de todos os representantes do Landsraad. Eles devem deixar registradas as próprias posições sobre o futuro da nossa civilização.

— Eu o atenderei da melhor forma possível. — Salvador estava tentando parecer resoluto, mas não conseguiu esconder quando engoliu em seco. — A agenda da Liga do Landsraad está cheia por um bom tempo.

— Isso não é bom o bastante. Meus seguidores continuam descobrindo resquícios das máquinas pensantes que poderiam facilmente se voltar contra a humanidade, mas essa é apenas a ponta do proverbial iceberg. O maior perigo que enfrentamos é a fraqueza e a tentação humanas. Cientistas e profissionais da indústria parecem empenhados em criar uma nova era de máquinas, uma nova dependência da tecnologia. Meus seguidores acabaram de ver isso em Zenith, e vossa majestade pode descansar com a certeza de que resolvemos o problema. No entanto, ainda estamos em um ponto de equilíbrio muito perigoso. Nunca devemos nos esquecer de nossa dor, nunca devemos nos esquecer do que Rayna Butler disse a todos nós. Apelo a seu coração, imperador Salvador

Corrino, para que faça o que é certo. Fique ao nosso lado e declare abertamente sua posição contra o avanço da tecnologia.

— Tenho muitos interesses conflitantes para equilibrar em milhares de planetas. Mas prometo que vou considerar o que você diz. Agora, se isso é tudo...

— Se vossa majestade não escolher o lado da justiça, sire, os butlerianos farão isso em seu nome. Veja o grupo de súditos leais que eu trouxe aqui. Em todo o Imperium, tenho milhões de seguidores tão dedicados quanto esses. Juro que estamos todos preparados para ficar ao seu lado e lutar. Desde que vossa majestade faça o que é certo.

Manford ergueu as sobrancelhas, esperando. O imperador Salvador estava claramente intimidado, embora tentasse não demonstrar isso.

— E uma votação do Landsraad o satisfará?

— A votação do Landsraad é o mínimo que espero. Não, meu povo exige um gesto mais visível de sua parte, uma demonstração dramática de seu apoio. — Manford fingiu que tinha acabado de ter aquela ideia, ainda que a tivesse planejado com todo o cuidado durante a viagem, saindo de Zenith. — Por exemplo, tome como exemplo a sede histórica da Escola Suk, bem aqui em Zimia. Esses médicos arrogantes, com seus experimentos médicos extremistas, estão tentando remodelar a humanidade. Um ser humano deve cuidar de seu corpo e orar por saúde, não depender de máquinas para mantê-lo vivo. Precisamos aprimorar nossa mente e nosso corpo por meio de nossas próprias aspirações e trabalho árduo, não por meios artificiais. Seria um primeiro passo generoso se vossa majestade fechasse a Escola Suk aqui... um gesto de grande visibilidade que enviaria uma mensagem clara.

O imperador Salvador olhou de um lado para o outro, como se desejasse que Roderick estivesse ali.

— Vou considerar a possibilidade, tendo em vista a vontade de manter um bom relacionamento com o senhor e seus seguidores. O que pede levará tempo, mas acho que posso fazer sua vontade em relação à sede da antiga Escola Suk... desde que você não cause mais problemas aqui.

Manford abriu as mãos, impotente, sem demonstrar seu sentimento de triunfo, embora o imperador tivesse cedido com facilidade.

— Os butlerianos têm bastante energia e entusiasmo, sire. Devo dar a eles algumas oportunidades de extravasarem suas emoções... mas o Imperium é vasto e há muito trabalho para fazermos. Podemos ir para outros planetas ou podemos ficar aqui em Zimia. Talvez se vossa majestade pudesse nos fornecer uma frota... Digamos, duzentas naves desativadas do Exército da Humanidade. Assim poderíamos ir para outro lugar e continuar nosso trabalho longe de Salusa Secundus. Por enquanto.

Manford podia ver o suor na testa do imperador enquanto ele pensava a respeito.

— Agora que você mencionou, temos naves militares que não estão mais sendo usadas. Talvez eu consiga reunir algumas centenas delas. Vocês vão precisar pilotar e organizar a tripulação por conta própria, mas elas serão dedicadas inteiramente aos seus esforços... desde que estejam longe daqui.

Manford sorriu e olhou para Anari, que tinha uma expressão de satisfação.

— Eu estava otimista de que poderíamos chegar a um acordo satisfatório, sire — comentou ele. — Posso reunir meu próprio pessoal para servir a bordo da nova frota, e voltaremos para cuidar da Escola Suk no momento oportuno.

Manford fez um sinal para que os carregadores do palanquim dessem meia-volta e partissem. Ao sair, ele fingiu não perceber que o imperador Salvador soltou um suspiro trêmulo de alívio.

> **Todas as Irmãs passam pelo mesmo treinamento, usam as mesmas roupas e, em tese, pensam da mesma forma, mas sob a superfície são tão diversas e separadas quanto as raízes que se espalham a partir de uma única árvore.**
>
> — Reverenda Madre Raquella Berto-Anirul, *Manual da Irmandade*

A Irmã Candys Venport estava cheia de entusiasmo e fascínio quando correu até Valya.

— É a Irmã Anna! Você deveria ver com os próprios olhos.

Valya se levantou, pronta para seguir a garota pelos túneis.

— Ela se machucou?

A irmã do imperador tinha pouquíssimo bom senso e facilmente poderia ter se metido em problemas. Por outro lado, desde que retornara da missão de sobrevivência e encontrara o corpo de Ingrid, Anna estava levando os estudos mais a sério e vinha demonstrando mais dedicação a eles.

— Não se machucou. — A garota deu um puxão na mão de Valya. — Ela tem se saído muito melhor do que Sabine ou eu jamais conseguiríamos.

Dentro da pequena câmara, Anna estava sentada de pernas cruzadas no chão, olhando atentamente para o painel da parede que continha a colmeia de insetos escavadores. Com a concentração interrompida, Anna piscou os olhos e se virou, surpresa ao ver Valya ali.

— Linhas retas... — Anna soava exausta. — Quem imaginaria que é tão difícil fazer apenas linhas retas?

A princípio, Valya não entendeu o que a jovem queria dizer, mas Candys correu e apontou para os túneis cavados pelos nematoides. A maioria das tocas girava em torno das curvas aleatórias da natureza, mas, em um canto do painel, todas as linhas eram perfeitamente retas, seja na horizontal ou na vertical, cruzando-se em junções perpendiculares precisas.

— É similar ao que fiz com as árvores de pau-névoa no jardim imperial — explicou Anna. — Estes escavadores respondem a mim. Devem ser telepaticamente sensíveis, como as árvores de pau-névoa. — A princesa olhou para Valya e murchou ao perceber a expressão atônita dela. — Está desapontada? Quando você me disse para meditar nos movimentos deles, não era isso o que eu deveria fazer?

— Não... Quer dizer, sim, está tudo bem, só estou... surpresa. — Valya teria que investigar melhor. — Estou muito impressionada. Me pergunto se outras Irmãs conseguem fazer isso.

— É uma habilidade que eu tenho.

A garota poderia ser mimada, imatura e emocionalmente instável, mas, naquele instante, Valya repensou a própria opinião. Se orientados com cuidado, aqueles poderes mentais poderiam ser úteis, embora ela duvidasse que Anna Corrino tivesse a maturidade ou o ímpeto para realizar algo significativo.

Antes que Valya pudesse levar Anna para ver a Reverenda Madre, Dorotea parou na porta da câmara. Ela parecia severa e inflexível.

— Irmã Valya, eu estava procurando por você. Gostaria que se juntasse a mim e a algumas Irmãs especialmente selecionadas em uma importante reunião particular.

— Posso acompanhar vocês? — Anna se levantou. — Eu poderia compartilhar algumas ideias para uma reunião.

— Essa reunião não é para acólitas. Valya pertence ao nosso grupo.

Anna parecia magoada e desapontada, e um lampejo de ciúme se espalhou por seu rosto. Tentando acalmar a garota Corrino, Valya disse:

— Voltarei para você assim que puder. Irmã Candys, você pode levar Anna de volta para os aposentos? Dorotea e eu temos alguns assuntos para discutir. — Ela se perguntou o que a outra mulher queria.

Apesar do número cada vez maior de Irmãs sendo treinadas em Rossak, não era difícil encontrar verdadeira privacidade. A grande cidade do penhasco já havia sido povoada por quase cem mil Feiticeiras com cônjuges e filhos, além de todos os habitantes normais de Rossak e os forasteiros que apareciam para colher as riquezas da selva. As pragas de Omnius, no entanto, exterminaram tantos da população que grandes seções dos túneis estavam vazias.

Ao ser conduzida por Dorotea a uma sala sem janelas, Valya avaliou rapidamente as outras nove mulheres reunidas ali. Ela viu a Irmã Perianna, que retornara recentemente de Salusa, a Irmã Esther-Cano, a Irmã Ninke, a Irmã Woodra e cinco outras que ela não conhecia.

Irmandade de Duna

— Eu disse a elas que podíamos confiar em você... Espero não estar enganada a seu respeito — disse Dorotea. — Você parece ser a queridinha da Reverenda Madre, mas sei que também trabalhou com Karee Marques. Acredito que seja dedicada à nossa causa. Estamos nos reunindo aqui para discutir o futuro da Irmandade.

— Pode confiar em mim — asseverou Valya no mesmo instante. Ela começou a avaliar as mulheres em sua mente, tentando descobrir o denominador comum.

Dorotea anunciou para todas as mulheres:

— Estamos aqui porque estamos preocupadas com o fato de a Reverenda Madre Raquella ter perdido a mão.

Valya franziu a testa.

— Em que sentido? Ela criou a Irmandade... então não deve ser ela a definir as metas da ordem, como a única Reverenda Madre?

— A Irmandade tem a própria identidade — retrucou Dorotea.

— E nós temos muito a oferecer — acrescentou Perianna. — O imperador descobriu isso. Muitas famílias nobres e interesses comerciais também enxergam o valor de nosso treinamento. Mas se a Reverenda Madre apoiar os Apologistas de Máquinas, irá manchar nossa reputação.

— Não apenas nossa reputação, mas nossas almas — complementou a Irmã Woodra. — A essência da Irmandade é ajudar as mulheres a alcançar a superioridade com seus corpos e mentes, mantendo-as longe do apelo sedutor das máquinas.

Valya escondeu sua surpresa e se sentou. Já estava imaginando que teria de relatar aquela discussão a Raquella.

— E como vocês acham que a Reverenda Madre se afastou disso? Ela tem vozes e memórias que o restante de nós não consegue ouvir. Estou inclinada a confiar no julgamento dela.

— Nenhuma de nós sabe o que é uma Reverenda Madre — disse Dorotea.

— Ainda — acrescentou Ninke.

— Raquella mudou — continuou Dorotea. — Eu a tenho observado. Não é possível que essas vozes e memórias em sua cabeça possam enganá-la tanto quanto aconselhá-la?

Valya fingiu pensar a respeito.

— Nunca saberemos com certeza até descobrirmos como criar outras Reverendas Madres para que possamos comparar uma com a outra.

— Ela não fez quase nada para investigar o assassinato da Irmã Ingrid! — protestou Dorotea.

— Assassinato? Não é mais provável que ela tenha apenas escorregado e caído do penhasco? — Valya manteve a casualidade em seu tom. — Há um motivo pelo qual o acesso à trilha do penhasco é restrito. Ela provavelmente foi aonde não deveria ter ido.

— Isso não é tudo. Ouvimos rumores de que pode haver até mesmo máquinas pensantes proibidas escondidas aqui em Rossak! — redarguiu a Irmã Esther-Cano, baixando a voz para um sussurro nervoso.

Todas arfaram ao mesmo tempo e Valya não precisou fingir a própria surpresa. Como é que elas sabiam dos computadores de reprodução? Conseguira interceptar Ingrid antes que ela pudesse contar a mais alguém. Valya bufou, fingindo ceticismo.

— Isso soa como uma caça às bruxas butleriana.

Dorotea apertou os lábios e assentiu devagar.

— Quando a Reverenda Madre me enviou para minha primeira missão em Lampadas, ela queria que eu estudasse Manford Torondo, que analisasse seus seguidores e suas ações supostamente irracionais. Acho que ela não esperava que eu realmente os escutasse. No entanto, vi a verdade de Manford ali. Ouvi os discursos gravados de Rayna Butler. E, embora eu não tenha vivido aqueles tempos, aprendi como as máquinas pensantes eram realmente horríveis.

Valya se sentou e ficou escutando enquanto as mulheres discutiam os rumores que tinham ouvido e expressavam seus medos. Ela não tinha a menor intenção de se envolver com aquelas mulheres. Então, apenas assentiu nos momentos apropriados, respondendo com uma expressão preocupada ou um olhar contemplativo. Parecia que havia se infiltrado naquele grupo.

Quando ela se apresentou à Reverenda Madre, a anciã recebeu a notícia com uma expressão séria e disse a Valya para continuar a fazer amizade com o grupo:

— Você parece ter um talento natural para o engodo.

Valya não ouviu nenhuma condenação na declaração, mas, mesmo assim, se sentiu nua, como se sua alma e todos os seus pensamentos e motivações estivessem expostos para observação e análise. Ela manteve os olhos baixos em uma tentativa deliberada de despertar compaixão.

— Sinto muito se a senhora acha que não sou confiável, Reverenda Madre.

— A capacidade de mentir de forma convincente pode ser útil, desde que seja usada para o propósito adequado. Depois de entender o que é mentir, você pode passar para a verdade... para a *nossa* verdade.

Valya desviou os olhos enquanto a Reverenda Madre continuava:

— Irmã Valya, sei que você carrega um desejo ardente de redimir a Casa Harkonnen e aceito que nunca poderei desviá-la totalmente de seu objetivo. Mas olhei fundo em sua alma e acredito que esteja no lugar certo e na hora certa para o bem-estar da Irmandade. — A mulher semicerrou os olhos. — Não faço juízo de valor. Em vez disso, vejo você como um meio pelo qual nossa ordem pode alcançar a verdadeira grandeza. Os dois objetivos não são necessariamente incompatíveis.

Valya já percebera que Raquella estava preparando tanto a ela quanto a Irmã Dorotea, até mesmo colocando-as uma contra a outra. Para ver quem era melhor.

Raquella fez uma pausa com um sorriso gentil.

— Você alcançará o que deseja alcançar. Acredito que seja uma das jovens mais competentes que já conheci, e é por isso que confiei tanto a você.

Valya sorriu com orgulho, mas se sentiu estranha, como se tivesse sido vítima de uma manipulação inteligente e desonesta para se afastar de um caminho que traçara para si mesma.

— E se você se tornasse uma Reverenda Madre como eu, seria de fato uma pessoa poderosa — concluiu Raquella.

> **Uma caçada sempre será bem-sucedida, caso o caçador esteja disposto a redefinir seus objetivos conforme necessário.**
>
> **— Vorian Atreides, diários particulares do período em Kepler**

Montar o grande verme da areia deixou Vorian embasbacado. Durante a jornada pelo deserto, Ishanti nunca baixou a guarda. Ainda assim, ela encarava a aventura com naturalidade, como se controlar tal criatura fosse uma atividade cotidiana.

Enquanto a monstruosidade deslizava pela areia com a velocidade de uma tempestade de Coriolis, a mulher parecia preocupada com o fato de Vor não estar preparado para as profundezas do deserto.

— Onde estão sua máscara facial e seus protetores nasais? Quanto você tem de água reserva? E comida? Não está preparado para este lugar.

Ainda segurando as cordas, Vor tossiu por causa da poeira que se agitava e do cheiro de canela que pairava ao redor do verme da areia.

— Eu estava em um aerobarco, voltando para a colheitadeira de especiaria. Não esperava encontrar toda a minha tripulação massacrada... e não planejava ser abatido.

A careta que ela fez demonstrava o que achava daquela explicação.

— Se fosse possível prever todos os acidentes, todos estaríamos preparados. Somente aqueles que aprendem a aceitar o imprevisível sobreviverão.

— *Você* certamente foi um imprevisto. Não sei quem é, assim como não sei quem são aqueles dois assassinos. — Ele abriu seu melhor sorriso. — Sendo sincero, prefiro sua companhia à deles.

— O naib Sharnak decidirá o que fazer com você.

Ela instigou o verme da areia com um de seus aguilhões, e o monstro acelerou.

Àquela altura, a fome era tanta que embrulhava o estômago de Vor, e a poeira e a extrema aridez do ar haviam ressecado sua garganta. Como se quisesse lhe ensinar uma lição, Ishanti não lhe ofereceu água, ainda que, de vez em quando, ele a observasse bebericar dos tubos em seu colarinho.

Irmandade de Duna

Em toda a sua vida, Vor nunca sentira tamanha sede. Embora tivesse passado o último mês em Arrakis, seu metabolismo ainda não havia se ajustado às mudanças drásticas. Por mais que os alimentos fossem escassos na equipe de colheita de especiaria, ele ainda tinha bastante água acumulada em forma de gordura, mas, naquele instante, sua garganta parecia pegar fogo. A pele estava seca, os olhos ardiam; ele conseguia sentir o mundo árido roubando a umidade dele, cada gota de suor, cada indício de vapor que exalava.

Por mais que estivesse ressecado e infeliz, Vor sabia que Ishanti não o deixaria simplesmente morrer, visto que havia se dado ao trabalho de resgatá-lo. Por outro lado, ela não tinha obrigação de mimá-lo, tampouco ele pediu que o fizesse. Tentou afastar a sede de seus pensamentos.

Horas depois, quando se aproximaram de uma cadeia de montanhas cinzentas, Ishanti explicou, com detalhes e tanta paciência que parecia falar com uma criança, o que ele deveria fazer para desmontar do exausto verme da areia. Vor prestou muita atenção e, quando chegou a hora, tentou imitá-la ao descer, pulando nas areias macias e congelando no lugar enquanto a besta rabugenta se arrastava para a frente, batendo a cauda quente em sinal de aborrecimento. Quando o animal se afastou o suficiente, Ishanti gesticulou para Vor e eles se afastaram da criatura como se dançassem; os dois ficaram imóveis de novo quando o grande verme parou, virou-se na direção deles e voltou para o grande deserto aberto. Ishanti suspirou aliviada e pediu a Vor que se apressasse para chegar aos penhascos.

— Você aprende rápido. Que bom.

Embora estivesse cheio de dúvidas sobre o que fazer em seguida, Vor sentiu que ela ficava impaciente com as perguntas que ele fazia, então decidiu apenas segui-la. Ela o conduziu até as pedras com uma confiança trivial, como se já tivesse passado por aquele caminho muitas vezes antes. Ele analisou o chão em busca de alguma pista do destino para onde ela o estaria levando e percebeu que Ishanti seguia algumas marcas: seixos bem posicionados, pequenos sinais que pareciam quase naturais. Poucos pés haviam pisado naquelas rochas para abrir uma trilha — ou alguém poderia ter apagado as pegadas após cada passagem.

Ele se lembrou do acampamento abandonado que ele e a equipe de especiaria encontraram nas rochas e ficou intrigado, pensando que finalmente poderia conhecer os freemen de Arrakis. Desde o princípio, eles eram o motivo de Vor ter escolhido aquele planeta tão distante.

Vor não notou a caverna até que estivessem sobre ela. A entrada estava oculta por uma saliência de rocha que os forçava a descrever uma curva acentuada à esquerda; outra pedra bem posicionada bloqueava a entrada. Ishanti parou para abrir uma porta que selava a umidade e eles se viram diante de três homens com vestes desérticas e facas quase desembainhadas. Quando Ishanti levantou a mão e fez um sinal, eles a deixaram passar, mas impediram Vor de entrar.

— Por ora, não posso responder por ele — anunciou Ishanti. — Ele ainda deve se submeter a nossos testes.

Vor analisou os sujeitos, vendo as posturas rígidas, a forma como pareciam confiantes e prontos para o combate, as estranhas lâminas de suas adagas de tom branco leitoso. Decidiu não fazer perguntas, não implorar pela própria vida nem se render — ele apenas encarou o povo do deserto, deixando que fizessem os próprios julgamentos com base no que viam. Os guardas pareceram gostar da postura.

— Esse homem é o único sobrevivente de uma equipe de colheita de especiaria — acrescentou Ishanti. — Deixem-no passar. Precisamos falar com o naib.

Os três homens se afastaram, mas não baixaram a guarda.

Em uma gruta fresca e sombria, iluminada por um luciglobo solitário, Ishanti apresentou Vor a um homem mais velho e grisalho que usava seu longo cabelo preto-acinzentado em uma trança grossa; ele tinha uma testa alta, uma expressão calma e um olhar severo. Fez um gesto para que Vor se sentasse em um dos tapetes de fibra estampados sobre o chão de pedra e sentou-se ao lado dele. Vor permaneceu em um silêncio respeitoso enquanto Ishanti resumia o que acontecera com a equipe de colheita de especiaria nas mãos de dois caçadores aparentemente indestrutíveis e como ela ajudara Vorian a escapar.

O homem, o naib Sharnak, olhou para Vor com frieza, como um médico fazendo uma dissecação, e então levantou o queixo.

— Duas pessoas massacraram uma equipe inteira de colheita de especiaria, abateram sua nave e deixaram Ishanti nervosa? E você diz que eles estavam atrás de você?

— *Eles* disseram que estavam atrás de mim. Eu nunca tinha visto nem ouvido falar deles — explicou Vor.

Um dos subalternos do naib trouxe uma mistura elaborada de café com especiaria, tão potente que Vor mal conseguia beber, apesar da sede que sentia. Não lhe ofereceram água, por mais que ele ansiasse por um gole.

— Eu mesma tenho muitas perguntas sobre os jovens que causaram todo esse estrago — declarou Ishanti, semicerrando os olhos de um azul profundo. — Represento o Consórcio Mercantiles aqui. Se um de nossos concorrentes descobriu uma arma secreta ou enviou assassinos mercenários, então devo fazer um relatório. Eles não eram pessoas normais... talvez nem fossem totalmente humanos. Não serão fáceis de matar.

— Os freemen também não são fáceis de matar — retrucou o naib Sharnak.

Vor vinha se debatendo com as mesmas perguntas desde que escapara dos jovens, espremendo e testando as possibilidades, mas nenhuma das respostas fazia sentido para ele. Os dois agressores o chamaram *pelo nome*. Mas ele tivera uma vida tranquila em Kepler por décadas e fora para Arrakis sem alardes. Ninguém deveria saber que ele estava ali. Quem poderia estar caçando-o?

— Se há uma ameaça para o deserto, então há uma ameaça para nós — prosseguiu o naib. — Enviarei batedores para estudar os destroços da colheitadeira de especiaria. Se ainda houver algo por lá. Você ficará conosco.

— Como prisioneiro de vocês?

Sharnak ergueu as sobrancelhas.

— Você é tolo o bastante para tentar fugir?

— Para onde eu iria? Na verdade, eu tinha esperança de encontrar vocês. Foi por isso que vim para Arrakis, para começo de conversa.

Dois dias depois, os batedores do deserto do naib Sharnak voltaram, uma dupla de jovens chamados Inulto e Sheur. Diante de Vor e do naib, que estavam sentados em uma pequena caverna do sietch, os dois jovens descreveram com palavras empolgadas o que tinham visto; a missão obviamente tinha sido uma aventura para eles. Ishanti também entrou para ouvir o relato.

— Exploramos tudo o mais rápido que pudemos, naib — contou Sheur. — Tivemos que nos abrigar cedo por causa de uma tempestade de poeira noturna, mas estávamos de volta antes do nascer do sol seguinte.

— E o que vocês encontraram?

— Nada. — Inulto baixou a cabeça. — Um verme esteve lá. Todo o maquinário, as naves, os roladunas, os corpos... as evidências desapareceram. Não sobrou nada.

— Eu sei o que vi — afirmou Vor. — Tenho certeza de que os assassinos ainda estão vivos.

Ishanti estava ansiosa e irritada.

— Preciso voltar à Cidade de Arrakis e me apresentar à sede. O diretor Venport vai querer saber. — Ela olhou para Vorian. — Presumo que você queira voltar para a civilização? Temos um aerobarco rápido. Posso levar você diretamente para lá.

Vor surpreendeu os dois ao dizer:

— Não, prefiro ficar aqui por um tempo. Estou curioso para falar com seu povo. Ouvi boatos de que vocês têm vidas muito longas, de bem mais de um século?

— São os efeitos geriátricos do mélange — respondeu Sharnak. — É assim que vivemos. Você não vai conseguir roubar nenhum segredo da imortalidade de nós.

Vor riu.

— Ah, eu já tenho a imortalidade, mas tenho interesse em conversar com outras pessoas a respeito disso.

O naib analisou as feições de seu visitante, provavelmente notando os primeiros sinais de cabelo grisalho, e fez um ruído de escárnio.

— O que você sabe sobre imortalidade?

— Só o que aprendi durante os meus 218 anos de vida.

Sharnak riu ainda mais alto.

— Quantas ilusões! Os forasteiros acreditam em coisas ridículas, *tão* ridículas.

Vor sorriu satisfeito para ele.

— Juro diante de todos que nasci antes do início do Jihad de Serena Butler, há bem mais de dois séculos.

Ele explicou quem era, por mais que o povo isolado do deserto soubesse pouco sobre aquela parte da política, com a história da guerra contra as máquinas pensantes, um conflito que se estendera por toda a galáxia e que terminara um século antes.

— Lutei nessas batalhas épicas, viajei muito e vi inúmeros amigos morrerem, grande parte deles como heróis. Vi duas de minhas esposas me darem filhos. Criei famílias, e elas também envelheceram... enquanto eu continuava o mesmo. Os cimeks me deram um tratamento de extensão de vida, e você tem o seu mélange com suas propriedades de aprimoramento, mas nós dois vivemos vidas longas... vidas longas e difíceis.

O naib parecia perturbado com as afirmações de Vor, que o encarou até que ele desviasse o olhar.

Ishanti estendeu a mão para tocar a lateral do rosto de Vor.

— Nossa pele não é macia como a sua. — Então, constrangida, retirou a mão e acrescentou, rindo: — Idosos contemplam esse tipo de coisa. Estou mais preocupada com os negócios em andamento e com a possibilidade de esses dois assassinos atacarem outras operações de colheita de especiaria!

No nascer do sol seguinte, ela partiu em seu aerobarco.

**Um prêmio não vale nada para o homem
que não pode conservá-lo.**

— Josef Venport, memorando interno do Grupo Venport

As naves da Frota Espacial do Grupo Venport eram usadas sobretudo para transportar passageiros e cargas não militares, evitando com bastante astúcia os conflitos interplanetários. Daquela vez, entretanto, Josef Venport estava lançando um ataque direto. Ele duvidava que os trabalhadores da Transporte Celestial fossem oferecer grande resistência, mas pretendia se apoderar do que deveria ter sido seu desde o começo.

Por meio de seu estudo de mapas estelares detalhados, Draigo Roget identificou o sistema estelar Thonaris como a provável localização de uma grande base de máquinas pensantes que até então passara despercebida. De alguma forma, os batedores de Arjen Gates haviam se deparado com o local — provavelmente por pura sorte —, enquanto Draigo calculara a localização usando seu intelecto e habilidade.

Naquele momento, com uma grande frota particular de naves do Grupo Venport, todas munidas de armamentos comprados no mercado clandestino, Josef pretendia tirar o posto avançado de seu rival comercial.

Com informações compartilhadas, imagens estelares e cálculos incomensuráveis de dobra espacial interdimensional, o grupo de Navegadores guiou a frota do Grupo Venport até a fronteira do sistema Thonaris, uma reles estrela laranja orbitada por um sol anão marrom quase invisível. Varreduras de alta resolução vasculharam o volume do espaço em busca de sinais de habitação ou atividade industrial.

Draigo estava de pé ao lado de Josef na ponte de comando de uma antiga balista militar que ele comprara do Exército da Humanidade. Com modificações adicionais dos estaleiros de Kolhar, a nave de guerra tinha ainda mais poder de fogo.

— Estou confiante de que este é o sistema estelar correto, senhor — afirmou Draigo. — Mas ainda temos uma grande área para procurar se quisermos encontrar o depósito.

Josef franziu a testa e coçou o bigode grosso cor de canela.

— Não deve ser muito difícil, senão Arjen Gates nunca o teria encontrado.

— Acasos acontecem, senhor... estatisticamente falando.

Depois de duas horas de busca, identificaram seis planetas no sistema: dois pedregulhos gélidos que não eram muito maiores do que cometas, um mundo quente demais perto do sol, dois gigantes gasosos com um punhado de luas e um grande aglomerado de planetoides rochosos.

— Esses planetoides irradiam energia demais — disse Draigo. — Isso indica atividade artificial, provavelmente operações industriais.

Josef se convenceu.

— É o nosso destino, então. Preparem-se para a ação. Vamos fazer isso de forma rápida e eficiente.

Draigo convocou uma projeção das setenta naves do Grupo Venport, que estavam espalhadas em um padrão como pontos de interseção em um complexo diagrama de cama de gato.

— É melhor avançar com um golpe súbito e devastador. Planejei o que acredito que será um cenário eficaz, senhor. Na Escola Mentat, adquiri muita experiência em simulações de combates militares espaciais complicados.

— Era isso que eu queria que você aprendesse, Draigo. Você guiará o ataque. É preciso arrancar e descartar a presença da Transporte Celestial como se fosse uma erva daninha. — Josef transmitiu para todas as suas naves. — Meu Mentat tem o comando tático. Sigam as ordens dele nesse combate. — E então ele se sentou para observar.

Com todos os sistemas de comunicação em silêncio total, os motores padronizados das naves, mais rápidos do que a luz, foram ativados para descer no sistema. Draigo já fornecera instruções detalhadas, nave por nave, mapeando cada movimento como se a batalha já tivesse ocorrido. Todas as armas estavam ativadas e prontas para disparar, mas Josef especificou que a intenção era que causassem o mínimo de dano possível. Ele advertiu os capitães individualmente:

— Vou deduzir dos bônus de vocês o valor de cada nave viável que arruinarem. — Aquilo deveria ser incentivo o bastante.

Os estaleiros logo surgiram à vista, provando que o Mentat estava correto. Um planetoide cheio de crateras estava coberto de máquinas automatizadas de mineração e processamento de metais, mas o coração do estaleiro era seu complexo de montagem em órbita baixa, com grandes docas espaciais que abrigavam naves abandonadas. Luzes brilhantes e assinaturas térmicas indicavam um nível significativo de atividade.

Pelo menos cinquenta grandes naves robóticas estavam penduradas em vários estágios de conclusão, enormes veículos de força bruta que eram escuros exceto por um foco de luzes e um fluxo de figuras se movendo nos compartimentos dos motores. Josef avistou pelo menos uma dúzia de naves menores da TC e localizou o centro administrativo da base na grade de trabalho em órbita. Além das cinquenta naves concluídas que estavam sendo atualizadas com motores de dobraespaço, havia dezenas de outras em construção. O complexo de Thonaris também abrigava muitas fábricas robóticas que usavam matérias-primas dos asteroides para criar novas vigas estruturais, placas de casco e componentes internos. Mas os ocupantes da TC não tinham se dado ao trabalho de ativá-las. Em vez disso, estavam apenas se apossando das naves antigas, quase prontas.

Josef absorveu todas as possibilidades com o olhar.

— Você já superou minhas expectativas, Mentat. Quando isso terminar, poderá reivindicar sua recompensa.

— Recompensa? — Draigo franziu a testa. — Não foi para essa tarefa que você me contratou, senhor?

— E foi um bom investimento. — Josef se inclinou para a frente, olhando para a tela.

Os invasores do Grupo Venport convergiram para o estaleiro de Thonaris como um enxame de vespas furiosas, cercando as operações de acordo com o plano de ataque do Mentat.

Como esperado, os trabalhadores da TC entraram em pânico e começaram a transmitir alarmes. Algumas naves tentaram evacuar, mas não tinham para onde ir. A frota do Grupo Venport era uma força inegavelmente superior, pronta para uma batalha rápida e decisiva.

As operações da Transporte Celestial pareciam estar nos estágios iniciais de consolidação, tendo reativado apenas algumas das bases de fabricação. *Excelente*, pensou Josef. Eles não haviam tido tempo de causar danos irreparáveis. Os trabalhadores também pareciam tão confiantes em suas atividades secretas que ainda não haviam estabelecido um perímetro defensivo sólido.

Azar o deles.

O Mentat escaneou imagens dos planetoides, das naves-robô reformadas e dos veículos da TC em órbita, calculando e recalculando possibilidades.

— Eles não têm como nos enfrentar, senhor. Se pensarem de forma lógica, vão se render sem disparar um tiro.

— Isso seria conveniente, mas esteja preparado de qualquer forma.

Por ordem de Josef, suas naves não responderam aos inúmeros questionamentos indignados dos trabalhadores em pânico da TC. Não era necessário responder, já que suas intenções eram extremamente óbvias. Só faltavam alguns detalhes.

Ele olhou para Draigo, que não mostrava sinal algum de contentamento. O Mentat fez seu relatório rápido em uma voz calma:

— Identifiquei todos os pontos fracos, senhor. Acredito que podemos consolidar o complexo em uma hora.

Para a surpresa de Josef, o próprio Arjen Gates apareceu na tela. O chefe da Transporte Celestial tinha cabelo castanho curto, queixo pontudo e olhos que piscavam com frequência demais. Sua voz era fina, aguda o suficiente para que ele sempre soasse intimidado — e certamente havia bons motivos para se sentir assim naquele momento.

— Seja você quem for, está invadindo um território soberano. Tenho uma reivindicação legal sobre esse sistema desocupado de acordo com as leis de pilhagem! Você não tem o direito de estar aqui.

Josef se recostou e deu uma risadinha. O odiado concorrente era um prêmio inesperado, uma satisfação sem outra igual!

Quando ninguém respondeu à sua exigência, Arjen Gates pareceu ainda mais assustado.

— Se vocês são seguidores do movimento butleriano e querem destruir essas naves-robô, eu já as reivindiquei como propriedade pessoal. Vocês não têm esse direito! Essas são relíquias valiosas que devem ser usadas para a expansão do comércio humano! Exijo falar com o representante de vocês.

Josef deixou o homem esperar mais alguns segundos, depois ativou o próprio comunicador.

— Nós não somos os butlerianos, meu caro amigo Arjen. Se serve de consolo, não pretendo danificar nenhuma dessas naves.

Quando Arjen Gates começou a gaguejar e gritar, Josef silenciou seu concorrente.

— Inicie a consolidação, Mentat; não faz sentido perdermos tempo. Temos muito trabalho a fazer aqui.

> **O esclarecimento lógico sempre prevalecerá sobre a ignorância emocional, ainda que esta batalha não seja necessariamente elegante.**
>
> — Declaração de missão das instalações de pesquisa de Denali

Ptolomeu fora avisado de que respirar uma vez sequer a atmosfera de Denali resultaria em pulmões corroídos e morte dolorosa. Projetos de pesquisa perigosos eram conduzidos sob rigorosa segurança, com travas e dispositivos de proteção capazes de esterilizar ou aniquilar um módulo inteiro do laboratório caso algo desse errado.

Ainda assim, quando chegou ali, Ptolomeu se sentiu mais seguro do que nunca. Nenhuma nave poderia encontrar aquele lugar sem a orientação específica de um Navegador do Grupo Venport. Os butlerianos jamais conseguiriam chegar ali. E ele estava livre para fazer a pesquisa que escolhesse.

Ele se sentia como um projétil lançado em uma trajetória definida. Naquele momento, entendia sua verdadeira vocação, o motivo maior para conduzir pesquisas. Não por lucro ou conveniência, mas para impedir que os selvagens destruíssem a própria civilização. Um problema intelectual a ser resolvido e uma batalha apaixonada a ser travada. A morte de seu amigo Elchan não seria em vão.

Ptolomeu viajara com um carregamento programado de contêineres de produtos químicos, gases pressurizados e suprimentos alimentares. O chefe de pesquisa tlulaxa, Noffe, deu-lhe as boas-vindas com um enorme sorriso. A cabeça careca e as manchas brancas proeminentes no rosto faziam com que Noffe não se assemelhasse ao companheiro assassinado de Ptolomeu, o dr. Elchan, mas algumas das características raciais dos tlulaxa eram semelhantes. Ao ver o homem, Ptolomeu sentiu uma pontada no peito; sentia falta de Elchan.

Noffe estendeu a mão para o novo cientista.

— Bem-vindo a Denali, um lugar de descobertas ilimitadas. Como o diretor Venport o recomendou pessoalmente, espero grandes feitos de você.

Irmandade de Duna

A voz do administrador tinha um timbre semelhante ao de Elchan, o que levou Ptolomeu a ouvir o eco dos gritos mortais do amigo em sua cabeça. Ele respirou fundo e se forçou a não estremecer.

— É uma honra estar aqui, senhor. É disso que preciso. É disso que a raça humana precisa... e eu tenho um plano para conter os avanços dos butlerianos.

Noffe pareceu ouvir os ecos das lembranças de outros gritos na própria cabeça.

— Todos temos um objetivo comum aqui, meu amigo. Esses monstros saquearam meus laboratórios em Tlulax, destruíram meu trabalho. Eles não *querem* que descoberta alguma aconteça. — Noffe piscou, voltando ao presente. — Aqui em Denali, é diferente. Nosso trabalho é subsidiado pelo Grupo Venport, e as descobertas lucrativas beneficiarão a empresa. Mas também a civilização humana.

— Pouco me importa se Josef Venport lucra com minhas invenções. — Ptolomeu estava ansioso para começar. — Prefiro dar poder a visionários racionais em detrimento de bárbaros violentos.

Depois de passar por três portas de contenção até o coração da instalação, eles chegaram ao escritório administrativo de Noffe. O tlulaxa se sentou e cruzou as mãos no colo.

— Sinto muito por tudo o que lhe aconteceu... Li o relatório do ataque em Zenith. Por favor, aceite minha garantia de que não precisará temer nada aqui. — Noffe se inclinou para trás, como se um peso muito maior do que a gravidade planetária o estivesse empurrando para baixo, e continuou: — Eu costumava pensar que o medo era uma fraqueza. Como uma pessoa receosa e amedrontada poderia realizar muito, sendo refreado pelas próprias preocupações? Mas os butlerianos transformam o medo em violência e o pânico em uma arma. Ao criar problemas imaginários e levantar o espectro de inimigos inexistentes, eles transformam as pessoas comuns em um rebanho de selvagens que destroem tudo aquilo que não entendem. — Ele balançou a cabeça com pesar. — E há muita coisa que eles não entendem.

Ptolomeu engoliu em seco com força e assentiu.

— Temos que vencer essa batalha pelas mentes e pelo futuro da raça humana. Eu costumava pensar que os butlerianos só tinham um ponto de vista diferente, que seria possível debater o assunto de forma racional.

— Ele jamais conseguiria se esquecer dos estragos, dos saques e da matança desenfreada. — Agora vejo que eles são malignos. Malignos de verdade. Serei um de seus maiores soldados na guerra que se aproxima.

Noffe deu uma risadinha.

— Ah, espero que você seja muito mais do que apenas um soldado... quero que seja um dos meus generais.

O administrador tlulaxa conduziu o cientista pelos módulos conectados. Com muito orgulho, Noffe mostrou um laboratório cheio de tanques selados contendo cérebros mutantes e expandidos de Navegadores fracassados. Haviam sido separados dos corpos físicos, o que fez Ptolomeu se lembrar dos lendários Cogitores, de antes da época do Jihad.

— Comparados aos nossos, os cérebros deles são tão avançados em termos de desenvolvimento quanto somos para uma criança aprendendo a dar seus primeiros passos. — Noffe bateu os nós dos dedos em uma das barreiras curvas e transparentes. — Mas, mesmo assim, eles dependem de nós para sobreviver e se comunicar com o mundo exterior. Esses sujeitos não se mostraram aceitáveis como candidatos a Navegadores, mas podemos testar seus cérebros aprimorados como componentes de novas máquinas.

Ptolomeu assentiu.

— O trabalho da minha vida, junto com o dr. Elchan, foi desenvolver uma interface superior entre a mente humana e os componentes artificiais. Quero libertar humanos frágeis da prisão biológica de sua mortalidade. — Ele baixou o tom de voz. — É um anátema dizer isso na Liga, mas acredito que os cimaks mostraram o caminho para muitos avanços em potencial... se ao menos Agamemnon e os outros Titãs não tivessem sido tão malignos — concluiu, balançando a cabeça.

Noffe reagiu assentindo vigorosamente.

— Concordo plenamente. Se uma pessoa louca usa um martelo para matar alguém, isso significa que devemos proibir os martelos? Absurdo!

Ptolomeu continuou a falar sobre o trabalho que ele e Elchan fizeram em Zenith:

— Todas as minhas anotações e dados foram destruídos por aquela multidão, mas tenho confiança de que sou capaz de reproduzir a maior parte de meus estudos. Infelizmente, foi muito difícil encontrar corpos de andarilhos cimaks intactos depois que os butlerianos terminaram seus expurgos.

Os olhos de Noffe brilharam.

— Então tenho algo que você pode achar interessante.

O chefe de pesquisa conduziu Ptolomeu a um grande hangar abobadado, feito de telhas brancas de açoplás brilhantes, iluminadas por luciglobos. Dentro do compartimento, havia uma máquina sinistra, um corpo de combate intimidador com pernas articuladas e reforçadas e um núcleo blindado, como uma tarântula mecânica. Ptolomeu respirou fundo.

— O corpo de um guerreiro cimak... e completo! Até agora, eu só tinha visto fragmentos.

Noffe estava exultante ao ativar uma das janelas de visualização da cúpula do hangar para que eles pudessem ver a paisagem ao redor. Através da névoa mortal de cloro, Ptolomeu discerniu formas de máquinas aracnídeas semelhantes, bem como corpos construtores e voadores.

— Há pelo menos vinte deles bem aqui nas proximidades das cúpulas do laboratório — explicou Noffe. — Depois que Vorian Atreides matou Agamemnon e o último dos Titãs, todos os cérebros neocimak desta base pereceram com a ativação do código homem-morto. Os corpos das máquinas são seus, se puder fazer algo produtivo com eles.

— Produtivo — refletiu Ptolomeu. — E também defensivo. Criarei uma forma de nos posicionarmos contra a insanidade que está varrendo o Imperium. — Mais uma vez, ele estendeu a mão para pegar a de Noffe e apertou-a vigorosamente. — Vamos nos unir e trabalhar para o bem da humanidade.

> **Fornecer a tecnologia e o armamento mais modernos para suas forças militares pode parecer suficiente para sobrepujar o inimigo, porém, a menos que você traga poder de fogo mental para a luta, tudo isso pode ser em vão.**
>
> — **Um general da Velha Terra**

Nas décadas em que vinha ocupando o posto de diretor da Escola Mentat, um punhado de formandos se destacava na memória de Gilbertus Albans. Além de Draigo Roget, que àquela altura certamente já encontrara um poderoso benfeitor entre os nobres do Landsraad, ele se lembrava de Korey Niv, Hermine Castro, Sheaffer Parks, Farley Denton e algumas Irmãs excepcionais da escola em Rossak. Todos os rostos apareciam em sua memória bem organizada junto de pormenores sobre as experiências daqueles alunos na escola.

E então Karee Marques retornou, uma das últimas Feiticeiras de sangue puro. Devido ao treinamento na Irmandade, Karee já tinha uma mente organizada e um controle preciso do corpo. Uma candidata perfeita a Mentat, ela se destacara ali. Das oito Irmãs que ele havia transformado em Mentats, Karee era de longe a melhor. Gilbertus passara muito tempo conversando sobre ela com Erasmus. Estava muito feliz por vê-la de volta.

Ao aterrissar em Lampadas, Karee enviou uma mensagem para informá-lo de sua chegada iminente. A anciã desceu de uma barcaça de alta velocidade para um dos deques flutuantes ao redor dos prédios da escola. Tinha mais de um século de idade e seu cabelo branco estava mais ralo; Gilbertus esperava que ela não notasse nada de estranho na aparência dele, que não mudava havia anos. As Irmãs eram extraordinariamente perceptivas.

Ele a encontrou no cais e a recebeu calorosamente. Karee o visitara duas outras ocasiões nos anos que se seguiram à formatura dela, mas nunca levara presentes. Daquela vez, ele notou que ela carregava um pequeno pacote.

Depois de perguntar sobre as duas Irmãs recém-formadas, que já haviam retornado a Rossak, Gilbertus a conduziu para dentro dos prédios arejados que Karee conhecia tão bem. Quando chegaram ao escritório do diretor, ela lhe entregou o pacote, sorrindo. Ele ergueu as sobrancelhas, analisando os detalhes e tentando procurar pistas.

— Devo pedir para que seja examinado pela segurança?

A Irmã Karee riu, um som alegre.

— Pode ter implicações explosivas para os Mentats, mas asseguro que não há ameaça direta.

Desde o momento em que fundara a escola, Gilbertus estabelecera rigorosas medidas de segurança. Seu objetivo principal era proteger o núcleo de memória de Erasmus, mas suas preocupações gerais se mostraram bem fundamentadas quando, oito anos antes, um instituto de técnicas mentais rival abrira uma contestação legal contra a Escola Mentat, minando a capacidade de Gilbertus de obter financiamento. Ele nunca tinha ouvido falar do instituto, mas o concorrente levara a questão ao tribunal. Depois que o caso fora considerado infundado, o líder, enfurecido, enviara sabotadores para bombardear a escola de Lampadas, e o ataque resultara na perda de dois prédios e em danos a outros. Em resposta, o imperador Salvador dissolvera a escola rival e mandara seus líderes para a prisão.

Mas Gilbertus confiava em Karee Marques. Ele tentou desfazer os nós, mas as cordas que prendiam o pacote estavam bem amarradas.

— Parece que você me proporcionou um desafio e tanto.

Gilbertus também estava preocupado com os resquícios de tecnologia que ele mantinha, os maks de combate desativados e as mentes de computador desmontadas que serviam como valiosas ferramentas para o estudo — especialmente depois das travessuras de Erasmus ao aterrorizar a pacata Alys Carroll. Manford Torondo acabara de retornar a Lampadas com o maior grupo de entusiastas butlerianos jamais reunido, e o homem sem pernas solicitara uma reunião particular com Gilbertus no dia seguinte.

Sim, a Escola Mentat precisava de segurança.

Finalmente, ele removeu o cordão teimoso e abriu a embalagem, revelando vários frascos de vidro cheios de um líquido vermelho-rubi.

Karee se inclinou para a frente.

— Chama-se sapho, uma destilação potente que desenvolvemos em meus estudos químicos em Rossak. Ele vem das raízes da barreira em Ecaz. — Ao vê-lo erguer as sobrancelhas, ela continuou: — Eu o testei em várias Irmãs e todas elas notaram os efeitos, mas ele é mais profundamente eficaz entre nossas Mentats.

Gilbertus segurou um frasco contra a luz, e a cor vibrante brilhou contra o vidro.

— O que ele faz?

— Promove concentração e foco intensos. Ordena seus pensamentos, aguça sua perspicácia. Eu mesma experimentei. Depois de beber até uma pequena dose, uma de minhas técnicas de laboratório desenvolveu muitos caminhos de pesquisa que não havíamos considerado antes.

Ele decidiu testar a substância e pedir a opinião de Erasmus.

— Efeitos colaterais?

Ela abriu a boca e mostrou a ele uma vermelhidão surpreendente em seus tecidos.

— A substância mancha a pele, então tome cuidado para não derramar em seus lábios ou em qualquer outro lugar. Não há outros efeitos colaterais conhecidos. Se você achar o sapho benéfico e decidir permitir que seus alunos Mentat o usem, posso lhe fornecer o processo de destilação. Esse é o meu presente para esta grande escola. Tenho certeza de que você é capaz de obter as matérias-primas com facilidade entre os comerciantes em Ecaz.

— Obrigado. — Ele colocou o frasco de volta no chão sem o abrir. — Vou experimentá-lo mais tarde, depois de estudar mais. Agradeço a você pela oportunidade. Devemos buscar todos os caminhos possíveis para melhorar a mente humana.

Na manhã seguinte, Gilbertus se preparou para sua reunião com Manford Torondo, o aliado incômodo da Escola Mentat.

Com um passo firme, sua aluna, Alys Carroll, conduziu o líder butleriano ao escritório de Gilbertus, que se levantou para recebê-lo. Apoiadores silenciosos carregavam Manford em um palanquim. O líder butleriano não fingiu que se tratava de um convite social e falou rapidamente:

— Todos nós podemos nos alegrar, diretor, pois agora podemos expandir nossos esforços e chamar toda a atenção do Imperium. O imperador Salvador concedeu ao nosso movimento mais de duzentas naves de guerra do Exército da Humanidade.

— Vocês têm um objetivo admirável — comentou Gilbertus, porque era esperado que ele o fizesse.

— Continuamos a encontrar violações, resistências teimosas e estúpidas. Portanto, decidi estreitar ainda mais os limites. Precisamos dar o exemplo. Meus próprios aliados precisam nos ajudar a provar nosso argumento.

Os olhos de Manford se estreitaram quando ele olhou ao redor do escritório, como se estivesse procurando alguma forma de tecnologia maligna. Gilbertus sentiu um calafrio, ciente de que o núcleo de memória do robô estava escondido dentro do gabinete lacrado. Ele sabia que Erasmus estaria observando com seus olhos-espiões naquele exato momento.

— Quero a ajuda de sua escola para isso, Gilbertus Albans.

O diretor controlou a própria expressão, mantendo uma máscara de calma no semblante.

— Do que você precisa de mim?

— Preciso de Mentats treinados como estrategistas de batalha. Com nossas naves de guerra recém-adquiridas, preciso de Mentats para projetar cenários de campo de batalha. Em um sentido muito literal, esta será uma guerra pelos corações da humanidade.

Gilbertus já sabia que seus alunos eram muito capazes, já que ele e Draigo haviam praticado jogos de guerra teóricos muitas vezes, mas ainda assim hesitou.

— Suponho que isso possa ser feito.

— Então será feito. Precisarei de todos que você puder fornecer... especialmente meus alunos butlerianos.

Alys se manifestou rapidamente:

— Eu me ofereço como voluntária. Posso ajustar meu treinamento de acordo. — Ela olhou para Manford e depois para Gilbertus. — E conheço muitos outros alunos como eu.

— Não tenho dúvidas disso — disse Manford.

Gilbertus ficou apreensivo. Sorriu e assentiu. Manford continuou:

— Com sua ajuda, bloquearemos, limparemos e salvaremos os mundos não monitorados, independentemente do que pensem. Os amantes das máquinas têm sua tecnologia, mas eu terei meus Mentats.

— A mente humana é sagrada — entoou Alys.

Gilbertus se forçou a não olhar para o armário de aparência inocente onde ele mantinha Erasmus.

— Pode levar meses para prepará-los adequadamente, mas implementarei o novo currículo amanhã.

— Faça hoje mesmo — disse Manford.

Alys abriu a porta e os carregadores do palanquim de Manford se viraram e o levaram para fora do escritório.

> **O caminho para o progresso humano se baseia em descobertas, e grandes descobertas geralmente implicam grandes riscos.**
>
> — *Livro de Azhar*

Deslocada e cercada por estranhos em Rossak, Anna Corrino se afeiçoara à amizade de Valya. Sentindo o ciúme da princesa em relação ao tempo que passava com Dorotea por necessidade, Valya tentava dedicar o máximo possível de sua atenção à irmã do imperador.

Passavam dias a fio juntas, e Valya incentivava a jovem a lhe fazer confidências, principalmente sobre seu romance com Hirondo Nef. Parecia apenas uma paixão boba e juvenil, mas Valya não tecia tais comentários em voz alta; apenas se compadecia de sua companheira e a consolava pela miserável solidão. Enquanto conversavam, Valya sorria com frequência para convencer Anna de que ela era uma amiga íntima.

Certa manhã, Valya levou a garota até o nível mais baixo do interior dos túneis da caverna, embora as passagens de saída para o nível escuro da selva tivessem sido permanentemente seladas. Os olhos de Anna se arregalaram de fascinação.

— Podemos vir aqui embaixo? — Seu sussurro demonstrava a vontade de fazer algo ligeiramente proibido.

— Esses andares contêm salas de utilidade, armazenamento e mecânica para as cavernas acima. É onde grande parte do trabalho braçal é feito. Na época em que esta era uma cidade muito maior, havia uma equipe de homens servindo como trabalhadores de apoio, mas a Reverenda Madre fez da escola um santuário para mulheres talentosas... o que significa que nós mesmas devemos realizar o trabalho. Espera-se que todas as acólitas sirvam aqui em turnos, até mesmo a irmã do imperador.

Valya preferia estar trabalhando com os computadores de reprodução, mas, naquele momento, ela se concentrou em suas obrigações com Anna, as quais Raquella considerava uma prioridade.

A expressão de Anna foi de desapontamento. Estava claramente desanimada com a tarefa nada atraente.

— Ah.

Brian Herbert e Kevin J. Anderson

Valya, no entanto, deu-lhe um tapinha camarada nas costas.

— Vou me juntar a você no seu turno na sala de costura, consertando as vestes. Podemos trabalhar juntas por um tempo.

A ideia animou Anna. Elas passaram por estações de lavanderia onde acólitas de vestes verdes limpavam manualmente as roupas em grandes tábuas de lavar de estrutura fixa, usando água canalizada de aquíferos subterrâneos. A sala de costura tinha mesas compridas com túnicas e roupas de baixo espalhadas sobre elas; quatro máquinas de costura estavam presas às mesas, mas a maioria das acólitas usava agulhas e linhas.

Valya tirou uma túnica branca de um grande compartimento e se sentou em uma cadeira disponível, estendendo o tecido sobre o tampo da mesa para indicar uma costura desfeita.

— Este manto vai para uma Feiticeira. Elas são um pouco exigentes, então certifique-se de fazer um ótimo trabalho.

— Eu gosto de costurar — contou Anna. — Algumas das damas da corte me ensinaram a fazer bordados à moda antiga. Parecia inútil no início, mas acabei achando que era relaxante e minha mente podia vagar.

Valya se lembrou do que a censora havia lhe ensinado anos antes, durante seu primeiro turno na sala de costura, e contou a mesma história para Anna:

— Um dos grandes líderes religiosos da Velha Terra, Mahatma Gandhi, costumava consertar as próprias roupas. Ele era um homem simples, mas de pensamentos muito complexos.

— Nunca ouvi falar dele.

Demonstrando pouco interesse, Anna pegou a roupa e se atrapalhou com a linha. Valya encontrou uma túnica preta cujo bolso precisava ser remendado e se sentou ao lado da garota Corrino que adorava tagarelar.

— A Reverenda Madre Raquella tem mesmo as vozes de todos os seus ancestrais dentro da cabeça? — refletiu Anna.

— Ela atingiu o ápice de uma capacidade com a qual todas nós só podemos sonhar.

Os olhos de Anna se iluminaram e ela disse com uma voz animada:

— Ela fala que cada uma de nós também pode se tornar uma Reverenda Madre se conseguirmos concentrar nossos pensamentos e nos fortalecermos o suficiente para sobreviver ao processo.

— É muito perigoso — alertou Valya. — Ninguém, exceto Raquella, teve sucesso na transformação. Na verdade, a maioria morreu por causa do veneno.

— Então você não tentou?

— Não! — Até que o processo fosse comprovado, Valya nunca arriscaria o futuro de sua família em uma aposta tão incerta. — Ajudei a Irmã Karee em sua pesquisa para desenvolver a próxima droga eficiente para as candidatas em potencial, mas minhas outras responsabilidades para com a Irmandade são importantes demais para que eu mesma corra o risco.

— Acho que seria fascinante tomar o veneno e ouvir vozes. — Anna puxou a linha, enfiou a agulha e apertou o ponto. — Minha mãe era apenas uma concubina, e eu nunca a conheci de verdade... mas ter toda a vida dela em minha cabeça! Sempre posso ler sobre a linhagem Corrino nas histórias, mas não sei muito sobre o lado de minha mãe. As vozes me contariam!

Somos primas de sangue, pensou Valya. Ela se certificaria de que Anna soubesse daquilo, mas no momento certo.

Valya tentava não se fixar em seu objetivo de conquistar a vingança em nome dos Harkonnen, mas aquilo era como uma lesão crônica em sua psique. Griffin não lhe enviara relatório de progresso algum, mas todos os dias ela esperava receber uma mensagem triunfante declarando que ele cuidara de Vorian Atreides — de preferência com uma morte lenta e dolorosa.

Anna soltou uma risadinha.

— Lembro-me de um bobo da corte imperial que ouvia vozes na cabeça. Disseram que ele estava louco e o levaram embora.

As narinas de Valya se dilataram.

— A Reverenda Madre não é louca. Assim que Karee Marques descobrir a substância química transformadora certa, outras corroborarão suas afirmações.

— Talvez devêssemos fazer isso, só você e eu! — exclamou Anna em um tom conspiratório. — Podemos ser as primeiras depois de Raquella!

Valya levantou a cabeça, alarmada.

— Quieta, não diga isso... Você não está pronta. Nem *eu* estou pronta.

Ela olhou em volta para se certificar de que nenhuma das acólitas ouvira os comentários de Anna. Todas as voluntárias anteriores haviam se submetido aos mais rígidos e exigentes testes psicológicos, mas tinham sido reprovadas mesmo assim. Anna Corrino era muito imatura e distraída.

Alheia à perturbação de sua companheira, a garota terminou de consertar a túnica, dobrou a roupa e a colocou sobre a mesa. Ela cantarolou e, por fim, refletiu em um tom irreverente:

— Eu só estava curiosa, imaginando como seria. Gostaria de ter essas habilidades um dia, só isso.

Valya já refletira sobre aquela questão diversas vezes, pensando que, com a adição das habilidades de uma Reverenda Madre, o controle corporal preciso e a biblioteca de memórias históricas, ela poderia ser uma força formidável para restaurar a Casa Harkonnen. No entanto, caso morresse durante a tentativa de transformação, sua família sofreria a perda e todo o fardo da redenção da ignomínia recairia sobre os ombros de Griffin. Ela jamais faria aquilo com o irmão.

A outra garota tagarelava enquanto continuava costurando, mas Valya não disse mais nada.

Naquela noite, Valya teve uma sensação desconfortável quando se deitou em seu pequeno quarto particular, incapaz de dormir. Muitas das Irmãs mais jovens compartilhavam aposentos, mas o fato de grande parte da cidade do penhasco estar vazia permitia que as Irmãs mais avançadas, como ela, tivessem os próprios quartos. Naquele momento, porém, ela achava que deveria ter sugerido dividir os aposentos com a irmã do imperador, apenas para consolidar a amizade delas... e permitir que observasse a garota mais de perto.

No jantar, enquanto Anna contava histórias sobre a Corte Imperial para outras acólitas, com Valya obedientemente ao seu lado, a Irmã Dorotea se juntara a elas. As preocupações persistentes de Dorotea com a morte de Ingrid e suas repetidas investigações dos boatos sobre computadores na Irmandade a tornavam uma companhia desagradável para o jantar. Valya fingira ser cordial, não querendo atrair as suspeitas da outra mulher, mas era difícil, considerando o que ela sabia. Naquele momento, Dorotea a considerava uma aliada, e Valya não queria mudar aquela percepção útil e tranquilizadora...

Irmandade de Duna

Ao tentar dormir, Valya se viu perturbada pelos pensamentos agitados; não eram apenas preocupações com as suspeitas de Dorotea, mas também com o que Griffin estava fazendo, bem como a responsabilidade de cuidar de Anna e o questionamento persistente que ela sempre evitava — se ela mesma tentaria se tornar uma Reverenda Madre. Se Valya fosse a primeira a ser bem-sucedida depois de Raquella, poderia ter a influência necessária para governar a Irmandade um dia.

Por causa de seu trabalho com a Irmã Karee, ela sabia de muitos medicamentos não testados desenvolvidos em laboratório, apenas esperando por voluntárias para experimentá-los. Mas poucas mulheres tinham a coragem de arriscar, e qualquer uma que parecesse excessivamente ansiosa — como Anna Corrino — sem dúvida estava despreparada.

Por ora, Karee Marques viajara para Lampadas para se encontrar com seu antigo professor Mentat, Gilbertus Albans. O laboratório farmacêutico da floresta estava vazio, nem mesmo Dorotea passava os dias lá. Valya ainda tinha sua chave de acesso, mas raramente a usava; Anna havia implorado repetidas vezes por uma visita secreta ao local, e Valya enfim concordara no dia anterior, apenas para acalmar a garota.

Porém, naquela noite, havia algo a mais na intensidade de Anna. A princesa perguntara várias vezes sobre o laboratório farmacêutico, os venenos que estavam esperando para serem testados e quem poderia ser a próxima candidata a tentar se tornar uma Reverenda Madre. Quando Valya a repreendera por suas perguntas irrealistas, Anna se calara — de maneira rápida e fácil demais, ao que parecia.

Com uma estranha sensação de pavor, Valya se levantou e vasculhou seus pertences, inclusive os bolsos do roupão. Ficou perturbada ao descobrir que a chave do laboratório havia desaparecido. Com os batimentos acelerados, ela se vestiu às pressas, pegou uma lucicandeia e correu para o quarto de Anna na seção de acólitas. Infelizmente, não ficou surpresa ao descobrir que a cama da garota estava vazia no beliche, embora suas duas colegas de quarto estivessem dormindo profundamente.

Ela sabia para onde Anna tinha ido, mas não ousou alarmar nem despertar as outras Irmãs. Era um problema dela, uma falha dela, e Valya tinha de lidar com aquilo imediatamente.

Com o coração batendo mais de medo do que pelo esforço, Valya correu pela copa da árvore polimerizada e pegou o elevador até o solo da selva. Depois de escurecer, a selva era muito mais perigosa do que durante o dia, mas ela temia que a irmã do imperador pretendesse correr um risco ainda maior do que os perigos naturais. Valya começou a suar frio. Se algo acontecesse com Anna, as repercussões políticas arruinariam todas as esperanças da família Harkonnen.

Usando a lucicandeia para iluminar o caminho, Valya correu pela trilha emaranhada até a enorme árvore oca e descobriu que a porta de metal preto estava entreaberta. Respirando fundo, ela se apressou em entrar na câmara principal do laboratório. As várias estações de trabalho estavam vazias; todos os experimentos tinham sido encerrados, já que Karee não estava lá para supervisionar o trabalho sensível.

Ouvindo um ruído furtivo, viu Anna nas sombras. A jovem não pareceu surpresa ao ver Valya ali e falou em um sussurro animado, embora fossem as únicas pessoas na câmara:

— Peguei uma das amostras de drogas aqui. Mas não sei dizer o que é. — Anna tirou a tampa do pote de barro que estava segurando. — Estou procurando a que tem o melhor cheiro. — Ela tirou do pote uma cápsula pequena e azulada.

Valya correu na direção dela e pegou a cápsula de sua mão. O pote de barro caiu, quebrando-se no chão e espalhando os comprimidos. Anna fez uma careta para ela.

— Eu só estava pegando uma para você. Você e eu podemos tomar a droga juntas e nos tornarmos as primeiras novas Reverendas Madres. Mostraremos a todos!

Ela se ajoelhou para pegar algumas das cápsulas caídas, mas Valya a puxou para se levantar.

— Você não deveria ter entrado aqui sem permissão! Você sabe quantas Irmãs já morreram?

Os olhos de Anna ficaram marejados. Estava magoada com a repreensão da amiga.

— Eu ia levar os comprimidos de volta para dividir com você.

A garota Corrino tentou se soltar, mas Valya a segurou firmemente pelo braço.

Sem fôlego, a Irmã Dorotea entrou correndo no laboratório. Seus olhos brilhavam de suspeita enquanto ela olhava para Valya:

— Eu segui você. O que está fazendo aqui?

Irmandade de Duna

Um lampejo de irritação passou pela mente de Valya. Dorotea a estava espionando?

— Não se preocupe, já cuidei disso — argumentou ela, com dureza na voz, tentando dissipar as suspeitas da mulher mais velha. — Não há motivo para preocupação. A Reverenda Madre me instruiu a cuidar da Irmã Anna. Às vezes, ela é... impetuosa, mas eu a peguei a tempo. Nenhum dano foi causado.

Ainda segurando o braço de Anna, Valya levou a garota até a porta. Para completar, lançou um olhar ameaçador para a outra Irmã, transferindo a culpa, e disse:

— Com a ausência da Irmã Karee, este laboratório é de sua responsabilidade. Você nunca deve deixar esta estação sem supervisão, mesmo à noite. Poderia ter ocorrido uma catástrofe.

Dorotea continuou perturbada.

— Tenho que relatar isso à Reverenda Madre.

— Sim — retrucou Valya. — *Nós* temos.

Anna tentou conter as lágrimas enquanto Valya a levava para longe, sussurrando para a acólita:

— Não precisa se preocupar. Eu cuidarei disso... mas nunca mais tente fugir de mim.

> **Apesar da aparente infalibilidade, as projeções computadorizadas não são prescientes.**
>
> — Ticia Cenva, antiga líder das Feiticeiras de Rossak

No dia seguinte, Raquella leu o relatório completo enviado pela Irmã Perianna, detalhando seu serviço à esposa de Roderick Corrino na Corte Imperial. Depois de ser pega espionando de maneira inepta, Perianna escapara antes que fizessem muitas perguntas e voltara para Rossak, abatida. Decepcionada, Raquella deixou de lado o relatório. Perianna perdera sua posição vital no palácio e seus esforços não haviam garantido nada além de detalhes triviais sobre as interações domésticas entre Salvador, Roderick e suas esposas. Nada de muito valor.

Com um gosto amargo na boca, a Reverenda Madre saiu de seu escritório e foi observar as aulas em andamento. Ela gostava de variar suas rotas e horários para ter uma visão mais completa do que estava acontecendo. Quando a Irmã Dorotea lhe chamou pelo nome em uma das passagens, Raquella sentiu um calafrio percorrer a espinha, mas se forçou a manter a calma, embora as vozes da memória em sua cabeça bradassem um aviso. Dorotea se tornara um incômodo nos últimos tempos, e até mesmo a afeição latente de Raquella pela neta estava desgastada.

Na noite anterior, Dorotea havia entrado nos aposentos particulares de Raquella com a Irmã Valya e Anna Corrino vindo logo atrás, dedurando que Anna invadira os laboratórios da selva. Embora alarmada com a informação, Raquella deu uma resposta severa:

— Ela é responsabilidade da Irmã Valya. Não preciso ser incomodada com cada brincadeira ou indiscrição cometida por uma acólita.

Dorotea não ficara satisfeita com a reação e saíra resmungando, descontente. Naquele momento, ela vinha correndo de novo, respirando fundo para se acalmar.

— Reverenda Madre, li o relatório da morte da Irmã Ingrid e não estou satisfeita com as conclusões. Acredito que o assunto merece mais investigação.

Juntando as mãos à frente, Raquella respondeu:

— Ingrid era uma garota impetuosa que demonstrava grande potencial. Sua morte foi uma perda para a Irmandade, mas o assunto está encerrado.

A irritação de Dorotea era quase palpável.

— A senhora está ocupada demais para lidar com um *assassinato*, Reverenda Madre?

— Assassinato? — Raquella estreitou o olhar. — A garota caiu do penhasco. É um caminho perigoso... um lugar em que ela não deveria estar. Foi só isso. Acidentes acontecem.

— E se alguém a tiver empurrado do penhasco?

— Você sugere que um crime grave foi cometido por uma de suas colegas Irmãs? Tem provas disso? — Raquella colocou as mãos nos quadris. — Alguma evidência?

Dorotea baixou o olhar.

— Não, Reverenda Madre.

Como se estivesse vindo em seu socorro, a idosa Feiticeira Sabra Hublein correu na direção de Raquella com uma distinta expressão preocupada. Seu manto branco estava sujo na parte inferior da frente, o que sugeria que ela poderia ter tropeçado em sua descida apressada das cavernas de registro de reprodução. Sem nem olhar para Dorotea, Sabra disse:

— Desculpe a interrupção, Reverenda Madre, mas preciso falar com a senhora a sós. — Ela baixou a voz. — Fizemos uma projeção importante.

Satisfeita por ter uma desculpa para encerrar a conversa, Raquella dispensou Dorotea. Embora a outra Irmã estivesse obviamente insatisfeita, a Reverenda Madre pegou Sabra pelo braço e a levou de volta pelos túneis, passando pelas salas de aula e entrando em seus aposentos particulares, onde poderiam conversar sem serem ouvidas. Ao chegarem, Sabra sussurrou:

— Nossos computadores examinaram projeção após projeção, usando todas as variáveis, todas as montanhas de dados... e tenho notícias alarmantes sobre uma linhagem nobre específica. — Sua voz era áspera, como papel se rasgando. — Usando todo o nosso poder de computação, reunimos os dados da linhagem e projetamos os descendentes usando as amostras disponíveis de DNA de toda a nossa biblioteca de reprodução, aplicando probabilidades primárias, secundárias, terciárias e além. Talvez tenhamos atingido os limites da capacidade dos computadores, mas tenho certeza de que a projeção é válida.

— Qual linhagem? — perguntou Raquella, tentando manter a calma. — De quem são os descendentes?

— Do imperador Salvador Corrino! Modelamos a possível descendência dele por meio da imperatriz Tabrina, ou por meio de qualquer uma de suas concubinas atuais, e todas as outras linhagens nobres prováveis. A genética específica de Corrino é o fator comum.

Raquella podia ver que era uma investigação que valia a pena.

— E o que você descobriu? Por que está tão alarmada?

Os olhos de Sabra brilharam.

— É notavelmente consistente, e até mesmo nossas Irmãs Mentats verificaram a conclusão geral de que, se o imperador Salvador tiver permissão para ter filhos, por meio de qualquer parceira provável, sua família produzirá o tirano mais horrível da história dentro de cinco a dez gerações. Se os modelos de projeção estiverem corretos, bilhões ou trilhões de vidas poderão estar em jogo, um derramamento de sangue na escala do Jihad.

— Vocês são capazes de prever isso?

— Ah, sim, Reverenda Madre. Com um grau razoável de precisão. Se essa linhagem continuar, um tirano resultante está destinado a infligir o caos e a carnificina em todo o Imperium. Naturalmente, há muitos fatores na criação desse modelo, e os computadores não podem ter certeza absoluta, mas a probabilidade é preocupantemente alta. Aconselho fortemente que, por precaução, encontremos uma maneira de impedir que o imperador tenha filhos.

— E quanto ao irmão dele, Roderick? Ele já tem filhos. Será que precisamos extirpar a linhagem dos Corrino por completo?

Sabra respondeu com certo alívio:

— Não, Roderick Corrino tem uma mãe diferente e uma composição genética diferente. Na verdade, ele não tem quaisquer dos fatores perigosos, nem seus quatro filhos. Já estamos observando-os de perto. Apenas Salvador nos preocupa.

De acordo com os registros, a mãe de Salvador era emocionalmente desequilibrada e tentara matar o imperador Jules quando ele decidira acabar com o serviço dela como concubina. Em contraste, a mãe de Roderick não era apenas adorável, mas também muito inteligente. A mãe de Anna também era bastante normal, de boa genética. A falha, portanto, vinha da linhagem materna de Salvador. Raquella não era a única a acreditar que Roderick teria sido um imperador melhor do que o irmão. O coro de vozes em sua cabeça concordava.

— Deixe-me analisar os dados e decidiremos o próximo passo — disse Raquella. — Apesar das necessidades dinásticas, há pouca chance imediata de Salvador engravidar a imperatriz. Eles mal se toleram, de acordo com os relatórios das Irmãs Dorotea e Perianna. No entanto, talvez precisemos monitorar suas concubinas.

— Isso é perigoso o suficiente, Reverenda Madre, para que não seja deixado ao acaso. Se cortarmos o problema pela raiz agora, o curso da humanidade será relativamente fácil de corrigir.

— E nós podemos fazer isso — confirmou Raquella. — Ninguém mais sequer verá a ameaça.

Ela sorriu por dentro. Era exatamente para aquele tipo de desafio que ela havia imaginado e orientado a Irmandade. As vozes em suas Outras Memórias continuaram a sussurrar avisos, reagindo com alarme e confirmando o que Raquella já havia decidido.

— Raramente deixo algo ao acaso, Sabra — concluiu. — Prefiro esterilizar Salvador a matá-lo, mas isso precisa ser feito. Será nossa contribuição para o bem-estar do Imperium.

> **Uma jura de lealdade é como uma promessa a Deus.**
>
> — Anari Idaho, Mestre-Espadachim a serviço de Manford Torondo

Como Manford estava satisfeito com as concessões que recebera do imperador Salvador, Anari também estava. Duzentas e trinta naves do Exército da Humanidade tinham sido cedidas a ele para que seus butlerianos pudessem expandir a operação de destruir qualquer tecnologia sedutora. Em breve, ele também teria mais Mentats treinados taticamente.

Sempre fora a maior glória de Anari ajudar Manford a realizar o que Santa Serena e Rayna Butler haviam ordenado que ele fizesse, mas, naquele momento, ela estava especialmente feliz por estar viajando com ele para Ginaz, lar da Escola de Mestres-Espadachins. Durante o voo, Anari cuidara de todas as necessidades dele, distraída com pensamentos nostálgicos. Ela passara muitos anos treinando no planeta repleto de ilhas, tornando-se uma Mestre-Espadachim certificada.

Apoiado em seu assento, Manford olhava pela janela da nave auxiliar em processo de aterrissagem. Anari se aproximou, com o rosto perto do dele, e os dois contemplaram juntos o oceano iluminado pelo sol, tendo a primeira visão do arquipélago que abrigava os campos de treinamento dos Mestres-Espadachins.

Manford abriu um sorriso caloroso e desejoso para ela.

— Com você falando em meu nome, Anari, garantiremos Mestres-Espadachins mais do que suficientes para liderar os cruzadores em todas as nossas novas naves.

O coração dela se encheu com o elogio.

— Não tenho muito a ver com isso, Manford. A dedicação e a moralidade estão arraigadas em cada Mestre-Espadachim. Eles são seus paladinos da humanidade e se juntarão à nossa causa por *você* e porque é a coisa certa a fazer.

Ele acariciou o braço de Anari.

— Isso não diminui o fato de que estou feliz por tê-la aqui comigo.

Irmandade de Duna

A nave aterrissou na ilha principal, onde inúmeros alunos haviam sido treinados para serem Mestres-Espadachins nos anos que se seguiram à morte de Jool Noret. Anari colocou o arnês, apertando as tiras no peito e na cintura para ter certeza de que estava seguro, depois se virou e se abaixou. Manford segurou os ombros dela e deu um impulso no encaixe moldado para segurar seus quadris. Ela se ergueu sobre pernas musculosas, mal percebendo o peso adicional, e desceu a rampa com orgulho.

Um grupo de lutadores bronzeados e sem camisa foi cumprimentá-los. Embora todos os colegas de Anari já tivessem se dispersado havia muito tempo em missões particulares por todo o Imperium, ela reconheceu dois de seus professores Mestres-Espadachins entre o comitê de boas-vindas. Em vez de chamar seus instrutores, no entanto, ela fingiu ser invisível. Anari não queria ultrapassar os próprios limites. Naquela situação, ao lado de seu amado Manford, estava ali somente para ele, para carregá-lo, para servi-lo, para ajudá-lo — não para exibir sua posição importante. Ela não falaria a menos que ele precisasse dela.

Enquanto ela permanecia parada sob a luz do sol, Manford observava o comitê de boas-vindas. Ele não disse nada, esperando até que um dos instrutores se curvasse hesitantemente e, em seguida, todos os Mestres-Espadachins fizessem o mesmo. Era o bastante como sinal de respeito. Manford fez um gesto para que o grupo se levantasse, sorrindo com benevolência.

— Venho até vocês com uma grande oportunidade — anunciou ele. — Embora nossa cruzada contra as máquinas tenha terminado e tenhamos derrotado Omnius, a raça humana ainda precisa de Mestres-Espadachins. Temos uma nova batalha, não apenas para combater os opressores, mas para salvar nosso futuro. Vocês ainda se lembram como lutar?

Um aplauso retumbante veio dos que estavam reunidos, que exclamaram:

— Sim!

Mais homens e mulheres musculosos tinham ido para a área de pouso na intenção de ver Manford. Os Mestres-Espadachins não davam importância para cargos e posições de autoridade. Eles treinavam uns com os outros, superavam uns aos outros. Os lutadores superiores eram óbvios para qualquer observador e não precisavam de insígnias especiais, a não ser as armas que carregavam em seus coldres. Um dos treinadores,

Mestre Fleur — um dos instrutores mais rígidos de Anari — atuou como porta-voz:

— Um novo desafio seria bem-vindo para nós. Os Mestres-Espadachins de Ginaz há muito tempo esperam por um oponente digno. Seguimos os ensinamentos do grande Jool Noret, mas muitos trabalham como meros guarda-costas ou viajam pelo novo Imperium oferecendo nossos serviços aos oprimidos. No entanto, sempre tivemos esperança de algo maior.

Anari quase podia ouvir o sorriso na voz de Manford quando ele disse:
— Então estou muito feliz por ter vindo.

Nas colinas gramadas acima de uma praia de areia preta, os Mestres-Espadachins treinavam para o combate. Mestre Fleur havia preparado uma demonstração especial para Manford, sentado em uma cadeira especial. Ao lado dele, Anari observava ansiosamente. Parte dela desejava participar, lembrando-se de quando ela mesma fora aluna. Sabia que, se pedisse a Manford, ele lhe daria permissão para participar, mas Anari tinha um objetivo maior naquele momento. Embora pensasse com carinho em seus dias de treinamento, seus deveres atuais eram muito mais importantes.

Mestre Fleur solicitara que um robô de metal preto de aparência demoníaca fosse colocado no meio da área gramada aberta. O enorme mak de combate com vários braços se elevava a quatro metros de altura, um Golias robótico recuperado de uma das naves-máquina abandonadas. As pernas eram como pilares, com saliências defensivas espinhosas nos cotovelos, ombros e cintura. As armas de projétil embutidas em seus quatro braços estavam desativadas, mas o mak tinha outras técnicas de luta brutais e força de motor suficiente para arrasar edifícios.

Parecendo minúsculos, os aprendizes de Mestre-Espadachim o cercaram, prontos para demonstrar as próprias proezas com espadas de pulso primitivas, mas eficazes.

— Continuamos a aprimorar nossas habilidades de combate, caso as máquinas pensantes retornem — disse Fleur a Manford.

Anari sabia que estar tão perto do enorme e sinistro mak deixava Manford inquieto, mas ela o protegeria. Ele se ressentia com a ideia de que os Mestres-Espadachins, assim como a Escola Mentat, sentissem a necessidade de manter aqueles odiosos lembretes como parte necessária do treinamento, mas compreendia de má vontade. Era mais uma coisa que ele tinha que ceder, um mal necessário.

Um dos alunos ativou os sistemas de energia do mak, e os fios ópticos brilharam como uma constelação de estrelas no rosto preto polido enquanto a máquina de batalha avaliava os arredores. Girou na cintura, se alongou e levantou sua gigantesca carapaça de ombro. A cabeça cega girou em um círculo completo para examinar os oponentes dispostos contra ela.

Com um grito, os aprendizes de Mestre-Espadachim se lançaram para a frente.

Manford observou com interesse. Os olhos de Anari brilharam quando ela se lembrou de muitos daqueles exercícios. Crescendo como órfã, ela fora forçada a superar grandes dificuldades e lutar contra inúmeros oponentes para provar que era boa o suficiente. No início da adolescência, viajara até Ginaz para exigir ser treinada. Em pouco tempo, derrotara cinco pessoas que tentaram impedir sua entrada na escola e, por fim, os mestres permitiram que entrasse. Lá, ela estudara todo tipo de técnica de combate, tanto corpo a corpo quanto tática, lutando contra humanos ou máquinas. Seu corpo havia sido ferido e golpeado inúmeras vezes, mas ela sempre se recuperara e seu coração nunca fora derrotado.

Um de seus colegas na época era Ellus, o único aprendiz que conseguia combatê-la em pé de igualdade com frequência. Os dois acabaram se tornando amantes, mas sentiam mais prazer físico com o suor e a alegria do combate do que com o sexo. Por causa disso, Anari conseguira deixar de lado seus sentimentos pelo homem quando ambos partiram para se juntar aos butlerianos. Ao conhecer Manford, ela formara objetivos mais importantes e aceitara uma missão que ia além dos impulsos hormonais dos humanos comuns. Na mente de Anari, a lealdade e a dedicação alcançaram um estado superior.

Anari se lembrava de quando ela e Ellus haviam lutado contra um modelo equivalente de mak de combate, destruindo o gigantesco oponente. Enquanto permanecia como companheira próxima de Manford, Ellus partira com dois outros Mestres-Espadachins e um grupo de butlerianos dedicados para localizar e destruir dezenas de bases cimaks perdidas.

Esperava-se que ele ficasse fora por meses, mas Anari sabia que Ellus retornaria a Lampadas e anunciaria seu sucesso total. Em outra época, ela poderia ter sentido falta dele por ter ficado fora por tanto tempo, mas, naquele momento, tinha Manford — mais de Manford do que qualquer outra pessoa jamais teria. Aquele tipo de amor era tão puro e transparente quanto um diamante de Hagal.

    Ao assistir a luta, ela permanecia inquieta e fascinada enquanto os aprendizes de Mestre-Espadachim esmagavam o mak de combate, martelando-o como se fossem uma multidão exuberante e mortal, mas a gigantesca máquina não seria derrotada com facilidade. Os aprendizes lutavam como lobos tentando derrubar um mamute furioso.

    O enorme mak atacou com seus quatro braços articulados, fazendo estalar as pinças mecânicas. Ele agarrou uma das espadas de pulso e a jogou para o lado, puxando-a com tanta força que deslocou o ombro do lutador. O homem desarmado gritou de dor e cambaleou para fora do caminho enquanto dois aprendizes mergulhavam na brecha para protegê-lo. O mak de combate os afastou com um golpe. Em seguida, moveu-se repentinamente para trás e empurrou um braço espinhoso, sacudindo-o para o lado para eviscerar um dos aprendizes. A vítima tropeçou e tossiu, sangrando. Por fim, outro lutador o arrastou para longe, mas sem dúvida aquele era um ferimento mortal.

    A visão do sangue aumentou o frenesi habilidoso dos aprendizes restantes e eles se aglomeraram sobre a máquina. Suas espadas de pulso desativaram um dos quatro braços de combate do mak. A máquina se inclinou para cima e se deslocou para o lado, derrubando mais três aprendizes, que se levantaram e pularam para longe.

    O mak girou e avançou com seus três braços ativos em uma enxurrada de golpes cortantes e perfurantes. Ele tentou disparar suas inúteis armas de projétil, mas hesitou quando os sistemas de armas integrados não funcionaram.

    Anari estava respirando com dificuldade, com intensidade nos olhos. Com a palma suada, apertava o punho da própria espada de pulso com tanta força que pensou que poderia esmagá-la. Ela olhou para Manford em sua cadeira e descobriu que ele a estava observando em vez de observar a luta. Seus olhos brilhavam com compreensão.

    — Vá — sussurrou ele.

    Como uma pedra lançada de uma catapulta, Anari se lançou na briga com um sorriso selvagem e satisfeito no rosto. Seu primeiro golpe com a espada de pulso enviou uma vibração entorpecente por todo o braço dela, causando uma séria mossa na carapaça da máquina.

Anari trocou a espada de pulso para a outra mão e continuou lutando. Um golpe bem posicionado na face metálica lisa do mak esmagou um conjunto de fios ópticos, desconectando-os. Trabalhando juntos, três dos aprendizes usaram suas espadas para travar um dos braços de combate articulados do robô.

O restante dos lutadores se lançou sobre o mak de combate sem se importar com a segurança pessoal, esfaqueando e batendo. O golpe de Anari nos fios ópticos criou um ponto cego, permitindo que um aprendiz alcançasse a placa de acesso sob a cabeça mecânica. Ele arrancou a placa e enfiou sua espada de pulso profundamente no núcleo do robô.

Desfalecido e mutilado, o mak de combate não podia mais lutar. Anari agarrou um dos braços articulados inúteis e se ergueu sobre os ombros da máquina gigantesca, em uma estranha paródia de como Manford montava nos ombros dela. E então ela usou a própria espada de pulso para arrancar a cabeça do mak do encaixe do pescoço.

Com um gemido, a máquina gigante perdeu o equilíbrio e tombou. Em poucos instantes, os aprendizes a esmagaram em inúmeros pedaços, destruindo todos os indícios de um circuito funcional.

Satisfeita, orgulhosa e entusiasmada, Anari voltou para Manford. Limpou o suor da testa e fez uma reverência de agradecimento.

— Foi lindo vê-la em sua zona de conforto — elogiou Manford.

Fora do perímetro de combate, o aprendiz eviscerado gorgolejou e morreu. Uma das médicas de campo tentara estancar o sangramento e enfiar os intestinos do homem de volta no abdômen. Mas ela apenas balançou a cabeça, levantou as mãos ensanguentadas e se curvou em respeito ao guerreiro caído pela bravura que ele havia demonstrado, mesmo sendo apenas um aprendiz.

Fleur olhou para o lutador morto com um lampejo de tristeza, depois dedicou a atenção ao restante dos combatentes.

— Os Mestres-Espadachins lutam e os Mestres-Espadachins morrem. É por isso que estamos aqui.

— A mente humana é sagrada — disse Anari.

Manford se dirigiu ao Mestre Fleur:

— Os seres humanos podem ser influenciados muito facilmente, e alguém precisa mantê-los no curso... Alguém com uma visão clara. Certas pessoas podem não gostar disso, mas nós, butlerianos, temos um chamado mais elevado.

— Seu chamado é o nosso chamado. — Fleur levantou o queixo. — Observem, eles estão quase terminando.

Todos os doze aprendizes restantes continuavam a esmagar o robô de combate, mesmo depois de tombado. Um deles desengatou um conjunto de braços articulados e o ergueu como um troféu. Os outros aprendizes desmontaram metodicamente o robô de combate e deixaram os pedaços espalhados pela grama. Um deles ergueu a cabeça ovoide cortada.

— Outro oponente vencido, Mestre! — gritou ele.

Ao redor, os aprendizes de Mestre-Espadachim pareciam machucados e exaustos, mas seus olhos brilhavam com uma empolgação feroz.

— Precisamos de centenas de outros como esses para se juntarem à nossa causa — disse Manford a Fleur. — Com nossa nova frota, devemos nos deslocar contra inúmeros mundos para vigiá-los e garantir que a tecnologia perigosa nunca mais se espalhe.

— Você terá a seu dispor quantos Mestres-Espadachins forem necessários — prometeu Fleur.

— Bom. Muito bom — disse Manford. Continuou em voz baixa: — No entanto, nem todos os nossos inimigos são tão previsíveis quanto um mak de combate.

Qualquer tentativa de alterar textos sagrados, por mais falíveis que estes sejam, é inerentemente perigosa.

— **Trecho de relatório confidencial, apenas para vista do imperador**

— Preciso de um argumento convincente que ordene a demolição do antigo prédio da Escola Suk, que sirva de exemplo e mensagem — pediu Salvador com um gemido. — Os butlerianos me forçaram a concordar com isso e vão destruí-lo de um jeito ou de outro... mas preciso que você me dê uma desculpa que soe legítima.

Roderick debatia-se com as necessidades enquanto os dois irmãos se reuniam no exuberante jardim de inverno do palácio.

— É uma coisa muito triste, e Manford Torondo está errado em se ressentir tanto deles. Nós dois sabemos que os médicos Suk prestam um serviço valioso para aqueles que podem pagar. Eles têm o cuidado de não usar tecnologia questionável.

— Tecnologia questionável? As turbas de Manford questionam *qualquer* tecnologia.

— Se nosso pai tivesse procurado atendimento médico a tempo, não teria morrido de um tumor cerebral.

Salvador fungou.

— E eu não teria me tornado o governante supremo quando me tornei, então há um lado positivo.

Roderick assentiu lentamente. Precisava inventar uma boa justificativa para derrubar a sede da antiga escola. Se ele argumentasse que o ex-administrador Suk, Elo Bando, havia enganado Salvador e lhe tirado uma fortuna com procedimentos médicos desnecessários, aquilo poderia causar um belo escândalo — mas também faria com que seu irmão parecesse um idiota. Ele duvidava que conseguiria sequer convencer Salvador de que havia sido enganado.

— Talvez possamos dar ênfase às questões de desvios financeiros. Já houve rumores, você sabe.

— Ou nós mesmos podemos começar um boato de que eles têm um computador funcional trancado em um quarto dos fundos em algum lugar. — Salvador suspirou, impaciente. — O pessoal de Manford não se preocupará em verificar os fatos. Eles vão arrasar o prédio sem se importar se vão encontrar algo ou não.

— Isso certamente funcionaria, mas uma mentira como essa transformaria a Escola Suk em inimiga — observou Roderick, cada vez mais alarmado.

— Não vimos milhares de médicos Suk invadindo a capital e ameaçando partir para a violência. É com os butlerianos que temos que nos preocupar. Preciso que eles tenham um osso para roer e Manford Torondo deixou claro o que ele quer. — Salvador balançou a cabeça, e seus olhos pareciam assombrados. — Mas temos que salvar a situação de alguma forma com os médicos Suk. Vamos solicitar um médico particular dedicado para mim da Escola Suk em Parmentier como uma demonstração de nosso apoio. Quando mandarmos Manford e seus seguidores estúpidos embora, poderei fazer as pazes com os Suk.

Enquanto os dois caminhavam entre as folhagens exóticas em vasos que circulavam todo o jardim de inverno, Roderick tentou novamente aconselhar cautela, mas Salvador respondeu:

— Você já me aconselhou no passado a ser lógico em vez de emocional, mas estou lidando com pessoas irritáveis. Detesto ser encurralado, mas me vejo obrigado a apaziguar os butlerianos. Se eles se voltarem contra mim, arrastarão toda a família Corrino pelas ruas e colocarão outra pessoa no trono.

— Não se preocupe, irmão — disse Roderick. — Eu nunca permitiria que isso acontecesse.

Na manhã seguinte, o imperador Salvador acordou com a decisão de nomear seu primeiro filho como Salvador II. (O nome Roderick teria sido sua segunda opção.) O problema era que ele não tinha filhos, tampouco filhas. Nem de sua esposa nem de nenhuma de suas concubinas.

Era esperado que, como imperador, Salvador tivesse um herdeiro mais cedo ou mais tarde — de preferência um herdeiro legítimo —, e a imperatriz sabia dos próprios deveres em relação a isso. Estava estipulado no contrato de casamento.

Irmandade de Duna

Na noite anterior, ele e Tabrina não haviam brigado, o que lhe dava um leve motivo para ter esperança. Durante a tarde, Tabrina conversara com a viúva Orenna sobre o relacionamento sufocante de Orenna com o imperador Jules e, aparentemente, aquilo fizera a atual imperatriz pensar. Ela e Salvador haviam apreciado uma refeição agradável, um bom vinho e uma longa conversa aprazível que durara até tarde da noite. Conversando como se fossem embaixadores de países em guerra havia muito tempo, eles discutiram cuidadosamente como poderiam encontrar maneiras de se dar bem no futuro. Infelizmente, a reaproximação não incluíra uma cama compartilhada, ainda não, mas ele optara por não passar a noite com uma de suas concubinas.

Pela manhã, bem cedo, Salvador vestiu um elegante roupão de banho sobre as roupas íntimas (que seus conselheiros garantiram que eram sedutoras) e caminhou por um corredor do segundo andar em direção aos aposentos particulares de Tabrina. Ele cheirava a colônia cara, e a mecha de cabelos castanhos finos no alto da cabeça brilhava com mousse aromático.

Ele bateu na porta ornamentada e foi recebido por uma criada de rosto oval e boa aparência. Não tão atraente quanto suas concubinas, mas ainda assim atraente. Naquele momento, no entanto, a esposa era o centro da atenção dele. A criada pareceu muito surpresa ao vê-lo, mas Salvador passou por ela e informou:

— Vim ver a imperatriz.

À frente, a porta do closet de Tabrina estava entreaberta, e ele a abriu com um empurrão.

— Bom dia, minha querida. — Ele lhe deu seu sorriso mais simpático.

Tabrina se virou, parecendo assustada e irritada. Os olhos escuros amendoados percorreram o cabelo e o roupão dele, a expressão se tornou confusa, mas a voz soou ríspida:

— O que você quer?

A cordialidade da conversa do jantar havia desaparecido. Surpreso, Salvador gaguejou em um primeiro momento e então respondeu:

— Achei que poderíamos concluir o que começamos ontem à noite. Selar a nova fase de nosso relacionamento.

— Que nova fase?

— Nós nos demos tão bem...

— Então você veio aqui para me contar sobre minha função ampliada no governo? Fui nomeada para um novo cargo? Conselheira comercial, diplomata, legisladora?

— Eu, hum, ainda não me reuni com meus conselheiros.

— Portanto, você não tem motivo para estar em meu quarto, não é mesmo?

— Mas eu... eu sou o imperador. Posso ordenar que você venha para a minha cama!

As sobrancelhas erguidas e o olhar frio de Tabrina responderam muito mais claramente do que as palavras.

— Pare de desperdiçar meu valioso tempo e vá até uma de suas concubinas se não consegue controlar seus desejos.

Confuso e perturbado, Salvador saiu porta afora e se afastou, apressado, não se sentindo nem um pouco como o governante de milhares de mundos.

Ele tomou um farto café da manhã sozinho na longa mesa de jantar que deveria ter compartilhado com sua imperatriz. Desejou nunca ter dado ouvidos aos conselheiros, que haviam insistido que o casamento com a Casa Péle era uma combinação política perfeita. Tabrina se comportava de modo pretensioso demais para uma mulher de uma família pouco sofisticada, embora rica.

Roderick chegou quando o imperador estava tomando a primeira xícara de café com um toque de mélange. De pronto notou o mau humor do irmão.

— O que houve, Salvador?

Com seus grossos cabelos loiros e traços esculpidos, Roderick parecia totalmente relaxado em seu belo corpo. O pior de tudo é que *ele* tinha um casamento feliz e quatro bons filhos. Mesmo assim, Salvador tentou não descontar as frustrações no irmão. Ele suspirou e disse:

— Estou apenas desanimado com meu relacionamento com a imperatriz... ou com a inexistência dele. — O imperador piscou para o prato de comida. — Nem me lembrei de aplicar um teste de veneno em minha refeição. Minha aparência está normal? Está vendo minha pele mudar de cor? — Ele esfregou as têmporas. — Minha voz está tremendo? Alguma coisa em meus olhos?

— Não, você parece perfeitamente normal, embora mais perturbado do que o comum. Você vai a um novo médico toda semana. Deveríamos ver se conseguimos um médico particular consistente para você. — Sua expressão tornou-se profissional. — Deixe-me entrevistá-los para garantir que você tenha apenas o melhor que a Escola Suk tem a oferecer.

— Você é tão gentil comigo, Roderick, mas sinto falta de como Elo Bando era atencioso com minhas necessidades médicas. Ele realmente entendia meus males.

Um lampejo de desagrado cruzou o rosto do irmão mais novo.

— Sim, mas o dr. Bando se foi. Temos que encontrar uma alternativa adequada.

Roderick levantou uma chaleira de prata, encheu novamente a xícara de café de Salvador e serviu a própria.

— Eu quero apenas o melhor — defendeu-se Salvador.

Como governante do vasto Imperium, ele precisava manter a saúde em dia, mas tinha muitas doenças, a maioria causada pelo estresse de sua posição. Sim, ele precisava de um médico ao seu lado o tempo todo, alguém familiarizado com todos os aspectos de seu histórico de saúde, pronto para reagir a qualquer problema.

— A ameaça de assassinato está sempre presente, por isso precisamos de um médico em quem possamos confiar de olhos fechados — observou Roderick.

O imperador olhou para o café.

— *Você* é a única pessoa a quem confio minha vida, Roderick. Por favor, envie uma mensagem à sede da Escola Suk em Parmentier e comece o processo de seleção dos candidatos.

Roderick pensou sobre a ideia.

— Bem, você já teve o diretor da escola como seu médico particular.

— Tive, e eu gostava dele. Não me sinto verdadeiramente saudável desde que ele se matou. — Ele soltou um longo suspiro.

— Por que não exigir que a atual diretora da Escola Suk seja sua médica particular? A dra. Zhoma é provavelmente a profissional mais competente que eles têm. Eu a entrevistarei. Ela serviu bem quando você lhe pediu que confirmasse as amostras genéticas de Vorian Atreides.

Salvador não ficara impressionado com ela.

— Ela não tem muita personalidade ou jeito para lidar com o paciente. É rude, antipática...

— E *competente*. Estudei o histórico dela, Salvador. Ela é profissional e confiável, de pleno conhecimento médico.

— Parece propaganda. — Salvador sorveu o café. — Mas você tem razão: não tenho tido sorte em escolher médicos, e a diretora da Escola Suk é uma pessoa impressionante o bastante para cuidar de minhas necessidades médicas. Vou confiar em seu conselho, irmão.

Roderick assentiu.

— Com sua permissão, entrarei em contato com a dra. Zhoma em particular e solicitarei os serviços dela. Esse novo cargo dará a ela uma grande influência pessoal e política, mais do que compensando a perda do prédio de sua antiga escola em Zimia. Podemos dizer que ainda apoiamos a escola e seus esforços para ajudar a humanidade, apesar das realidades políticas dos butlerianos. É preciso ceder aqui e ali.

— Ótimo, gosto disso. Não há como manter os dois lados completamente satisfeitos, mas isso pode amenizar possíveis controvérsias. — Sim, Roderick teria sido um imperador muito melhor... e sem seu ombro para se apoiar, Salvador teria sido muito mais fraco. — Prometa à dra. Zhoma que, se ela se tornar minha médica particular e fizer o trabalho que espero dela, farei o que estiver ao meu alcance para proteger a Escola Suk em Parmentier, garantindo sua autonomia ou algo assim. Ela pode deixar aquele parceiro dela, o dr. Waddiz, encarregado durante sua ausência.

— Cuidarei disso.

Mais tarde naquela manhã, para a primeira reunião oficial de Salvador, uma pequena delegação foi até ele na Sala de Audiências Imperial, todos segurando livros encadernados e prontos para uma apresentação. Vestidos com os uniformes azul-claros da Guilda Real de Tipografia, eles se curvaram diante do imperador e de seu irmão.

A mais velha do grupo, Nablik Odessa, era uma mulher de pele escura com uma papada marcada e olhar arguto. Ela chefiava a organização.

— Sire, temos o prazer de lhe apresentar a nova edição da Bíblia Católica de Orange, recém-saída da prensa. Assim que recebermos seu selo de aprovação, poderemos imprimir os primeiros cem milhões de exemplares para distribuir à população. — Ela estendeu um grosso volume encadernado em couro laranja.

— Apresentamos a vocês a edição do imperador Salvador — disse um dos outros tipógrafos, um sujeito baixinho com bigode grisalho. Ele sorriu, radiante. — Ficou de seu agrado, sire? Há algo que vossa majestade gostaria que fosse alterado?

Salvador deu uma risadinha.

— Você quer que eu edite o livro inteiro com apenas uma olhada para ele?

— Não, sire. Peço perdão, mas estou um pouco empolgado.

O homem diminuto mal continha a empolgação, observando enquanto o imperador analisava a página de rosto com o próprio nome e depois folheava o livro.

— É um belo volume. Digno de ter meu nome nele. — Ele olhou para Odessa. — Você verificou a precisão das informações?

— Equipes inteiras verificaram, sire. Cada palavra. Posso assegurar que tomamos medidas extraordinárias de controle de qualidade.

Salvador olhou para Roderick e depois de volta para os tipógrafos.

— Nossos teólogos discutiram por cinco anos sobre as seções contestadas da edição anterior e nos esforçamos para remover todos os aspectos controversos. Não quero nenhuma revolta desta vez.

Odessa olhou para os colegas.

— Essa parte do processo está fora de nosso controle, sire. Somente produzimos o livro físico.

Salvador fechou o volume.

— Bem, então, não quero ouvir falar de nenhum errinho ortográfico aqui, porque isso teria um reflexo negativo em minha pessoa. A maior parte do financiamento vem de meus cofres pessoais.

— O livro está impecável, sire. Tem minha palavra.

— Muito bem, então. Comece a imprimir.

— A cópia que o senhor tem em mãos é da primeira impressão, uma edição especial limitada com todos os exemplares numerados.

— Sim, estou vendo que tenho o número um.

— Trouxemos mais conosco.

Odessa apontou para os livros que seus companheiros seguravam e para mais volumes empilhados em mesas na parte de trás da sala de audiência.

Roderick pigarreou e se inclinou para perto do irmão.

— Eu os solicitei. Se você puder assinar alguns para vários dignitários, nós os distribuiremos prioritariamente de acordo com uma lista que compilei. — Ele fez uma pausa, lutando contra uma expressão de desagrado. — E um exemplar pessoal para Manford Torondo.

Salvador ficou irritado, mas entendeu a necessidade.

— Você acha que ele se sentirá honrado em recebê-lo?

— Provavelmente não, mas ficará furioso se não enviar um exemplar a ele.

— Sim, sim, entendo o que você quer dizer.

Roderick lhe entregou uma caneta, e Salvador assinou e personalizou uma cópia para Manford antes de passá-la adiante.

— Muitos nobres pediram sua assinatura, senhor — informou Odessa, sorridente.

— Metade deles preferiria vê-la em uma carta de abdicação ao trono — brincou o imperador, com um sorriso discreto — ou em uma grande transferência de crédito.

E então ele assinou os vinte livros em poder da delegação, acrescentando personalizações para vários dignitários de acordo com as anotações que seu irmão lhe fornecera.

> **Pequenas experiências formam a base de nossa existência. Isso é calculável.**
>
> — **Diálogos de Erasmus**

Karee Marques partira ao fim de sua visita, e Gilbertus não recebera notícias de Draigo Roget. O diretor se sentia muito sozinho na Escola Mentat, mas estava com tempo para conduzir seus trabalhos silenciosos. Ele havia se decidido a correr mais um risco por Erasmus. Então, falou com o núcleo de memória cintilante do robô independente:

— Foi preciso muito esforço, pai, mas tenho uma surpresa para o senhor. Eu até contornei seus olhos-espiões para mantê-la em segredo.

Erasmus pareceu encantado.

— Aprendi muito com as surpresas.

— Para isso, preciso que venha comigo.

Gilbertus colocou o núcleo esférico de memória em uma valise e o carregou para fora, caminhando com confiança até a pequena marina construída sobre o amplo lago pantanoso. Ninguém perguntou ao diretor da escola para onde ele estava indo.

Ele entrou em um pequeno barco motorizado, colocou a maleta embaixo de um banco e lançou a embarcação nas águas esverdeadas e ensolaradas do lago pantanoso. À medida que acelerava sobre a água, os insetos zumbiam ao seu redor, apesar do sistema de repelente eletrônico na proa.

Quando se aproximou de uma pequena ilha adornada com juncos altos e árvores retorcidas, ele deu a volta para o lado mais distante, fora da vista da escola, e dirigiu o barco para um canal estreito salpicado por árvores caídas e trepadeiras que tocavam a água. O barco afastou a folhagem do caminho enquanto passava por uma praia lamacenta. Após a formatura e a partida de Draigo, Gilbertus havia ido àquele lugar várias vezes, levando componentes do depósito de professores, peça por peça, até montar sua surpresa para Erasmus.

Um píer de extensão estreito que estava oculto emergiu automaticamente da parede de plantas, dando a Gilbertus um lugar para atracar. Ele saiu do barco carregando a valise e então a abriu para que os fios ópticos do núcleo de memória absorvessem os deliciosos detalhes.

Pequenos alto-falantes projetaram a voz do robô:

— Um novo ambiente! Este é o nosso destino?

Carregando o núcleo, Gilbertus passou por galhos grossos e pendentes, seguindo um caminho sutil, mas memorizado, pela lama, até chegarem ao pequeno chalé de madeira que ele construíra como um retiro particular. Os funcionários da escola sabiam de seu chalé de contemplação, mas não do que ele guardava lá dentro. As janelas estavam cobertas e a construção ficava bem trancada.

Ele tirou as chaves do bolso do colete, destrancou a porta do chalé e entrou na estrutura de um cômodo. No meio do chão, havia um robô de combate danificado e desativado.

— Eu fiz isso para você: um novo corpo — anunciou ele. — É temporário, mas você vai poder se movimentar por um tempo.

— Muito perigoso... mas muito apreciado. Muito obrigado — respondeu a voz simulada do robô após uma longa pausa, soando um pouco tonta.

Gilbertus inseriu o núcleo de memória em uma porta no corpo do robô de combate, encaixando as conexões no lugar. Ele já havia removido a mente de controle rudimentar original do mak, e Erasmus fez as próprias novas conexões. Nunca seria a mesma forma familiar de fluximetal que ele costumava ter, na qual adorava usar vestes elegantes e imitar expressões humanas. O corpo original de Erasmus havia sido destruído em Corrin, mas aquele teria de servir por enquanto.

Quando o corpo do robô começou a se mover, Gilbertus sentiu uma onda de entusiasmo. O mak havia sido criado para ter força e poder, não elegância, e Erasmus deu passos lentos no início. Os sensores visuais foram ativados, o alto-falante ganhou vida e a voz soou brusca e nada familiar:

— Isto é... maravilhoso, meu filho.

— Muito obrigado. Desculpe-me por não ser capaz de fazer algo melhor.

— Ainda não. Mas tenho fé em você. — Erasmus começou a andar com seu novo corpo pelo pequeno chalé, dando passos ousados pelo piso de madeira. — Alguns sistemas precisam ser ajustados, mas posso fazer os reparos internamente.

Levando o desajeitado mak para o lado de fora, Gilbertus o conduziu por trilhas escondidas entre as gramas do pântano.

— Isso está muito longe de nossos passeios casuais por seus jardins de contemplação em Corrin, mas é o melhor que tivemos em muito tempo — comentou o diretor.

— E nossas conversas podem ser igualmente estimulantes.

Ao vê-los se aproximarem, uma imensa garça de asas vermelhas levantou voo da água pantanosa e subiu ao céu.

— Assim você pode esticar as pernas e se lembrar de quando era um robô independente, mas devemos ter cuidado. Se os butlerianos descobrirem, vão destruí-lo para sempre. — As palavras ficaram presas em sua garganta e ele sentiu lágrimas arderem em seus olhos. — Jamais quero que isso aconteça.

Em uma piscina de sol ao largo da costa, duas grandes corcovas verdes e pretas romperam a superfície da água. Cauteloso em relação às criaturas que habitavam o lago pantanoso, Gilbertus deu um passo para trás da margem, mas Erasmus usou os sensores visuais do mak de combate.

— Apenas tartarugas-de-remo. Eu as estudei na biblioteca de ciências da escola, mas há pouca informação disponível. Os biólogos humanos realmente deveriam prestar mais atenção à diversidade deste continente.

— Vou pesquisar sobre elas quando voltar para a escola.

O mak de combate se virou para ele.

— Não precisa. Vou capturar uma para estudo. Podemos dissecá-la juntos.

Impulsivo e excessivamente animado com sua nova liberdade, Erasmus entrou na água em direção às tartarugas. Ele jogou seu corpo pesado na lama, e a água marrom subiu até o peito.

— Isso não é necessário — avisou Gilbertus. — Os pântanos aqui são instáveis. Não posso garantir a integridade de seu corpo.

Na verdade, ele havia se certificado de que o mak não era durável, por precaução. E havia usado uma projeção Mentat para prever como o robô independente reagiria. As planícies ao redor de seu chalé de contemplação eram cercadas por lama traiçoeira, uma medida de segurança adicional.

O robô entrou na lama aguada, com foco nas tartarugas lentas que cochilavam na água ensolarada a dez metros da margem. Elas ergueram a cabeça em forma de projétil e olharam para a máquina corpulenta que se arrastava e espirrava água em seu território.

Erasmus levantou um dos braços de arma do mak.

— O circuito de atordoamento não está funcionando — comentou o robô.

— Intencionalmente desativado — admitiu Gilbertus. — Lembre-se dos requisitos butlerianos.

— Então capturarei um espécime com minhas próprias mãos.

Ele se enfiou mais fundo na lama.

— Por favor, não faça isso. Contente-se com sua mobilidade aqui na ilha. Se você afundar no pântano, talvez eu não consiga recuperar seu núcleo de memória. — Apesar do aviso, Gilbertus não esperava que Erasmus fosse se conter.

As tartarugas grunhiram e saíram, remando em direção ao solo pantanoso gramado. Erasmus forçou o mak de combate para a frente em um impulso de velocidade, mas seu corpo pesado diminuiu a velocidade e parou no lamaçal. Ele tombou e afundou, com seus circuitos piscando. Enquanto ele se debatia, a lama espirrava em todas as direções.

— Este corpo perdeu sua integridade! — exclamou.

Preso na lama e sem escapatória, o robô se debateu, mas mais água vazou para os circuitos sensíveis, desligando vários sistemas de mobilidade.

Gilbertus pegou uma estreita canoa suspensora que guardara no chalé e, preocupado com os predadores na água, deslizou até onde o volumoso mak estava atolado e afundando.

— Parece que calculei mal — admitiu Erasmus.

— Eu percebi que você estava se divertindo, mas ficou claro que ainda não está pronto para ter um novo corpo.

Gilbertus chegou ao mak e viu, cada vez mais alarmado, como ele estava afundando rapidamente no pântano. Ele trabalhou para remover o painel de acesso, mergulhando as mãos na água. Viu duas coisas pretas e roliças deslizando em sua direção a partir da margem: sanguessugas segmentadas e escorregadias. Enquanto os ombros do robô mergulhavam abaixo da superfície, afundando ainda mais na lama, Gilbertus finalmente removeu o núcleo de memória e o segurou pingando fora da água. Com um empurrão, ele deslizou a canoa suspensora para fora do caminho enquanto as sanguessugas roliças chegavam e circulavam o mak submerso, sem se impressionar com a presa.

Ele voltou para a margem e carregou a esfera de gelcircuito de volta para o chalé de contemplação.

— Você passou dos limites — repreendeu o diretor. — Não posso me arriscar a contrabandear outro corpo para longe da escola... não por um longo tempo.

Embora estivesse desapontado, o robô independente expressou seu entusiasmo:

— Apesar de ter durado pouco tempo, isso foi muito agradável. Um lembrete das coisas que poderei fazer quando tiver mobilidade outra vez.

> **Seria interessante esterilizar toda a raça humana, apenas para observar como ela reagiria durante a crise.**
>
> — Diários de Erasmus

Quando a nave auxiliar de Raquella chegou ao principal espaçoporto de Parmentier, ela viu um enorme projeto de construção ao norte, um complexo de grandes prédios escolares e estruturas de apoio dispostas em torno de uma área central que um dia poderia ser agraciada com jardins e fontes. No momento, o centro estava repleto de guindastes, escavadeiras, barracões de construção e pilhas de materiais de construção. Uma quantidade considerável de poeira dispersa pairava no ar.

Um projeto muito ambicioso. A dra. Zhoma estava dando continuidade ao trabalho exagerado iniciado por seu antecessor, embora a construção de várias fachadas supérfluas e instalações recreativas tivesse sido suspensa. Mas não era da conta de Raquella gerenciar o crescimento da escola. Zhoma ficaria surpresa ao vê-la, embora a Reverenda Madre tivesse motivos mais do que suficientes para ir a Parmentier.

Muito tempo antes, aquele planeta tinha sido o lar de Raquella, e ela se lembrava de ter trabalhado com Mohandas Suk no Hospital para Doenças Incuráveis, esforçando-se para salvar o maior número possível de pessoas e distribuindo mélange como tratamento paliativo. Enquanto as vítimas ainda caíam como trigo colhido, multidões haviam invadido o hospital, destruindo e incendiando por onde passavam, lideradas por uma garotinha que sobrevivera às febres e alegava ter visões de Santa Serena e ouvir vozes em sua cabeça. Raquella e Mohandas foram forçados a fugir.

Os herdeiros do movimento de Rayna ainda estavam por aí, mais fortes do que nunca e com o mesmo objetivo. Felizmente, a escola fundada por Mohandas Suk também parecia estar prosperando, com aquele enorme complexo novo em construção. Zhoma parecia estar fazendo um bom trabalho... e, considerando o recente convite para se tornar a médica particular do imperador, ela poderia estar em posição de ajudar a Irmandade.

Irmandade de Duna

No verão quente e seco de Parmentier, a Reverenda Madre usava uma túnica preta leve com bolsos de ventilação. Ela se sentou em silêncio no banco de um carro alugado que a levou por uma estrada empoeirada, passando direto pelos dormitórios, auditórios, centros operacionais e laboratórios de treinamento, todos semiacabados. Ela também notou tropas de segurança privadas, forças paramilitares e equipamentos.

No complexo da escola, Raquella foi recebida por um homem alto de pele marrom com um longo rabo de cavalo preso em um anel de prata Suk. Ele se apresentou:

— Sou o dr. Waddiz, administrador adjunto da escola e proprietário de 42% dela.

Que coisa estranha de se dizer, pensou ela. Por que ele pensaria que ela estava interessada em sua porcentagem de propriedade?

— Estou aqui para ver a dra. Zhoma antes que ela parta para Salusa Secundus. Temos negócios a discutir.

Waddiz estremeceu com evidente espanto.

— A notícia de tal promoção não foi divulgada publicamente.

Raquella não sentiu necessidade de fornecer detalhes específicos.

— A Irmandade tem muitos olhos e ouvidos.

Entendendo no mesmo instante o que ela quis dizer, Waddiz a conduziu pelos amplos degraus externos de um edifício de estilo grego com elaboradas colunas coríntias e frisos em baixo-relevo. A Reverenda Madre achou aquilo desnecessariamente ostentoso, uma distração das metas humanitárias da escola. Mohandas não era afeito à ostentação.

Parado no topo dos degraus, o administrador adjunto gesticulou em direção à área central empoeirada.

— Assim que esses prédios forem concluídos, vamos instalar um complexo esportivo aqui, com piscinas, pistas de corrida e até mesmo um canal para barcos de corrida. O plano geral é difícil de ser visualizado agora, com toda a poeira da construção.

Os trabalhadores e os equipamentos corriam em um frenesi de atividade e as máquinas zumbiam ruidosamente. Raquella ficou espantada com o fato de que aquela escola, mesmo sendo próspera, fosse capaz de pagar por tudo aquilo.

— E essas coisas são necessárias para treinar novos médicos?

— Exercícios e esportes competitivos são muito bons para o corpo humano. Os gregos e romanos da Velha Terra entenderam isso há 15 mil anos e continua sendo verdade até hoje.

Waddiz a conduziu por portas engastadas com desenhos metálicos em forma de plantas medicinais.

— Por aqui, por favor. A dra. Zhoma está passando por um procedimento experimental. Talvez a senhora tenha interesse em observar?

— Claro que sim. Eu mesma trabalhei aqui, em um hospital, por muitos anos.

— Isso foi há quase um século — disse Waddiz, com clara admiração.

— Percorremos um longo caminho desde então.

No andar superior, odores químicos pairavam no ar: solventes, tinta, argamassa e cola. Eles passaram por uma câmara de vácuo e entraram em uma grande sala limpa que continha diversos maquinários médicos manuseados por homens e mulheres de camisa branca. Waddiz parou em frente a uma cápsula branca do tamanho de um caixão grande com uma janela de vidro transparente na frente. Lá dentro, Raquella podia ver uma mulher amarrada a uma plataforma que girava devagar como carne em uma churrascaria, banhando-a com agulhas de luz colorida.

— A dra. Zhoma recebe esses tratamentos todos os dias — disse Waddiz, mas não explicou mais nada. — Infelizmente, não poderá continuar com eles quando for morar no Palácio Imperial. Salusa Secundus está um pouco atrasada em relação à nossa tecnologia. — Ele olhou para seu relógio de pulso e pediu licença para ir embora.

Quando a máquina parou, Zhoma emergiu, parecendo renovada. Ela abriu um sorriso surpreso ao reconhecer sua visitante.

— Estou feliz por vê-la aqui, Reverenda Madre, mas sua visita é um tanto inesperada.

— Temos negócios a discutir.

Zhoma assentiu rapidamente.

— Com certeza. Podemos conversar durante o almoço.

As duas mulheres sentaram-se em uma das várias salas de refeição privadas que circundavam um grande refeitório, onde ambas comeram pequenas porções de alimentos austeros e saudáveis, muito parecidos com os que Raquella estava acostumada em Rossak. Embora tenha permanecido profissional e distante, Zhoma não conseguia esconder o fato de que estava tentando encontrar uma maneira de cair nas graças da Reverenda Madre novamente.

— Parabéns por sua escolha como médica pessoal do imperador. É uma grande honra.

— É também um reconhecimento das habilidades de nossa escola. O próprio Roderick Corrino me convidou, com base em meus serviços anteriores. Meu trabalho aqui em Parmentier é importante, mas a demonstração de apoio da Casa Corrino fortalecerá muito nossa escola... e é claro que o pagamento não é desprezível. O dr. Waddiz fará um trabalho adequado enquanto eu estiver fora.

Observando atentamente, Raquella notou um lampejo de desespero nos olhos da dra. Zhoma e, tendo ouvido relatos de dificuldades financeiras na Escola Suk, ela se perguntou o quanto a organização precisava daquele reconhecimento do imperador. Ou do pagamento.

Raquella encontrou a abertura da qual precisava.

— Só um aviso... O imperador Salvador não é necessariamente amigo da Escola Suk. Analise as motivações dele e se prepare. Com muita frequência, os butlerianos o controlam.

Zhoma soltou uma risada nervosa e surpresa.

— E, no entanto, ele estava tão encantado por meu antecessor que pagou grandes somas por seus tratamentos médicos. Como ele poderia não apoiar a escola?

— Ah, ele pode respeitar os médicos, sobretudo quando é afligido por suas doenças, mas também *teme* os butlerianos. Manford Torondo tem o imperador na palma da mão e vai querer limitar o uso que vocês fazem da tecnologia médica. Lembre-se de que ainda temos algumas Irmãs trabalhando discretamente na corte, e elas ajudarão você sempre que puderem.

Após hesitar por um instante, Zhoma respondeu com determinação:

— Quando o imperador me ouvir, eu o convencerei a apoiar a Escola Suk. O pai dele morreu de um tumor cerebral e agora ele mesmo imagina muitas doenças. Acho que ficará do nosso lado por interesse pessoal.

Estendendo a mão para o lado oposto da mesa, Raquella segurou o braço da outra mulher para transmitir urgência.

— Eu *sei* que o imperador já concordou em fazer um gesto às suas custas para satisfazer Manford.

Zhoma pareceu perturbada.

— O que mais eles querem? Tentamos acomodar as preocupações dos butlerianos. Examinamos toda a tecnologia, removendo qualquer indício de controle por parte dos próprios computadores, mas eles continuam mudando a linha de aceitabilidade, encontrando novas coisas a que se opor. A análise médica é complexa e sofisticada... Será que eles querem que voltemos às panelas de sangramento, sanguessugas e encantamentos? É assim que o imperador Salvador quer que eu o trate na posição de médica particular?

— O que Salvador quer para si mesmo e o que ele permite que os butlerianos façam podem ser coisas diferentes. Ele é uma pessoa imperfeita, em mais aspectos do que você imagina. — Raquella se inclinou para a frente, acrescentando intensidade à voz. Precisava conseguir a atenção daquela mulher, fazê-la enxergar como os problemas e os futuros das duas estavam alinhados. — Sua nova missão é a razão pela qual vim aqui. Preciso fazer um pedido confidencial, um pedido muito importante.

Zhoma piscou, atônita, e respondeu rápido demais, com ansiedade demais:

— Claro, Reverenda Madre! Tudo o que a senhora quiser.

Por um momento, ela parecia novamente a jovem acólita envergonhada de Rossak.

— Você teve a oportunidade de estudar nossos registros de reprodução em Rossak.

A médica concordou.

— Admiro o projeto mais do que sou capaz de descrever. Como posso ajudá-la?

— Você sabe que é um dos maiores bancos de dados da história da humanidade e, com tanta informação e análise intensiva, certas projeções são possíveis. — Ela fez uma pausa antes de revelar: — Descobrimos uma falha grave na linhagem sanguínea dos Corrino, especificamente no ramo de Salvador.

A afirmação pegou Zhoma de surpresa.

— Como a senhora sabe disso? Quem poderia avaliar uma quantidade tão grande de informações? Suas Mentats?

Raquella evitou uma resposta direta.

— Temos maneiras de olhar para o futuro e prever as características dos descendentes a partir de seus reprodutores componentes. — Ela baixou o tom de voz e olhou ao redor, mas as duas estavam completamente sozinhas. — A Irmandade determinou que Salvador Corrino não deve gerar descendentes. Ele carrega uma falha crítica. Seu ramo da árvore genealógica deve ser podado para o bem do futuro da humanidade.

Zhoma olhou para o restante da comida em seu prato, mas parecia não ter apetite. Muitas perguntas lhe cruzaram o rosto, mas ela as conteve.

— Um paciente deve confiar no diagnóstico de um médico qualificado. Como posso duvidar de uma conclusão como essa, quando ela vem de uma das mulheres que mais respeito no Imperium? — Ela engoliu em seco, entendendo as implicações do que a Reverenda Madre dizia. — Mas o que deve ser feito?

Raquella parecia razoável.

— Nem tudo está perdido para os Corrino. Se a sucessão continuar pela linhagem do irmão do imperador, tudo ficará bem.

— Mas... como podemos garantir isso?

A Reverenda Madre franziu os lábios.

— Se você for a médica particular de Salvador, irá atendê-lo com regularidade. Basta fazer com que seja impossível que ele conceba um filho. Há muitas drogas indetectáveis que causam esterilidade. Ninguém precisa saber.

Os olhos castanho-escuros de Zhoma se arregalaram e ela ficou boquiaberta.

— O que você pede é traição. Mesmo com meu respeito pela Irmandade e pela senhora...

Raquella havia analisado a mulher por anos e conhecia exatamente seus pontos fracos.

— Se fizer isso, perdoarei pessoalmente suas indiscrições passadas. Por ordem minha, a Irmandade a receberá de volta como uma de nossas integrantes mais estimadas.

Zhoma chegou a ofegar, mas depois se conteve, lutando para restabelecer a calma.

— Reverenda Madre, eu não sei... não sei o que dizer.

Raquella adoçou a oferta:

— A Irmandade possui uma grande riqueza. Se você nos ajudar nessa questão, estou disposta a transferir quantias significativas para o tesouro de Parmentier, um investimento para fortalecer o novo complexo escolar e selar nossa aliança.

Ela viu a reação nos olhos de Zhoma. De fato, a escola médica estava em péssimas condições financeiras.

Zhoma engoliu em seco.

— Esses fundos serão bem utilizados.

Empregando um tom de voz preciso, com toda a persuasão que conseguiu reunir, Raquella persistiu:

— Pense na *humanidade* como sua paciente, não no imperador. De acordo com nossas projeções muito precisas, um dos descendentes dele causará estragos de tamanha magnitude que, em comparação, fará com que todos os tiranos anteriores pareçam não mais do que um garotinho atirando pedras. Nossa raça, nossa civilização, está à beira do desastre, e estou lhe oferecendo uma maneira de nos tirar da beira do abismo.

Os olhos de Zhoma se turvaram e ela assentiu.

— Sim, a humanidade é minha paciente. — Ela se endireitou. — Farei isso, pois tenho fé na senhora, Reverenda Madre.

> **Como seres humanos mortais, cada um de nós já nasce com uma sentença morte, portanto, que diferença faz um pouco de veneno? Por que não correr o risco de sobreviver à provação e fazer algo significativo de sua vida? Por que não tentar se tornar uma Reverenda Madre? Eu sou a prova viva de que esse salto na consciência humana pode ser alcançado.**
>
> — Reverenda Madre Raquella Berto-Anirul, discurso de inspiração para acólitas

Dorotea manteve a voz baixa e intensa, embora estivessem ao ar livre, longe de outras Irmãs.

— Preciso discutir algo muito importante com você, Irmã Valya.

Elas caminharam até a borda do dossel pavimentado e se sentaram juntas na ampla extensão de lavanda. Dali, Valya conseguia ver a parede do penhasco e o caminho íngreme do qual ela havia empurrado Ingrid para a morte. Depois que Anna Corrino fora pega tentando roubar um dos venenos experimentais da Reverenda Madre do laboratório da Irmã Karee e que o relatório desdenhoso da morte de Ingrid fora publicado, Dorotea parecia desconfiada perto de Valya.

Naquele momento, sem saber o que esperar, Valya mantinha o corpo alerta contra ataques. O quanto Dorotea descobrira? Para o bem ou para o mal, no entanto, Dorotea parecia se ressentir da reação da Reverenda Madre Raquella, mas não da reação de Valya. A prova era que Valya ainda era convidada a participar das reuniões reservadas do grupo secreto que Dorotea havia formado, espalhando rumores sobre tecnologias ilegais na Irmandade.

— Estou sempre aqui se você precisar conversar comigo — disse Valya. — Somos amigas, não somos?

Já fazia algum tempo que ela estava perto de Dorotea para poder ficar de olho nela, enganando-a ao fingir, muito bem, que estava preocupada com Ingrid. O efeito colateral infeliz era que, ainda que o afeto que Valya demonstrava por Dorotea fosse pouco, Anna Corrino ficara com ciúmes, e a irmã do imperador não estava acostumada a dividir. Mas Dorotea era um problema mais imediato.

As prioridades de Valya eram claras: se precisasse matar de novo para proteger o segredo dos computadores de reprodução, ela o faria sem hesitar.

— Às vezes somos amigas, mas às vezes parecemos ser rivais — respondeu Dorotea. — Mesmo assim, eu a respeito, Irmã Valya. Sei que somos iguais, e a Reverenda Madre atribuiu responsabilidades importantes a cada uma de nós. Você e eu somos a melhor esperança da Irmandade de nos tornarmos as próximas Reverendas Madres... e precisamos provar que somos dignas. Depende de nós.

Valya engoliu em seco com força e fez uma pergunta para a qual ela já pressentia a resposta:

— E como você acha que devemos fazer isso?

Dorotea enfiou a mão no bolso de sua túnica e retirou duas pequenas cápsulas, uma um pouco mais escura que a outra.

— São derivados da droga de Rossak que preparei recentemente com a Irmã Karee... Uma alteração leve, mas crítica. É a substância que ela pretende dar ao próximo voluntário.

— A droga de Rossak? Foi o que quase matou a Reverenda Madre Raquella. Todas as outras que a consumiram morreram.

— Não essa formulação em particular — retrucou Dorotea. Ela estendeu as cápsulas. — Esta é a melhor chance que teremos. Ao passar por essa provação, seremos tão poderosas quanto a Reverenda Madre Raquella.

Primeiro Anna, agora Dorotea...

A mulher mais velha estendeu uma das pílulas, mas Valya não se mexeu para aceitá-la. Com base em tudo o que havia acontecido antes, aquilo seria suicídio. Mas ela não queria parecer uma covarde para alguém tão influente como Dorotea... não queria espelhar a vergonha de seu ancestral Abulurd Harkonnen.

— Eu desejo ter o controle e a sabedoria de uma Reverenda Madre, como Raquella, mas o caminho é muito incerto — argumentou ela.

Valya tinha muito em jogo. O que Griffin faria sem ela? Ela sabia que precisava sobreviver para ajudá-lo a tirar vantagem da situação depois de matar Vorian Atreides. E também terminar seu treinamento na

Irmandade e retornar à Casa Harkonnen para que eles pudessem recuperar sua herança. Não queria acabar como um cadáver apodrecido e meio consumido, jogado nas selvas, como as outras Irmãs mortas.

— Alguém precisa tomar a iniciativa. Eu esperava que você se juntasse a mim. — A voz de Dorotea tinha um tom de voz mais agudo. — Quando nós duas formos Reverendas Madres, poderemos conversar com as outras Irmãs e usar nossas percepções ampliadas para descobrir quem está mentindo e o que realmente aconteceu com Ingrid.

Tentando ganhar tempo, Valya olhou para o dossel polimerizado e iluminado pelo sol. É claro que ela não tinha intenção de ajudar a mulher a descobrir aquela verdade em particular.

— Talvez você não goste da resposta que encontrar. E se realmente tiver sido um acidente?

— Então foi um acidente. Mas pelo menos saberemos o que aconteceu.

Valya estava seguindo em um jogo muito sério, tentando monitorar e distrair Dorotea para o bem da Irmandade. Naquele momento, com Raquella em visita à Escola Suk, ela achava que a outra mulher era a mais perigosa.

— Não podemos consumir o veneno aqui fora, ao ar livre — comentou Valya, olhando para os abismos irregulares nas copas das árvores prateadas e para a queda fatal até o solo da selva. — Deveríamos estar dentro das câmaras médicas, sob a supervisão cuidadosa de médicos, quando experimentarmos o veneno. Isso é ainda mais perigoso...

Dorotea franziu a testa.

— É uma batalha interna, um desafio que devemos enfrentar *nós mesmas*. Nenhum tipo de assistência médica poderá nos ajudar. — Ela encontrou uma seção robusta e aberta do dossel reforçado. — Estaremos tão seguras aqui quanto em qualquer outro lugar das cavernas... se sobrevivermos ao veneno. Depende de nós, Valya, não de algum médico.

Valya olhou para a pílula de veneno e sentiu a pulsação acelerar. Poderia facilmente agarrá-la e engoli-la — ou dispensá-la.

— Você sabe que é isso que a Reverenda Madre quer — insistiu Dorotea.

Valya vira tantas voluntárias, que eram absolutamente as melhores candidatas na época, morrerem na tentativa ou acabarem com danos cerebrais.

— Por que você mesma correria esse risco?

— O maior princípio da Irmandade é que alcancemos o auge da humanidade, mas eu suspeito de corrupção em nossa ordem, talvez até da influência insidiosa de máquinas pensantes. Se eu me tornar uma Reverenda Madre, eu e Raquella seremos iguais. Serei sua sucessora óbvia e poderei conduzir a Irmandade pelo caminho correto. Podemos compartilhar esse poder se você se juntar a mim. — A Irmã Dorotea retirou a mão. — Ou você tem *medo* de se juntar a mim?

— Eu não disse isso, mas as chances de sucesso são muito baixas. Se realmente somos o melhor que a Irmandade tem, não seria um grande prejuízo para a escola se ambas morrêssemos?

— Se os humanos não tivessem esperanças irreais, nunca teríamos derrotado Omnius. Se tomarmos a pílula, Valya, uma de nós pode muito bem sobreviver e se tornar a sucessora natural da Reverenda Madre Raquella. E se ambas sobrevivermos, então você e eu compartilharemos a liderança. Esta é a melhor chance para o futuro da Irmandade. Até agora, estamos nos desviando do curso, e esta é a única maneira de guiá-la em uma direção diferente. — Dorotea estendeu a segunda cápsula de novo. — Por favor, Valya. Eu quero você comigo.

Com relutância, Valya aceitou a pílula. A outra pareceu muito aliviada.

— Vamos fazer isso agora! Já esperamos tempo suficiente.

Os olhos dela brilhavam com uma intensidade estranha. E então, como se estivesse ansiosa para prosseguir antes que perdesse a coragem, Dorotea engoliu a cápsula.

Alarmada, Valya imitou o gesto dela, fingiu colocar a outra pílula na boca, mas, em vez disso, deixou-a na palma da mão e esperou para ver o que aconteceria com Dorotea.

Engolindo a droga, Dorotea suspirou, fechou os olhos... e começou a se contorcer na superfície áspera das folhas fundidas, lentamente no início e depois com agonia crescente. Valya observou suas convulsões por um momento, sem se atrever a ajudar ou a soar um alarme. Finalmente, Dorotea se curvou com o rosto contorcido de dor; saliva escorria de seus lábios cerrados.

Valya tocou o ombro dela, sentindo os tremores de calafrios violentos e depois nenhum movimento. Ela se inclinou para mais perto, incapaz de saber se a outra Irmã ainda estava respirando. Valya se desfez da própria pílula, jogando-a em uma abertura nos galhos e deixando-a cair no solo da floresta, bem abaixo.

Logo atrás, ouviu as Irmãs correndo na direção delas e suas vozes pedindo ajuda. Em um subterfúgio próprio, Valya fingiu ter um colapso e começou a se contorcer e ter espasmos. Ela esperava que sua demonstração fosse convincente.

O deserto nem sempre é o lugar mais seguro para se esconder.

— Ditado zen-sunita

Quando o investigador relatou a Griffin que não conseguira encontrar informações sobre Vorian Atreides, o homem exigiu pagamento mesmo assim. Griffin se recusou, citando o acordo verbal que haviam feito. Quando o homem insistiu na questão e o ameaçou com uma pistola de projéteis, Griffin quebrou o pulso do outro com um golpe certeiro e o desarmou.

— Tenho minhas próprias pistas para seguir — disse Griffin.

Deixando o homem choramingando para trás, ele se dirigiu à sede das operações de colheita de especiaria do Consórcio Mercantiles na Cidade de Arrakis. Ocupando dois quarteirões quadrados, o prédio parecia uma fortaleza. Considerando os tumultos, as rixas e as operações de mélange concorrentes no planeta desértico, talvez *fosse* uma fortaleza.

Ainda perturbado pela violência agreste daquele mundo, com a qual já havia se deparado duas vezes, Griffin não baixou a guarda enquanto continuava a procurar. Ele se recusou a tocar nos fundos de contingência reservados para comprar sua passagem de volta para casa, mas gastaria o resto do dinheiro que possuía, esgotando-o em uma tentativa de encontrar Vorian Atreides e alcançar o resultado que a honra exigia.

A vingança paga o próprio débito, dissera sua irmã.

E quando ele finalmente retornasse a Lankiveil, poderia se concentrar em colocar a casa em ordem e expandir os negócios comerciais dos Harkonnen, buscando proporcionar à família um rumo estável.

No dia anterior, ele gravara uma longa mensagem para Valya, descrevendo seu progresso e sua esperança na conclusão iminente de sua busca. Queria assegurar a ela o quanto estava trabalhando duro. A gravação da mensagem focara seus pensamentos e alimentara seu desejo de continuar, mesmo tão longe de casa.

Por razões sentimentais, ele gravou outra breve mensagem para o restante de sua família em Lankiveil, embora tenha feito pouco mais do que dizer que estava saudável e seguro e que sentia falta deles. Quando chegasse em casa, tinha certeza de que sua certificação como representante do Landsraad estaria esperando por ele. No final da mensagem, atribuiu ao pai várias tarefas — enviar solicitações a Salusa sobre a aquisição de um espaço de escritório perto do Salão do Landsraad, negociar projetos de construção de curto prazo com os trabalhadores do interior que rumavam para a costa a cada primavera e investir em operações de pele de baleia em uma frota de colheita específica — ainda que ele não soubesse se Vergyl cumpriria algumas daquelas tarefas. Griffin pagou uma taxa para enviar as mensagens para Rossak e Lankiveil, ciente de que poderiam levar meses em trânsito.

Foi até a sede das operações de especiaria e pediu a vários atendentes informações sobre um possível funcionário chamado Atreides. Em resposta, as pessoas apenas deram de ombros com indiferença; uma mulher de aparência entediada apenas retorquiu:

— Quando as pessoas vêm para Arrakis, elas não querem ser encontradas.

Incomodado, Griffin pagou para examinar os registros de pessoal das muitas equipes de especiaria que trabalhavam no deserto para o Consórcio Mercantiles, e o funcionário lhe deu um conjunto de livros de registro assustadoramente grande e desorganizado.

Ele passou a maior parte do dia vasculhando as listas em busca do nome específico. Os livros de registro estavam incompletos, alguns organizados por data de contratação, outros agrupados por locais de trabalho das tripulações. Apenas três volumes listavam os nomes em ordem alfabética. As equipes eram pagas em dinheiro ou água, e havia muito pouco registro de outras transações financeiras.

Se Atreides estivesse usando um pseudônimo, talvez Griffin nunca o encontrasse, mas aquele homem cheio de si não era o tipo de pessoa que escondia a própria identidade. Afinal, ele tinha algum motivo para fazê-lo?

Enquanto Griffin os importunava com perguntas, os funcionários do Consórcio Mercantiles estavam preocupados com um novo e perturbador relatório que revelava que uma equipe de especiaria tinha sido emboscada no deserto, o equipamento destruído e todos os trabalhadores mortos. A perda da tripulação e do maquinário teria sido tipicamente descartada como resultado do clima ou de um ataque de vermes, mas uma testemunha ocular relatara que a colheitadeira tinha sido atacada por sujeitos armados. O Consórcio Mercantiles imediatamente reforçou o alerta de segurança e redobrou as escoltas militares em suas operações no deserto.

Talvez as vítimas tivessem sido a tripulação de Vorian, refletiu Griffin, o que lhe deu um pouco de esperança. Valya nunca ficaria satisfeita se o homem morresse sem antes enfrentar um Harkonnen e sofrer pela dor que ele causara, mas Griffin não tinha certeza de como ele mesmo se sentia em relação àquilo. Nunca matara outra pessoa.

Avistou uma mulher do deserto saindo da sede e se apressou em consultá-la. Ela estava endurecida, desgastada pelo tempo e coberta de poeira. Seus olhos, de um azul sobre azul, eram pássaro-brilhantes quando ele a parou. Ela debochou de sua oferta de suborno.

— Informação não é algo a ser comprado ou vendido, mas a ser compartilhado ou retido... como eu preferir.

A mulher passou direto por ele, mas Griffin persistiu:

— Estou procurando por um homem chamado Vorian Atreides. Ele está em algum lugar de Arrakis, mas não sei onde procurar.

Ela uniu as sobrancelhas e colocou uma máscara respiratória sobre a boca. Parecia ansiosa para ir embora.

— Para que você quer encontrá-lo?

— Preciso tratar de um assunto pessoal com ele. Atreides conheceu minha família há muito tempo.

A mulher não pareceu acreditar nele. Tinha uma expressão estranha e agitada no rosto.

— Nunca ouvi falar da pessoa que você procura. Está perdendo seu tempo.

Griffin agradeceu quando ela saiu correndo para a rua, sem demonstrar mais interesse por ele.

O vazio silencioso do deserto dava a Vorian uma sensação de serenidade, especialmente à noite. Sentia falta de suas noites felizes em uma cama familiar com Mariella, mas se sentia confortável entre os tais freemen, embora continuassem cautelosos e desconfiados em relação a ele; Vorian duvidava que algum dia aceitariam um forasteiro, mesmo que ele passasse o resto de sua vida ali.

Irmandade de Duna

De outros povos do deserto, ele ouvira histórias sobre as tribulações sofridas pelos freemen, as gerações de escravidão, a forma como seus ancestrais tinham se revoltado em Poritrin e roubado uma nave dobraespaço experimental para um êxodo em massa dos Mundos da Liga, apenas para cair ali em Arrakis. Eles haviam se juntado aos descendentes de um lendário criminoso do deserto, Selim Montaverme. Toda aquela história, desconhecida e não escrita, era fascinante para Vor — o resto do Imperium não tinha o menor conhecimento dela.

Vor gostava de sentar-se ao ar livre sob as estrelas. Ele olhou para cima enquanto as duas luas se aproximavam uma da outra no céu, o satélite mais baixo e mais rápido se aproximando de seu primo. Os freemen haviam colocado seus inventivos coletores de orvalho entre as rochas, condensando um ínfimo vestígio de umidade à medida que a atmosfera esfriava. A maioria do pessoal de Sharnak estava dormindo e os que estavam de sentinela o ignoravam.

Enquanto ele ponderava sobre aquelas coisas, seus olhos notaram um lampejo de movimento nas rochas sombrias abaixo. Por um instante, a luz da lua expôs um par de figuras, que desapareceu novamente na escuridão. Alerta, ele tentou se convencer de que havia visto um par de batedores noturnos enviados pelo naib Sharnak. Quem mais poderia estar ali, e como eles sobreviveriam?

Sentado imóvel, analisou as rochas por um longo momento, viu outra sombra se movendo, depois esgueirou-se para dentro e fechou a porta úmida da caverna enquanto procurava por um dos guardas do acampamento.

Àquela altura, ele já se acostumara com a abundância de cheiros inusitados e ruídos de fundo de pessoas amontoadas com muito pouco conforto ou privacidade. Os túneis eram escuros e silenciosos, mas ele encontrou um dos sentinelas, um homem de rosto azedo com uma barba irregular que pareceu irritado com a interrupção de suas andanças noturnas.

— Vi algo lá fora — avisou Vor. — Você deveria descobrir o que é.

— Não há nada lá fora além de pedras, areia... e Shai-Hulud, se você tiver o azar de vê-lo.

— Vi duas figuras lá fora — insistiu.

— Apenas fantasmas ou sombras. Vivi no deserto toda a minha vida, *forasteiro*.

Vor se irritou e subiu o tom:

— Eu já comandei todo o Exército da Humanidade e lutei mais batalhas do que você pode imaginar. Você deveria pelo menos dar uma olhada.

Ouvindo as vozes, outro sentinela se aproximou, um dos jovens que haviam sido enviados para investigar o local da colheita de especiaria. Já fazia dias que Inulto vinha ouvindo Vor falar sobre a Cidade de Arrakis, Kepler e Salusa Secundus, todas igualmente exóticas para ele. Ele parecia inclinado a acreditar em Vor e disse:

— Venha, vamos acordar o naib Sharnak e deixá-lo decidir.

— Vocês não farão nada disso — censurou o sentinela carrancudo. — Eu os proíbo.

Inulto fez um ruído de escárnio, demonstrando pouco respeito pelo outro homem.

— Você não proíbe nada, Elgar. — Ignorando-o, o batedor levou Vor até os aposentos de Sharnak, murmurando em tom sarcástico: — Elgar acha que será nosso naib um dia, mas não consegue nem liderar o grupo quando apenas cinco de nós estão acordados.

Eles abriram a cortina e o naib Sharnak saiu, piscando e resmungando. Seus cabelos escuros e grisalhos, normalmente trançados, estavam espalhados em um leque esvoaçante, amarrotados pelo sono. No entanto, antes que Vor pudesse contar ao líder o que tinha visto, gritos soaram do fim do corredor de pedra, seguidos por um berro agudo.

Sharnak acordou no mesmo instante, gritando para despertar seu povo. Os homens e as mulheres das cavernas saíram de seus aposentos, chamando os companheiros para as armas; não haviam se esquecido como era um ataque de traficantes de escravos, mesmo depois de gerações de relativa paz.

— Me deem uma arma! — gritou Vor.

Inulto tinha apenas uma faca, mas Sharnak tinha um par de adagas brancas leitosas. A contragosto, ele entregou uma a Vor, e os três correram pelo corredor.

A porta, antes selada pela umidade, tinha sido arrombada, e dois corpos jaziam no chão de pedra. Vor correu em direção ao tumulto de lutas dentro do túnel bem a tempo de ver Elgar em aparente pânico. Um dos invasores agarrou Elgar por trás, puxou seu cabelo, bateu um joelho em suas costas e quebrou-lhe a coluna. O agressor o descartou, jogando o corpo no chão.

Vor encarou Andros e Hyla. Eles o viram e sorriram.

— Ah, aí está você — disse o jovem.

— Quem são vocês? — A raiva tomou conta de Vor e ele segurou a faca à sua frente, embora tenha se lembrado do efeito mínimo que as armas tinham sobre aqueles dois. — Como vocês me conhecem?

Andros e Hyla não estavam preocupados com as dúzias de combatentes freemen que apareceram para enfrentá-los. A jovem deu um passo à frente, apoiando casualmente o calcanhar na coluna quebrada de Elgar, e respondeu:

— Você é Vorian, filho de Agamemnon... Não nos reconhece?

— Sabemos o que fez com nosso pai e com o restante dos Titãs... como traiu a todos nós — acrescentou Andros.

Hyla deu um passo à frente.

— Mas laços sanguíneos são fortes e densos, e você é nosso irmão. Talvez possamos considerar perdoá-lo.

Irmão? Vor sentiu como se o impacto de um asteroide tivesse abalado todo o seu mundo. Ele sabia que o general Agamemnon guardara amostras de esperma séculos atrás, antes de descartar seu corpo humano. Na esperança de encontrar um sucessor digno, Agamemnon usara ventres humanos para gerar filhos para ele, todos considerados inadequados. Vorian tinha sido sua maior esperança e, mais tarde, sua maior decepção. Ele não podia negar que aqueles dois pareciam compartilhar os genes Atreides, mas um deles era uma mulher.

— Venha conosco e decidiremos qual é o seu valor — ordenou Hyla.

— Ou será que devemos matar todos esses outros primeiro? — ameaçou Andros.

Com um grito corajoso e estúpido, Inulto se lançou na direção de Andros, cortando-o com a adaga. No momento em que ele se moveu, Hyla estendeu a mão e pegou a garganta do jovem com uma das mãos. Inulto se debateu, golpeando com sua faca enquanto ela lhe esmagava a laringe e o jogava no chão como um boneco de pano. As peles de Hyla e de Andros cintilaram com mercúrio. Os cortes de faca no braço dela não passavam da camada mais superficial da pele, com quase nenhum sangue.

Assim que Hyla matou Inulto, cinco dos homens do deserto correram para a frente, gritando. Os gêmeos lutaram contra eles como dois redemoinhos de poeira, quebrando ossos, esmagando crânios e espremendo os oponentes contra as paredes.

— Parem! — gritou Vor, depois se voltou para Sharnak. — Peça para seus combatentes se afastarem. Eu vou com eles. Nunca quis que ninguém de seu povo fosse ferido.

Mas o naib, de pele coriácea, parecia furioso. Ele gritou para uma dupla de lutadores:

— Contenham Vorian Atreides. Mantenham-no longe daqueles dois.

Quando os homens do deserto agarraram seus braços, Vor se debateu, mas eles eram muito fortes.

— Deixem-me lutar minhas próprias batalhas, malditos sejam! — protestou Vor.

— Não, porque é exatamente isso que eles desejam — retrucou Sharnak. — Eles não podem ter você. E se você estiver aliado a eles...

Naquele momento, os guerreiros freemen atacaram os gêmeos com tudo e provaram ser adversários muito mais difíceis do que uma equipe cansada de colheita de especiaria. Com ferocidade pura, fizeram Andros e Hyla recuarem ao cortarem a pele dos dois, impregnada de mercúrio. Um lutador conseguiu cortar logo abaixo do olho esquerdo de Andros, quase o arrancando.

O ímpeto do ataque empurrou os gêmeos de volta para a porta de umidade quebrada. Os irmãos pareciam furiosos, ainda com a intenção de capturar Vor e obviamente chocados com o próprio fracasso.

— Derramaremos o sangue de vocês na areia e descartaremos seus corpos... Até Shai-Hulud os cuspirá — ameaçou o naib.

— Vocês são adversários indignos — desdenhou Andros.

Vor estava determinado a não deixar que aquelas pessoas lutassem por ele, mas não conseguia se libertar. Pelo menos oito guerreiros do deserto jaziam machucados e provavelmente mortos no chão da caverna; ainda assim, os demais não mostravam sinais de recuo e outros vinham correndo dos túneis profundos. O irmão e a irmã hesitaram como se estivessem calculando as probabilidades, depois reagiram no mesmo instante, tomando a mesma decisão.

O último olhar deles para Vor foi repleto de promessas e ameaças. Ignorando os freemen contra quem lutaram até chegar a um impasse, os gêmeos ensanguentados recuaram pela eclusa de umidade e desapareceram como um sopro de vapor de uma rocha quente.

— Encontrem-nos. Matem-nos! — gritou o naib Sharnak.

Mas Vor sabia que de nada adiantaria. Ele não fazia ideia se os gêmeos tinham um veículo ou uma aeronave, ou se tinham atravessado o deserto por conta própria de alguma outra forma, mas não os subestimaria.

O naib respirou com dificuldade e sua voz tinha um tom assassino:

— Receberei explicações satisfatórias, Vorian Atreides, ou ficarei com sua água.

Quando os guerreiros o soltaram, Vor encarou o líder dos freemen com placidez. Muito tempo antes, ele fingira estar do lado do general cimak para que pudesse traí-lo e salvar a humanidade. Ele havia pegado o recipiente de preservação de seu pai e jogado o cérebro retorcido de uma torre alta, espalhando-o nos penhascos congelados abaixo. Depois daquela vitória, Vor tinha pensado que haveria paz, mas, claro, a pústula dos Titãs não havia sido erradicada completamente.

Naquele momento, o povo do deserto estava indignado e atônito com o fato de que apenas dois oponentes tivessem conseguido causar tantos danos, e Vor percebeu que precisava contar o que sabia.

— Darei a vocês todas as explicações que tenho sobre quem sou e o que fiz no passado, mas duvido que sejam suficientes.

> Há muitas jornadas na vida, mas poucas levam uma pessoa à beira da morte e depois a trazem de volta. Depois de uma luta tão monumental, é normal se encontrar em um patamar muito, muito mais alto do que aquele que se ocupava antes.
>
> — Reverenda Madre Raquella Berto-Anirul, logo após sua transformação

O veneno girava em torno da mente de Dorotea como uma tempestade; nuvens mentais e ventos arrebatavam sua concentração e tentavam roubar sua vida.

De repente, o corpo dela estremeceu e ela arregalou os olhos.

Olhando através de um pequeno ponto de consciência, ela descobriu que estava em um quarto de hospital... na enfermaria da Irmandade, percebeu ela, deitada em uma cama cercada por equipamentos médicos. Reconheceu que aquele era o lugar onde as Irmãs em coma eram mantidas vivas, aquelas que não haviam passado no teste para se tornar uma Reverenda Madre e, ainda assim, tinham sobrevivido.

Duas mulheres que estavam por perto conversavam sobre a condição dela. Dorotea descobriu que não conseguia se mover; seu corpo estava fraco demais. Levantou um dedo e depois outro, mas foi tudo o que conseguiu fazer. Em um borrão, ela se lembrou de ter tomado o veneno cuidadosamente calibrado e, em seguida, perdido o controle quando o corpo a traíra, caindo.

Valya... Ela também estava lá? Dorotea não conseguia virar a cabeça. A última coisa de que se lembrava, no mundo real, era de ter visto a outra jovem tomar a droga.

E então Dorotea se perdera em uma longa jornada dentro de si mesma.

As Irmãs médicas ainda não haviam notado que ela estava acordada. Ela piscou novamente e descobriu que sua consciência estava dividida, como se seu cérebro tivesse sido aberto e invadido por uma nova percepção, dominando e sobrepondo-se ao que estava lá anteriormente. Fechando os olhos, ela ouviu vozes dentro da própria cabeça, sussurrando — e todas pareciam femininas, como uma multidão de espectadoras olhando-a de dentro para fora. As palavras eram fracas no início, mas depois tão altas e poderosas que ela não conseguia ignorá-las. Dorotea teve uma sensação de grande antiguidade ali, de mulheres ancestrais chamando por ela de vastas distâncias.

Quando se concentrou nas vozes, tentando ouvi-las e compreendê-las, uma enxurrada de lembranças a atingiu, uma parte vívida de sua experiência... mas não da própria vida. Mulheres ancestrais falavam com ela, às vezes ao mesmo tempo, embora ela pudesse absorver tudo o que diziam. As lembranças eram surpreendentes e reais, e ela começou a ordená-las em sua mente, percebendo que formavam uma cadeia de vidas que se estendia por uma geração de cada vez, chegando até o passado obscuro da história humana.

Ela viu linhagens se desdobrando dentro dela, elos em uma cadeia de vidas: uma mulher de séculos atrás, Karida Julan, no planeta Hagal, que tomara um jovem e arrojado oficial militar como amante e dera à luz uma filha, Helmina Berto-Anirul, que, por sua vez, tivera uma filha — Raquella Berto-Anirul, a Reverenda Madre. E a filha *dela* era Arlett... A mãe de Dorotea!

Criada em Rossak desde o nascimento, Dorotea nunca conhecera a mãe. Naquele momento, conseguia ver, por meio de memórias deslocadas que ecoavam por toda parte, que a Irmã Arlett havia sido expulsa depois de dar à luz a ela, despachada para vagar pelos mundos dispersos e recrutar acólitas para a Irmandade. Em todos aqueles anos, ela não tivera permissão para voltar à Escola Rossak, para sua filha. Onde ela estava? Dorotea não tinha certeza.

Mas Raquella estava ali na escola... A avó de Dorotea! A Reverenda Madre nunca havia dito uma palavra sobre aquilo, nunca a reconhecera como neta. E logo Dorotea viu mais do passado e descobriu coisas que não queria saber.

Como uma imagem em um espelho distorcido, ela observou a separação e o abandono da filha bebê, ela mesma, de dois lados diferentes. A perturbada Arlett implorando para criar e amar a menina, e a severa Raquella insistindo que não poderia permitir tais ligações. Todas as Irmãs deveriam ser treinadas como iguais, como parte da comunidade maior, dizia ela, sem as distrações dos laços familiares. Arlett tivera que abandonar sua bebê, Raquella tivera que deixá-la de lado e Dorotea tivera que passar a vida na completa ignorância da verdade.

Brian Herbert e Kevin J. Anderson

Sim, ela viu aquilo tudo em sua nova biblioteca de memórias. A Reverenda Madre as separara. Com a súbita infusão de informações, Dorotea percebeu as implicações de longo alcance, viu a extensão do que Raquella fizera. Por causa de seu conflito com Arlett, *todas* as bebês do berçário haviam sido trocadas, e seus nomes, removidos, para que as meninas fossem meramente "filhas da Irmandade".

Ainda mais coisas lhe vieram à tona. O som distante das Outras Memórias aumentou de novo até se tornar um rugido. Ela conheceu gerações e gerações de mulheres que tinham vivido durante os mil anos de domínio das máquinas pensantes, de depredações de robôs independentes e maks de combate, de escravização de populações inteiras. Durante anos, Dorotea vivera em Lampadas, designada para observar os butlerianos e analisar friamente seus movimentos. Lá, ela ouvira a verdade e a paixão, e passara a acreditar nos perigos do progresso sem controle. À medida que se aprimorava com as técnicas da Irmandade, Dorotea se convencera cada vez mais de que os seres humanos não *precisavam* da muleta dos computadores e da tecnologia avançada porque cada pessoa tinha as habilidades inatas necessárias.

Tantas vidas estavam contidas em sua mente naquele momento, tanto sofrimento no tempo que a precedeu... Aquilo só reforçava o que ela já acreditava. Todas as vozes femininas gritaram ao mesmo tempo em um tumulto que gradualmente desapareceu até que uma voz emergiu: Raquella Berto-Anirul, muito mais jovem, mais de oito décadas no passado, pouco antes da Batalha de Corrin.

Dorotea via lembranças horríveis, a dolorosa epidemia que assolara Parmentier, a forma como Raquella e Mohandas Suk haviam lutado para salvar o máximo de pessoas que puderam... e a ida dela a Rossak para ajudar as Feiticeiras sobreviventes contra a doença que se espalhava. Como uma fotografia instantânea dentro de sua cabeça, Dorotea viu corpos em vestes brancas e pretas, empilhados dentro das cidades-caverna. Viu o que Raquella tinha visto enquanto caminhava pela trilha do penhasco, subindo em direção às cavernas altas onde as Feiticeiras mantinham seus registros de reprodução.

As lembranças de Raquella passaram a ser as lembranças de Dorotea. Ela via através dos olhos de sua avó enquanto estudava os catálogos abrangentes de bilhões de linhagens que as Feiticeiras haviam compilado por gerações, registros retirados de uma amostra da raça humana.

E preservados em bancos de computadores proibidos! Coletando e processando dados, fazendo projeções e gerando relatórios para as mulheres lerem.

Dorotea queria gritar em protesto, mas só conseguia observar as cenas se desenrolando dentro da própria cabeça, horrorizada. Durante todos os anos em que servira em Lampadas, acompanhando Manford Torondo enquanto ele fazia discursos apaixonados para multidões inquietas, ela sentira a verdade na cruzada daquele homem. Ela se orgulhava da Irmandade, de como as mulheres usavam *as próprias habilidades* para alcançar superioridade física e mental.

E então, de repente, Dorotea sabia que as Irmãs dependiam da muleta das máquinas pensantes, afinal de contas — exatamente a tentação insidiosa contra a qual Manford advertia com tanta paixão. A Irmandade se autodenominava uma campeã do potencial humano, porém, tendo visto através dos olhos de sua avó, Dorotea sentiu suas crenças idealistas sendo frustradas.

De fato, havia computadores ilegais escondidos em algum lugar da cidade-caverna.

Já totalmente acordada, Dorotea recuperou o fôlego, entorpecida pela avalanche de revelações. Deitada de costas, voltando a si, ela olhou para o teto branco da enfermaria e deixou-se absorver os pensamentos.

A Irmandade possuía computadores proibidos.

A Reverenda Madre Raquella era sua avó.

E agora sou uma Reverenda Madre! Dorotea sobrevivera à agonia que havia matado tantas de suas Irmãs. Aquela compreensão era a mais poderosa de todas.

Ela também era muito mais jovem e forte do que a avó. Dorotea decidiu que deveria fazer algo para provocar uma grande mudança na Irmandade. Ela poderia desafiar Raquella e forçá-la a revelar os computadores, mas não até ter aliadas suficientes. Sabendo que as máquinas pensantes estavam escondidas em algum lugar nas cavernas proibidas e que a Irmã Ingrid havia caído da trilha íngreme, ela podia adivinhar o que devia ter acontecido.

Seu novo conhecimento era perigoso, e ela estava fraca e vulnerável. Como a Reverenda Madre Raquella estava visitando a Escola Suk, Dorotea ainda tinha um pouco de tempo para planejar.

Ela se concentrou na sala silenciosa, ouvindo os sons fracos ao seu redor e sintonizada com a nova consciência dentro de sua cabeça, um foco que também lhe permitiu viajar para dentro dos blocos de construção celular microscópicos de seu corpo. Seu coração bombeando, a troca alveolar de oxigênio dentro dos pulmões, os processos químicos dentro dos órgãos, a transferência de impulsos nervosos no cérebro. Ela estava vivendo em um universo próprio. Não era de se admirar que a Reverenda Madre quisesse que outras Irmãs vivenciassem aquilo.

Enquanto avaliava suas células internas, seu metabolismo, suas fibras musculares, Dorotea analisava seu corpo como um piloto de cargueiro estelar que faz uma revisão completa, fazendo ajustes conforme necessário. Depois de concluir a tarefa, declarando-se saudável e íntegra, ela finalmente abriu os olhos de novo e se sentou.

Olhou em volta da enfermaria silenciosa, piscando. O que acontecera com Valya? Ela não a viu por perto, mas tinha visto a outra Irmã tomar a pílula. Tantas voluntárias haviam morrido ao tentar a travessia química... Será que Valya tinha falhado? Ela esperava que não.

Do outro lado da enfermaria, as duas Irmãs médicas notaram Dorotea se mover e se viraram para olhá-la com espanto. Elas correram até sua cama, pedindo ajuda. Dorotea permaneceu apenas sentada, sorrindo, deixando que elas fizessem um alvoroço e inúmeras perguntas. Até aquele instante, estava se sentindo bem.

> **Para ser um bom participante do jogo da vida, compare-o ao xadrez, considerando as consequências de segunda e terceira ordens de cada ação.**
>
> — Gilbertus Albans, *Reflexões diante do espelho da mente*

A Câmara de Debate era uma das maiores salas de aula da Escola Mentat, um auditório com paredes escuras manchadas e cobertas de imagens dignas de estadistas mostrando os maiores debatedores da história humana, desde os famosos oradores antigos da Velha Terra, como Marco Cícero e Abraham Lincoln, passando por Tlaloc, que instigara a Era dos Titãs, até oradores dos últimos séculos, como Renata Thew e o incomparável Novan al-Jones. Ao educar Gilbertus em Corrin, Erasmus se certificara de que seu jovem protegido estivesse familiarizado com o que havia de melhor.

Em uma antessala, Gilbertus revisou as anotações para a discussão arriscada que pretendia conduzir e, em seguida, subiu ao palco. Com quinze de seus melhores alunos já em treinamento tático de campo de batalha, de acordo com o pedido de Manford Torondo, Gilbertus se sentia obrigado a oferecer pelo menos algum nível de atenuação, uma voz da razão. Queria que os alunos refletissem sobre as implicações... mas será que eles o escutariam?

Quando subiu ao púlpito, a sala de aula ficou em silêncio por respeito ao diretor.

— A lição de hoje se desvia de nossa forma usual de treinamento tático — começou Gilbertus. — Vamos adotar uma abordagem diferente, uma mudança de ritmo.

Aqueles eram os melhores de sua turma atual de aprendizes Mentat, selecionados a dedo pela capacidade analítica que demonstravam — e Manford estava exigindo os serviços deles para sua cruzada. Gilbertus nunca expressou seu ressentimento por ser forçado a sacrificar alunos tão talentosos para uma causa à qual ele se opunha fundamentalmente em segredo.

— Um componente crucial da elaboração de uma estratégia bem-sucedida é aprender a pensar como seu inimigo. Essa não é uma meta natural: ela deve ser praticada, e alguns de vocês podem achar que é um desafio difícil e extremamente desconfortável. Portanto, debateremos os méritos de ambos os lados de uma questão importante para ajudar vocês a explorarem a mentalidade do lado oposto. Discutiremos os *méritos* das máquinas pensantes.

Depois de um ou dois arquejos audíveis, os alunos pareceram prender a respiração. O diretor fez uma pausa, observando suas expressões atentas, e então prosseguiu com uma voz clara:

— Considerem o postulado de que as máquinas pensantes, em algumas formas adequadamente restritas, podem desempenhar um papel seguro e útil na sociedade humana.

Aquilo provocou alguns murmúrios de surpresa e olhares raivosos dos alunos que Manford Torondo enviara à escola.

Gilbertus abriu um sorriso discreto.

— Com tantos de vocês prestes a se juntar às naves butlerianas, é apropriado pensar pelo que estão lutando e contra o que estão lutando. Lá fora, vocês entrarão em conflito com os Apologistas de Máquinas, líderes planetários que acreditam sinceramente que podem fazer bom uso das máquinas pensantes e mantê-las sob controle.

Todos os alunos estavam interessados, embora a inquietação fosse palpável no ar. Ele fez sua escolha, uma jovem ruiva sentada no meio; planejara aquele debate com ela em mente.

— Alys Carroll, você será minha oponente. Estou ansioso por uma discussão hábil e animada.

Ela se levantou e caminhou em direção ao palco com determinação, a postura ereta. Gilbertus explicou para toda a classe:

— Defenderei um lado da questão e Alys Carroll apoiará o ponto de vista oposto. — Ele tirou do bolso uma moeda imperial dourada e brilhante. Em um lado, havia a imagem de Serena Butler; no outro, a mão aberta da Liga do Landsraad. — Se der cara, Alys defenderá o lado das máquinas pensantes como uma Apologista de Máquinas. Se der coroa, eu defenderei.

A jovem raivosa parecia em dúvida, mas, antes que ela pudesse dizer qualquer coisa, ele jogou a moeda no ar, pegou-a e abriu a palma da mão. Gilbertus olhou para a moeda e a cobriu sem mostrar o resultado aos alunos. Enquanto Erasmus tivesse dificuldade com o conceito de mentir, um Mentat não tinha tal desvantagem, especialmente em um caso como aquele. O exercício deveria ser bastante proveitoso, e a mulher butleriana de mente fechada precisava lidar com a objetividade.

— Deu cara. Alys, você deverá argumentar em nome das máquinas pensantes.

A jovem arregalou os olhos. Gilbertus ficou surpreso com a rapidez com que o sangue se esvaiu do rosto dela.

— Abro a questão para debate — continuou o diretor, sorrindo. — Seu objetivo na discussão será destacar os benefícios que os computadores e robôs podem trazer para a humanidade. Convença a todos nós de que esse ponto de vista tem mérito. Eu defenderei a posição butleriana.

Alys hesitou.

— Eu imploro, por favor, não me peça para fazer isso.

Gilbertus, tendo previsto que poderia encontrar resistência inicial, deu a resposta que havia preparado:

— Os Mentats devem se disciplinar para examinar um problema de todos os ângulos, não apenas do ponto de vista que corresponda ao próprio sistema de crenças deles. Como seu instrutor, dei uma tarefa para você. Como aluna, você deverá concluir essa tarefa. Você conhece os fatos, Alys, e quero que faça uma projeção. Diga-me o bem que as máquinas pensantes *poderiam* realizar.

Alys se virou para a plateia, tentando encontrar algo a dizer. Por fim, começou:

— As máquinas podem ser usadas no treinamento de Mestres-Espadachins para lutar com mais eficiência contra as máquinas. Elas têm sua utilidade, mas o perigo... — Ela abriu e fechou a boca, e uma onda de indignação substituiu sua hesitação. — Não. Não *há* benefícios relacionados às máquinas pensantes. Elas são um anátema.

— Alys Carroll, não pedi que defendesse o *meu* lado da questão. Por favor, conclua sua tarefa.

Alys se irritou.

— A tecnologia avançada é destrutiva. Portanto, abandono o debate. A questão não pode ser vencida!

— Isso *pode* ser feito. — Na esperança de salvar aquela lição potencialmente valiosa, Gilbertus acrescentou: — Muito bem, vou assumir a posição dos Apologistas de Máquinas e você pode apresentar o argumento butleriano. Fica mais feliz assim?

Ela assentiu, e Gilbertus percebeu que estava ansioso por aquela oportunidade. A plateia parecia intrigada com a reviravolta nos acontecimentos.

Alys reiniciou sua fala:

— Este é um exercício frívolo, diretor. Todos aqui conhecem a história de brutalidade e escravidão das máquinas... Séculos de dominação, primeiro pelos Titãs cimeks e depois pela sempremente Omnius. Trilhões de pessoas foram mortas, o espírito humano foi esmagado. — Ela corou de indignação, depois tentou se acalmar. — Isso nunca mais deve acontecer. Não há contra-argumento.

Vários dos alunos butlerianos resmungaram, concordando. Gilbertus suspirou.

— Eu discordo... como devo fazer para o bem do debate. Os Apologistas de Máquinas afirmam que podemos domar as máquinas pensantes e fazer com que elas sirvam à humanidade. Eles afirmam que não devemos descartar todas as máquinas apenas por causa dos excessos de Omnius. O que dizer das máquinas de colheita agrícola, perguntam eles, e das máquinas de construção para erguer abrigos para os sem-teto? E os dispositivos médicos para curar os doentes? Eles afirmam que há usos humanitários legítimos para máquinas automatizadas e sistemas de computador.

— Duvido que as populações humanas oprimidas que sofreram e morreram nos inúmeros Mundos Sincronizados concordem! — desdenhou Alys. — Mas essas vítimas não podem falar por si mesmas.

Gilbertus a olhou com uma expressão branda.

— Isso poderia parecer uma base legítima para proibir as máquinas pensantes... não fosse pelo fato de que os *humanos* promoveram os expurgos atômicos nos Mundos Sincronizados. Os humanos mataram bilhões ou trilhões de prisioneiros naqueles planetas, não as máquinas pensantes.

— Foi necessário. Mesmo que essas populações escravizadas estejam mortas, elas ainda estão em melhor situação.

Gilbertus aproveitou a abertura.

— E como podemos ter certeza de que essas pessoas concordariam? A suposição de que escolheriam a morte em vez da vida sob o domínio de Omnius é insustentável. Um Mentat não pode fazer projeções válidas sem dados precisos. — Ele se virou para olhar para ela. — Você já conversou diretamente com algum humano que viveu nos Mundos Sincronizados sob a eficiência do governo das máquinas? Como você disse, todos eles estão mortos.

— Isso é um absurdo! Sabemos como era realmente a vida sob o domínio das máquinas. Muitos relatos em primeira mão foram publicados.

— Ah, sim, as histórias condenatórias escritas por Iblis Ginjo, Serena Butler e Vorian Atreides; mas esses relatos foram *criados* para inspirar ódio às máquinas e incitar os humanos da Liga à violência. Até mesmo as histórias de escravos resgatados da Ponte de Hrethgir foram distorcidas e usadas como propaganda sob a pena da história. — Ele percebeu que seu tom de voz estava subindo e se acalmou. Por meio de seus olhos-espiões, Erasmus estaria ouvindo com grande interesse, e Gilbertus esperava deixar seu mentor orgulhoso. — Mas vamos dar um passo atrás e considerar os princípios gerais de como a tecnologia adequadamente domada deve servir à humanidade. Os robôs têm a capacidade de realizar tarefas repetitivas, demoradas ou complexas, como coletar dados, extrair colheitas do solo ou calcular rotas de navegação seguras. Aceitar a assistência limitada das máquinas liberaria os humanos para fazer novos avanços.

— Quando Omnius escravizou a raça humana, tivemos pouco tempo para avançar e evoluir — apontou Alys, o que provocou um murmúrio satisfeito de seus apoiadores.

— Só que, ao proibir o uso de máquinas sofisticadas, máquinas que *nós* desenvolvemos para beneficiar a humanidade, negamos o progresso que a humanidade fez ao longo da história e nos condenamos a retomar a prática da escravidão. Por darmos as costas a máquinas que poderiam desempenhar funções essenciais, os *seres humanos* estão sendo tirados de suas casas e famílias, algemados, espancados e forçados a realizar trabalhos braçais que poderiam ser feitos por máquinas. Muitas pessoas morrem cumprindo tarefas árduas e perigosas, simplesmente porque nos recusamos a usar máquinas pensantes. Isso é moral ou inteligente? Poderíamos argumentar que os violentos levantes budislâmicos contra os feitores de escravos humanos em Poritrin eram tão justificáveis e necessários quanto o Jihad contra as máquinas pensantes.

A jovem aluna balançou a cabeça com brusquidão.

— Ah, não, é totalmente diferente. Os budislâmicos se recusaram a lutar ao nosso lado.

Gilbertus engoliu uma réplica imprudente e respirou fundo antes de retorquir:

— Uma diferença filosófica não é uma causa justa para a escravidão.

Seguiu-se uma pausa incômoda, pois muitos dos alunos da escola vinham de mundos que ainda dependiam de trabalho escravo.

Quando Alys se esforçou para rebater suas palavras, Gilbertus notou que a jovem, normalmente segura de si, estava vacilando, repetindo pontos que já levantara. O que significava que ela estava ficando sem ideias. Aquilo lhe deu esperança. Se ele conseguisse convencer sutilmente os candidatos a Mentat butlerianos, talvez pudesse guiar mais pessoas de volta à sanidade.

Mas, de repente, vários alunos começaram a gritar suas discordâncias, sem querer ouvir e tentando calá-lo aos gritos.

— Por favor, por favor! — Gilbertus levantou as mãos para pedir calma. Talvez ele tivesse ido longe demais. — Isso é apenas um exercício, uma experiência de aprendizado.

Ele sorriu, mas não obteve a resposta amigável que esperava. Em vez disso, viu-se debatendo com um punhado de alunos hostis; até mesmo Alys mal conseguia dizer uma palavra.

Paradoxalmente, Gilbertus se viu ganhando a discussão, mas perdendo o controle dela... e da plateia. Enquanto o tumulto continuava, ele examinou a sala e notou, para sua decepção, que a maioria dos alunos estava inquieta. Mesmo aqueles que antes já haviam expressado concordância com sua lógica estavam com medo de demonstrá-la diante da veemência butleriana.

Vários alunos abandonaram seus assentos e saíram. Um deles se virou da porta superior da sala e gritou para o palco:

— Apologista de Máquinas!

A aula terminou em um furor.

Muito perturbado, Gilbertus correu para seu escritório, trancou as portas e retirou o núcleo de Erasmus de seu esconderijo, mas não sentiu alívio algum quando segurou a esfera pulsante em suas mãos trêmulas.

— Acho que cometi um erro — aquiesceu.

— Foi uma apresentação fascinante e muito esclarecedora — comentou seu mentor. — No entanto, estou curioso. Você sabia que havia simpatizantes butlerianos na plateia. Eles não queriam ouvir um debate, apenas ver suas crenças reafirmadas. Como Mentat, você deveria ter projetado os possíveis efeitos de suas palavras sobre esses ouvintes pouco receptivos.

Gilbertus baixou a cabeça.

— Minha ingenuidade é imperdoável. Eu apenas apresentei argumentos lógicos, exatamente como eu e você sempre fizemos em nossos debates.

— Ah, mas os outros não são tão racionais quanto nós.

Gilbertus colocou o núcleo de memória em uma mesa.

— Será que falhei miseravelmente, então? Fundei esta escola para ensinar análise lógica e projeção.

— Talvez os butlerianos tenham reagido com tanta veemência porque conseguiram sentir no que você realmente acredita. A eterna batalha humana da emoção contra o intelecto, dos hemisférios direito e esquerdo do cérebro lutando pelo controle. A vida humana é uma luta constante, enquanto as máquinas superiores não precisam se preocupar com esse tipo de bobagem.

— Por favor, não use isso como uma desculpa para afirmar a superioridade das máquinas! Ajude-me a encontrar uma solução, uma saída. Preciso neutralizar a situação antes que Manford retorne. Ele está acompanhando suas naves pelos mundos de Tlulax, mas certamente ouvirá um relatório sobre isso quando voltar.

— É fascinante como as coisas podem dar errado tão depressa — apontou Erasmus. — Definitivamente fascinante.

O caminho do destino da humanidade não é plano, mas repleto de altos píncaros e profundos abismos.

— *Livro de Azhar*

Os butlerianos viajaram com sua frota de naves de guerra para os planetas de Tlulax. Embora já tivessem imposto restrições severas à sociedade local, Manford estava interessado em demonstrar a própria força e pronto para encontrar bodes expiatórios. Aquele era o lugar perfeito para dar o primeiro passo.

Quinze anos antes, quando Manford viajara para aquele sistema estelar, ficara enojado com o que encontrara. Naquela época, os seguidores de Rayna Butler haviam mostrado aos repugnantes tlulaxa o caminho difícil, mas necessário, que a humanidade deveria seguir. Os projetos biológicos ofensivos tinham sido declarados contra as leis do homem e de Deus e destruídos no mesmo instante. Regras rígidas foram impostas a todos os cientistas tlulaxa, com graves advertências emitidas sobre as consequências do mau comportamento. Mas os anos passaram e Tlulax estava distante do coração do novo Imperium. Manford tinha certeza de que, àquela altura, as pessoas haviam se desviado — e estava determinado a pegá-las em flagrante.

Enquanto a frota butleriana se aproximava de Bandalong, a cidade principal, Manford e Anari analisavam a arquitetura exótica construída por uma raça que colocava o estudo da genética acima do valor de suas almas.

— Eu não confio neles, Anari — disse Manford. — Sei que violaram as leis, mas são uma raça inteligente. Talvez tenhamos que procurar muito para encontrar provas.

— Nós encontraremos as provas. — A voz de Anari soava equilibrada.

Manford sorriu; as estrelas parariam de brilhar antes que Anari Idaho perdesse sua fé nele.

Ninguém, nem mesmo Josef Venport, levantaria um grande clamor em defesa do povo tlulaxa, que nunca fora popular no Imperium, sobretudo depois de um escândalo de criação de órgãos durante o Jihad, em que eles haviam sido pegos cometendo atos horrendos e inescrupulosos. Manford tinha suas duzentas naves e vários novos líderes Mestres-Espadachins, e logo um grupo de Mentats especialmente treinado se juntaria a eles, conforme prometido por Gilbertus Albans. Era um começo auspicioso.

As naves butlerianas assumiram o controle do espaçoporto de Bandalong e o grupo de Manford se espalhou pela cidade em um número avassalador. Seus Mestres-Espadachins escolhidos a dedo bateram às portas de laboratórios, prédios de registros e santuários estranhos. (Ele não queria nem imaginar o tipo de religião que aquele povo vil era capaz de adotar.)

À medida que avançavam, Anari emitiu um aviso silencioso de que os cientistas tlulaxa poderiam ter armas escondidas em algum lugar, defesas ardilosas que seriam usadas contra os butlerianos, mas Manford não achava que os tlulaxa realmente fossem estúpidos o suficiente para provocar um confronto maior. Eram um povo condescendente e derrotado.

Carregando-o no arnês em seus ombros, Anari entrou em uma das instalações centrais de pesquisa biológica. O laboratório cheirava a produtos químicos e lixo estragado, a material celular em fermentação e cubas borbulhantes de matéria orgânica. O chefe de pesquisa era um homem corpulento, parecido com um urso, maior do que a maioria dos tlulaxa e até, de certa forma, bonito. Seus olhos eram redondos como pires e ele estava adequadamente aterrorizado.

— Posso assegurar, senhor, que nunca nos desviamos das diretrizes rígidas. Nem qualquer outro pesquisador. Respeitamos as restrições que nos foram impostas; portanto, o senhor não encontrará nada questionável aqui.

O homem tentou sorrir, mas foi uma tentativa lamentável. Manford fez uma careta ao passar o olhar pelo laboratório.

— Vejo muitas coisas questionáveis aqui.

Ao ouvir aquilo, o chefe de pesquisa corpulento correu para uma série de tanques translúcidos, ansioso para provar seu ponto de vista.

— Nós odiamos as máquinas pensantes tanto quanto qualquer um! Veja, nosso trabalho usa apenas biologia, nada de máquinas ou computadores proibidos. Nada que seja proibido. Estudamos células naturais e reprodução. Nosso trabalho aprimora as mentes humanas e o potencial humano. Tudo isso faz parte do plano de Deus.

Manford reagiu com forte repulsa:

— Não cabe a você determinar o plano de Deus.

O chefe de pesquisa ficou mais desesperado.

— Mas veja aqui! — Ele indicou um tanque translúcido cheio de pequenas esferas flutuantes. — Podemos criar novos olhos para os cegos. Ao contrário de nossas criações de órgãos anteriores, cujas peças de reposição eram roubadas de vítimas infelizes, esses projetos não prejudicam ninguém... Apenas ajudam os necessitados.

Manford sentiu a tensão de Anari abaixo; sabia que ela estava ficando irritada, assim como ele.

— Se um homem é cego, é a vontade de Deus que ele seja cego. Eu não tenho pernas, e essa também é a vontade de Deus. Essa deficiência é meu destino na vida. Você não tem o direito de desafiar as decisões de Deus.

O homem corpulento levantou as mãos.

— Isso não é...

— Por que você acha que uma pessoa precisa adulterar seu corpo, sua vida? Por que você acredita que é necessário viver com conveniência e conforto?

Sabiamente, o chefe de pesquisa não respondeu, mas a decisão de Manford já havia sido tomada. Na verdade, ele já tinha se decidido antes mesmo de as naves chegarem a Tlulax. Encontrar canais para demonstrações energéticas mantinha as chamas da fé acesas. Usar como alvo a pesquisa de Tlulax, sobretudo programas como aqueles, que eram superficialmente horríveis e facilmente odiáveis — globos oculares flutuando em cubas! —, mantinha seus butlerianos fortes e temíveis e ajudava a aumentar sua força contra oponentes mais insidiosos. Muitos de seus seguidores não entendiam as sutilezas, mas o seguiam mesmo assim, desde que ele fornecesse os reforços necessários com regularidade.

A voz do chefe do laboratório soou fina e fraca quando ele chiou:

— Mas meu povo aderiu a todas as restrições imperiais!

Manford não duvidava de que o homem estivesse correto, mas aquela realidade não se adequava aos seus propósitos. Ele fez um gesto, indicando o que havia em volta no laboratório.

— Esse programa de pesquisa de Tlulax foi longe demais ao explorar um reino onde nenhum ser humano deveria ir.

Irmandade de Duna

O homem corpulento empalideceu de consternação. Os butlerianos que haviam se aglomerado dentro do complexo de pesquisa começaram a murmurar, inquietos, como predadores sentindo o cheiro de sangue.

— Este laboratório e toda a sua pesquisa devem ser fechados e tudo deve ser destruído — anunciou Manford. — Essa é a minha ordem.

Os seguidores butlerianos rapidamente começaram a destruir o equipamento, quebrando os contêineres translúcidos de modo que os globos oculares se espalharam em um jorro de fluido nutritivo no chão branco e limpo, saltando como brinquedos de criança.

— Parem com isso! — gritou o chefe de pesquisa. — Eu exijo que vocês parem!

— Ordens de Manford Torondo. — Anari desembainhou a espada e derrubou o tlulaxa com um golpe que lhe cortou o corpo do ombro ao esterno.

Um técnico de laboratório aterrorizado vomitou alto e gemeu de medo. Manford apontou para o homem.

— Você! Eu o nomeio o novo chefe desta instalação e rezo para que concentre seus esforços em trabalhos mais apropriados e mais humildes.

O técnico passou a mão na boca e balançou, parecendo prestes a desmaiar. Ele assentiu fracamente, mas não ousou falar.

De sua posição nos ombros da Mestre-Espadachim, Manford disse a Anari:

— Termine aqui. Depois iremos para Salusa Secundus e ajudaremos o imperador a cumprir suas promessas.

Anari limpou a espada no casaco do chefe de pesquisa assassinado. Olhou para o técnico de laboratório que tremia e disse:

— Acompanharemos seu trabalho bem de perto.

> **Um núcleo de memória de computador pode armazenar permanentemente grandes quantidades de dados. Embora eu seja um mero humano, nunca esquecerei o que os butlerianos fizeram comigo, com meu parceiro e com meu lar. Nem um detalhe sequer.**
>
> — Ptolomeu, registros de pesquisa em Denali

Nas instalações de pesquisa de Denali, Ptolomeu se esforçou para reconstruir o trabalho que os selvagens haviam arruinado em Zenith. Ele rascunhou anotações, compilou extensos diários e se esforçou para duplicar as misturas químicas e de polímeros que tinham se mostrado mais promissoras, muitas das quais o dr. Elchan descobrira.

Às vezes, ele sentia que não conseguiria fazer aquilo sozinho... mas *estava* sozinho e determinado, então mergulhou novamente no problema com um fervor que se equiparava até mesmo ao fanatismo butleriano.

Com as ideias que surgiram ao dissecar e desconstruir os neurotrodos e as interfaces neuro-mecânicas daqueles andarilhos cimaks, ele já estava fazendo grandes progressos. Usando estruturas ósseas de liga oca, construíra dez protótipos de braços e mãos, âncoras esqueléticas para polias fibrosas que funcionavam como músculos, revestidas com um gel de proteína e cobertas com uma pele artificial resistente.

Nenhum dos protótipos se aproximava do que ele e Elchan haviam criado antes, mas a interface era superior. A extremidade de cada membro experimental terminava em um conjunto de receptores, e Ptolomeu os sintonizara com a própria mente. Se ele concentrasse seus pensamentos em uma ação específica, conseguia provocar uma resposta dos nervos e dos músculos artificiais, mas aquilo exigia um esforço conjunto. O objetivo era tornar a interface tão sensível que os membros artificiais responderiam de forma inconsciente. Uma pessoa não poderia funcionar bem se cada pequeno movimento exigisse esforço e planejamento.

Os programas de pesquisa que Ptolomeu conhecera durante toda a vida eram coletivos e abertos, projetados para beneficiar a todos. Em sua juventude, ele e seus irmãos e irmãs haviam criado brincadeiras, imaginando partes da sociedade que poderiam ajudar, vislumbrando uma utopia intelectual e criativa após a derrota das máquinas pensantes. Mas ele percebia que tais atitudes eram perigosamente alheias ao fato de que existiam forças malignas, ignorantes e destrutivas.

Ptolomeu dormia pouco e trabalhava o resto do tempo. Nada mais o interessava. No passado, ele sempre havia trabalhado com um parceiro de pesquisa, e uma pontada de solidão o rondava constantemente. A interação e a colaboração com Elchan tinham sido um catalisador para as descobertas, mas Ptolomeu estava por conta própria naquele momento, e sua única companhia era o sussurro dos dutos de recirculação de ar, o zumbido dos sistemas de suporte à vida e o borbulhar dos tanques de nutrientes que mantinham membros sintéticos em crescimento. A alegria de seus testes de laboratório e os triunfos felizes de cada pequeno sucesso tinham desaparecido.

Ele sempre quisera ajudar as pessoas, tornando os amputados inteiros novamente ou fornecendo pele nova a vítimas horrivelmente machucadas e com cicatrizes. Poderia ter sido um humanitário, um herói louvado em todo o Imperium. Mas suas boas ações e seu coração generoso só o expuseram ao ódio e lhe custaram a vida do dr. Elchan.

Ao se lembrar do orgulho e da satisfação que sentira na tentativa de presentear Manford Torondo com novas pernas, fechou os olhos. Tivera esperança de mudar a vida do líder butleriano, fazê-lo sorrir e abraçar a tecnologia. Tremendo, o pesquisador cerrou mais os olhos, mas não conseguiu afastar a lembrança persistente da Mestre-Espadachim de rosto pétreo cortando os membros artificiais em pedaços, destruindo tudo... E aquilo tinha sido apenas o começo.

Ptolomeu estava transpirando. Com seu dom de conhecimento, ele tinha que encontrar uma maneira de fortalecer visionários como Josef Venport para que o homem pudesse se manter forte contra a Idade das Trevas que as turbas antitecnologia estavam empenhadas em impor.

No silêncio do laboratório, pensou ter ouvido os ecos assombrosos dos gritos de Elchan.

Quando abriu os olhos, Ptolomeu viu que todos os membros artificiais nos tanques de nutrientes haviam se encolhido e se agitado, como os braços erguidos de um exército desafiador, respondendo aos impulsos dos pensamentos dele. E cada uma das mãos estava cerrada em um punho rijo e implacável.

Dentro da cúpula do hangar, três corpos gigantescos de máquinas estavam diante de Ptolomeu — sem movimento, mas ainda assim imponentes. Pernas segmentadas, mãos preênseis, torres de armas embutidas, sensores e circuitos... tudo controlado por um recipiente de preservação que antes continha o cérebro sem corpo de um tirano.

Em silêncio, ele andou em volta dos corpos mecânicos que haviam sido retirados do ambiente hostil de Denali. Os andarilhos blindados haviam sido examinados, jateados com partículas e inspecionados quanto a danos. Ptolomeu ficou impressionado ao ver que os sistemas permaneciam intactos mesmo após décadas de exposição ao ar cáustico.

Cada corpo de andarilho blindado tinha um design exclusivo, construído para uma finalidade específica e modificado de acordo com o gosto do usuário cimak. Ao mover os recipientes de preservação de um corpo artificial para outro, os cimaks podiam mudar suas formas físicas à vontade, como se fossem apenas conjuntos de roupas exóticas. Embora fossem artifícios mecânicos, os corpos dos andarilhos tinham sido construídos e controlados por humanos. Aquelas formas cimaks imóveis eram a própria personificação dos pesadelos butlerianos, mas Ptolomeu não as temia de forma alguma. Ele imaginou como sua vida teria sido diferente se ele tivesse possuído uma daquelas formas guerreiras cimaks para enfrentar os bárbaros em Zenith...

As instalações sofisticadas que o diretor Venport disponibilizara para ele ali superavam até mesmo os melhores laboratórios que já usara. Todos os instrumentos, produtos químicos ou ferramentas que pudesse imaginar estavam à sua disposição.

Ao longo do mês anterior, conhecera seus colegas pesquisadores, todos obstinados e determinados — e possivelmente marcados pelas próprias cicatrizes, assim como Ptolomeu. Reunidos, os cientistas tinham uma motivação compartilhada, um objetivo concreto de salvar e defender a civilização. Aquilo era mais do que apenas uma busca esotérica pela descoberta e pela verdade.

Não que as instalações estivessem isentas de problemas. Embora Venport tivesse colocado as mentes mais promissoras naquele parque de diversões da ciência, os pesquisadores sofriam com a falta de uma equipe de apoio. Ptolomeu pedira ajudantes para se vestirem com equipamentos de proteção e recuperarem os andarilhos cimaks intactos que ele desejava estudar, mas levou mais de uma semana até que enfim chegassem. Quando ele se queixara educadamente com Noffe sobre o atraso, o administrador tlulaxa reagira assentindo, como se soubesse bem o que ele queria dizer.

— É um desafio encontrar pessoal qualificado que se encaixe nos critérios. Os batedores do diretor Venport monitoram constantemente os mercados de escravos de Poritrin para adquirir cativos bem-educados com qualquer tipo de formação especializada.

Ptolomeu ficou surpreso ao saber que os técnicos de suporte eram de fato escravos, mas de que aquilo realmente importava? Ninguém ali era pago, e todos trabalhavam; na prática, eram todos iguais.

Noffe bateu os dedos em sua mesa.

— E temos lições a tirar da história. Até mesmo o grande Tio Holtzman prestava pouca atenção às qualificações ou atitudes de seus funcionários. De má vontade, ele empregara em sua casa e em suas salas de pesquisa escravos budistas... que acabaram por derrubar a cidade de Starda.
— Ele balançou a cabeça. — Mais um exemplo de multidões ignorantes destruindo as melhores partes da sociedade. Isso nunca acaba.

Com um olhar severo e irritado, o administrador tlulaxa pegou uma mensagem impressa em uma folha de papelpelícula e a entregou a Ptolomeu.

— Acabamos de receber esta notícia sobre o saque e a destruição desenfreada que Manford Torondo causou em Bandalong.

Ao ler o relatório, Ptolomeu sentiu raiva, mas não ficou surpreso.

— Então eles destruíram tudo... *de novo*. Quanto conhecimento foi perdido? Quantas de suas descobertas poderíamos ter usado aqui, em meu próprio trabalho?

— É uma tragédia, de fato. — O administrador coçou a bochecha como se quisesse remover as manchas albinas brancas, depois baixou a voz para transmitir um segredo. — Mas console-se com o fato de que pouquíssimos dados importantes foram realmente perdidos. Mesmo no meu exílio aqui, mantive contato, recebendo resumos regulares e arquivando backups detalhados de muitos dos projetos mais importantes do meu povo. Lembre-se, os butlerianos tentaram me linchar em Tlulax quinze anos atrás, então eu sabia que não deveria subestimá-los. — Noffe abriu um sorriso desafiador. — Eles podem pensar que venceram desta vez, mas continuaremos o trabalho aqui, onde os selvagens não podem nos incomodar. Nós vamos rir por último. Salvamos a pesquisa.

— Mas não as pessoas — acrescentou Ptolomeu com amargura. — Não as pessoas. Ainda não vencemos. — Ele respirou fundo. — Mas guarde minhas palavras: nós venceremos.

> A máquina pensante que mais admiro
> é o cérebro humano.
>
> — Norma Cenva, preâmbulo de artigo técnico-científico
> enviado a Tio Holtzman

Josef Venport preferia pensar em seu ataque surpresa aos estaleiros de máquinas de Thonaris como uma *consolidação* industrial, não uma conquista. Afinal, ele era um homem de negócios, não um líder militar. Com suas setenta naves armadas, a tomada fora direta e eficaz.

Os veículos da Transporte Celestial apreendidos e rebatizados estavam voando com as cores da Venport. Os funcionários da TC em serviço no local para consertar as naves robóticas haviam sido recrutados para trabalhar para o Grupo Venport — a maioria voluntariamente. Alguns exigiram aumento de salário e poucos precisaram de coerção física.

Josef e seu Mentat estavam dentro do centro administrativo aquecido e bem iluminado, conectado às principais grades de montagem.

— Estou muito satisfeito com os resultados dessa operação, Draigo. Você conseguiu recuperar mais do que o valor integral da sua formação como Mentat na escola de Lampadas... e de seus companheiros também. — Seu sorriso curvou o espesso bigode. — Você estabeleceu um alto padrão para as expectativas que tenho de seu nível de desempenho.

Draigo respondeu assentindo, complacente:

— Tentarei enfrentar o desafio, senhor.

No passado, quando Josef localizava um grupo de batalha ou depósito intacto, ele apenas saqueava e recondicionava as naves robóticas, mas Thonaris oferecia muito mais. Além das dezenas de naves-robô de guerra completas ou parcialmente construídas que estavam à disposição, aqueles estaleiros incluíam uma instalação de fabricação independente e totalmente automatizada que continha extratores de minério de força bruta, fundições, fabricantes e linhas de montagem robóticas. Ele não só podia reformar as naves-robô existentes, como também reprogramar os fabricantes autômatos para que construíssem veículos adequadamente projetados.

No mesmo instante, Josef deu a suas equipes de engenharia a tarefa de estudar os sistemas de controle do depósito e tornar as linhas de montagem operacionais novamente, depois de remover qualquer circuito de inteligência artificial ou chips de controle sencientes. Ele se sentiu entusiasmado com as perspectivas.

Josef recebia relatórios de progresso enquanto seus engenheiros exploravam as instalações frias e desativadas. Arjen Gates e sua equipe da Transporte Celestial só haviam se dado ao trabalho de explorar as coisas mais fáceis. Josef duvidava que eles se atreveriam a reativar a fábrica inteira. Arjen Gates não era um homem de visão.

À medida que os relatórios e as imagens das valiosas operações chegavam, Josef passava os detalhes a seu Mentat para estudo e memorização.

— Durante meus estudos em Lampadas, éramos obrigados a ouvir reprovações contra todas as máquinas pensantes — refletiu Draigo. — Até eu estou surpreso por me encontrar em um lugar assim.

— Espero que os bárbaros não tenham feito uma lavagem cerebral em você. Preciso de seu intelecto, não de sua superstição.

— Eu sirvo ao *senhor*, mas gostaria de expressar minha preocupação de que seria muito ruim para nós se os butlerianos descobrissem estas operações.

— Eles são selvagens que sacodem gravetos e uivam para a lua — debochou Josef. — Não posso levá-los a sério.

Draigo passou a mão em seu macacão preto.

— Ainda assim, lembre-se de que meu antigo professor, o diretor da Escola Mentat, me ajudou a calcular a posição destes estaleiros.

As sobrancelhas grossas de Josef se juntaram.

— Ele é um simpatizante butleriano?

— É difícil dizer. Ele é um homem inteligente e racional e diz o que precisa dizer. Não posso adivinhar, entretanto, se ele acredita ou não.

Para provar que não se importava, Josef ordenou que suas equipes de trabalho redobrassem os esforços. A cada dia, mais partes do complexo de fabricação de Thonaris entravam em funcionamento...

Oito dias após o início da ocupação, uma inesperada nave do Grupo Venport apareceu em Thonaris, um pequeno veículo que continha apenas dois passageiros — ambos fechados em tanques. Norma Cenva havia tomado a nave e usado as próprias habilidades de Navegadora para voar diretamente de Kolhar. Josef duvidava que sua bisavó tivesse explicado suas intenções a alguém nas torres do espaçoporto, e a administração da empresa deveria estar em um frenesi. Ele tinha plena confiança de que Cioba lidaria com o assunto. Àquela altura, porém, seu pessoal já deveria estar acostumado com as peculiaridades de Norma.

Quando ela chegou à instalação robótica e anunciou sua visita, Josef pediu que Draigo o acompanhasse e levou um pequeno veículo do centro administrativo até a nave de sua bisavó. Norma pareceu satisfeita com as operações em expansão que viu.

— Mais naves para mais Navegadores.

Norma havia instalado seu tanque no convés de navegação da nave, um recinto aberto com uma moldura de plaz onde um Navegador era capaz de olhar através do redemoinho de gás de mélange para ver o universo enquanto o espaço se dobrava ao redor da nave. Como uma concessão aos desejos de sua bisavó, Josef havia instruído que todas as naves do Grupo Venport fossem modificadas com deques de observação apropriados para os Navegadores.

Quando ele e seu Mentat subiram a bordo, Josef ficou surpreso ao ver que o segundo tanque continha o espião capturado, Royce Fayed, que continuava a se submeter à sua mutação-transformação. Notavelmente, o espião se provara inteligente e adaptável, progredindo na mudança de forma ainda mais suave do que a maioria dos candidatos selecionados de forma intencional.

A voz vibrante e sem emoção de Norma veio do alto-falante de seu tanque:

— Trouxe meu protegido para seu primeiro voo.

— Ele está pronto para isso? — indagou Josef.

— Ele estará. Eu o estou guiando. A mente dele é... interessante. — Ela nadou para mais perto do visor do tanque, onde podia olhar para Fayed, que pairava dentro da própria clausura, com os olhos inchados fechados como se estivesse meditando. — Ele corre pelos caminhos da física superior, seguindo a trilha da matemática dimensional de décima ordem.

Como se palavras e frases fossem um grande desafio para ele, Fayed falou, mas seus olhos não se abriram e sua expressão não mudou.

— É fácil se concentrar no elevado... É fácil se perder em pensamentos. — Ele inalou uma pluma rodopiante de gás de mélange recém-liberado e depois a exalou como um homem fumando um narguilé. — Mas... é tão difícil se concentrar no que está abaixo.

— A autodescoberta e a expansão da mente são as partes importantes e óbvias de se tornar um Navegador — disse Norma. — Mas meu filho Adrien me ensinou que é igualmente importante para um Navegador lembrar-se de sua humanidade. Se esse elo for rompido, deixamos de ser melhores do que o ser humano comum. Teremos nos perdido deles.

Josef sorriu com a reviravolta das circunstâncias. Sua intenção original ao colocar o espião no tanque de conversão tinha sido executá-lo de forma criativa, talvez até poética; ele nunca havia esperado que Fayed prosperasse. Embora não confiasse em ninguém que vendesse sua lealdade ao maior rival do Grupo Venport, ele confiava em Norma Cenva... de forma absoluta. Ela havia examinado o novo Navegador por meio de um processo complexo que ninguém mais conseguia entender, usando sua presciência. Ela provara muitas vezes que sua intuição era mais precisa do que as projeções Mentat mais sofisticadas de Draigo. Norma podia ver o futuro e explorar linhas do tempo convergentes e, se ela atestava o talento e a confiabilidade de Fayed, Josef aceitava. Mesmo assim, ele se recusou a baixar a guarda.

— Nossas operações aqui foram consolidadas com notável rapidez. Ainda assim, estou de olho em qualquer possível retaliação da Transporte Celestial.

Ele não pretendia cometer os mesmos erros ingênuos e estúpidos que Arjen Gates cometera. Em vez de deixar os estaleiros de Thonaris desprotegidos, Josef manteve vinte naves armadas em patrulha enquanto o restante da Frota Espacial do Grupo Venport retornava às suas rotas regulares. Não podia se dar ao luxo de perder os lucros de tantas viagens comerciais.

— A esta altura, a TC deve ter concluído que algo deu muito errado aqui. Virão investigar e, possivelmente, brigar — acrescentou Draigo.

Norma nadou em seu tanque, em silêncio por um longo momento, antes de se pronunciar com firme confiança:

— Não precisa se preocupar com a Transporte Celestial.

Irmandade de Duna

Josef presumiu que se tratava de uma visão presciente, mas ela voltou para o gás de especiaria e não falou mais nada. Quando o silêncio dela se prolongou, ele percebeu que ela havia se distraído, vagando atrás de alguma ideia profunda e intrigante. No entanto, não tentou forçar a atenção dela de volta, já que o fluxo tempestuoso de ideias de Norma costumavam ser extremamente lucrativas. Ela era mais do que um gênio. Era a soma total de todos os gênios que já tinham vivido e que ainda viveriam, combinados em sua mente extraordinária.

— Voltaremos a Kolhar agora — disse Royce Fayed. — Serei nosso guia.

Josef não conseguiu esconder a preocupação em sua voz.

— Você está qualificado? — Ele não conseguia imaginar perder a bisavó extremamente talentosa por causa de um acidente de navegação.

— Norma Cenva explicou a teoria, mostrou-me exemplos e demonstrou a técnica correta. Estou pronto.

A nave começou a zumbir e os circuitos de comando conectados aos tanques do Navegador piscavam à medida que recebiam novas informações. O espião transformado acrescentou:

— Vocês dois devem partir agora.

— Venha, Draigo. Rápido!

Josef sabia que, quando os Navegadores se concentravam em um problema, podiam esquecer completamente os humanos. Com Josef pilotando, a nave auxiliar se separou do veículo do Grupo Venport e voltou para o centro administrativo principal de Thonaris. Ainda não terminara as manobras de acoplagem quando viu o outro veículo desaparecer atrás dele, dobrando o espaço de volta para Kolhar...

Ele estava feliz por ter recebido a aprovação tácita de Norma para seu sucesso ali; pelo menos presumia que ela estava satisfeita. E esperava que Thonaris se tornasse uma instalação poderosa e vibrante que produziria grandes lucros para o Grupo Venport.

Ao seu redor, as linhas de fabricação automatizadas estavam iluminadas e zumbindo, usando materiais que as máquinas extratoras haviam tirado dos planetoides. Naquela instalação, novas naves estavam sendo construídas em docas de montagem, aumentando a vasta e abrangente rede da Frota Espacial do Grupo Venport — a cola com a qual ele estava unindo os milhares de planetas do Imperium.

Sabendo que a Transporte Celestial não era mais uma ameaça, graças à presciência de Norma, ele se permitiu relaxar. Thonaris era um complexo movimentado, uma base para rivalizar (e quem sabe até substituir) os estaleiros originais de Kolhar estabelecidos por Norma Cenva e Aurelius Venport. Sim, aquele era um bom dia.

Ele olhou pela ampla porta de visualização do centro administrativo e admirou seu prêmio: o corpo do próprio Arjen Gates, capturado durante o ataque aos estaleiros. O único homem entre todos os trabalhadores e pilotos da TC que Josef não poderia perdoar.

Com base em seus estudos sobre a história humana, Josef sabia que os antigos navios à vela eram adornados com figuras cuidadosamente escolhidas, e Arjen Gates havia se tornado a sua. Uma estátua macabra, um troféu.

Patético, desesperado, implorando por sua vida, Gates havia sido amarrado a uma barra de aço, com os braços e as pernas atados e o pescoço preso de forma a manter a cabeça erguida. Os trabalhadores do Grupo Venport haviam colocado o uniforme, e Josef se juntara a eles, sorrindo através de seu painel frontal enquanto observava o vulnerável e frágil Gates se contorcer. O rival gritara palavrões enquanto o levavam para a câmara de descompressão.

— Você é um estorvo — dissera Josef pelos alto-falantes do traje. — Você se recusou a aprender seu lugar e continuou tomando o que é meu. Não sou um homem de paciência infinita.

A câmara de vácuo fora acionada e a descompressão matara o homem com rapidez suficiente. Preso à estrutura, forçando-se contra o vácuo vazio, Gates congelara imediatamente com o rosto contraído em horror e consternação, os globos oculares despedaçados. Montado do lado de fora do centro administrativo dos estaleiros robóticos, o cadáver petrificado era uma figura de proa muito satisfatória.

Josef não se vangloriou, contudo, e voltou a estudar as operações de Thonaris e todo o trabalho que tinha a fazer.

> **Avalie o que você mais teme. Você deseja que isso seja a medida de sua vida?**
>
> — Perguntas para acólitas, dos textos de Rossak

Quando Dorotea viu a Irmã Valya de novo pela primeira vez, sentiu o alívio a invadir.

— Você também sobreviveu à transformação? Fico feliz em saber disso!

Valya seria sua primeira aliada, a gênese de uma nova onda de Reverendas Madres. Uma nova parceira que também tinha visto as gerações de horrores e escravidão, alguém que perceberia que até mesmo o menor risco era grande demais — e que Raquella havia guardado muitos segredos importantes das Irmãs. Juntas, elas estabeleceriam mudanças drásticas na Irmandade.

— Não, a dosagem do veneno estava errada para mim — disse Valya, desviando o olhar. — Depois que engoli a pílula, fiquei tão enjoada que vomitei antes que ela pudesse me afetar.

A mente de Dorotea acelerou enquanto absorvia o que estava vendo. Ainda mais do que antes, ela se tornou hiperconsciente de pequenos sinais reveladores: a expressão nos olhos de Valya, o leve tremor de sua boca, o rubor de suas bochechas, a mudança quase imperceptível em sua voz. A colega Irmã estava mentindo — com muita habilidade, mas não o suficiente. *Ela não tomou a pílula!*

— Fico feliz que esteja bem — disse Dorotea.

— Eu me certifiquei de que a levassem para a enfermaria. Temíamos que você morresse ou sofresse danos mentais como todas as outras.

Com seus sentidos aguçados, Dorotea se deu conta de sinais que não quisera perceber antes. Ela considerava Valya sua amiga, mas ficou abalada ao descobrir que a outra Irmã agira de forma dissimulada. Tantas mentiras!

Uma decepção, mas dificilmente insuperável. Dorotea tinha outras aliadas *verdadeiras*. Dali em diante, ela estaria no controle da situação.

Quando Raquella voltou da nova Escola Suk em Parmentier, descobriu que a Irmandade havia mudado. De forma dramática. Depois de muitos anos de tentativas, depois de tantas voluntárias terem morrido ou sofrido danos cerebrais irreparáveis, uma de suas Irmãs finalmente passara pela transformação química e mental. Tinha acontecido enquanto ela estava ausente, e a voluntária o fizera sem assistência médica. Notável, realmente notável — assim como a pessoa que obtivera êxito.

Irmã Dorotea... Sua própria neta. *Reverenda Madre* Dorotea, a partir daquele momento. As vozes das Outras Memórias lhe haviam confirmado.

Dorotea nunca deveria ter assumido o risco sem a devida autorização ou preparação, mas seu sucesso deixara Raquella muito feliz. Finalmente, ela não era mais a única Reverenda Madre! Enfim tinha uma sucessora e, embora as tendências antitecnológicas de Dorotea a incomodassem, o acesso da mulher mais jovem a toda a sabedoria de tantas vidas passadas decerto a iluminaria.

Mas, em vez de se alegrar com a presença de Raquella, Dorotea se afastou, lutando com suas mudanças internas. No final da manhã, sob um céu esfumaçado e nublado, a velha Reverenda Madre a encontrou sozinha nas fontes termais próximas, uma série de piscinas fumegantes, concavidades de pedra cheias de água quente que borbulhava de uma área vulcânica subterrânea e transbordava pela encosta.

A nova Reverenda Madre estava sentada em uma pedra com suas roupas de banho, mergulhando as pernas na água. A túnica preta que vestia repousava em uma pedra próxima. Dorotea parecia diferente aos olhos de Raquella, mais velha — como se tivesse ganhado milênios de memórias. Não era de surpreender que a transformação tivesse lhe causado danos, mas ela estava viva!

Dorotea ergueu os olhos para a avó e não disse nada, embora mil mensagens silentes emanassem de seu olhar.

Estarrecida, Raquella subiu até a piscina, sentou-se, levantou a bainha da própria túnica e retirou os sapatos para mergulhar os pés na água morna ao lado de Dorotea. Depois de um silêncio pesado, disse:

— Meus parabéns pelo seu sucesso. Você é a primeira de muitas, espero. Lamento profundamente não ter estado lá para ajudá-la.

As outras vidas dentro de Raquella estavam animadas, cheias de possibilidades. Uma vez que Dorotea identificou a derivação adequada da droga de Rossak, Raquella imaginou um fluxo constante de outros sucessos. Ela enfim soube que não era um acaso; Dorotea provara que aquilo podia ser feito. Karee Marques poderia estudar a amostra precisa que Dorotea coletara e, com as novas informações, a Irmandade teria uma terceira Reverenda Madre, seguida por uma quarta e muitas outras...

Crise. Sobrevivência. Progresso. No fundo, Raquella sentia uma grande esperança pelo futuro da maravilhosa Irmandade que ela havia criado.

Diante da falta de resposta de Dorotea, Raquella ficou mais preocupada e tentou falar com a mulher que se fechava:

— Tornar-se uma Reverenda Madre pode ser uma experiência avassaladora. Há muito que você precisa aprender sobre dominar seu corpo, suas reações e controlar as vozes em sua cabeça. Elas podem oferecer uma tempestade de conselhos contraditórios, e você se perderá caso deixe todas essas vidas a soterrarem. É difícil se ajustar, mas você tem a mim para lhe auxiliar. Darei conselhos e compartilharemos experiências... de uma Reverenda Madre para outra. Temos muito em comum agora, como nenhuma outra dupla de mulheres na história da humanidade.

Dorotea finalmente se concentrou nela.

— Sempre tivemos muito em comum... *avó*. Eu sei quem você é e o que fez com minha mãe biológica, a Irmã Arlett.

Raquella gelou, embora devesse ter esperado a revelação.

— Se você me conhece, então não preciso explicar minhas ações. Você já tem muitas de minhas lembranças.

Dorotea desviou os olhos e observou o vapor da fonte termal a fim de ocultar seus verdadeiros pensamentos.

— Onde está minha mãe agora?

— Realizando a importante tarefa de recrutar mais jovens para a nossa escola.

— Quando ela conseguirá voltar para cá? Quando a conhecerei?

— Conhecer sua mãe biológica não deve estar em sua lista de prioridades. — Raquella queria inspirar Dorotea com o verdadeiro entusiasmo do que elas poderiam fazer a partir dali. — Somos *Reverendas Madres*, você e eu. É como se agora eu tivesse um tipo muito especial de Irmã, que as outras não conseguem entender. Mas estamos em uma boa posição para entendermos uma à outra. — Eram tantas as possibilidades que se abriam de repente diante dela.

A jovem Reverenda Madre permaneceu fria, até mesmo amarga.

— Então, você está feliz por ter uma nova Irmã, mas nunca quis uma filha ou uma neta?

— Não tenho nenhum desejo familiar mundano. Todos os meus objetivos envolvem a *Irmandade*. Agora você mostrou a direção, Dorotea... abrindo caminho para mais Reverendas Madres. Minha transformação foi um acidente, mas você a fez de forma intencional. A primeira de todas! Eu estava começando a me perguntar se algum dia isso aconteceria. Agora, com sua ajuda, podemos ter muitas outras como nós no futuro.

Raquella queria que Dorotea tivesse uma visão mais ampla da situação, já que a Irmã tinha o mesmo conjunto de conhecimentos e memórias passadas. Juntas, elas teriam os mesmos objetivos.

— Já tenho várias candidatas em mente. — Dorotea soou austera, não entusiasmada.

Em uma sala isolada, onde ela esperava não ser perturbada por algum tempo, Dorotea teve conversas intensas com cinco Irmãs que já tinham enviado seus nomes como voluntárias para Karee Marques. Ela selecionou as que eram mais aceitáveis, aquelas com atitudes e políticas semelhantes às suas. Para o que tinha em mente, precisava de aliadas.

No entanto, não pediu a orientação ou a permissão de Karee, pois já superara a velha Feiticeira em conquistas. Tampouco consultou a Reverenda Madre Raquella.

Dorotea reunira as Irmãs ali sub-repticiamente, na esperança de que todas sobrevivessem e se tornassem Reverendas Madres. Por quase duas horas, ela estava preparando as voluntárias, aliviando seus medos e aconselhando-as sobre eventualidades. Ajudou cada mulher a visualizar o que ocorreria em sua mente e em seu corpo quando tomasse a droga derivada.

A Irmã Valya não estava entre elas. Dorotea já sabia a verdade sobre a outra jovem.

As voluntárias se reclinaram em cadeiras médicas dispostas lado a lado, às quais estavam presas por correias, e começaram a parecer um pouco nervosas. Cada uma delas segurava uma única cápsula da última formulação da droga de Rossak; Dorotea as havia preparado por conta própria no laboratório da Irmã Karee.

— Assim que o veneno começar a abrir as portas dentro de vocês — explicou Dorotea —, vocês devem avançar para o labirinto da própria senciência e guiar-se por ele. Muitas de suas antecessoras se perderam irremediavelmente... e morreram. Nessa jornada interna, vocês estarão sozinhas e só obterão sucesso por meio da própria força mental. Mas eu posso ajudar a fortalecê-las. Quero que cada uma de vocês seja minha companheira, uma Reverenda Madre.

Ela semicerrou os olhos e observou todos os rostos, lembrando-se de como aquelas mulheres haviam expressado preocupação com a morte da Irmã Ingrid, de como compartilhavam a aversão de Dorotea ao uso de máquinas pensantes. Em breve, quando também soubessem sobre os computadores ocultos, a Irmandade mudaria significativamente. E não havia tempo a perder.

As cinco candidatas murmuraram orações particulares, depois engoliram suas pílulas. Soltando suspiros de expectativa, elas se acomodaram e fecharam os olhos. Dorotea passou de uma mulher para a outra, verificando para que não se machucassem com as correias que as mantinham no lugar. Estavam com a cabeça pendendo para o lado.

Dorotea ficou diante das Irmãs, ouvindo o murmúrio abafado e ansioso de vozes na própria cabeça. Talvez funcionasse daquela vez. Ela observou as mulheres começarem a se contorcer em suas amarras, gritando de dor...

Durante horas, lutaram suas batalhas internas, convertendo o veneno, saindo das gaiolas em suas mentes. Dorotea sabia o que estava acontecendo com elas.

Três das mulheres acabaram abrindo os olhos, tentando absorver o turbilhão de vidas que as bombardeavam do passado. Dorotea colocou as cadeiras médicas delas na posição vertical e lhes deu tempo para se orientarem. Como se estivessem ouvindo uma transmissão de comunicação em seus ouvidos, elas escutaram dentro de si, por vários minutos, as vozes de Outras Memórias.

As duas Irmãs restantes estavam desfalecidas em suas cadeiras reclinadas com sangue escorrendo dos ouvidos, mas Dorotea não pensou nas mortas, apenas nas três novas Reverendas Madres que haviam se juntado a ela; aliadas que também treinariam outras.

— Um novo dia amanheceu para a Irmandade — anunciou.

As mulheres de Rossak comemoraram o surpreendente sucesso de mais três Reverendas Madres. Observando tudo aquilo, Raquella parecia estar muito orgulhosa, como se um grande peso tivesse sido tirado de seus ombros.

Valya se juntou a ela para dar as boas-vindas ao grupo de novas Reverendas Madres, embora se sentisse insegura. Se tivesse reunido a coragem de tomar a pílula com Dorotea, poderia ter sido uma delas. Ela não era covarde, mas também não era estúpida de tentar algo cuja taxa de fracasso era tão alta.

Mas se ela tivesse tentado...

Dorotea se aproximou dela e falou em um sussurro acusador:

— Eu sei que você nunca tomou o veneno que lhe dei. Ficou com medo.

Valya desviou o olhar enquanto sua mente girava em fúria, buscando uma resposta, mas Dorotea continuou:

— Como sua amiga, entendo perfeitamente. Mas agora posso ajudá-la nesse processo e decidi lhe dar uma segunda chance. — Ela estendeu a mão, oferecendo-lhe outra cápsula azul-escura como a anterior. — Leve isto com você para lembrá-la das possibilidades. Tome quando estiver pronta.

Valya aceitou a cápsula e a guardou em um bolso de sua túnica preta. Dorotea colocou uma mão em seu ombro, parecendo muito sincera e encorajadora.

— Eu a ajudarei a passar pela transformação. Gostaria muito de tê-la como uma de minhas Reverendas Madres.

— Uma das Reverendas Madres da *Irmandade*, você quer dizer.

Dorotea olhou para as novas companheiras e sorriu.

— Todas nós servimos à Irmandade.

> **É necessário um cadinho incandescente para derreter o coração mais duro.**
>
> — *Livro de Azhar*

Com expectativa, embora abatida pela missão secreta designada pela Reverenda Madre Raquella, a dra. Zhoma aguardava a pessoa que a levaria até o imperador. Seu paciente exclusivo. O cargo de médica imperial a ajudaria a ganhar prestígio para sua escola. Se a nova Escola Suk conseguisse atravessar o gelo fino de seu desastre financeiro, a instituição ficaria mais forte.

Mas Raquella alertara que a linhagem sanguínea de Salvador Corrino era falha e até perigosa. Zhoma aceitara a conclusão da Irmandade sem questionar, e permaneceria alerta para descobrir os sinais por conta própria. Tinha consigo um produto químico de esterilização, uma substância mascarada com facilidade em um suplemento vitamínico que ela prescreveria ao imperador depois de fazer exames físicos básicos em toda a família Corrino. Em pouco tempo, ela se livraria da obrigação com a Irmandade; seria perdoada, e a dor da vergonha que a acompanhava havia tantos anos desapareceria.

Em seguida, ela poderia dedicar as habilidades de persuasão para tornar o imperador seu aliado, um verdadeiro patrono da Escola Suk. Zhoma não se sentia tão otimista havia muito tempo.

Ela esperou no amplo saguão do espaçoporto da capital enquanto as pessoas se ocupavam de seus afazeres diários, sem prestar atenção nela. A médica já estava ali fazia mais de meia hora e ninguém havia aparecido. Preocupante, muito preocupante. Ela não gostava de incompetência, e alguém no escritório da agenda do imperador não planejara adequadamente. Parecia uma afronta, e talvez ela tivesse que providenciar o próprio transporte para o palácio. Aquela não era a primeira impressão que desejava causar. E se o imperador Salvador já estivesse esperando por ela, pensando que *ela* estava atrasada?

Depois de quase uma hora, um homem magro em um terno cinza se apressou a chegar até ela.

— Com licença, você é a médica dra. Zhoma?

Ela recobrou a atenção, mantendo a expressão fria.

— Sou a *médica* e a *administradora da Escola Suk*, e eu deveria me encontrar com o imperador. Houve algum erro de comunicação? Sua mensagem dizia que ele queria me ver imediatamente após minha chegada.

— Foram necessários muitos preparativos no antigo prédio da Escola Suk em Zimia. Meu nome é Vilhelm Chang. Vou levá-la até lá agora mesmo.

Chang a conduziu para fora do prédio do saguão até uma elegante aeronave particular que ostentava a insígnia do leão dourado da Casa Corrino no casco. O piloto estava ligando os motores enquanto eles embarcavam.

— Eu havia entendido que iríamos diretamente para o Palácio.

— Não. Um evento importante está ocorrendo na antiga escola, e o imperador está esperando por você lá. Ele mesmo explicará tudo.

A aeronave a levou para o centro da capital, onde a médica viu grandes multidões reunidas perto do prédio original da Escola Suk. As pessoas lotavam a área gramada do parque no perímetro, transbordando para as ruas próximas. Então, afinal, era uma recepção. Era um bom sinal, embora ela não esperasse aquilo.

Mesmo com a expansão em andamento em Parmentier, Zhoma e sua equipe mantinham escritórios na elegante e antiga estrutura. Talvez, durante seu período com o título de médica do imperador, ela pudesse converter o histórico prédio de tijolos em um hospital para doenças incuráveis, como o que Raquella Berto-Anirul e Mohandas Suk haviam administrado antes das pragas de Omnius.

Ela desembarcou e se dirigiu a uma área de recepção que abrigava vários dignitários, bem como o imperador Salvador Corrino e seu irmão Roderick. Zhoma congelou quando viu Manford Torondo ali também, com sua figura inconfundível sobre os ombros de uma alta Mestre-Espadachim.

Salvador assentiu em sinal de saudação.

— Ah, dra. Zhoma... venha! Todos estávamos esperando por você. Sua presença é necessária para que o efeito seja completo. Desculpe-me por tudo isso. Conversaremos mais tarde.

Roderick Corrino parecia perturbado e desviou o olhar. Ele disse em voz baixa:

— Não é o que a senhora está esperando, doutora, mas explicaremos os motivos em particular. Não se assuste. O imperador encontrará uma maneira de compensá-la.

Sem saber ao certo o que estava acontecendo, Zhoma olhou para o líder butleriano sem pernas, que a encarava com óbvio desdém, como se ela fosse um excremento de animal no caminho.

Satisfeito com o fato de a médica Suk estar observando, Manford chamou seus seguidores sem esperar pela permissão do imperador.

— Em frente, rumo ao antigo prédio da administração!

Ele fez um gesto com um braço bem musculoso e a Mestre-Espadachim marchou para a frente. As multidões nas ruas e nos parques se moveram em uma onda, suas vozes se elevando em gritos que tinham um tom estranhamente vitorioso.

Confusa, a dra. Zhoma seguiu os irmãos Corrino.

— Peço desculpas por isso — disse Roderick em voz baixa.

— O que... o que eles vão fazer?

Aquilo claramente não era uma celebração em sua homenagem.

Manford não hesitou em dar ordens ao imperador e seus companheiros:

— Espere aqui, sire... meus seguidores farão o resto.

Roderick e Salvador olhavam cheios de escrúpulos para a frente.

— Apenas uma ação simbólica, doutora — murmurou o imperador para ela. — Não há como contornar isso. Vocês terão que se conformar hoje e eu encontrarei uma maneira de lhes reparar pelos danos.

Enquanto a Mestre-Espadachim subia as escadas do antigo prédio com Manford no alto, a multidão de butlerianos se aglomerava ao redor da estrutura. Eles acenderam tochas enquanto corriam.

— Você não pode simplesmente deixá-los queimar nossa grande escola, sire! — A voz de Zhoma soou muito mais baixa do que ela pretendia.

— *Deixar?* — Salvador se virou para ela. Estava chateado e descontou a raiva nela. — Isso é uma ordem *minha*. Como imperador, tenho de manter todos os meus súditos felizes e, às vezes, isso envolve decisões difíceis. Você vai superar... Lembre-se apenas de que poderia ter sido muito pior.

Brian Herbert e Kevin J. Anderson

Os olhos da médica começaram a arder quando ela sentiu o cheiro de combustível no ar, os vapores pungentes. Lutou para manter uma postura profissional.

Nos ombros de sua Mestre-Espadachim, no topo da escada de entrada, Manford levantou os braços em um sinal. Seu povo riu e gritou enquanto lançava suas tochas e acendia piras em pontos-chave. O fogo correu como um ser vivo, prova de que eles haviam planejado com antecedência, derramando combustível em todo o edifício.

A escola dela! Estavam destruindo a histórica Escola Suk! Várias explosões vindas de dentro do grande e antigo prédio pareciam fazer os próprios céus estremecerem. Zhoma observou, sem fôlego, o histórico prédio da administração ser tomado pelas chamas e as paredes desabarem para dentro, deixando de pé apenas o arco da entrada da frente, onde Manford esperava. Calmamente, com as chamas subindo no ar atrás deles, a Mestre-Espadachim desceu as escadas e carregou seu líder de volta na direção do imperador e seus companheiros. Salvador aplaudiu com educação enquanto Roderick permanecia em silêncio ao lado do irmão.

Zhoma percebeu que as lágrimas escorriam pelo seu rosto. Ela as enxugou. Como o imperador Salvador pudera permitir aquilo? Ele era mesmo um fantoche dos fanáticos antitecnologia... exatamente como Raquella havia alertado. Zhoma não havia levado o aviso da Reverenda Madre a sério o suficiente.

O líder butleriano olhou para o imperador e ostentava uma expressão presunçosa quando fez com que sua Mestre-Espadachim se virasse para Zhoma.

— Queríamos mostrar como as pessoas podem ser fortes sem tecnologia, doutora. Veja o que fizemos com a simples força de nossos músculos. — Ele se virou para encarar as chamas crescentes. — O imperador Salvador concordou em obedecer aos princípios básicos e não precisará de seus truques médicos.

A garganta dela estava irritada de nojo pelo que tinha visto.

— Sou uma médica renomada, bem treinada e experiente. Seu pessoal acabou de destruir uma instalação que poderia ter ajudado milhares de pacientes. Isso não significa nada para você? — Ela sabia que deveria guardar sua indignação para si mesma, mas não conseguiu se conter. — Por sua causa e de seus seguidores, inúmeras pessoas morrerão de doenças tratáveis. — Zhoma se virou para o imperador, esforçando-se para esconder a raiva e a acusação em sua expressão. — Sire, o senhor quer mesmo que seus súditos sofram por causa dessa multidão irracional?

Salvador parecia decididamente desconfortável.

— Houve... algumas preocupações em relação às tecnologias que estão sendo usadas pela Escola Suk — argumentou o imperador. — Eu só queria ter certeza de que não havia nada com que nos preocuparmos.

A multidão aplaudiu e assobiou quando o teto de uma das alas do prédio desabou.

— Bastaria me consultar! Posso assegurar que a Escola Suk não cria nem usa nenhuma tecnologia que viole os princípios.

— Mas sua *atitude* está errada, doutora — emendou Manford, como se estivesse explicando a uma criança. — Eu li sobre as torturas realizadas pelo robô Erasmus em nome da *pesquisa*. E enviaremos inspetores a Parmentier, por via das dúvidas.

— Isso não será necessário, líder Torondo — interrompeu Roderick com um tom duro. — Concordamos com essa demonstração hoje, e isso basta.

Zhoma olhou para ele, grata por ter pelo menos aquele pequeno apoio; Salvador, porém, não parecia nem um pouco solidário a ela.

O imperador se recusava a defender a escola e seus médicos e, ainda assim, queria que ela monitorasse sua saúde e curasse todas as suas doenças? O coração de Zhoma palpitava com violência. Ao olhar para Salvador, ela pôde acreditar plenamente na afirmação da Reverenda Madre Raquella de que aquele homem geraria um tirano monstruoso dentro de poucas gerações. Sim, ele precisava ser esterilizado — para dizer o mínimo. Mas quantos danos mais o próprio *Salvador* causaria durante o restante de seu reinado?

Zhoma observava consternada enquanto os engenheiros de demolição colocavam cargas ao redor da estrutura do laboratório de pesquisa, o prédio mais antigo do complexo. Sentiu o cheiro de fumaça do outro prédio e não conseguiu mais assistir. Cobriu os olhos, mas Roderick tocou seu braço e sussurrou:

— Você não deve desviar o olhar, ou isso causará mais problemas. Essa batalha já está perdida.

Salvador continuou assistindo. Ele nem mesmo parecia perturbado ao observar a destruição. Tremendo e sentindo-se mal do estômago, a dra. Zhoma olhou para baixo em uma tentativa de esconder sua agonia.

Com os prédios destruídos atrás dele e a fumaça subindo no ar, Manford Torondo se dirigiu até um púlpito, montado nos ombros da Mestre-Espadachim de rosto pétreo. Um assistente correu e lhe entregou um volume encadernado. Em seguida, Manford começou:

— Essas passagens são dos diários do robô maligno Erasmus, os relatos dos experimentos médicos insanos e horríveis que ele realizou em prisioneiros humanos.

Zhoma piscou, horrorizada, mas também fascinada. Os registros daqueles experimentos haviam sido selados, embora ela soubesse que continham dados médicos valiosos. Como os butlerianos tinham conseguido obtê-los?

Manford começou a ler, suas palavras amplificadas na multidão por um sistema de som invisível. A multidão se lamentava e resmungava enquanto ele recitava incontáveis descrições de torturas realizadas em incontáveis prisioneiros — como Erasmus cortara membros de indivíduos vivos e enxertara substitutos bizarros, como realizara a vivissecção de milhares de vítimas simplesmente para entender como os seres humanos funcionavam.

Quando terminou, Manford fechou o livro e fez um gesto para o prédio administrativo em chamas atrás dele.

— A pesquisa médica dos Suk é muito semelhante ao que o robô Erasmus fez, e agora evitamos que tais horrores ocorram aqui. Usar tecnologia para se manter vivo é *antinatural*. Assim como o que os cimaks fizeram a si mesmos. O cuidado adequado e a oração são tudo de que uma pessoa precisa para se manter saudável. Se isso não for suficiente, se uma pessoa precisar de máquinas extraordinárias para permanecer viva, é hora de ela morrer. É preciso se contentar.

Assustada com o fervor, Zhoma desejou poder se livrar daquele fanático assim como havia eliminado o charlatão dr. Bando. Sem a ajuda de "máquinas extraordinárias", o homem sem pernas jamais teria sobrevivido à explosão que destruíra metade de seu corpo.

Irmandade de Duna

E o imperador Salvador estava permitindo aquele declínio à barbárie! Será que toda a sociedade havia enlouquecido?

Inclinando-se novamente para perto dela, Roderick disse:

— Acredite em mim, doutora, tentaremos nos retratar com a Escola Suk.

O imperador Salvador caminhou até Zhoma, sorrindo aliviado.

— Pronto, acabou, e agora os butlerianos podem voltar para Lampadas. Venha comigo ao Palácio Imperial, doutora. Compartilharemos um suntuoso banquete e eu começarei a contar os males que me afligem.

> **Algumas pessoas consideram os fatos coisas perigosas que devem ser trancadas e cuidadosamente guardadas. Mas eu considero os *mistérios* uma ameaça maior ainda. Devemos buscar respostas sempre que possível, independentemente das consequências.**
>
> — Gilbertus Albans, diálogos secretos com Erasmus

O aerobarco retornou ao sietch do deserto logo após o amanhecer. Ainda em alerta máximo por causa do ataque da noite anterior, os guardas do naib Sharnak saíram em disparada para cercar a nave, com armas em punho e prontos para lutar. Estavam maltratados e machucados, ainda abalados, em luto pela perda dos companheiros.

Ishanti saiu da aeronave, perplexa com o comportamento deles.

— Acabei de voltar da Cidade de Arrakis, onde fiz meu relatório para o Consórcio Mercantiles. — Ela os encarou com um olhar severo. — Vocês sabem quem eu sou. Estão agindo como camundongos assustados do deserto.

O próprio Sharnak saiu para encontrá-la.

— Eles nos atacaram durante a noite, causando grandes danos e matando seis pessoas. Conseguimos expulsá-los, mas eles ainda estão por aí. — O naib balançou a cabeça. — Achamos que você poderia ser o reforço deles.

— *Quem* atacou? Outra operação de especiaria? Uma força militar? — Os olhos dela se arregalaram. — Eram os dois que estavam perseguindo Vorian e eu?

Sharnak pareceu constrangido ao admitir:

— Sim, apenas aqueles dois.

Um dos jovens combatentes deixou escapar:

— Eles eram demônios que não podiam ser mortos! Nós os cortamos e esfaqueamos, demos socos e eles nem saíram feridos.

Sharnak assentiu sabiamente.

— Temo que eles voltem.

— Um naib não demonstra temor algum — repreendeu Ishanti. — No entanto, sei quão monstruosos aqueles dois são.

Sharnak parecia austero.

— Os atacantes estavam procurando por Vorian Atreides. Ele trouxe a calamidade até nós, e seu destino será determinado pelo sietch.

— A vida dele está em minhas mãos — disse Ishanti. — Eu o resgatei.

— Agora ele tem uma dívida com nossa tribo: seis freemen mortos, cinco feridos e pode haver mais baixas se os atacantes voltarem.

Ishanti demonstrou sua irritação:

— Leve-me de volta às cavernas. Tenho notícias preocupantes de que Vorian Atreides precisa saber.

Vor estava inquieto em seus aposentos de paredes de pedra, com dois freemen jovens e ansiosos à espera do lado de fora da abertura apoiando as mãos nos punhos de suas adagas. Ele considerava os guardas redundantes. Para onde iria? Ele queria ficar sozinho para refletir sobre as implicações do que Andros e Hyla haviam dito.

Eles tinham alegado ser *descendentes* do general Agamemnon? A ideia era tão inesperada que ele ficara paralisado pelo choque, e naquele momento estava envergonhado. Vor ainda tinha seu escudo pessoal; talvez se tivesse lutado mais, libertando-se das ordens do naib e se lançando contra seus "irmãos", os integrantes inocentes da tribo não tivessem sido mortos.

O povo do deserto tinha todo o direito de responsabilizá-lo. Sua vida longa e agitada poderia terminar ali, em um assentamento isolado no deserto, onde ninguém no Imperium jamais saberia o que havia acontecido com ele.

Ele sentia falta de Mariella e de seus amigos e familiares em Kepler, embora tivesse aceitado o fato de que talvez nunca mais os visse. Todas as pessoas daquela parte de sua vida estavam se juntando à lista cada vez maior de dores e arrependimentos, desde Leronica e aquele ramo de seu passado, chegando até Xavier Harkonnen e o jovem Abulurd. Xavier, em particular, tinha sido maltratado pela história, e Vor era o único que sabia a verdade: a morte de seu amigo havia sido heroica.

Muito tempo antes, quando trabalhavam em dupla, Vor e Abulurd haviam planejado corrigir aquela injustiça assim que as máquinas pensantes fossem derrotadas em Corrin. Mas depois que Abulurd o traíra e quase perdera a Batalha de Corrin por causa da própria covardia, Vor se recusara a seguir com aqueles planos e, como consequência, Xavier ainda era retratado como um monstro nos registros oficiais. Vor se sentia culpado por causa daquilo. Abulurd merecera sua punição, mas Xavier era apenas um bode expiatório entre as motivações políticas do Jihad.

Sim, depois de sua longa vida, Vor sabia que precisava se redimir por muitas coisas e não inventava desculpas nem ignorava suas responsabilidades. Ele tentava fazer o que era *certo* e *necessário* — e esperava que as duas coisas fossem iguais na maioria das vezes.

Os gêmeos tinham ido a Arrakis à sua procura. Será que queriam recrutá-lo ou matá-lo? Vor assassinara o pai deles, mas o general cimak merecera ser executado, e Vor não aceitaria nem mesmo um lampejo momentâneo de culpa por causa daquilo, mesmo que os estranhos filhos de Agamemnon exigissem vingança.

Vor ouviu alguém se aproximar. Os jovens guardas do lado de fora da porta ficaram em posição de sentido e cumprimentaram Ishanti e o naib Sharnak. Vor se virou para encará-los quando eles entraram.

A mulher do deserto cruzou os braços e não se submeteu ao líder da tribo.

— Parece que você esteve ocupado enquanto eu estive fora, Vorian Atreides.

— Não era o que eu pretendia, mas os assassinos nos seguiram até aqui.

— Um dia eles voltarão — disse o naib —, e poderíamos nos preparar melhor se entendêssemos quem eles são.

— Eu já disse o que sei — respondeu Vor. Mas os freemen estavam longe da Liga havia tanto tempo que não entendiam o poder e o medo que o general Agamemnon despertara; não entendiam a marca indelével que ele deixara na história da humanidade. Vor baixou o tom de voz. — Mais uma vez, nunca tive a intenção de causar danos ao seu povo.

— Suas intenções não trazem de volta os espíritos dos que foram mortos. — O naib lançou um olhar agudo para Ishanti. — E você é a pessoa que o trouxe aqui, sem que ele fosse convidado. Há aqueles que murmuram que *você* deveria ser expulsa para o deserto junto com esse homem.

Ishanti bufou, grosseira.

— Deixe-os tentar. Deixe que me acusem abertamente, e eu responderei em minha defesa. Se eles têm medo demais para fazer isso, então seus murmúrios não são mais do que os resmungos de um andarilho solitário na areia. Eu defendo Vorian Atreides. Acredito que ele é honrado.

Vor apreciou o apoio dela. Ishanti era áspera e coriácea, e o deserto havia lhe tirado a beleza. Solteira e independente, ela era uma anomalia entre os freemen, e ele se perguntou se ela poderia de fato estar flertando com ele. De que importava para Vor a idade dela? Ele já havia passado uma vida inteira com cada uma de suas duas esposas e as amara mesmo quando seus corpos envelheciam e ficavam doentes. Depois de deixar Mariella, entretanto, ele não tinha mais interesse em romance nem certeza se voltaria a ter.

O naib Sharnak continuou:

— Nós, freemen, podemos nos defender... mas essa não é a nossa batalha. Nunca foi nossa batalha, e eu me recuso a desperdiçar o sangue do meu povo com os *seus* inimigos. Decidi expulsá-lo para o deserto, forasteiro, para nossa própria segurança.

Ishanti parecia indignada.

— Dê-lhe suprimentos e uma chance.

O naib não se importava, de um jeito ou de outro.

— Desde que você pague por eles, Ishanti. Para mim, não é imperativo que ele morra... mas simplesmente que *vá embora*.

— Primeiro, você deve ouvir o que eu descobri na Cidade de Arrakis. — Ishanti olhou para Vor. — Vasculhei os registros do Consórcio Mercantiles e descobri que nenhuma empresa rival reivindicou a responsabilidade pelo ataque às operações de especiaria.

— Foi o que eu disse — respondeu Vor. — Se aqueles dois forem os filhos de Agamemnon, eles estavam me caçando. Não se importam com a política ou com a colheita de mélange.

— É verdade... mas outro homem também me abordou na cidade, fazendo perguntas detalhadas sobre Vorian Atreides.

O naib Sharnak soltou um ruído de desgosto.

— Quantas pessoas estão atrás de você?

— E por quê? O que você fez? — acrescentou Ishanti.

— Já fiz muita coisa, mas ainda me sinto perdido. — Será que Agamemnon havia liberado mais um filho assassino para perseguir Vor? — Fale-me sobre o homem que está tentando me encontrar.

— Ele era jovem e cheio de água, não tinha mais de 25 anos. Cabelo loiro e cavanhaque, como os nobres usam. Ele foi indiscreto, até mesmo desajeitado, quando perguntou sobre você. Se era um espião, não era grande coisa.

Vor não conhecia ninguém tão jovem, e não parecia ser alguém de Kepler.

Ishanti voltou-se para o naib:

— Se pessoas perigosas estão caçando Vorian Atreides, devemos descobrir quem são antes de bani-lo para o deserto. E se vierem para cá?

O naib considerou a possibilidade por um momento e assentiu.

— Precisamos estar preparados para nos defender.

— Eu cuidarei disso — garantiu Ishanti, depressa.

Em suas semanas na Cidade de Arrakis, Griffin gastara a maior parte de seu dinheiro e, até aquele momento, sua busca não rendera nada. Ele só tinha fundos suficientes para mais duas noites de hospedagem e mal dava para comprar comida e água. Embora tenha tentado ser frugal, ele gastara muito em subornos infrutíferos.

O espectro de Vorian Atreides havia pairado sobre gerações da família Harkonnen, e ele estava surpreso com o fato de o nome do homem não ter provocado nenhuma reação ali. As pessoas em Arrakis estavam tão preocupadas com as próprias labutas diárias que pouco se importavam com uma figura de uma guerra iniciada quase dois séculos antes.

Griffin se recusou a tocar no último estoque de dinheiro reservado para comprar a passagem para fora do planeta. Ele não cederia naquele aspecto: não tinha intenção de ficar preso em Arrakis, encontrando ou não Vorian Atreides. Mais dois dias... e ele voltaria para casa.

Sentia falta de Lankiveil. Fizera o que Valya pedira, dera o seu melhor, mas não tinha dado certo e a Casa Harkonnen talvez precisasse adiar, ou até mesmo abandonar, seu plano de vingança.

Sem vontade alguma de socializar, Griffin fazia as refeições em seu quarto. Também era cauteloso ao se aventurar nas ruas após o pôr do sol.

Um sinal furtivo em sua porta o surpreendeu, e ele se perguntou quem desejaria falar com ele, especialmente tão tarde da noite. No entanto, sabia que espalhara o próprio nome por todo lado, plantando pequenas sementes de suborno com promessas de algo mais por vir — embora tivesse pouco dinheiro sobrando. Esperava que fosse alguém respondendo às suas perguntas.

Griffin abriu a porta e viu três pessoas vestidas com roupas do deserto, com os rostos cobertos por lenços e capuzes escuros.

— Temos perguntas a fazer — falou a pessoa da frente, uma mulher. A voz por trás do cachecol era rouca e áspera.

Ele viu os olhos dela, notou algo na interlocutora... e então a reconheceu.

— Falei com você no prédio da administração da especiaria.

Sem serem convidadas, as três pessoas do deserto entraram em seu quarto.

— Você faz perguntas demais, e queremos saber por quê — disse a mulher.

Os jovens que estavam com ela se adiantaram. Um deles agarrou os braços de Griffin e o outro enfiou um capuz escuro sobre sua cabeça. Ele revidou com uma força e velocidade que os surpreendeu, machucando um deles, derrubando o outro no chão... e então alguém pressionou uma agulha contra seu pescoço. A ideia de lutar evaporou na escuridão.

> **A vida é cheia de testes, um após o outro; se você não os reconhecer, decerto reprovará nos mais importantes.**
>
> — **Advertência da Escola Rossak às acólitas**

Um homem estava sozinho, em pé sob a luz do sol da manhã no telhado mais alto da Escola Mentat, olhando para o lago pantanoso. Ele usava um chapéu de abas largas, que tirou a fim de enxugar o suor da testa. Olhando para as águas esverdeadas, viu apenas os barcos de segurança da escola fazendo suas rondas. O ambiente era enganosamente sereno lá fora, em contraste com o clima tempestuoso nas salas de aula, promovido pelos rígidos e raivosos alunos butlerianos.

Gilbertus ainda enfrentava as repercussões do debate em que manifestara simpatia pelas máquinas pensantes, ainda que de forma teórica e para fins didáticos. Ele tinha sido estúpido ao acreditar que os seguidores veementes da antitecnologia poderiam sequer fingir ser lógicos ou objetivos. E havia se colocado em risco.

Com Manford de volta a Lampadas com todos os seus seguidores e uma frota de naves de guerra dedicadas, a situação estava fadada a piorar. A notícia havia vazado, os relatos haviam sido sussurrados. Da capital do continente principal de Lampadas, Manford Torondo respondeu convocando publicamente Gilbertus a se explicar e a renunciar à simpatia pelas odiadas máquinas pensantes.

Acima dos edifícios flutuantes interligados do complexo, Gilbertus caminhou ao longo da borda do telhado até o lado oposto, de onde podia olhar para baixo, para os edifícios conectados. Algumas estruturas haviam sido vandalizadas durante a noite: jogaram objetos pesados nas janelas e pintaram as palavras "Amante de máquinas!" na porta do escritório dele. Um desenho chocantemente primitivo mostrava o próprio Gilbertus copulando com uma máquina pensante. E pensar que seus alunos tinham sido cuidadosamente selecionados como as mentes mais brilhantes e talentosas...

Por ordem dele, os funcionários da manutenção estavam pintando por cima das pichações e fazendo reparos naquele momento. O diretor

Mentat percebeu que deveria ter sido mais habilidoso e cauteloso no debate. Era sua culpa que o descontentamento tivesse se acendido, mas ele ainda não entendia como os próprios alunos podiam fazer coisas tão bárbaras com a venerada escola.

Muitos aprendizes permaneceram objetivos, apoiando-o discretamente, mas com medo de criticar os butlerianos inflamados. Um aluno sussurrara rapidamente enquanto passava:

— Estamos do seu lado, senhor. Sabemos que nosso diretor não acredita no que disse durante o debate.

Gilbertus colocou o chapéu de volta e respirou fundo. Apesar da manhã fria, ele não conseguia controlar o fluxo de transpiração. Acreditava em fatos, dados e ciência... e a Escola Mentat havia sido construída sobre aquela base sólida. Fizera muitas projeções Mentat durante sua vida. Era um vidente matemático, usando estatísticas em vez de poderes paranormais para prever certos resultados. Embora os alunos butlerianos na escola fossem uma minoria, ele não levara em conta o fato de que tinham menos reservas do que os moderados e eram mais propensos ao exagero e à intimidação. Deveria ter projetado a rapidez com que eles poderiam fazer com que os outros alunos da Escola Mentat se voltassem contra ele ou, pelo menos, se calassem em vez de defender o diretor.

Ao voltar para o andar de baixo, Gilbertus sabia que deveria encontrar uma maneira de fazer com que aquele furor estúpido acabasse.

Em contraste com o ambiente no telhado, seu escritório estava escuro e sombrio. Gilbertus fechara todas as janelas para falar com a pequena bola dourada que era Erasmus.

O robô independente estava inflexível.

— Tudo estará perdido se as turbas de Manford encontrarem meu núcleo de memória. Você cometeu um erro ao permitir que seus alunos vislumbrassem nossos verdadeiros pensamentos. Foi apenas um exercício ou você estava tentando conquistá-los para o nosso lado com a lógica?

— Eu queria que eles *pensassem*!

— Se Manford Torondo virar o povo dele contra você, talvez tenhamos que abandonar a escola. Você precisa *convencê-los*. Peça desculpas... e minta, se necessário. Faça o que for preciso. Se vierem linchá-lo, não terei como defendê-lo... ou a mim mesmo.

— Eu entendo, pai. Não deixarei que isso aconteça, prometo.

— Mas e se você morrer e eu for condenado a ficar aqui escondido e indefeso? Como vou sobreviver? Sacrifiquei tudo por você. Sabotei as defesas das máquinas em Corrin e causei a queda de Omnius, só para salvar sua vida!

Gilbertus inclinou a cabeça.

— Eu sei, e prometo que o ajudarei... mas primeiro preciso convencer Manford Torondo de que não sou uma ameaça.

E assim, para apaziguar os dissidentes, o diretor fez um discurso no auditório da escola, no tom mais convincente que conseguiu:

— Precisamos parar de racionalizar até que ponto a tecnologia é aceitável. Não devemos medi-la, mas sim nos posicionar fortemente contra ela.

Ele falou com eloquência por quase uma hora, fazendo o possível para convencer de que estava sendo sincero diante daquela pequena, mas destrutiva, minoria difamadora.

Ao se desculpar e se desdizer, de certa forma ele acalmou Alys Carroll e os outros alunos furiosos, mas Gilbertus sabia que o problema ainda não havia terminado.

Ele recebeu a notícia de que Manford Torondo em pessoa pretendia investigar a situação.

Quando o líder butleriano apareceu para avaliar a situação na Escola Mentat, Gilbertus percebeu que aquele poderia muito bem ser seu debate mais perigoso.

Manford chegou de barco motorizado às plataformas flutuantes interconectadas da Escola Mentat. Ele surgiu montado nos ombros de sua Mestre-Espadachim, o que, por si só, já era um mau sinal. Gilbertus sabia que o homem sem pernas se permitia ser carregado em um palanquim quando o intuito da reunião era simples, mas montava nos ombros de Anari Idaho sempre que ia para a batalha.

Ao cumprimentar Manford, Gilbertus manteve um comportamento firme de contrição e cooperação.

— Peço desculpas, líder Torondo, por esse mal-entendido ter afastado o senhor de seus deveres mais importantes.

— *Este* é um de meus deveres importantes. — Manford olhou em volta para os prédios. — Sua Escola Mentat deve estar solidamente do lado da justiça, sem equívocos. Ao treinar humanos para pensar com a eficiência dos computadores, o senhor demonstra nossa superioridade inerente sobre as máquinas pensantes. Mas, pelo que minha amiga Alys Carroll me contou, o senhor se deixou ser... tentado.

Gilbertus manteve o olhar baixo.

— Posso assegurar que foi apenas um debate prático, um exercício para desafiar os preconceitos dos alunos, nada mais.

— O senhor debateu bem demais, diretor, e devo enfatizar que escolheu um assunto inadequado para qualquer aula de debate, porque a questão das máquinas pensantes é *indiscutível*. — Com a mão direita, Manford cutucou Anari, que avançou, levando Gilbertus de volta para dentro da escola. — Mais uma coisa. Sempre fui reticente quanto à sua prática de manter robôs de combate e cérebros de computador como material de estudo. É perigoso demais.

Gilbertus respondeu com voz humilde:

— Eu entendo. Depois de muita reflexão, também entendo como minha lição recente foi mal interpretada e quero reparar meu lapso de julgamento.

Um sinal de aprovação cintilou nos olhos de Manford.

— Muito bem. Para o nosso primeiro passo, quero que me mostre o depósito onde guarda as máquinas proibidas. Alys Carroll me disse que nem todos os seus espécimes estão desativados como o senhor afirma.

Gilbertus deu a melhor risada de desdém.

— São apenas peças de museu, componentes desmontados.

— Manford disse que quer ver o lugar — rosnou a Mestre-Espadachim.

Gilbertus os conduziu pelos prédios da escola, por passagens e pontes; cinco butlerianos silenciosos, mas intensos, também os seguiram, prontos para fazerem qualquer coisa que seu líder lhes pedisse.

Pegando a chave no bolso do colete, Gilbertus destrancou a porta e abriu a entrada do grande depósito, iluminado por luciglobos brilhantes. Anari e Manford permaneceram no saguão, olhando desconfiados para dentro enquanto os cinco companheiros butlerianos se moviam atrás deles.

Manford fez uma careta para os maks de combate, os braços de armas, as cabeças de robôs destacadas.

— Quero aceitar suas alegações de lealdade, diretor, mas isso me causa grande preocupação. Estes artefatos malignos não deveriam ter lugar em seus ensinamentos.

Gilbertus controlou as emoções como Erasmus lhe ensinara.

— A mente humana é sagrada — entoou o diretor, tomando sua decisão. — Não pode haver nem mesmo uma aparência de impropriedade na Escola Mentat. Permita que eu mesmo cuide disso.

No depósito, ele encontrou uma haste de metal que serviria como cassetete, pegou-a e ergueu-a.

— Obrigado pela oportunidade... e por acreditar em mim.

Respirando fundo para se preparar, ele foi até a prateleira cheia de cabeças de robôs, levantou o bastão e o usou para golpeá-la com toda a sua força.

Como Erasmus havia dito, era preciso convencer os butlerianos. Ele esmagou a primeira cabeça de robô, amassando o painel frontal e espalhando os fios ópticos que cintilavam como diamantes. Então, balançou o porrete e derrubou duas outras cabeças desmontadas, depois se virou e começou a bater furiosamente em um mak de combate intacto.

Em poucos instantes, os entusiasmados butlerianos pegaram os próprios cassetetes improvisados e se juntaram à destruição.

Os seguidores de Manford Torondo percorreram a Escola Mentat com ansiedade, espiando os alojamentos estudantis, saqueando pertences, exigindo que os alunos abrissem os baús lacrados (ou quebrando os lacres eles mesmos caso recebessem uma recusa). Em resposta aos gritos de indignação, os butlerianos realizando as buscas diziam:

— Um Apologista de Máquinas não tem direito à privacidade e, se você for inocente, não tem nada a esconder.

Gilbertus sabia que chegariam aos aposentos dele em breve. Seus batimentos aceleraram enquanto eles percorriam os corredores.

Montado nos ombros de sua Mestre-Espadachim, Manford precisou se abaixar na porta quando ela entrou na sala do diretor. Dois outros butlerianos os encalçaram.

— Vou revistar seu escritório pessoalmente, diretor Albans — anunciou Manford. — Pura formalidade.

— Fique à vontade — respondeu Gilbertus, porque não podia dizer mais nada. Ele estudou o rosto tranquilo do líder butleriano, tentando detectar qualquer indício de suspeita genuína. Manford tinha algum motivo para atacar seu escritório ou estava apenas sendo minucioso?

Anari Idaho olhou para os livros na mesa dele, estudando os títulos com ceticismo, e questionou:

— Por que o senhor tem tantos livros sobre o robô demônio Erasmus?

— Porque é importante conhecer nosso inimigo.

Nenhum dos livros abordava Erasmus de uma forma positiva; alguns estavam cheios de exageros ridículos, mas outros eram assustadoramente precisos. Gilbertus estivera presente em Corrin, assistira aos sangrentos experimentos de "resposta ao pânico", às dissecações de gêmeos vivos e até mesmo a algumas das supostas "obras de arte" que o robô criara a partir de vísceras e órgãos internos.

— Nenhuma pessoa com alma jamais poderá entender Erasmus — retrucou Manford. — Sei bem disso. Eu mesmo estudei seus diários originais de laboratório.

Gilbertus sentiu os batimentos acelerarem.

— Você tem os diários? Posso dar uma olhada neles?

— Não, diretor. Algumas informações são malignas demais para serem vistas por outros olhos. Pretendo queimar os documentos quando terminar de lê-los.

Os butlerianos puxaram as gavetas da escrivaninha de Gilbertus, abriram armários, levantaram cantos do carpete em busca de cofres escondidos sob o assoalho. Retiraram as hastes das cortinas, desparafusaram as ponteiras e olharam para dentro.

Gilbertus manteve uma aparência calma apesar do medo crescente. Se encontrassem os olhos-espiões microscópicos do robô, se descobrissem as conexões dos circuitos que levavam ao esconderijo seguro, então o núcleo de memória de Erasmus seria destruído, Gilbertus seria executado e toda a Escola Mentat seria destruída.

Retiraram livros e memorabilia das prateleiras, bateram nas paredes à procura de compartimentos secretos. Gilbertus tentou não os encarar. Seus pensamentos disparavam enquanto considerava qualquer possível brecha. Ele nunca esperara que a busca fosse se mostrar tão meticulosa.

Os butlerianos passaram para a próxima seção das prateleiras, a que continha o compartimento secreto escondendo o núcleo de memória do robô. Retiraram os livros da prateleira de cima e foram descendo.

— Por favor, tenham cuidado — deixou escapar Gilbertus. — Alguns desses itens são valiosos.

Manford assentiu para seus seguidores.

— Não há necessidade de serem descorteses. O diretor cooperou plenamente. Como eu disse antes, não duvido de sua lealdade.

Gilbertus teve uma ideia, uma maneira de distraí-los de sua busca. O próprio Erasmus havia sugerido que ele guardasse aquela preciosa peça de conhecimento como moeda de troca. Ele decidiu usá-la naquele momento.

— Tenho algo importante para revelar, senhor... O resultado de uma intrincada projeção Mentat.

Manford fez sinal para que seus seguidores parassem. Gilbertus se inclinou para a frente e baixou a voz:

— Mas é melhor discutirmos isso em particular. Se a notícia vazar antes de estarmos prontos... — Ele deu um olhar significativo para os seguidores. — Eu não conheço essas pessoas.

Manford ponderou por um momento, depois dispensou os butlerianos.

— Anari permanece.

— Isso é aceitável.

Depois que os outros butlerianos deixaram o escritório, Manford disse:

— Muito bem, espero que isso seja importante. Conte-me mais.

Gilbertus falou com pressa:

— Acredito ter localizado um extenso posto avançado de robôs, há muito abandonado, um grande estaleiro ou estação de suprimentos. Talvez o maior de todos. De acordo com minhas projeções, ele permanece intocado... e esperando por você.

— Excelente! — Manford pareceu muito satisfeito. — Faremos dele um exemplo. Bom trabalho, diretor.

— Posso lhe fornecer todos os detalhes de minha projeção. Quando for provado que estou certo, espero que considere isso uma oferta de paz para mostrar minha verdadeira lealdade.

Manford deu uma risadinha.

— Diretor, já houve tumulto o bastante aqui na sua escola, e essa agitação, até mesmo uma possível dissidência, não serve aos meus propósitos. Preciso de Mentats treinados taticamente para nosso trabalho contínuo de caça a tecnologias proibidas e atividades ilegais; portanto, seus

Irmandade de Duna

Mentats devem continuar os estudos. — Manford se ajustou no arnês nos ombros de Anari Idaho. — Vou emitir uma declaração de que não tenho preocupação alguma com a pureza da Escola Mentat. Vou pôr um fim a esses boatos e tudo voltará ao normal.

— E então destruiremos os estaleiros — acrescentou Anari Idaho.

**A primeira pessoa a trafegar por
um caminho perigoso é a mais corajosa ou
a mais afortunada.**

— **Provérbio da Irmandade**

Primeiro, havia mais três Reverendas Madres, guiadas por Dorotea. E na correria vertiginosa da semana seguinte, mais onze foram bem-sucedidas — enquanto dez Irmãs menos afortunadas morreram em agonia. A Reverenda Madre Raquella orientou quatro das voluntárias, fazendo com que elas tomassem a nova droga de Rossak, orientando-as durante o processo como havia feito antes. Três dessas quatro morreram.

Ao todo, dezesseis mulheres passaram pela barreira mental e se tornaram humanas superiores, atingindo seu verdadeiro potencial.

Valya não era uma delas.

Ela havia guardado a cápsula da droga de Rossak que Dorotea lhe dera, mas estava com dificuldade em se decidir. Apesar da tentação descomunal, ela não conseguiu reunir a determinação necessária para se colocar à prova. Embora acreditasse sinceramente que havia aprendido o que a Irmandade tinha para lhe ensinar e se considerasse mais qualificada do que a maioria das voluntárias que havia aceitado o risco, ela ainda não conseguia justificá-lo. Quase metade das mulheres a experimentar o veneno morrera na tentativa.

E Valya tinha muito ainda pelo que viver, muito a realizar.

Não recebia notícias de Griffin havia muito tempo e desejava estar ao seu lado quando ele derrotasse Vorian Atreides, mas estava ali, enfrentando um oponente ainda mais difícil.

Valya se sentia como uma pessoa à beira de um vão alto e estreito, sabendo que *talvez* conseguisse atravessar — como outras já haviam feito —, mas que, se falhasse, a queda a mataria. Ela ainda não estava pronta para dar o salto; manter-se viva não era covardia, disse a si mesma, e sim mais uma questão de necessidade. Valya caíra nas próprias águas árticas da dúvida... e o irmão não estava ali para entrar e salvá-la.

Certa tarde, a jovem Harkonnen se voltou para seu outro caminho principal rumo ao progresso. Sorrindo, tentando compensar toda a atenção que dera a Dorotea em vez de Anna, ela acompanhou a irmã do imperador de volta ao seu quarto na seção das acólitas.

— Por que não estudamos o *Livro de Azhar* juntas? — sugeriu Valya. — Posso ajudá-la com suas lições. Ou podemos apenas conversar. Talvez você queira me contar como conseguiu manipular suas árvores de pau-névoa em Zimia e os escavadores em seus túneis.

Anna se animou.

— Eu tenho uma ideia melhor.

Valya sentiu um entusiasmo na outra jovem. Ao redor delas, os túneis estavam vazios e silenciosos. Anna olhou ao redor, como se quisesse ver se alguém estava ouvindo. Ela se inclinou para mais perto e falou com uma pressa entusiasmada:

— Está na hora de eu passar pela transformação e me tornar uma Reverenda Madre! Quando conseguir, imagine como serei útil para a Corte Imperial... e meus irmãos não poderão mais me dizer o que fazer.

Valya sabia que a garota não estava nem perto de estar preparada para tal provação; ela era muito temperamental e inconstante para ser uma candidata.

— Anna, nem mesmo *eu* estou pronta. Talvez com mais alguns anos de treinamento...

— Vou sobreviver, Valya, sei disso. — Anna segurou seu braço. — Fique comigo e me ajude a passar.

Valya reagiu com alarme. Se Anna Corrino morresse por causa do veneno, o imperador não teria escolha a não ser retaliar. E culpariam a própria Valya!

— Não, Anna, não fale assim. Muitas mulheres já morreram nessa tentativa. O imperador Salvador proibiria isso de imediato.

— Eu sou dona de mim mesma, mais do que apenas a irmã do imperador, mais do que... mais do que apenas uma Corrino. — Os olhos de Anna se encheram de lágrimas. — Você não sabe como é ser assim.

Ah, eu sei muito bem. Valya tentou lhe dar um sorriso tranquilizador.

— Sou sua amiga, Anna. Não quero que você corra perigo, por isso não posso deixá-la tentar. Ainda não. Mas se você se esforçar muito nos estudos e desenvolver suas habilidades primeiro...

No entanto, Valya sabia que aquilo nunca aconteceria; a princesa não tinha o foco e a determinação, além da teimosia que demonstrava ocasionalmente.

Bufando, Anna virou as costas.

— Eu tomo minhas próprias decisões. Você não me controla. Como você disse, eu sou a irmã do imperador. — Ela enfiou a mão na túnica e retirou uma pequena pílula azul-escura. — Se você tem medo demais para se tornar uma Reverenda Madre, então eu o farei... sem você.

Assustada, Valya reconheceu o que parecia ser a segunda cápsula que a Irmã Dorotea lhe dera alguns dias antes.

— Onde você conseguiu isso?

— Nos seus aposentos. Eu a encontrei lá, exatamente como na ocasião em que roubei a chave de acesso para entrar no laboratório da Irmã Karee. Você passou tanto tempo com Dorotea que nem percebeu!

Valya avançou para pegar a pílula, mas Anna a afastou.

— Pare — exclamou Valya. — Você não sabe o que está fazendo!

— Estou tão cansada das pessoas sempre me dizendo isso!

Esquivando-se, ela colocou a cápsula na boca e engoliu. Valya a observou horrorizada. Anna deu um passo para trás e cruzou os braços, presunçosa.

— Agora não há nada que você possa fazer.

Valya congelou. Sabia que a droga de Rossak agiria rapidamente. A irmã do imperador sorriu... e então caiu no chão de pedra em convulsões, com o rosto contraído em um grito que não conseguia escapar por entre as mandíbulas cerradas.

Ajoelhando-se, Valya agarrou os ombros de Anna, tentando fazê-la voltar à consciência, mas a jovem já estava perdida nas profundezas de sua provação. A reação foi extrema e outro pensamento provocou um calafrio. E se Dorotea tivesse dado a Valya uma dose letal de propósito, com o objetivo de matá-la antes que ela pudesse se transformar?

O coração de Valya batia cada vez mais forte e ela sabia que deveria chamar uma das Irmãs médicas e levar Anna para a enfermaria. Olhou em volta em busca de ajuda, mas tinha medo de ser vista ali. Ela era responsável por Anna Corrino!

Dorotea saberia muito bem a origem da droga, e saberia que Valya tinha evitado tomá-la. Ela poderia até ter adivinhado que Valya estava assustada demais para tentar a transformação. E se Dorotea tivesse convencido Anna a tomar o veneno?

Irmandade de Duna

Anna continuou a se contorcer e a gemer, agitando os braços com uma dor inimaginável. Seus olhos se reviravam.

Todas as esperanças de Valya de se aproximar dos Corrino, de recuperar o status de sua família, estavam destruídas no chão do quarto. Como Anna podia ter feito aquilo com ela?

Mas outro pensamento lhe ocorreu: Anna entrou escondida no laboratório de Karee uma vez, então talvez Valya pudesse convencer as outras de que a garota havia feito aquilo de novo, roubado uma cápsula da droga de Rossak e a engolido estupidamente por conta própria. Valya teria que substituir a cápsula, mantendo outra em seus bolsos para que pudesse mostrar a Dorotea que ainda a tinha. Então, ela estaria livre.

Ela olhou para Anna Corrino, deitada no chão de pedra, tremendo e com espasmos. Não havia nada que Valya pudesse fazer por ela. A sorte já estava lançada. E uma das acólitas a encontraria em breve.

Movendo-se com rapidez, atenta a qualquer movimento nos corredores, ela escapou dos aposentos das acólitas e correu para o laboratório de Karee Marques na selva para preparar as evidências de que precisava.

Aqueles que se alimentam de ódio raramente percebem que estão famélicos.

— **Admoestação zen-sunita**

Embora estivesse grogue e vendado durante a maior parte da viagem, Griffin sabia que seus captores não estavam apenas levando-o para um esconderijo em um cortiço da Cidade de Arrakis. Ele acordou a bordo de uma aeronave barulhenta e vibrante que subia e descia em correntes de ar térmicas e ascendentes. Reconheceu as três vozes, especialmente a da mulher rouca, mas eles conversavam entre si em um idioma que ele não conseguia compreender.

Depois de ficar acordado por vários minutos, sacudindo e trepidando na nave, ele gritou através do capuz opaco:

— Para onde estão me levando? Quem são vocês?

Suas mãos estavam amarradas e ele não podia lutar.

— Sem perguntas — ordenou a mulher.

Ele sentiu a agulha de novo em seu pescoço e voltou à escuridão...

Quando Griffin recobrou a consciência, mesmo que difusa, foi jogado em uma cadeira com os pulsos ainda amarrados atrás das costas. Alguém arrancou o capuz de sua cabeça e ele sentiu como se luz e ar fresco tivessem sido lançados em seu rosto como um balde de água gelada.

Ninguém desperdiçaria água em Arrakis, pensou ele, dando-se conta de que ainda estava drogado, talvez delirando.

Griffin respirou fundo, e os cheiros que invadiram suas narinas o despertaram como sais olfativos ancestrais. O ar fervilhava de vapores de especiaria crua e odores humanos, como transpiração fermentada e fedor de pele e cabelos não lavados. Ele viu que estava cercado por paredes de pedra.

Parecendo perplexa, uma voz masculina sem sotaque disse:

— Nunca vi essa pessoa na minha vida. Não faço ideia de quem seja.

Griffin se virou para a voz, concentrou-se no rosto e tentou se levantar da cadeira.

— Vorian Atreides! — exclamou.

O outro homem recuou, surpreso. Dois dos captores de Griffin o empurraram de volta para a cadeira. Um homem grosseiro com cabelo preto acinzentado preso em uma trança grossa se pôs diante de Griffin com os braços cruzados.

— Por que você está procurando por este homem? — perguntou ele, indicando Atreides com a cabeça.

— Porque ele destruiu minha família. — Griffin teve vontade de cuspir. Surpreendeu-se com a própria reação visceral.

Vorian apenas soltou um suspiro longo e balançou a cabeça.

— Você terá que ser mais específico do que isso... Vivi uma vida longa e não sei quantos dos meus inimigos ainda existem. Eu certamente não o reconheço. Qual é o seu nome?

— Harkonnen. — Ele reuniu toda a sua coragem e raiva, imaginando o que Valya faria se estivesse ali. — Griffin Harkonnen.

A expressão de espanto no rosto de Vorian quase valeu o tempo que Griffin esperara para vê-la. Quando a compreensão brotou nos olhos de Vor, ficou claro que o homem não havia se esquecido do que tinha feito.

— Você é o... neto de Abulurd?

— Bisneto. Por sua causa, nós, Harkonnen, fomos destituídos de nossa herança e abandonados como párias em Lankiveil por quatro gerações!

Vorian Atreides assentiu, sua expressão distante.

— Lankiveil... É, eu havia me esquecido de que Abulurd fora enviado para lá. Já se passaram mesmo oito décadas? Eu deveria ter verificado como ele estava.

Griffin ainda não havia terminado:

— E antes disso, Xavier Harkonnen, herói do Jihad e um dos maiores combatentes das máquinas pensantes! Ele morreu em desgraça porque *você* arruinou a carreira dele!

Os olhos cinzentos de Vorian pareciam pesados.

— Eu amava e respeitava Xavier Harkonnen, e pretendia consertar isso. Eu também amava Abulurd... Ele era mais filho para mim do que meus próprios filhos... até a Batalha de Corrin.

— Você o abandonou!

— Não havia nada que eu pudesse fazer.

— Você poderia tê-lo *perdoado*!

Vorian se endireitou.

— Não. Eu não podia. Mal fui capaz de evitar que ele fosse executado. Eu o mandei embora para um lugar onde ele poderia viver sua vida... Fiz o melhor que pude.

— Melhor! Você poderia ter contado a verdade. Poderia ter pedido clemência. *Você*, o grande Vorian Atreides, bashar supremo do Jihad, poderia tê-lo salvado.

— Eu gostaria que fosse assim, mas o povo nunca teria permitido. Até mesmo o irmão dele, Faykan, nunca o perdoou. Fico triste com o que aconteceu com sua família... especialmente com Xavier, que era um bom homem. Mas fui expulso de cena, e os imperadores Corrino deixaram bem claro que não sou mais benquisto na vida pública. Foi por isso que vim para Arrakis. Para ser esquecido. — Os ombros de Vor caíram. — E, no entanto, você veio me caçar.

Valya havia atribuído tantos crimes àquele homem, e Griffin sentiu todos eles se empilhando em sua mente como carcaças de peixe fedorentas de uma calamidade, levadas para a praia. *Vingue a honra de nossa família.*

— Nós, Harkonnen, lembramos de tudo o que você fez à nossa família, Atreides. Você não pode se esconder de seu passado.

A mulher do deserto com voz rouca falou:

— Seu passado não está apenas assombrando você, Vorian Atreides... Ele declarou guerra.

— Mas meu conflito com Abulurd foi há muito tempo — respondeu Vor a Griffin. — Como isso pode ter algo a ver com você? Vocês tiveram quatro gerações para construir uma vida em Lankiveil... Por que vir atrás de mim agora? — Vorian franziu a testa em aparente desânimo. — Como um rancor antigo pode durar tanto tempo?

— Como ele pode um dia desaparecer? — Griffin sentiu uma infusão da raiva da irmã. O veneno precisava ser drenado antes que a ferida pudesse cicatrizar. — Meus irmãos e irmãs sabem de nossa desgraça. Meus filhos também saberão.

— Duvido que você saiba de toda a história.

— Eu sei o suficiente.

— Lamento saber como sua família sofreu e sei do que você me culpa, mas é bobagem se apegar ao seu ódio por tanto tempo a ponto de cegá-lo para o futuro. Se eu não estivesse vivo, você se vingaria de meus filhos e netos? De qualquer descendente, daqui a séculos, que venha a se chamar Atreides? Por quanto tempo?

— Até que a Casa Harkonnen esteja satisfeita — afirmou Griffin.

— Mas não tenho como me redimir. Sua busca por mim foi em vão. O naib já planeja me expulsar para o deserto. — Ele soltou uma risada discreta e sem humor. — Se você tivesse esperado um pouco mais, sua vingança teria se resolvido sozinha.

— A vingança nunca se resolve sozinha. — Griffin se agarrou a uma visão que tinha de Valya na cabeça e tentou pensar como ela lidaria com aquela situação. Não queria desapontá-la.

O naib estava com raiva tanto de Griffin quanto de Vor.

— Essa é uma rixa de sangue da qual os freemen não fazem parte, Vorian Atreides. E você a trouxe até a nossa porta.

Ele fez um gesto para que um dos homens do deserto cortasse as amarras dos pulsos de Griffin, que, ao ser libertado, esticou os braços doloridos à frente, esfregando as mãos e flexionando os dedos. Vorian balançou a cabeça e defendeu-se:

— Mais uma vez, não importa o quanto eu tente deixar o universo em paz, meus inimigos vêm atrás de mim. E agora eu também deixei sua tribo furiosa. Está claro que já fiquei mais do que deveria.

O naib orientou seus homens.

— Separem os dois e os levem de volta para os quartos vazios. Amanhã, o deserto terá os dois, e que eles e sua água se vão.

Griffin concentrou seu olhar em Vorian Atreides enquanto os homens do deserto o levavam para os túneis.

**Nunca faltam conspirações contra
um imperador.**

— Imperador Faykan Corrino, primeiro governante
do novo Imperium

A dra. Zhoma esperava por Roderick Corrino do lado de fora de seus escritórios governamentais. Ela não costumava se sentir tão agitada e usou uma técnica para se acalmar que lhe fora ensinada anos antes em Rossak.

Recusando-se a sentar-se, ela andou de um lado para o outro em frente à recepcionista idosa sentada diante de uma grande mesa dourada, opulenta o suficiente para ter sido usada por qualquer nobre do Imperium. Mas Zhoma sabia que Roderick — ao contrário do irmão — estava menos interessado em ostentação e autoindulgência e mais em governar sabiamente os milhares de mundos do Imperium.

O príncipe Roderick se atrasou para a reunião agendada, e Zhoma começou a se perguntar se os Corrino alguma vez cumpriam seus compromissos. Pelo menos ele havia enviado um mensageiro profissional e atencioso para se desculpar pelo atraso.

Com Salvador, no entanto, ela não ficou tão impressionada. Depois que ele permitira que os fanáticos butlerianos arruinassem o prédio histórico da escola, Zhoma passou a temer ainda mais pelo futuro da civilização humana. Embora a Reverenda Madre Raquella tivesse alertado sobre algum descendente vago em sua progênie, Zhoma sentiu que o perigo real já estava ali, não a gerações de distância.

Depois de ouvir a ladainha de doenças do imperador, Zhoma insistiu em fazer exames médicos completos em Roderick, sua esposa e seus quatro filhos, como já fizera com Salvador e sua esposa, Tabrina. Acostumado a receber tratamentos questionáveis do dr. Bando, Salvador queria que ela prescrevesse uma cura mágica. Naquelas circunstâncias, considerando a confiança infundada que ele tinha em Bando e estava passando a ter em Zhoma, a médica não deveria ter problemas para convencê-lo a tomar suplementos vitamínicos misturados com uma droga que o deixaria estéril.

Olhando para os jardins ornamentais e as fontes cintilantes no terreno do palácio, Zhoma ainda se sentia mal com a exibição bárbara que a recebera ali. A destruição da histórica sede Suk fora uma grande perda, e ela aconselhara que o dr. Waddiz financiasse forças de segurança adicionais em Parmentier para proteger o complexo principal da escola. Não fazia ideia de como a escola custearia aquilo, mesmo com o dinheiro que o imperador e a Irmandade pagariam a ela.

Contudo, Zhoma já se sentia presa ali.

Felizmente, Roderick parecia ser muito mais racional do que seu irmão; era um homem que pensava além dos próprios interesses. Na opinião de Zhoma, ele seria um imperador muito melhor...

Roderick Corrino entrou nos escritórios externos em um ritmo acelerado, pronto para os negócios. Gesticulou para que ela o seguisse até sua sala particular e fechou a porta.

— Desculpe-me pela demora, doutora. Estive discutindo o assunto recente do antigo prédio da Escola Suk com meu irmão. Primeiro, peço desculpas pessoalmente... A destruição daquela instalação histórica foi uma farsa, mas foi a melhor maneira de controlar Manford Torondo e seus fanáticos por enquanto. Permita-nos ajudar sua escola e compensá-la pelos danos.

Zhoma engoliu em seco, tentando disfarçar sua alegria com a possibilidade de outra quantia significativa de dinheiro nos cofres da escola.

— Obrigada por isso, milorde. O dinheiro não pode substituir o tesouro inestimável que as turbas destruíram, mesmo que a taxa seja calculada com base no alto valor de mercado. Ainda assim, esses fundos podem ser aplicados em nossos outros trabalhos. Os médicos Suk exercem um trabalho tão generoso, ajudando tantas pessoas... se ao menos não fôssemos paralisados pelas limitações que os butlerianos nos impõem. Não temos permissão para usar nossa melhor tecnologia e, por isso, muitas pessoas recebem diagnósticos errados e morrem por falta de um tratamento que deveria estar amplamente disponível.

Roderick lhe deu um sorriso pesaroso.

— Eu insisto que você use todos os meios disponíveis para manter nossa família com a melhor saúde possível, não importa o que os butlerianos digam. Deixe que eu lide com eles.

Sabendo que tinha de agir com cuidado, Zhoma arriscou:

— Eu esperava, milorde, que o senhor pudesse ser nosso defensor... não apenas junto aos butlerianos, mas também junto ao seu irmão. Na minha opinião médica, o câncer de seu pai não o teria matado se o falecido imperador tivesse aceitado um tratamento médico avançado.

Roderick assentiu lentamente.

— Nosso pai... mudou no final da vida. Após o escândalo com Toure Bomoko, o estupro da imperatriz virgem e a execução de todos os representantes da CTE, ele se tornou demasiado reacionário. — O príncipe olhou para ela de novo. — Mas não precisamos ser assim. Eu serei seu defensor, embora não possa garantir que o imperador sempre me ouvirá.

— O senhor é o irmão do imperador.

— E a senhora é a médica do imperador, bem como a administradora da Escola Suk.

Zhoma satisfez-se por ele considerá-la tão importante.

— Ao contrário de outros administradores que pagam a si mesmos bem demais e valorizam o dinheiro acima de tudo, todo o meu salário como médica de seu irmão irá diretamente para as contas da Escola Suk para pagar as novas e extensas instalações de Parmentier — emendou Zhoma, mantendo a expressão suave para que ele não percebesse o quanto ela desprezava o dr. Bando.

A porta do escritório se abriu e uma garotinha loira entrou correndo e chorando. Ignorando Zhoma, ela atravessou a sala até o pai.

— Sammy sumiu! Não consigo encontrá-lo em lugar nenhum!

— Estou em uma reunião agora, Nantha. — Roderick se inclinou para enxugar as lágrimas do rosto da menina de seis anos. — Espere do lado de fora do meu escritório, querida, e eu pedirei a alguém para encontrar seu cachorro. Se for preciso, chamarei as tropas imperiais. Ele não pode ter ido longe. Nós o encontraremos.

A criança assentiu. Roderick lhe deu um beijo na bochecha e ela saiu, sem fechar a porta atrás de si. Momentos depois, outra pessoa a fechou do outro lado.

— Minha filha mais nova — apresentou Roderick. — Desculpe-me pela interrupção.

— Li os arquivos médicos dela, em preparação para os exames... quando o senhor e sua família acharem conveniente, senhor.

Irmandade de Duna

Observando em primeira mão como Roderick Corrino era racional e atencioso, ela se convenceu de que devia fazer mais do que simplesmente impedir que Salvador tivesse filhos; devia impedi-lo de causar mais danos. Imediatamente. E como médica pessoal dele, com acesso muito próximo, ela teria muitas oportunidades...

As opções eram limitadas, mas óbvias. Como médica Suk, ela jurara proteger a vida, mas, se abrisse caminho para que Roderick se tornasse o governante, ela racionalizou que estaria *salvando* vidas. Zhoma já aceitara o assassinato como sua única alternativa em outra ocasião.

A dra. Zhoma manteve o zelo profissional enquanto se encontrava com Roderick, Haditha e seus quatro filhos na clínica do palácio. Depois de realizar exames minuciosos, deu à família do príncipe um atestado de boa saúde e anotou o mesmo em seus registros. Enquanto Haditha e as crianças saíam do escritório da frente, a médica ficou observando.

— Seus filhos são a esperança dos Corrino, príncipe Roderick... a próxima linhagem imperial.

Ele sorriu.

— Ainda estou confiante de que meu irmão produzirá um herdeiro. Ele está ciente da própria responsabilidade para com a linhagem, assim como a imperatriz Tabrina. Se isso não acontecer, ele tem suas concubinas, assim como nosso pai possuía. Pretendo importunar meu irmão para que ele trate de seus negócios com um pouco mais de diligência.

Zhoma olhou para ele com firmeza quando entraram na sala de exame particular e fechou a porta de segurança.

— Se o resultado for infrutífero, estou confiante de que o senhor poderia lidar com os deveres imperiais muito bem — comentou ela.

A expressão dele ficou fria no mesmo instante.

— Meu irmão é o imperador legítimo e eu não desejo o trono; meu dever é proteger e apoiar Salvador. — Ele a analisou com tanta intensidade que ela sentiu como se estivesse sendo dissecada. — Por que o comentário? Encontrou algo no exame médico dele?

— Não, não. O imperador é saudável, mas receitei um suplemento vitamínico que deve aumentar sua energia.

— Nesse caso, talvez eu deva tomar o mesmo suplemento, e minha família também.

Zhoma não foi rápida o bastante para esconder sua reação, e ele notou algo na expressão dela.

— Isso não será necessário, senhor. É uma fórmula especial, feita sob medida apenas para Salvador. Posso fornecer um suplemento semelhante para o senhor e sua família também, se desejar.

Roderick não a pressionou para obter mais informações, mas ela percebeu as engrenagens girando na cabeça dele. Com medo de ter levantado suspeitas, Zhoma saiu o mais rápido e educadamente possível.

Incapaz de afastar sua desconfortável suspeita, Roderick vasculhou a fundo o histórico da dra. Zhoma. Usando seu mandato imperial, ele recuperou os registros de viagem da mulher, que eram desconcertantemente confusos, com muitos percursos feitos em circunstâncias incomuns e com destinos que faziam pouco sentido. O príncipe suspeitava que Zhoma estivesse escondendo alguma atividade nada ortodoxa, o que o preocupou ainda mais.

Ele descobriu que a administradora Suk não era apenas uma médica talentosa que havia se formado com notas altas (embora raramente exercesse a medicina em pacientes na prática), mas também era uma ex-aluna da escola da Irmandade em Rossak, a qual abandonou de repente, quatro décadas antes.

Roderick pensou nas atividades suspeitas da Irmã Perianna e na forma misteriosa como abandonara os serviços à esposa dele. E ele e o irmão haviam enviado Anna para a Irmandade como uma nova acólita para que fosse protegida e instruída. Será que, em vez disso, acabaria por ser doutrinada?

Ele teria de ficar alerta.

Naquela noite, juntou-se ao irmão para um jantar particular, sabendo que Salvador preferia a conversa a dois aos extravagantes e exaustivos banquetes públicos. Os irmãos comeram uma refeição simples, mas deliciosa, com frango assado, arroz e legumes, todos cuidadosamente testados contra envenenamento a pedido de Salvador.

Quando o imperador pegou uma pequena ampola cheia de um líquido transparente cor de mel, Roderick o impediu de consumir:

— O que é isso?

— O suplemento vitamínico que a dra. Zhoma me deu. Ela diz que isso fará com que eu me sinta como um novo homem, mais saudável e com mais energia. Ah, faz muito tempo que não me sinto normal.

Franzindo a testa, Roderick estendeu a mão.

— Posso?

Salvador lhe entregou o frasco e Roderick o segurou contra a luz, ponderando.

— Antes que você tome isso, eu gostaria que fosse testado.

— Testar? Para quê? Foi receitado por minha médica pessoal. Você mesmo a escolheu.

— Eu gostaria de ter certeza. Supostamente confiamos em nossa equipe de cozinha, mas testamos todos os nossos alimentos para ver se há veneno. Deveríamos ser menos diligentes com seus medicamentos?

Salvador franziu a testa.

— Acho que não.

Roderick guardou o frasco no bolso.

— Você sabe que estou sempre cuidando de você, Salvador.

— Às vezes, acho que você é o único que faz isso, quer eu mereça ou não.

Roderick ficou com o coração apertado ao ver a dor e o vazio no rosto do irmão.

— É claro que merece.

Como sua presença agitava Salvador, a imperatriz Tabrina passava a maior parte do tempo nos escritórios de Roderick, fazendo perguntas persistentes sobre os representantes imperiais, bem como sobre vários ministros e embaixadores.

Roderick sabia que Tabrina estava estudando os deveres para encontrar uma posição apropriada para si mesma, quer Salvador lhe concedesse um título ou não. Quanto mais Tabrina perguntava ao imperador, mais teimoso ele ficava. Roderick entendia seu irmão muito melhor do que a imperatriz.

Não que Salvador considerasse a esposa incompetente; a questão era que ele considerava os cargos governamentais, os postos no gabinete e as embaixadas como recompensas a serem concedidas por serviços prestados, como mercadorias a serem vendidas a pessoas devidamente influentes. Dar um cargo daqueles à esposa seria uma oportunidade desperdiçada.

Tabrina se inclinou para perto de Roderick no escritório dele, estudando dois novos decretos redigidos em nome de Salvador. A porta estava fechada "por motivos de confidencialidade", de acordo com a imperatriz. Ele permaneceu o mais paciente possível, embora ela se aproximasse demais e usasse muito perfume com feromônio... certamente não para atrair Salvador.

Ela colocou os decretos de lado, embora Roderick ainda não tivesse terminado de lê-los.

— Estão falando muito sobre eu ter um herdeiro imperial — disse ela.

— Como não poderia deixar de ser. O filho de Salvador será o próximo na linha de sucessão ao trono, e o povo está cansado de esperar. — Ele olhou para a cunhada. — Você tem responsabilidades para com o Imperium, Tabrina.

— Eu poderia ter um herdeiro Corrino... mas nós dois sabemos que você seria um imperador melhor. Você é o mais inteligente, o mais bonito. — Tabrina soava leviana. — Por que Salvador nasceu primeiro? É como uma roleta genética, e você perdeu.

— Ele é o imperador — retrucou Roderick, irritado.

— Eu poderia ter um filho *seu* — disse ela depressa, com a voz rouca. — Ninguém jamais saberia que foi *você* quem me engravidou, e não Salvador. Até os testes de DNA mostrariam a mesma coisa. Ninguém questionaria.

— *Eu* questionaria. E se você não dividir a cama com meu irmão, *ele* também questionaria. — Roderick se levantou e contornou a mesa, afastando-se de Tabrina. A expressão dela ficou mais sombria, e ele se voltou para ela. — Você é a imperatriz. Fique feliz com isso. Eu já tenho uma esposa, uma família. Não preciso ser algo que não sou.

— Mas é algo que você *é*! — protestou Tabrina.

Roderick ergueu a mão para interromper a conversa. Sua recepcionista abriu a porta de repente, e Tabrina explodiu com a senhora:

— Pedimos para não sermos incomodados. Você está nos interrompendo.

A mulher olhou para além da imperatriz e concentrou a atenção em Roderick, ignorando-a deliberadamente. Ele se perguntou se ela estava bisbilhotando.

— Príncipe Roderick, o senhor me deu instruções rígidas para alertá-lo no momento em que os resultados da análise química chegassem.

Roderick lhe agradeceu.

— Sim, eu dei. Imperatriz Tabrina, acho que já terminamos aqui. Esse é um assunto importante e particular.

Ele a encarou até que Tabrina por fim cedeu, saindo do escritório em uma tentativa de ser bem-educada.

Depois de ler os resultados dos testes do suplemento vitamínico que Zhoma receitara para Salvador, Roderick foi ver o irmão no mesmo instante. Haviam cometido um erro grave e precisavam corrigi-lo o mais rápido possível.

Momentos depois, Roderick apareceu no escritório particular do imperador, afugentou os guardas na porta e dispensou os poucos conselheiros e escribas que o acompanhavam. Salvador piscou para ele com um olhar de coruja.

— O que foi agora, Roderick?

Fechando a porta para que ficassem a sós, ele respondeu:

— Meu irmão, descobri uma conspiração contra sua pessoa.

O cérebro humano é um instrumento frágil, facilmente danificado e facilmente pervertido.

— Advertência da Escola Médica Suk

Anna Corrino sobreviveu, mas permaneceu em coma por dias, não respondendo a tratamento algum, sem dar sinais de que recobraria a consciência. Ela não estava morta, mas a Irmandade estava em alvoroço, temendo pelo futuro de toda a ordem.

A irmã do imperador era impulsiva e insensata — motivo este que justamente a levara a ser enviada para Rossak. Embora perturbada, a Reverenda Madre Raquella percebeu que não ganharia nada se culpasse Valya, que não observara Anna com afinco o bastante e, portanto, de forma inadvertida, permitira que a garota fizesse algo tão inconcebivelmente estúpido. A Irmandade não procurava bodes expiatórios; procurava soluções.

A infeliz garota Corrino estava deitada em uma cama na clínica médica principal, desconfortavelmente perto de onde as Irmãs voluntárias que haviam falhado eram mantidas vivas, em estado vegetativo. Em salas adjacentes e vigiadas, as sobreviventes com danos cerebrais permaneciam sob observação rigorosa. Raquella queria convocar a dra. Ori Zhoma imediatamente, tirando-a de Salusa Secundus para ver se poderia fazer algo para ajudar Anna... mas a Reverenda Madre ainda não estava pronta para informar ao imperador o que havia acontecido.

Talvez ainda houvesse tempo. Ela precisava ser muito cautelosa.

A própria Dorotea havia ficado inconsciente por dias durante sua transformação, então Raquella não perdeu toda a esperança. No entanto, Dorotea era forte, bem treinada e empenhada... enquanto Anna Corrino não era nada daquilo. A condição de Anna era um desastre sem precedentes, e todas as vidas nas Outras Memórias de Raquella eram incapazes de lhe dizer como escapar das repercussões imperiais inevitáveis.

A Irmã Valya tinha levado a tragédia para o lado pessoal. Ela passava todas as horas livres ao lado da cama de Anna, conversando com a garota inconsciente, tocando a mão da menina, tentando estimulá-la a recobrar a consciência. Quando Raquella entrou no quarto naquela tarde, Valya estava pálida e assustada.

— O imperador Salvador já foi informado? Como a senhora acha que ele reagirá? — questionou a mais jovem.

— Ele nos enviou a irmã para que ficasse em segurança. Quando souber disso, a Irmandade pode correr um grande perigo. A menos que ela saia do coma.

Valya semicerrou os olhos e engoliu em seco com força.

— Talvez se ele nunca descobrir exatamente o que aconteceu? Poderíamos dizer que foi um acidente trágico, que um predador a atacou durante um exercício na selva ou que ela caiu de um penhasco escorregadio, como aconteceu com a Irmã Ingrid.

— Mas ela não está morta, criança; mesmo que estivesse, isso não é desculpa. Ela é nossa responsabilidade.

Em um silêncio opressivo, as duas olharam para a garota sem falar nada.

De repente, com um suspiro profundo, Anna se sentou ereta na cama da enfermaria. Seus olhos se abriram e ela olhou ao redor, sem parecer ver o que a cercava. Sua boca se moveu e pequenos ruídos incompreensíveis emergiram, ficando cada vez mais altos — até que Raquella percebeu que pareciam as vozes de Outras Memórias que iam e vinham dentro da cabeça dela, como se Anna as estivesse canalizando. Pareciam dezenas de conversas sem sentido, sobrepostas e ao mesmo tempo na voz da própria Anna.

Gritando para chamar as Irmãs médicas, Raquella estremeceu ao perceber que a tentativa de Anna de passar pela transformação poderia ter causado danos, como ocorrera com algumas das outras voluntárias.

Talvez tivesse sido mais gentil se ela tivesse morrido.

Durante a semana seguinte, a Mentat Karee Marques e várias outras Feiticeiras monitoraram Anna, cuidando dela e dando-lhe assistência. Embora a princesa tivesse despertado, era possível que nunca se recuperasse, e Raquella sabia que não poderia esconder aquela informação do imperador por muito mais tempo, mas queria ter um entendimento melhor da situação antes de dar a notícia.

Chamou Valya e Dorotea — a *Reverenda Madre* Dorotea — para ouvir os relatórios das Feiticeiras. Karee Marques parecia muito agitada.

— O fluxo incompreensível de vozes de Anna se dissipou em grande parte, apesar de ainda retornar em passagens e por fim desaparecerem.

Quando ela diz alguma frase, nem sempre são ecos de suas Outras Memórias; às vezes, recita fatos, fragmentos aleatórios de aprendizado, como listas históricas, e é como se as informações estivessem transbordando dela. Ela apresenta um comportamento semelhante ao que antigamente era chamado de "idiota prodígio". Possui uma capacidade incrível para certos detalhes. Poderia ser útil se aprendesse a controlar o incrível fluxo de informações.

A Irmã Esther-Cano, a mais jovem das Feiticeiras de sangue puro, se manifestou:

— Não temos ideia de como isso pode ter acontecido, mas a Irmã Anna se tornou uma especialista na tecnologia de viagem por dobra espacial. Ela recitou uma grande quantidade de informações sobre todos os aspectos da construção e operação de naves, incluindo as complexidades da matemática de Holtzman e das câmaras de navegação.

Karee assentiu e completou:

— Verificamos os detalhes até onde pudemos e não encontramos erros. Ela parece saber até mais do que aquilo que consta nos artigos publicados... possivelmente informações confidenciais a que somente o Grupo Venport tem acesso. É difícil desviar o foco dela de tais coisas, mesmo para alimentá-la.

Raquella colocou as mãos na frente da mesa.

— Ela discute outros assuntos com algum nível de racionalidade? — perguntou.

Karee balançou a cabeça.

— Ela não parece interessada em nada além de viagens por dobra espacial... por enquanto. Diz que vai construir a própria nave e se tornar uma Navegadora para poder escapar deste lugar para sempre.

— Ela não esconde que odeia este lugar — complementou a Irmã Esther-Cano. — Não quis vir a Rossak desde o princípio, mas foi forçada.

— Antes ela era emocionalmente instável, mas isso parece muito diferente — apontou Valya, parecendo nervosa. — Eu relatei indícios anteriores de suas peculiaridades mentais, como o fato de ela ser capaz de manipular os movimentos dos escavadores na colmeia da parede, e ela disse que também podia alterar o crescimento do pau-névoa nos jardins do Palácio. Talvez Anna tivesse um tipo estranho de defesa mental que não reconhecemos.

Irmandade de Duna

— Conheço o imperador Salvador e ele não lidará bem com isso — alertou Dorotea. — Ele é rápido para atacar e apontar culpados. Devemos tomar extremo cuidado ao apresentarmos esse problema para ele.

Sentindo-se como uma mártir, Raquella abaixou a cabeça.

— Eu sou a Reverenda Madre da Irmandade. Aceitei Anna Corrino sob meus cuidados e prometi protegê-la. Portanto, eu mesma irei a Salusa Secundus e darei a terrível notícia. Anna me acompanhará ao Palácio, mas eu mesma assumirei a culpa, contando toda a verdade e pedindo compreensão. Talvez dessa forma dê para salvar a Irmandade, mesmo que isso custe minha própria vida.

Dorotea se endireitou e Raquella sentiu uma mudança no comportamento dela, como se a mais jovem pretendesse assumir o controle da situação.

— Não, *avó*. Os Corrino já me conhecem e me respeitam. Talvez eu consiga salvar algo desta situação. Eles valorizaram meu serviço... Sou *eu* quem deve ir. Talvez consiga controlar a mensagem.

— Não posso permitir que vá — retrucou Raquella.

— Agora sou uma Reverenda Madre. — A voz de Dorotea estava equilibrada, mas havia um óbvio tom de desafio. — Não preciso de sua *permissão*. Farei o que for necessário.

Apesar dos próprios protestos, Raquella percebeu que a mulher mais jovem estava certa. Aquela era a melhor solução. Ela estava incomodada com a insubordinação, mas Dorotea de fato conduzira muitas Irmãs pelo processo de se tornarem Reverendas Madres... algo que Raquella nunca havia conseguido fazer. E, ao escolher cuidadosamente as candidatas, Dorotea fortalecera a própria base de poder dentro da ordem. Ela era ambiciosa, com aspirações óbvias de liderar a Irmandade, e a viagem a Salusa cairia bem em seu currículo. Estaria fazendo uma jogada de poder? Se este fosse o caso, era uma jogada arriscada.

Finalmente, Raquella concordou com boa vontade.

— Muito bem, vá para Salusa e leve Anna com você. Sua experiência anterior com os Corrino faz de você nossa melhor esperança.

Valya acompanhou Anna Corrino e Dorotea, além de duas das novas Reverendas Madres, pelas copas das árvores polimerizadas até a área onde as naves tinham aterrissado. Anna estava complacente e cooperativa, embora continuasse a murmurar um fluxo de frases ininteligíveis. Seus olhos estavam vazios e não havia emoção em sua expressão.

A nave auxiliar estava pronta para partir. As duas Reverendas Madres ajudaram Anna a subir a bordo depois que Valya se despediu nervosamente da garota, que não a notou. Antes de subir a rampa, Dorotea se virou para Valya.

— Este é o momento de fazer sua escolha. Você estará do meu lado quando eu voltar? Raquella não é a única que ouve as vozes da memória em seu âmago. Muitas de nós sabemos a verdade da história agora, e a versão dos acontecimentos que nos foi contada não é precisa. A Reverenda Madre Raquella assumiu riscos terríveis, apostando nossas almas, almas *humanas*!, pelas próprias ambições. Eu não penso como ela, nem tomaria as mesmas decisões, sobretudo sobre seus preciosos programas de reprodução! — Um rosnado de desgosto se formou na garganta dela. — Eu sei de tudo, porque, entre as outras vidas em minha mente, tenho algumas das memórias de Raquella. Quando eu informar os butlerianos e eles vierem em peso à procura dos computadores ocultos que nós duas *sabemos* que estão naquelas cavernas, você será minha aliada ou minha inimiga? Pense nisso com cuidado.

Valya congelou, sentindo um arrepio na pele.

— Você fez um juramento de manter-se leal à Irmandade. Não pode quebrar seus votos dessa maneira.

Uma veia latejou na lateral da têmpora de Dorotea.

— Como seres humanos, cada um de nós tem um chamado maior para destruir as máquinas pensantes. Agora eu sei a verdade e ouço os gritos de todas as gerações que foram oprimidas por Omnius. Isso aconteceu por causa da arrogância, porque os humanos pensaram que poderiam controlar a tecnologia que eles mesmos desencadearam. Não ousemos permitir que isso aconteça novamente! "Não criarás uma máquina à semelhança da mente de um homem."

— A mente humana é sagrada — entoou Valya.

Momentos depois, Dorotea embarcou na nave auxiliar e fechou a escotilha atrás de si.

**Algumas coisas são grandes demais
para serem escondidas.**

— **Ditado anônimo**

A paisagem próxima à sede butleriana fazia Gilbertus pensar em imagens que vira da Velha Terra em seus dias antigos, com colinas verdes onduladas, edifícios agrícolas pontilhando o cenário e prados com ovelhas, cabras e vacas pastando. Até mesmo os animais eram originários da Terra. A cena lembrava uma antiga pintura de Van Gogh que Erasmus reverenciava, *Casas em Cordeville*.

Gilbertus e Manford Torondo desfrutaram de um suntuoso café da manhã ao ar livre, com alimentos frescos da fazenda e laticínios, na casa particular do líder butleriano. Por causa da grande expedição que estava prestes a lançar nos estaleiros de Thonaris, Manford estava surpreendentemente falante:

— Se sua projeção estiver correta, diretor, obteremos uma grande vitória. Exatamente do que preciso para manter meus seguidores energizados. Faremos uma coisa boa para a humanidade. Fico feliz que você estará lá para ver isso.

Cauteloso para manter as aparências, o Mentat tomava o café da manhã, embora não estivesse com fome.

— Fico feliz que ache proveitosos os resultados de minha projeção. Mas eu preferiria não acompanhar a frota. Não sou um militar e não posso abandonar minhas obrigações na escola. Ainda tenho programas de treinamento importantes para coordenar.

Como de costume, ele havia escondido o núcleo de memória em seu escritório, dando adeus ao robô autônomo e saindo com uma sensação desconfortável. Não gostava de deixar o núcleo de Erasmus sozinho, mas não tinha escolha. Manford o convocara. Gilbertus percebeu que, de certa forma, estava trabalhando para dois mestres diferentes, ambos inválidos.

O líder butleriano franziu a testa diante da resposta dele.

— Você não quer estar conosco para ver sua projeção Mentat se provar correta?

Gilbertus permaneceu calmo.

— Sei que estou certo.

— Então eu o quero lá por meus próprios motivos — retrucou Manford. — Caso novos cálculos sejam necessários.

Sabendo que era o que Erasmus teria aconselhado, o Mentat assentiu sem demonstrar discordância.

Sentindo-se completamente deslocado, Gilbertus estava de pé em uma plataforma ao lado de Manford Torondo. Diante deles, butlerianos animados se reuniam no vasto campo gramado ao redor das naves que estavam prontas para decolar. O homem sem pernas estava sentado em um palanquim sobre vigas que se apoiavam nos ombros de dois homens; sua Mestre-Espadachim estava logo ao lado como uma estátua guardiã.

Manford sorriu, radiante, voltado para a multidão. Ele olhou para Gilbertus.

— E agora, como prometi, é hora de remover a mancha de seu nome, diretor Albans, para mostrar a todas essas pessoas que você está perdoado: um seguidor digno cuja lealdade não pode ser posta em dúvida.

A multidão aplaudiu. Gilbertus não sentiu emoção calorosa alguma com aquilo, o que sempre acontecia quando Erasmus o elogiava. Mesmo assim, fingiu estar feliz, grato por ilibar a reputação da Escola Mentat.

Manford ergueu as mãos no ar para acalmar a multidão e gritou sem amplificadores artificiais:

— Por meio da análise Mentat, Gilbertus Albans descobriu a localização do que pode ser o maior estaleiro já construído pela maldade de Omnius. Com nossa frota ampliada, erradicaremos outra praga deixada pelas máquinas pensantes. Fique na minha frente, Gilbertus. Deixe que essas pessoas vejam o Mentat que revelou nosso próximo alvo.

Pelo som dos aplausos estrondosos, Gilbertus sabia que aquele homem poderia dizer qualquer coisa e o povo aprovaria. Embora incomodado com a atenção, o Mentat deu um passo à frente e se colocou à vista de todos enquanto Manford continuava a se dirigir à multidão.

— Recentemente, devido a um infeliz mal-entendido, algumas pessoas questionaram a dedicação do diretor à nossa causa. Vamos dirimir quaisquer dúvidas. Às vezes, os acadêmicos podem ficar presos na teoria enquanto os verdadeiros cruzados se concentram na prática. Este homem consegue as duas coisas. Ele jurou lealdade a nós, e sua grande Escola Mentat é a prova do objetivo que tem de nos tornar para sempre independentes das máquinas pensantes.

Em meio ao tumulto, Gilbertus não teve escolha a não ser ficar ali e receber a aclamação. Anari Idaho até lhe entregou sua espada para que ele a exibisse diante da multidão, o que empolgou as pessoas ainda mais. Entendendo o que esperavam dele e lembrando-se das advertências de Erasmus para fazer o que fosse necessário para desviar as suspeitas de si mesmo, Gilbertus gritou em meio ao clamor:

— Rumo ao sistema estelar de Thonaris!

Como um Mentat, acostumado a pensar profundamente e a ponderar muito antes de agir, ele se sentiu fora de seu elemento ao lado daquele líder incendiário, que tomava muitas de suas decisões com base em emoções. Demolir os estaleiros abandonados não seria um confronto real que exigiria projeções de batalha de um Mentat, mas Gilbertus sabia que, quando o local fosse destruído, a mira mudaria e os butlerianos procurariam outro lugar.

Sim, sempre haveria um alvo, e Gilbertus desejava que não fosse ele mesmo.

> **Raiva, desespero, vingança, arrependimento, perdão. É difícil resumir a vida de uma pessoa em uma única palavra.**
>
> — Vorian Atreides, diários particulares do período em Arrakis

O povo do deserto iria matá-lo — Griffin não tinha dúvidas. Ele seria capaz de lutar contra um oponente corpo a corpo, conseguia se defender... mas não poderia vencer uma tribo inteira.

Fazia dez anos desde que Valya havia pulado no mar ártico para resgatá-lo e quase o mesmo tempo desde que ele a havia salvado dos pescadores bêbados. Ele e a irmã eram uma dupla forte, uma dupla *sobrevivente*, mas não estavam juntos naquele momento para ajudar um ao outro. Estranhamente, preocupava-se mais com ela do que consigo mesmo, e esperava que a irmã pudesse suportar a perda se ele morresse ali, naquele mundo de areia.

Os freemen o haviam levado contra sua vontade para o esconderijo secreto deles e, já tendo obtido as respostas de que precisavam, não iriam simplesmente devolvê-lo à Cidade de Arrakis com um sorriso e um pedido de desculpas. Apesar de o naib ter ordenado que seus seguidores criminosos largassem Griffin e Vorian Atreides no deserto, Griffin pensou que eles poderiam reconsiderar e cortar sua garganta, drenar seu sangue e tomar sua água como recurso para a tribo. Havia aprendido aquilo em seu curto período em Arrakis. Ele se lembrou da eficiência com que as pessoas do beco haviam matado o ladrão e levado o corpo embora. O povo do deserto considerava os forasteiros pouco mais do que odres de água ambulantes.

Ele sabia que o grupo conseguiria se safar se o matassem, não importava como o fizessem, e ninguém notaria a ausência do homem de Lankiveil em seus quartos — o proprietário presumiria que ele havia fugido de seus alojamentos.

Griffin estivera prestes a retornar ao seu planeta natal gélido, prestes a usar o dinheiro que lhe restava para comprar uma passagem... mas, no último minuto, por uma estranha reviravolta do destino, ele encontrara Vorian Atreides e o confrontara. Ao menos conquistara uma vitória parcial da meta que Valya estipulara — mas Griffin não voltaria para casa para contar a ninguém.

A menos que conseguisse escapar. Griffin não conseguia suportar a ideia de nunca mais poder falar com sua família. Foi aquele pensamento que finalmente o convenceu a agir. Tinha que contar a todos eles o que havia encontrado, especialmente para Valya. Ele tinha que *viver* para poder fazê-lo.

As pessoas do deserto levavam uma vida dura e pegavam o que precisavam... e Griffin faria o mesmo dali em diante, construindo o próprio destino. Se o naib fosse assassiná-lo de qualquer forma, então Griffin iria para o deserto, onde poderia ter uma chance de sobrevivência, mesmo que fosse mínima.

Os freemen haviam colocado apenas um guarda desanimado em frente à cela dele, confiantes de que as areias intermináveis ao redor do assentamento formavam uma prisão inescapável. Choramingando, fingindo fraqueza, Griffin implorou para que o guarda entrasse:

— Um escorpião! Ele me picou!

Quando o homem entrou na cela, com uma expressão irritada e impaciente, Griffin girou e, com toda a força, desferiu um golpe certeiro no ponto em que o pescoço do guarda conectava-se ao ombro, deixando-o atordoado. O freemen tentou reagir a tempo, recuando, mas não conseguiu evitar o golpe; não esperava que o sujeito que considerava um forasteiro fraco tivesse tais habilidades de luta. Caiu no chão.

Ofegante e suado, Griffin usou o próprio cinto para amarrar o homem e o amordaçou com um pedaço de pano da cama em sua cela. Em seguida, na escuridão, arrastou-se para fora do quarto, esgueirando-se pelos corredores de pedra.

Vários freemen andavam pelo perímetro, mas ele se manteve nas sombras e esperou até que os túneis ficassem em silêncio de novo. Sabia que a irmã gostaria que ele encontrasse a cela de Vorian, matasse o homem enquanto ele dormia e escapasse, mas Griffin não fazia ideia de onde seu inimigo estava sendo mantido. Por ora, só podia nutrir a esperança de fugir e sobreviver à provação no deserto... para então voltar à família.

Ele encontrou a cisterna de armazenamento onde os freemen mantinham o suprimento de água comum, cuidadosamente regulado, mas não vigiado. Naquela cultura, os ladrões de água eram mais odiados do que os assassinos — mas como os homens do deserto haviam sequestrado Griffin e talvez ainda pretendessem roubar a água de seu corpo, ele sentiu que era justo levar uma mochila e um litrofão cheio. Em uma prateleira de pedra com suprimentos perto da porta externa selada pela umidade, também encontrou um kit para o deserto com uma máscara contra poeira e uma bússola.

Griffin partiu, esperando encontrar algum pequeno povoado ou alguma operação de colheita de especiaria no deserto árido. Sabia que suas chances não eram boas. Havia muitas maneiras de morrer no deserto.

Vor estava deitado e acordado, olhando para as paredes de pedra áspera e analisando seu passado e sua consciência. Quando as sentinelas noturnas soaram o alarme, ele se levantou de seu pálete duro e puxou a cobertura da porta, certo de que Andros e Hyla haviam retornado. Lutaria contra os dois irmãos — era melhor morrer em combate contra um inimigo verdadeiro do que ser exilado pelos freemen.

Ishanti correu para o quarto de Vor antes que ele pudesse se mover pelo corredor escuro e pareceu aliviada ao encontrá-lo.

— Bem, pelo menos vocês dois não foram estúpidos o suficiente para fugir juntos.

— Fugir? Quem fugiu?

— O Harkonnen roubou água e fugiu para o deserto... ainda que eu não faça ideia do que o idiota pretende fazer por lá.

As peças se moviam na mente de Vor como as engrenagens de um mecanismo de relógio.

— O que ele tem a perder? Vocês planejam matá-lo de qualquer maneira.

— Agora que ele roubou água de nós, é exatamente isso que faremos.

Vor já estava se adiantando.

— Nós o deteremos. Ele não pode ter ido longe. Se o naib conseguir que as pessoas saiam para procurar, ainda poderemos salvá-lo... e recuperar sua preciosa água. — Não que Vor esperasse que eles fossem ficar agradecidos.

Antes que ela pudesse responder, Sharnak foi ao encontro deles, com o rosto tão rígido quanto um punho cerrado sob a luz fraca.

— Agora vimos como os forasteiros retribuem nossa cortesia.

Vor respondeu com um sorriso irônico.

— Cortesia? Você colocou um capuz na cabeça dele, o drogou e o sequestrou de seu alojamento. Ameaçou executar a nós dois. Sua definição de "cortesia" é um tanto estranha.

Ishanti riu e observou:

— O homem jurou se vingar em nome de seu sangue e agora você quer defendê-lo? Você é um homem estranho, Vorian Atreides.

— Nada na vida é simples.

Desde a difícil conversa que tivera com o jovem Harkonnen, Vor refletira muito sobre o que havia feito com os descendentes de Abulurd. Culpar e punir toda a família pelos pecados de seu bisavô era injusto. O pai de Vor, Agamemnon, fora um dos maiores criminosos da humanidade, e Vor se recusara a aceitar qualquer culpa por aqueles crimes. Griffin Harkonnen também não merecia tal ultimato.

No mínimo, Vor sabia que deveria ter mantido a promessa de reabilitar o registro de Xavier Harkonnen. Talvez ele também devesse ter ido a Lankiveil para conferir os descendentes de Abulurd; não guardava rancor algum contra eles. Disse a si mesmo em voz baixa:

— Se você viver por séculos, terá muito tempo para fazer coisas das quais se arrependerá.

Depois de o ingênuo Griffin ter escapado para o deserto, Vor sentia uma preocupação genuína por ele.

— Precisamos encontrá-lo e trazê-lo de volta — sugeriu Vor. — Depois vocês podem decidir o que fazer conosco. Levem minha água se precisarem, mas não a dele. Não quero que ele continue a pagar pelas coisas que fiz.

— Ele é um forasteiro idiota, e devemos deixar que os vermes da areia o devorem — retrucou o naib Sharnak.

Ishanti balançou a cabeça.

— Ele roubou a água e os suprimentos dos freemen. Vamos recuperar ao menos isso. Se ele está tão decidido a morrer, o idiota pode fazê-lo sem desperdiçar nossa água. Vor e eu iremos juntos.

Levaram o aerobarco de Ishanti, mas Vor insistiu em operar os controles. A mulher do deserto ergueu as sobrancelhas.

— Tem certeza de que consegue fazer isso?

— Tenho pilotado naves como esta por várias de suas vidas.

Eles decolaram da linha de penhascos e voaram para a noite, ao luar. Vor olhou para o terreno repleto de areia.

— Ele não se dará ao trabalho de tentar esconder seus rastros... Não sabe como fazer isso — comentou ele. — Estará apenas tentando fugir.

Os dois localizaram depressa os sinais da passagem de Griffin. Saindo da cordilheira, ele havia atravessado as dunas que preenchiam a grande bacia. No horizonte ocidental, talvez a vinte quilômetros de distância, Vor avistou outra cadeia de montanhas; Griffin estava correndo na direção delas, provavelmente esperando buscar abrigo antes do amanhecer. Ele já percorrera talvez três quilômetros, arrastando uma longa linha de pegadas pela areia macia como o rastro de uma centopeia.

— Seu inimigo é um idiota, Vorian Atreides — comentou Ishanti. — Ele tem sorte de não ter atraído um verme da areia cambaleando por aí dessa maneira.

Durante o tempo que Vor passara entre os especieiros, o velho Calbir lhe ensinara exatamente o que procurar. Sob o luar, na vasta extensão de areia, ele notou uma ondulação vibrando na superfície, sombras avançando em uma onda concentrada.

— Atraiu, sim. — Vor acelerou o aerobarco. — Precisamos salvá-lo.

— Eu sabia que você diria isso. — Ishanti apontou para o oeste. — Ele está em uma fileira de dunas íngremes e macias agora... não temos como pousar lá. Está vendo aquele vale a leste? Me deixe na borda daquelas dunas.

— O que você fará lá?

— Chamarei a atenção do verme. Voe em um círculo baixo e eu saltarei do aerobarco. Depois, você pode voar de volta e pegar aquele idiota antes que Shai-Hulud chegue.

Ishanti pegou um pacote que estava preso à parede interna da cabine e se segurou na moldura da porta.

— Você vai ficar bem? — perguntou Vor, enquanto voava na direção que ela havia solicitado.

A mulher bufou.

— Você já me viu atrair um verme antes. Eu vou ficar bem. — Ishanti abriu a escotilha e deu um sorriso para ele. — Rápido, você não tem muito tempo. Se não conseguirmos salvar seu amigo, perderemos toda aquela água e o naib Sharnak ficará irritado. — Ela riu da própria piada cruel.

Quando ele acelerou, ela se jogou da nave e aterrissou agachada na areia macia. Enquanto Vor circulava com o aerobarco, ele a viu vasculhar a mochila para retirar os itens de que precisava.

O jovem Harkonnen tinha ouvido a aeronave se aproximando e, naquele momento, também viu o verme da areia arando uma onda seca em sua direção. Metade da enorme cabeça emergiu, uma boca aberta que escavava as dunas.

Vor acelerou. Se não conseguisse aterrissar a nave nas dunas íngremes, não sabia como poderia salvar Griffin a tempo.

De repente, o verme mudou de curso e avançou como um touro em direção ao local onde Ishanti esperava. Ela devia ter usado um dos mecanismos sincopados dos freemen, que enviavam vibrações ritmadas como tambores para a areia.

Vor encontrou um lugar para aterrissar em um vale entre as dunas. Depois de um momento de hesitação, Griffin tropeçou e escorregou pela face da duna, correndo em direção à nave. Ele poderia até ter estado disposto a morrer no deserto, mas a visão do monstruoso verme da areia o fizera mudar de ideia.

O intenso Harkonnen abriu a porta do aerobarco para subir a bordo, mas parou ao dar de cara com Vor.

— Você! Por que veio atrás de mim?

— Para salvar você. Não havia outras pessoas dispostas a fazer isso.

Griffin se arrastou para dentro junto com uma chuva de areia e poeira, depois fechou a escotilha.

— Eu deveria ter roubado um desses aerobarcos — comentou o mais jovem, olhando para os controles universais. — Assim eu não teria que lidar com você.

Griffin se sentou no assento do copiloto. Vor sorriu com pesar.

— Você acha que isso significa que tem meu perdão? — continuou Griffin, tirando a areia do bigode e do cavanhaque.

— Não pensei tão a longo prazo. Agora fique quieto. Preciso me concentrar para poder resgatar minha amiga. Ela arriscou a vida para desviar o verme de você.

Temendo que o barulho do motor da nave atraísse o monstro, ele voou alto e desceu assim que viu Ishanti cambaleando no topo de uma duna, ganhando distância de onde colocara o dispositivo de batidas rítmicas. Com um andar intermitente, como um balé que começa e para, a mulher do deserto correu paralelamente a uma bacia plana entre as dunas, uma área que não lhe oferecia mais cobertura do que as próprias dunas. Vor viu que poderia salvá-la com facilidade enquanto o verme estivesse ocupado com o dispositivo.

Enquanto Vor procurava um lugar estável para pousar na bacia, Ishanti correu pela face da duna em um ângulo na direção dele. De repente, tropeçou em um pedaço de areia branca, uma mancha pálida nas dunas. A areia começou a ondular e a bater embaixo dela, vibrando ritmicamente. Vor se lembrou de uma das palestras pacientes que Calbir lhe dera sobre os perigos em Arrakis, incluindo a areia de percussão. Ishanti deveria ter visto, mas ela estivera fugindo, observando a aeronave. Aquele ponto da duna emitiu uma série de estrondos quando os grãos de areia compactados caíram e se acomodaram em configurações acústicas.

O barulho da areia de percussão era muito mais alto do que o do martelador, e Vor viu o verme se aproximando depressa. Ishanti também o viu, mas estava afundada até a cintura na areia fofa. O pó a envolveu como lama movediça, e Vor não ousou pousar em nenhum lugar próximo, pois o aerobarco poderia afundar na areia instável.

A cabeça do verme da areia emergiu como um aríete através da parede da duna, atraído pelas vibrações ainda sufocantes da areia de percussão.

Ishanti estava gritando. Vor podia ver o pânico em seu rosto.

Griffin estava apavorado, com os olhos arregalados.

— Ela nunca vai conseguir!

Vor guiou o aerobarco para baixo.

— Acho que posso me aproximar. Jogue aquela corda do kit para mim. — A nave voou para mais perto. Griffin desenrolou a corda e a entregou a Vor. — Agora, amarre-a naquele suporte.

Enquanto o veículo se aproximava da mulher solitária presa nas dunas, Vor observou o monstro sem olhos mergulhar para a frente. Ele viu, mas se recusou a acreditar que não conseguiria chegar a tempo. Ishanti tentou se desenterrar da areia poeirenta que a traíra.

— O que você vai fazer? — perguntou Griffin. — Não tem como. O verme...

— Pegue os malditos controles! — gritou Vor.

Assim que Griffin agarrou a alavanca de pilotagem, Vor abriu a escotilha e a rolou para trás em seus trilhos. O vento que soprou de repente quase arrancou ambos dos assentos, mas Vor se segurou na corda que estava presa. O aerobarco deslizou pela areia, em rota de colisão com o verme que atacava.

Enrolando a corda em seus ombros, Vor se inclinou para fora da escotilha, pendurado no ar aberto e seco. Os motores da nave rugiram, mas ele gritou ainda mais alto:

— Ishanti! Segure minha mão!

Griffin baixou o aerobarco e Vor se pendurou, confiando na corda, esticando o braço.

O verme se lançou para o alto, explodindo a partir da areia. Ishanti estendeu a mão, mas Vor notou a expressão dela mudar quando se deu conta de que Vor nunca conseguiria segurá-la, não conseguiria se aproximar o suficiente. O verme a alcançaria e esmagaria o aerobarco também, mas Vor se recusava a desistir.

Ela decidiu por ele. No último instante, Ishanti afastou o abraço e lançou o corpo para longe na areia, duna abaixo, para *longe* da aeronave que se aproximava.

— Não! — gritou Vor.

Mas ela fizera aquilo de propósito, para se sacrificar.

A areia deslizando e o corpo de Ishanti caindo fizeram o verme se desviar, ainda que pouco. Com dificuldade para se levantar na areia fofa, a corajosa mulher se virou e encarou o monstro, ignorando Vor e o aerobarco, aceitando o próprio destino. Ela ergueu as mãos; se era em desafio ou em oração, Vor não sabia dizer.

Pendurado na escotilha, incapaz de deter o monstro, Vor gritou para Ishanti, implorando a ela, mas as palavras ficaram engasgadas em sua garganta.

Com um som estrondoso, o verme da areia emergiu diretamente na frente dela, e por pouco Griffin foi capaz de desviar o aerobarco do topo das dunas. O verme engoliu Ishanti e mergulhou com ela nas areias, criando um túnel e deixando uma simples ondulação onde estava.

Sentindo-se nauseado, Vor ficou pendurado até que Griffin puxou a corda e o levou de volta para dentro. Vor agarrou os controles da cabine de comando e ganhou altitude; levou um momento para perceber que quatro outras naves de combate dos freemen estavam se aproximando, cercando-os. Então o naib Sharnak também enviara outros, mas tarde demais. Eles tinham visto tudo.

Griffin não disse nada. Estava envergonhado e contrito.

O esquadrão do deserto voou perto do aerobarco de Vor, que não tentou escapar. Ele virou a nave para segui-los de volta ao assentamento da caverna.

— Ela se sacrificou para nos salvar — asseverou Vor. — Vamos voltar para os freemen.

> **Às vezes, não são necessários muitos pregos para fechar um caixão.**
>
> — *Imperador Jules Corrino*

O imperador Salvador Corrino não gostava de presenciar torturas, mesmo quando eram realizadas em seu nome. Ele entendia que era uma ferramenta necessária do Estado, mas preferia que fosse feita em um lugar onde ele não precisasse ver ou ouvir os detalhes. *Resultados*. Tudo o que ele queria eram resultados. Todavia, por vezes, não tinha como fugir de suas obrigações.

A dra. Zhoma estava deitada em agonia, amarrada em uma prateleira multifuncional, enquanto um dos "técnicos da verdade" encapuzados realizava seu trabalho sombrio. Ironicamente, o homem alto e magro chamado Reeg Lemonis havia aprendido suas habilidades e compreendido os centros de dor do corpo humano durante os vários anos que passara na divisão de treinamento especializado da Escola Suk, a Bisturi. Naquele momento, Salvador tinha certeza de que a administradora da Suk lamentava que sua escola tivesse produzido graduados tão habilidosos.

Como os butlerianos não gostavam de tecnologias complexas, Lemonis confiava em dispositivos testados e aprovados. Ele já usara um torno de extremidades para esmagar dois dedos de Zhoma. Naquele momento, o técnico ergueu o olhar para observar o imperador Salvador enquanto colocava outro grampo e uma bateria de choque na cabeça da médica.

Roderick estava ao lado do imperador, tão perturbado quanto o irmão. Zhoma gemia e emitia sons incompreensíveis, dos quais eles conseguiam distinguir algumas poucas palavras. Ela havia suportado uma quantidade considerável de dor antes que Lemonis começasse a obter resultados interessantes. Roderick ficara enojado e fascinado com o processo, mas o técnico da verdade não infligira lesões físicas genuínas até que ela confessasse a conspiração. Depois disso, até mesmo Roderick passou a nutrir um pouco de compaixão por ela.

Lemonis terminou de prender o grampo na cabeça da mulher, verificou o encaixe e olhou para cima.

— As informações são chocantes, sire. A boa médica revelou alguns segredos terríveis, desvios financeiros e enormes fraudes... e confessou um assassinato.

Salvador deu uma olhada rápida para Roderick.

— Assassinato? Quem foi a vítima?

O torturador havia registrado as palavras exatas, mas resumiu:

— Ela matou seu antecessor na escola, o dr. Elo Bando. Injetou dezenas de produtos químicos letais nele, no escritório dele, depois usou a própria posição para encobrir o crime e fazer com que a morte fosse considerada suicídio.

Salvador piscou, surpreso.

— Pobre dr. Bando! Ela queria o cargo tanto assim, a ponto de matar por ele? — Ele sentiu um embrulho na barriga e emitiu um som de desgosto.

— Não exatamente, sire. Ela alega que o ex-administrador Suk desviou grandes somas de dinheiro do senhor e quase levou a escola médica à falência. E também insiste que o falecido estava fabricando muitos tratamentos inúteis para o senhor e cobrando valores exorbitantes.

A pele de Salvador corou e seus batimentos aceleraram. A forte dor de cabeça havia voltado, como se algo estivesse tentando sair de dentro de seu crânio.

— É mentira. Você precisa usar métodos mais enérgicos para chegar ao fundo dessa questão. É óbvio que ela está tentando obter favores agora e inventará qualquer bobagem para acabar com a dor.

O olhar de Roderick era ilegível.

— Nesse caso, irmão, seria inútil continuar com esse interrogatório — disse ele. — Lemonis é um investigador da Bisturi muito competente.

— Ah, ela está dizendo a verdade — disse o técnico da dor; ele não notou o constrangimento do imperador. — E ela tem mais a nos contar sobre a conspiração que o envolve, sire. Não deve demorar muito até que saibamos quem a colocou para fazer isso.

Enquanto Lemonis passava para a próxima fase, Roderick olhou para Salvador e disse:

— Ela é uma médica Suk, a administradora da escola... a pessoa que *eu* escolhi para ser sua médica pessoal. Sinto muito por tê-lo decepcionado.

— Não é culpa sua... Ela é esperta e enganou a todos nós — respondeu Salvador. — E foi você quem descobriu tudo. — Salvador estremeceu com um grito da dra. Zhoma, esperou que a interrupção terminasse e acrescentou: — Confio plenamente em você.

Menos de uma hora depois, o torturador estava satisfeito por ter obtido todas as informações disponíveis. A dra. Zhoma jazia debilitada, mas ainda viva, enquanto Lemonis apresentava seus resultados ao imperador.

— Essa médica tem uma alta tolerância à dor. Eu a deixei consciente para que ela possa responder diretamente a todas as perguntas adicionais que os senhores tiverem.

Salvador se sentiu enjoado, olhando para todo o sangue e sabendo que nunca teria sobrevivido a metade do que Zhoma sofrera. Havia desespero nos olhos dela, o rosto machucado e ensanguentado. Ele se inclinou sobre a médica, inspirando e expirando lentamente, e fez com que sua voz soasse tão profunda e terrível quanto conseguia:

— E o que você planejou para mim? Você é uma assassina?

— A Irmandade... — respondeu ela. O imperador não conseguia olhar para os lábios machucados e os dentes quebrados dela; todo aquele sangue o deixava desconfortável. — Registros de reprodução... Você não deve ter filhos. Linhagem contaminada... Elas me enviaram para esterilizar você.

Salvador se irritou.

— Me *esterilizar*? Querem destruir a linhagem Corrino?

— Não... apenas a sua. A linhagem de Roderick deve ser a dos imperadores Corrino.

O príncipe Roderick franziu a testa, profundamente preocupado.

— A Irmandade está tramando contra o trono imperial? — Ele deu uma olhada para Salvador. — Precisamos tirar Anna de perto delas. Nós a enviamos para lá para mantê-la segura!

Mas Zhoma ainda não havia terminado. O que começou como uma risada se transformou em uma tosse. Ela pareceu sentir uma onda de energia audaciosa e falou, com absoluta clareza:

— Depois de ver como os butlerianos o têm na palma da mão, decidi que esterilizar não era o bastante: você deveria ser *assassinado*. — Ela se recostou na mesa. — Você vai me executar de qualquer maneira, então posso falar o que todos dizem pelas suas costas: Roderick seria, de longe, um líder melhor que você.

Quando os dois homens voltaram ao Palácio, depois de trocarem as roupas manchadas de suor e sangue, ficaram surpresos ao encontrar uma delegação sombria e formal de Rossak. A Irmã Dorotea, duas outras Irmãs... e Anna.

— Bem — disse Salvador, olhando para o irmão quando ambos subiram ao estrado do trono na sala de reuniões —, suponho que seja um bom momento para isso, agora que sabemos o que elas estão tramando.

Roderick, no entanto, semicerrou os olhos e encarou o grupo com preocupação. Anna parecia confusa e desorientada, fisicamente ilesa, mas... *estranha*, de alguma forma, e muito alterada.

Segurando a mão da jovem, Dorotea deu um passo à frente e fez uma reverência. Sua voz era suave e contrita.

— Vossa Alteza, uma terrível tragédia ocorreu.

Roderick se aproximou rapidamente para segurar os braços da irmã, examinando-a para ver o que havia de errado, mas Anna sequer olhou para ele; seus olhos se moviam de um lado para o outro, o olhar dançando ao som de uma batida inaudível.

Salvador permaneceu concentrado na Irmã Dorotea:

— Explique-se... e entenda que sua vida e o destino de toda a escola de Rossak dependerão de sua resposta.

— Minha resposta é a verdade e não mudará, com ou sem ameaças. — Ela não desviou o olhar de Salvador. — Há muito tempo, nossa Reverenda Madre Raquella alterou a bioquímica do próprio corpo de modo que fosse capaz de sobreviver ao veneno de um assassino. Essa transformação lhe deu acesso ao controle intenso de todos os aspectos de seu corpo e desbloqueou uma série de memórias de gerações passadas. Ela se tornou nossa primeira Reverenda Madre.

Salvador já estava ficando impaciente.

— Eu quero saber o que você fez com a minha irmã, não uma aula de história sobre a sua ordem.

Dorotea não apressou a explicação.

— Há muitos anos a Irmandade vem tentando recriar essa transformação, expondo voluntárias a substâncias químicas perigosas na esperança de encontrar a chave. Praticamente todas as voluntárias morreram na tentativa, mas recentemente eu me tornei a primeira nova Reverenda Madre. Depois que a técnica foi comprovada, outras Irmãs também fizeram a tentativa, de modo que agora temos mais Reverendas Madres.

De repente, Anna começou a dizer palavras em um ritmo rápido; Salvador percebeu que eram nomes de planetas do Imperium.

— Anna se convenceu de que estava pronta, embora nenhuma de nós acreditasse nisso. Ela foi impulsiva, roubou uma dose da droga e a consumiu antes que alguém pudesse impedi-la. Como resultado, ficou em coma por muitos dias, mas não morreu. Quando acordou, estava alterada... como você pode ver. — A voz de Dorotea permaneceu incrivelmente firme. — Mas não acho que ela seja uma Reverenda Madre. Ela parece estar em algum ponto intermediário.

Insatisfeito, Roderick exigiu:

— E com tantas mortes causadas por essa droga, por que ela não estava guardada em um lugar mais seguro, longe de nossa irmã? Vocês sabiam dos problemas emocionais dela. Foi por isso que a enviamos para a Irmandade... para que a mantivessem em segurança.

— Anna é extremamente obstinada — retrucou Dorotea. — E inteligente.

— Agora eu sou mais inteligente — interrompeu Anna com a voz arrastada. — Há pessoas em minha cabeça, instrutoras especiais. Ouça-as.

Ela vomitou um amontoado de frases, palavras e sons ininteligíveis, como se tivessem saído de uma mistura em uma tigela. Seus olhos azuis pareciam bolinhas de gude e sua expressão estava vazia.

Dorotea parecia preocupada.

— No processo de se tornar uma Reverenda Madre, uma Irmã acessa um vasto reservatório de vidas femininas passadas, uma série de memórias. Anna parece ter sido... parcialmente bem-sucedida.

De repente, a jovem interrompeu seu fluxo de palavras desconexas e disse no próprio tom de voz habitual:

— As vozes estão pedindo que eu me retire agora. Elas não gostam que eu me intrometa nelas, mas é tarde demais. Eu já estou lá.

— Anna — chamou Roderick —, você gostaria de se sentar e conversar comigo, como costumávamos fazer? Você está em casa agora, onde é seguro.

Ela não respondeu, não deu sinal algum de que o ouvira. Seus olhos pareciam perscrutar um mundo interior oculto.

Uma das portas principais se abriu e lady Orenna entrou no saguão de entrada, vestindo um manto branco e dourado.

— Acabei de ficar sabendo que Anna voltou para nós. — Ela correu para a princesa abatida. — Ah, criança, como você está?

Anna parecia ter ouvido a madrasta. Seu rosto era uma máscara de tristeza enquanto olhava para a mulher mais velha.

— Elas me machucaram.

— Quem a machucou? — perguntou Salvador, levantando-se de seu trono.

— As vozes. Elas me machucam toda vez que falam... pequenas agulhas de dor dentro do meu cérebro.

A imperatriz virgem passou o braço em volta de Anna e a puxou para perto de si.

— Por que não fica em meus aposentos esta noite, querida? Eu cuidarei de você. E amanhã entraremos naquele arbusto de pau-névoa de que você tanto gosta.

— Eu gostaria muito — concordou Anna. — Agora estou em casa.

O imperador Salvador lançou um olhar malévolo para Dorotea e suas duas companheiras.

— Esta é a segunda vez que a Irmandade me decepciona... em um único dia! Vou fechar e dispersar a escola inteira!

Roderick tocou discretamente o braço do irmão mais velho.

— Mas há mais coisas que precisamos saber. Talvez devêssemos discutir melhor para entender a resposta adequada a este problema. Uma ação precipitada agora poderia ter repercussões em todo o Imperium.

A Irmã Dorotea os surpreendeu ao se manifestar.

— Imperador Salvador, eu entendo sua raiva. Grande parte da Irmandade é corrupta e deve ser eliminada, mas podemos salvar o restante. Algumas, como eu e minhas companheiras Reverendas Madres, acreditamos em um tipo diferente de Irmandade, uma que promova os nobres propósitos do Imperium. É hora de remover os excessos, cauterizar as feridas e seguir em frente pelo caminho apropriado.

Salvador bufou, grosseiro.

— Já descobri todos os esquemas da sua Irmandade, seus registros de reprodução, sua conspiração para me impedir de ter filhos! Por sorte, pegamos sua marionete, a dra. Zhoma, antes que ela pudesse me esterilizar.

Dorotea pareceu intrigada.

— Eu não estava ciente desse plano, mas a dra. Zhoma era uma protegida da Reverenda Madre. Não a conheço direito. No entanto, concordo plenamente, sire: o programa de reprodução da Irmandade é o centro de sua corrupção. Há segredos obscuros entre as Irmãs de Rossak, mas imploro que tenha em mente que algumas de nós são razoáveis e desejam trabalhar com vossa majestade, *para* vossa majestade. Algumas de nós são leais ao Imperium e à filosofia zelosa dos butlerianos.

— Quantas fazem parte de sua facção? — perguntou Roderick.

— Somos uma minoria, mas muitas das novas Reverendas Madres compartilham minhas profundas preocupações.

— "Não criarás uma máquina à semelhança da mente de um homem" — entoou uma das companheiras de Dorotea, uma mulher pequena com nariz arredondado e uma pinta na bochecha esquerda.

Salvador se sentiu decididamente desconfortável.

— Já ouvi Manford Torondo citar isso muitas vezes, mas o que ela está querendo dizer nesta situação em particular? O que isso tem a ver com o que aconteceu com Anna? — A ideia da conspiração de Zhoma estava fresca em sua mente.

— A Irmã Gessie está falando sobre a coisa mais terrível que a Irmandade fez — explicou Dorotea. — Em suas cavernas restritas, elas usam computadores proibidos para manter os asquerosos registros de reprodução. Nem mesmo eu tenho permissão para acessar essa parte de nossa escola, mas vi os computadores em minhas Outras Memórias.

Roderick enrijeceu.

— Máquinas pensantes escondidas dentro das cavernas de Rossak?

— O quê? — O grito de Salvador ecoou na câmara de entrada abobadada.

— Há podridão no cerne da Irmandade, mas algumas de nós não a consideram aceitável. É por isso que eu queria trazer Anna de volta pessoalmente. Precisava falar com vossa majestade, sire, para informá-lo sobre essa impostura. Faz-se necessário um *expurgo* da ordem, não uma destruição... Clamo por uma correção de curso. Peço-lhe que não puna toda a nossa ordem pelas ações de um círculo de mulheres corruptas. A maioria das Irmãs não sabe desse crime terrível e se juntaria a nós se tivesse a oportunidade.

— E sobre os computadores ilegais? — emendou Roderick. — Vocês têm provas? Conseguiriam encontrá-los?

— Tenho certeza disso. Podemos contar com a ajuda de Manford Torondo...

Com um olhar alarmado, Salvador interrompeu:

— Não há necessidade de envolver os butlerianos. O Imperium é *minha* responsabilidade. Enviarei um esquadrão militar para cuidar disso. — Ele se voltou para o irmão, sentindo-se satisfeito pela primeira vez no dia. — Pronto, está decidido.

> **Os Malnascidos foram expulsos pelas Feiticeiras, mas os que sobreviveram conhecem os subterrâneos da selva melhor do que ninguém. Por causa de meu passado com eles, lugares secretos nos foram revelados.**
>
> — Reverenda Madre Raquella Berto-Anirul, discurso às fiéis antes do amanhecer

A Irmandade precisava estar preparada. Não apenas a onda de vozes internas alertou Raquella sobre a crise iminente, mas a Irmã Valya havia lhe contado um motivo específico para a ameaça. Ao se tornar uma Reverenda Madre, Dorotea tinha descoberto — por meio das memórias antigas e incorporadas de Raquella — os computadores secretos.

E ela pretendia expor a tecnologia ilegal aos butlerianos.

Raquella tinha que fazer algo para proteger a Irmandade antes que as multidões fossem destruir aquilo que não compreendiam.

Dorotea também tinha aliadas entre as Irmãs, especialmente entre as novas Reverendas Madres. Revoltadas com a emergência, muitas das mulheres estavam pedindo o fim dos segredos. Nove das mais veementes Reverendas Madres de Dorotea exigiram uma busca nas cavernas superiores restritas que continham os registros de reprodução, confiantes de que encontrariam provas de tecnologia ilegal.

Nas cavernas dos registros de reprodução, as câmaras isoladas abrigavam prateleiras repletas de documentos impressos em folhas de papel incrivelmente finas. Por gerações, as mulheres de Rossak compilaram e mantiveram aquelas montanhas de informações; seria necessário um exército de Mentats para inspecionar e analisar tudo aquilo.

Apenas um subgrupo das Irmãs que trabalhavam com aqueles registros genéticos impressos sabia da parede holográfica camuflada que ocultava uma grande câmara secundária contendo computadores proibidos. Se as turbas butlerianas ou os soldados imperiais saqueassem os túneis, exigindo respostas, entretanto, por certo alguém encontraria a sala por acaso.

Raquella sabia muito bem que os aliados de Dorotea não tinham provas concretas — até mesmo as novas Reverendas Madres tinham memórias não confiáveis e não sequenciais das vozes do passado que de repente eram capazes de acessar. Sua neta poderia se lembrar de algumas das ações de Raquella de muito tempo atrás, antes do nascimento de Arlett, mas era improvável que tivesse certeza do que a velha Reverenda Madre estava pensando ou fazendo *naquele exato momento*.

No entanto, o simples fato de levantar o espectro dos computadores equivalia a uma declaração de culpa, e os sentimentos entre as Irmãs se inflamaram ainda mais quando Raquella se recusou terminantemente a lhes conceder acesso, colocando mais guardas Feiticeiras no caminho elevado e acusando as aliadas de Dorotea de flagrante insubordinação.

Ela se sentiu desamparada ao ver as Irmãs tomarem partido. Karee Marques e suas Irmãs Mentats já haviam previsto que um cisma sombrio ocorreria na Irmandade. Raquella sabia que, se não abordasse abertamente a questão, elas veriam a esquiva como uma confissão.

Raquella precisava manter sua posição e permanecer fiel às metas que estabelecera, metas críticas que exigiam medidas drásticas. Ela se reuniu com Karee, Valya, Sabra Hublein e outras quinze Irmãs de seu círculo íntimo mais confiável, aquelas que conheciam os segredos mais profundos, e lhes deu instruções.

Então, em uma atitude ousada, Raquella convocou todas as integrantes da Irmandade para uma reunião de emergência ao amanhecer. Quando o céu enevoado se iluminou com o nascer do sol, mais de mil Irmãs entraram na mais ampla sala de reuniões.

Em meio a uma multidão tão grande, ninguém notaria a ausência da Irmã Valya e de um punhado de assistentes especialmente escolhidas. Aquela seria a única chance que elas teriam.

De pé diante da assembleia, a Reverenda Madre Raquella levantou as mãos e esperou que o silêncio pairasse. Com seus olhos anciãos, ela encarou o mar de rostos.

— Muitas de vocês estavam ansiosas por um debate aberto. Todas têm suas perguntas e preocupações. É hora de falarem o que pensam, cada uma de vocês. Eu ouvirei e responderei. — Ela assentiu para duas guardas Feiticeiras escolhidas a dedo, que fecharam e trancaram as portas, selando todas as Irmãs dentro da grande câmara. — Ficaremos aqui até que tenham falado o que pensam, mesmo que isso leve o dia inteiro.

Raquella estava pronta para todos os comentários e perguntas.

Mas era tudo um engodo. Ela precisava ganhar tempo.

Com as outras integrantes da Irmandade juntas para a reunião, Valya e uma dúzia de Irmãs leais correram para desmontar os computadores proibidos.

Atrás da barreira holográfica, desmembraram os componentes, removeram todos os módulos de armazenamento de gelcircuito denso e usaram elevadores suspensos para jogá-los em antigos poços de ventilação e acesso dentro da cidade do penhasco até a parte inferior da parede do cânion. De lá, trabalhadoras silenciosas transportaram os componentes selados para as profundezas da selva emaranhada. A Reverenda Madre Raquella havia lhes mostrado um esconderijo onde os computadores desmontados ficariam protegidos dos perigos da densa vegetação rasteira — onde nunca seriam encontrados por saqueadores butlerianos, soldados imperiais ou Irmãs desconfiadas.

Na época em que Raquella quase morrera da praga de Omnius, uma Malnascida rejeitada a levara para um lar de outros exilados deformados escondido na selva. Nas cavernas sob um sumidouro de calcário, os Malnascidos a abrigaram e cuidaram dela até que recuperasse a saúde. Ninguém mais havia encontrado o lugar, e todos os Malnascidos haviam morrido nas décadas seguintes. A Reverenda Madre não ia lá havia muitos anos, mas ela se lembrava bem do local.

Valya conduziu suas companheiras para a selva em uma correria ofegante, mas com eficiência militar. O cenote perdido seria o esconderijo perfeito para armazenar os computadores desmontados e suas informações genéticas de valor inestimável.

> **Como o Jihad de Serena Butler nos ensinou, devemos usar qualquer arma imaginável para combater os inimigos da humanidade. Mas e se esses inimigos forem eles próprios humanos mal orientados?**
>
> — Ptolomeu, registros de pesquisa de Denali

Quando terminou de consertar o primeiro dos superlativos andarilhos cimaks, Ptolomeu sentiu o entusiasmo e até o otimismo retornarem. Ao se dedicar ao estudo dos sistemas mecânicos, ele quase se esquecia da dor e da decepção de trabalhar sozinho. Sem o dr. Elchan, o trabalho de Ptolomeu havia se tornado uma obsessão para restaurar a ordem e consertar algo que havia sido quebrado. E ele tinha que fazer aquilo para o bem da humanidade.

As interfaces de neurotrodo que conectavam os nervos aos membros blindados eram extremamente complexas, e Ptolomeu ainda tinha muito a aprender antes de conseguir controlar uma forma mecânica combatente usando impulsos neurais. O lado positivo era que os corpos blindados eram máquinas simples, acionadas por motores, pistões e cabos, e podiam ser controlados por meios mais tradicionais. Ptolomeu construiu uma pequena cabine pendurada sob um dos corpos tipo caranguejo. Vedada e pressurizada, com entradas conectadas aos controles da máquina, a cabine foi equipada com sistemas de suporte à vida que permitiriam que Ptolomeu ficasse dentro dela enquanto explorava a paisagem sombria e cáustica de Denali.

Quando terminou de testar os sistemas, Ptolomeu subiu pela escotilha da cabine de controle, fechou-se lá dentro, abriu as válvulas dos tanques de ar e ativou os sistemas. A grande máquina zumbiu e o corpo tipo caranguejo se ergueu sobre pernas volumosas.

Enquanto imaginava ser um dos neocimaks, ele percebeu que Elchan o teria repreendido por tal arrogância. Toda a vida de Ptolomeu havia sido dedicada ao progresso e à melhoria da civilização, nunca à glória pessoal. No entanto, naquele momento, ele sabia que, se fosse bem-sucedido no que tinha em mente, poderia muito bem ter grande fama e admiração generalizada. Se ele sobrevivesse e se as pessoas entendessem.

O pesquisador veterano moveu uma das seis pernas para a frente, seguida por outra, depois outra. Era uma tarefa complicada andar no aparato, nada intuitiva, e ele se surpreendeu com o fato de os cimaks terem sido capazes de operar seus corpos-máquina com tamanha fluidez e em uma variedade tão grande de configurações com pernas e braços de luta, esteiras rolantes e até mesmo asas.

Ansioso para praticar com a máquina modificada e ver o que poderia descobrir e salvar na paisagem hostil, Ptolomeu fechou o hangar do laboratório, despressurizou-o e usou um sinal remoto para abrir as portas do compartimento. Vapores esverdeados invadiram o módulo do hangar.

Olhando através das janelas panorâmicas de sua cabine de controle, ele colocou as pernas articuladas em movimento. Com delicadeza, no início, e gradualmente com mais confiança, ele se arrastou para a vastidão repleta de pedras entre os módulos de pesquisa de Denali. O véu de nuvens tóxicas dava aos arredores uma aparência distorcida e onírica. A luz que brilhava nos módulos de pesquisa parecia embaçada pela névoa.

Ajustando-se ao movimento gradual e sincronizado de três pares de pernas, Ptolomeu atravessou o campo de pouso plano onde as naves auxiliares deixavam os suprimentos e depois se aventurou para além das proximidades das instalações de pesquisa.

Anos antes, enquanto construíam aquele posto avançado secreto em uma antiga base cimak, técnicos em trajes de proteção ambiental haviam explorado um quilômetro ao redor da instalação, mas pouco exploraram as áreas mais distantes. A missão daquela instalação era conduzir projetos de pesquisa importantes longe dos olhos curiosos dos butlerianos; poucos cientistas estavam interessados em mapear um mundo inóspito. Josef Venport certamente não se importava com a paisagem de Denali. Ptolomeu, no entanto, estava concentrado em tentar localizar qualquer resquício dos antigos cimaks, qualquer tecnologia que ele pudesse usar.

Enquanto o corpo da máquina se afastava das luzes esmaecidas das cúpulas do laboratório, o cientista ativou seus iluminadores. Olhos brilhantes lançaram cones de luz na fumaça de cloro que ondulava a sua volta. No topo de uma elevação baixa, ele se deparou com um ferro-velho de corpos de cimak, grandes formas mecânicas espalhadas como carniça em um campo de batalha. Haviam desfalecido exatamente onde estavam, como os ossos de animais pré-históricos que se dirigiram a um cemitério especial para morrer. Para Ptolomeu, era uma arca do tesouro.

Ele interrompeu os passos desajeitados das pernas da máquina e ficou olhando com admiração e prazer, imaginando todas aquelas formas guerreiras funcionando novamente, um exército ressuscitado delas. Tal força poderia enfrentar qualquer multidão de butlerianos! Ptolomeu percebeu que estava sorrindo: se Manford Torondo aparecesse para destruir a instalação de Denali, ele a encontraria defendida por seus maiores pesadelos.

Mesmo esparramadas nas rochas e desativadas, as formas andarilhas pareciam assustadoras. Ptolomeu se lembrou de histórias sobre o Titã Ájax, cujo corpo de máquina massacrara populações inteiras que se rebelaram contra ele. Na tela de sua imaginação, ele visualizou as máquinas cimaks agarrando os supersticiosos butlerianos, os Mestres-Espadachins, qualquer um que tivesse a intenção de destruir irracionalmente.

Dentro da cabine selada, o cientista operou os controles e, desajeitado, levantou a perna dianteira articulada de seu andarilho, ergueu um pé em forma de garra e o fechou. Em sua mente, ele imaginou agarrar o torso de Anari Idaho e esmagá-lo. Imaginou que os selvagens de Manford se lançariam sobre os corpos dos andarilhos, rastejando sobre eles como piolhos, golpeando e esmagando. Mas de nada adiantaria para os fanáticos. Aqueles andarilhos cimaks eram poderosos demais.

Se ele tivesse tido acesso a um corpo mecânico como aquele antes, poderia ter matado todos os butlerianos que invadiram suas instalações de pesquisa em Zenith — e mesmo que não tivesse entrado no corpo a tempo de salvar a vida de Elchan, poderia ter forçado aquele Manford Torondo sem pernas a assistir ao massacre dos butlerianos, assim como o homem vil fizera Ptolomeu testemunhar a morte horrível de seu amigo mais próximo.

Enquanto operava os controles externos da cabine fechada, Ptolomeu percebeu que seus membros e suas mãos eram muito desajeitados para uma batalha rápida e fluida. Precisaria encontrar uma interface neural direta para que ele — e qualquer outro defensor da civilização — pudesse operar as máquinas com a delicadeza adequada.

Irmandade de Duna

Ele passou pelo cemitério cimak e seguiu mais adiante, ao longo da cordilheira, até o local onde os gases turvos se dissipavam. Lá, encontrou estruturas desmoronando e mais uma centena de andarilhos blindados. Ptolomeu pretendia fazer um grande uso daquela sorte inesperada — uma nova defesa que permitiria aos humanos racionais enfrentar os loucos que queriam mergulhar a civilização em uma Idade das Trevas.

Ele ergueu bem alto o corpo de seu andarilho, estendendo o par de pernas dianteiras como um homem levantando os punhos e amaldiçoando os deuses.

> **Aquele que está disposto a usar uma ferramenta maligna é também maligno. Sem exceções.**
>
> — **Manford Torondo**, *O único caminho*

Mostrando total fé na previsão do Mentat, Manford guiou suas naves de guerra até o sistema estelar Thonaris. Estava impressionado e com certo receio da maneira como Gilbertus Albans conseguia reunir montanhas de fatos e descobrir padrões com base apenas em detalhes sutis. Os processos de pensamento Mentat o lembravam de feitiçaria ou de processos sofisticados de computador — qualquer um dos quais gerava preocupações equivalentes. O diretor afirmou que estava apenas demonstrando como a mente humana era equivalente a qualquer computador.

Embora Gilbertus tivesse revelado uma inaceitável admiração implícita por máquinas pensantes, conforme demonstrado pelos comentários perturbadores que fizera à sua turma, Manford chegara à conclusão de que os Mentats e os butlerianos eram aliados naturais, lutando do mesmo lado.

Dentro de sua cabine particular a bordo da nave líder da classe Ballista, Manford continuou a ler passagens horríveis dos diários de bordo de Erasmus. As descrições cruéis do robô independente sobre as torturas e os experimentos que ele infligira a inúmeros humanos, além de reflexões bizarras e repulsivas sobre os dados coletados, só aumentavam o medo e a aversão de Manford. As pessoas não entendiam mais como as máquinas pensantes eram indescritivelmente más, e Erasmus era de longe o pior de todos.

Embora Manford tivesse anteriormente negado acesso a Gilbertus Albans, o líder butleriano decidira que ele era um aliado importante e resolveu mostrar ao diretor o diário do robô. Ele apontou algumas das revelações mais escandalosas.

— Fica óbvio como isso é insidioso. Cada palavra é uma prova daquilo contra o que estamos lutando. O próprio Erasmus diz: "Passado algum tempo, eles vão se esquecer... e nos criarão de novo".

Gilbertus empalideceu ao examinar as páginas densas. Usando as habilidades de Mentat, ele memorizou instantaneamente as palavras.

— Ler isso me assusta — admitiu.

O diretor era um homem calmo, preocupado em administrar sua escola e treinar seus alunos; ainda não parecia confortável em participar daquela expedição, apesar do clima de comemoração a bordo das naves. Alegando a necessidade de meditação para se preparar para a batalha que se aproximava, ele pediu permissão a Manford e se retirou para seus aposentos.

As naves superlumínicas padrão estavam disparando de um lado para o outro pelo espaço fazia mais de uma semana. Como o posto avançado de Thonaris era um centro de fabricação desativado havia muito, os butlerianos não sentiam urgência suficiente para arriscar o uso dos imprevisíveis motores dobraespaço. Durante a viagem para o sistema distante, a expectativa e a empolgação aumentaram entre os butlerianos, como a umidade quente enchendo uma sauna a vapor.

Manford começara a sentir, no entanto, que simplesmente destruir outra pilha de máquinas já mortas seria uma vitória vazia e significava muito menos do que seus seguidores pensavam. Ainda assim, quanto mais Manford permitisse que seus fanáticos encarassem espantalhos como inimigos e os destruíssem, mais estariam dispostos a segui-lo quando ele pedisse uma ação semelhante contra inimigos menos óbvios, como os Apologistas de Máquinas, que tentavam racionalizar o uso de algumas máquinas pensantes. Seus seguidores eram uma arma que ele podia mirar e disparar. Ele deixaria que a destruição dos estaleiros de Thonaris fosse uma válvula de liberar pressão e um ato unificador.

A mente humana é sagrada.

Quando as naves chegaram ao sistema estelar, encontraram a base de máquinas pensantes exatamente onde o Mentat previra. Mas Manford ficou surpreso ao ver não um posto avançado silencioso e gélido, mas um movimentado centro de atividade industrial, com complexos de manufatura cheios de linhas de montagem automatizadas que fabricavam placas de metal de casco e componentes estruturais, expelindo calor e fumaça de escapamento. Enormes docas de construção estavam suspensas sobre planetoides quebrados, onde inúmeras naves estavam sendo construídas.

Seus colegas observadores na ponte soltaram um arquejo coletivo; entre eles, Gilbertus Albans. Trinta naves de patrulha armadas protegiam as instalações, e Anari Idaho foi a primeira a ver o símbolo da Frota Espacial do Grupo Venport nos cascos. Viram ao menos quinze outras naves do Grupo Venport no complexo. Embora as naves butlerianas fossem muito mais numerosas do que as inimigas, as naves de patrulha do Grupo Venport se alinharam para enfrentar a frota de Manford.

Uma voz pomposa atravessou a linha de transmissão.

— Atenção, intrusos: esta instalação pertence e é operada pelo Grupo Venport. Vocês não são bem-vindos aqui.

Perturbado pela atitude confiante do homem, Manford respondeu:

— Esta instalação é um propugnáculo de tecnologia ilegal de máquinas pensantes. Todas essas naves, fábricas e materiais estão confiscados. Pretendemos destruí-los. — Ele tocou o lábio inferior e acrescentou: — Podem evacuar seu pessoal, ou não, como desejarem. A escolha é de vocês.

Alguns momentos depois, o próprio diretor Venport apareceu na tela.

— Como ousa interferir em minhas operações legítimas? Não reconheço sua autoridade. Você está invadindo uma propriedade Venport.

Naquele meio-tempo, Anari Idaho realizara uma série de varreduras. Enquanto Manford e Venport continuavam a se encarar nas telas, ela se manifestou:

— Ele reativou quatorze das instalações de fabricação robótica. Parece que as máquinas estão trabalhando para ele. Provavelmente também reativará o restante, se tiver a chance.

O líder butleriano sentiu-se enojado.

— Josef Venport, não sei se devo considerá-lo um grande idiota ou simplesmente um homem perverso.

A expressão de Venport ficou mais severa.

— Dê meia-volta com seus bárbaros e vá embora agora mesmo, senão apresentarei uma queixa formal à Liga do Landsraad e suspenderei todos os serviços de transporte para qualquer planeta que não o denuncie. Também exigirei reparações legais: todos os créditos, além de danos punitivos. Mais do que o suficiente para levá-lo à falência e acabar com suas atividades estúpidas.

Anari parecia querer enfiar a espada na tela de comunicação, mas Manford tentou manter a aparência calma.

— Minhas naves receberam instruções desde que partimos de Lampadas. Faça a reclamação que quiser, mas *vamos* destruir essas instalações hoje.

Ele desligou o comunicador e, em seguida, emitiu ordens para que sua linha de frente de naves armadas mirasse três das fábricas robóticas reativadas.

Gilbertus Albans empalideceu.

— Você não deveria dar a ele tempo para evacuar o pessoal?

— Não destruirei o centro de administração ou as naves do Grupo Venport, mas essas são instalações industriais robóticas. Qualquer pessoa que decida despertar as operações de máquinas pensantes já está condenada por Deus. Destruiremos o restante se ele não se render.

Quando a frota butleriana lançou uma rajada contra os três complexos de máquinas automatizadas, a obliteração foi bastante espetacular. Tanques de combustível e gases comprimidos explodiram; pedaços de detritos voadores se chocaram contra outras cúpulas e quebraram recipientes selados.

O sistema de comunicação se iluminou mais uma vez, e Anari informou:

— Josef Venport deseja falar com você de novo.

— Foi o que pensei.

Manford fez um gesto para aceitar a transmissão. Venport parecia apoplético.

— Seu monstro, o que você fez? Tinha *gente* lá! E há pessoas nas outras instalações também.

— Eu ofereci a chance para evacuarem. Você já perdeu. Temos mais de duzentos veículos... Pretende responder com esse punhadinho de naves de patrulha? Responderei a qualquer ato de agressão destruindo-as também.

— Você é um homem ignorante, Torondo — acusou Venport.

— Pelo contrário, eu me considero inteligente e generoso, especialmente agora. Aqueles que escolheram trabalhar nesse complexo de estaleiros foram desviados do caminho, mas alguns ainda podem ser salvos. Como eu disse antes, permitirei que evacue seu pessoal. Três naves serão suficientes para todos eles? Você tem uma hora. Reúna todos os que deseja salvar, coloque-os a bordo dos veículos e nós os receberemos como prisioneiros antes de recomeçarmos a limpeza deste lugar. Seus crimes, diretor Venport, serão tratados mais tarde. Depois que removermos essa praga.

> **Seria uma lâmina capaz de cortar tão profundamente quanto a consciência de uma pessoa?**
>
> — **Vorian Atreides, diários do período em Arrakis**

Os freemen formaram um círculo dentro da câmara de paredes de pedra; o destino dos dois homens já havia sido decidido. O naib Sharnak olhou para os dois, mas obviamente considerou Griffin Harkonnen irrelevante e colocou a maior parte da culpa em Vorian Atreides.

E Vor a aceitava. Não conseguia apagar da mente a lembrança da expressão de Ishanti quando ela chegara à inevitável conclusão de que ele não poderia salvá-la... e de que não a deixaria para trás. A mulher se jogara na direção do verme e se recusara a ser resgatada, temendo que aquilo custasse a vida dos três.

Sharnak balançou a cabeça.

— Não sei que valor Ishanti encontrou em sua companhia, mas ela estava errada. Você custou a vida de uma boa mulher.

De pé ao lado de Vor, o jovem Harkonnen parecia arrasado por causa do que havia acontecido. Griffin partira em uma missão inútil, arrastado por circunstâncias que ele obviamente não tinha entendido ou para as quais não estivera preparado.

— Você deveria ter me deixado morrer lá fora — murmurou ele. — Não pedi para ser resgatado... especialmente não por você.

Vor não podia culpar o jovem por tentar escapar, apesar do custo da tentativa.

— Essa decisão não era sua — retrucou ele. — Era minha e de Ishanti.

— Deixar você morrer lá fora teria nos poupado muitos problemas e salvado a vida daquela mulher — respondeu o naib.

Sozinho no aerobarco no deserto, Vor deveria ter voado para longe e largado Griffin em algum assentamento distante, de onde ele poderia encontrar o caminho de volta para a Cidade de Arrakis. Mas as outras aeronaves dos freemen haviam se aproximado e, embora Vor pudesse ter tentado fugir delas, ele voltou para os acampamentos nas cavernas. Era uma questão de honra.

— Minha família queria vingança para limpar o passado — disse Griffin —, mas lamento ter ido atrás de você.

Com uma expressão tensa, o líder freemen olhou para os dois como se fossem crianças irritantes.

— Nenhum dos dois deveria ter vindo aqui! Vocês não pertencem a este lugar. — Ele dirigiu o olhar para Vor. — Nós não o conhecíamos, Vorian Atreides, nem desejávamos conhecê-lo, e seus inimigos causaram graves danos ao nosso povo. E você, Griffin Harkonnen, está tão concentrado em sua dívida de sangue que ignora tudo o que atropela e destrói em sua perseguição a este outro homem.

Sharnak tirou da cintura uma faca longa e de lâmina leitosa e, em seguida, arrancou uma segunda adaga de um dos homens ao seu lado. Ele jogou as duas no chão coberto de areia.

— Acabem com isso! Resolvam a rixa entre vocês. *Agora*. Não queremos fazer parte disso, mas tomaremos a água de vocês depois.

Vor sentiu um vazio gélido em seu peito.

— Não quero lutar com ele. Essa briga já foi longe demais.

O naib estava irredutível.

— Então exigirei a execução dos dois imediatamente. Vocês não preferem tentar se defender?

Pálido e trêmulo, Griffin pegou a faca. Ele olhou para a lâmina, para Vor.

— Minha irmã e eu temos uma vida inteira de ódio investida neste momento.

Vor não se moveu para pegar a outra faca. Ele não tinha o menor ânimo para seguir com aquela luta.

Sharnak olhou para Vor com desdém.

— Vocês, forasteiros, são uns idiotas. Pretende deixar que ele simplesmente o derrube enquanto você fica parado?

— Leve-nos para o deserto e deixe-nos seguir nosso próprio caminho — exigiu Vor. — Nós deixaremos vocês em paz.

Ele se levantou rigidamente, com os braços ao lado do corpo. Desgostoso e desdenhoso, o naib explodiu:

— Você está testando minha paciência. Não... Já falei. Matem-nos se eles não lutarem.

Os freemen sacaram as próprias facas e se aproximaram. Vor, porém, tentou barganhar.

— E o vencedor? Vocês o matarão mesmo assim?

— Talvez sim, talvez não.

— Garanta a vida de quem vencer. Prometa uma passagem segura para a civilização. — Vor semicerrou os olhos cinzentos, mas não recuou diante da tempestade de raiva que cruzou o rosto de Sharnak. — Ou simplesmente deixarei que ele me derrube... melhor ele do que os ladrões do deserto.

Os freemen reunidos resmungaram, mas seu líder soltou uma risada fria.

— Muito bem, juro em nome de minha honra, levaremos o vencedor a um lugar seguro... e ficaremos felizes em nos livrar de vocês dois.

Com grande relutância, Vor se abaixou para pegar a outra adaga e encarou Griffin. O mais jovem ergueu sua lâmina branca e leitosa, movendo o braço de um lado para o outro para testar o peso e a sensação da arma. Ele parecia pronto, mas cauteloso.

— Eu tenho meu cinturão-escudo — observou Griffin — e vejo que você tem o seu. Vamos lutar como homens civilizados?

— Civilizados? — retrucou Vor. — Você acha que isso é civilizado?

O naib Sharnak fez uma careta.

— Proteção? Não haverá proteção aqui: mão a mão, faca a faca.

— Eu já suspeitava disso — comentou Griffin.

Ele respirou fundo. Então, pegando Vor de surpresa, moveu a faca para a frente e depois para o lado. O movimento foi um borrão de velocidade, uma sutileza inesperada, e Vor saltou para trás, mal se esquivando da lâmina afiada. Alguém havia ensinado aquele Harkonnen a lutar surpreendentemente bem.

Em resposta, deu um golpe fraco com a adaga, e as reações de Griffin foram rápidas. O jovem Harkonnen passou a faca para a outra mão e atacou de novo.

Ao se defender, Vor sentiu um tilintar vítreo quando uma lâmina encostou na outra. Aquelas adagas dos freemen não tinham cabo de verdade, nem proteção de lâmina. Quando as pontas se chocaram, Vor teve que torcer o pulso para evitar um corte profundo nos nós dos dedos. Enquanto os oponentes se enfrentavam, adaga contra adaga, Vor estendeu a mão esquerda e deu um forte empurrão no peito de Griffin, fazendo o jovem tropeçar para trás. Em seguida, quando Griffin recuperou o equilíbrio, Vor fez um corte rápido no bíceps esquerdo do oponente, tirando sangue, mas evitando uma artéria.

— Você se rende? — pergunto Vor. Não queria matá-lo.

O Harkonnen estremeceu, cambaleando para trás e brandindo a faca para se proteger.

— Não posso... Em nome da Casa Harkonnen, devo lutar até a morte.

Vor conhecia muito bem o peso da honra da família. Aquela rixa de longa data já amargara os Harkonnen contra ele por gerações, e as nuances da honra acrescentavam outras complexidades; se ele simplesmente se rendesse e deixasse o jovem vencer, duvidava que Griffin se sentisse vingado ou satisfeito... mas, pelo menos, os freemen o levariam para um lugar seguro.

Os freemen os exultavam e os insultavam, em igual medida; Vor não achava que eles se importavam com quem sairia vencedor — só queriam ver o derramamento de sangue pela morte de Ishanti. O naib Sharnak observava a competição em um silêncio sombrio.

Vor se aproximou, forçando o oponente. Ao longo de sua vida, adquirira muita experiência em luta corpo a corpo, mas vivera em paz evitando o combate pessoal por décadas. Estava enferrujado. Mesmo assim, ele se aproximou do jovem, tentando cortá-lo novamente, mas não de forma fatal.

Griffin, porém, não tinha tais reservas e lutava com uma habilidade inesperada e precisa. Sua técnica era diferente de tudo que Vor já enfrentara, e a dúvida por trás dos olhos do adversário se transformou em confiança, como se ele tivesse ouvido uma voz de incentivo na própria cabeça.

— Eu contei que fui a Kepler? Seu planeta? — indagou Griffin, sem perder o fôlego. — Falei com sua família.

Vor sentiu um calafrio repentino. Ele ergueu a faca bem a tempo de se defender de um golpe.

— Sua esposa, Mariella. Uma mulher idosa. — As palavras de Griffin foram rápidas, ritmadas como um staccato. — Sabia que ela está morta?

Ele escolheu o momento do choque com precisão, e sua adaga passou pelas defesas de Vor e atingiu o peito dele logo abaixo do ombro direito. Decerto não era um ferimento mortal, mas a dor que sentiu foi aguda. *Mariella!* Vor perdeu a vontade de lutar em um ímpeto frio, mas o instinto de sobrevivência permaneceu. Recuou quando Griffin pulou em cima dele e levantou a mão para bloquear outro corte, então Vor desferiu um chute, atingindo Griffin na coxa. Os dois homens rolaram para o lado.

Sangrando do ferimento em seu ombro, Vor mal conseguia mover o braço direito. Estava cheio de raiva.

No chão com Vor, Griffin desferiu outro golpe, uma facada enérgica que Vor bloqueou com a própria lâmina, mas sua empunhadura era fraca demais e a adaga escorregou de seus dedos. Em uma última defesa, Vor ergueu a mão esquerda e agarrou o pulso do oponente para manter a lâmina equilibrada e longe dele.

— O que você fez com ela?

Griffin cravou dois dedos rígidos no corte profundo no ombro de Vor. A explosão de dor deixou Vor tonto e, um momento depois, o jovem Harkonnen estava pressionando a lâmina branca e leitosa contra sua garganta.

O rapaz finalmente respondeu com uma ponta de tristeza na voz:

— Eu não a machuquei. Cheguei em Kepler durante o funeral dela. — Ele pressionou a faca mais perto. — Nunca quis ferir toda a sua família, como você fez com a minha. Eu só queria... queria que soubesse que os Harkonnen não merecem a desgraça que você nos causou.

Vor não implorou pela própria vida. Permaneceu imóvel, sentindo a lâmina afiada contra o pescoço, esperando pelo corte profundo e final. Seus muitos anos, suas longas conexões com Xavier e Abulurd Harkonnen e todas as gerações posteriores, conduziram-no àquele ponto.

Ele deixou as palavras seguintes saírem em um sussurro:

— E tirar minha vida restaurará a honra de sua família?

Griffin se agachou em cima dele, com os ombros curvados. A lâmina tremia contra a carótida de Vor. Lágrimas brotaram nos olhos do jovem, e sua expressão passou da raiva à incerteza e ao desânimo.

Por fim, ele ergueu a adaga, levantou-se com um olhar de repulsa e jogou a faca de lado.

— Eu *escolho* não o matar, Atreides, por uma questão de honra. Você é responsável pelo que fez à Casa Harkonnen, mas eu sou responsável por mim mesmo. — Com o pé esquerdo, ele chutou as duas armas para longe e encarou o naib e os freemen que murmuravam. — Fim da rixa.

— Você é um fraco — provocou Sharnak. — Atravessou a galáxia em busca de vingança e agora é covarde demais para matar seu inimigo mortal?

Griffin franziu o cenho.

— Não preciso explicar minha decisão para você.

Vor se levantou com dificuldade. Seu ombro sangrando latejava, mas ele bloqueou a dor. O povo do deserto encarou os dois e se aproximou. Sharnak cerrou o punho.

— Griffin Harkonnen, você roubou água da tribo, e esse crime justifica sua morte — asseverou o naib. — Vorian Atreides, você é cúmplice dele. A dívida de sangue entre vocês pode ter acabado, mas a de água com meu povo deve ser paga. Levaremos a água de seus corpos, e que o universo se esqueça de vocês dois.

— Espere. — Vor revirou os bolsos de sua roupa justa do deserto, usando a mão esquerda. O sangue havia encharcado o traje, mas a capacidade de absorção de água do tecido o recuperaria... se ele sobrevivesse por tempo suficiente. Seus dedos encontraram o pacote que procurava e ele o retirou. Vor jogou a pequena bolsa no chão, onde a areia ainda mostrava os vestígios da briga deles. — Vocês valorizam mais a água do que as pessoas. Acredito que vou lamentar a perda de Ishanti mais do que vocês.

O naib olhou para a bolsa como se ela estivesse cheia de escorpiões.

— O que é isso?

— Se o nosso crime for roubar água, eu lhe pagarei com fichas de água do meu trabalho na tripulação de especiaria, tudo o que ganhei. Resgate-as na Cidade de Arrakis. Valem cinco vezes a água que Griffin roubou.

Os freemen olharam para o pacote. Muitos da tribo eram párias que nunca haviam saído das grandes bacias arenosas, mas outros já tinham ido à cidade; sabiam como gastar os créditos. O naib parecia incerto com a oferta.

Vor pressionou:

— Você nos mataria de qualquer maneira e ficaria com meus créditos? Seu povo tem honra ou, no fim das contas, são apenas ladrões?

Os freemen não ficaram satisfeitos.

— Ele nos deve mais do que água — apontou um guerreiro.

— Pegue a água deles — incentivou outro.

Mas o naib se levantou.

— Não somos ladrões ou assassinos. Não há fichas de água o bastante que nos recompensem pelo sofrimento que vocês causaram, mas Ishanti encontrou algum valor na vida de vocês. Não quero que o espírito dela fique com raiva de nós, então farei isso por *ela*, não por vocês. — O líder uniu as sobrancelhas e se inclinou para pegar as fichas de água do chão. — Mas vocês devem deixar o sietch e ir para bem longe. — Sharnak olhou para os homens do deserto, esperando que contestassem sua decisão, mas ele era o naib daquele povo. Respeitavam suas palavras, então ninguém se manifestou contra ele. — Que assim seja. Um de meus homens os levará no aerobarco de Ishanti. Sabemos da existência de uma estação de monitoramento meteorológico a muitos quilômetros daqui. Quando chegarem lá, nós os deixaremos em paz. Usem a comunicação do lugar para enviar uma mensagem. Mas nunca mais voltem aqui. — Em uma demonstração formal e fria de censura, o naib Sharnak virou as costas e se recusou a olhar de novo para Vorian ou Griffin — um ato assustadoramente semelhante à forma como Vor havia virado as costas para Abulurd Harkonnen após sua condenação por covardia. — Não queremos ter mais nada a ver com nenhum de vocês.

> **Os computadores são sedutores e usarão quaisquer ardis para nos derrubar.**
>
> — Manford Torondo, *O único caminho*

Para Raquella, aquela era uma cena pesadelar.

Ela, Valya e uma dúzia de Feiticeiras vigias estavam no alto do penhasco, olhando para um céu repleto de naves de guerra imperiais com casco dourado, que caíam como gafanhotos de uma gigantesca dobraespaço em órbita. Era o meio da tarde e, além da força de ataque, o céu estava limpo e azul, enganosamente tranquilo, com os vulcões distantes adormecidos.

Assim que reconheceu a insígnia do leão dos Corrino, Raquella percebeu que não se tratava de um ataque indisciplinado de uma miscelânea de fanáticos, mas aquilo não diminuiu sua preocupação. Anteriormente, ela poderia ter presumido que uma resposta oficial do imperador seria mais racional, mais disciplinada; depois da tragédia de Anna, porém, Salvador tinha todos os motivos para ficar irado.

Raquella sabia que a própria vida e a própria existência da Irmandade estavam em risco.

— Pelo menos ele não trouxe os butlerianos com ele — disse a Reverenda Madre, olhando para Valya, que estava pálida e tensa ao seu lado. Nave após nave se acomodou no amplo dossel roxo-prateado que havia sido designado como área de pouso. — Talvez esse seja um pequeno raio de esperança.

Na cidade-caverna sob o mirante alto, dava para ver as Irmãs correndo de um lado para o outro, confusas. Raquella ouviu as vozes agitadas e os gritos de alarme delas; até mesmo as integrantes da facção de Dorotea tinham bons motivos para se preocupar. Elas se deram conta de que talvez tivessem cutucado um dragão.

Apesar de todo o treinamento e foco em habilidades mentais, de toda a meditação e controle muscular, as Irmãs não formavam um exército. Mesmo as poucas descendentes das Feiticeiras mal seriam capazes de travar batalhas com seus poderes psíquicos.

O imperador Salvador Corrino, por outro lado, enviara uma força militar totalmente armada.

Brian Herbert e Kevin J. Anderson

Oferecer resistência só serviria para antagonizá-lo e causar uma chuva de destruição sobre a Irmandade. Não, elas não deveriam lutar, decidiu Raquella. Ela aceitaria a culpa e morreria pelo que se passara com Anna Corrino, se aquilo fosse preservar a Irmandade. Graças ao bom trabalho da Irmã Valya, nenhum dos buscadores imperiais encontraria evidências dos computadores ilegais. Qualquer outra acusação que Dorotea tivesse feito cairia por terra.

Quando os soldados imperiais uniformizados desembarcaram da nave militar nas copas das árvores, a Reverenda Madre ficou impressionada com a juventude dos homens, até mesmo dos oficiais que os seguiam. A atmosfera ressoava com o zumbido de maquinário, eficiência terrível e violência iminente. Pequenas naves suspensoras desceram ao longo do penhasco, pairando no lugar com armas direcionadas para as aberturas das cavernas. Um bombardeio derrubaria as rochas nas trilhas, selaria os túneis e mataria todas as Irmãs. Até o momento, porém, nenhum tiro havia sido disparado.

Karee Marques reuniu uma dúzia de Feiticeiras de aparência intimidadora ao redor de Raquella. Muito tempo antes, seus lendários poderes psíquicos haviam inspirado admiração e medo, mas aquilo já era pouco mais do que uma lembrança apagada.

— Ajudaremos a defender a Irmandade, Reverenda Madre — declarou Karee. — O imperador jamais tentaria uma invasão tão ousada se tivéssemos mais Feiticeiras.

— Não há nada que você possa fazer, Karee. Eles matarão todas nós se tentarmos lutar. — Raquella começou a descer para encontrar as tropas. — Precisamos achar alguma maneira de satisfazê-los.

Uma grande e ornamentada nave suspensora desceu até a área de pouso já abarrotada, e Raquella viu oficiais militares apressados em suas tarefas. Nas copas das árvores polimerizadas, os homens corriam para formar um cordão de isolamento, preparando-se para a chegada da capitânia do Imperium. Uma rampa com corrimãos saiu da lateral do veículo e soldados uniformizados atravessaram a rampa, as armas brilhando com as cargas prontas. Tropas de elite — a guarda pessoal do imperador.

Dois oficiais mais velhos os seguiram e, em seguida, o próprio Salvador Corrino surgiu com seu irmão, Roderick. A Irmã Dorotea, com aparência imperiosa, vinha dois passos atrás.

Valya não disfarçou seu desgosto:

— Como eu pensava, Dorotea nos traiu.

— Ela fez alguma coisa, isso é certo. Vou falar com eles diretamente.

Valya reuniu coragem dentro de si, endireitou as costas e declarou:

— Se o imperador está aqui para exigir vingança pelo que aconteceu com Anna, eu deveria acompanhá-la.

— Eu sou a Reverenda Madre. A responsabilidade é minha. — O sorriso de Raquella era pouco tranquilizador. — Mas, sim, eu quero que você venha comigo. Talvez possamos salvar essa situação, mostrar a eles o que querem ver. — Ela se voltou para a Feiticeira idosa. — Karee, reúna as Irmãs Mentats e faça-as esperar por nós nas cavernas com os registros de reprodução. Permitiremos que o imperador procure onde quiser e esperamos convencê-lo de que a Irmandade usa apenas computadores humanos.

Karee Marques se apressou enquanto Raquella e Valya desciam o caminho.

Em frente à capitânia imperial, os assistentes se ocupavam em montar um pequeno pavilhão e uma cadeira robusta para o imperador, de onde ele poderia observar as operações. Salvador usava traje militar completo, com uma arma lateral Chandler. Uma luxuosa exibição de medalhas, fitas e padronagens de leões dourados no peito fazia com que sua jaqueta vermelha parecesse mais uma fantasia do que um verdadeiro uniforme de comandante. Quando ele viu a Reverenda Madre se aproximar, sua voz ecoou, amplificada pelos sistemas de alto-falantes das naves:

— O planeta Rossak está atualmente em isolamento, aguardando uma investigação sobre alegações de graves crimes contra a humanidade.

De cabeça erguida, Raquella caminhou pela extensão pavimentada das copas das árvores onde as naves haviam pousado; sua comitiva a seguiu de perto, mas ela não olhou para trás.

— Seu poderio militar é impressionante, sire, e estas Irmãs reconhecem sua autoridade.

Ela se aproximou, sem demonstrar medo, e Salvador se esforçou para se acomodar em seu trono temporário. Roderick e Dorotea se posicionaram um de cada lado dele.

— Eu represento esta escola e falo por essas mulheres — continuou Raquella. — Enviei nossa Reverenda Madre Dorotea para devolver sua

Irmã, Anna, além de expressar minhas mais sinceras desculpas pelo mal que ela sofreu. — A idosa fez um gesto para as tropas militares que estavam em posição de sentido ao redor do imperador. — Pelo visto, não foi suficiente. De que outra forma vossa majestade deseja que eu repare esse terrível acidente?

Salvador se remexeu em seu trono.

— Não foi para isso que viemos. — Ele olhou para Roderick com irritação, depois levantou o queixo e pigarreou: — Além da tragédia que se abateu sobre nossa querida irmã, recebemos relatos de que sua escola usa máquinas pensantes ilegais para gerenciar os extensos registros de reprodução. — O imperador fungou, emitindo um longo assovio pelo nariz estreito. — Também estou ciente de que vocês fizeram projeções sobre quais famílias e indivíduos deveriam ter permissão para se reproduzir... e eu não passei no teste.

Naquele instante, Raquella sentiu como se tivesse água gelada correndo por suas veias. Ela não esperava por aquilo. Como Reverenda Madre, Dorotea tinha acesso a Outras Memórias e, por meio delas, poderia ter descoberto sobre os computadores — mas não poderia saber sobre a falha projetada na genética de Salvador. As Irmãs Mentats não teriam lhe contado; portanto, somente a dra. Zhoma poderia ter feito aquela revelação específica. Ou a médica Suk havia traído Raquella abertamente ou havia sido capturada e torturada. O sussurro das vozes das Outras Memórias de repente ficou tão alto e alarmante que Raquella mal conseguia pensar.

Salvador baixou a voz para um rosnado, de modo que apenas Raquella e as Irmãs mais próximas conseguissem ouvir:

— Seus registros de reprodução são fatalmente falhos se afirmarem que não se pode permitir que seu imperador produza um herdeiro.

As narinas se dilataram; ele parecia envergonhado de acrescentar aquela acusação à lista de crimes da Irmandade, não querendo chamar a atenção para a ideia de que sua genética poderia ter defeitos. Raquella escolheu ser audaciosa.

— A Irmã Dorotea afirmou tais coisas? — Ela balançou a cabeça, fingindo tristeza. — Era de se esperar. Ela só tomou o veneno recentemente, uma provação quase fatal como parte da transformação para se tornar Reverenda Madre. Delírios e danos psicológicos geralmente resultam de uma dose tão grande de drogas que alteram a mente. Vossa majestade viu os efeitos colaterais infelizes que sua querida irmã, Anna, sofreu como resultado de uma overdose semelhante. — Raquella viu a raiva crescente estampada no rosto de Dorotea, mas continuou a olhar sem emoção para o imperador. — Minha neta também revelou que ela mesma ficou em coma por dias antes de emergir, viva, mas mudada?

— Neta? — O imperador lançou um olhar acusador para Dorotea e depois para Raquella. — Você está dizendo que tudo isso pode ter sido uma alucinação? Se essa mulher era instável, por que você a enviou para a Corte Imperial?

— A situação desesperadora com Anna exigia uma resposta imediata, e escolhemos Dorotea, minha própria neta, como nossa representante por causa de seu serviço anterior ao trono imperial. Eu acreditava que ela havia se recuperado, mas agora temo que ela tenha começado a sofrer delírios.

A voz de Dorotea tinha uma ponta afiada:

— A Reverenda Madre pode lançar dúvidas o quanto quiser, sire. Mas a Irmandade tem uma câmara cheia de computadores. Essa é toda a prova de que precisamos.

— "Em todos os aspectos, os seres humanos são superiores às máquinas" — disse Raquella, quase em uma entonação.

— Não cite a Bíblia Católica de Orange para mim — explodiu Salvador. — Acabei de lançar uma nova edição em meu nome.

Ela respondeu com mais cuidado:

— Durante o Jihad, trabalhei com Mohandas Suk para ajudar as vítimas das pragas das máquinas. Vi em primeira mão os males das máquinas pensantes. Assisti populações inteiras morrerem por causa delas, e por isso jamais tentaria recriá-las aqui.

Roderick Corrino deu um passo à frente quando ficou óbvio que o imperador não sabia o que dizer.

— Temos preocupações suficientes para justificar uma busca em Rossak e, se necessário, um expurgo.

— *Existem* computadores aqui — insistiu Dorotea.

— E onde exatamente estão esses computadores, neta? — O questionamento gentil de Raquella deu a entender que tinha pena da outra mulher. — Você já os viu... sem ser em um sonho?

— Eu os vi em minhas Outras Memórias. As vozes me falaram sobre eles... *Suas* memórias me contaram.

Assentindo como se já tivesse entendido tudo, Raquella se dirigiu ao imperador:

— De fato. Ela tem vozes na cabeça. — Era tudo o que precisava ser dito.

— Mostre-me onde você guarda esses registros de reprodução, seja qual for o formato — exigiu Salvador, levantando-se de seu trono. — Quero ver os que se referem à minha linhagem familiar e aos meus descendentes.

— Deixe-me conduzir vossa majestade aos nossos arquivos nas cavernas restritas — respondeu Raquella, sorrindo.

Estava tudo preparado. Gráficos de reprodução e árvores genealógicas labirínticas eram mantidas em uma forma manuscrita ineficiente, mas durável. Os arquivos não estavam de modo algum completos, mas seriam entregues ao imperador. As Irmãs Mentats haviam reunido os volumes apropriados.

Enquanto liderava a trilha, a mente de Raquella se agitava. O que o imperador sabia? Ele havia interrogado a dra. Zhoma? Será que a médica Suk já tinha conseguido colocar uma droga de esterilização química na comida dele ou falhara completamente?

— Como vossa majestade bem sabe, sire, a compilação de um vasto banco de dados de informações genéticas tem sido um projeto vital há séculos em Rossak — disse Raquella. — Temos informações sobre os Butler e os Corrino, bem como sobre todas as famílias importantes. As Feiticeiras e minhas Irmãs nunca guardaram segredo em relação a esse fato.

Enquanto a extensa presença militar permanecia em posição, ela conduziu o imperador e sua comitiva pelo caminho restrito do penhasco até as cavernas superiores. Uma vez lá dentro, Raquella mostrou a eles a antiga câmara de computadores, que naquele momento continha apenas mesas, escrivaninhas e estantes cheias de cópias encadernadas de registros de criação. Sete Irmãs Mentats de vestes escuras estavam sentadas às mesas, absorvendo as informações, supervisionadas pela Feiticeira Mentat Karee Marques, a qual retirou um volume de uma prateleira e o mostrou ao imperador Salvador.

— Sire, temos oito Irmãs Mentats cuja tarefa em tempo integral é gravar séculos de informações na memória, acrescentando-as ao que já sabemos

— explicou Karee. — Quando tivermos dados suficientes, poderemos começar a fazer análises e projeções. Essas mulheres são computadores humanos, treinadas em Lampadas, em uma escola apoiada pelos butlerianos.

Furiosa, Dorotea correu para as prateleiras de volumes, abriu vários deles e os espalhou pelo chão. Sua voz ficou estridente.

— As máquinas pensantes estavam aqui! Bancos de dados em computadores cheios de séculos de informação, fazendo projeções de linhagens de sangue ao longo das gerações!

Roderick e o imperador olharam para outros volumes, assim como alguns dos oficiais militares, que não estavam nada impressionados. Com o rosto vermelho, Salvador olhou para Dorotea, que parecia desesperada. Afastando-se do grupo, ela correu de câmara em câmara, procurando, mas nada encontrou. Por fim, parou sob uma porta, com uma expressão confusa e irritada no rosto.

— Sire, elas devem ter escondido os computadores em algum lugar!

— Procure em toda a cidade do penhasco, vossa majestade — respondeu Raquella em seu tom mais razoável. — As únicas "máquinas pensantes" da Irmandade são nossos computadores humanos. Com as Mentats, não precisamos de nenhuma tecnologia proibida.

Valya se manifestou, parecendo nervosa, mas Raquella sabia que o tremor na voz dela era deliberado:

— Com licença, vossa majestade, mas é possível que a Irmã Dorotea esteja se sentindo culpada pelo que aconteceu com a pobre Anna. Dorotea trabalha nos laboratórios de pesquisa farmacêutica da Irmandade e foi ela quem formulou a dose de veneno que vossa alteza consumiu.

Dorotea arregalou os olhos ao ouvir aquilo.

— Eu dei a cápsula para *você*, Valya, não para Anna Corrino.

— Você está enganada. Ainda tenho a dose que você me deu. — Como prova, ela retirou uma pílula pequena e escura de um bolso em seu manto.

A velha Karee Marques lançou um olhar condenatório a Dorotea e depois encarou o imperador.

— A Irmã Valya está certa, sire. Dorotea me ajuda no laboratório farmacêutico. As drogas devem ser administradas apenas sob circunstâncias cuidadosamente controladas, mas ela, por engano, permitiu que uma dose muito perigosa saísse dos laboratórios sem monitoramento. Apesar de ter sido avisada, sua pobre irmã tomou o veneno.

Dorotea protestou, mas eram visíveis a irritação e a impaciência crescentes em Salvador.

— Já ouvimos o suficiente de você por hoje — declarou o imperador. — Vejo que esta investigação terá que ir muito além do que eu esperava.

Embora Raquella tivesse feito Dorotea parecer estúpida, ela não se sentia segura. Salvador não tinha provas, mas tinha suspeitas. Mantendo a compostura, ela o olhou nos olhos e respondeu:

— Vossa majestade terá nossa cooperação plena.

> **Um oponente digno é mais satisfatório do que qualquer recompensa financeira.**
>
> — Gilbertus Albans, *Manual tático* para a Escola Mentat de Lampadas

As explosões que destruíram três das fábricas automatizadas de Thonaris eliminaram qualquer dúvida da mente de Josef Venport. Nem mesmo ele esperava que os bárbaros fossem tão sanguinários. Ignorantes, sim, mas não cruéis àquele ponto.

— Malditos sejam vocês e esse medo estúpido do que não entendem — sussurrou ele. Foi tudo o que Josef conseguiu fazer para conter os próprios gritos. Ele desejou que Cioba pudesse estar ali com ele, mas ao mesmo tempo sentiu alívio por ela estar em segurança em Kolhar.

Não muito tempo antes, quando o cientista Ptolomeu chegara a Kolhar descrevendo o ataque assassino do Meio-Manford ao seu laboratório, Josef presumira que ele exagerara na extensão da violência; no entanto, naquele momento, via por si mesmo que os butlerianos eram cães raivosos. Ainda não tinham atacado o centro administrativo, mas Josef não esperava nenhuma compaixão daquela criatura prodigiosa sem pernas. Ele se voltou para o Mentat ao seu lado.

— Manford matou dezenas do meu pessoal que estava operando as máquinas e destruiu as instalações. Ele não vai parar... Você sabe disso.

Observando a destruição, os olhos de Draigo Roget se moviam de um lado para o outro enquanto os pensamentos giravam em sua mente.

— Esse ato precipitado foi projetado para forçar o senhor a se render. A força militar deles é muito superior à nossa.

No comunicador, a voz de Manford rasgou como arame farpado quando ele deu um ultimato:

— Destruiremos as fábricas robóticas restantes se vocês não capitularem em cinco minutos.

Venport silenciou o som e se virou para encarar Draigo.

— Me dê uma alternativa, Mentat! Juro a você que não entregarei estes estaleiros sem lutar. Use seu conhecimento tático. Use tudo o que tivermos à disposição, mas encontre uma maneira de derrotar Manford Torondo.

— Isso será difícil, senhor. Teremos sorte se sairmos daqui com vida.

Josef inspirou, expirou e olhou atentamente para o complexo de Thonaris e para a frota bárbara que se aproximava.

— Então, pelo menos, encontre uma maneira de feri-lo.

Gilbertus já memorizara as posições dos vários planetoides, das instalações principais, das trinta naves de patrulha armadas do Grupo Venport, das quinze naves não categorizadas da empresa de transporte no complexo e do conjunto de veículos em construção. Usando técnicas que Erasmus lhe ensinara havia muito tempo, ele montou uma planta tridimensional de todo o complexo em sua mente e depois a examinou, tentando encontrar falhas, imaginando qualquer maneira pela qual um oponente desesperado, possivelmente suicida, poderia usar aquelas peças do jogo para se defender contra a esmagadora força butleriana. Não esperava que Josef Venport aceitasse a derrota facilmente.

Na Escola Mentat, Gilbertus conduzira muitos jogos táticos como aquele com seu melhor aluno, Draigo — experimentos de pensamento e sessões de prática que eram muito semelhantes aos jogos que ele e Erasmus praticavam em Corrin. Com Manford Torondo forçando-o a acompanhar a frota butleriana, o exercício parecia muito mais real para ele. A experiência em primeira mão lhe fornecia dados que ele não possuía anteriormente. Destruir aquelas fábricas automatizadas e as docas espaciais com suas naves semimontadas não era o mesmo que acumular pontos em um placar acadêmico.

Embora nunca pudesse dizer aquelas coisas em voz alta, sobretudo na presença dos butlerianos, ele se lembrava com carinho da eficiência fria das fábricas robóticas, da previsibilidade de uma produção constante. Para Gilbertus, o tempo que passara com Erasmus havia sido calmo e reconfortante, muito diferente do turbilhão de emoções exibidas pelos voláteis butlerianos. Trabalhadores humanos de verdade tinham acabado de morrer naquelas explosões. Era tudo muito perturbador. Manford sequer se preocupara em investigar o que pretendia destruir.

Quando o tempo se esgotou e Manford ameaçou destruir o restante das fábricas automatizadas, Josef Venport transmitiu sua concessão, enfurecido, mas Manford permaneceu cético. Ele olhou para Gilbertus.

— Qual é sua avaliação, Mentat? Ele está tentando nos enganar ou está realmente se entregando?

— Não posso ler a mente dele, mas, segundo minha estimativa das instalações, naves e capacidades defensivas deles, o diretor Venport não tem como vencer esse confronto. Ele é um homem inteligente e devo presumir que chegará à mesma conclusão. Minha avaliação é que a rendição é sincera e legítima.

A menos que ele seja um irracional. Ou tenha informações que não temos.

Mas Gilbertus não mencionou aquilo. Manford Torondo já entendia mais sobre comportamento irracional do que qualquer Mentat jamais poderia entender.

Em um tempo extraordinariamente curto, sob as ordens de Josef, Draigo conseguiu elaborar um plano criativo que aproveitava todos os possíveis restos de material que os estaleiros de Thonaris tinham a oferecer. Josef estudou o plano e o aprovou sem rodeios.

— Ótimo. Se tudo vai ser destruído de qualquer maneira, prefiro perder lutando contra esses bandidos a me render e vê-los desmantelar tudo. — Ele respirou fundo e penteou o bigode. — Quero que você anuncie uma evacuação completa pelo canal aberto. Certifique-se de que soe convincente. Em seguida, prepare as três naves.

Enquanto isso, as instruções reais de Josef foram codificadas e enviadas por um canal de emergência privado para todos os funcionários leais da Frota Espacial do Grupo Venport. Embora desprezasse o tirano butleriano, ele abriu uma linha de comunicação novamente:

— Muito bem, seu carniceiro! Estou reunindo o restante do meu pessoal para evacuação imediata. São boas pessoas. Você dá sua palavra de que elas não serão prejudicadas?

Manford respondeu com um olhar tão desumano quanto qualquer expressão que Josef já vira no rosto de um Navegador mutante:

— Se eles tiverem cometido crimes contra a alma humana, enfrentarão a retribuição de outro juiz mais terrível do que eu.

Josef revirou os olhos antes de se lembrar de manter o comportamento derrotista.

— Essa não foi a minha pergunta. *Eles ficarão seguros?*

Pela tela, ele não conseguia saber em qual das muitas naves de guerra Manford estava a bordo.

— A salvo de nós, sim. Mas este complexo *será* destruído. Envie suas três naves de evacuação e meu pessoal concluirá nosso trabalho aqui sem derramamento de sangue desnecessário.

Josef se manteve inexpressivo. Pretendia causar um derramamento de sangue bastante *necessário*. Então, cortou a comunicação para que seu pessoal pudesse continuar trabalhando com privacidade.

As três grandes naves de evacuação foram lançadas quinze minutos antes do previsto e se aproximaram da frota butleriana.

As naves de evacuação eram grandes veículos robóticos reformados — provavelmente um insulto intencional de Josef Venport. Gilbertus reconheceu o design e sabia quantos passageiros elas poderiam comportar, embora não tenha revelado sua fonte de informação.

— Estou surpreso que o diretor Venport tenha embarcado a equipe toda com tanta rapidez, já que ela estava espalhada pelos estaleiros — comentou Gilbertus, embora temesse que Manford interpretasse seu tom como admiração. — Ele dirige uma operação muito eficiente.

O líder butleriano sorriu.

— Os trabalhadores dele devem estar aterrorizados. O medo da morte faz com que o homem se mova com rapidez.

Gilbertus franziu a testa enquanto continuava a estudar as naves, fazendo cálculos em sua mente.

— Não... não acho que essa seja a explicação. — Seu estado de inquietação aumentou. — Por favor, peça ao diretor Venport o número total de pessoas que estão sendo evacuadas.

Manford estava confuso, mas distraído.

— E por que isso importaria? Nós os manteremos prisioneiros a bordo de suas próprias naves. Podemos resolver isso mais tarde.

— Preciso saber o número. É importante.

Dando de ombros, Manford assentiu para Anari Idaho, que abriu o canal de comunicação novamente. Depois de alguns instantes, um Josef Venport de aparência afobada apareceu na tela.

— O que você quer agora? As três naves já estão a caminho.

— Meu Mentat quer saber exatamente quantos funcionários estão sendo evacuados.

— Por quê? As naves já estão a caminho. Conte as cabeças quando chegarem aí. Elas estão com todos que você ainda não matou.

— Meu Mentat está sendo bastante insistente.

Gilbertus apareceu ao lado de Manford.

— Por que você está evitando a resposta, diretor Venport?

O homem resmungou algo depreciativo sobre os Mentats, depois disse:

— Seis mil, duzentos e oitenta e três... mas talvez esse não seja o número exato. Não sei dizer ao certo quantos você matou quando explodiu aquelas três fábricas. — Ele encerrou a transmissão de forma abrupta.

Os cálculos correram pela mente de Gilbertus. Perturbado, ele se voltou para Manford.

— Isso não pode estar correto. Ele não teve tempo suficiente para movimentar tantas pessoas. Algo *não* está certo aqui.

Do centro administrativo dos estaleiros de Thonaris — que ele não tinha de fato evacuado, apesar do que dissera na transmissão —, Josef observou as três grandes naves chegarem no meio da frota dos bárbaros. Os enormes veículos haviam sido construídos por máquinas pensantes, projetados como naves de guerra a serem operadas por robôs. Os sistemas automatizados não exigiam pessoal, apenas um curso.

Muitos de seus trabalhadores em pânico clamavam por um lugar a bordo das naves de evacuação e, ao ouvir suas reclamações lamentosas, Josef tivera vontade de deixá-los embarcar. Mas ele permanecera firme e despachara as naves de evacuação. Vazias.

— O Meio-Manford acha que todos nós acreditamos fundamentalmente no mesmo que ele... É o ponto cego dele. Está na hora daquele carniceiro ter um rude despertar.

Draigo permaneceu em silêncio enquanto observava as três naves se aproximarem. Sua voz soava baixa:

— Minha confiança diminuiu, senhor, agora que sei que Gilbertus Albans está entre nossos oponentes.

Josef olhou para ele, impaciente.

— Seu professor nem sabe que você está aqui.

— Essa pode ser a única vantagem que temos. Os outros componentes do plano estão prontos. Depois de alguns instantes, poderei fazer uma projeção mais precisa e oferecer conselhos adicionais, assim que...

Naquele instante, as falsas naves de evacuação explodiram entre os veículos butlerianos, e Josef soltou um assobio estridente. A sequência de autodestruição cuidadosamente sincronizada foi impressionante. Aglomeradas contra o maior número possível de inimigos, as naves robóticas se transformaram em estilhaços, gases incandescentes e nuvens de vapor de combustível. A onda de choque destruiu nove das naves de Manford, e pedaços derretidos de metal dos cascos danificaram pelo menos outras seis.

— Gostaria de saber qual delas Manford usa como capitânia, mas esse é definitivamente um bom começo. — Josef sorriu. — Dê início ao resto da operação antes que eles tenham tempo de reagir.

> **Nem sempre escolhemos nossos inimigos ou aliados. Às vezes, o destino intervém e faz a escolha por nós.**
>
> — Griffin Harkonnen, carta para Lankiveil

O piloto do deserto os levou para longe do sietch falando apenas o necessário. Vorian se sentia mentalmente exausto e triste. Embora nunca tenha sido um homem de desistir, via poucos motivos para ser otimista. Um dos freemen enfaixara o ferimento de faca em seu ombro, mas o fizera de qualquer jeito, como se não esperasse que Vor fosse viver o suficiente para se curar. O corte no braço de Griffin também estava enfaixado.

Quando o piloto os deixou na estação de monitoramento meteorológico, ele lhes deu um litrofão de água.

— O naib Sharnak falou que isso é o que vocês pagaram a mais. Não desperdicem.

Ele saiu voando no trepidante aerobarco, deixando-os para trás.

Sozinhos no deserto, presos na estação automatizada, os dois homens tiveram que se enfrentar com o silêncio e as diferentes perspectivas de suas memórias.

A estação de monitoramento meteorológico havia sido instalada em um pequeno bastião de rochas no meio de uma bacia vazia, com apenas algumas ilhas de rochas espalhadas pontilhando as dunas ondulantes até onde a vista alcançava.

Vor abriu a porta do abrigo da estação, concentrado na sobrevivência. Griffin esperou perto dele, com a ansiedade estampada no rosto.

— Talvez haja alguns suprimentos de água de emergência também.

— Água não. Não aqui.

Eles encontraram provisões, torrões duros de ração que os manteriam vivos desde que conseguissem chamar um resgate nos dias seguintes. Vor reconfigurou o equipamento para enviar um sinal explosivo de amplo espectro, mas a estação movida a energia solar estava muito longe no deserto — intencionalmente de acordo com seu projeto. Dependendo do nível de eletricidade estática, da agitação de poeira e areia e das tempestades em seus diferentes estágios, as transmissões eram frequentemente degradadas até ficarem incompreensíveis.

Griffin insistiu em enviar sinais repetidos, transmitidos a cada hora. Em pouco tempo, ele saiu do galpão de equipamentos da estação, limpando as mãos.

— Enviei o sinal outra vez, e é provável que alguém venha logo.

— Se alguém estiver ouvindo — apontou Vor. — Quem pode dizer com que frequência estes postos avançados são monitorados?

— Alguém *tem* que estar ouvindo.

Vor não discutiu. Estava em Arrakis havia mais tempo do que o jovem Harkonnen e tinha visto mais dos rigores e dificuldades. Griffin presumiu que alguém montaria uma operação de resgate por puro altruísmo, porque se *esperava* que os seres humanos ajudassem uns aos outros. No passado, Vor também acreditava naquilo e, se fosse em Kepler, ele não teria dúvidas.

Mas estavam em Arrakis.

A princípio, Vor achou que não tinha muito a dizer a Griffin Harkonnen, mas o rapaz o pressionou para obter informações sobre Xavier e Abulurd. Eles se sentaram na sombra do fim da tarde no prédio de abrigo da estação.

— Já faz muito tempo — contou Vor. — Uma vida inteira, na verdade. Eu me mudei para um planeta diferente depois de conhecê-los, tornei-me uma pessoa diferente. Bloqueei todas essas lembranças.

— Então desbloqueie-as.

Enquanto a pressão do calor os envolvia, Vor podia ver a expectativa no rosto do jovem. Ele mergulhou fundo em suas lembranças, tentando superar o obstáculo da traição de Abulurd na Ponte de Hrethgir... e descobriu que, mais longe no passado, ainda havia boas lembranças do bisavô de Griffin.

Ele poderia ter mentido para o jovem e inventado histórias para pintar um falso quadro cor-de-rosa do antepassado dele, mas não faria aquilo. Vor tinha ido longe demais e aprendido demais para fazer tais concessões; já passara da fase das mentiras. Mas contou que ele e Abulurd haviam lutado juntos contra os térmites-piranha que Omnius soltara em Salusa Secundus; que Abulurd havia *escolhido* manter seu nome Harkonnen mesmo quando o restante de sua família se autodenominava Butler;

que Vorian havia prometido ajudar a limpar o nome de Xavier Harkonnen da injusta desgraça que a história lhe forçara.

— E quanto a Xavier? — perguntou Griffin. — O que você lembra sobre ele?

Um sorriso discreto surgiu no rosto de Vor.

— Quando nos conhecemos, éramos inimigos.

— Como nós.

— Tenho muitas histórias de Xavier. Boas histórias...

Na tarde seguinte, dentro da estação de monitoramento meteorológico, Vor deu uma olhada nos traços barométricos e nos padrões de vento que os sensores haviam coletado, mas os dados não lhe serviram para muita coisa. Além dos poucos suprimentos e ferramentas, encontrou uma arma mecânica de projétil — uma pistola Maula de ação por mola —, embora não tivesse certeza da finalidade dela. Para afugentar bandidos, talvez? Seu cinturão-escudo pessoal o protegeria contra projéteis, mas poucos homens do deserto o usavam. Ele guardou a pistola sem contar a Griffin o que encontrara. O jovem Harkonnen gritou para que ele saísse:

— Uma nave de resgate está chegando! Alguém recebeu nosso sinal!

Vor emergiu do abrigo sufocante para o calor empoeirado e viu o jovem apontando para o céu esbranquiçado. Uma nave voadora com motores barulhentos circundou baixo novamente, mudou de curso e desceu para pousar.

— Logo estaremos seguros. — Griffin acenou com os braços, depois chamou de volta por cima do ombro. — Seu ombro precisa de atendimento médico; se ele infeccionar, você pode perder parte do movimento do braço.

A ironia da declaração divertiu Vor.

— Você estava tentando me matar ontem e, de repente, está preocupado com a minha destreza?

Griffin se voltou para Vor com um sorriso austero.

— Quem é que está guardando rancor agora?

Depois de ouvir o jovem falar sobre Lankiveil, seus planos de expansão da indústria de pele de baleia e a recente e desastrosa perda de seu tio e de um carregamento inteiro de peles, Vor decidira que gostaria de visitar o planeta um dia, se lhe fosse permitido. Ele até considerou investir alguns de seus fundos em empreendimentos Harkonnen, estritamente como um parceiro silencioso. Até o momento, contudo, não mencionara nada dessa ideia. Não era o momento adequado.

A maior preocupação de Griffin naquele instante era como dizer à irmã, Valya, que a necessidade de vingança havia sido resolvida, mesmo que não da maneira como ela exigira. O jovem esperava que ela aceitasse o que ele tinha a dizer, e estivera considerando qual seria a melhor maneira de lhe comunicar as novidades.

A nave de resgate aterrissou com uma explosão de escapamento e um rugido de motores. Pela bacia protegida cercada por cumes rochosos, Griffin correu na direção dela, acenando com as mãos para chamar a atenção, embora quem estivesse pilotando certamente o tivesse visto.

Vor se perguntou quem teria interceptado o sinal e quanto o resgate lhes custaria. Griffin provavelmente presumira que seria gratuito; o jovem não devia ter dinheiro, mas Vor poderia obter os próprios fundos por meio do banco planetário do Grupo Venport.

Os motores da nave de resgate foram desligados. A escotilha se abriu e deslizou para o lado. Vor viu duas figuras lá dentro enquanto Griffin subia a rampa, rindo.

Hyla foi a primeira a emergir. Embora Vor tivesse gritado para avisá-lo, Griffin não teve chance.

O jovem não a conhecia. Ela estendeu a mão para agarrá-lo pelo pescoço e os olhos dele se arregalaram, espantados. Hyla o levantou do chão enquanto ele se debatia sem sucesso.

Andros saiu da nave ao lado da irmã, olhou com desprezo para Griffin e depois para Vor.

— Este garoto é alguém especial para você?

— Não, mas...

Hyla nem desviou o olhar de Vor enquanto girava o pulso em um gesto improvisado e quebrava o pescoço de Griffin, depois o jogava para o lado como uma boneca velha. Ele se esparramou na areia, contorcendo-se.

— Você não precisava ter feito isso! — gritou Vor.

Hyla riu, um guincho áspero como uma dobradiça não lubrificada.

— De que importa? Viemos buscá-lo, *irmão*.

— Temos uma escolha a fazer — manifestou-se Andros. — Ou deixamos que venha conosco, para que nós três possamos repetir juntos os grandes feitos dos Titãs, ou...

Irmandade de Duna

— Ou simplesmente o matamos para expiar o assassinato de nosso pai.

Vor olhou para Griffin Harkonnen, que jazia imóvel nas areias, sem dúvida morto; o rosto frouxo do jovem não demonstrava dor, apenas uma confusão assustada. Voltando-se outra vez para os gêmeos, Vor respondeu:

— Não gosto de nenhuma das opções.

E saiu correndo.

> **Apesar de sua capacidade de fazer cálculos extensos, os Mentats ainda têm pontos cegos.**
>
> — Diretor Gilbertus Albans, comentário de advertência para uma nova turma

Durante três dias, cuidadosa e metodicamente, as tropas do imperador vasculharam as instalações de Rossak, procurando por qualquer vestígio dos computadores que Dorotea insistia que estavam lá. E não encontraram nada.

Pior ainda, o imperador Salvador fizera um anúncio ousado para as multidões em Salusa de que estava indo para Rossak com o objetivo de "destruir os computadores malignos". Sua humilhação se tornava mais palpável com o passar das horas.

A cada fracasso, a Reverenda Madre Dorotea ficava mais e mais insistente. Furioso, o imperador ficou ao lado dela à entrada das câmaras do penhasco alto. Logo acima, o céu estava ameaçadoramente cinza.

— Por causa de suas garantias, fiz um espetáculo ao trazer minhas forças imperiais para cá, Irmã Dorotea — rosnou ele. — Você me fez lançar este esforço embaraçoso e não tenho nada para justificá-lo.

Até mesmo as Irmãs desconfiadas da facção de Dorotea não tinham conseguido oferecer sugestões. Em desespero, o imperador ordenou que suas tropas percorressem todos os túneis e câmaras uma segunda vez, usando leitores sônicos nas paredes para detectar passagens ocultas. Roderick supervisionou pessoalmente a operação.

Enquanto isso, a Reverenda Madre Raquella permaneceu calma e instruiu suas Irmãs a cooperarem de todas as formas.

— Quando vossa majestade vai admitir que não há o que encontrar aqui, sire?

— Quando eu estiver convencido disso — respondeu, dispensando-a.

Durante a tarde nublada, uma nave auxiliar comercial chegou com suprimentos de rotina de fora do planeta. Era uma entrega inócua, mas o imperador ordenou que cada contêiner fosse aberto e saqueado em busca de tecnologia proibida, qualquer coisa que ele pudesse usar para justificar sua operação militar completa em Rossak.

Seus soldados estavam ficando inquietos e as Irmãs — até mesmo as aliadas de Dorotea — mostravam sinais crescentes de raiva pela injustiça.

Salvador andava de um lado para o outro de sua capitânia, olhando para a cidade do penhasco, muito angustiado. Ele sibilou para Roderick pelo canto da boca:

— Como vou me livrar dessa confusão e salvar minha reputação? Não podemos simplesmente contrabandear alguns computadores de nossos depósitos de sucata em Zimia? Temos muitos para o próximo festival da fúria.

— Isso seria estranho, irmão. Ninguém acreditaria se as naves tivessem que voar de volta para Salusa e depois voltar para cá.

O irmão mais novo era sempre a voz da razão.

— Estou parecendo um maldito idiota — resmungou Salvador. — No fim das contas, eu deveria ter deixado Manford Torondo vir para cá. Deixá-lo perder seu tempo procurando por coisas que não existem.

Roderick franziu a testa e manteve a voz baixa:

— Mesmo que não encontremos equipamentos ilegais, ainda há um problema grave aqui. Anna foi prejudicada por negligência e nós dois ouvimos a confissão da dra. Zhoma de que a Irmandade quer abreviar sua linhagem. Embora a Irmã Dorotea pareça ter perdido a credibilidade, em minha mente, não é o caso. Ela provou ser útil na Corte Imperial, e tendo a acreditar nas alegações dela contra a Irmandade, mesmo que não tenhamos provas sólidas.

— Concordo com você e estou pensando em acusar publicamente a Irmandade de conspirar contra mim. Revelar seu esquema insidioso de me tornar estéril!

Roderick franziu a testa outra vez.

— Não, Salvador, não devemos fazer isso. Não é o tipo de coisa que queremos que seja registrada publicamente.

O imperador soltou um longo suspiro e assentiu devagar.

— É muito embaraçoso. Mas eu preciso de uma solução prática. Prometi vir aqui e destruir os computadores. — Ele olhou para suas naves desembarcadas, as muitas tropas, os comandantes que haviam começado a colocar os soldados em exercícios de rotina nas copas das árvores de polímero porque não tinham mais nada para fazer. Uma perda de tempo! Ele precisava pôr um fim àquele caso. — Chame aqui a Irmã Dorotea e a

Reverenda Madre Raquella. Peça-lhes que tragam todas as Irmãs Mentats também e as coloquem em fila diante de mim. — Salvador cruzou os braços enquanto tomava sua decisão. — Em seguida, informe aos subcomandantes que preparem as tropas para partir ao anoitecer.

Atendendo à convocação brusca do imperador, enquanto o sol se punha em direção à névoa avermelhada da fumaça vulcânica, a Reverenda Madre conduziu a velha Karee Marques e as outras Irmãs Mentats até a capitânia dos Corrino. Uma guarda de elite armada estava em torno do trono temporário, virado para que o sol baixo não brilhasse nos olhos de Salvador.

Dorotea já estava ali, à espera, inquieta e irritada. Inesperadamente, a neta de Raquella simpatizara com os sentimentos butlerianos desde sua missão em Lampadas, mas Raquella se perguntava se o verdadeiro motivo da rebeldia de Dorotea era mais o fato de se sentir abandonada pelas pessoas geneticamente relacionadas a ela, não entendendo um ensinamento básico da ordem: a única família que as integrantes da Irmandade tinham era a própria Irmandade.

O imperador se inclinou para a frente em seu trono temporário, apoiando os cotovelos nos joelhos. Olhou com frieza para as oito Irmãs Mentats, mas concentrou o olhar em Raquella.

— Reverenda Madre, desprezo suas projeções de reprodução altamente questionáveis e sei que tentou me impedir de ter filhos. A dra. Zhoma revelou tudo.

Roderick ficou ao lado do irmão, encarando-a fixamente, o rosto pétreo. A garganta de Raquella ficou tão seca que ela não conseguia nem engolir. As vozes em sua mente estavam tão silenciosas quanto um túmulo.

— Quando partimos da capital, fiz um voto público de destruir os computadores usados pela Irmandade — continuou o imperador. — Não posso voltar para Salusa de mãos vazias.

Raquella estremeceu. Ele parecia estar mortalmente ofendido e incapaz de revelar os verdadeiros motivos publicamente. De alguma forma, Salvador torturara a dra. Zhoma para que ela revelasse a verdade, mas Raquella tinha controle supremo sobre a química do próprio corpo e estava confiante de que poderia fazer com que seu corpo morresse antes de revelar qualquer coisa.

— Mas vossa majestade procurou por computadores em todos os lugares, sire. Não é possível encontrar o que não existe. Só temos computadores humanos aqui.

Ele desdenhou.

— Isso é apenas uma questão semântica. Ainda assim, são computadores.

Assentindo rapidamente para o capitão da guarda de elite, o imperador fez com que todos os rifles fossem apontados para as oito Irmãs Mentats.

Raquella recuou e um grito de horror ficou preso em sua garganta.

Ao seu lado, Karee Marques ergueu as mãos no último instante, a mais velha Feiticeira viva de Rossak, e Raquella sentiu um estalo dentro de seu crânio quando a idosa foi atingida, liberando desesperadamente uma onda de energia psíquica, um resquício do poder que as Feiticeiras mais poderosas já haviam usado para aniquilar os cimaks. As outras Irmãs Mentats, porém, não eram Feiticeiras.

Karee Marques não era forte o suficiente e, quando o imperador gritou, obviamente sentindo a explosão mental dela, sua guarda de elite abriu fogo. A saraivada de projéteis afiados derrubou as oito Irmãs Mentats. As mulheres caíram sobre a cobertura pavimentada como feixes de trigo colhidos.

Espantada com o fato de ainda estar viva, Raquella se afastou e correu para os corpos dobrados, ajoelhando-se sobre Karee Marques, que jazia em uma pilha macabra e retorcida, com o manto branco salpicado de vermelho.

Todas as Irmãs que estavam observando dos penhascos acima do dossel de aterrissagem soltaram um arquejo aturdido, e várias começaram a uivar de raiva ou a chorar de luto.

Dos penhascos, outras cinco Feiticeiras rugiram em um uivo ressonante que ecoou pelas copas das árvores e pela mente de todos os que estavam reunidos na escola. Para o espanto do grupo que cercava o trono temporário de Salvador, as Feiticeiras saltaram no ar, mergulhando de forma suicida em direção à capitânia dourada do Imperium. Elas despencaram com suas vestes brancas ondulando ao redor, parecendo valquírias que desciam em direção a um campo de batalha — e então desaceleram a descida, usando o controle telecinético para levitar. Com olhares assassinos, mergulharam em direção ao imperador, desencadeando outra onda de força telepática. Raquella sentiu seu crânio tremer com a pressão psíquica e caiu de joelhos.

O alvo do ataque, Salvador, gritou de dor e pressionou as mãos nas têmporas, de olhos fechados. O sangue brotava de suas narinas. Arriscando a própria segurança, Roderick agarrou o braço do irmão e tentou ajudá-lo a se afastar do trono.

Salvador havia caído no chão ao lado do trono, choramingando, então Roderick deu uma ordem para a guarda de elite:

— *Detenham-nas!*

Lutando para se levantar, Raquella gritou para cima enquanto as Feiticeiras continuavam sua descida:

— Não! Não, não ataquem!

Virando os rifles de projétil para cima, os soldados explodiram as Feiticeiras do céu, fazendo com que as mulheres de vestes brancas caíssem e se espatifassem em amontoados esfacelados e ensanguentados entre as Irmãs Mentats mortas.

Raquella soluçou.

Salvador cambaleou, com o rosto transtornado pela dor e pelo choque. Quando ele começou a murmurar uma ordem para continuar o massacre, Roderick o agarrou pelos ombros e disse:

— Pare antes que isso vá longe demais! Chega de matança.

Dorotea se ajoelhou diante do imperador.

— Seu irmão está certo, sire. Por favor, não mate todas as Irmãs.

Salvador respirou fundo até conseguir se controlar. Limpou o sangue que escorria de suas narinas, ofendido pela mancha escarlate no dorso de sua mão. Então, firmou-se segurando a lateral do trono e tocou um controle em sua garganta. Sua voz ecoou pelos sistemas de alto-falantes da nave militar aterrissada.

— Por minha ordem imperial, decreto que a Irmandade de Rossak seja dissolvida! Esta escola será fechada. *Permanentemente.* Todas as alunas serão dispersadas e enviadas de volta para suas casas.

Raquella contraiu os ombros e não conseguiu desviar o olhar das Mentats assassinadas ou das Feiticeiras caídas que tinham apenas tentado defender a Irmandade. Quando encarou o imperador, sua expressão devastada e furiosa o fez estremecer. Roderick Corrino rapidamente se colocou entre os dois.

— Há muito valor no que as Irmãs conquistaram. Proponho que a Reverenda Madre Dorotea e algumas Irmãs valorosas retornem conosco para Salusa Secundus, onde suas habilidades ainda podem servir ao Imperium. O restante...

Salvador parecia feliz com a demonstração de força do irmão.

— Todas as outras devem deixar Rossak. Os registros de reprodução serão destruídos, para nunca mais serem usados indevidamente. — Ele deu ordens às tropas, que reuniram canhões de fogo do arsenal do esquadrão e marcharam até as cavernas altas. Então, virou-se e olhou para as centenas de mulheres atônitas nas sacadas do penhasco. — O que restou de vocês deve se dispersar aos ventos. Esta Irmandade passa agora a ser considerada ilegal! — Ele olhou para a perturbada Reverenda Madre, satisfeito por ver como ela parecia derrotada. — Pronto. *Agora* você acha que minha linhagem é fraca e inferior?

> **Nossos maiores comandantes podem traçar os planos militares mais complexos, mas, no final, somente Deus determina quem vence cada batalha.**
>
> — Manford Torondo, *O único caminho*

Observando da ponte de sua nave, Manford ficou pálido quando viu as naves de evacuação serem detonadas, longe o suficiente para que ele não estivesse envolvido. Várias naves butlerianas haviam se aproximado para ajudá-los, e as ondas de choque os separavam naquele momento.

— Aquele louco do Venport matou o próprio povo?

Enquanto Gilbertus observava, diversas alternativas passavam por sua cabeça.

— Devo salientar, senhor, que os butlerianos frequentemente tomam atitudes fanáticas semelhantes.

O homem sem pernas reagiu ao comentário com horror e negação, e Gilbertus acrescentou depressa:

— No entanto, acho muito provável que essas naves estivessem vazias e tenham sido pilotadas por sistemas automatizados e detonadas remotamente. É provável que Venport e sua equipe ainda estejam escondidos nas instalações industriais.

— Então, nós os encontraremos e os mandaremos para o inferno. Já fiz minha oferta de clemência, mas Venport mostrou que tipo de homem ele é de fato.

Gilbertus assentiu, continuando sua avaliação fria. Mais instrutivo, pensou ele, tinha sido o fato de Josef Venport ter provado ser *imprevisível*. Uma ação tão ousada e imprudente, tão diferente de tudo o que o oponente fizera anteriormente. O que pretendia alcançar com aquilo? Sim, a manobra havia danificado a frota butleriana, mas não estava nem perto de ser o suficiente para vencer o combate. Como ele esperava salvar a si mesmo ou a sua equipe da inevitável retaliação de Manford? Era suicídio. Os butlerianos nunca aceitariam uma rendição depois daquilo. Não fazia sentido.

— Mentat, diga alguma coisa! — exigiu Manford.

— Recalculando primeiro. — Ah, como ele desejava ter Erasmus ali para ajudar...

Sem aviso, as trinta naves de patrulha do Grupo Venport abriram fogo, junto com pelo menos dez das outras naves no complexo. A pura matemática da situação tática deveria ter impedido qualquer ação agressiva — trinta ou quarenta naves contra mais de duzentas —, mas, ainda assim, elas começaram a fustigar os veículos butlerianos.

Enquanto Gilbertus continuava a reavaliação, explosões dispararam perto da nave principal. A nave butleriana adjacente explodiu quando seus compartimentos de combustível foram rompidos.

Sem esperar pelas instruções de Manford, a Mestre-Espadachim Idaho gritou pelo canal aberto:

— Atirem de volta... Todas as naves, atirem de volta à vontade! Destruam todos eles!

As trinta naves do Grupo Venport bombardearam a frota butleriana, acelerando mais rápido do que o esperado, e o armamento delas era muito mais poderoso do que o das naves normais daquele tamanho; Josef Venport instalara melhorias.

Gilbertus começou a recalcular as variáveis. Talvez as chances não estivessem tão claramente a favor de Manford, afinal de contas. Aquelas naves de fato representavam uma ameaça.

Os butlerianos ainda tinham força em números, mas seus veículos eram projetos ultrapassados do Exército da Humanidade, naves militares excedentes de mais de oitenta anos. Manford Torondo nunca imaginara que poderia enfrentar uma resistência aguerrida; simplesmente esperava que seus oponentes se rendessem por medo.

Mas o implacável empresário Josef Venport não era um homem a ser intimidado; Gilbertus estava começando a entendê-lo melhor.

Então, a próxima engrenagem do plano defensivo de Venport se encaixou.

Dezenas de outras naves inimigas saíram dos estaleiros: construções incompletas, cascos robóticos com motores que mal funcionavam, esqueletos de cargueiros estelares acelerando e se espalhando em formação. Quando a frota butleriana chegara, Gilbertus presumira que aquelas naves estavam inoperantes, mas, quando começaram a se mover, ele reavaliou o potencial tático delas. Que surpresa desagradável! Venport tinha mais do que o dobro de naves para lançar na briga do que parecia à primeira vista.

Aqueles novos cascos tinham alguns sistemas de armas ativos, mas eram basicamente bucha de canhão, grandes veículos se chocando contra a frota de Manford e causando estragos mesmo quando eram atingidas pelo poder de fogo butleriano. Apesar de danificadas, as naves automatizadas semiacabadas continuavam avançando, colidindo com as formações apertadas dos butlerianos.

Uma das naves de patrulha Venport explodiu, mas as demais continuaram atirando. Gilbertus estimou que pelo menos quarenta das naves de Manford haviam sido destruídas nas detonações surpresa e na resistência inesperada que se seguia.

À medida que as naves butlerianas dispersas se aproximavam das principais docas espaciais e das fábricas nos asteroides, elas abriam fogo novamente, atingindo as fábricas restantes. Pelo menos outras cinco foram destruídas, com suas cúpulas quebradas expelindo fogo e vazando atmosfera para o espaço.

Mesmo para um Mentat, era difícil manter o registro de todas as instalações destruídas.

De acordo com seu dever, ele apresentou a Manford uma avaliação revisada:

— Aquelas são naves automatizadas, o que significa que ele não terá escrúpulos em sacrificá-las.

Anari Idaho arfou.

— Conduzidas por máquinas pensantes?

— Naves automatizadas — repetiu Gilbertus, sem maiores esclarecimentos.

O líder butleriano olhou para ele.

— Por que você não previu isso, Mentat?

— Porque eu não tinha dados completos.

— Use novos parâmetros. Também estou disposto a sacrificar cada uma de minhas naves. Considere todos os meus seguidores e naves dispensáveis, desde que vençamos essa batalha. A mente humana é sagrada.

— A mente humana é sagrada — ecoou Anari.

— *Tudo* é dispensável, senhor?

Outra contradição; Gilbertus não mencionou o quanto Manford ficara chocado quando a equipe de Venport tomara uma decisão semelhante.

— Exceto a vida de Manford — respondeu a Mestre-Espadachim. — Isso não é negociável.

— Foi com ataques totais que vencemos o Jihad de Serena Butler contra Omnius e suas máquinas pensantes. — Manford estava mortalmente calmo enquanto explicava. — Não podemos fazer menos agora nesta batalha pela alma da raça humana.

Gilbertus estudou o padrão dos movimentos das naves, refez os caminhos e encontrou interseções, até que todas as possibilidades formaram uma teia intrincada em sua mente... uma teia que tinha um padrão estranhamente familiar. Sim, naquele momento Erasmus teria sido de grande ajuda.

Várias outras naves incompletas se chocaram contra as forças butlerianas, atingindo algumas, confundindo os sensores de outras, atraindo fogo como pedras atiradas em um ninho de vespas. De repente Gilbertus se deu conta de que aquele era o propósito delas. Não tinham sido construídas para sobreviver.

O tempo ficou mais lento na mente de Gilbertus quando ele entrou no modo Mentat e rapidamente criou os próprios padrões, revisando os movimentos projetados das naves para minimizar as concentrações de danos potenciais. Com atenção cuidadosa, ele poderia desvendar o complexo emaranhado que seu oponente criara.

Gilbertus admirou o plano montado contra ele. Era uma pena que ele devesse derrotá-lo.

Em pânico e indisciplinados, os butlerianos desperdiçaram tiros; várias naves escolheram o mesmo alvo e ignoraram outros.

— Para vencer, precisamos de organização, líder Torondo. Tenho um plano, mas você deve me deixar guiar os tiros. Oriente seus comandantes a seguirem minhas ordens.

— Você garante que assim os derrotará? — perguntou o líder.

— É sua melhor chance.

— Percebi. — O butleriano pareceu desapontado com a resposta. — Muito bem, Mentat, nos dê uma vitória.

Uma vez que os planos foram colocados em ação, como se fossem soldados autômatos, Josef pôde admirar o que o próprio Mentat concebera.

— Temos uma chance, Draigo. Veja essa destruição!

Fascinado, ele observou as naves em disparada, os projéteis em lâmina, as explosões em cadeia quando as naves butlerianas se aproximavam umas das outras. Explosões estelares de fogo e destroços se espalharam por todo o complexo de Thonaris em um número tão grande que ele não conseguia imaginar quantas naves bárbaras já haviam sido destruídas.

Ele se sentiu mal por perder aquelas grandes capacidades industriais — tantas naves que poderiam ter expandido a Frota Espacial do Grupo Venport, todo aquele lucro transformado em vapor e sucata! Foi difícil, mas, em sua cabeça, ele tentou desconsiderar a perda. Não poderia salvar a instalação ou seu investimento ali — porém, se incapacitasse os butlerianos, o custo seria justificado.

Embora Josef não tivesse notado nenhuma diferença no caos ao redor, seu Mentat observou os movimentos das naves rivais com atenção e declarou:

— Gilbertus Albans assumiu o comando. Reconheço as técnicas dele.

Para Josef, porém, o caos de disparos de armas e naves colidindo era impenetrável.

Os olhos de Draigo se moviam de um lado para o outro enquanto ele processava cálculos complexos.

— Temos uma pequena nave de sobrevivência no centro administrativo, senhor. Sugiro que saiamos deste centro de controle. Gilbertus vai mirá-lo em breve. Ele nos localizará em instantes.

Josef não conseguia acreditar no que o Mentat tinha acabado de dizer.

— Mas estamos vencendo! Veja quantas naves eles perderam!

— E ainda têm muitas outras a perder, senhor. Agora, no entanto, eles estão operando sem restrições... e, nessas circunstâncias, as regras e as probabilidades mudam. — Ele olhou diretamente para Josef, e havia emoção e preocupação reais em sua expressão. — Não podemos vencer, senhor. Confie em mim.

Por um momento, Josef se recusou a ouvir. Mas confiava em Draigo e em seus planos tanto quanto confiava em Norma Cenva. Ele sempre dependera de seus talentosos especialistas e sabia que seria estúpido se não os ouvisse.

— Se você está convencido, então vamos sair daqui.

— Devo comandar a evacuação de todo o pessoal restante?

— Você pode tentar. Vamos torcer para que os bárbaros deixem alguns de nossos funcionários vivos... mas ambos sabemos que é a mim que ele quer.

Josef e Draigo correram para a pequena nave de evacuação, se fecharam dentro dela e se desvencilharam da trava de acoplamento. Josef olhou para o centro administrativo de Thonaris enquanto eles se afastavam, viu o corpo congelado de Arjen Gates do lado de fora exposto como um enfeite de gramado e sentiu o grande peso da própria perda financeira e de pessoal. Que desperdício!

A nave de evacuação não estava equipada com motores Holtzman e ele não tinha um Navegador. O diretor Venport não sabia como iriam se afastar do sistema estelar, mas Draigo permitiria que ele sobrevivesse mais uma hora — mesmo que naquela hora ele precisasse assistir à destruição de tudo ao seu redor. A pequena nave se afastou do centro administrativo, perdendo-se em um turbilhão de atividades enquanto inúmeras naves passavam e projéteis voavam por toda parte.

— E como você projeta que conseguiremos nos afastar com segurança, Mentat?

O Mentat hesitou por um momento longo e desconfortável.

— No momento, não tenho condições de determinar isso.

Josef sentiu um peso no peito. Nunca havia lhe ocorrido que Draigo poderia não ter uma resposta.

Momentos depois, uma enxurrada de projéteis rasgou o centro administrativo vazio. Observando a prova das conclusões de seu Mentat, Josef se sentiu perdido, até mesmo desanimado, até enfim reconhecer a mudança fundamental que Draigo havia detectado anteriormente: os bárbaros agiam imprudentemente, não se importando se teriam que sacrificar cinco naves *tripuladas* para cada uma que destruíssem. O custo humano era impressionante, mas os fanáticos de Manford estavam diminuindo com regularidade as forças e instalações do Grupo Venport. As docas espaciais haviam sido destruídos, além da maioria das fábricas automatizadas.

— Não vamos escapar, não é, Mentat? É apenas uma questão de tempo até que eles mirem em nós.

— Sem qualquer forma de dobrar o espaço, não temos como escapar. — Draigo ajustou o sistema de comunicação da nave de evacuação. — Embaralhei a transmissão para diminuir a capacidade deles de nos encontrar. O senhor me permitiria entrar em contato com o Mentat deles?

Josef franziu a testa.

— Será que ele vai negociar pelos bárbaros?

— Acredito que não. Mas eu gostaria de... me despedir dele.

Com um suspiro, Josef assentiu.

— Não tenho mais nada a perder.

Enquanto a pequena nave salva-vidas sem identificação dos dois flutuava entre os destroços e o caos, Draigo ativou a tela e se identificou para os butlerianos.

— Aqui é o Mentat a serviço do Grupo Venport. Gostaria de falar com Gilbertus Albans, por favor.

Em instantes, seu professor Mentat apareceu, sem parecer nem um pouco surpreso.

— Reconheci suas táticas, Draigo. Lamento que estejamos em lados opostos do campo de batalha em um confronto real em vez de um jogo.

— Um Mentat deve ser leal ao seu empregador. Fiz o meu melhor para defender Josef Venport e proteger esses estaleiros, assim como o senhor deu seu melhor para destruí-los.

— Sob o comando de Manford Torondo — acrescentou Gilbertus.

Draigo exibiu um sorriso derrotado.

— Assim que percebi que o senhor havia assumido o comando, minhas próprias projeções mostraram que, mesmo com minhas melhores habilidades, eu não conseguiria vencer. O senhor tinha o melhor conjunto de recursos para usar contra mim.

— Mesmo assim, estou orgulhoso de você. Você lutou bem. Mas entende que isso é um adeus, Draigo. Manford Torondo não permitirá que você seja feito prisioneiro.

— Seu Meio-Manford pode ir para o inferno — cuspiu Josef.

Manford Torondo entrou no canal.

— O robô Erasmus escreveu que os seres humanos eram apenas um recurso dispensável, mas as máquinas que são realmente dispensáveis. E seus aliados...

Draigo desligou a transmissão.

Josef o encarou com olhos pesados.

— Alguma outra sugestão, Mentat?

— Nenhuma, senhor. Revisei todos os dados conhecidos.

Naquele momento, tão perto e tão repentinamente que até Draigo soltou uma exclamação de surpresa, uma grande nave do Grupo Venport apareceu, dobrando o espaço de forma inesperada. As portas do compartimento de carga se abriram como uma bocarra escancarada na frente da pequena nave de fuga.

Josef reconheceu a voz feminina que surgiu a partir do sistema de comunicação. Cioba, sua esposa!

— Norma Cenva e eu viemos buscá-lo, Josef. Nós o levaremos a bordo!

Sem perguntar como as duas mulheres souberam que estavam ali, Draigo voou depressa para o porão da nave de resgate.

Abaixo e atrás deles, os butlerianos notaram a nova nave e voltaram os armamentos para ela. As primeiras explosões irromperam nas proximidades, sem acertarem o alvo.

— Como você sabia que deveria vir aqui? — perguntou Josef pelo comunicador.

— Eles podem ter Mentats, mas eu posso superá-los com minha *presciência* — respondeu Norma com sua voz oscilante e etérea.

À medida que as explosões ígneas continuavam pelos estaleiros, Josef viu que tudo estava de fato perdido. O veículo de Norma Cenva fechou o casco como um abraço em torno da nave de evacuação e, enquanto Cioba corria para o porão para encontrar-se com o marido, a nave de carga piscou e desapareceu na segurança da dobra espacial.

A persistência é uma virtude, mas a obsessão é um pecado.

— **Bíblia Católica de Orange**

Os gêmeos de Agamemnon correram atrás de Vorian Atreides, deixando o cadáver de Griffin Harkonnen nas areias quentes.

Vor sabia que, mesmo se buscasse proteção na pequena estação meteorológica e a fortificasse, Andros e Hyla poderiam romper a parede em minutos. Em vez disso, ele subiu nas rochas, escalando o cascalho solto com as mãos e os pés, abrindo caminho em um campo de pedras até um pequeno cume. O terreno aberto além daquele ponto poderia ser bom para medições meteorológicas, mas oferecia a Vorian pouquíssimas opções de fuga.

— Para onde está fugindo, irmão? — chamou Hyla. — Convença-nos a mantê-lo vivo.

Ele não respondeu.

Andros e a irmã subiram pacientemente atrás dele, galgando as rochas como um líquido subindo a colina, desafiando a gravidade. Quando Vor chegou ao topo do cume, ele observou a encosta íngreme do outro lado, que não levava a lugar algum, exceto às areias vazias. Talvez pudesse dar a volta e tentar retornar à aeronave aterrissada dos gêmeos, mas eles haviam desligado os motores e ele sabia que o processo de partida e decolagem levaria alguns minutos; Andros e Hyla nunca o deixariam chegar tão longe.

Ainda tinha seu cinturão-escudo pessoal e a pistola Maula; a arma de projéteis acionada por mola era funcional, embora ele duvidasse que fosse eficaz contra os gêmeos. Ainda assim, os projéteis poderiam retardá-los. Engatilhou a arma e virou-se, preparando-se.

Andros e Hyla estavam subindo por uma linha de pedregulhos que deslizaram pela encosta. Embora, geneticamente falando, eles fossem seus irmãos, Vor não sentiu nenhuma hesitação, nenhum remorso. Matara Agamemnon décadas antes, e um pouco mais de sangue familiar em suas mãos não faria diferença. Testemunhara aqueles dois assassinarem Griffin

Harkonnen, um jovem nobre que não merecia morrer daquela forma. Ainda subindo, Andros olhou para ele e gritou:

— Pelo menos sua esposa não fugiu quando a interrogamos. Mas ela era uma mulher idosa.

Sentindo a raiva o inundar, Vor apontou para a testa do outro homem e apertou o gatilho. O barulho alto da pistola Maula soou como uma explosão contida, mas a mira de Vor — ou a arma — falhara. Uma pedra à esquerda da cabeça do jovem estalou e pequenos fragmentos de rocha foram lançados em todas as direções. Andros se encolheu.

Hyla se levantou e Vor disparou uma segunda vez, mirando bem no centro do peito dela. Dessa vez, a bala acertou, e ele viu a cratera no macacão dela, a carne vermelha rasgada no esterno. O impacto a jogou para trás, mas Andros diminuiu a velocidade para ajudá-la e estendeu a mão para agarrar seu braço. Ela gritou, entretanto acabou por recuperar suas forças rapidamente. Vor apontou a pistola Maula de novo e apertou o gatilho. A arma emitiu apenas um som de fricção. Tentou mais duas vezes, mas a pistola estava emperrada. Ele a descartou.

Os gêmeos voltaram a subir atrás dele ainda mais depressa. Pensando rápido, buscando alternativas, Vor olhou para as areias brilhantes e ardentes, onde minúsculos pontos de rocha se projetavam em intervalos espaçados como dentes apodrecidos. O mais próximo estava a quase um quilômetro de distância. Em uma corrida mortal pelas dunas poeirentas, ele precisaria de pelo menos quinze minutos para chegar ali, e absolutamente nada o esperava lá fora.

Mesmo assim, ele tinha um plano.

Descendo imprudentemente pela encosta íngreme, saltando de um pedregulho instável para o outro, chegou ao fim das rochas e correu para a areia, tropeçando na superfície macia. Ishanti lhe ensinara a disfarçar seus passos, a se mover sem ritmo para não atrair um verme da areia. Naquele momento, porém, Vor corria em seu ritmo natural, já ofegante. Não tinha água; seus suprimentos estavam na estação meteorológica. Os gêmeos estavam se aproximando.

Eles haviam matado Griffin.

E Mariella.

Atrás dele, Andros e Hyla começaram a descer a encosta, diminuindo a distância. A voz de Hyla soava forte enquanto ela gritava:

— Mesmo que você chegue àquelas rochas, para onde vai correr? Não há nada além de areia!

Vor não desperdiçou o fôlego gritando de volta. Ele se adiantou o máximo possível — mas não foi o suficiente, estavam alcançando-o. Na metade do caminho até a saliência rochosa mais próxima, decidiu que era hora de correr o maior risco, esperando ter tempo suficiente para alcançar as rochas.

Ele ativou o cinturão-escudo pessoal, que emitiu um crepitar fraco e vibrante. A eletricidade estática parecia carregar a poeira ao seu redor. Vor abriu o fecho do cinturão-escudo, deixou a fonte de alimentação ativada e largou-o na areia. Então, correu com uma energia ainda mais frenética em direção à pequena ilha rochosa, descobrindo em si mesmo reservas de força que não sabia deter. Tinha certeza de que seus passos ritmados já haviam enviado uma convocação irresistível a um verme da areia. Com o cinturão-escudo pulsante, não deveria haver dúvidas...

Os gêmeos continuaram atrás de Vor pelas dunas, seguindo suas pegadas, como ele esperava. Andros gritou com a voz penetrante:

— Olhe só, correndo como um covarde! Você é uma vergonha para Agamemnon.

A garganta de Vor queimava e seus olhos ardiam; quando ele atingiu o topo de uma duna, entretanto, viu que quase havia chegado às rochas. Como um iceberg, as raízes das pedras cresciam abaixo da superfície. Mais alguns passos e ele sentiu a firmeza sob a areia. Ergueu-se mais alto, ofegante, e se virou para observar.

Andros e Hyla alcançaram o cinturão-escudo que ele havia largado para trás. Os gêmeos sabiam que estavam ganhando terreno e que Vor não tinha para onde ir além de sua pequena ilha de rochas. Os dois estavam tão concentrados nele que pareciam não perceber as vibrações na areia ou a grande ondulação montanhosa que corria na direção deles.

Mas Hyla hesitou, pressentindo algo, enquanto Andros pegava o cinturão-escudo e franzia a testa, amargo. Ele jogou o dispositivo por cima do ombro — no exato instante em que um verme da areia surgiu de baixo das dunas, a bocarra aberta. Ao recolher centenas de metros cúbicos de areia, a criatura subiu tão alto que os filhos de Agamemnon pareciam pequenos pontos caindo em um redemoinho.

O verme os engoliu.

Irmandade de Duna

Vor se agachou para observar o verme da areia circundando a área. Embora estivesse sozinho, sem suprimentos, abandonado no meio do deserto, ele se sentia seguro pela primeira vez em muito tempo...

Finalmente teve tempo para refletir sobre os problemas que havia causado em Arrakis, embora sua intenção fosse apenas viver ali em paz. Pensou nas pessoas que perdera havia pouco: Ishanti, que o tratara bem, e Griffin Harkonnen, um inimigo não intencional, que poderia ter entendido e até perdoado Vorian. E pensou em Mariella.

Ao longo dos séculos, ele sofrera muitas perdas, mas estava triste com o desperdício daquelas três vidas. Os Harkonnen o odiavam havia gerações, desde o exílio de Abulurd, e ele esperava conseguir algum tipo de desfecho. Mas, depois que a família descobrisse o que se passara com Griffin, Vor duvidava que a ferida algum dia fosse curada.

Sentado na rocha solitária, sentia séculos de cansaço e desejava apenas encontrar um lugar onde não precisasse ficar olhando por cima do ombro. Observou quando o verme por fim mergulhou na areia e foi embora, mas decidiu descansar um pouco antes de voltar para a estação de monitoramento meteorológico e para a aeronave que poderia levá-lo para longe dali de uma vez por todas.

> **A maioria dos eventos públicos patrocinados por governos é puro espetáculo. Líderes experientes entendem que as impressões são a base de seu poder.**
>
> — Estudo imperial das práticas governamentais

O decreto emitido pelo imperador Salvador Corrino só permitia que as integrantes da dissolvida Irmandade de Rossak tivessem poucos dias para desocupar o planeta e abandonar a escola que a Reverenda Madre Raquella construíra nas oito décadas anteriores. Ele posicionou forças imperiais para garantir que suas ordens fossem cumpridas enquanto retornava a Salusa Secundus com Dorotea e uma centena de integrantes da facção dela. Raquella não teve a oportunidade de se despedir de sua neta, da Irmã Valya ou de qualquer outra pessoa.

Todas as mulheres da Irmandade deveriam se dispersar, tanto as mais velhas quanto as mais jovens. Apenas algumas Irmãs com conexões importantes tiveram o poder de decidir para onde queriam ir, mas a maioria havia sido enviada de volta para os mundos onde viviam antes de irem para Rossak.

O fato de ser irmão do imperador não concedia a Roderick Corrino o direito a uma vida de descanso luxuosa. No dia seguinte ao retorno das forças imperiais da viagem a Rossak, ele ansiava por dormir até tarde, relaxar em sua cama com Haditha e tomar o café da manhã com ela e seus filhos. Mas o Imperium o convocava.

Não dormira bem, assombrado pela forma impetuosa como Salvador executara as Mentats da Irmandade e pela dissolução da Escola Rossak. Roderick tinha uma série de danos para mitigar. Esperava que a Irmã Dorotea oferecesse uma perspectiva sagaz e estivesse disposta a trabalhar com ele. Continuava acreditando que as Irmãs treinadas tinham um valor considerável e estava feliz por ter convencido o irmão a poupar, ao menos, a facção de Dorotea. Era melhor salvar alguma coisa do que nada...

Roderick fizera o que podia para aproveitar algo daquela situação. Usando os fundos das contas bancárias da Irmandade que o imperador confiscara, a Irmã Dorotea e cem de suas seguidoras escolhidas a dedo estavam ocupadas montando uma nova instalação de treinamento para a ordem em Salusa Secundus. Não haveria programas de reprodução, nem o *Livro de Azhar*, nem outras publicações ou programas que não tivessem sido aprovados previamente por representantes do governo imperial.

A Irmã Dorotea teria que ser vigiada de perto, mas Roderick sempre a achara valiosa. A mulher ainda precisava separar as ambições pessoais da lealdade expressa ao imperador; Roderick devia determinar onde elas se sobrepunham e onde poderiam entrar em conflito.

Enquanto fazia suas abluções matinais, preocupado, mas o mais quieto possível, Roderick considerou os inúmeros eventos críticos que teria de equilibrar. Embora seu irmão tivesse o título e a glória de ser imperador, Roderick passava mais tempo implementando políticas e garantindo que o governo funcionasse sem problemas, apesar de algumas das decisões precipitadas e imprudentes de Salvador.

Na opinião dele, houvera concessões demais para apaziguar Manford Torondo e seus agitadores de massas — não, porque Salvador acreditasse em seus pontos de vista extremistas, mas porque os butlerianos detinham poder suficiente para intimidá-lo. As ações impetuosas de Salvador contra a Irmandade haviam sido uma clara tentativa de tirar o poder de iniciativa de Manford, mas não tivera um bom resultado. Roderick não negava que os extremistas antitecnologia pudessem causar uma grande agitação civil, mas estava mais preocupado com o fato de seu irmão ter feito muitos pronunciamentos sem o consultar antes.

Durante a maior parte de suas vidas, Salvador o usara como uma régua moral para ajudá-lo em decisões importantes. Roderick se perguntava o que havia mudado. Ele sentiu uma retração por parte do irmão, um desespero e um ímpeto de sobrevivência. Talvez sentisse que estava perdendo o controle do Imperium. Mas Salvador era seu irmão e o imperador legítimo, e Roderick tinha os próprios deveres.

Ele precisava reafirmar sua influência sobre Salvador e ser a voz da razão, antes que o irmão se transformasse em um tirano. Durante os tumultos da CTE e o banho de sangue do imperador Jules contra os representantes que buscavam refúgio no Palácio, todos eles tinham visto o preço a ser pago por permitir que as emoções e a paranoia corressem desenfreadas, mas Salvador não era um grande estudante de história...

Pronto para o dia, apesar de ainda não ter amanhecido na cidade de Zimia, Roderick saiu de sua ala particular e caminhou pelo corredor até os escritórios administrativos particulares do imperador. Ficou surpreso ao encontrar Salvador já esperando por ele. Sorrindo, o imperador disse:

— Rápido, venha comigo. Tenho boas notícias para mostrar a você!

Roderick se pôs ao lado do irmão.

— Nós dois precisamos de um pouco disso ultimamente.

Como um garoto empolgado que fica inquieto por guardar um segredo, Salvador se recusou a lhe contar o que o esperava enquanto viajavam em uma carruagem rápida até a grande praça no centro da capital, em meio a imponentes prédios do governo. Guardas imperiais já estavam trabalhando para isolar a área, impedindo que multidões de espectadores que acordavam cedo se aproximassem. Escoltados por tropas com uniformes dourados, os dois Corrino abriram caminho entre as pessoas. Roderick sentiu um odor estranho e ardente que irritou seu nariz.

Com uma sensação de déjà-vu que fazia seu estômago embrulhar, ele parou para observar um corpo queimado e horrivelmente mutilado pendurado em um poste de luz; um cabo grosso ainda estava enrolado no pescoço. As extremidades tinham sido cortadas; o rosto, esmagado até ficar irreconhecível; a pele e o cabelo, queimados.

Salvador puxou o braço do irmão, não parecendo nem um pouco descontente.

— Venha, venha! Você vai *adorar* isso! — Ele baixou a voz para um sussurro teatral. — Isso resolve vários problemas ao mesmo tempo.

Embora não gostasse de nada do que via, Roderick avançou com cautela, tentando não inalar o fedor de carne cremada. O cartaz colocado perto do corpo mutilado exibia em uma caligrafia infantil: *O Traidor Bomoko.*

— Mais um não — gemeu Roderick. — Eu me pergunto qual pobre inocente as turbas lincharam dessa vez.

O irmão não conseguiu esconder o sorriso.

— Como você sabe que não é o verdadeiro Bomoko?

— Depois de todos esses anos e de todas as vítimas identificadas por engano? Duvido muito.

Salvador se inclinou para perto para sussurrar, embora o burburinho dos guardas e dos espectadores abafasse qualquer conversa normal.

— Desta vez não é um inocente, irmão. Você não concorda que esta é uma forma prática de se livrar da dra. Zhoma? Dois coelhos com uma cajadada só.

Roderick retesou a cabeça, mas evitou responder em voz alta.

Caminhando de forma pomposa em frente à multidão que se reunia, Salvador levantou a voz, soando imperioso, certificando-se de que as pessoas próximas pudessem ouvi-lo:

— Precisamos levar isso a sério, irmão! Faça testes genéticos e determine se finalmente encontramos o verdadeiro traidor, Toure Bomoko! Seria bom pôr um fim nesse longo pesadelo! Quero que supervisione este assunto pessoalmente. — A expressão de raiva de Salvador era bastante convincente, mesmo quando ele sussurrou pelo canto da boca: — E acho que você sabe quais os resultados que aguardo.

Roderick tomou o cuidado de manter uma expressão austera ainda que, lá no fundo, se sentisse profundamente alarmado.

— Ninguém vai acreditar nisso, Salvador. Não é nem mesmo uma questão de teste genético... A mais rudimentar das autópsias mostrará que se trata de uma mulher, não de um homem. Não existe a possibilidade de ser Bomoko.

O imperador permaneceu imperturbável.

— Ah, você pode dar um jeito nisso. Confio em você. Emita um relatório minucioso e eu lhe darei meu selo de aprovação. Creme o corpo e remova qualquer outra evidência. Problema resolvido! Zhoma recebeu a justiça que merecia e as turbas podem parar de procurar o bicho-papão delas.

Roderick sabia que o infame líder da CTE provavelmente estava morto em algum lugar em um planeta distante ou, pelo menos, escondido do egoísmo mesquinho da política imperial. Bem que ele gostaria de estar longe daquela mesquinharia também, mas não podia fugir de suas responsabilidades. Um Corrino não se escondia.

— Não se preocupe — respondeu. — Vou dar um jeito nessa bagunça.

Salvador ficou tão satisfeito que deu um tapinha nas costas do irmão.

— Sempre posso contar com você. Eu e você formamos uma excelente dupla.

A tarefa se provou, de fato, bastante simples. Era um desafio muito mais complicado para Roderick ver a irmã e decidir o que fazer com ela.

Brian Herbert e Kevin J. Anderson

Ele encontrou Anna vagando com lady Orenna em um jardim de águas rasas, colhendo flores coloridas flutuantes e colocando-as em uma cesta. Paradas juntas dentro da água, as duas pareciam crianças, e Roderick sorriu ao vê-las. Era um contraste agradável com o espetáculo horrível do início do dia. Orenna, normalmente muito elegante com seus cabelos prateados, usava um vestido simples que já estava encharcado; Anna usava calça curta e uma blusa manchada de lama. Ela parecia feliz. Observando-a da borda da lagoa, Roderick disse:

— Você parece melhor hoje, Anna. Teve uma boa noite de descanso?

— Flores para minha mente. — Com um sorriso doce, ela ergueu uma linda flor amarela com pétalas delicadas com fímbrias. — Do gênero *Limnanthemum nymphoides*, mais comumente conhecida como coração-flutuante. É um coração para a minha mente. — Ela apontou para uma flor branca e preta com folhas roxas esverdeadas dentro da cesta. — Gênero *A. distachyos*. Tem cheiro de baunilha e é comestível. Gostaria de provar?

— Não, obrigado. — O estômago de Roderick continuava indisposto pelo cadáver mutilado da médica que ele havia recém-descartado.

— Consigo identificar todas as plantas deste lago e todas as plantas dos jardins imperiais — continuou a irmã. — Também sei de outras coisas. A composição química do solo, as origens das rochas, os nomes científicos de todos os pássaros e insetos. Esses jardins contêm muitos ecossistemas. Eu nunca tinha visto todas essas interações maravilhosas que estão ocorrendo neste exato momento.

Sem parar para respirar, Anna começou a recitar uma dissertação acadêmica sobre o jardim, mas se distraiu quando uma ave aquática com plumagem brilhante cor de esmeralda passou voando, o que a levou a fornecer detalhes exaustivos sobre a região onde o pássaro aninhava em Salusa Secundus e seus padrões migratórios. Em seguida, começou a descrever planetas e sistemas estelares onde aves semelhantes eram encontradas e, logo depois, fugiu completamente do assunto, falando sobre a química de cimentos, argamassas, tijolos e outros materiais de construção, o que, de alguma forma, levou à matemática da música.

Lady Orenna saiu do lago, limpou os pés com um pano e disse em um tom baixo:

— Estou muito preocupada com ela.

— Ela ainda ouve as vozes estranhas dentro da própria cabeça? — questionou Roderick enquanto Anna continuava a divagar.

Orenna assentiu.

— Ela teve um colapso pouco antes de chegarmos aqui. Estava simplesmente extenuada. Mas parece que está se acalmando com as flores. — A mulher mais velha sentou-se em um pequeno banco e calçou os sapatos. — A cabeça pode estar danificada; está hiperativa, cheia de informações não classificadas que vomita aleatoriamente. Se ela conseguisse controlá-la e organizá-la, talvez a consciência da nossa querida Anna voltasse.

— Minha irmã sempre foi mais inteligente do que permitíamos — comentou Roderick. — E agora temos que fazer todo o possível para lhe dar a ajuda de que precisa.

— A Escola Suk está uma confusão. Não devemos ousar confiar sua mente delicada aos psicólogos deles.

Ele assentiu, concordando.

— Só consigo pensar em um lugar que pode ser capaz de entender a condição dela: a Escola Mentat em Lampadas. Eles sabem mais do que ninguém sobre a mente humana. Vou sugerir isso a Salvador e acho que ele vai concordar.

Sem tirar os sapatos ou dobrar a barra da calça, Roderick entrou na água e abraçou a irmã, como se quisesse protegê-la dos demônios que lhe atormentavam a cabeça frágil. Em seus braços, ela tremeu um pouco, depois olhou nos olhos dele e sorriu.

— Eu te amo — disse Anna.

> **A maioria das pessoas aspira a ações nobres, mas só na teoria. Quando confrontadas com o desafio de pôr em prática suas convicções, elas se acovardam, tornando-se pragmáticas em vez de idealistas.**
>
> — Josef Venport, memorando interno do Grupo Venport

Depois que Norma o resgatou do desastre em Thonaris, Josef não parou para lamentar a perda de funcionários e naves. Em vez disso, ele e Cioba colocaram a empresa inteira, todas as filiais e operações subsidiárias, em alerta máximo. Manford Torondo e seus bárbaros insanos já não eram mais um simples incômodo; os extremistas destruidores e assassinos deviam ser detidos a qualquer custo. E o Grupo Venport era uma das únicas forças do Imperium com recursos suficientes para enfrentar a selvageria butleriana.

De volta a Kolhar, sentado em seu escritório, Josef tentou quantificar os danos e as perdas. Quase seis mil funcionários mortos, incluindo algumas centenas que haviam sido transferidas da Transporte Celestial durante a tomada de Thonaris. Era até possível que alguns tivessem sido capturados pelos bárbaros. Sob interrogatório, os supervisores de alto nível poderiam fornecer informações importantes sobre as vulnerabilidades do Grupo Venport. Josef exasperou-se.

Treze de suas naves-patrulha mais fortemente armadas haviam sido destruídas. Setenta naves-máquina recuperadas e naves parcialmente construídas, todas transformadas em sucata, além de porões de carga cheios de equipamentos sofisticados e maquinário pesado, um valor exorbitante em matérias-primas processadas.

Tudo destruído.

Cioba entrou no escritório, e ele olhou para a esposa. Ela entendeu a imensa gratidão que Josef sentia pela ajuda para manter intacto o império comercial da família. O casamento tinha sido um dos negócios mais sábios que ele fechara em toda sua vida.

Naquele dia, em vez de seu traje de negócios habitual, com os longos cabelos bem arrumados e presos sob um lenço, Cioba deixara os cabelos soltos até a cintura... e usava um roupão branco limpo que acentuava a perfeição pálida de sua pele. Ele ficou surpreso com a aparência dela, que lhe trouxe à mente a imagem de uma temível Feiticeira prestes a entrar em batalha contra um cimak. Antes que ele pudesse comentar, ela disse:

— Temos outra crise.

As palavras foram como um peso caindo nas costas dele.

— Não preciso de outra crise.

Cioba se aproximou da mesa dele.

— Esta nós podemos resolver... e nos dará outra aliada poderosa.

Ele se recostou e tamborilou os dedos em sua superfície de escrita feita de pau-sanguino.

— Muito bem, conte-me mais a respeito.

Ela descreveu as notícias recém-chegadas sobre o desastre em Rossak: a execução das Mentats da Irmandade por ordem do imperador — incluindo Karee Marques, a avó de Cioba —, bem como o aviltamento e a dissolução de toda a ordem.

— O imperador tinha ouvido rumores de tecnologia ilegal em Rossak e, embora não tenha encontrado evidência alguma, atacou mesmo assim.

— Tecnologia ilegal? Será que todo mundo enlouqueceu?

— Todas as Irmãs receberam ordens para deixar Rossak. Algumas voltaram para suas casas, mas outras se dispersaram para lugares desconhecidos.

Ele se levantou.

— E as nossas filhas?

— Elas estão a salvo. Enviei uma de nossas naves para buscá-las. Mas há muitas outras mulheres que precisam de nossa ajuda. — Os olhos escuros de Cioba faiscaram, desafiando-o a discordar dela.

— Em que sentido?

— Algumas das Irmãs, aquelas com tendências antitecnológicas, continuam sendo bem-vistas pelo imperador, que as levou com ele para Salusa Secundus. As outras, no entanto, incluindo a Reverenda Madre Raquella, não têm para onde ir. Sugiro que ofereça um refúgio para elas. Envie-as para Tupile com os outros exilados ou encontre um novo lugar. A Irmandade continuará... e o Grupo Venport pode achar as habilidades delas extremamente valiosas, como espero que você considerado meu próprio valor.

— Com certeza. — Ele penteou o cabelo para trás, já considerando os benefícios que poderia obter com aquele novo desenrolar dos eventos. — Muito bem, providencie os arranjos para que nossa frota espacial forneça refúgio a Raquella e a qualquer outra Irmã que o solicite. Elas ficarão em dívida conosco.

— A Irmandade não se esquece de suas dívidas — concluiu Cioba, surpreendendo-o ao se aproximar e lhe dar um longo beijo nos lábios antes de partir.

Na evacuação em massa, a maioria das Irmãs já havia se dispersado antes da chegada de uma grande nave da Frota Espacial do Grupo Venport, com um convite da Irmã Cioba. Cedendo à influência dela, Josef Venport permitira que a esposa oferecesse um refúgio a Raquella e às Irmãs que haviam se alinhado abertamente com ela. A Reverenda Madre aproveitou a oferta.

Ao deixarem Rossak, as mulheres tinham permissão para levar apenas algumas peças de roupa e artigos pessoais, que eram inspecionados. Embora todas as cópias disponíveis do *Livro de Azhar* tivessem sido destruídas, Raquella sabia que muitas de suas Irmãs missionárias por aí tinham exemplares do livro e mais dez Irmãs Mentats vinham recebendo instrução especial na Escola de Lampadas, onde estavam memorizando o texto inteiro.

O imperador Salvador fizera um trabalho eficiente para acabar com a Irmandade e banira muitos dos princípios básicos da ordem, mas Raquella ainda estava confiante de que a essência de seus ensinamentos e os objetivos da ordem sobreviveriam. Ela se certificaria daquilo.

A bordo da nave dobraespaço guiada por um misterioso e invisível Navegador, Raquella sentiu-se aflita ao saber que algumas de suas Irmãs mais leais estavam desanimadas e sozinhas, convencidas de que a ordem jamais se reagruparia depois daquela declaração de ilegalidade. Muitas mulheres já haviam retornado aos próprios mundos de origem, quando receberam a oportunidade, ou ido para outros lugares para começarem novas vidas. Assim que Raquella restabelecesse sua escola, longe da supervisão imperial, ela começaria a procurar e renovar aqueles contatos.

Os corpos das Mentats e Feiticeiras abatidas haviam sido jogados nas selvas abaixo para que fossem reintegrados ao ecossistema de

Rossak — incluindo a pobre Karee Marques, que fora tão jovem e prestativa durante as virulentas pragas de Omnius. Parecia ter acontecido havia muitíssimo tempo, não apenas algumas décadas.

Os registros de reprodução e os computadores desmontados permaneceram escondidos no cenote isolado, nas profundezas da selva. Estariam seguros e intactos, ainda que as Irmãs estivessem no exílio. Assim que a Reverenda Madre encontrasse um novo lar para aquelas mulheres, graças à ajuda de Cioba e Josef Venport, os computadores e os registros seriam recuperados.

Primeiro, ela precisava de um novo local para a escola.

Josef e seu Mentat foram até o campo de tanques de Navegadores. Draigo Roget continuava atônito por ter sido resgatado.

— Mesmo depois de todo o meu treinamento em Lampadas, aprendi uma coisa fundamental na batalha recente. — O Mentat estava concentrado no tanque central, hipnotizado pelo redemoinho de gás de especiaria. — Aprendi que até mesmo as projeções Mentat mais detalhadas são falíveis. Embora eu achasse que tinha dados completos, nunca poderia ter previsto que Norma Cenva iria nos buscar.

O grande rosto de Norma se aproximou de uma das janelas de plaz. Ela piscou e disse:

— A presciência é uma variável que nunca pode ser considerada nos cálculos dos Mentats... até mesmo a própria presciência tem muitas variáveis. Um Navegador usa a especiaria para visualizar inúmeros caminhos possíveis no universo e, em seguida, deve escolher uma via segura. É raro que haja só uma opção.

Ainda irritado, Josef interrompeu a conversa:

— Geralmente sou paciente com seu falatório esotérico, Norma, mas estamos enfrentando uma crise no momento. — Ele desviou o olhar do campo de Navegadores e focou o distante espaçoporto de Kolhar, onde os veículos iam e vinham: naves de carga, outras para transporte de passageiros e aquelas armadas que ele empregara em sua conquista original dos estaleiros de Thonaris. Deveria ter deixado toda a força lá em posição de defesa maciça... — Kolhar vai ser um alvo. Temos que defender este lugar e montar escudos planetários como os que protegeram Salusa Secundus de ataques de máquinas pensantes. Nossas naves comerciais também devem ser equipadas com escudos de nível militar, bem como com o armamento mais avançado.

O Mentat estava compilando silenciosamente uma lista em sua cabeça.

— Temos milhares de naves na Frota Espacial do Grupo Venport, senhor. Essa operação exigirá um gasto enorme e envolverá um risco significativo.

— Então, gastaremos o dinheiro e correremos o risco! Não se engane, estamos em guerra, e os planetas do Imperium deverão tomar partido e colher os benefícios ou sofrer as consequências. Retiraremos os serviços de nossas naves de qualquer planeta que se aliar aos bárbaros.

O Mentat franziu as sobrancelhas.

— Como resultado, o Grupo Venport sofrerá grandes perdas financeiras. Se vocês perderem essa guerra, estarão no caminho de perder muito mais... talvez tudo.

— Não ajudaremos nenhum mundo que dê as costas à razão e à civilização — explodiu Josef. — Onde os bárbaros estabelecerão o limite? Rejeitarão toda a tecnologia médica, mesmo quando estiverem morrendo? Já saquearam e destruíram a Escola Suk original em Zimia. — Balançou a cabeça. — Eles abrirão mão da rede elétrica? Sacrificarão o aquecimento e o encanamento? Será que vão apagar as luzes, deixando as pessoas passarem as noites amontoadas à luz de velas? Será que vão proibir o *fogo* por ser muito perigoso? Comerão carne crua? — Josef riu amargamente. — Veremos o entusiasmo dos seguidores do Meio-Manford quando realmente conseguirem o que querem. Vamos deixá-los viver como verdadeiros primitivos por um tempo, incapazes de se comunicar com outros mundos, e você vai ver como eles vão mudar de ideia rapidinho e debandar.

Durante muito tempo, Josef tivera a intenção de aumentar o poder de sua família, acumular riquezas e expandir-se para o maior número possível de mercados. Porém, com o desafio lançado e envolvendo-se em uma guerra maior do que qualquer outra que imaginara anteriormente, percebeu que se tratava de um choque de civilizações, uma guerra entre a razão e a superstição, entre o progresso e a barbárie. E ele não cairia sem lutar. A humanidade racional precisava de um campeão. Tirou forças de sua paixão recém-descoberta.

Irmandade de Duna

— Podemos enfrentar esses valentões assassinos e expô-los pelo que são. Manford Torondo não terá para onde correr. — Ele fez uma pausa, sem a intenção de ser bem-humorado. — Metaforicamente falando, é claro.

— Esse conflito pode levar anos... ou décadas — alertou Draigo.

— Que assim seja. Temos os recursos do Grupo Venport, nosso conhecimento e indivíduos dedicados e de pensamento claro. Combateremos o pânico com inteligência. Como podemos perder?

> **Seus princípios são o verdadeiro alicerce de sua vida ou não passam de uma fachada? Se vocês não estiverem dispostos a se manterem firmes e declararem suas crenças para que todos vejam e ouçam, não são crenças verdadeiras, mas meras imposturas.**
>
> — Manford Torondo, discurso para a Liga do Landsraad

Depois de destruir os estaleiros de Thonaris, os remanescentes da frota butleriana de Manford se dirigiram diretamente para Salusa Secundus. Embora tivessem perdido mais de sessenta naves para Venport e seus amantes da tecnologia e as naves restantes estivessem danificadas e com marcas de guerra, a frota fez um espetáculo imponente ao descer para o espaçoporto de Zimia.

O sangue de Manford ainda estava quente por causa da batalha.

— Evitamos uma catástrofe de ressurgimento de máquinas e derrotamos um grupo de traidores da humanidade — anunciou em todos os canais para garantir que cada indivíduo em Salusa ouvisse suas notícias. — Agora retornamos à capital do Imperium para receber o apoio e a honra da Liga do Landsraad e de todos os membros do governo.

Eles divulgaram imagens de vídeo cuidadosamente editados que mostravam a extensão assustadora das fábricas robóticas reativadas, destacando como Josef Venport desrespeitara as regras de sanidade e decência. Logo após a vitória, os butlerianos permaneceram em Thonaris durante a maior parte do dia para atacar o posto avançado e os estaleiros. O próprio Venport, no entanto, aparentemente havia escapado.

De volta aos estaleiros, depois de vivenciar a deslealdade do magnata, Manford anunciara que ninguém seria feito prisioneiro. Cada colaborador da máquina pensante era culpado de crimes abomináveis e merecia uma sentença de morte. Após o bombardeio constante das naves de guerra butlerianas, Thonaris não passava de uma nuvem de destroços quentes e desfraldados. E Manford sentia orgulho do feito.

Se o imperador Salvador fosse sábio, ele também se orgulharia. Manford decidira ficar em Salusa por semanas, meses até, se necessário, até receber a chance de falar com os representantes do Landsraad.

Irmandade de Duna

Assim que chegou à capital, enviou uma convocação aos cidadãos, solicitando formalmente ao conselho uma nova votação para substituir a que havia sido interrompida pela ameaça de bomba. Daquela vez, Manford não aceitaria desculpas. Considerando que ele tinha mais de 140 naves de guerra cheias de apoiadores, rapidamente aprovaram seu pedido e a votação foi agendada para ocorrer dali a duas semanas. O próprio imperador Salvador pediu encarecidamente que todos os representantes e procuradores do Landsraad estivessem presentes.

Chegada a data, os butlerianos de Manford estavam entrincheirados no espaçoporto, fazendo demonstrações de força em todo o território de Zimia, recrutando novos seguidores e coletando petições. Quando incentivaram fortemente os cidadãos a assinarem seus nomes na declaração, pouquíssimas pessoas se recusaram.

Na manhã em que a votação estava agendada, Manford ponderou qual seria a melhor maneira de fazer uma entrada impressionante no Salão do Landsraad. Três de seus seguidores carregariam faixas da trindade inspiradora de mártires da liberdade humana: a pálida Rayna Butler, a bela Serena Butler e o bebê desta, Manion, assassinado pelo insano robô Erasmus.

Manford usava uma camisa folgada sem adornos ou medalhas, exceto pela insígnia de um punho preto cerrado em torno de uma engrenagem de máquina. Apesar de liderar o vasto movimento butleriano, ele se considerava um homem simples, do povo, e não precisava se pavonear com quinquilharias. Naquela ocasião, em vez de ser carregado em um palanquim, como se dirigira ao Conselho do Landsraad anteriormente, optou por entrar nos ombros de Anari Idaho. Aquela aparição perante os nobres era, afinal, uma batalha tão crucial quanto a recente vitória de Thonaris.

Na hora marcada, com mais de cinquenta mil de seus seguidores lotando as ruas e a praça ao redor do Salão do Landsraad, Manford se posicionou do lado de fora das grandes portas e ordenou que elas fossem abertas. Anari o carregou orgulhosamente para dentro do gigantesco salão, com Gilbertus Albans a seu lado e os três porta-estandartes logo atrás. Quando o homem sem pernas seguiu em frente, sentiu-se leve e energizado com as bênçãos de Rayna. Aquele dia seria um divisor de águas em sua batalha milenar.

Mas ele ficou com o coração apertado quando viu que quase metade dos assentos estava vazia. *Mais uma vez.*

— Como é possível? — perguntou para Anari.

Ele sentiu a raiva e a tensão nos músculos dos ombros dela, que formavam nós como madeira retorcida, mas o rosto de Anari permaneceu estoico.

— Não fique desanimado. Sabemos que estamos do lado certo.

Manford se dirigiu a Gilbertus Albans:

— Mentat, observe quem está faltando. Vou querer uma lista completa mais tarde.

— Já estou trabalhando nisso.

Sem demonstrar abatimento, Manford fustigou Anari como se ela fosse um cavalo e ela o carregou para a área de discurso. Um murmúrio de insatisfação passou pela multidão, mas ele levantou a voz, desafiando-os a desafiá-lo.

— Chega de se esconder como covardes atrás de procedimentos burocráticos. Hoje é o dia em que vocês deixarão registrado aquilo em que acreditam. Hoje vocês devem tomar uma decisão e se declarar do lado da justiça ou um inimigo do futuro da humanidade.

Mas, ao olhar para todos os assentos vazios, ele percebeu que muitos dos representantes estavam boicotando a reunião de forma não oficial para se proteger, recusando-se a se manifestar de qualquer maneira. Ele deveria saber que seria difícil reuni-los contra o Grupo Venport, mesmo com as imagens terríveis obtidas por seus seguidores em Thonaris. Grande parte do Imperium dependia das naves da empresa e de seus estranhos Navegadores para viagens, suprimentos e comércio. Muitos dos representantes ausentes já poderiam ter ido para seus mundos de origem a fim de montar defesas ou formar uma resistência ativa contra Manford.

Mas o grupo butleriano era mais poderoso e responderia com ainda mais vigor. Ele sabia que muitos de seus seguidores morreriam na luta que se aproximava, mas manteria o registro de todos os nomes e os incluiria em volume após volume do *Livro dos Mártires*.

Manford se voltou para o camarote imperial. Incentivara fortemente o imperador a expressar apoio formal à medida. Relutante, Salvador se levantou para se dirigir ao salão meio vazio:

— Todos nós conhecemos os perigos da tecnologia irrefreável. Não posso deixar de me alegrar com o fato de o nosso Imperium ter a chance de voltar a dias mais simples, dias pacíficos, da forma como os humanos foram naturalmente destinados a viver. — Ele fez uma pausa, como se estivesse reunindo coragem, e completou: — Peço que votem a favor da resolução de Manford Torondo. — Em seguida, sentou-se, como se estivesse tentando sumir de vista o mais rápido possível.

Manford esperou, mas sabia o que a votação acabaria mostrando. Pressionados em um canto, lembrados das consequências da intratabilidade, os representantes do Landsraad votaram esmagadoramente para se manterem firmes contra qualquer tecnologia que pudesse ser interpretada como "sofisticada demais, tentadora demais e perigosa demais".

Quando a resolução foi aprovada, ele sentiu Anari relaxar embaixo dele; a tensão foi drenada dos músculos dela como água derramada. Mas Manford ainda não havia terminado e se ergueu o mais alto que pôde.

— Precisamos ser específicos para que ninguém tenha dúvidas. Imperador Salvador, solicito que o senhor crie imediatamente um Comitê de Ortodoxia para supervisionar as indústrias e os avanços e acabar com qualquer problema antes que ele se torne um perigo. Todos os cidadãos do Imperium devem ter uma lista completa de tecnologias aceitáveis e inaceitáveis, e o governo precisará de um braço de fiscalização. Ofereço a ajuda de meu povo para essas questões.

A resistência de Salvador já havia sido quebrada; não foi de surpreender que ele tenha apenas concordado, sem mais discussões.

Terminado seu trabalho por ora, Manford pediu o encerramento da reunião. Anari se virou e seguiu os três porta-estandartes para fora do Salão do Landsraad. Eles passaram pelas portas abertas para encarar a enorme multidão de apoiadores butlerianos. Manford ergueu as mãos para o alto em sinal de vitória, e os aplausos estrondosos ressoaram.

— Nosso movimento ficará mais forte agora — avaliou Anari, sorrindo para ele com um olhar de adoração.

Manford olhou para a multidão e para os prédios altos.

— Podemos ter vencido hoje, mas a verdadeira batalha está apenas começando. Os humanos são fracos e não gostam de viver sem suas conveniências. Temos que mostrar a eles, por todos os meios possíveis, que a retidão é muito mais importante do que o conforto.

> **Historiadores e cientistas miram direções opostas: os primeiros olham para o passado, os outros para o futuro. O cientista sábio, entretanto, ouve os historiadores e considera o passado para criar o futuro mais aceitável.**
>
> — **Ptolomeu, cadernos de Denali**

Quando Ptolomeu ficou sabendo do massacre em Thonaris, a notícia apenas reforçou os pesadelos decorrentes do desastre em seu laboratório, do assassinato de seu parceiro e do fanático Manford, que desprezara o presente das novas pernas. Por causa dos butlerianos, a superstição, a ignorância e a violência estavam se tornando a norma na sociedade. As pessoas racionais já estavam se escondendo, o progresso estava estagnado e a humanidade começava a mergulhar no abismo de uma nova Idade das Trevas.

Por todos aqueles motivos, Ptolomeu odiava Manford Torondo mais do que qualquer outra pessoa que já conhecera.

Durante a maior parte de sua vida, Ptolomeu tinha sido um homem pacífico e inócuo, seguindo os próprios interesses e dando pouca atenção a disputas políticas externas. A cruzada de Serena Butler contra as máquinas pensantes se encerrara décadas antes de ele nascer, mas a paranoia butleriana continuava servindo aos propósitos de Manford. A tecnologia era apenas um inimigo imaginário que Manford usava para reunir seguidores e construir a própria estrutura de poder.

O recente expurgo da pesquisa biológica em Tlulax fora uma extensão do desejo butleriano de erradicar toda a ciência; o ataque aos estaleiros de Thonaris fora uma escalada de violência sem sentido. E a recente votação no Salão do Landsraad lançara um desafio direto aos seres humanos civilizados. Em vez de manter os radicais butlerianos de canto, operando fora do governo legítimo, a resolução do Landsraad concedera a Manford Torondo uma posição política e o apoio explícito do Imperium. Seu extremismo estava sendo incorporado à ideologia predominante.

Ptolomeu sentia-se enojado vendo a civilização desmoronar ao seu redor. Aquilo não podia ser tolerado. As pessoas sensatas tinham que reagir!

Irmandade de Duna

Em uma mensagem suplicante, o diretor Venport pedira a todos os pesquisadores de Denali que aumentassem seus esforços para se defenderem do ataque insidioso de Manford, galvanizando assim os cientistas exilados.

Era hora de dar o próximo passo, decidiu Ptolomeu. Ele solicitou uma reunião especial com o administrador Noffe no laboratório de preservação de cérebros, onde tanques borbulhantes tomavam as paredes. Os cérebros expandidos de Navegadores fracassados tinham sido armazenados em fluidos nutritivos, sem saída sensorial, mas mantidos vivos. Ptolomeu sempre passava horas observando aqueles cérebros sem corpo, imaginando que pensamentos poderiam estar circulando pelas massas cinzentas.

Naquele momento, voltou-se para Noffe (que estava preocupado com as pressões exercidas sobre si) e disse:

— Temos uma oportunidade, administrador. Precisamos tomar medidas extremas para enfrentar uma ameaça extrema.

— Estou sempre ansioso para ouvir suas ideias, Ptolomeu.

Noffe parecia distraído e sobrecarregado com frequência, o que permitira que Ptolomeu concluísse uma tarefa significativa sem seu conhecimento.

— Isso deve ir além das ideias. Sei que o senhor odeia os butlerianos, assim como eu. Todos os pesquisadores em Denali foram prejudicados por eles, e não duvido que Josef Venport irá autorizar, e até aplaudir, a minha proposta. Ela mudará tudo.

O administrador olhou para ele com curiosidade. Observando uma última vez a disposição uniforme de cérebros aprimorados, Ptolomeu se virou.

— Venha comigo.

Ele conduziu o administrador tlulaxa até o hangar hermético, onde painéis brilhantes iluminavam seu trio de andarilhos cimeks reformados e totalmente funcionais; uma simples olhada nas máquinas imponentes ainda inspirava um medo visceral em Ptolomeu.

A expressão de Noffe oscilava entre a intimidação e a admiração.

— Três andarilhos completos! — Ele se aproximou, impressionado e nervoso. — Eu sabia que você estava trabalhando nos artefatos antigos, mas...

— Encontrei *centenas* deles. Eu os estudei e os compreendo, e não precisamos ser meros catadores de tecnologia antiga e derrotada. Podemos construir novos andarilhos, formas mecânicas mais avançadas, com armaduras melhores e armamentos mais fortes. Você acha que os antigos cimaks eram assustadores? Espere até ver meus novos!

Noffe continuou olhando. Perguntou em uma voz muito baixa, visivelmente com medo da resposta:

— Com que propósito?

— Estudei os registros da Era dos Titãs: o material original, as memórias do general Agamemnon e, antes disso, o manifesto de Tlaloc. Naquela época, a raça humana estava estagnada, enfraquecida. Os Titãs eram ambiciosos, mas, de certa forma, também tinham motivos altruístas, embora suas próprias personalidades agressivas tenham causado sua derrocada. — O cientista se afastou dos poderosos andarilhos e sorriu para Noffe. — Podemos fazer melhor. Com os cérebros aprimorados no laboratório experimental e a tecnologia melhorada, podemos criar um novo conjunto de cimaks... mais poderosos, mais inteligentes e mais adaptáveis do que antes. E eles precisarão de alguém para liderá-los... possivelmente Josef Venport, se ele estiver disposto a se submeter à cirurgia radical. Caso contrário, administrador, eu e você seremos os primeiros da próxima geração de cimaks. Com novos Titãs, talvez consigamos evitar a iminente Idade das Trevas.

Os dois homens discutiram todos os danos horrendos causados por Manford e seus seguidores. Então, Noffe refletiu:

— Sim, podemos alcançar uma vitória gloriosa. Uma nova Era dos Titãs.

> **Uma das maiores bênçãos da vida é descobrir seu talento ainda jovem e fazer algo produtivo com ele.**
>
> — **Reverenda Madre Raquella Berto-Anirul**

Gilbertus Albans andava em uma carruagem aberta puxada por cavalos que seguia lentamente pelas ruas lamacentas da capital de Lampadas, liderando outras carruagens em um desfile da vitória. Ao seu lado, Manford Torondo estava sentado em um assento especialmente projetado, acenando para os espectadores. O líder butleriano e seus seguidores estavam extáticos pelos triunfos nos estaleiros de Thonaris e pela votação no Salão do Landsraad.

Para Gilbertus, ambas foram vitórias de Pirro, alcançadas a duras penas. Ele reconquistara a confiança de Manford ao demonstrar aos butlerianos que não era simpatizante das máquinas, mas tivera que controlar suas emoções visíveis. Embora o núcleo de memória do robô o tivesse aconselhado a sacrificar os estaleiros para manter a própria reputação, ainda sentia que, de alguma forma, falhara com Erasmus. E odiou ter sido forçado a derrotar Draigo Roget em uma batalha real e crucial. Gilbertus ansiava por voltar aos dias de debates intelectuais desafiadores e jogos simulados com seu aluno estimado.

Ali, na cidade com aparência medieval de Lampadas, ele viu um centro de atividades políticas e comerciais, um caldeirão de humanidade nas calçadas e ruas de pedra. As multidões estavam aplaudindo, com pessoas levantando cartazes que mostravam a imagem heroica de Gilbertus ao lado da de Manford. Como as opiniões dos outros mudavam rápida e facilmente! Estandartes butlerianos vermelhos e pretos pendiam dos prédios, tremulando na brisa fria da manhã.

Estremecendo com um sopro de vento, Gilbertus puxou a gola do paletó em volta do pescoço. A cidade era uma miscelânea de prédios construídos sob uma zona de convergência climática, na qual diferentes sistemas de tempestades frequentemente se chocavam, proporcionando aos habitantes chuvas torrenciais, raios, trovões e ventos, mas os líderes locais eram um grupo resistente que parecia gostar do local.

Satélites meteorológicos teriam ajudado, mas Manford nunca aceitaria a tecnologia.

Em contraste com as comemorações pitorescas, Gilbertus sentiu o cheiro de esgoto pela janela aberta da carruagem; o fedor nunca teria sido tão predominante em uma cidade de alta tecnologia, e certamente não em Corrin, sob a administração das máquinas pensantes. Ele olhou para a multidão com sentimentos contraditórios. Queria *melhorar* a civilização, promover a causa do *progresso* humano. Apesar do fervor butleriano, aquilo não poderia ser feito descartando e destruindo qualquer técnica ou dispositivo remotamente ligado à tecnologia sofisticada.

Ele mal podia esperar para voltar a Erasmus, que permanecia escondido, trancado... provavelmente solitário e certamente entediado. Gilbertus estava preocupado por ter ficado fora por tanto tempo. Muitos butlerianos haviam morrido durante o ataque a Thonaris — se algo acontecesse com ele um dia, o que seria de Erasmus? Embora Gilbertus tivesse vivido por muito tempo, ele ainda era mortal. Precisava encontrar uma maneira de garantir a segurança do robô independente, e logo. Mas que humano, ou grupo de humanos, poderia supervisionar uma personalidade tão forte?

Com uma expressão severa, Manford desviou sua atenção da multidão.

— Você parece preocupado, Mentat, em um grande dia como este.

Gilbertus forçou um sorriso e acenou para a multidão.

— Eles também amam você — acrescentou Manford. — E o respeitam... respeitam o grande serviço que prestou ao nosso movimento. Fique aqui e trabalhe comigo em nossos esforços de expansão. Deixe a escola nas mãos de outra pessoa.

Gilbertus nem queria estar ali, para começo de conversa, mas Manford insistira que as pessoas precisavam ver seus heróis e adorá-los.

— Obrigado por dizer isso, senhor, mas meus deveres são outros. Uma nova e importante aluna chega esta tarde.

— Ah, sim. Anna Corrino. Que bom que ela será treinada por alguém de seu calibre moral. E estou feliz por ter a irmã do imperador por perto, bem aqui em Lampadas, para que eu possa... garantir a segurança dela.

Gilbertus lutou para controlar sua expressão perturbada. Manford estava considerando Anna refém?

— Recebi relatos de que ela está transtornada, com a mente prejudicada pela exposição ao veneno. Mas farei o que puder para ajudá-la a superar as dificuldades. Talvez as técnicas de Mentat sejam benéficas.

Quando o desfile chegou ao fim, Gilbertus saiu da carruagem e Anari Idaho foi buscar Manford. O diretor estava sendo cada vez mais compelido a estreitar os laços com o líder do movimento.

Forçado a permanecer por mais de uma hora nas festividades, Gilbertus apertou as mãos de pessoas comuns e entusiasmadas que o elogiavam e davam tapinhas em suas costas. Ele posou para fotos com elas, elogiou seus bebês e se sentiu como o político que não desejava ser.

Com muito menos pompa, Gilbertus foi ao encontro da irmã do imperador quando ela chegou ao espaçoporto. Anna Corrino tinha uma expressão atordoada enquanto era conduzida por dois guardas do palácio, pela aparência, gêmeos, homens rudes e uniformizados que pareciam pouco à vontade em Lampadas.

Vestida com uma saia e uma blusa que faziam com que ela parecesse uma adolescente em vez de uma mulher de 21 anos, Anna caminhou com a atenção voltada para o ambiente que a cercava. Não prestou atenção em Gilbertus, mas conversou consigo mesma, murmurando em um monólogo constante.

Quando Gilbertus se apresentou formalmente e não obteve resposta, um dos guardas assentiu para ele.

— O príncipe Roderick Corrino lhe envia sua irmã. O senhor recebeu a ordem de fornecer todos os tratamentos disponíveis para a doença dela.

Gilbertus analisou a jovem, ouviu-a recitar uma ladainha de informações diversas e, após a incompreensão inicial, percebeu que ela estava nomeando os representantes e procuradores do Landsraad de todos os milhares de planetas do Imperium.

— Estou impressionado com sua capacidade de memorização, Anna. Está alinhada a nossos estudos aqui. Um Mentat memoriza grandes quantidades de informações e pode recuperá-las à vontade. Você já consegue fazer isso? Seria capaz de encontrar os dados que deseja a qualquer momento? — Uma vez que ela não respondeu, ele se voltou para os guardas. — Ela pode ser um grande desafio, mas há uma chance de que também seja extremamente bem-sucedida, graças às habilidades únicas que desenvolveu.

— Com sua permissão, diretor, acompanharemos a princesa até sua escola. Ela é bastante agitada... e *muito* esperta. O senhor deve tomar cuidado para não a deixar escapar.

— Sim, é claro. Não queremos que isso aconteça.

Gilbertus ficou ao lado de Anna e escutou enquanto ela recitava longas sequências de números, conjuntos de fatos, memórias e as datas de nascimento de todos na árvore genealógica Corrino/Butler.

Erasmus a achará fascinante, pensou consigo mesmo.

> Às vezes, os pacotes mais atraentes são
> os mais perigosos.
>
> — Reverenda Madre Dorotea, primeiras anotações
> no Palácio Imperial

O imperador Salvador Corrino descansava em seu trono de cristal verde, observando enquanto uma nova concubina cantava e dançava para ele na grande sala de audiências, uma jovem adorável recomendada pela Irmã Dorotea. Seu nome era Angelina e, embora Salvador relutasse em se aproximar de qualquer uma das mulheres treinadas em Rossak, Dorotea o intrigara ao mencionar outros treinamentos corporais especializados a que algumas das Irmãs eram submetidas.

Durante as duas primeiras noites de serviço como uma das concubinas dele, Angelina não o decepcionou. Nem um pouco.

Embora um longo vestido a cobrisse do pescoço aos tornozelos, a jovem se mostrou extremamente flexível, e ele achou sua dança bastante provocante. Cada movimento o fazia se lembrar de outros que ela demonstrara na privacidade do quarto, fazendo com que Salvador se esquecesse rapidamente da imperatriz Tabrina.

Por formalidade, ele convidara Tabrina para assistir à apresentação de dança da bela garota, mas ela recusara. Nas últimas semanas, o relacionamento entre o casal estagnara, sem discussões ou paixão — ou qualquer outra coisa, na verdade. Era como se os dois não fossem casados e vivessem em mundos separados. Ele vinha pensando em seguir o caminho de seu pai, deixando que as concubinas tivessem filhos e depois designando a sucessão.

Até descobrir sobre o esquema insidioso da Reverenda Madre Raquella para cortar sua linhagem sanguínea, Salvador Corrino não pensara muito em bebês, em criar filhos ou filhas... mas aquilo virara uma questão de honra para ele. Qualquer uma de suas outras mulheres serviria muito bem caso a imperatriz não cumprisse os próprios deveres.

Ele se recostou em seu trono. Salvador não conseguia entender nenhuma das palavras da canção de Angelina e não se importava. A concubina tinha uma voz rouca que evocava épocas vetustas e lugares que ele vira em bibliofilmes. Embora o imperador a tivesse convidado para dançar a fim de levantar o próprio ânimo, acabou por dispensá-la com um rápido movimento da mão no ar. Era uma boa distração, mas ele tinha muitas outras preocupações. Com um sorriso rápido em resposta, a jovem fez uma reverência submissa e se apressou em direção à porta aberta.

Pelo menos Angelina era obediente. Talvez ele a visitasse novamente naquela noite... ou não. Embora estivesse, com toda certeza, satisfeito com ela, o imperador tinha outras oito concubinas e não queria fazer com que a Irmã Dorotea se sentisse importante demais. Dorotea estava perto do trono naquele momento, parecendo muito séria e leal, embora ele tivesse detectado orgulho em sua expressão. Sem dúvida, estava satisfeita com o fato de o imperador ter gostado de sua escolha de concubina.

As forças de Salvador haviam concluído o banimento de todas as integrantes da antiga Irmandade de Rossak. A Reverenda Madre Raquella e todas as Irmãs, exceto as que Dorotea aprovava, também tinham deixado o mundo da selva com pouco mais do que a roupa do corpo. Ele esperava que Roderick estivesse correto em sua sugestão de resgatar para uso imperial algumas das Irmãs treinadas de modo assombroso e estava ansioso para descobrir como Dorotea e suas seguidoras escolhidas a dedo poderiam servi-lo. Precisariam ser observadas de perto.

O príncipe Roderick estava ao lado do trono, preparado para cumprir as ordens de seu irmão. Por uma porta aberta, o imperador Corrino viu as pessoas se aglomerando enquanto aguardavam uma audiência com ele. Lustres imensos pendiam do alto e afrescos heroicos cobriam as paredes, feitos pelos melhores artistas do Imperium.

Nenhum daqueles ornamentos chamativos o interessava no momento. Durante o dia inteiro, ele estava sofrendo de uma forte dor de cabeça que o preocupava muito, já que não possuía mais um médico pessoal. O imperador Jules tinha sido atormentado por enxaquecas crônicas antes de ser diagnosticado com um tumor cerebral...

Depois de a atraente concubina se retirar da sala de audiências, Roderick voltou aos negócios:

— Oito pessoas desejam uma audiência, sire, incluindo o dr. Waddiz da Escola Suk, um representante do Grupo Venport e uma mulher atraente que quer entrevistá-lo para...

Irmandade de Duna

— Mande Waddiz entrar primeiro. Quero falar com ele sobre minhas dores de cabeça.

Sentia-se encurralado por estar sem acesso a médicos qualificados; precisava deles, embora não confiasse totalmente neles. Três outros médicos Suk estavam de plantão no Palácio, e ele ordenara que ficassem confinados em seus aposentos até segunda ordem, sem saber se ousaria chamá-los novamente.

O dr. Waddiz era um homem alto, de aparência distinta, com pele escura e bronzeada. O novo administrador-chefe da Escola Suk sabia muito bem que Zhoma fora desonrada e removida do serviço e, até o momento, tinha sido sábio o suficiente para não fazer muitas perguntas sobre o que lhe acontecera. Ele se curvou diante do trono.

— Sire, permita-me oferecer minhas mais sinceras desculpas pelo fato de o serviço da dra. Zhoma ter sido insatisfatório. Ela era bastante reservada e agia de forma independente em muitas áreas. Agora que começamos a analisar os registros particulares dela, estamos descobrindo irregularidades financeiras também. Tenha certeza de que as investigaremos minuciosamente. — Waddiz soava nervoso. Devido aos pronunciamentos públicos, por certo ele sabia o que Salvador fizera com as Irmãs de Rossak e poderia saber que a dra. Zhoma havia sido pega na trama de suas aliadas. — Por favor, não deixe que esse infeliz incidente reflita negativamente em nossa instituição acadêmica.

— Sim, sim. — Salvador esfregou as têmporas. — A reputação de sua escola foi definitivamente manchada.

A cabeça do imperador latejava sem parar, e ele tinha certeza de que um tumor estava crescendo ali, pressionando atrás dos olhos, inchando dentro do crânio... Como ele sobreviveria sem um médico competente?

Waddiz se levantou, mantendo a cabeça baixa.

— Sob minha liderança, faremos tudo o que for possível para recuperar nossa posição, e nossas novas instalações em Parmentier trabalharão em estreita colaboração com o recém-criado Comitê de Ortodoxia. Estamos comprometidos a trabalhar de acordo com as diretrizes que vossa majestade decidir estabelecer para nós.

Salvador o encarou com uma expressão azeda e cética.

— A melhor forma de limpar sua imagem comigo seria garantir a lealdade de qualquer médico designado para tocar em minha pessoa real. Zhoma era a médica Suk de mais alto escalão. Se *ela* foi pega tentando me prejudicar, como posso confiar em qualquer médico que você forneça? Como posso ter certeza?

Waddiz juntou as mãos e se curvou de novo.

— Já estudamos o assunto, sire, e percebemos que não é um problema exclusivo de um patrono imperial. Muitos personagens importantes temem esquemas e assassinos, e o paciente frequentemente fica em estado de completa vulnerabilidade durante o tratamento. Nossa ala psicológica está desenvolvendo um tipo de condicionamento que fará com que um médico seja totalmente *incapaz* de prejudicar uma pessoa específica.

— Condicionamento? — interveio Roderick, de pé ao lado do trono. — Você quer dizer programação... como uma máquina? Os cimeks adicionaram restrições de programação para evitar que Omnius os prejudicasse.

Waddiz ficou alarmado com a comparação.

— Não... não é assim. Um condicionamento mental específico, caro e intensivo, projetado para proteger um patrono importante como vossa majestade.

— Não sou um simples patrono importante. Sou o *imperador*.

— Para vossa majestade, sire, haverá o mais alto nível de segurança. Condicionamento *imperial*. Um programa intensivo e infalível de verificação de lealdade que penetra profundamente na consciência pirética, deixando uma marca que não pode ser revertida sob circunstância alguma. Estamos apenas nos estágios de teste agora, mas os resultados são bastante promissores.

Roderick sussurrou um conselho no ouvido de Salvador, o qual, por sua vez, se voltou para a Reverenda Madre à espera perto do trono.

— Então, Irmã Dorotea, você demonstrou uma intuição confiável quanto à verdade ou à falsidade. O plano do médico lhe parece plausível? Até onde você pode dizer, ele está falando a verdade?

Nervoso, o médico se contorceu ao ser examinado. Em seguida, Dorotea se voltou para Salvador e respondeu:

— Acredito que esse condicionamento seja possível e nada me indica que ele esteja mentindo.

Irmandade de Duna

Mais uma vez, Roderick sussurrou um conselho, daquela vez recomendando que seria necessário realizar camadas de testes adicionais em Salusa Secundus para que os Corrino tivessem certeza absoluta de que teriam médicos leais. Finalmente, o imperador assentiu e asseverou:

— Muito bem, Waddiz. Pode prosseguir com o programa. Preciso de um médico totalmente condicionado o mais rápido possível.

De algum lugar, o médico reuniu coragem para dizer:

— Obrigado, sire, mas, neste momento, trata-se apenas de um programa de testes muito limitado e precisaremos de mais recursos...

Salvador fez um gesto desdenhoso, dispensando-o.

— Fale com o tesoureiro imperial. Roderick, redija a autorização de pagamento apropriada.

— Obrigado, sire. — Waddiz fez uma reverência e saiu apressado.

Por ironia, assim que o médico Suk saiu, o imperador notou que a dor de cabeça desaparecera.

— Vossa majestade — saudou Dorotea. — Minhas Irmãs e eu somos gratas pela oportunidade que nos deu ao nos convidar para vir aqui. Gostaria de oferecer meus serviços como voluntária com mais frequência, pois sou especialista em detectar falsidades. Sire, se me permitir ficar perto de seu trono durante as audiências imperiais, serei de extrema utilidade para vossa majestade.

— Mas será que posso confiar em *você*? Não é essa a questão, Dorotea? Eu *quero* confiar em você, assim como quero confiar em meus médicos. Mas coisas ruins aconteceram, coisas que me fazem hesitar.

Ela não vacilou ao olhar para ele.

— Permita-me demonstrar meus talentos, sire, e prometo que não ficará desapontado.

Roderick entrou na conversa:

— Talvez o imperador a convoque para tarefas específicas. Você será notificada quando for necessária.

Com ar de desapontamento, Dorotea partiu com uma reverência formal. O imperador Salvador voltou a se sentar em seu trono. Tinha um longo dia pela frente, muitas decisões para tomar, muitos visitantes para cumprimentar, como era seu dever. Mas havia outros deveres, e ele estava sonhando acordado em visitar o quarto da imperatriz naquela noite, em vez de suas concubinas, e com um propósito específico.

Sim, Salvador decidiu, já era hora de ter os próprios filhos. Só para contrariar a versão de Raquella da Irmandade e de suas monstruosas previsões de linhagem sanguínea.

Naquela noite, enquanto aturava um banquete ao lado da imperatriz Tabrina, como de costume, Salvador sentiu que sua vida estava voltando ao normal — o que não significava que estava boa.

Olhando para o outro lado da mesa, observou Roderick com a esposa e os filhos bem comportados dos dois, todos compartilhando as sobremesas uns com os outros. Haditha pegou um pequeno bolo, deu uma mordida e o ofereceu à filha. Roderick riu de alguma piada feita pelo filho, depois se inclinou e deu um beijo no rosto da esposa.

Salvador sentiu um profundo desejo de ter o que seu irmão mais novo tinha. Mas ele era o governante do Imperium! De milhares e milhares de mundos! Por que não conseguia ter uma boa vida familiar? Por que aquilo era tão difícil? Cheio de esperança, ele se aproximou e tocou a mão de Tabrina.

Ela o encarou como se ele tivesse limpado excremento em seu pulso.

— Não me toque — rosnou.

Salvador retirou a mão, magoado. Mantendo a voz baixa, protestou:

— Você é minha imperatriz! Por que me trata dessa maneira?

— Já conversamos sobre isso centenas de vezes! Eu seria muito mais calorosa se você me concedesse um título e um cargo no governo. Por muitos anos, observei meu pai trabalhar nas indústrias dele; sentei-me em seus escritórios, aprendendo com ele. Tenho habilidades e certamente seria uma ministra do comércio melhor do que aquele idiota que você mantém no cargo há quatro anos.

— Você se atreve a me chantagear?!

— Chantagear? — Tabrina arqueou as sobrancelhas. — Estou apenas fazendo o que as mulheres têm feito há tempos imemoriais. Por que espera que eu caia de amores por você quando me trata como um mero animal de estimação? Peço alguns deveres perfeitamente razoáveis e você diz não. Sou *eu* quem sai no prejuízo, não você.

— Mas preciso de um herdeiro legítimo. O *Imperium* precisa de um herdeiro.

— E eu desejo ser ministra do comércio. — Ela aproximou os braços do peito. — A solução parece bastante óbvia.

— Então... se eu conceder esse título, você carregará meu filho?

— Dê-me o título e os deveres. Então, sim, eu o convidarei para meu quarto, em um horário específico. Para além disso, não tenho controle para saber se engravidarei ou não.

Salvador semicerrou os olhos.

— Mas você não fará nada para evitar isso?

— Não farei nada para evitar. — Ela suavizou um pouco a expressão. — E creio que você achará esse arranjo muito mais agradável, porque ficarei mais feliz com o novo status. Só não espere que eu o ame.

— Não, eu nunca esperaria isso — respondeu Salvador, olhando de novo para o casal feliz, Roderick e Haditha.

Dorotea colocou o frasco na mão macia e hidratada da nova concubina.

— É um creme, de fácil aplicação. O imperador Salvador nunca perceberá, desde que você mantenha a cabeça dele em outro lugar.

Angelina sorriu com rigidez.

— Mas, Reverenda Madre, tem certeza de que ele não sentirá? Não vai descobrir?

— Formulamos isso com muito cuidado. Uma única exposição deve ser suficiente para torná-lo estéril. Ele não saberá que algo mudou, nem mesmo suspeitará que tem um problema por um longo tempo. E isso também não fará mal a você.

A moça de beleza impressionante fez uma reverência.

— Minha preocupação não é comigo, mas com a Irmandade.

— Se completar esta única tarefa, ajudará a garantir nosso futuro.

Com a conversa encerrada, Dorotea disparou pelo corredor escuro do lado de fora dos aposentos das concubinas.

Apesar de seu embate com a Reverenda Madre Raquella, Dorotea estudara a projeção de reprodução por conta própria. Embora fossem inerentemente malignos, ela não tinha como negar a precisão dos computadores. E sentia a responsabilidade de impedir que o tirano mais terrível de toda a história castigasse a humanidade.

> **Cada pessoa lamenta a perda de um camarada à própria maneira. No entanto, não importa quão floreado seja o panegírico fúnebre, os mortos continuam mortos.**
>
> — Ditado zen-sunita

Quando voltou à estação isolada de monitoramento meteorológico e para a nave voadora que os gêmeos haviam pousado lá, Vor ficou ajoelhado na areia quente por um longo tempo ao lado do corpo de Griffin Harkonnen. A morte do jovem fora tão inútil e desoladora quanto a de Ishanti.

Griffin poderia ter sido a melhor esperança para restaurar a fortuna e o respeito da Casa Harkonnen. Suas habilidades eram sólidas assim como seus planos eram viáveis... mas tudo havia sido destruído.

Os inimigos de Vor tinham continuado a segui-lo e a causar-lhe dor, sempre errando o verdadeiro alvo, e muitos inocentes pagaram o preço por aquela dívida. Até mesmo Mariella...

Ele envolveu o corpo de Griffin em uma lona fina de polímero que encontrou entre os suprimentos dentro da estação meteorológica. Poderia simplesmente ter deixado o jovem ali — a natureza cuidaria dele em breve —, mas Vor achou que seria desonroso. Griffin Harkonnen o derrotara em um duelo, apontara uma faca afiada em sua garganta e depois devolvera sua vida. Vor tinha uma dívida com ele por causa daquilo, mas não só; tinha também uma dívida com a Casa Harkonnen: não para dar desculpas, nem para explicar, mas para reconhecer sua participação na mancha do nome de Xavier Harkonnen e na desgraça e no sofrimento de Abulurd e seus descendentes inocentes.

Sim, as repercussões se voltavam contra ele. Respirou fundo e reconsiderou, mas só um pouco. Xavier, Abulurd e Griffin eram responsáveis por eles mesmos — Vor não tinha ilusões quanto àquilo —, mas ele também carregava parte da culpa e já a aceitava.

Depois de amarrar a lona em volta do cadáver, Vor colocou o jovem sobre o ombro e embarcou na nave, acomodando o corpo embrulhado atrás dos assentos da cabine. Com uma meticulosidade persistente, completou a lista de verificação de voo, ligou os motores e pilotou para longe da bacia rochosa.

Irmandade de Duna

O veículo era um modelo comum de Arrakis; a bússola, a conexão com o satélite meteorológico e as cartas de navegação o guiaram de volta à Cidade de Arrakis. No início daquela tarde, ele aterrissou na borda do principal espaçoporto e tentou encontrar um transporte para levar o corpo de Griffin de volta a Lankiveil, junto a uma mensagem para sua família que ele ainda precisava redigir. Os operadores da linha de carga ficaram perplexos com sua solicitação. Um deles perguntou:

— O senhor tem noção da despesa? Transportar um corpo humano pelo espaço não é econômico.

— Não me importo com o custo. Ele pertence à família, ao mundo e ao lar dele. Preciso mandá-lo de volta para lá.

Vor teria que providenciar uma transferência de fundos de uma de suas contas em outro planeta, mas a despesa real não era um problema. Ele poderia ter ignorado a responsabilidade, deixando os Harkonnen de lado novamente e ignorando a culpa que sentia — mas aquele tipo de pensamento já causara problemas demais.

O operador de carga balançou a cabeça.

— Já vi idiotas desperdiçarem dinheiro de muitas maneiras. Eu o aconselho a não fazer isso, mas sei que outra pessoa aceitará seu pagamento se eu não o fizer. — Com um pouco de persuasão, ele aceitou o trabalho mesmo assim.

Vor também se sentiu obrigado a dar uma explicação à família de Griffin, embora não muito detalhada. Escreveu a mensagem enquanto os homens lidavam com o corpo, preparando-o para o transporte. Dizia: "Griffin Harkonnen morreu com honra, defendendo seus princípios. Era um homem corajoso, viajando pelo Imperium, nunca se esquivando de sua nobre missão. Ele me encontrou, como sua família lhe exigiu, e resolvemos nossas diferenças. Com o tempo, poderíamos até ter virado amigos, mas ele teve uma morte inesperada e trágica. Agora, para honrar a memória dele, só posso esperar que sua família entenda e perdoe".

Vor fez uma pausa, decidindo não revelar a existência dos outros dois filhos de Agamemnon para a família de Griffin. Aquele assunto estava resolvido e os gêmeos não causariam mais danos. No entanto, era uma batalha que os Harkonnen nunca deveriam ter precisado travar.

Continuou escrevendo: "Ele foi morto por bandidos do deserto, e, em contrapartida, eu os matei. Seu valente Griffin foi vingado, e junto-me a vocês na tristeza. Conheci Griffin por pouco tempo, mas passei a admirá-lo e garanto que ele conquistou o respeito duradouro do nome de sua família".

Vor terminou o que tinha a dizer. Depois que os agentes funerários da Cidade de Arrakis selaram e preservaram o corpo, guardou a carta em um compartimento de mensagens no contêiner de armazenamento hermético e observou enquanto ele era colocado na próxima nave de carga. Não levaria muito para o corpo chegar a Lankiveil.

Após a partida da nave, Vorian permaneceu na Cidade de Arrakis por três dias, mas logo percebeu que não havia mais nada para ele ali. E, como Mariella já havia partido, não conseguia se imaginar voltando a Kepler; seu retorno só serviria para expor o resto da família a um grande risco.

Havia 13 mil planetas no Imperium. Com certeza ele poderia encontrar algum outro lugar para ir.

Nas dependências do espaçoporto, apresentou suas credenciais, pagou uma taxa substancial e embarcou em uma nave de carga do Grupo Venport prestes a partir com uma carga de mélange. Com muitos solaris sobrando em suas contas, ele voaria pelas rotas espaciais por um tempo, ou poderia desembarcar em qualquer mundo que lhe interessasse.

O futuro de Vorian Atreides — não importava quão duradouro fosse — era uma tela em branco. Ele embarcou na nave, sem saber para onde ia, sem um último vislumbre em direção ao planeta desértico.

> **Ameaças são apenas palavras e, por efeito prejudicial, alertam um oponente, o que permite que ele prepare uma defesa ou um ataque. Não acredito em ameaças. Acredito em ações duras e decisivas.**
>
> — Valya Harkonnen

Depois de a Irmandade ser declarada ilegal em Rossak, Valya fora enviada de volta a Lankiveil, contra sua vontade. Arrancada do planeta selvático e colocada em um transporte espacial com diversas outras irmãs, nem conseguiu perguntar à Reverenda Madre Raquella o que fazer ou como ajudar a preservar o núcleo da Irmandade.

Tudo estava perdido.

Seus pais a receberam de volta no pequeno e deprimente planeta. Era a definição de lar, ela supunha: um lugar onde a família a acolheria, independentemente da vergonha ou da crise que levasse consigo.

Griffin ainda não retornara de sua caçada a Vorian Atreides, mas o irmão e irmã mais novos de Valya estavam animados por vê-la. A mãe e o pai haviam preservado o antigo quarto dela e a importunaram com perguntas sobre a Irmandade. Não estavam de fato interessados, mas estavam felizes por terem-na de volta. A mãe nunca acreditara que o treinamento especial seria benéfico para Valya.

Do ponto de vista de Valya, porém, ela aprendera demais para simplesmente ficar sentada e se resignar a uma vida tranquila e sem ambições. Estava ansiosa para que Griffin voltasse para casa e para que os dois pudessem fazer planos e seguir novos caminhos a fim de restaurar a proeminência dos Harkonnen. As esperanças de progredir por meio da Irmandade ou por meio dos laços de amizade com Anna Corrino haviam fracassado.

Ela se lembrou das palavras da Reverenda Madre: "A Irmandade é sua única família agora". Mas a ordem das mulheres se dispersara e sua família de sangue parecia ter se esquecido do que realmente significava ser um Harkonnen. Haviam tomado decisões erradas, o que os levara ao exílio naquele mundo invernal de mares frios e fiordes escarpados. Não conseguiam entender o significado dos acontecimentos políticos para além do próprio planeta insulado. Continuavam a desapontá-la.

Mas Griffin nunca a decepcionara e, à medida que os dias passavam, ela ficava cada vez mais preocupada com o irmão. Se pudesse pular nas águas boreais novamente para salvá-lo, assim o faria.

Certa manhã, duas semanas após sua chegada, Valya entrou na sala de estar principal da casa dos pais. A lareira estava acesa e ela podia sentir o cheiro de uma panela de ensopado de carne de baleia sendo preparado na cozinha, uma receita de família temperada com temperos e vegetais locais aromáticos. Ela nunca apreciara a culinária de Lankiveil.

O pai passara muito tempo conversando com Valya sobre as reformas que poderiam fazer na casa, usando materiais de telhado diferentes e melhor isolamento. Ela não tinha o menor interesse. Como líder planetário, Vergyl Harkonnen não tentava, de forma alguma, promover a posição política da Casa Harkonnen, e deu de ombros quando recebeu um aviso de que o procurador de Lankiveil no Landsraad assinara a petição de Manford Torondo, manifestando apoio aos butlerianos publicamente.

Ela suspirou desanimada ao olhar para o pai, sentado em uma cadeira de madeira perto da lareira, absorto em um livro. No período em que a filha estivera fora, ele havia se tornado uma pessoa muito insignificante. Fazer com que a Casa Harkonnen voltasse à proeminência e à glória não caberia a ele; dependeria dela e do irmão.

Griffin, onde você está?, pensou ela, sentindo que algo estava errado, terrivelmente errado.

Sonia Harkonnen estava sentada diante de uma pequena mesa, usando uma agulha grossa e um cordão para costurar pedaços de pele de baleia e fazer um novo casaco para o irmão mais novo de Valya, Danvis. O garoto já estava com quatorze anos e, com aquela idade, podia sair em expedições em busca de pele de baleia; suas características e maneirismos a faziam lembrar de Griffin naquela idade.

Valya estava de pé diante da lareira para se aquecer. Todos os dias, desde que retornara àquele mundo gelado, depois de se acostumar ao clima comparativamente quente e agradável de Rossak, ela sentia como se estivesse congelando. Seu pai a cumprimentou com um sorriso.

— Bom dia, Valya.

A mãe repetiu o mesmo cumprimento e abriu um sorriso vazio.

Valya não via a hora de deixar aquele lugar de novo.

Irmandade de Duna

Quando a Irmã Arlett a recrutara em um dia de vento nas docas, a mulher descrevera como a escola em Rossak poderia ser o caminho de Valya para o poder e a influência. Mas a Irmandade se tornara uma criatura ferida, procurando algum lugar para se curar... ou morrer.

— Como não desceu para tomar o café da manhã, guardamos uma omelete para você. — A mãe fez um gesto em direção a um prato coberto esquentando à lareira.

Valya decidiu levar a comida para o quarto, onde poderia pensar no que fazer em seguida. Pegou o prato e se virou para a escada de madeira, e foi quando ouviu uma batida urgente à porta. Aquele som não era nada bom; ela ficou alerta no mesmo instante.

O pai fez um gesto para dispensá-la e foi atender. Ele abriu a pesada porta e viu dois pescadores locais com uma entrega, um pacote oblongo de quase dois metros de comprimento, estampado com etiquetas de transferência da Frota Espacial do Grupo Venport.

— Isso estava na nave auxiliar que chegou ontem à noite. Ainda estamos distribuindo.

Vergyl agradeceu, curioso com o enorme pacote. Valya o ajudou a puxá-lo para dentro, mas algo no tamanho e no formato do pacote a encheu de pavor. Alheio àquilo, o pai dela bisbilhotou os rótulos para ver se conseguia identificar o nome do remetente, mas Valya ignorou um compartimento de mensagens e rasgou a embalagem, retirando as folhas de polímero.

Ela foi a primeira a ver o rosto do irmão morto, com os olhos fechados e as bochechas cobertas por uma barba rala. Seu cavanhaque estava emaranhado e havia vestígios de areia na testa e no cabelo castanho dele. A cabeça estava inclinada em um ângulo estranho.

Chocado, o pai cambaleou para trás e trombou com a parede, depois começou a chorar, soluçando. A mãe correu para a frente e olhou horrorizada para o corpo do filho. Era uma cena que pais nunca deveriam ver.

Valya reuniu todo o treinamento que a Irmandade lhe dera. Ela aprendera a estudar uma situação como uma centena de imagens instantâneas, de todos os pontos de vista. Ficou olhando, paralisada, e então se jogou sobre o caixão improvisado. Com a voz muito baixa, sussurrou o nome do irmão, ciente de que ele nunca mais iria responder:

— Griffin!

Os dois pescadores que tinham entregado o pacote abaixaram a cabeça em sinal de respeito. Um deles abriu o compartimento de mensagens e entregou um envelope a Vergyl Harkonnen.

— Isso veio junto, senhor. Sinto muito, senhor.

O outro pescador entregou o restante da correspondência e os dois se afastaram.

Desolado e soluçando, Vergyl abriu o primeiro envelope e sem querer rasgou a carta de papel por causa das mãos trêmulas, mas juntou os pedaços de novo para poder ler as palavras. Parecia tão incapaz de entender a mensagem quanto de compreender a morte do filho.

— É de... Vorian Atreides.

Valya pegou a carta da mão dele.

— O quê? Aquele desgraçado!

Ela leu a mensagem, sabendo que seria algo arrogante ou mentiroso. Escrita em uma caligrafia firme, a carta afirmava que o irmão morrera como um herói, tentando defender Vorian daqueles que o atacavam. Um absurdo! Griffin tinha ido assassiná-lo, não o salvar. Aquele Atreides estava insinuando que eles eram amigos! Só podia ser mentira, uma mentira deslavada!

Mais uma vez, Vorian Atreides estava enfiando o dedo na ferida dos Harkonnen.

— Ele matou meu irmão — protestou Valya.

Embora ela não conhecesse as circunstâncias da morte de Griffin, sabia muito bem a quem responsabilizar. Naquele instante, a questão parecia ainda mais pessoal para ela, e seu desejo de matá-lo parecia ainda mais justo.

Entre as correspondências entregues pela nave de carga, havia também um documento oficial ostensivo, assinado, carimbado e selado: uma proclamação de que Griffin Harkonnen pagara as taxas necessárias e passara em todos os exames exigidos e de que havia sido aceito como representante planetário oficial de Lankiveil no Landsraad.

Valya rasgou o papel em dois.

— Essa vingança nunca terá fim — sussurrou ela para o corpo do irmão. — Eu encontrarei Vorian Atreides.

Valya se retirou para seu quarto e trancou a porta. Os pais achavam que tinha ido viver o próprio luto. Em vez disso, ela procurou em um bolso e pegou um pequeno pacote contendo uma única cápsula da nova droga de Rossak, uma porção medida com precisão, retirada do laboratório da Irmã Karee. Era idêntica àquela que Anna Corrino roubara e engolira, a mesma dosagem que quase a matara.

Valya segurou a pílula entre o polegar e o indicador, olhando-a fixamente, tentando reunir coragem para tomar o veneno — que a mataria ou a transformaria. Ela hesitara antes, preocupada com a possibilidade de sua morte causar danos irreparáveis às ambições dos Harkonnen. Naquele instante, porém, sentia exatamente o contrário. Se pudesse se tornar uma Reverenda Madre, com controle total e acesso preciso à própria química celular e às Outras Memórias — vidas de todas as suas ancestrais femininas desde o início dos tempos —, ela seria irrefreável.

Já conseguia imaginar várias maneiras de caçar e destruir Vorian Atreides. As vozes de suas Outras Memórias a guiariam.

Ela fechou os olhos e engoliu a pílula.

> **Contratempos podem desviá-las
> do caminho, ou torná-las mais fortes.**
>
> — Reverenda Madre Raquella Berto-Anirul, discurso
> para a Irmandade

A nave auxiliar do Grupo Venport desceu pelo céu límpido em direção a um planeta frio, mas ainda habitável. Um novo refúgio, um lugar que Cioba garantira que ninguém procuraria.

Mesmo antes da ajuda dos Venport, Raquella tinha desenvolvido um plano secreto de sobrevivência de contingência, trabalhando em conjunto com Karee Marques. Os fundos da Irmandade em contas fora do planeta haviam sido absorvidos pelo sistema bancário do Grupo Venport. Era uma aliança estreita que Raquella não esperara fazer, mas cujo valor era notório.

Acompanhada por 28 seguidoras diversas reunidas de forma sub-reptícia, Raquella tinha grandes esperanças para aquela missão de reconhecimento. Ela fizera os arranjos para se encontrar com outras Irmãs que lhe permaneceriam leais caso aquele mundo se mostrasse aceitável. Com sorte, a Frota Espacial do Grupo Venport as levaria até ali.

A anciã sentia que tinha uma obrigação com cada uma delas. Aquelas mulheres haviam feito votos de lealdade a ela. Raquella precisava selecionar sua nova base de operações o mais rápido possível e, em seguida, começar a contatá-las, reconstruindo sua escola.

Wallach IX tinha sido um dos Mundos Sincronizados sob o controle de Omnius, governado por um tempo pelo traidor humano Yorek Thurr e depois destruído pelo Exército do Jihad durante um ataque nuclear, o que já fazia um século. A maior parte da radiação tinha se dissipado e havia um potencial para que o planeta fosse habitado por humanos. Venport garantiu à Reverenda Madre que nenhuma nave comercial jamais visitava o local.

A nave aterrissou em um antigo campo de pouso de máquinas que havia sobrevivido ao holocausto. Vários armazéns de pedra cercavam o campo, alguns desmoronados. Ao longe, Raquella enxergou florestas esparsas e uma linha de pináculos cobertos de neve. O gelo nas colinas próximas brilhava sob a luz fraca do sol branco-azulado, Laoujin. Embora as projeções sugerissem que o clima daquele planeta fosse tipicamente frio e chuvoso, naquele dia, Wallach IX parecia exibir sua beleza natural da melhor forma possível.

Ela se agasalhou com um casaco grosso e saiu pela rampa da nave auxiliar para o pavimento rachado. Enquanto as outras Irmãs desembarcavam e caminhavam em direção ao prédio mais próximo, Raquella sentiu uma rajada de vento forte e frio que parecia cortar sua pele. Aquele era um ambiente bem diferente das selvas úmidas de Rossak. Nuvens escuras se aproximaram rapidamente e cuspiram uma torrente de chuva impulsionada pelo vento, encharcando as mulheres antes que pudessem chegar ao abrigo.

Tremendo nas sombras do armazém, Raquella disse:

— O diretor Venport nos garantiu que este lugar é seguro. Acho que encontramos nosso novo lar.

Ali, em um planeta distante e acidentado, ela reuniria a maior quantidade possível de Irmãs e continuaria seu treinamento em segredo. Por enquanto, as aprendizes só tinham como objetivo sobreviver — mas, em breve, a Irmandade realizaria muito mais.

Agradecimentos

Como acontece em todos os nossos livros, temos uma enorme dívida de gratidão com nossas esposas, Janet Herbert e Rebecca Moesta Anderson, por seu amor e apoio criativo. Também gostaríamos de expressar nossa gratidão a Tom Doherty da Tor Books, aos nossos editores Pat LoBrutto (Tor) e Maxine Hitchcock (Simon & Schuster UK) e ao nosso agente, John Silbersack (Trident Media Group). Também é preciso citar Kim Herbert e Byron Merritt, que trabalharam sem parar para ajudar a divulgar a saga de Duna por meio de campanhas promocionais, aparições em convenções e o trabalho no website. Kevin também gostaria de agradecer a Mary Thomson pelas muitas horas dedicadas às transcrições, bem como aos leitores beta Diane Jones e Louis Moesta.

Sobre os autores

Brian Herbert, filho do famoso escritor de ficção científica Frank Herbert, é autor de diversos best-sellers do *New York Times*. Ganhou e foi indicado a várias premiações do gênero. Em 2003, publicou *Dreamer of Dune*, uma biografia emocionante sobre o pai, finalista do prêmio Hugo. É responsável por expandir o universo de Duna com uma série de livros em coautoria com Kevin J. Anderson.

Kevin J. Anderson é autor de mais de 130 livros e já atingiu o topo de diversas seleções internacionais de best-sellers. Publicou mais de 23 milhões de exemplares em trinta idiomas, e cinquenta de suas obras entraram em listas de mais vendidos. Participou dos prêmios literários Nebula, Bram Stoker, Shamus, Colorado, Scribe, Faust Lifetime Achievement e The New York Times Notable Book. Desde 1999 escreve as histórias do universo expandido de Duna ao lado de Brian Herbert.

TIPOGRAFIA:
Domaine [texto e entretítulos]

PAPEL:
Pólen Natural 70 g/m² [miolo]
Couché 150 g/m² [revestimento da capa]
Offset 150 g/m² [guardas]

IMPRESSÃO:
Ipsis Gráfica [outubro de 2024]